신영복

나의 동양고전 독법

돌베
개

강의
나의 동양고전 독법

신영복 지음

2004년 12월 13일 초판 1쇄 발행
2023년 11월 27일 초판 65쇄 발행

펴낸이 한철희 ∣ 펴낸곳 돌베개 ∣ 등록 1979년 8월 25일 제406-2003-000018호
주소 (10881) 경기도 파주시 회동길 77-20 (문발동)
전화 (031) 955-5020 ∣ 팩스 (031) 955-5050
홈페이지 www.dolbegae.co.kr ∣ 전자우편 book@dolbegae.co.kr
블로그 blog.naver.com/imdol79 ∣ 트위터 @Dolbegae79 ∣ 페이스북 /dolbegae

편집장 김혜형
책임편집 이경아 ∣ 편집 김희동·박숙희·윤미향·서민경·김희진
디자인 이은정·박정영 ∣ 인쇄·제본 영신사

ISBN 89-7199-202 6 03820
책값은 뒤표지에 있습니다.

이 도서의 국립중앙도서관 출판시도서목록(CIP)은 e-CIP 홈페이지
(http://www.nl.go.kr/cip.php)에서 이용하실 수 있습니다(CIP제어번호: CIP2004002156).

강의

이 책은 그동안 성공회대학교에서 고전 강독이란 강좌명으로 진행
해왔던 강의를 정리한 것입니다. 녹취한 강의록이 인터넷 신문에 연재
되기도 했습니다. 그 때문에도 여러 사람의 출판 권유를 받기도 했습니
다만 필자가 이 분야의 전공자가 아니어서 미루어오다가 전공 교수 두
분의 검토를 거쳐 책으로 내게 되었습니다. 그럼에도 불구하고 부족한
점이 많습니다. 원래 교양 과목으로 개설되었을 뿐 아니라 고전 강의라
기보다는 오늘날의 여러 가지 당면 과제를 고전을 통하여 재구성해보
는 강의였습니다. 그래서 책 이름도 『강의』로 하였습니다. 강의 내용을
풀어쓴 것이기도 하고 또 당면 과제의 뜻을 강론한 것이기도 하기 때문
입니다. 그리고 고전을 읽는 방법이 일반적인 고전 연구서와 다르기 때
문에 '나의 동양고전 독법'이란 부제를 달았습니다.

'나의 동양고전 독법'에 대하여 반론이 있을 수 있습니다. 그에 관

해서는 서론 부분에서 나름대로 밝혀두고 있습니다만 우리들이 고전을 읽는 이유가 역사를 읽는 이유와 다르지 않다고 생각합니다. 과거는 현재와 미래의 디딤돌이면서 동시에 짐이기도 합니다. 그리고 짐이기 때문에 지혜가 되기도 할 것입니다. 그것을 지혜로 만드는 방법이 대화라고 생각합니다. 고전 독법은 과거와 현재의 대화이면서 동시에 미래와의 대화를 선취하는 것이어야 한다고 생각합니다. 이 책에서 그러한 성과를 이루어낸 것이 아님은 물론입니다. 다만 그러한 독법의 필요를 이야기한 것이면 충분하다고 생각합니다. 그래서 필자로서는 이 책이 고전에 대한 관심보다는 우리 현실에 대한 관심을 갖는 계기가 되기를 바라는 것입니다.

책을 출판하면서 늘 부담스러운 것 중의 하나가 '저자'라는 호칭입니다. 특히 이 책은 그렇습니다. 우선 고전의 반열에 오른 제자백가들의 사상을 이 책의 바탕으로 삼고 있다는 점이 그렇습니다. 그리고 역대의 뛰어난 주석과 해설에서 견해를 취하지 않을 수 없었다는 사실이 또 그렇습니다. 풀이(述)한 것일 뿐 무엇 하나 지은(作) 것이 없기 때문입니다. 더구나 원고를 검토하고 고쳐주신 심경호 교수와 이봉규 교수의 노고까지 더한다면 더욱 그렇습니다. 뿐만 아니라 일일이 원전과 대조하면서 곳곳에서 잘못된 부분을 바로잡아주신 돌베개 편집부의 수고까지 합한다면 더더욱 그렇습니다. 다시 한 번 두 분 교수님과 편집부 여러분께 감사드리는 바입니다. 그리고 소제목 선정과 교정에까지 참여하여 수고를 마다하지 않은 한철희 사장님께도 감사드립니다.

이 서문을 쓰면서 38년 전에 출판한 번역서를 다시 펼쳐보았습니다.

그 책의 역자 후기는 다음과 같은 글로 끝맺고 있었습니다.

"남이 써놓은 책을 말만 바꾸어 내어놓는 데에도 참 많은 사람들에게 감사를 드리지 않을 수 없다. 아무쪼록 그분들의 연학研學에 진경進境이 월등越等하시길 빌면서 남은 잉크를 말린다."

오랜 세월이 흐른 지금 같은 말씀을 드리지 않을 수 없습니다.

감사합니다.

신 영 복

서론 1

고전에 대한 우리의 관점이 중요합니다. 역사는 다시 쓰는 현대사라고 합니다. 마찬가지로 고전 독법 역시 과거의 재조명이 생명이라고 생각합니다. 당대 사회의 당면 과제에 대한 문제의식이 고전 독법의 전 과정에 관철되고 있어야 한다고 생각합니다. 우리의 고전 강독에서는 과거를 재조명하고 그것을 통하여 현재와 미래를 모색하는 것을 기본 관점으로 삼고자 합니다. 고전을 재조명하는 작업은 어쩌면 오늘날처럼 속도가 요구되는 환경에서 너무나 한가롭고 우원迂遠한 일인지도 모릅니다. 그러나 현대 자본주의가 쌓아가고 있는 모순과 위기 구조는 근본 담론이 더욱 절실하게 요구되는 상황이 아닐 수 없습니다. 바쁠수록 돌아가라는 금언이 있습니다. 길을 잘못 든 사람이 걸음을 재촉하는 법이기 때문입니다.

나와 동양고전과의 인연

강의에 앞서서 나와 동양고전과의 인연에 대해 먼저 이야기를 해야 합니다. 그런 다음에 고전 강독의 주제와 관점에 대해 이야기하는 것이 순서라고 생각합니다. 여러분이 알고 있듯이 나는 현재 사회과학 입문, 정치경제학 등 사회과학부 강의를 맡고 있지요. 전공이 경제학이구요. 그런데 왜 동양고전 강독 강의를 하고 있는지 궁금하리라고 생각합니다. 그 이야기부터 해야 할 것 같습니다. 나로서는 여러분이 이 강의를 듣고자 하는 이유가 도리어 궁금합니다. 여러분이 공부하고 있는 분야는 매우 다양할 뿐만 아니라 아예 동양고전과 인연이 없는 학과도 많기 때문입니다. 강의에 앞서 동양고전에 대한 여러분과 나의 관심을 서로 견주어보는 것도 의미 있는 일이라고 생각합니다.

내가 동양고전을 처음 접하게 된 것은, 그걸 동양고전이라고 할 것도 없지만, 어려서 할아버님의 사랑방에서부터라고 할 수 있습니다. 할아버님 사랑채에 불려간 것이 초등학교 6학년까지였어요. 6학년 때 할아버님께서 돌아가셨지요. 그러나 그때의 붓글씨나 한문 공부란 것은 할아버님의 소일거리였다고 해야 합니다. 나로서는 특별한 의미를 부여하기가 어렵지요. 너무 어렸습니다. 그러나 유년 시절의 경험은 대단히 중요하다고 생각합니다. 심층의 정서로 남아 있기 때문입니다.

내가 본격적으로 동양고전에 관심을 갖게 된 것은 아무래도 감옥에 들어간 이후입니다. 감옥에서는, 특히 독방에 앉아서는 모든 문제를 근본적인 지점에서 다시 생각하게 됩니다. 감옥의 독방이 그런 공간입니다. 우선 나 자신을 돌이켜보게 됩니다. 유년 시절에서부터 내가 자라면서 받은 교육을 되돌아보게 되고 우리 사회가 지향했던 가치에 대해서 반성하게 됩니다.

우리의 대학 시절인 60년대는 참으로 절망적이었습니다. 내가 59학번이거든요. 휴전 협정이 53년에 체결되었지요. 일제 식민지 잔재에서부터 해방 후의 예속적 정치권력, 부정과 부패 그리고 한국전쟁의 처참한 파괴와 상처가 채 가시지 않은 환경에서 대학 생활을 하게 되지요. 우리 것에 대한 최소한의 자부심마저 갖기 어려운 상황이었습니다. 그 유일한 탈출구를 근대화에서 찾고 있었습니다. 이른바 '근대 기획'이 우리 사회의 목표였다고 할 수 있습니다. 구체적으로는 미국 문화와 유럽 문화를 다투어 받아들이고 그것으로 치장하려고 하였지요. 사회의 상층부에 속하는 대학 사회와 대학 문화가 당연히 더 적극적이었고 그런 점에서 더 많은 영향을 받고 있었지요. 우리의 의식을 지배했던 것이 근대화와 서구 문화였습니다. 지금도 다르지 않습니다만 우리 것에 대한 최소한의 자부심마저 허락하지 않는 불행한 문화였습니다.

내가 동양고전에 관심을 갖게 된 것은 이러한 사회적 환경과 무관하지 않습니다. 분단과 군사 독재에 저항하면서 열정을 쏟았던 학생 운동의 연장선상에서 감옥에 들어가게 되고, 그것도 무기징역이라는 긴 세월을 앞에 놓고 앉아서 나 자신의 정신적 영역을 간추려보는 지점에 동양고전이 위치하고 있었던 것이지요. 말하자면 나의 사고와 정서를 지배하고 있는 식민지 의식을 반성하는 것에서 시작되었다고 할 수 있습니다. 이러한 반성은 동시에 우리 시대에 대한 반성의 일환이기도 했습니다. 요즈음 대학생이나 젊은 세대들은 근본적 성찰을 하는 일이 별로 없는 것같이 느껴집니다. 매우 감각적이고 단편적인 감정에 매몰되어 있다는 인상을 받습니다. 또 세계화와 신자유주의의 세례를 받고 있어서 그런지는 모르지만 그러한 반성 자체가 낡은 것으로 치부되기까지 하지요. 이러저러한 이유로 근본적 담론 자체가 실종된 환경이라고 할 수 있습니다. 지금 생각해보면 그 당시에는 아직도 그러한 반성적 정서가 사회 곳곳에 남아 있었다는 점에서 지금보다는 오히려 덜 절망적이었다고 할 수도 있습니다.

　　무기징역을 선고받고 옥방獄房에 앉아서 생각한 것이 동양고전을 다시 읽어보자는 것이었습니다. 우리 것에 대한 공부를 해야겠다는 것이었어요. 그리고 또 한 가지는, 이건 훨씬 더 현실적인 이유였습니다만 당시 교도소 규정은 재소자가 책을 세 권 이상 소지할 수 없게 되어 있었지요. 물론 경전과 사전은 권수에서 제외되긴 합니다만, 집에서 보내주는 책은 세 권 이상 소지할 수 없게 되어 있었습니다. 다 읽은 책을 반납해야 그 다음 책을 넣어주는 식이었어요. 멀리 서울에 계시는 부모님으로부터 책 수발을 받는 나로서는 난감한 일이었습니다. 그런데 다른 책에 비해 동양고전은 한 권을 가지고도 오래 읽을 수 있는 책이지요.

『주역』周易은 물론이고 노자老子『도덕경』道德經도 한 권이면 몇 달씩 읽을 수 있지요. 세 권 이상 소지할 수 없다는 교도소 규정이 별로 문제가 되지 않았어요. 나중에는 동양고전 몇 권을 한 권으로 제본해서 보내주도록 아버님께 부탁하여 받기도 했습니다. 나의 동양고전에 대한 관심은 이처럼 감옥에서 나 자신을 반성하는 계기로 시작되었으며 또 교도소의 현실적 제약 때문이기도 했습니다.

국어사전 290쪽

나의 동양고전 공부에 빼놓을 수 없는 분이 계십니다. 바로 감옥에서 함께 고생하셨던 노촌老村 이구영李九榮 선생님입니다. 노촌 선생님은 벽초 홍명희, 위당 정인보 선생으로부터 가르침을 받은 분입니다. 작고하신 연민淵民 이가원李家源 박사와 동학 고우로 학문적으로 같은 반열에 드시는 한학漢學의 대가입니다. 이 노촌 선생님과 내가 같은 감방에서 무려 4년 이상을 함께 지내게 됩니다. 같은 방에서 하루 24시간을 4년 이상 함께 지냈다는 것은 내겐 대단히 큰 의미가 있습니다. 노촌 선생님에 관해서는 다음에 이야기할 기회가 있을 것으로 생각됩니다만, 간단히 소개하자면 최근에 『역사는 남북을 묻지 않는다』라는 책을 출간하시기도 하였고, 노촌 선생님의 일대기가 KBS의 〈인물현대사〉에서 방영되기도 했습니다.

노촌 선생님으로부터 내가 배우고 깨달은 것이 동양고전에 국한된 것이 아님은 물론입니다. 생각하면 노촌 선생님과 한방에서 지낼 수 있었던 것은 바깥에 있었더라면 도저히 얻을 수 없는 행운이었다고 할 수 있지요. 노촌 선생님의 삶은 어쩌면 우리의 현대사를 압축적으로 보여 주는 삶이라고 할 수 있습니다. 이를테면 조선 봉건 사회, 일제 식민지 사회, 전쟁, 북한 사회주의 사회, 20여 년의 감옥 사회 그리고 1980년대 이후의 자본주의 사회를 두루 살아오신 분입니다. 한 개인의 삶에 그 시대의 양量이 얼마만큼 들어가 있는가 하는 것이 그 삶의 정직성을 판별하는 기준이라고 한다면 노촌 선생님은 참으로 정직한 삶을 사신 분이라 할 수 있습니다. 노촌 선생님의 삶은 어느 것 하나 당대의 절절한 애환이 깃들어 있지 않은 것이 없지만 그중의 한 가지를 예로 들자면 노촌 선생님을 검거한 형사가 일제 때 노촌 선생님을 검거했던 바로 그 형사였다는 사실이지요. 참으로 역설적인 일이 아닐 수 없습니다. 친일파들이 오히려 반민특위를 역습하여 해체시켰던 해방 정국의 실상을 이보다 더 선명하게 보여주는 예도 없지요.

노촌 선생님께서는 옥중에 계시는 동안 가전家傳되던 의병 문헌을 들여와 번역을 하셨고 나는 자연스럽게 옆에서 번역 일을 도우면서 한문 공부를 하기도 하였지요. 그때 번역한 초고가 출소하신 후인 1993년 10월에 『호서의병사적』湖西義兵事蹟으로 출간되었습니다. 내가 그 엄청난 동양고전을 비교적 진보적 시각에서 선별하여 읽을 수 있었던 것이나 모르는 구절을 새겨 읽을 수 있었던 것은 노촌 선생님이 옆에 계셨기 때문에 가능했다고 생각합니다. 나는 그때 공감되는 부분이나 앞으로 재조명이 필요하다고 생각되는 부분들을 표시해두었습니다. 지금 여러분과 같이 공부하고자 하는 예시 문안의 대부분이 그때 표시해두었던 부분인 셈입니다.

그런 의미에서 여러분과 함께 공부하게 될 동양고전 강독은 사실 감옥에서 시작된 것이라 할 수 있습니다. 그리고 노촌 선생님의 생각이 간접적으로 전승되는 것이라고 할 수도 있습니다. 노촌 선생님의 청을 따르지 않을 수 없어서 선생님의 일대기인 『역사는 남북을 묻지 않는다』에 발문을 썼는데, 그 끝부분에 이렇게 썼습니다.

이 글을 쓰면서 그 동안 노촌 선생님을 자주 찾아뵙지 못하였음을 뉘우치게 된다. 그러나 조금도 적조한 느낌을 갖지 않고 있다. 문득 문득 선생님을 기억하고 있기 때문이다. 지금도 나는 국어사전을 찾을 때면 일부러라도 290쪽을 펼쳐 본다. 국어사전 290쪽은 노촌 선생님께서 바늘을 숨겨놓는 책갈피이다. 바늘을 항상 노촌 선생님께 빌려 쓰면서도 무심하다가 언젠가 왜 하필 290쪽에다 숨겨두시느냐고 물은 적이 있다. '290'이 바로 '이 구영'이라고 답변하셨다. 엄혹한 옥방에서 바늘 하나를 간수하시면서도 잃지 않으셨던 선생님의 여유이면서 유연함이었다.

지금도 물론 나의 가까이에 국어사전이 있고 자주 사전을 찾고 있다. 찾을 때면 290쪽을 열어 보고 그 시절의 노촌 선생님을 만나뵙고 있다. 다시 한 번 이 책의 출간을 기뻐한다.

화두話頭와 '오래된 미래'

앞으로 함께 읽게 될 고전의 예시 문안들은 동양고전의 극히 일부분에 지나지 않습니다. 그리고 매우 초보적인 것을 중심으로 하고 있습니다. 사실 동양고전을 섭렵한다는 것은 평생 걸려도 불가능한 일이지요.

5천 년 동안 단절되지 않고 전승되어 내려오는 문명이 세계에는 없습니다. 이집트만 하더라도 고대 문자 해독이 불가능합니다. 해독에 필요한 모든 자료가 파괴되었기 때문에 피라미드가 파라오의 무덤인지 아닌지 판별할 수 있는 기록이 없습니다. 그러나 중국 고대 문헌은 마치 현대 문헌처럼 친숙하게 읽히고 있습니다. 전승과 해독에 있어서 세계 유일의 문헌입니다. 그 규모가 엄청날 수밖에 없지요. 고전을 읽겠다는 것은 태산준령 앞에 호미 한 자루로 마주 서는 격입니다.

특히 이 고전 강독 강의는 비전공자를 대상으로 하고 있습니다. 강의를 하는 나 자신부터 비전공자이구요. 그래서 가장 기본적인 고전에서 문안을 선정했습니다. 『시경』·『서경』·『초사』에서 문안을 뽑기도 하고 『주역』을 다루기도 하지만, 주로 춘추전국시대의 제자백가 사상을 중심으로 하고 있습니다. 그리고 『대학』과 『중용』의 독법讀法과 함께 송대宋代 신유학新儒學에 대한 논의를 추가하고 있는 정도입니다. 그러나 정작 중요한 것은 관점입니다. 고전에 대한 우리의 관점이 중요합니다. 역사는 다시 쓰는 현대사라고 합니다. 마찬가지로 고전 독법 역시 과거의 재조명이 생명이라고 생각합니다. 당대 사회의 당면 과제에 대한 문제의식이 고전 독법의 전 과정에 관철되고 있어야 한다고 생각합니다. 우리의 고전 강독에서는 과거를 재조명하고 그것을 통하여 현재와 미래를 모색하는 것을 기본 관점으로 삼고자 합니다. 그래서 예시한 문안도 그런 문제의식에 따라 선정했다고 할 수 있습니다.

먼저 기원전 7세기부터 기원전 2세기에 이르는 춘추전국시대의 사상을 중심으로 하고 있습니다. 한마디로 사회 변혁기의 사상을 대상으로 하였습니다. 사회 변혁기는 사회의 본질에 대한 근본적인 담론談論

이 주류를 이룹니다. 주周 왕실을 정점으로 하는 고대의 종법宗法 질서가 무너지면서 시작된 춘추전국시대는 부국강병富國强兵이라는 국가적 목표 아래 군사력, 경제력, 사회 조직에 이르기까지 국력을 극대화하기 위하여 모든 노력을 경주하는 무한 경쟁 시대입니다. 주 왕실은 지도력을 잃고 대신 중원을 호령하는 패국覇國이 등장하게 됩니다. 수십 개의 도시국가가 춘추시대에는 12제후국으로, 전국시대에는 다시 7국으로 그리고 드디어 진秦나라로 통일되는 역사의 격동기입니다. 이 시기는 흔히 축의 시대(axial era)라고 하여 동서양을 막론하고 사상의 백화제방百花齊放 시대입니다. 처음으로 고대국가가 건설되는 시대였기 때문에 사회에 대한 최초의 그리고 최대한의 담론이 쏟아져 나왔던 시대라고 할 수 있습니다. 소크라테스, 아리스토텔레스, 석가도 이 시대의 사상가임은 물론입니다. 한마디로 사회와 인간에 대한 근본 담론의 시대 그리고 거대 담론의 시대였다고 할 수 있습니다.

이러한 상황이 오늘과 다르지 않습니다. 변화와 개혁에 대한 열망과 이러한 열망을 사회화하기 위한 거대 담론이 절실하게 요청되고 있는 것이 바로 오늘의 상황이라는 인식이 고전 강독에 전제되어 있습니다. 사회와 인간에 대한 근본적 담론을 재구성하는 과제를 전제하고 있습니다. 현대 자본주의 특히 그것이 관철하고자 하는 세계 체제와 신자유주의적 질서는 춘추전국시대 상황과 조금도 다르지 않습니다. 부국강병이 최고의 목표가 되고 있는 무한 경쟁 체제라는 점에서 조금도 다르지 않습니다. 우리는 당시의 담론을 통하여 오늘날의 상황에 대한 비판적 전망을 모색해야 하는 과제를 안고 있습니다. 그런 점에서 21세기를 시작하면서 새로운 문명론文明論 그리고 최대한의 사회 건설 담론이 개화하기를 바라는 것이지요. 우리의 고전 강독은 그런 점에서 기본적으로 사회와 인간 그리고 인간관계에 관한 근본적 담론을 주제로 할 것입니다.

또 한 가지는 고전 강독의 전 과정이 화두話頭를 걸어놓고 진행한다는 점입니다. 이 화두는 물론 21세기의 새로운 문명과 사회 구성 원리에 관한 것이지만, 미래에 대한 전망으로서보다는 오히려 현재에 대한 비판적 시각이라 할 수 있습니다. 그래서 화두라고 하는 것이지요. 어떤 이상적인 모델을 전제하고 그 모델을 현재와 현실 속에 실현하려고 하는 소위 건축 의지建築意志가 바야흐로 해체되고 있는 것이 오늘의 지적 상황입니다. 설계 도면을 파기하는 것이지요. 모델을 미리 설정하고 그것으로부터 실천을 받아오는 방식은 필연적으로 교조적이거나 관념적인 오류를 범하지 않을 수 없기 때문이지요. 새로운 문명과 사회 구성 원리에 관해서는 앞으로 여러 차례에 걸쳐서 언급되리라고 생각합니다만, 우리가 걸어놓는 화두는 '관계론'關係論입니다.

'관계론'에 대해서는 「존재론으로부터 관계론으로」(From Substance-centered Paradigm to Relation-centered One, 『경주문화엑스포 국제학술회의 논문집』)라는 글에서 기본적인 문제 제기를 해두기도 했습니다. 이 서론 부분에서 다 설명할 수는 없습니다만 유럽 근대사의 구성 원리가 근본에 있어서 '존재론'存在論임에 비하여 동양의 사회 구성 원리는 '관계론'이라는 것이 요지입니다. 존재론적 구성 원리는 개별적 존재를 세계의 기본 단위로 인식하고 그 개별적 존재에 실체성實體性을 부여하는 것입니다. 그리고 개인이든 집단이든 국가든 개별적 존재는 부단히 자기를 강화해가는 운동 원리를 갖습니다. 그것은 자기 증식自己增殖을 운동 원리로 하는 자본 운동의 표현입니다.

근대사회는 자본주의 사회이고 자본의 운동 원리가 관철되는 체계입니다. 근대사회의 사회론社會論이란 이러한 존재론적 세계 인식을 전제한 다음 개별 존재들 간의 충돌을 최소화하는 질서를 만들어내는 것이라고 할 수 있습니다. 이에 비하여 관계론적 구성 원리는 개별적 존재가 존재의 궁극적 형식이 아니라는 세계관을 승인합니다. 세계의 모든 존재는 관계망關係網으로서 존재한다는 것이지요. 이 경우에 존재라는 개념을 사용하는 것이 적절하지 않습니다만, 어쨌든 배타적 독립성이나 개별적 정체성에 주목하는 것이 아니라 최대한의 관계성을 존재의 본질로 규정하는 것이 관계론적 구성 원리라 할 수 있습니다. 앞으로 여러 주제를 가지고 이 문제를 논의하게 되리라고 생각합니다. 이제 여러분과 함께 강독하게 될 예시 문안은 대체로 이러한 관계론적 사고를 재조명할 수 있는 것들로 구성했다고 할 수 있습니다.

고전 강독은 결코 과거로의 회귀가 아닙니다. 우리의 당면 과제를 재조명하는 것이 되어야 한다고 생각합니다. 여러분은 『오래된 미래』(Ancient Future)란 책을 알고 있지요. 헬레나 노르베리 호지Helena Norverg Hodge 교수가 인도 서북부 티베트 고원의 라다크에서 17년 동안 라다크 사람들의 삶을 기록한 것입니다. 그 책의 부제가 '라다크로부터 배운다'(Learning from Ladakh)입니다. '오래된 미래'라는 표현은 분명 모순 어법(oxymoron)입니다. 작은 거인(little giant)이나 점보 새우(jumbo shrimp)와 같은 모순된 어법입니다. 그러나 이 모순된 표현 속에 대단히 중요한 뜻이 담겨 있습니다. 미래로 가는 길은 오히려 오래된 과거에서 찾아야 한다는 것이지요. 자연과의 조화와 공동체의 가치를 소중히 여기는 라다크의 오래된 삶의 방식에서 바로 오염과 낭비가 없는 비산업주의적 사회 발전의 길을 생각하게 하는 것입니다. 과거는 그것이 잘된 것이든 그렇지 못한 것이든 우리들의 삶 속에 깊숙이 들어와 있는 것이 지요. 그리고 미래를 향해 우리와 함께 길을 가는 것이지요.

천지현황과 I am a dog

앞으로 고전의 원문을 함께 읽고 해석하는 형식으로 강의가 진행됩니다. 한자 때문에 걱정하지 않아도 됩니다. 여러분은 대체로 한자나 한문을 공부하지 않은 세대입니다. 그런 점에서는 한글 세대인 나 자신도 별로 다르지 않습니다. 나 역시 한문은 전공과도 멀고 소양도 부족합니다. 그러나 고전 강독에서 중요한 것은 앞에서도 이야기했지만 고전으로부터 당대 사회의 과제를 재조명하는 것입니다. 사회와 인간에 대한 성찰과 모색이 담론의 중심이 됩니다. 물론 그러한 논의를 위해서는 고전에 대한 정확한 이해가 전제되어야 하고 또 관련된 문헌 연구도 필요하겠지만 이 부분은 최소한으로 한정할 작정입니다. 고전 원문은 그러한 논의를 이끌어내는 마중물의 의미를 넘지 않을 것입니다.

욕심입니다만 고전 예시 문안을 여러분이 다 암기하면 좋지요. 암기는 못하더라도 혼자서 읽고 해석할 수 있는 정도는 돼야 한다고 생각합니다. 그러나 한자나 한문 공부는 여러분에게 맡길 수밖에 없습니다. 한문 공부에 왕도는 없습니다. 다른 어학 공부도 마찬가지라고 생각합니다만 지름길이나 편법은 없습니다.

옛날에 서당에서 공부하던 방법은 참으로 우직하기 짝이 없었습니다. 무슨 뜻인지 모르면서도 무조건 암기하는 식이었다고 합니다. 서당에서 전승되고 있는 이야기가 있습니다. '미록지대자야'麋鹿之大者也가그 한 예입니다. 미록지대자야란, 미麋는 사슴 중의(鹿之) 큰놈이다(大者也)라는 뜻이지요. 미麋는 '큰사슴 미' 자거든요. 당연히 麋, 鹿之, 大者也라고 띄어 읽어야 맞지요. 그런데 아침에 책방 도령의 글 읽는 소리를 듣자니 麋鹿, 之大, 者也로 읽더라는 겁니다. 저녁에 집에 돌아와서책방 도령의 읽는 소리를 들으니 그제야 麋, 鹿之, 大者也로 바르게 끊어서 읽더라는 것이지요. 스스로 깨치는 방식이었다고 할 수 있습니다.하루 종일 걸려서 그제야 깨닫는 그런 비능률적인 방법이었음에도 불구하고 그 성과는 매우 놀라울 정도였습니다.

여러분이 영어 공부 시작한 지가 최소한 10년은 된다고 생각합니다.그러나 영어 논문을 쓰거나 영시英詩를 짓고 감상할 정도가 되기는 어렵지 않나요? 그러나 과거 우리의 할아버지 세대는 4, 5년이면 뛰어난문장력과 시작詩作 수준을 보여주고 있거든요. 과학적 방법이나 첩경捷徑에 연연하지 않고 그저 우직하게 암기하는 것이 오히려 가장 확실한성과를 이루는 것이기도 하지요. 나는 여러분이 마음에 드는 고전 구문을 선택해서 암기하는 것에서부터 시작하라고 권하고 싶습니다.

그리고 이왕 내친김에 이야기하고 싶은 것이 한 가지 더 있습니다.과거의 어학 교육은 어학을 위한 교육이 아니었습니다. 그것은 어디까지나 수단이었습니다. 이것은 매우 중요한 것이라고 할 수 있습니다.우리가 중학교에 입학하고 처음 받은 영어 교과서는 I am a boy. You are a girl.로 시작되거나 심지어는 I am a dog. I bark.로 시작되는 교과서도 있었지요. 저의 할아버님께서는 누님들의 영어 교과서를 가져오라고 해서 그 뜻을 물어보시고는 길게 탄식하셨지요. 천지현황天地玄

黃. 하늘은 검고 땅은 누르다는 천지와 우주의 원리를 천명하는 교과서와는 그 정신세계에 있어서 엄청난 차이를 보이고 있었기 때문이었을 것입니다. 천지현황과 "나는 개입니다. 나는 짖습니다"의 차이는 큽니다. 아무리 언어를 배우기 위한 어학 교재라고 하더라도 그렇습니다.

이 책에는 아마 여러분의 마음에 드는 문장이 많으리라고 생각합니다. 여러분은 한자나 한문 때문에 주저할 필요가 없습니다. 어학보다는 그것에 담겨 있는 내용에 주목하면 충분합니다. 좋아하는 사람이 생기면 그를 자주 바라보게 되듯이 좋은 문장을 발견하기만 하면 어학은 자연히 습득되리라고 봅니다. 마음에 드는 문장을 만나는 것이 중요합니다. 그리고 암기하는 것이지요. 그렇게 해서 원문을 해독하고 문장을 구사할 수 있을 정도면 금상첨화지요. 그러나 일단은 고전에 담겨 있는 내용을 이해하고 그 뜻을 재조명하는 것에서 시작하면 자연스럽게 가까워지리라고 생각합니다.

차이에 주목하는 것은 부분을 확대하는 것

과거의 사상과 현대의 사상이 다르지 않다는 이야기를 했습니다. 미래는 오래된 과거라고 했습니다. 이것은 이를테면 사상의 시간적인 존재 형식에 관한 것이라고 할 수 있습니다. 그러나 사상은 시간적인 존재 형식만을 갖는 것이 아니라 공간적인 존재 형식도 갖습니다. 동양이라는 어휘 그 자체가 공간적 의미입니다. 서양에 대한 동양이란 뜻입니다. 사상사 연구에 있어서 시간적 존재 형식은 물론이고, 그것의 공간적 존재 형식을 밝히는 것은 대단히 중요한 의미를 갖습니다. 그러나 동양 사상의 경우 그것의 공간적 존재 형식에 주목하는 경우 우리는 대단히 완고한 선입관에 갇히게 될 위험이 큽니다. 동양 사상을 특수한 것, 전근대적인 것, 그리고 때로는 저급한 것으로 규정하는 뿌리 깊은 오리엔탈리즘에 갇히게 되는 것이지요.

그뿐만 아니라 무엇과 무엇의 차이를 비교하는 방식의 접근 방법을 나는 신뢰하지 않습니다. 그러한 시각 즉 비교하고 그 차이를 드러내는 관점은 몇 가지 점에서 문제가 있다고 생각합니다. 우선 그러한 관점은 가장 본질적인 것, 핵심적인 것을 놓치기 쉽습니다. 물론 본질적인 부분에서 차이를 보이고 있는 경우도 없지 않습니다만 그러한 경우보다는 그 형식에 있어서나 그 표현에 있어서의 차이, 즉 지엽적인 부분이 비교되는 경우가 더 많기 때문입니다. 차이에 주목하는 것은 부분을 확대하는 것이기 때문이지요.

그리고 본질적인 차이가 지적된다 하더라도 이른바 차이라는 개념으로 그것의 본질 부분을 설명하거나 이해하기는 대단히 어려운 일이지요. 지금 여러분 가운데 두 사람을 일어서게 하고 두 사람의 차이에 주목한다면 어떨 것 같습니까? 본질적인 것이 드러날 것 같습니까? 우리가 어떤 본질에 대하여 이해하려고 하는 경우에는 먼저 그것의 독자성과 정체성을 최대한으로 수용하는 방식이어야 합니다. 그것은 비교의 대상이 되어서는 안 되는 것이지요. 엄밀한 의미에서 대등한 비교란 존재하지 않습니다. 비교나 차이는 원천적으로 비대칭적입니다.

그런 점에서 차이를 보려는 시각은 결국 한쪽을 부당하게 왜곡하는 것이 아닐 수 없으며, 기껏해야 지엽적인 것이나 표면에 국한된 것을 드러내는 것일 수밖에 없지요. 차이에 주목하는 것은 결국 차별화로 귀착되는 것이지요. 반대의 논리도 없지 않습니다. 일단 차이를 인식하고, 차이를 인정하고 그러한 토대 위에서 통합과 공존을 모색한다는 논리도 있을 수 있습니다. 그러나 진정한 공존은 차이가 있든 없든 상관없는 것이지요. 차이가 있기 때문에 공존이 필요한 것이지요. 어떠한 경우든 차별화는 본질을 왜곡하게 마련이라고 해야 합니다. 그 점을 특히 경계해야 하는 것이지요.

그리고 세상의 모든 것들은 관계가 있습니다. 관계없는 것이 있을 수 없습니다. 궁극적으로는 차이보다는 관계에 주목하는 것이 바람직하지요. 수많은 관계 그리고 수많은 시공時空으로 열려 있는 관계가 바로 관계망關係網입니다. 우리가 고전 강독의 화두로 걸어놓은 것입니다. 여기서 동양 문화와 서양 문화를 비교하려고 하는 것은 우리의 고전 강독의 화두인 관계론에 대한 이해를 이끌어내는 데 의미가 있다고 생각하기 때문입니다. 이 점을 여러분이 유의해주기 바랍니다.

고전 독법의 참여점(Entry point)

동양 문화라는 개념은 서양 문화를 기준으로 하여 만들어진 조어造語입니다. 세계를 주도하는 문화는 서양 문화입니다. 그런 점에서 서양 문화는 그 자체로서 보편성을 가지고 있습니다. 소위 문화 일반의 준거準據가 되고 있습니다. 따라서 동양 문화는 오리엔탈리즘이라는 주변적 위상을 벗어날 수 없습니다. 언제나 서양의 시각에서 동양 문화가 조명되는 구도이지요.

근대사는 서구 문명이 전 세계로 확장되는 과정이었다고 할 수 있습니다. 중국, 한국, 일본 등 아시아 각국이 지난 몇 세기 이래 줄곧 서양 문화를 배우고 있습니다. 지금도 다르지 않습니다. 그렇기 때문에 서양 문화를 이해한다는 것은 현대 세계의 기본적 구조를 이해하는 것이기도 합니다. 이러한 견해에 대해서 현대 자본주의와 신자유주의적 세계 질서를 서양 문명으로부터 이끌어내는 것은 지나친 환원주의還元主義라는 반론도 없지 않습니다. 그러나 서구의 근대사가 서양 문명의 기본적 구성 원리와 무관할 수 없는 것이고 또 오늘날의 패권적 세계 질서 역시 서구의 근대사와 무관할 수 없는 것이지요. 더구나 현대 사회의 문제점을 조명해내고 그것을 넘어서기 위한 일련의 모색 과정에 우리의 고전 강독이 자리하고 있다는 점은 결코 간과해서는 안 되는 것이지요.

서양 문화의 기본적 구도는 헬레니즘과 헤브라이즘의 종합 명제(合)라는 것이 통설입니다. 흄과 칸트의 견해입니다. 서양 근대 문명은 유럽 고대의 과학 정신과 기독교의 결합이라는 것이지요. 과학과 종교라는 두 개의 축으로 이루어져 있으며, 과학은 진리를 추구하고 기독교 신앙은 선善을 추구합니다. 과학 정신은 외부 세계를 탐구하고 사회 발전의 동력이 됩니다. 그리고 종교적 신앙은 인간의 가치를 추구하며 사회의 갈등을 조정합니다. 서양 문명은 과학과 종교가 기능적으로 잘 조화된 구조이며 이처럼 조화된 구조가 바로 동아시아에 앞서 현대화를 실현한 저력이 되고 있다는 것이지요.

그러나 서양 문명은 이 두 개의 축이 서로 모순되고 있다는 사실이 결정적 결함이라는 것입니다. 과학과 종교가 서로 모순된 구조라는 것이지요. 과학은 비종교적이며 종교 또한 비과학적이라는 사실입니다.

과학과 종교의 모순에 관한 역사적 사례는 얼마든지 발견됩니다. 계몽주의 이전에는 기독교 교리를 벗어난 과학자들이 이단으로 박해를 받았지요. 여러분이 오히려 더 잘 알고 있는 역사적 사건들입니다. 코페르니쿠스는 생전에 지동설을 발표하지 못했습니다. 갈릴레이가 재판정에서 지동설을 포기하고 법정을 나오면서 "그래도 지구는 돈다"고 한 말은 지금도 자주 언급되고 있습니다.

그러나 오늘날은 오히려 반대라 할 수 있습니다. 종교의 과학에 대한 억압이 문제가 아니라 과학의 급속한 발전이 오히려 문제를 야기하고 있습니다. 과학의 압도적 우위로 말미암아 진리와 선이라는 서양 문명의 기본 구조가 와해되었다고 할 수 있습니다. 과학의 경이적인 발전이 인간적 가치를 신장하기 위한 것이 아님은 물론이지요. 신무기나 신상품의 생산 기술이 과학 발전의 동기가 되고 있으며, 과학은 다시 자본 축적의 전략적 수단이 되어 사회 변화를 증폭하고 미래에 대한 압도적 규정력을 행사하고 있습니다. 현대 사회의 높은 범죄율, 생명 경시 풍조는 종교의 역할이 무너진 것과 무관하지 않다는 것이지요. 과학이 자신의 대립면對立面을 상실하고 무한 질주를 거듭하기 때문이라는 주장입니다. 핵무기를 비롯한 대량 살상 무기가 지구상의 모든 생명을 위협하고 있을 뿐 아니라 고분자 화합물, 전자파 오염 물질 등으로 말미암아 생태계 자체가 위기에 처해 있습니다. 과학은 희망을 주기보다는 공포의 대상이 되고 있는 것이 오늘의 현실입니다.

이러한 상황은 대단히 현실적인 문제 제기의 형태를 띠면서 동시에 서양 문명의 구조 자체의 모순과 불완전성에 대한 반성으로 나타나고 있습니다. 방금 이야기한 서구 문명의 기본적인 구조, 즉 과학과 종교라는 이원적 구조와 모순에 대한 반성이라고 할 수 있습니다. 이러한 상황에서 과학 이성에 대한 종교의 지도성을 회복해야 한다는 주장이 제기되지만 그 전망이 그리 밝지 않은 것이 현실입니다.

현대 세계를 주도하고 있는 패권 국가의 일방주의적 세계 전략은 이러한 모순을 더욱 첨예화하고 있습니다. 초국적 금융자본의 신자유주의적 전략이 말하자면 대립면을 상실한 질주입니다. 자기 증식을 운동 원리로 하는 존재론의 필연적 귀결입니다. 패권주의적 세계 전략은 자기 증식 운동의 불가피한 선택이지만 그러한 전략은 결국 위기를 심화할 뿐이라는 것이 모순이지요. 이를테면 패권주의적 질주는 자기의 목표를 부단히 허물어버리는 모순 운동 그 자체라는 것이지요. 오늘날 많은 담론들이 동양과 서양의 사회 구성 원리에 주목하는 까닭은 이러한 일련의 과정이 바로 근대사회, 나아가서는 서구 문명의 구성 원리로부터 연유한다는 반성이 제기되기 때문입니다.

서구 문명의 구성 원리에 대한 반성이 주목하는 것이 바로 동양적 구성 원리입니다. 서구 문명이 도덕적 근거를 비종교적인 인문주의人文主義에 두었더라면 그러한 모순은 나타나지 않았을 것이라는 반성이지요. 동양의 역사에는 과학과 종교의 모순이 없으며 동양 사회의 도덕적 구조는 기본적으로 인문주의적 가치가 중심이라고 할 수 있습니다. 자연과 인간 그리고 인간관계 등 지극히 현실적이고 인문주의적인 가치들로 채워져 있습니다. 우리가 앞으로 고전 강독에서 확인해야 할 부분입니다.

우리는 이 대목에서 신중해야 합니다. 최근 동양학에 대한 서구의 관심은 이와 같은 성찰적 동기에서 이루어지고 있는 것이 아니기 때문입니다. 동양적 구성 원리가 인문주의인 것은 사실이며 과학과 종교의 모순이 없는 구조인 것 또한 사실입니다. 그러나 최근의 동양에 대한 관심은 그것 때문이 아니라는 점을 잊지 말아야 합니다. 기본적으로 신대륙에 대한 콜럼버스의 관심입니다. 과도하게 축적된 초국적 자본이 자본주의 시장권에서 분리되어 있던 동구권과 러시아 대륙에 이어서 다시 광범한 중국 시장에 쏟는 관심, 이것이 주된 동기라고 할 수 있습니다.

오늘날의 주류 담론인 전 지구적 자본주의(global capitalism)와 세계화 논리는 한마디로 거대 축적 자본의 사활적死活的 공세攻勢 그 이상도 그 이하도 아닙니다. 그것은 자본주의 전개 과정이 역사적으로 보여주고 있는 자본 축적 과정의 전형적 형태입니다. 본질적으로는 대립면을 상실한 일방적 질주에 다름 아니지요. 미국과 유럽이 주도해왔고 또 당분간 주도해갈 세계 질서 역시 동일한 모순 과정을 답습하리라는 것은 의심의 여지가 없습니다. 존재론적 구성 원리와 존재론적 운동 형태를 지양하지 않는 한 다른 경로가 없기 때문이지요.

서구 문명에 대한 이러한 이해 방식이 일면적이라는 비판이 있을 수 있습니다. 그러나 엄밀한 의미에서 일면성을 띠지 않는 시각이나 관점은 없습니다. 모든 관점은 일정하게 당파성을 띱니다. 그렇기 때문에 객관성과 중립성을 주장하는 반론이 끊이지 않는 것이지요. 그럼에도 불구하고 중요한 것은 실천적 관점입니다. 동양학에 대한 관점을 바로 이 지점에 세우는 작업이야말로 실천적으로 대단히 의미 있는 일이라고 생각합니다. 이 지점을 참여점(entry point)으로 하는 고전 독법이 진정한 의미에서 고전을 새롭게 재조명하는 것이 되리라고 생각하기 때문입니다.

삶을 존중하고 길을 소중히 하고

동양적 사고는 현실주의적이라고 합니다. 현실주의적이라는 의미도 매우 다양합니다만 대체로 우리들의 삶이 여러 가지 제약 속에서 이루어지고 있다는 사실을 승인하는 태도라고 할 수 있습니다. 저 혼자 마음대로 살아갈 수 없는 것이 우리의 삶이란 뜻입니다. 다른 사람과의 관계를 고려해야 하고 나아가 자연과의 관계도 고려해야 하는 것이지요. 다른 사람에게 모질게 해서는 안 되며(不忍人之心), 과거를 돌이켜보고 미래를 내다보아야 하는 것(溫故知新)이 우리의 삶이란 뜻입니다. 우리들이 살아가는 일에 소용이 없는 것이라면 의미가 없다는 뜻이기도 합니다. 현실주의란 한마디로 살아가는 일의 소박한 진실입니다.

여기서 우리는 서구인들의 동양에 대한 인식을 원천적으로 결정하고 있는 막스 베버에 대하여 언급해두지 않을 수 없습니다. 막스 베버는 동양 사회의 정체停滯가 바로 이 현실주의 때문이라는 결론을 내리고 있기 때문입니다. 베버의 동양 사회에 대한 비판은 자본주의를 합리화하기 위한 장치적 의미 이상이 아님은 물론입니다. 이곳에서 자세하게 언급할 필요는 없습니다만, 막스 베버가 자본주의 정신이라고 하는 프로테스탄트의 금욕주의는 한마디로 적게 소비하고 많이 저축하여 자본 축적을 이루어냈으며 나아가 자본주의라는 최선의 사회 제도를 가능하게 했다는 논리입니다. 더욱 결정적인 것은 금욕주의가 바로 신의 소명(God's calling)이라는 논리입니다.

반면에 동양적 현실주의에는 바로 이 합리적 제어 장치가 없다는 것이지요. 근검절약이라면 오히려 거꾸로 된 주장이라고 생각되지 않습니까? 자본주의라는 거대한 낭비 체제를 프로테스탄티즘이 어떻게 설명할 수 있을지 아연해지지 않을 수 없습니다. 동양 사상이 비록 윤리적 차원의 현실주의라는 것을 부정하지 않는다고 하더라도 현실주의가 곧 현세에 대한 탐닉을 의미하는 것은 아니지요.

여기서 자본주의가 과연 프로테스탄티즘의 근검절약에 의해서 성립하고 발전해왔는가, 그리고 자본주의 체제를 기준으로 동서양을 비교하는 방식이 근본에 있어서 비대칭적 구조가 아닌가를 논의할 필요는 없습니다. 베버는 엄밀한 의미에서 기독교 윤리를 개진한 것이기보다는 자본 논리를 합리화하는 맥락에 충실했기 때문입니다. 그 과정에서 동양 사상에 대해 저급한 이해의 층위를 드러냈을 뿐이지요. 다만 그처럼 예찬한 자본 축적 과정이 근대사의 전개 과정에서 과연 어떠한 비극으로 점철되고 있는가에 대하여 베버는 최소한의 전망도 가지지 못했다는 사실만은 지적되어야 할 것입니다. 동양 사상이 비종교적이며 현실주의적이라는 점은 베버가 옳게 지적했다고 할 수 있습니다. 그러나 문제는 현실주의를 현세적 향락과 체면의 문화로 규정하고 있는 논리적 무리인 것이지요.

동양 사상은 물론 사후死後의 시공時空에서 실현되는 가치를 인정하지 않습니다. 현세를 신의 소명(Beruf, Calling, Vocation)과 직선적으로 연결시키는 단선적인 신학적 사유 체계가 아닙니다. 비종교적이고 현실주의적입니다. 그런 점에서 베버의 주장이 틀린 것이라고 할 수도 없습니다. 형식주의와 체면에 대하여 지적한 것 역시 틀린 것이라고 할 수 없습니다. 그러나 그것에 담겨 있는 의미를 온당하게 읽지 못하고 있는 것이 문제이지요. 체면이란 다른 사람과의 관계에서 나타나는 것이라는 점에서 그것은 인간관계를 내용으로 합니다. 그런 점에서 체면은 사회적 의미로 이해되어야 합니다. 형식주의의 경우도 마찬가지입니다.

인간관계를 일정하게 사회화해야 하는 경우 필연적으로 일정한 형식이 요구됩니다. 어떤 형식을 부여하여 전범典範으로 만들어야 하는 것이지요. 종교적 형식도 예외가 아닙니다. 그런 점에서 모든 형식은 불가피하게도 어느 정도의 부정적이고 경직된 측면을 배제할 수 없는 것이기도 합니다.

그러나 무엇보다 결정적인 것은 베버의 체계에는 동양 사상의 저변을 이루고 있는 관계론에 대한 개념이 전혀 없었다는 사실입니다. 인간관계에 대한 관점이 결여되고 있는 것이지요. 살아간다는 것은 사람을 만나는 것이며, 살아가는 일의 소박한 현실이 곧 소중한 가치라는 사실을 이해하지 못하고 있는 것이지요.

서양에서는 철학을 Philosophy라고 합니다. 여러분이 잘 알다시피 "지혜를 사랑하는" 것입니다. 지智에 대한 애愛입니다. 그에 비하여 동양의 도道는 글자 그대로 길입니다. 길은 삶의 가운데에 있고 길은 여러 사람들이 밟아서 다져진 통로(beaten pass)입니다. 도道 자의 모양에서 알 수 있듯이 착辵과 수首의 회의문자會意文字입니다. 착辵은 머리카락 날리며 사람이 걸어가는 모양입니다. 수首는 물론 사람의 머리 즉 생각을 의미합니다. 따라서 도란 걸어가며 생각하는 것입니다.

물론 이 도의 어원에 대한 논의도 많습니다. 도道는 도導에서 유래한 것으로, 이 경우의 도導는 이민족의 머리를 손에 지니고 재액災厄을 막으며 선도先導하여 적지敵地로 나아가는 의미라고 합니다. 대단히 무서운 글자라는 것이지요. 그리고 도道가 도덕적 의미로 사용된 예는 『서경』書經에 와서야 처음 그 용례가 발견되고 있으며, 도의 의미를 철학을 의미하는 이른바 존재에 대한 인식 방식이나 나아가 형이상학적 의미로 발전시킨 것은 장주莊周 일파의 철학이라고 알려져 있습니다. 어원이나 용례에서 확인되는 바와 같이 도는 그것이 철학이든 도덕이든 어느 경우에나 도로와 길의 의미입니다. 도는 길처럼 일상적인 경험의 축적이라는 의미를 담고 있습니다. 바로 이 점에 있어서 서양의 철학과 분명한 차이를 보여주고 있습니다.

여러분은 로댕의 조각 〈생각하는 사람〉을 기억하고 있으리라 생각합니다. 여러분도 잘 알고 있듯이 이 조각은 턱을 고이고 앉아서 묵상하는 자세입니다. 이러한 묵상적인 자세가 상징하고 있는 철학적 의미는 매우 중요합니다. 진리란 일상적 삶 속에 있는 것이 아니며 고독한 사색에 의해 터득되는 것임을 선언하고 있다고 할 수 있습니다. 진리란 이미 기성의 형태로 우리의 삶의 저편에 또는 높은 차원에 마치 밤하늘의 아득한 별처럼 객관적으로 존재하는 것이며, 사람들이 그것을 사랑하고 관조하는 구도 속에 진리는 존재합니다.

이것은 매우 큰 차이입니다. 진리가 서양에서는 형이상학적 차원의 신학적 문제임에 반하여 동양의 도는 글자 그대로 '길' 입니다. 우리 삶의 한복판에 있는 것입니다. 도재이道在邇, 즉 도는 가까운 우리의 일상 속에 있는 것입니다. 동양적 사고는 삶의 결과를 간추리고 정리한 경험과학적 체계로 이루어져 있습니다. 그런 점에서 동양 사상이 윤리적 수준이라는 비판을 면치 못한다고 할 수 있지만 반면에 비종교적이며 과학과의 모순이 없습니다.

자연이 최고의 질서입니다

　동양에서는 자연이 최고의 질서입니다. 최고의 질서란 그것의 상위 질서를 인정하지 않는다는 의미입니다. 자연 이외의 어떠한 힘도 인정하지 않으며, 자연에 대하여 지시적 기능을 하는 어떠한 존재도 상정하지 않고 있다는 사실입니다. 자연이란 본디부터 있는 것이며 어떠한 지시나 구속을 받지 않는 스스로 그러한 것(self-so)입니다. 글자 그대로 자연自然이며 그런 점에서 최고의 질서입니다.

　질서라는 의미는 이를테면 시스템이라고 생각할 수 있습니다만 장場이라는 개념에 더 가깝다고 할 수 있습니다. 장이란 비어 있는 공간이 아니라 자력장磁力場, 중력장重力場, 전자장電磁場과 같이 그 자체로서 하나의 체계이며 질서입니다. 장은 그것을 구성하는 모든 것이 서로 조화 통일되어 있습니다. 모든 것이 조화 통일됨으로써 장이 되고 그래서 최고의 어떤 질서가 됩니다. '관계들의 총화'(the ensemble of relations)입니다. 중요한 것은 장을 구성하는 개개의 부분은 부분이면서 동시에 총체성을 갖는다는 사실입니다. 이 점이 집합集合과 장場의 차이라고 할 수 있습니다. 그런 점에서 장은 '부분적 총체들의 복합체'(the complex of partial totalities)이며 개개의 부분이 곧 총체인 구조입니다. 더욱 중요한 것은 이러한 장의 개념이 3차원의 공간적 개념에 국한되는 것이 아니라는 사실입니다. 생멸生滅 유전流轉이 이루어지는 4차원의 질서라는 사실입니다. 그런 점에서 동양학에서 자연이란 자원資源이 아닐 뿐 아니라 인간의 바깥에 존재하는 대상對象이 아님은 물론입니다. 무궁한 시공으로 열려 있는 질서입니다. 우주宇宙라는 개념도 우宇와 주宙의 복합적 개념으로 구성되어 있습니다. 우宇는 물론 공간 개념입니다. 상하사방上下四

方이 있는 유한 공간有限空間으로서의 의미를 갖습니다. 주宙는 고금왕래
古今往來의 의미입니다. 시간적 개념입니다. 무궁한 시간을 의미합니다.

따라서 자연이란 공간과 시간의 통일, 유한과 무한의 통일체로서 최
고, 최대의 개념을 구성합니다. 그런 의미에서 자연을 '생기生氣의 장場'
이라고 하는 것이지요. 생성과 소멸이 통일되어 있는 질서입니다. 모든
것은 모든 것과 조화 통일되어 있으며, 모든 것은 생주이멸生住移滅의 순
환 과정 속에 놓여 있는 것이지요.

경기도 이천의 도자기 마을에서는 도자기가 익고 난 다음 가마를 열
면 맨 먼저 도공이 망치를 들고 들어가서 마음에 들지 않는 것들을 모
조리 깨트린다고 합니다. 열을 잘못 받아서 변색이 되었거나 비뚤어진
것은 가차 없이 망치로 깨트리는 거지요. 예술가 특유의 고집인지는 모
르지만 그 때문에 쌓이는 도자기 파편으로 산천이 몸살을 앓는다고 합
니다. 그릇이 진흙으로 돌아가지 못하는 것이지요. 생성의 질서가 깨어
진 것이라 할 수 있는 것이지요. 진흙(空)이 그릇(色)이 되고 그릇은 다시
진흙으로 돌아가야 합니다. 만약 그릇이 그릇이기를 계속 고집한다면
즉 자기(主我)를 고집한다면 생성 체계는 무너지는 것입니다.

어떤 존재가 특별히 자기를 고집하거나, 비대하게 되면 생성 과정이
무너집니다. 생기의 장이 못 되는 것이지요. 자연의 개념과 특히 자연
을 생기의 장으로 이해하고 있는 동양적 체계에서 과잉 생산과 과잉 축
적의 문제는 바로 생성의 질서를 무너뜨리는 것이 아닐 수 없는 것입니
다. 근대사회의 신념 체계인 자본주의의 성장 논리는 물론이고, 더욱 거
슬러 올라가서 서구의 인본주의人本主義 자체가 반자연적인 것이라고
할 수 있습니다. 세계의 중심은 인간이 아니기 때문이지요. 인간뿐만이
아니라 우주의 어떠한 지점도 결코 중심일 수가 없는 것이지요. 자연을

생기의 장으로 인식한다는 것은 자연의 질서 속에서 특정 분야의 불균형적인 자기 확대가 곧바로 다른 것과의 생성 관계를 파괴하는 것으로 나타나는 것을 의미합니다. 고도성장과 과잉 축적이 이러한 생기의 장을 파괴하는 것임은 물론입니다.

생기의 장으로서의 자연 개념은 현실적인 삶에서 욕망의 절제로 나타납니다. 절용휼물節用恤物, 안빈낙도安貧樂道하는 삶의 철학으로 나타납니다. "봄여름에는 도끼와 낫을 들고 산에 들어가 나무를 베지 않고 촘촘한 그물로 하천에서 고기를 잡지 않는"(『맹자』) 것이지요. 동양 사상의 현실주의란 이러한 자연주의를 기본으로 하고 그 위에 인간과 인간관계를 두루 포괄하는 사회적 내용을 갖는 것이라 할 수 있습니다.

이처럼 동양학에서는 자연을 '생기의 장'이라 하는 것이지요. 그런 의미에서 자연은 존재하고 있는 것 중의 최고最高, 최량最良의 어떤 것입니다. 그리고 바로 이러한 의미에서 자연은 최고의 질서입니다.

'인간'은 인간관계입니다

일반적으로 동양 사상의 특징으로서 인간주의라고 하는 경우 그것은 그 사회가 지향하는 가치가 인문적 가치라는 사실을 의미합니다. 인성人性의 고양을 최고의 가치로 설정하고 있는 사회라는 의미로 받아들여야 합니다. 성인聖人이 되는 것이 최고의 목표이고 모든 사람은 성인이 될 수 있는 것으로 인간을 이해하고 있습니다. 인간의 외부에 어떤 초월적 가치를 상정하고 그 아래에 인간적 가치를 배치하는 그런 구도가 아닙니다. 최고의 가치가 바로 사람과 관련되고 있다는 사실입니다.

　그런데 이 지점에서 우리가 주목해야 하는 것이 바로 인성이란 무엇인가 하는 것입니다. 인간주의적 관점에서 규정하는 인성이란 한 개인이 맺고 있는 여러 층위의 인간관계에 의하여 구성됩니다. 인성은 개인이 자기의 개체 속에 쌓아놓은 어떤 능력, 즉 배타적으로 자신을 높여나가는 어떤 능력을 의미하는 것이 아닙니다. 인성이란 다른 사람과의 관계에 의해서 이루어지는(成) 것이지요. 『논어』에 '덕불고德不孤 필유린必有隣'이란 글귀가 있습니다. "덕은 외롭지 않다, 반드시 이웃이 있다"는 뜻입니다. 덕성德性이 곧 인성입니다. 인간이란 존재 자체를 인간관계라는 관계성의 실체로 보는 것이지요. 인간은 기본적으로 사회적 인간입니다. 이 사회성이 바로 인성의 중심 내용이 되는 것이지요.

　그래서 동양적 가치는 어떤 추상적인 가치나 초월적 존재에서 구하는 것이 아니라 인간이 맺고 있는 관계 속에서 구하는 그런 구조입니다. 동양 사상의 핵심적 개념이라 할 수 있는 인仁이 바로 그러한 내용입니다. 인이 무엇인지는 한마디로 이야기하기 어렵습니다. 『논어』에서 그것을 묻는 제자에 따라 공자는 각각 다른 답변을 주고 있습니다만, 인仁은 기본적으로 인人+인人 즉 이인二人의 의미입니다. 즉 인간관계입니다. 인간을 인간人間, 즉 인人과 인人의 관계로 이해하는 것이지요. 여기서 혹시 여러분 중에 간間에다 초점을 두는 '사이존재'를 생각하는 사람이 없지 않으리라고 생각됩니다만, 그것은 기본적으로 존재에 중심을 두는 개념입니다. 동양적 구성 원리로서의 관계론에서는 '관계가 존재'입니다. 바로 이 점에서 '사이존재'와 '관계'는 본질적으로 다른 것이지요.

　여하튼 인성의 고양을 궁극적 가치로 상정하고 있는 것, 그리고 인성이란 개별 인간의 내부에 쌓아가는 어떤 배타적인 가치가 아니라 개인이 맺고 있는 관계망의 의미라는 것이 동양 사상의 가장 큰 특징이라고 할 수 있습니다. 그런 의미에서 인성이란 개념은 어떤 개체나 존재의 속성으로 환원되는 것이라기보다는 여러 개인이 더불어 만들어내는 장場의 개념이라고 하는 것이 더 적절하다고 할 수 있습니다. 이야기가 다소 길어졌습니다만 요컨대 동양적 인간주의는 이처럼 철저하게 관계론적 개념이라는 사실을 이해해야 합니다.

따라서 인성을 고양시킨다는 것은 먼저 '기르는 것'에서 시작됩니다. 자기自己를 키우는 것이 아니라 자기가 아닌 것을 키우는 것입니다. 그리고 그것을 통하여 자기를 키우는 순서입니다. 예를 들면 나의 자식과 남의 자식, 나의 노인과 남의 노인을 함께 생각하기를 요구하고 있습니다. 다른 사람의 아름다움을 이루어주는 것(成人之美)을 인仁이라 합니다. 자기가 서기 위해서는 먼저 남을 세워야 한다는 순서를 가지고 있습니다. 그리고 그러한 관계론이 확대되면 그것이 곧 사회적인 것이 됩니다. 동양 사상의 중요한 특징의 하나로 거론되는 화해和諧의 사상 역시 그렇습니다. 화和는 쌀(禾)을 함께 먹는(口) 공동체의 의미이며, 해諧는 모든 사람(皆)들이 자기의 의견을 말하는(言) 민주주의의 의미라 할 수 있습니다. 이것은 인성의 고양이 곧 사회성의 고양이라는 의미라고 할 수 있습니다.

이처럼 동양 사상은 가치를 인간의 외부에 두지 않는다는 점에서 비종교적이고, 개인의 내부에 두는 것이 아니라는 점에서 개인주의적이 아닙니다. 동양학의 인간주의는 바로 이러한 점에서 인간을 배타적 존재로 상정하거나 인간을 우주의 중심에 두는 인본주의가 아님은 물론입니다. 인간은 어디까지나 천지인天地人 삼재三才의 하나이며 그 자체가 어떤 질서와 장의 일부분이면서 동시에 전체입니다. 그리고 인성의 고양을 궁극적 가치로 인식하는 경우에도 인간을 관계론의 맥락에서 파악함으로써 개인주의의 좁은 틀을 벗어나고 있습니다.

모순의 조화와 균형

서양 문명이 과학과 종교를 두 개의 축으로 하는 구조라고 이야기했습니다. 그러나 서양 문명뿐만 아니라 모든 사상은 기본적으로 이러한 모순 구조를 내장하고 있습니다. 모든 사상은 대립, 모순, 긴장, 갈등 과정에서 형성되는 것이기 때문입니다. 동양 사상의 경우도 마찬가지입니다. 동양적 구성 원리에는 과학과 종교 간에 나타나는 그러한 모순이 없다고 했지만 이것은 동양 사상의 내부에 모순 구조가 없다는 의미가 아닙니다. 동양적 구성 원리에서는 그러한 모순이 균형과 조화를 이루고 있는 점이 특징이라고 할 수 있습니다. 조화와 균형에 대하여 대단히 높은 가치를 부여합니다. 중용中庸이 그것입니다. 대립과 모순이 존재한다는 것과, 그것의 조화와 균형을 중시한다는 것은 큰 차이가 있습니다. 그리고 모순 대립의 두 측면이 적대적이지 않다는 것 또한 대단히 중요한 차이입니다.

동양 사상의 조화와 균형은 널리 알려져 있는 바와 같이 유가儒家와 도가道家의 견제입니다. 유가는 기본적으로 인본주의적입니다. 따라서 유가적 가치는 인문 세계人文世界의 창조에 있습니다. 그것이 만물의 영장으로서의 인간, 문화 생산자로서의 인간의 자부심이기도 합니다. 그러나 그러한 적극 의지는 하늘을 다스리고 모든 것을 부리는 이른바 감천역물勘天役物 사상으로 나아갑니다. 바로 그 오만한 지점에 인간의 좌절과 인성의 붕괴가 있는 것이지요. 이러한 인간 중심주의, 좁은 의미의 인간주의가 갖는 독선과 좌절을 사전事前에 견제하고 사후事後에 지양하는 체계가 내부에 존재합니다. 그것이 유가의 대립면으로서의 도가 사상입니다.

노장老莊을 중심으로 하는 도가는 기본적으로 자연주의입니다. 자연을 최고, 최량의 질서로 상정하고 있다는 것은 먼저 이야기했습니다. 자연이 가장 안정적인 시스템이라는 것은 생명의 역사가 그것을 입증하고 있고 지구과학의 역사가 임상학적으로 입증하고 있습니다. 그래서 노자는 자연을 최고의 자리에 두는 것이지요. 사람은 땅을 본받고, 땅은 하늘을 본받고, 하늘은 도를 본받고, 도는 자연을 본받는다는 것이지요(人法地 地法天 天法道 道法自然). 자연의 일부인 인간에 대하여 무위무욕無爲無欲할 것을 가르치는 것은 당연합니다. 오만과 좌절을 겪을 수밖에 없는 유가의 인본주의를 견제하고 그 좌절을 위로하는 종교적 역할을 도가가 맡고 있는 셈입니다.

인본주의적인 지배 이데올로기에 대하여 그것의 독선과 허구성을 지적하는 반체제 이데올로기가 바로 도가입니다. 유가와 도가는 이로써 서로 견제하고, 이로써 중용의 조화와 균형을 이루는 것이지요. 이것은 비단 동양 사상에 관한 설명에 국한된 것이 아니라 사상이란 다른 사상과의 모순 관계에 있을 때 비로소 사상으로서의 체계가 완성된다는 원칙론의 확인이기도 합니다. 존재存在와 인식認識 일반의 존재 형식에 대한 확인이기도 하고 그 존재 형식에 내재하는 관계론적 구조의 확인이기도 합니다.

과거를 성찰하고 미래를 전망하는 곳

동양 사상은 과거의 사상이면서 동시에 미래의 사상입니다. 과거를 성찰하고 미래를 전망하는 뛰어난 관점을 제시하고 있습니다. 이것이 가장 중요한 특징이라고 할 수도 있습니다. 서론 부분에서 고전 강독에 지나친 의미 부여를 하고 있다는 생각을 금치 못합니다. 짧은 강의 시간으로는 깊이 들어가지도 못하고 끝날 것이 분명함에도 불구하고 모든 처음이 그렇듯이 각오가 지나쳐서 우리는 지금 너무 엄청난 의미 부여를 하고 있는 것이라고 반성하고 있습니다. 그러나 내친김에 하나만 더 합의하고 시작하지요. 고전 강독의 목적이 무엇인가에 관한 것입니다.

21세기를 시작하면서 많은 미래 담론들이 쏟아져 나왔습니다. 그러나 그것은 미래에 대한 객관적 전망이 아니라 자기의 입장에서 각자의 이해관계를 관철시키기 위한 소망이 전망의 형식을 띠고 나타난 것이라 할 수 있습니다. 미래 담론은 대부분이 20세기의 지배 구조를 그대로 가져가겠다는 저의를 내면에 감추고 있습니다. 나는 21세기 담론은 그것이 진정한 새로운 담론이 되기 위해서는 근대사회의 기본적 구조를 새로운 구성 원리로 바꾸어내고자 하는 담론이어야 한다고 생각합니다. 그렇지 않은 한 그것이 아무리 새로운 가치를 천명하고 있다 하더라도 조금도 새로운 담론이 못 된다고 생각합니다. 새로운 문명사적 담론은 근대사회의 기본적인 구성 원리를 뛰어넘는 지점에서 모색되어야 마땅한 것이지요.

그런 의미에서 자본주의와 사회주의의 지양(Aufheben)을 통하여 21세기의 새로운 구성 원리를 모색하고 있다는 중국 모델에 대하여 언급하지 않을 수 없습니다. 자본주의와 사회주의의 조화와 지양에 의하여 과연 새로운 문명이 모색될 수 있는가, 그리고 그것이 과연 근대성을 뛰어넘는 진정한 의미의 새로운 구성 원리인가에 대하여 논의가 있어야 합니다.

그리고 우리나라의 통일 과정에 대해서도 심도 있는 논의가 있어야 합니다. 이 문제는 비단 우리나라의 통일 문제에 그치는 것이 아니라 새로운 문명사적 과제와 직결되는 논의이기 때문입니다. 이것은 민족 문제이면서 동시에 문명사적 과제일 뿐만 아니라, 분단과 냉전 질서의 청산이면서 동시에 자본주의와 사회주의라는 체제 극복 문제이기 때문입니다.

그리고 이것은 철학적 주제로서의 화和와 동同에 관한 논의이기도 합니다. 화동 논의和同論議는 앞으로 고전 강독에서 지속적으로 그 의미를 심화시켜가도록 하겠습니다. 동同은 이를테면 지배와 억압의 논리이며 흡수와 합병의 논리입니다. 돌이켜보면 이것은 근대사회의 일관된 논리이며 존재론의 논리이자 강철의 논리입니다. 이러한 동同의 논리를 화和의 논리, 즉 공존과 평화의 논리로 바꾸는 것이야말로 진정한 변화라고 할 수 있습니다. 이것은 20세기를 성찰하고 21세기를 전망하는 일이면서 동시에 우리의 민족 문제를 세계사적 과제와 연결시키는 일이기도 합니다. 이 문제에 대해서는 앞으로 고전 강독을 진행하면서 적절한 곳에서 다시 설명하기로 하겠습니다.

고전을 재조명하는 작업은 어쩌면 오늘날처럼 속도가 요구되는 환경에서 너무나 한가롭고 우원迂遠한 일인지도 모릅니다. 그러나 현대 자본주의가 쌓아가고 있는 모순과 위기 구조는 근본 담론을 더욱 절실하게 요구하는 상황이 아닐 수 없습니다. 바쁠수록 돌아가라는 금언이 있습니다. 길을 잘못 든 사람이 걸음을 재촉하는 법이기 때문입니다.

2

오래된 시詩와 언言

『시경』詩經 · 『서경』書經 · 『초사』楚辭

인류의 정신사는 어느 시대에나 과거의 연장선상에서 미래를 모색해가게 마련입니다. 농본 사회에 있어서 노인의 존재는 그 마을에 도서관이 하나 있는 것이나 마찬가지였어요. 노인들의 지혜와 희생이 역사의 곳곳에 묻혀 있습니다. 할머니 가설(Grandmother Hypothesis)이 그렇습니다. 여러분은 무엇이 변화할 때 사회가 변화한다고 생각합니까? 그리고 여러분은 미래가 어디로부터 다가온다고 생각합니까? 미래는 과거로부터 오는 것입니다. 미래는 외부로부터 오는 것이 아니라 내부로부터 오는 것입니다. 변화와 미래가 외부로부터 온다는 의식이 바로 식민지 의식의 전형입니다. 권력이 외부에 있기 때문입니다. 그곳으로부터 바람이 불어오기 때문입니다.

상품미학의 허위의식으로부터 삶의 진정성으로

이제까지는 동양 사상의 특징에 대하여 이야기한 셈이 되었습니다. 나로서는 '특징'을 이야기하려고 한 것은 아닙니다. 자칫하면 차이가 특징으로 잘못 이해될 수 있기 때문입니다. 동양이란 개념 자체가 서양을 전제로 한 것이지만 우리가 앞에서 장황하게 이야기한 것은 동서양의 비교에 관한 이야기가 아니라 고전의 독법에 관한 이야기였다고 생각합니다. 2500여 년 전의 동양고전을 읽는 이유에 대한 합의를 이끌어내기 위한 논의였다고 생각합니다. 그럼에도 불구하고 우리는 동양 사상의 '특징'에 대하여 이야기했습니다. 그리고 서양 사상과 비교하고 차이점을 지적한 것도 사실입니다. 근대사가 바로 서구 중심의 자본주의 역사이기 때문에 동양 사상의 관계론을 설명하면서 자연히 서구와의 비교 논의로 진행하지 않을 수 없었던 것이지요.

이제 『시경』詩經에 들어가려고 합니다. 『시경』은 동양고전의 입문입니다. 그만큼 중요합니다. 우선 300여 편이 넘는 시가 남아 있을 뿐 아니라 시의 내용이나 형식이 같지 않고 또 작시作詩의 목적과 과정도 판이합니다. 수많은 주註가 달려 있고 그 해석에 있어서도 대단히 큰 편차를 보여주고 있습니다. 따라서 우리의 고전 독법에 비추어 『시경』을 어떤 관점으로 접근할 것인가가 사실은 관건이 됩니다.

우리가 『시경』에 주목하는 이유는 무엇보다 그것의 사실성에 있습니다. 이야기에는 거짓이 있지만 노래에는 거짓이 없다는 것이지요. 그렇기 때문에 국풍國風에 주목합니다. 『시경』의 국풍 부분에 주목하는 이유는 그것이 백성들이 부르던 노래라는 데 있습니다. 물론 정약용丁若鏞, 심대윤沈大允 같은 조선의 지식인은 주희朱熹의 국풍 민요설을 부정하고 있기도 합니다. 지식인들이 임금을 바로잡으려는(一正君) 저작으로 보기도 합니다만, 지식인의 사회적 역할을 중시하던 조선 사대부들의 입장이 과도하게 투사된 것이라고 할 수 있습니다.

어쨌든 국풍의 노래가 백성들 사이에 광범하게 불려지고 또 오래도록 전승된 노래인 것만은 부정할 수 없습니다. 민요民謠로 보아 틀리지 않습니다. 여러 사람이 공감하고 동의하지 않으면 그 노래가 계속 불려지고 전승될 리가 없습니다. 우리가 『시경』의 국풍 부분을 읽는 이유는 시詩의 정수精髓는 이 사실성에 근거한 그것의 진정성眞情性에 있기 때문입니다. 우리의 삶과 정서가 진정성을 바탕으로 하지 않는 한 우리의 삶과 생각은 지극히 관념적인 것이 되지 않을 수 없습니다.

이 사실성과 진정성의 문제는 오늘날의 문화적 환경에서는 매우 중요한 의미를 갖습니다. 왜냐하면 여러분이 일상적으로 접하고 있는 소위 상품미학商品美學은 진실한 것이 아닙니다. CF가 보여주고 약속하는 이미지가 사실이 아니라는 것은 여러분이 더 잘 알고 있습니다. 광고 카피는 허구입니다. 진정성을 결여하고 있는 것이지요. 그리고 사이버 세계 역시 허상虛像입니다. 가상공간입니다. 이처럼 여러분의 감수성을 사로잡고 있는 오늘날의 문화는 본질에 있어서 허구입니다.

　『시경』 독법은 우리들의 문화적 감성에 대하여 비판적 시각을 기르는 일에서 시작해야 합니다. 그리고 이것은 논리적이고 이성적으로 접근되기보다는 정서적 차원에서 이루어지는 것이어야 함은 물론입니다. 그런 점에서 아픔과 기쁨이 절절히 배어 있는 『시경』의 세계는 매우 중요합니다. 먼저 『시경』의 시 한 편을 같이 읽어보도록 하지요.

> 遵彼汝墳 伐其條枚 未見君子 惄如調飢
> 遵彼汝墳 伐其條肄 既見君子 不我遐棄
> 魴魚赬尾 王室如燬 雖則如燬 父母孔邇　　　—周南,「汝墳」
> 저 강둑길 따라 나뭇가지 꺾는다.
> 기다리는 임은 오시지 않고 그립기가 아침을 굶은 듯 간절하구나.
> 저 강둑길 따라 나뭇가지 꺾는다.
> 저기 기다리는 님 오시는구나. 나를 멀리하여 버리지 않으셨구나.
> 방어 꼬리 붉고 정치는 불타는 듯 가혹하다.
> 비록 불타는 듯 가혹하더라도 부모가 바로 가까이에 계시는구려.
> —「강둑에서」

　모시서毛詩序에서는 은말殷末 주왕紂王의 사역이 이 시의 배경이라고 하지만 서주西周 말末로 보는 것이 현재의 통설입니다. 제목은 「강둑에서」로 하는 것이 무난하다고 생각합니다. 여러분은 먼저 이 시가 보여주는 그림을 그려볼 수 있어야 합니다. 첫 연의 그림은 이렇습니다. 말없이 흐르는 여강, 그 강물을 따라 길게 뻗어 있는 강둑, 그리고 그 강둑에서 나뭇가지 꺾으며 기다리고 있는 여인의 모습입니다. 전쟁터로 나갔거나, 만리장성 축조 같은 사역에 동원되어 벌써 몇 년째 소식이 없는 낭군을 기다리는 가난한 여인의 모습입니다. 나뭇가지를 꺾는 것은 땔감을 장만하는 것으로 읽을 수도 있고 또 돌아올 날을 점치거나 기원하는 풍습으로 볼 수도 있을 것입니다. 우리 가곡 「동심초」에도 한갓되이 풀잎만 맺고 있다는 구절이 있습니다. 두번째 연은 기다리던 낭군이 돌아오는 그림입니다. 자기를 잊지 않고 돌아오는 낭군을 맞는 감격적인 장면입니다.

그리고 마지막 연은 돌아온 낭군을 붙잡고 다짐하는 그림입니다. 그 내용이 지금의 아내나 지금의 부모와 조금도 다르지 않습니다. 먼저 시국에 대한 인식입니다. 방어의 꼬리가 붉다는 것은 백성이 도탄에 빠져 있다는 의미입니다. 방어는 피로하면 꼬리가 붉어진다고 합니다. 물고기가 왜 피로한지 알 수 없다고도 하지만 어쨌든 방어는 백성을 상징합니다. 그리고 '왕실여훼'王室如燬란 정치가 매우 어지럽다는 뜻이지요. 전쟁과 정변이 잦다는 의미로 읽을 수 있습니다. 그러나 가장 중요한 것은 그 다음 구절입니다. 왕실이 불타는 듯 어지럽더라도 그러한 전쟁이나 정쟁에 일체 관여하지 말 것을 당부하고 있지요. 관여하지 말아야 하는 이유가 바로 부모가 가까이에 있기 때문이라는 것이지요. 부모를 모시고 있는 자식으로서 부모에게 근심을 끼쳐서는 안 된다는 것이 아내의 논리지요. 소박한 민중의 삶이며 소망입니다.

나는 이 「여분」汝墳이란 시를 참 좋아합니다. 그 시절의 어느 마을, 어느 곤궁한 삶의 주인공이 선명하게 떠오르는 시이기 때문입니다. 강둑의 연상 때문이기도 합니다만 이 시를 읽으면 함께 떠오르는 시가 있습니다. 역시 별리別離를 노래한 시인 정지상의 「송인」送人입니다. 여러분 가운데도 이 시를 기억하는 사람이 있으리라 생각합니다.

雨歇長堤草色多 送君南浦動悲歌
大同江水何時盡 別淚年年添綠波
비 개인 긴 강둑에 풀빛 더욱 새로운데
남포에는 이별의 슬픈 노래 그칠 날 없구나.
대동강물 언제나 마르랴
해마다 이별의 눈물 물결 위에 뿌리는데.

이별의 아픔을 이보다 더 절절하게 읊기가 어렵습니다. 이 시가 우리나라 한시의 최고봉이라고 해도 무리가 아니라고 합니다. 중국 사신이 올 때면 부벽루에 걸려 있는 한시 현판을 모두 내리지만 이 시 현판만은 그대로 걸어두었다고 했습니다. 우리나라 시의 자존심인 셈이지요. 시인도 매우 훌륭한 사람임은 물론입니다.

이 「여분」이란 노랫말이 어떤 곡에 실렸을까 매우 궁금합니다. 원래 『시경』에 실려 있는 시들은 가시歌詩였다고 합니다. 악가樂歌지요. 시(辭)+노래(調)+춤(容)이었다고 전합니다. 노래와 춤이 어우러지고 있었던 것이지요. 정의情意가 언言이 되고 언言이 부족하여 가歌가 되고 가歌가 부족하여 무舞가 더해진다고 했습니다. 간절한 마음을 표현하기에는 말로도 부족하고 노래로도 부족해서 춤까지 더해 그 깊은 정한의 일단이나마 표현하려고 했던 것이지요. 그러나 세월이 지나면서 악곡樂曲은 없어지고 가사歌詞만 남은 것입니다.

거짓 없는 생각이 시의 정신입니다

『시경』에는 모두 305편의 시가 실려 있는데 그 절반이 넘는 양이 국풍입니다. 국풍은 각국의 채시관採詩官이 거리에서 목탁을 두드리며 백성들의 노래를 수집한 것입니다. 이처럼 백성의 노래를 수집하는 주周나라의 전통은 한漢나라 이후에도 이어져 악부樂府라는 관청에서 백성들의 시가를 수집하게 됩니다.

『시경』의 시는 약 3천여 년 전의 세계 최고最古의 시입니다. 은말殷末 주초周初인 기원전 12세기 말부터 춘추春秋 중엽인 기원전 6세기까지 약 600년간의 시詩와 가歌를 모아 기원전 6세기경에 편찬한 것으로 알려져 있습니다.

『시경』은 중국 사상과 문화의 모태가 되고 있습니다. 『시경』은 제후국 간의 외교 언어로 소통되었으며 이를 통하여 공통 언어가 성립되고 나아가 중국의 문화적 통일성에 중요한 기여를 한 것으로 평가되기도 합니다. 뿐만 아니라 나라의 기강이 어지러워지고 민중적인 정신이 피폐해지면 고문 운동古文運動, 신악부 운동新樂府運動 등 문예 혁신 운동을 벌여 민중 정서에 다가서기를 호소합니다. 근세 이후에는 고문 운동이 오히려 보수화의 논리와 결합되었다는 비판도 없지 않습니다만, 『시경』의 이러한 사회시社會詩로서의 성격은 문학의 사실주의적 전통으로 이어졌으며 동시에 고대사회를 이해하는 귀중한 사료로 『시경』의 가치가 인정되기도 합니다. 문학의 길에 뜻을 두는 사람을 두고 그의 문학적 재능에 주목하는 것은 지엽적인 것에 갇히는 것입니다. 반짝 빛나게 될지는 모르지만 문학 본령에 들기가 어렵다고 할 수 있습니다. 사회역사적 관점에 대한 투철한 이해가 먼저 있어야 하는 것이지요. 그 시대와 그 사회의 애환이 자기의 정서 속에 깊숙이 침투되어야 하는 것이지요. 시 한 편을 더 읽어보도록 하겠습니다.

投我以木瓜 報之以瓊琚 匪報也 永以爲好也
投我以木桃 報之以瓊瑤 匪報也 永以爲好也
投我以木李 報之以瓊玖 匪報也 永以爲好也　　　　―衛風, 「木瓜」
나에게 모과를 던져주기에 나는 아름다운 패옥으로 갚았지.
보답이 아니라 뜻 깊은 만남을 위해서라오.
나에게 복숭아를 던져주기에 나는 아름다운 패옥으로 갚았지.
보답이 아니라 변함없는 우정을 위해서라오.
나에게 오얏을 던져주기에 나는 아름다운 패옥으로 갚았지.
보답이 아니라 영원한 사랑을 위해서라오.　　　―「모과」

해석은 내가 공역한 『중국역대시가선집』의 번역문을 그대로 옮겼습니다만 경거瓊琚, 경요瓊瑤, 경구瓊玖는 2절 3절에서 단조로운 반복을 피하려고 변화를 준 것입니다. 어느 것이나 아름다운 패옥으로 풀이해도 됩니다. 그리고 '영이위호야' 永以爲好也는 "영원한 사랑을 위하여" 정도가 적당합니다. 역시 단조로운 반복을 피하기 위해서 만남이나 우정으로 번역하여 변화를 주려고 한 것이지요.

이 시는 제齊나라 환공桓公을 기린 시라 하였으나 완벽한 연애시라 해야 합니다. 당시에는 남녀간의 애정 표시로 과일을 던지는 풍습이 있었던 것으로 전합니다. 이 시는 남녀가 편을 나누어서 화답하는 노래, 또는 메기고 받는 노래로 추측됩니다. 이 시는 남녀간 애정 표현의 자유로움뿐만이 아니라 놀이와 풍습을 연상케 합니다. 이 시 역시 위衛나라에서 수집한 국풍입니다.

『시경』에는 국풍 이외에 궁중에서 연주된 105편의 의식곡儀式曲도 있으며 종묘宗廟의 제사 때 연주된 40편의 무용곡舞踊曲도 실려 있습니다만, 국풍만 읽기로 하겠습니다.

공자는 『시경』의 시를 한마디로 평하여 '사무사'思無邪라 하였습니다(詩三百篇 一言以蔽之思無邪). '사무사'는 "생각에 사특함이 없다"는 뜻입니다. 사특함이 없다는 뜻은 물론 거짓이 없다는 의미입니다. 시인의 생각에 거짓이 없는 것으로 읽기도 하고 시를 읽는 독자의 생각에 거짓이 없어진다는 뜻으로도 읽습니다. 우리가 거짓 없는 마음을 만나기 위해서 시를 읽는다는 것이지요.

다음 시는 정鄭나라에서 수집한 시입니다. 정풍鄭風입니다. 음탕하다고 할 정도로 감정을 적나라하게 드러내고 있습니다.

子惠思我 褰裳涉溱 子不我思 豈無他人 狂童之狂也且
子惠思我 褰裳涉洧 子不我思 豈無他士 狂童之狂也且
—鄭風, 「褰裳」
당신이 진정 나를 사랑한다면 치마 걷고 진수라도 건너가리라.
당신이 나를 사랑하지 않는다면 세상에 남자가 그대뿐이랴.
바보 같은 사나이 멍청이 같은 사나이.
당신이 나를 진정으로 사랑한다면 치마 걷고 유수라도 건너가리라.
당신이 나를 사랑하지 않는다면 어찌 사내가 그대뿐이랴.
바보 같은 사나이 멍청이 같은 사나이.   —「치마를 걷고」

이 정도의 번역은 상당히 점잖게 새긴 셈입니다. 『시경』의 세계가 충성의 세계가 아니라는 반증이 되기도 합니다. 거짓 없는 정한情恨을 노래하고 있습니다.

사실이란 진실의 조각 그림입니다

마지막으로 한 편만 더 읽도록 하겠습니다. 이 시 역시 국풍입니다. 『시경』을 사실성의 관점에서 읽다보니까 국풍만을 읽게 됩니다.

陟彼岵兮 瞻望父兮 父曰 嗟予子 行役夙夜無已 上愼旃哉 猶來無止
陟彼屺兮 瞻望母兮 母曰 嗟予季 行役夙夜無寐 上愼旃哉 猶來無棄
陟彼岡兮 瞻望兄兮 兄曰 嗟予弟 行役夙夜必偕 上愼旃哉 猶來無死
―魏風,「陟岵」

이 시가 수집된 위魏나라는 순舜, 우禹가 도읍했던 땅으로 유명하지만 강국인 진秦, 진晉과 접하여 잦은 전쟁과 토목공사로 이산離散의 아픔을 많이 겪은 곳으로도 알려져 있습니다. 이 시는 징병되었거나 만리장성 축조에 강제 징용된 어느 젊은이가 가족을 그리워하는 마음을 그리고 있습니다. 아마 당대에 가장 보편적인 이산의 아픔이었다고 짐작됩니다. 감옥 속에서 내가 이 시를 읽었을 때의 감회가 생각납니다만, 생각하면 이산의 아픔은 산업사회와 도시 사회를 살아가고 있는 오늘날에도 많은 사람들이 느끼고 있는 보편적 정서이기도 합니다. 고향을 떠난 삶이란 뿌리가 뽑힌 삶이지요. 나는 사람도 한 그루 나무라고 생각합니다. 그렇게 생각하면 이 시의 정서는 3천 년을 사이에 둔 아득한 옛날의 정서만은 아니라고 생각합니다.

> 산에 올라 아버님 계신 곳을 바라보니 아버님 말씀이 들리는 듯.
> 오! 내 아들아. 밤낮으로 쉴 새도 없겠지.
> 부디 몸조심하여 머물지 말고 돌아오너라.
> 산에 올라 어머님 계신 곳을 바라보니 어머님 말씀이 들리는 듯.
> 오! 우리 막내야. 밤낮으로 잠도 못 자겠지.
> 부디 몸조심하여 버림받지 말고 돌아오너라.
> 산에 올라 형님 계신 곳을 바라보니 형님 말씀이 들리는 듯.
> 오! 내 동생아. 밤이나 낮이나 집단행동 하겠지.
> 부디 몸조심하여 죽지 말고 살아서 돌아오너라.　　　―「산에 올라」

전체의 내용으로 미루어 이 시의 당사자는 미혼의 청년입니다. 낭군을 걱정하는 아내의 목소리는 들리지 않지요. 부, 모, 형의 순서로 되어 있습니다.

『중국역대시가선집』에서는 '유래무기'猶來無棄를 "이 어미 저버리지 말고 돌아오너라"로 해석했습니다. 공역자인 기세춘 선생이 자식에 대한 어머니의 절절한 마음을 담으려면 버림받지 말고 돌아오라는 의미로는 부족하기 때문이라고 주장했습니다. 그리고 '필해'必偕를 "집단행동"이라 번역했습니다만, 뜻은 작업조에 편입되어 개인적인 시간을 가질 수 없는 처지를 이야기하고 있습니다. 아마 형님이 먼저 겪었던가 보지요.

만리장성에 올랐을 때 이 시가 생각났습니다. 그래서 책에도 이 시를 소개했습니다. 나는 관광지로 유명한 팔달령八達嶺으로 가지 않고 찾는 사람도 별로 없는 사마대司馬臺로 갔습니다. 팔달령은 관광 목적으로 개축했기 때문에 아무래도 감회가 덜할 것 같았지요. 반면에 사마대는 마침 단 한 명의 관광객도 없는 쓸쓸하기 그지없는 정경이었습니다. 눈까지 내려 더욱 쓸쓸했습니다. 멀리 뻗어 있는 장성을 따라 시선을 던지며 그 엄청난 역사役事에 감탄하기도 하고 벽돌 한 장 한 장에 담겨 있는 수많은 사람들의 피땀에 몸서리치기도 했습니다.

만리장성은 동쪽 산해관에서 서쪽 가욕관에 이르는 장성입니다만, 만리장성이 시작되는 지점은 산해관의 망루에서 1km 정도 떨어진 발해만의 노룡두인데 이곳에 맹강사당孟姜祠堂이 있습니다. 맹강녀孟姜女의 한 많은 죽음을 기리는 사당입니다. 맹강녀의 전설은 이렇습니다. 진시황 때 맹강녀의 남편 범희양이 축성築城 노역에 징용되었습니다. 오랫동안 편지 한 장 없는(杳無音信) 남편을 찾아 겨울옷을 입히려고 이곳에 도착했으나 남편은 이미 죽어 시골屍骨마저 찾을 길 없었지요. 당시 축성 노역에 동원되었던 사람들이 죽으면 시골은 성채 속에 묻어버리는 것이 관례였다고 합니다. 맹강녀가 성벽 앞에 옷을 바치고 며칠을 엎드려 대성통곡하자 드디어 성채가 무너지고 시골이 쏟아져 나왔습니다. 맹강녀는 시골을 거두어 묻고 나서 스스로 바다에 뛰어들어 자살했다는 것이지요. 맹강녀 전설입니다. 있을 수 없는 일이지요. 성채가 무너지고 시골이 나오다니 전설은 전설입니다.

그러나 사실과 전설 가운데에서 어느 것이 더 진실한가를 우리는 물을 수 있다고 생각합니다. 어쩌면 사실보다 전설 쪽이 더 진실하지 않을까 생각합니다. 문학이란 그런 것이라고 생각합니다. 사실의 내면을 파고 들어갈 수 있는 어떤 혼魂이 있어야 하는 것이지요. 『시경』의 시가 바로 이러한 진실을 창조하고 있다고 생각합니다. 사실이란 결국 진실을 구성하는 조각 그림이라고 할 수 있습니다. 사실의 조합에 의하여 비로소 진실이 창조되는 것이지요. 이것이 문학의 세계이고 시의 세계라고 할 수 있을 것입니다.

풀은 바람 속에서도 일어섭니다

물론 민간에서 불려지는 노래를 수집하는 까닭은 이러한 진실의 창조에 목적이 있었던 것은 아니지요. 민심을 읽고 민심을 다스려 나가기 위한 수단으로써 채시관들이 조직적으로 백성들의 노래를 수집한 것이 틀림없습니다. 공자도 그 나라의 노래를 들으면 그 나라의 정치를 알 수 있다고 하였지요. '악여정통' 樂與政通이라는 것이지요. 음악과 정치는 서로 통한다는 것입니다. 공자가 오늘의 서울에 와서 음악을 듣고 우리나라의 정치에 대해 어떤 이야기를 할까 궁금하기도 합니다.

모시毛詩에서는 "위정자爲政者는 이로써 백성을 풍화風化하고 백성은 위정자를 풍자諷刺한다"고 쓰고 있습니다. '초상지풍 초필언' 草尙之風草必偃, "풀 위에 바람이 불면 풀은 반드시 눕는다"는 것이지요. 민요의 수집과 『시경』의 편찬은 백성들을 바르게 인도한다는 정치적 목적을 가지고 있습니다. 한편 백성들 편에서는 노래로써 위정자들을 풍자하고 있습니다. 바람이 불면 풀은 눕지 않을 수 없지만 바람 속에서도 풀은 다시 일어선다는 의지를 보이지요. '초상지풍 초필언' 구절 다음에 '수

지풍중 초부립'誰知風中草復立을 대구로 넣어 "누가 알랴, 바람 속에서도 풀은 다시 일어서고 있다는 것을"이라고 풍자하고 있는 것이지요. 『시경』에는 이와 같은 비판과 저항의 의지가 얼마든지 발견됩니다. 「큰 쥐」(碩鼠)라는 시에는 다음과 같은 내용이 있습니다.

쥐야, 쥐야, 큰 쥐야. 내 보리 먹지 마라.
오랫동안 너를 섬겼건만 너는 은혜를 갚을 줄 모르는구나.
맹세코 너를 떠나 저 행복한 나라로 가리라.
착취가 없는 행복한 나라로. 이제 우리의 정의를 찾으리라.

매우 직설적이고 저항적입니다. 그러나 「박달나무 베며」(伐檀)는 고도의 문학성과 저항성을 잘 조화시키고 있다고 생각됩니다. 일절만 소개하지요.

영차 영차 박달나무 찍어내어 물가로 옮기세.
아! 황하는 맑고 물결은 잔잔한데
심지도 거두지도 않으면서 어찌 곡식은 많은 몫을 차지하는가.
애써 사냥도 않건만 어찌하여 뜨락엔 담비가 걸렸는가.
여보시오 군자님들 공밥일랑 먹지 마소.

『중국역대시가선집』의 서문에서 밝혔습니다만 유감스러운 것은 지금까지 우리나라에는 중국 시가의 전통이 잘못 소개되어왔다고 할 수 있습니다. 그것은 조선 사회의 지배 계층인 양반의 시각과 계급적 입장에 의하여 시가 선별적으로 소개되어왔다는 데 가장 큰 원인이 있습니다. 『시경』에는 위에서 소개한 것과 같은 저항시와 노동요가 대단히 많이 실려 있습니다. 그럼에도 불구하고 음풍영월이 시의 본령처럼 잘못 인식되고 있는 가장 큰 이유가 바로 편향된 여과 장치에 있는 것입니다. 이러한 잘못된 전통과 선입관 때문에 우리는 매우 귀중한 정신세계가 왜곡되어왔다고 생각합니다. 시의 세계와 시적 정서, 나아가 시적 관점은 최고의 정신적 경지라고 할 수 있는데도 말입니다.

『시경』의 세계는 기본적으로 삶과 정서의 공감을 기초로 하는 진정성에 있다는 점을 여러 차례 이야기했습니다. 시와 『시경』에 대한 재조명은 당연히 이러한 사실성과 진정성에 초점이 맞추어져야 합니다. 그리고 그러한 진정성을 통하여 현대 사회의 분열된 정서를 반성해야 한다고 생각합니다. 오늘날의 문화적 환경은 우리 자신의 삶과 정서를 분절시켜놓고 있습니다. 이것은 심각한 문제가 아닐 수 없습니다. 상품미학, 가상 세계, 교환가치 등 현대 사회가 우리들에게 강요하는 것은 한마디로 허위의식입니다. 이러한 허위의식에 매몰되어 있는 한 우리의 정서와 의식은 정직한 삶으로부터 유리될 수밖에 없습니다. 이처럼 소외되고 분열된 우리들의 정서를 직시할 수 있게 해주는 하나의 유력한 관점이 바로 시적 관점이라고 생각합니다. 나는 시적 관점은 왜곡된 삶의 실상을 드러내고 우리의 인식 지평을 넓히는 데 있어서도 매우 유용하다고 생각합니다.

시적 관점은 우선 대상을 여러 시각에서 바라보게 합니다. 동서남북의 각각 다른 지점에서 바라보게 하고 춘하추동의 각각 다른 시간에서 그것을 바라보게 합니다. 결코 즉물적卽物的이지 않습니다. 시적 관점의 특징이라고 할 수 있는 이러한 자유로운 관점은 사물과 사물의 연관성을 깨닫게 해줍니다. 한마디로 시적 관점은 사물이 맺고 있는 광범한 관계망을 드러냅니다. 우리의 시야를 열어주는 것이지요. 이것이 바로 우리가 시를 읽고 시적 관점을 가지려고 노력해야 하는 이유라고 생각합니다.

안도현의 「너에게 묻는다」란 시가 있습니다. 이 시에서 우리는 시인이 연탄이란 하나의 대상을 어떤 관점에서 바라보는가를 깨닫게 됩니다. 여러분은 연탄을 어떤 시각에서 바라봅니까? 안도현의 시는 이러한 내용입니다. "연탄재 함부로 발로 차지 마라. 너는 누구에게 한 번이라도 뜨거운 사람이었느냐?"

정호승의 시에 「종이학」이 있습니다. 비에 젖은 종이는 내려놓고 학만 날아간다는 이야기를 쓰고 있습니다. 유연하고 자유로운 사고를 길러야 하는 것이지요. 여러분도 아마 시간이 많이 들기 때문에 소설 읽기가 쉽지 않을 것입니다. 그 많은 글들을 읽고 나서 생각하면 핵심적인 요지는 시 한 편과 맞먹는 경우가 대부분입니다. 시는 읽는 시간도 적게 들고 시집은 값도 비싸지 않습니다. 시를 많이 읽기 바랍니다.

물론 오늘의 현대시는 문제점으로 지적되고 있는 것이 한둘이 아니지요. 시인이 자신의 문학적 감수성을 기초로 하는 것은 어쩔 수 없다고 하더라도 그 감수성이 주로 도시 정서에 국한되어 있는 협소한 것이라는 것도 문제이지요. 시인은 마땅히 당대 감수성의 절정에 도달해야 하고 그러기 위해서는 자기의 개인적 경험 세계를 뛰어넘어야 한다고 생각합니다. 해방 정국에서 대단한 문명을 떨친 임화林和라는 시인이 있었지요. 「네거리 순이」, 「적기가」 등 많은 시가 애송되었습니다만, 임화는 항상 두보 시집을 가지고 다녔다고 전해지지요. 임화뿐만 아니라 당시의 시인들 대부분은 문학적으로 호흡하는 세계가 매우 넓었다는 것을 알 수 있습니다.

　앞서 풀 위에 바람이 불면 풀은 반드시 눕는다는 모시서毛詩序의 구절을 소개했습니다만 이 구절이 김수영의 시에 계승되고 있는 것을 볼 수 있지요. 김수영의 "바람보다 먼저 눕고 바람보다 먼저 일어서는 풀"의 이미지가 거기서 비롯되었다고 나는 생각합니다. 그뿐만이 아닙니다. 여러분이 잘 아는 미당 서정주 시인의 「국화 옆에서」라는 시도 마찬가지입니다. 그 시의 핵심은 바로 한 송이 국화가 피기 위하여 봄부터 소쩍새가 울고, 서리가 내리고, 천둥이 친다는 광활한 시공간적 연관성에 있습니다. 바로 그러한 시상이 백낙천白樂天의 「국화」菊花에 있지요. "간밤에 지붕에 무서리 내려 파초 잎새 꺾이고 연꽃은 시들어 기울었다. 오직 동쪽 울타리의 국화만이 추위에도 굴하지 않고 금빛 꽃술 환히 열고 해맑게 피어난다"(一夜新霜著瓦輕 芭蕉新折敗荷傾 耐寒唯有東籬菊 金粟花開曉更清)는 내용입니다. 「국화 옆에서」는 시상의 핵심을 여기서 취했다고 생각합니다.

　이것은 누가 누구를 모방했다는 이야기를 하기 위한 것이 아닙니다. 자기의 개인적 세계를 열어 나가려는 노력이 필요하다는 것이지요. 자기의 좁은 체험의 세계를 부단히 열어 나가지 않으면 안 된다는 뜻이지요. 『시경』의 세계는 그 시절을 살아가는 사람들의 거짓 없는 애환을 담고 있습니다. 그것을 통해서 우리가 깨달아야 하는 것은 우리들이 매몰되고 있는 허구성입니다. 미적 정서의 허구성을 깨달아야 하는 것이지요.

　『시경』은 황하 유역의 북방 문학입니다. 북방 문학의 특징은 4언체四言體에 있고 4언체는 보행 리듬이라는 것이지요. 이것은 노동이나 생활의 리듬으로서 춤의 리듬이 6언체인 것과 대조를 보입니다. 『시경』의 정신은 이처럼 땅을 밟고 걸어가듯 확실한 세계를 보여줍니다. 땅을 밟고 있는 확실함 이것이 오늘날 우리가 되찾아야 할 우리 삶의 진정성이기도 합니다. 오늘날 우리의 삶은 발이 땅으로부터 유리되어 있는 상태에 비유할 수 있습니다. 확실한 보행이 불가능한 상태이며 지향해야 할 확실한 방향을 잃고 있는 상태라고 할 수 있습니다. 『시경』에 담겨 있는 사무사思無邪의 정서가 절실한 상황이 아닐 수 없습니다.

기록은 무서운 규제 장치입니다

『시경』에 이어서 『서경』書經의 한 편을 읽어보도록 하겠습니다. 『서경』은 2제(요堯·순舜) 3왕(우왕禹王·탕왕湯王과 문왕文王 또는 무왕武王)의 주고받은 언言, 즉 말씀을 기록한 것입니다. 유가의 경전이 되기 전에는 그냥 『서』書 또는 『상서』尚書라고 했습니다. 중국에는 고대부터 사관에 좌우左右 2사二史가 있었는데 좌사左史는 왕의 언言을 기록하고 우사右史는 왕의 행行을 기록했습니다. 이것이 각각 『상서』와 『춘추』春秋가 되었다고 합니다. 천자의 언행言行을 기록하는 이러한 전통은 매우 오래된 것입니다. 그리고 동양 문화의 특징이기도 합니다. 사후死後의 지옥을 설정하는 것보다 훨씬 더 구속력이 강한 규제 장치가 되고 있습니다. "죽백竹帛에 드리우다"라는 말은 청사靑史에 길이 남는다는 뜻입니다. 자손 대대로 그 아름다운 이름을 남기는 것은 대단한 영예가 아닐 수 없습니다. 반대로 그 악명과 죄업이 기록으로 남는다는 것은 대단한 불명예요 수치가 아닐 수 없지요. 임금의 언행을 남기는 것은 물론 후왕後王이 그것을 거울로 삼아 바른 정치를 하도록 하기 위해서입니다. 그래서 사마천은 『사기』史記에서 『서경』을 평하여 정政에 장長하다고 하였지요. 『서경』에는 수많은 정치적 사례가 기록되어 있기 때문에 그것에 정통하게 되면 정치력을 높일 수 있다는 뜻입니다. 『서경』, 『춘추』와 같은 기록 문화는 후대의 임금들이 참고할 수 있는 사례집일 뿐만 아니라 그 자체로서 어떠한 제도보다도 강력한 규제 장치로 작용하리라는 것은 상상이 어렵지 않습니다. 이처럼 기록으로 남기는 문화 전통은 농경민족의 전통이라고 합니다. 농경민족은 유한 공간有限空間에서 반복적 경험을 쌓아 문화를 만들어냅니다. 땅이라는 유한한 공간에서 무궁한 시간을 살아가는 동안 과거의 경험이 다시 반복되는 구조를 터득하게 되고 결과적으로 과거에 대한 기록은 매우 중요한 문화적 내용이 됩니다. 기록은 물론 자연에 대한 기록에서 시작합니다만 이러한 문화는 사회와 역사에 대한 기록으로 발전합니다. 2제 3왕의 주고받은 어록인 『서경』이 탄생되는 까닭이 그러하다고 할 수 있습니다.

우리는 중국의 문화혁명기에 홍위병들이 붉은 표지의 마오쩌둥毛澤東 어록을 흔들며 행진하는 광경을 보고 매우 의아해하던 경험이 있습니다. 당연히 『마오어록』毛澤東語錄으로부터 공산주의 사회에서나 있을 법한 유일 지배 체제의 상징 같은 부정적인 인상을 받았던 것이 사실입니다. 그러나 『마오어록』은 중국의 전통에서는 극히 자연스러운 것이지요.

중국의 전통에 이러한 기록의 문화가 있다는 것도 매우 의미 있는 일이지만 이러한 기록이 보전되고 부단히 읽히는 것은 매우 드문 일입니다. 진시황이 천하를 통일하고 난 후에 서적을 불사르고 학자들을 매장하는 문화적 탄압, 이른바 분서갱유焚書坑儒를 하게 되지만 그는 무엇보다 천하 통일 사업의 일환으로 중국의 문자를 통일합니다. 이 문자의 통일은 엄청난 의미를 가집니다. 그것은 고대 문자와 고대 기록의 해독을 가능하게 한 것입니다. 위치우위余秋雨는 그의 『세계문명기행』에서 시저가 이집트를 점령하고 알렉산드리아에 있는 도서관과 『이집트사』를 포함한 장서 70만 권을 소각한 사실, 그리고 그로부터 400여 년 후 로마 황제가 이교異敎를 금지하면서 유일하게 고대 문자를 해독할 수 있었던 이집트 제사장祭司長들을 추방한 사실을 지적하고 있습니다. 한 사회의 고대 문자 해독 능력이 인멸된다는 것이 얼마나 엄청난 일인지를 이야기하고 있습니다. 그런 의미에서 중국사에 있어서 기록의 의미는 훨씬 더 커지는 것이라 할 수 있습니다. 몇천 년 전의 기록이 마치 며칠 전에 띄운 편지처럼 읽혀지고 있는 유일한 문명이라는 것이지요.

『서경』은 본래 하夏, 은殷, 주周의 사관史官이 작성한 것으로 3천 편이 있었는데 공자가 100여 편으로 정리했다고 하지만 믿을 수 없습니다. 현재 전하는 『서경』은 58편인데, 25편은 고문古文 33편은 금문今文입니다. 『금문상서』今文尙書는 진秦의 분서焚書 이후 구전되다가 한대漢代의 언어로 정착된 것입니다. 『고문상서』古文尙書는 전한前漢 경제景帝 때 노공왕魯共王의 궁실을 넓히다가 공자의 구택舊宅 벽에서 얻은 벽경壁經을 비롯하여 여러 차례 발견되었다고 전하고 있습니다만, 지금의 『고문상서』는 동진東晉의 매색梅賾이란 자의 위작僞作이라는 것이 통설입니다. 『금문상서』 역시 주공周公 전후의 여러 편이 먼저 성립되어 가장 오랜 부분이고 그 다음에 은殷 부분이 추가되고 그리고 하夏, 다시 요堯, 순舜으로 거슬러 올라가는 이른바 '가상 학설'加上學說이 일반적 견해입니다.

최초에는 주周 왕조의 창건자인 문왕文王·무왕武王·주공周公을 중심으로 기록했으나, 유학자들이 국가의 권위를 높이기 위해 전설적 제왕들에 관한 단편적 기록들까지 추가했을 것으로 추측됩니다.

불편함은 정신을 깨어 있게 합니다

『서경』에서는 단 한 편만 골라서 읽기로 하겠습니다. 위에서 이야기한 바와 같이 가장 신뢰성이 있는 주공 편에서 골랐습니다.

周公曰 嗚呼 君子 所其無逸
先知稼穡之艱難 乃逸 則知小人之依
相小人 厥父母 勤勞稼穡
厥子 乃不知稼穡之艱難 乃逸 乃諺 旣誕
否則 侮厥父母曰 昔之人 無聞知   ―周書,「無逸」

이 글은 주공이 조카 성왕成王을 경계하여 한 말로 알려져 있습니다. 형인 무왕武王이 죽은 후 어린 조카 성왕을 도와 주나라 창건 초기의 어려움을 도맡아 다스리던 주공의 이야기입니다. 군주의 도리로서 무일無逸하라는 것이지요. 안일에 빠지지 말 것을 깨우치고 있습니다.

군자는 무일無逸(편안하지 않음)에 처해야 한다. 먼저 노동(稼穡)의 어려움을 알고 그 다음에 편안함을 취해야 비로소 백성들이 무엇을 의지하여 살아가는가(小人之依)를 알게 된다. 그러나 오늘날 사람들이 살아가는 모습을 보건대 그 부모는 힘써 일하고 농사짓건만 그 자식들은 농사일의 어려움을 알지 못한 채 편안함을 취하고 함부로 지껄이며 방탕 무례하다. 그렇지 않으면 부모를 업신여겨 말하기를, 옛날 사람들은 아는 것(聞知)이 없다고 한다.

이 「무일」편에서 개진되고 있는 무일 사상無逸思想은 주나라 역사 경험의 총괄이라고 평가됩니다. 생산 노동과 일하는 사람의 고통을 체험하고 그 어려움을 깨닫기를 요구하는 것입니다. 이 무일 사상은 주나라 시대라는 고대사회의 정서에 그치는 것이 아닙니다. 중국 문화와 중국 사상의 저변에 두터운 지층으로 자리 잡고 있는 정서라고 생각합니다. 1957년과 1970년대에 대대적으로 실시되었던 하방 운동下放運動의 사상적 근거가 바로 이 무일 사상에 기원을 두고 있습니다. 하방 운동은 여러분도 잘 알다시피 당 간부, 정부 관료들을 농촌이나 공장에 내려보내 노동에 종사하게 하고 군 간부들을 병사들과 같은 내무반에서 생활하게 함으로써 현장을 체험하게 하는 운동이었지요. 간부들의 주관주의主觀主義와 관료주의官僚主義를 배격하는 지식인 개조 운동으로, 문화혁명 기간 동안 1천만 명이 넘는 인원이 하방 운동에 동원되었다고 전해지고 있습니다.

「무일」편은 주공의 사상이나 주나라 시대의 정서를 읽는 것으로 끝나서는 안 됩니다. 우리는 이 편을 통해 가색稼穡의 어려움, 즉 농사일이라는 노동 체험에 대하여 이야기하고자 하는 것입니다. 나아가 생산 노동과 유리된 신세대 문화의 비생산적 정서와 소비주의를 재조명하는 예시문으로 읽는 것이 의미가 있다고 생각합니다.

여담이지만 나한테 건설 회사 이름을 지어달라고 부탁한 사람이 있었습니다. 물론 아는 후배였습니다. 그래서 바로 이 '무일'이란 이름을 추천했지요. 건설 현장에 어울리는 이름이다 싶기도 했거든요. 그런데 싫다고 하더군요. 건설 회사가 '일이 없으면'(무일) 안 된다는 것이 그 이유였어요. 무일無逸이 물론 그런 뜻은 아니지만 어감이 그럴 수 있겠다 싶기도 했습니다. 하지만 중요한 것은 무일이란 의미에 대하여 아무런 공감을 하지 못한다는 것이 진짜 이유였다고 생각합니다. 특히 여러분과 같은 신세대 정서로는 그러리라고 생각됩니다. 한마디로 무일은 불편함이고 불편은 고통이고 불행일 뿐이지요. 무엇보다도 불편함이야말로 우리의 정신을 깨어 있게 하는 것이라는 깨달음이 없는 것이지요. 살아간다는 것이 불편한 것이고, 살아간다는 것이 곧 상처받는 것이라는 성찰이 없는 것이지요.

중국 최고의 정치가 주공

여기서 주공周公에 대하여 좀 더 소개하고 싶습니다. 주공은 공자가 며칠 간 꿈에 보지 못해서 아쉬워하던 바로 그 사람이지요. 은殷나라를 멸망시킨 무왕의 동생이 바로 주공입니다. 이름이 희단姬旦이지요. 주공은 저우언라이周恩來와 함께 중국 최고의 정치가로 평가됩니다. 어느 왕조이건 개국의 역사는 파란만장한 혁명사에 해당하는 것이지요. 주나라도 마찬가지입니다. 특히 주나라는 이를테면 신하의 나라가 쿠데타(逆取)에 의하여 세운 국가입니다. 여러분도 잘 아는 백이伯夷 숙제叔齊가 무왕의 말고삐를 잡고 신하가 임금을 치는 것의 부당함을 간諫하다가 듣지 않자 수양산으로 들어가 고사리로 연명하다 죽었다는 고사가 바로 이때의 일입니다.

개국 초기의 권력관계가 매우 복잡했습니다. 무왕이 동생 주공을 노魯나라에 봉했지만 아직 나라가 안정되지 않을 때여서 주공은 아들인 백금伯禽을 대신 임지로 보내고 자기는 남아서 계속 무왕을 보좌해야 했습니다. 당시 72제후국 중 희姬씨가 55국으로 압도적으로 장악했지만 여呂씨가 17국으로 만만치 않은 세력을 확보하고 있었어요. 원래 주나라는 서쪽에 있던 산간山間의 제후국이었는데 남하南下하여 위수渭水 평야로 이동하고 문왕文王 때에 태공망 여상呂尙을 얻어 강대해졌다고 하는데 그것이 곧 강족姜族과 주족周族의 연합이었음은 물론입니다. 17개 제후국을 장악한 여씨가 바로 여상의 강족입니다. 여상은 문왕과 연합하여 그 세력을 확장하고 결국 무왕 때에 이르러 은나라를 무너뜨린 것이지요. 이 여상이 바로 강태공姜太公입니다. 문왕을 만나기까지 곧은 낚시를 강물에 던져두고 세월을 낚고 있었다는 강태공이지요. 병법과 지략에 뛰어난 전략가로서 육도삼략六韜三略의 저자이며 무왕의 장인이기도 합니다. 강력한 정치 세력이었다고 할 수 있습니다. 이러한 세력을 변방인 산동성으로 거세시킨 것도 모두 주공의 정치적 수완에 의하여 가능한 것이었다고 전해집니다.

그뿐만 아니라 무왕이 은나라를 정벌한 후 마지막 임금 주紂의 아들 무경녹부武庚祿父를 후侯에 책봉하여 은나라 유민遺民을 그에게 복속시켰습니다. 은나라 유민들의 마음을 위로하기 위함이었습니다. 무왕은 그의 두 동생 관숙선管叔鮮과 채숙도蔡叔度를 무경에게 사부로 붙였는데 무왕이 죽자 무경과 두 동생이 반란을 일으켰습니다. 주공은 성왕의 명을 받들어 동생인 관숙선을 죽이고 채숙도를 추방합니다. 그리고 은나라 유민을 모아 주紂의 형인 미자微子를 따르게 하고 지금의 하남성河南省 상구현商丘縣 부근인 송宋에 나라를 세우게 하였습니다. 이렇게 하여 미자는 송의 시조가 됩니다. 송은 은나라를 계승한 주나라의 제후국이 된 것이지요. 이 송나라와 인접한 나라가 공자의 나라인 노나라이며 이 노가 바로 주공이 봉해진 제후국입니다.

주공은 조선 시대의 세조와 같이 어린 조카를 왕위에서 물러나게 하고 자기가 군권君權을 장악할 수 있는 지위에 있었지만 끝까지 성왕을 도와 주나라의 기틀을 튼튼히 닦았습니다.

주공은 일반삼토一飯三吐, 일목삼착一沐三捉이라는 유명한 일화의 주인공입니다. 한 끼 밥 먹는 동안에도 세 번씩이나 먹던 밥을 뱉어내고 손님을 맞으러 달려 나가는가 하면, 한 번 머리 감는 사이에도 세 번씩이나 젖은 머릿단을 움켜쥐고 손님을 맞으러 달려 나갔다는 것이지요.

미래는 과거로부터 옵니다

여기서 잠시 중국의 고대사에 대하여 몇 가지 언급해두는 것이 필요하겠습니다.

중국 고대의 제왕 계보는 황제黃帝 — 전욱顓頊 — 제곡帝嚳 — 요堯 — 순舜 — 우禹(하夏) — 탕湯(은殷, 상商) — 문文 — 무武 — 주공周公으로 이어집니다. 제가 어렸을 때부터 자주 듣던 말이 바로 이 '요순우탕문무주공'이었거든요. 그러나 황제 이하 요, 순까지는 가공의 인물로 보는 것이 통설입니다. 반면에 하우夏禹는 실제 인물이라고 보는 것이 일반적입니다. 『서경』 「우공」편禹貢篇에 자세히 기록되어 있기도 하거니와 하夏의 건설지로 알려진 하남성 언사현偃師縣 이리두二里頭와 그 주변 지역에 있는 궁궐 터, 분묘 등의 유물과 유적은 당시에 이미 권력과 계급이 존재했음을 증거하는 것으로 알려져 있습니다. 특히 염지鹽地 유적은 그곳이 경제적 중심지였음을 추측하게 합니다. 그리고 갑골문자甲骨文字

(가장 오래된 것이 19대 반경盤庚 이후) 또는 복사卜辭(귀갑龜甲, 수골獸骨에 새겨진 문자)의 존재라든가 우禹의 아들 계啓가 왕위를 세습함으로써 비로소 세습 왕조가 시작되었다는 점 등으로 미루어 일반적으로는 하夏부터 실재한 왕조로 인정하는 것이 현재의 통설입니다.

기원전 1760년경에 이 하夏를 멸망시키고 세운 나라가 은殷입니다. 원래는 상商이었는데 주周가 상商을 정벌한 후에 수도의 이름을 따서 은나라로 낮춰 불렀지요. 이 은나라의 마지막 왕 28대 주왕紂王(제신帝辛)을 무왕이 멸하고 주를 세웠습니다. 이때가 기원전 1100년경이었습니다.

레닌은 『우리는 어떤 유산을 거부해야 하는가?』라는 저서에서 역사 공부란 무엇을 버리고 무엇을 계승할 것인지를 준별하는 것이 가장 중요하다는 주장을 피력했지요. 나는 이 「무일」편에서는 오히려 우리가 역사를 읽으면서 무엇을 버리지 말아야 할 것인지를 생각해야 한다고 믿습니다. 고전 독법은 물론 역사를 재조명하는 것입니다. 당대 사회의 문제의식으로 역사를 재조명하는 것입니다. 그러나 반대로 역사가 우리에게 요구하는 것도 놓쳐서는 안 된다고 생각합니다. 역사가 우리에게 요구하는 것은 어떠한 시대나 어떠한 곳에서도 변함없이 관철되고 있는 인간과 사회의 근본적인 과제라고 생각합니다. 「무일」이 바로 그러한 과제라고 생각하는 것이지요.

나는 이 「무일」편이 무엇보다 먼저 효율성과 소비문화를 반성하는 화두로 읽히기를 바랍니다. 그리고 능력 있고 편안한 것을 선호하는 젊은 세대들의 가치관을 반성하는 경구로 읽히기를 바랍니다. 노르웨이의 어부들은 바다에서 잡은 정어리를 저장하는 탱크 속에 반드시 천적인 메기를 넣는 것이 관습이라고 합니다. 천적을 만난 불편함이 정어리를 살아 있게 한다는 것이지요. 「무일」편을 통해 불편함의 의미를 다시 한 번 되씹어보기를 바라는 것이지요.

그리고 「무일」편은 생산하는 사람을 업신여기고 소비하는 사람을 우러러보는 우리들의 사고는 과연 어디서 연유하고 있는지, 그리고 한 개인의 정체성이 그 사람의 고뇌와 무관한 소비 행위에 의해 만들어질 수 있는 것인지를 반성하는 관점에서 재조명되기를 바랍니다.

마지막으로 노인에 대한 우리들의 관념을 반성하는 교훈으로 읽히기 바랍니다. '석지인 무문지'昔之人無聞知에서 노인들은 아는 것이 없다고 업신여기는 것은 예나 지금이나 변함없는 세태였음을 느꼈으리라고 생각합니다. 더구나 IMF 사태 이후 구조 조정 과정에서 퇴직 연령이 낮아지면서 이러한 분위기는 더욱 급속하게 확산되고 있습니다. 물론 변화의 속도가 빠를수록 과거의 지식이 빨리 폐기될 수밖에 없고 따라서 노인들의 위상이 급속히 추락하는 것은 어쩔 수 없는 일이라 할 수 있습니다.

그러나 명심해야 하는 것은 이것은 사회가 젊어지는 것이 아니라 오히려 사회의 조로화早老化로 이어진다는 사실입니다. 이것은 인간의 낭비이면서 역사 경험의 낭비입니다. 물론 '도시 유목민'이 정보화 사회의 미래상이라는 전망이 없지 않습니다. 농본 문화에서 유목 문화로 전환되는 과정이 현대라는 것이지요. 노인 퇴출은 그러한 전환기의 부수적인 현상이라는 것이지요. 사실 유목 문화에서는 과거의 경험이 아무 소용이 없습니다. 동일한 공간에서 반복적 경험을 쌓아가는 문화가 아니기 때문입니다. 부단히 새로운 초원을 찾아가는 것이지요. 노인들의 경험 문화는 주변화되고 청년들의 전위 문화前衛文化가 주류로 자리 잡게 된다는 것이지요.

그러나 인류의 정신사는 어느 시대에나 과거의 연장선상에서 미래를 모색해가게 마련입니다. 농본 사회에 있어서 노인의 존재는 그 마을에 도서관이 하나 있는 것이나 마찬가지였어요. 노인들의 지혜와 희생이 역사의 곳곳에 묻혀 있습니다. 할머니 가설(Grandmother Hypothesis)이 그렇습니다. 할머니들은 자기의 자녀가 아니라 자기의 자녀가 낳은 자녀 즉 손자손녀를 돌보고 자녀 양육에 필요한 여러 가지 지식을 전수함으로써 가족 집단을 번창시켰다는 것이지요. 최근의 연구 결과에 의하면 약 3만 년 전 현생인류의 조상인 호모사피엔스(크로마뇽인)는 그 이전의 네안데르탈인에 비하여 노년층의 비율이 무려 다섯 배나 증가했음을 밝혀낸 것이지요. 노인 세대의 비율이 급증한 시기는 바로 폭발적인 인구 증가가 있었던 시기였으며 인류가 장신구를 사용하고 동굴벽화를 그리고 장례 행위를 시작한 때와 일치한다는 것을 밝히고 있습니다. 나이 든 세대의 경험과 역할이 현생인류의 양적 팽창과 질적 발전을 가져온 것을 입증하고 있습니다. 이러한 할머니 역할은 그 사회적 의미에 있어서 오늘날도 다르지 않다고 생각하지요.

여러분은 무엇이 변화할 때 사회가 변화한다고 생각합니까? 그리고 여러분은 미래가 어디로부터 다가온다고 생각합니까? 미래는 과거로부터 오는 것입니다. 미래는 외부로부터 오는 것이 아니라 내부로부터 오는 것입니다. 변화와 미래가 외부로부터 온다는 의식이 바로 피식민지 의식의 전형입니다. 권력이 외부에 있기 때문입니다. 그곳으로부터 바람이 불어오기 때문입니다.

『초사』의 낭만과 자유

이어서 『초사』楚辭의 시 한 편을 읽도록 하지요. 『초사』는 『시경』과 함께 읽었으면 더 좋았겠다는 생각도 없지 않습니다만 시대적으로는 『서경』 다음에 읽는 것이 순서라고 생각합니다. 『초사』는 한漢나라 유향劉向(BC. 77~6)이 굴원屈原, 송옥宋玉 등의 작품을 모아 펴낸 책을 말합니다. 이 책이 나온 이후로는 일반적으로 초楚나라의 시체詩體를 가리키는 것으로 통하기도 합니다. 그러나 『초사』는 망실되고, 현재 전하는 것은 왕일王逸의 『초사장구』楚辭章句 총17편입니다.

『시경』이 북방 중원의 황하 유역을 중심으로 한 4언체 운문韻文인 데 비하여 『초사』는 이러한 북방 4언체를 혁신한 양자강 유역의 남방 문학입니다. 남방 국가인 초나라의 시체로서 음악에 가까운 운문입니다. 특히 방언方言, 무풍巫風, 풍습風習, 음운音韻 등 초나라의 뛰어난 문물과 풍부한 민요, 특히 무풍의 토양 위에 난숙하게 발전한 낭만문학이라 할 수 있습니다. 『시경』이 사실적이고 노동과 삶과 보행의 정서로 이루어진 시詩 세계임에 비하여 『초사』의 세계는 자유분방, 정열, 상상력, 신비, 환상 등 낭만적이고 서정적입니다. 『초사』는 시는 물론 산문, 소설, 희곡에 이르기까지 중국 문학 전반에 광범한 영향을 끼쳤습니다. 그리고 『시경』이 집단 창작과 전승을 통하여 만들어졌음에 비하여 『초사』에서는 시인의 이름이 처음으로 등장합니다. 굴원이 중국 시인의 대표인 것도 처음으로 그 이름이 등장했기 때문입니다.

굴원의 「이소」離騷가 『초사』의 대표적인 작품으로 꼽힙니다. 「이소」는 흔히 호메로스의 『일리아드』와 『오디세이』에 비유되기도 하고 단테의 『신곡』神曲에 비유되기도 하지만 전쟁 영웅을 기리는 서사시이거나 인간 이성의 구법 여행을 표현한 작품이 아닙니다. 실연한 여인의 장편 서사시입니다. 「이소」가 『초사』의 대표적인 작품이긴 하지만 374행이나 되는 장편이어서 여기서는 짧은 「어부」漁父 한 편을 읽기로 하겠습니다.

현실과 이상의 영원한 갈등

屈原旣放 游於江潭 行吟澤畔 顔色憔悴 形容枯槁

漁父見而問之曰 子非三閭大夫歟 何故至於斯

屈原曰 擧世皆濁 我獨淸 衆人皆醉 我獨醒 是以見放

漁父曰

聖人不凝滯於物 而能與世推移

世人皆濁 何不淈其泥 而揚其波

衆人皆醉 何不餔其糟 而歠其醨

何故深思高擧 自見放

屈原曰

吾聞之 新沐者必彈冠 新浴者必振衣

安能以身之察察 受 物之汶汶者乎

寧赴湘流 葬於江魚之腹中

安能以皓皓之白 而蒙世俗之塵埃乎

漁父莞爾而笑 鼓枻而去

乃歌曰

滄浪之水淸兮 可以濯吾纓

滄浪之水濁兮 可以濯吾足

遂去不復與言

「어부」는 굴원이 유배 중임에도 불구하고 나라를 위한 고뇌와 울분을 토로한 애국적 작품으로 높이 평가되는 시입니다. 여러분도 잘 아는 시입니다. 고등학교 한문 교재에 있습니다. 중요한 부분만 그 뜻을 새겨보기로 하지요. 전체의 구성은 어부와 유배된 굴원의 대화로 이루어져 있습니다. 그러나 그것은 작품의 구성을 그렇게 가지고 간 것이고, 굴원의 자문자답으로 보아도 상관없습니다. 어부는 가상의 상대로 봐야 옳습니다.

유배되어 초췌한 몰골로 호숫가를 거닐고 있는 굴원에게 어부가 유배당한 이유를 묻습니다. 굴원이 밝힌 유배의 이유는 다소 엉뚱합니다. 세상 사람들이 죄다 부패했는데 자기 혼자만 깨끗했기 때문에 추방당했고, 세상 사람들이 모두 술에 취해 있는데 자기 혼자만 맑은 정신이어서 추방당했다는 것입니다. 이것은 굴원이 자신의 결백함과 정치적 정당성을 선언하고 있는 것이라고 할 수 있습니다.

굴원의 이름은 평平으로, 전국시대 말 초나라 왕족의 후예입니다. 그는 뛰어난 학식으로 회왕懷王의 신임을 받아 26세에 나라의 정사를 주관하는 좌도左徒에 오릅니다. 당시 합종연횡合從連橫의 대세 속에서 강국인 진秦나라와의 연합을 반대하는 반진反秦주의자로서 줄곧 제초齊楚 동맹을 주장했습니다. 친진파親秦派와의 정치적 갈등으로 모함을 받게 되고 유배流配와 해배解配를 거듭하다가 결국 강남으로 추방됩니다. 어쨌든 추방당한 이유가 부패한 친진파의 참언이었다는 점을 감안하면 천하가 부패하고 술에 취해 있는데 함께 어울리지 못했다는 것이 그 이유라는 주장은 일단 수긍이 가기도 합니다.

이러한 굴원의 이유에 대하여 어부는 굴원의 비타협적이고 고고한 처세를 비판합니다. 성인은 사물에 얽매이지 않고 세사世事의 변화와 추이推移에 능히 어울릴 수 있어야 함을 들어 굴원의 심사고거深思高擧 (깊은 생각과 고결한 행동)를 나무랍니다. 여기에 대한 굴원의 대답은 분명합니다. 이 구절은 명구로 지금도 인구에 회자됩니다.

新沐者必彈冠 新浴者必振衣

머리를 감은 사람은 반드시 갓의 먼지를 떤 다음 갓을 쓰는 법이며 몸을 씻은 사람은 옷의 먼지를 떤 다음 옷을 입는 법이라고 선언합니다. 차라리 강물에 몸을 던져 죽을지언정 깨끗한 몸을 더럽힐까 보냐고 자신의 고고함을 선언합니다. 비타협적 기개를 분명하게 선언합니다. 이러한 굴원의 비타협적 선언에 어부는 노를 두드리며 혼잣말처럼 노래하며 떠나갑니다. 이 노래가 이 시의 결론 부분입니다. 이 부분은 어부가 읊조리는 노래로 되어 있습니다만 굴원이 스스로의 생각을 최종적으로 압축해서 표현한 것이라 할 수 있습니다. 이 구절 역시 명구로 암송되는 구절이지요.

滄浪之水淸兮 可以濯吾纓
滄浪之水濁兮 可以濯吾足
창랑의 물이 맑으면 갓끈을 씻고,
창랑의 물이 흐리면 발을 씻는다.

나는 굴원의 이 시를 '이상과 현실의 갈등'이라는 의미로 읽는 것이 옳다고 생각합니다. 이상과 현실의 모순과 갈등은 어쩌면 인생의 영원한 주제인지도 모릅니다. 이 오래된 주제에 대한 굴원의 결론은 창랑의 물이 맑으면 가장 정갈하게 간수해야 하는 갓끈을 씻고 반대로 물이 흐리면 발을 씻는 것입니다. 비타협적 엘리트주의와 현실 타협주의를 다 같이 배제하고 있습니다. 이것은 획일적 대응을 피하고 현실적 조건에 따라서 지혜롭게 대응해야 한다는 뜻으로 읽힙니다. 굳이 이야기한다면 대중노선을 지지하고 있다고 할 수 있습니다. 제가 감옥에서 만난 노선배들로부터 자주 들었던 이야기가 생각납니다. 이론은 좌경적으로 하고 실천은 우경적으로 해야 한다는 것이 그것입니다. 좌경적이라는 의미는 '신목자 필탄관新沐者必彈冠 신욕자 필진의新浴者必振衣'처럼 비타협적인 원칙의 고수라고 할 수 있습니다. 우경적이라는 의미는 맑은 물에는 갓끈을 씻고 흐린 물에는 발을 씻는다는 현실주의와 대중노선을 뜻한다고 생각합니다. 이상과 현실의 갈등을 어떻게 조화시켜 나갈 것인가 하는 오래된 과제를 마주하는 느낌입니다.

낭만주의와 창조적 공간

사실 『초사』를 여러분과 함께 읽어야겠다고 생각한 이유는 방금 이야기한 바와 같이 현실과 이상의 갈등이 영원한 삶의 고뇌이기 때문이기도 하지만 나는 『초사』가 대표하고 있는 남방 문학의 낭만주의적 정신세계가 갖는 의미를 재조명할 필요가 있다고 생각하기 때문입니다.

낭만주의는 물론 시대와 나라에 따라서 매우 넓은 스펙트럼으로 나타납니다. 문학이나 미학美學에서부터 사회체제에 대한 비판적 세계관에 이르기까지 매우 광범한 영역을 포괄하고 있음이 사실입니다. 낭만주의가 대체로 부정적 의미로 인식되는 것은 인간의 정신을 구속하는 억압에 대한 원천적 저항과 비판 의식을 내장하고 있음에도 불구하고 그 대응 방식의 개인주의적 성격 때문입니다. 뿐만 아니라 사회에 대한 소아병적 인식의 협소함 때문에, 그리고 도피 또는 복고적이라는 실천의 허약함 때문에 그것의 긍정적 의미가 크게 훼손되어왔기 때문입니다. 오늘날과 같은 강고한 억압 구조 속에서는 그 숨겨진 물리적 구조를 드러내기 위해서, 그리고 우리들이 문화적으로 길들여짐으로써 맹목이 되어버린 보이지 않는 포섭 기제를 드러내기 위하여 주목할 수 있는 초기 방식의 하나로서 낭만주의적 관점은 새로운 의미를 가진다고 생각합니다. 나는 현대 중국의 혁명과 건설이, 특히 인류사 최대의 드라마라고 하는 대장정大長征이 이러한 낭만주의적 배경과 무관하지 않다는 심증(?)을 지울 수 없기도 합니다.

중국 역사에서는 남과 북이 싸우면 언제나 남쪽이 집니다. 중국의 전쟁사는 언제나 남의 패배와 북의 승리로 점철되어 있습니다. 기후가 온화하고 물산이 풍부한 남방인들의 기질이 험난한 풍토에 단련된 북방의 강인한 기세를 당하기 어려웠다고 할 수 있습니다. 그래서 싸움에 지는 것을 패배라고 하고 그것을 '敗北'라고 씁니다. 북北에게 졌다(敗)고 쓰는 것이지요. 그런데 유일하게 남방이 북방을 물리친 정권이 바로 현대 중국입니다. 호남성 장사長沙의 마오쩌둥이 이끈 중국공산당이 건설한 중화인민공화국이 이를테면 남방 정권입니다. 현재의 장쩌민과 후진타오는 물론 측근들 역시 소위 상해파로서 남방 출신들로 채워져

있습니다. 여기서 중국 권력을 논의하자는 것이 아니라 남방의 낭만주
의에 대해 이야기하자는 것이지요.

1972년 닉슨이 중국을 방문했을 때의 일입니다. 마오쩌둥이 닉슨에
게 건넨 선물이 놀랍게도 『초사』라는 사실입니다. 마오쩌둥은 『초사』
를 손에서 한시도 놓는 일이 없었다고 합니다. 장정 때에도 손에서 『초
사』를 놓지 않았다고 합니다. "조직의 류사오치劉少奇 이론의 마오쩌
둥"이라는 유행어가 있습니다만, 마오쩌둥 사상이 이러한 남방적 낭만
주의가 갖는 자유로움과 무관하지 않으리라는 생각이 듭니다. 남방과
낭만주의와 창조적 정신 영역이 서로 일맥상통하는 것이 아닐까 하는
추측입니다. 현실에 매달리지 않고 현실의 건너편을 보는 거시적 시각
과 대담함이 곧 낭만주의의 일면이 아닐까 하는 생각입니다. 이러한 넓
고 긴 안목이 비록 『초사』의 세계나 남방적 낭만주의와 무관한 것이라
하더라도 그것을 우리가 처하고 있는 공고한 체제적 억압과 이데올로
기적 포섭 기제를 드러내야 하는 당면의 과제와 한번쯤 연결시켜보는
것도 매우 의미 있으리라고 생각합니다.

굴원은 동정호 남쪽에서 방황하다 기원전 295년 5월 5일 멱라수汨羅
水에 돌을 안고 투신하여 59세로 일생을 마칩니다. 중국에서는 지금도
단오절인 이 날을 '시인詩人의 날'로 기념하고 있습니다.

『주역』의 관계론

3

『주역』周易

생각한다는 것은 바다로부터 물을 긷는 것입니다. 자연과 사회를 바라보고 이해하는 나름의 인식 틀이라 할 수 있습니다. 우물에서 물을 길어오는 그릇이 집집마다 있었지요. 여러분도 물 긷는 그릇을 한 개씩 가지고 있습니다. 아마 서로 비슷한 그릇들을 가지고 있을 것입니다. 『주역』에 담겨 있는 사상이란 말하자면 손때 묻은 오래된 그릇입니다. 수천 년 수만 년에 걸친 경험의 누적이 만들어낸 틀입니다. 그 반복적 경험의 누적에서 이끌어낸 법칙성 같은 것입니다. 물 긷는 그릇에 비유할 수 있지만 또 안경이라고도 할 수 있습니다. 사물과 현상을 그러한 틀을 통해서 바라보기 때문입니다. 『주역』은 동양적 사고의 보편적 형식이라고 할 수 있습니다.

바닷물을 뜨는 그릇

『주역』周易은 대단히 방대하고 난해합니다. 어디서부터 이야기해야하나 난감하지 않을 수 없습니다만 강의 서두에서 합의한 바와 같이 '『주역』의 관계론'에 초점을 두기로 합니다. 『주역』에 담겨 있는 판단형식 또는 사고의 기본 틀을 중심으로 읽기로 하겠습니다. 판단형식 또는 사고의 기본 틀이란 쉽게 이야기한다면 물을 긷는 그릇입니다. 생각한다는 것은 바다로부터 물을 긷는 것입니다. 자연과 사회를 바라보고 이해하는 나름의 인식 틀이라 할 수 있습니다.

우물에서 물을 길어오는 그릇이 집집마다 있었지요. 여러분도 물 긷는 그릇을 한 개씩 가지고 있습니다. 아마 서로 비슷한 그릇들을 가지고 있을 것입니다. 『주역』에 담겨 있는 사상이란 말하자면 손때 묻은 오래된 그릇입니다. 수천 년 수만 년에 걸친 경험의 누적이 만들어낸 틀입니다. 그 반복적 경험의 누적에서 이끌어낸 법칙성 같은 것입니다.

물 긷는 그릇에 비유할 수 있지만 또 안경이라고도 할 수 있습니다. 사물과 현상을 그러한 틀을 통해서 바라보기 때문입니다.

『주역』에 대한 아무 설명 없이 물 긷는 그릇이라느니 안경이라느니 오히려 혼란스럽게 한 것 같군요. 아무튼 『주역』은 동양적 사고의 보편적 형식이라고 할 수 있습니다. 『역경』易經이라고 명명하여 유가 경전의 하나로 그 의미를 한정하는 것은 잘못이라고 생각합니다. 왕필王弼도 『주역』과 『노자』를 회통會通하려고 했습니다. 이 문제는 나중에 다시 거론하겠습니다만 『주역』은 동양 사상의 이해에 매우 중요한 의미를 가집니다.

『주역』은 물론 점치는 책입니다. 점쳤던 결과를 기록해둔 책이라 해도 좋습니다. 여러분 중에 점을 쳐본 사람은 많겠지만 『주역』 점을 쳐본 사람은 거의 없으리라고 생각합니다. 이건 여담입니다만, 나는 점치는 사람은 좋은 사람이라고 생각합니다. 왜냐하면 점치는 사람은 기본적으로 약한 사람이기 때문입니다. 적어도 스스로를 약하다고 생각하는 사람입니다. 물론 이러한 사람을 의지가 약한 사람이라고 부정적으로 볼 수도 있습니다. 그러나 '하면 된다'는 부류의 의기意氣 방자放恣한 사람에 비하면 훨씬 좋은 사람이지요. '나 자신을 아는 사람'은 못 되더라도 자신의 한계를 자각하고 있는 겸손한 사람이라고 할 수 있지요. 사실은 강한 사람인지도 모르지만 스스로 약한 사람으로 느끼는 사람임에 틀림없습니다.

귀신이 있다고 생각하는 사람은 손들어보겠습니까? 여러분 중에도 귀신이 있다는 사람이 많습니다. 나도 귀신을 만난 적은 없지만 살아가는 동안에 문득문득 귀신을 생각하기도 합니다.

얼마 전이었습니다. 밤늦게 연구실을 나와서 내가 마지막으로 나오는 참이었기 때문에 복도의 불을 끄고 엘리베이터 버튼을 눌렀습니다. 연구실이 6층이기 때문에 당연히 내려가는 버튼을 눌렀지요. 그런데 엘리베이터에 타고 문이 닫히자 여자 목소리가 들렸어요. "올라갑니다." 깜짝 놀라지 않을 수 없었어요. 나는 내려가야 하는데 어떤 여자 귀신이 나를 옥상으로 데리고 올라가려나 보다고 순간적으로 생각했지요. 아마 복도가 캄캄해서 올라가는 버튼을 잘못 눌렀나 보지요. 당연히 내려가리라고 생각하고 있는데 난데없이 올라간다는 여자 목소리에 순간적으로 여자 귀신을 생각하게 되었던 것이지요. 귀신이 있을 리 없다고 생각하면서도 마음 한구석에는 귀신에 대한 생각이 있는 것이지요.

나는 인간에게 두려운 것, 즉 경외敬畏의 대상이 필요하다고 생각합니다. 그것이 꼭 신神이나 귀신이 아니더라도 상관없습니다. 인간의 오만을 질타하는 것이면 어떤 것이든 상관없다고 생각합니다. 점을 치는 마음이 그런 겸손함으로 통하는 것이기를 바라는 것이지요. 그래서 점치는 사람을 좋은 사람으로 생각합니다.

우리가 보통 점이라고 하는 것은 크게 상相, 명命, 점占으로 나눕니다. 상은 관상觀相 수상手相과 같이 운명 지어진 자신의 일생을 미리 보려는 것이며, 명은 사주팔자四柱八字와 같이 자기가 타고난 천명, 운명을 읽으려는 것입니다. 상과 명이 이처럼 이미 결정된 운명을 미리 엿보려는 것임에 반하여 점은 '선택'과 '판단'에 관한 것입니다. 이미 결정된 운명에 관한 것이 아닙니다. 판단이 어려울 때, 결정이 어려울 때 찾는 것이 점입니다. 그리고 그것마저도 인간의 지혜와 도리를 다한 연후에 최후로 찾는 것이 점이라 할 수 있습니다. 『서경』「홍범」洪範에 다음과 같은 구절이 있습니다.

의난疑難이 있을 경우 임금은 먼저 자기 자신에게 묻고, 그 다음 조정 대신에게 묻고 그 다음 백성들(庶人)에게 묻는다 하였습니다. 그래도 의난이 풀리지 않고 판단할 수 없는 경우에 비로소 복서卜筮에 묻는다, 즉 점을 친다고 하였습니다(汝則有大疑 謀及乃心 謀及卿士 謀及庶人 謀及卜筮). 임금 자신을 비롯하여 조정 대신, 백성들에 이르기까지 모든 사람들의 지혜를 다한 다음에 최후로 점을 치는 것입니다. 그래서 점괘와 백성들의 의견과 조정 대신 그리고 임금의 뜻이 일치하는 경우를 대동大同이라 한다고 하였습니다(汝則從 龜從筮從 卿士從 庶民從 是之謂大同). 대학의 축제인 대동제大同祭가 바로 여기서 연유하는 것이지요. 하나 되자는 것이 대동제의 목적이지요.

『주역』은 오랜 경험의 축적을 바탕으로 구성된 지혜이고 진리입니다. 그리고 그러한 진리를 기초로 미래를 판단하는 준거입니다. 그런 점에서 『주역』은 귀납지歸納知이면서 동시에 연역지演繹知입니다. 『주역』이 점치는 책이라고 하지만 우리가 주목해야 하는 것은 바로 이와 같은 경험의 누적으로부터 법칙을 이끌어내고 이 법칙으로써 다시 사안을 판단하는 판단 형식입니다. 그리고 이 판단 형식이 관계론적이라는 것에 주목하자는 것입니다.

경經과 전傳

중국의 역사를 사상사적인 측면에서 다음과 같이 크게 구분합니다. 공자 이전 2500년과 공자 이후 2500년이지요.

BC. 3000 —— (BC. 1000) —— BC. 500 —— AD. 2000		
복희伏羲 시대 ǀ 문왕, 주공 시대		공자 이후 시대
경經 시대(부호符號, 괘사卦辭, 효사爻辭)		전傳 시대(계사전, 상전, 단전 등 십익十翼)

공자 이전 2500년은 점복占卜의 시대라 할 수 있습니다. 그러나 공자 이후의 시기는 『주역』의 텍스트(經)에 대한 해석(傳)의 시대입니다. 경經은 원본 텍스트이고, 전傳은 그것의 해설입니다. 예를 들어 『춘추좌씨전』春秋左氏傳이란 책은 『춘추』라는 텍스트(經)를 좌씨左氏(좌구명左丘明)가 해설한(傳) 책이란 의미입니다. 공자학파가 경에 대한 해설을 이루어놓기 이전에 『주역』은 복서미신卜筮迷信의 책이었다고 합니다. 그만큼 해설의 의미는 대단히 큽니다. 그것이 바로 텍스트에 대한 철학적 해석이기 때문입니다. 이 철학적 해석이 곧 사물과 사물의 변화를 바라보는 판단 형식이기 때문입니다.

철학적 해설이 있기 이전의 『주역』이 복서미신의 책이라고 했습니다만 그것은 『주역』의 경, 즉 텍스트 자체가 미신이라는 뜻은 아닙니다. 텍스트로서의 경은 오랜 경험의 축적을 바탕으로 하고 있는 지혜라고 하였지요. 유구한 삶의 역사적 결정체라고 할 수 있습니다. 결코 미신일 수가 없는 것이지요. 그것을 점占이라는 형식으로 풀어내고 해석하는 과정에 있어서의 자의성을 지적하여 미신이라고 할 수 있을지는 모릅니다. 그러나 괘卦의 구성과 괘사卦辭, 효사爻辭에 동양적 사고의 원형이 담겨 있는 것만은 틀림없습니다. 우리는 공자학파의 철학적 해석 방식뿐만 아니라 경 속에 담겨 있는 관계론에 주목해야 하는 것임은 물론입니다.

『주역』의 경은 8괘, 64괘와 괘사, 효사의 네 가지입니다. 괘와 효는 고대 문자이며, 괘사와 효사는 점을 친 기록이라고 합니다. 8괘를 소성괘小成卦라 하고 이 소성괘를 두 개씩 겹쳐서 만든 64개의 괘를 대성괘大成卦라고 합니다.

『주역』의 전傳은 괘사와 효사에 관한 10개의 해설문을 말합니다. 경에 달린 10개의 날개란 뜻으로 십익十翼이라 합니다. 공자의 저작이라고 전하지만 대체로 훨씬 후대인 진한秦漢 초기의 공동 창작으로 추측됩니다.

여러분이 혹시 『주역』을 읽고자 할 때는 십익을 먼저 읽는 것이 좋습니다. 십익은 해설서기 때문에『주역』의 전체 구성과 내용을 이해하는 데 도움이 됩니다.

『주역』은 춘추전국시대의 산물이라고도 합니다. 춘추전국시대 550년은 기존의 모든 가치가 무너지고 모든 국가들은 부국강병이라는 유일한 국정 목표를 위하여 사활을 건 경쟁에 뛰어들지 않을 수 없는 신자유주의 시기였습니다. 기존의 가치가 무너지고 새로운 가치가 수립되기 이전의 혼란한 상황이었습니다. 미래에 대한 전망이 불확실할수록 불변의 진리에 대한 탐구가 절실해지는 것이지요. 실제로 이 시기가 동서양을 막론하고 사회 이론에 대한 근본적 담론이 가장 왕성하게 개진되었던 시기였음은 전에 이야기했습니다. 한마디로『주역』은 변화에 대한 법칙적 인식이 절실하게 요청되던 시기의 시대적 산물이라는 것이지요.

효爻와 괘卦

태극(☯)이 양의兩儀를 낳고 양의가 사상四象을 낳고 사상이 8괘八卦
를 낳습니다. 여러분은 아마 8괘 중에서 태극기에 있는 네 개의 괘는 알
고 있을 것입니다. 이 8괘를 구성하는 세 개의 음양을 나타내는 부호를
효爻라고 합니다. 우리는 이 효와 괘를 중심으로 『주역』을 이해하는 것
이 좋다고 생각합니다.

괘는 '걸다' 라는 뜻입니다. 걸어놓고 본다는 뜻이지요. 괘에다가 어
떤 의미를 담아놓는다는 뜻이기도 합니다. 이제 예를 들어봅시다. 세상
에는 수많은 사물이 있고 사물과 사물이 관계하여 이루어내는 사건이
있습니다. 나아가 이러한 사건이 동시다발적으로 일어나고 있는 사태
를 생각할 수 있습니다. 비상사태 또는 공황 상태라는 표현도 가능합니
다. 그리고 사물이 사건으로 발전하고 사건이 사태로 발전하는 여러 가
지의 경로에 대해서도 생각할 수 있습니다. 나는 여러분이 효와 괘를
이러한 사물 또는 사물의 변화를 담지하는 개념으로 이해하는 것이 좋
다고 생각합니다.

물론 효爻가 사물을 의미하기도 하고 어떤 경우에는 괘卦가 그런 의
미로 사용되기도 합니다. 그렇기 때문에 더욱 난해할 수밖에 없습니다.
그러나 『주역』의 각 구성 부분은 어느 경우든 사물, 사건, 사태와 같은
범주적 개념으로 이해하는 것이 필요합니다.

『주역』에 대한 이러한 이해 방식이 일반적인 것은 아닙니다. 얼마든
지 반론이 있을 수 있습니다. 그러나 『주역』의 범주는 기본적으로 객관
적 세계의 연관성으로부터 도출된 것이라 할 수 있습니다. 그러나 객관
적 세계의 변화를 추상화하고 단순화한 법칙 즉 간이簡易이기 때문에

세계의 복잡한 연관을 모두 담아낼 수는 없습니다. 이러한 제한성 때문에 위에서 지적했듯이 각 구성 부분을 여러 범주로 사용합니다.

그런 점에서 『주역』의 판단 형식은 대단히 중층적이며 우리들이 일반적으로 가지고 있는 판단 형식에 비하여 훨씬 복잡한 구조를 하고 있습니다. 바로 그 점에서 서구적 사고 양식과 대단히 큰 차이를 보인다고 할 수 있습니다. 주관적인 판단 형식은 근본에 있어서 객관적 세계를 인식하는 철학적 사유에 기초하는 것이며 그런 점에서 서구적 판단 형식과 주역의 판단 형식의 차이는 세계에 대한 존재론적 인식과 관계론적 인식의 차이라고 할 수 있을 것입니다.

우리들에게는 누구나 각자의 사회관이 있습니다. 사회관이 없는 사람은 없습니다. 우리는 사회관뿐만 아니라 여러 가지의 인식 틀을 가지고 있습니다. 역사관과 인간관 등 우리가 의식하고 있든 의식하지 않고 있든 익숙하게 구사하고 있는 인식 틀이 있습니다.

예를 들어 "사회는 개인의 집합이다" 또는 "인간은 이기적이다"와 같은 인식 틀을 봅시다. 이러한 사고는 매우 단순한 구조라고 할 수 있습니다. 개인을 분석함으로써 개인의 집합인 사회 전체를 분석할 수 있는 것으로 이해하는 틀입니다. 사회가 개인의 집합이라고 하는 경우 인간이 집합 속에 있든 개인으로 있든 조금도 변함이 없는 것이지요. 인간이 이기적 존재라면 인간은 기쁠 때나 슬플 때나, 시장 골목에 있건 가정에 있건 변함없이 이기적이어야 합니다. 존재론의 폭력적 단순성이라 할 만한 것이지요. 이것은 『주역』의 구성과 비교하자면 효爻로써 소성괘를 설명하고 나아가 대성괘마저도 효의 단순한 집합으로 설명하는 구조라고 할 수 있습니다. 그런 점에서 지극히 1차원적 사고방식입니다.

이와는 달리 이를테면 계급적 관점으로 사회 구성을 인식하는 소위 좌파적 인식 틀도 있습니다. 신분, 민족성, 경제구조 등 다양한 인식 틀도 있을 수 있습니다. 여러 가지의 인식 틀을 조합하여 새로운 틀을 구성하기도 합니다. 사회나 인간에 대한 우리들의 인식 틀을 잘 관찰해볼 필요가 있습니다. 어느 경우든 우리의 인식 틀이 의외로 기계적이고 단선적인 논리 구조임을 깨닫게 될 것입니다. 대체로 원인과 결과라는 인과 논리로 짜여져 있음을 알게 될 것입니다.

효와 괘를 설명하면서 어쩌면 적절하지 않은 예를 들었는지도 모르겠습니다. 다만 우리들의 단순한 인식 구조를 반성하자는 것이 첫째이고, 둘째는 이러한 우리들의 인식 구조에 비하여 『주역』의 판단 형식은 객관적 세계의 연관성을 훨씬 더 풍부하게 담아내고 있다는 사실을 이야기하려는 것이지요.

『주역』에는 8개의 소성괘와 64개의 대성괘가 있습니다. 이 64개의 대성괘마다 괘사가 붙어 있습니다. 그리고 각 대성괘를 구성하고 있는 여섯 개의 효마다 효사가 붙어 있습니다. 『주역』의 경經은 8괘, 64괘, 괘사, 효사의 네 가지라고 했지요. 그러니까 경의 양만 하더라도 상당한 분량입니다.

그러나 우리는 『주역』을 64개의 대성괘를 중심으로 읽을 것입니다. 우리가 주목하려는 판단 형식이 바로 이 대성괘에 가장 잘 나타나고 있기 때문입니다. 각 대성괘에는 그 괘의 성격을 나타내는 이름이 있고 괘 전체의 의미를 나타내는 괘사가 달려 있으며 괘를 구성하는 여섯 개의 효와 그 효를 설명하는 효사가 달려 있습니다. 이 대성괘를 『주역』의 기본 범주로 이해해도 좋다고 생각합니다. 대성괘를 『주역』의 기본적 범주로 이해하는 경우 우리는 칸트나 헤겔 또는 변증법적 유물론에서 규정하고 있는 범주들과는 그 수에 있어서 비교할 수 없을 정도로 풍부한 범주를 갖게 되는 셈입니다. 더구나 우리들이 가지고 있는 판단 형식의 단순함에 비하면 더욱 그렇다고 할 수 있습니다.

『주역』 읽기의 기초 개념

『주역』을 읽기 위해서는 기본적인 개념을 이해해야 합니다만 최소한의 개념만을 소개하도록 하겠습니다.

양효(一)는 하늘(天) 또는 남자(男)를 나타내고 음효(――)는 땅(地) 또는 여자(女)를 나타냅니다. 물론 여러 가지 다른 의미로도 사용됩니다. 세 개의 효로 한 개의 괘를 만듭니다. 세 개의 효는 천지인天地人의 삼재三才를 의미한다고 합니다. 세 개의 효로 이루어진 괘를 소성괘라 하고, 소성괘 두 개가 대성괘가 된다는 것은 이미 설명했습니다. 그러니까 대성괘는 여섯 개의 효로 이루어집니다. 효의 명칭은 아래에서부터 초효初爻, 이효二爻, 삼효三爻, 사효四爻, 오효五爻, 상효上爻로 읽습니다. 양효를 구九, 음효를 육六으로 씁니다. 그래서 초효가 양효인 경우에는 그것을 초양初陽이라 읽지 않고 초구初九라 읽습니다. 그리고 이효가 음효인 경우에는 이음二陰이라 읽지 않고 이륙二六이라 읽습니다.

양을 구라고 하고 음을 육이라고 하는 까닭에 대하여 많은 논문이 있다고 합니다. 그러나 9가 홀수이고 6이 짝수여서 각각 양과 음을 표시하는 숫자가 되지 않았겠는가 하는 정도 이상으로 밝혀진 바는 없습니다. 그리고 위에서 이미 밝혔듯이 제1효를 초효라 하고 제6효를 상효라 합니다. 그래서 초륙初六, 상구上九 등으로 씁니다.

8괘의 모양·이름·작용·형상을 다음과 같이 간단히 표시했습니다. 여러분은 이 8괘의 이름과 성격을 반드시 알고 있어야 합니다. 『주역』 독법의 기본적 개념이기 때문입니다.

	☷	☶	☵	☴	☳	☲	☱	☰
작용	坤	艮	坎	巽	震	离	兌	乾
형상	地	山	水	風	雷	火	澤	天
	유순	정지	험난	흩어짐	움직임	광명	기쁨, 겸손	다스림

옛날 분들은 이 8괘를 손가락으로 자유자재로 표현했습니다. 엄지손가락은 손가락이 한 개이지만 그것을 손가락 세 개로 칩니다. 이 엄지를 나머지 검지, 중지, 무명지 이 세 개의 손가락과 연결하거나 뗌으로써 8괘를 표현합니다.

건괘乾卦(☰)는 엄지와 나머지 세 손가락을 전부 연결하여 표시합니다. 그리고 읽기는 건삼련乾三連으로 읽습니다. 건괘는 효 세 개가 모두 연결된 모양 즉 양효 세 개라는 뜻입니다.

태괘兌卦(☱)는 엄지와 중지, 무명지를 연결합니다. 그리고 검지는 떼어놓습니다. 읽기는 태상절兌上絶이라 읽습니다. 제일 위에 있는 효만 떨어졌다는 것이지요. 즉 제일 위에 있는 효가 음효이고 나머지 두 효는 양효라는 뜻입니다.

감괘坎卦(☵)는 중지와 엄지가 연결되어 있는 모양입니다. 검지와 무명지는 엄지와 떨어져 있는 모양입니다. 그리고는 감중련坎中連이라 읽습니다. 감괘는 가운데만 연결되어 있는 모양이지요. 가운데 효가 양효라는 뜻이지요. 부처님의 손가락을 표현할 때 "감중련한 손가락"으로 표현하기도 합니다.

이괘離卦(☲)는 엄지와 검지, 무명지를 연결합니다. 그리고 중지만 엄지와 떨어진 모양입니다. 이허중離虛中이라 읽습니다. 이괘는 가운데가 비었다는, 즉 가운데가 음효라는 뜻입니다.

나머지 괘들을 손가락으로 한번 표시해보세요. 진하련震下連(☳), 손하절巽下絶(☴), 간상련艮上連(☶), 곤삼절坤三絶(☷) 등으로 읽습니다.

이 8괘 하나하나는 각각 음양의 구분이 있습니다. 그런데 음양을 결정하는 방법이 매우 독특합니다. 8괘를 구성하는 세 개의 효 중에서 양효가 홀수이면 양괘, 음효가 홀수이면 음괘가 됩니다. 셋 중에서 언제나 소수가 전체의 성격을 결정하는 것으로 되어 있습니다. 남자 두 사람과 여자 한 사람인 집합에서 결국 여자의 의견이 관철되는 경우를 경험한 적이 있으리라고 생각합니다. 남자 2대 여자 1의 구성이기 때문에 결합의 주도권은 당연히 여자가 행사하고, 결합된 2가 결정권을 행사하게 됩니다. 반대로 여자 두 사람과 남자 한 사람인 집합에서는 남자가 주도권을 잡고 전체 성격을 결정하게 되는 것이지요. 괘의 음양을 결정하는 방법이 매우 실제적이라고 생각할 수 있습니다.

대성괘는 상하 두 개의 소성괘로 이루어져 있는데 위의 괘를 상괘上卦 또는 외괘外卦라 하고 아래 괘를 하괘下卦 또는 내괘內卦라 합니다.

대성괘는 두 소성괘의 성질, 위치에 따라 그 성격과 명칭이 정해지기도 하고 두 소성괘가 이루어내는 모양에서 명칭과 뜻을 취하기도 합니다.

예를 들어보지요. 이괘頤卦는 간艮(☶)과 진震(☳)을 상하로 겹쳐놓은 것이지요. 이괘의 모양은 ䷚입니다. 그 모양에서 짐작할 수 있듯이 상하의 입술과 그 가운데 치아가 있는 형상입니다. 그 형상이 턱과 같아서 괘의 이름을 이頤라 하고 그 뜻을 기를 양養으로 하고 있습니다. 이름을 짓는 방법이나 그 이름에 담는 뜻이 참 재미있습니다. 그리고 괘의 구조를 보더라도 그렇습니다. 간은 산山이고 진은 뢰雷입니다. 산 아래에 우레가 있는 모양입니다. 땅속에 잠재력을 묻어두고 있는 형상이기 때문에 양養이기도 합니다.

예를 하나 더 들어보지요. 진괘晉卦는 곤괘坤卦(☷) 위에 이괘离卦(☲)를 올려놓은 것입니다. 진괘의 모양은 ䷢입니다. 곤은 땅(地)을 의미하고 이는 불(火)을 뜻합니다. 땅 위에 불이 있는 형상입니다. 따라서 이 진괘는 지평선에 해가 뜨는 형상으로 풀이하여 이름을 진晉으로 하고 그 뜻을 나아갈 진進으로 하였습니다. 이처럼 『주역』에는 대단히 많은 정보가 담겨 있음을 알 수 있습니다.

위位와 응應

『주역』 사상의 핵심을 관계론이라고 하는 경우 지금 설명하려는 위位와 응應의 개념이 바로 그것을 의미합니다. 위와 응 이외에도 『주역』의 관계론을 읽을 수 있는 여러 가지 개념이 있습니다만 위와 응에 대해서만 설명하기로 하겠습니다.

『주역』의 독법에서 가장 먼저 설명해야 하는 것이 위位입니다. 즉 '자리'입니다. 어떤 효의 길흉화복을 판단할 때 그 효만 보고 판단하는 것이 아니라 그 효가 어디에 자리하고 있는가를 보고 판단합니다. 대성괘는 여섯 개의 효로 이루어져 있기 때문에 1(初), 2, 3, 4, 5, 6(上)의 여섯 개의 자리가 있습니다. 이 여섯 개의 자리 중에서 1, 3, 5는 양효의 자리이고 2, 4, 6은 음효의 자리입니다. 양효가 양효의 자리 즉 1, 3, 5에 있는 경우와 음효가 음효의 자리인 2, 4, 6에 있는 경우를 득위得位라 합니다. 효가 그 자리를 얻지 못한 경우 이를 실위失位라 합니다. 양효가 음효의 자리 즉 2, 4, 6에 있거나 마찬가지로 음효가 양효의 자리인 1, 3, 5에 있는 경우가 실위입니다.

효는 득위해야 좋은 것입니다. 양효라고 해서 어떤 자리에 있거나 항상 양의 성질을 발휘하는 것은 아닙니다. 마찬가지로 음효도 어떤 자리에 있거나 음효일 뿐이라고 하는 고정된 관념은 없습니다. 개별적 존재에 대해서는 그것의 고유한 본질을 인정하지 않거나, 그러한 개별적 본질을 인정하는 경우에도 별로 중요하지 않은 것으로 여깁니다. 이는 동양적 전통에서 매우 자연스러운 생각입니다. 그 처지에 따라 생각도 달라지고 운명도 달라진다는 것이지요. 역지사지易地思之라는 금언도 바로 여기에서 비롯됩니다. 처지를 바꾸어서 생각하라는 말은 처지에 따라 그 생각도 달라진다는 것을 뜻합니다. 그래서 옛사람들은 "처지에 눈이 달린다"는 표현을 하지요. 눈이 얼굴에 달려 있는 것이 아니라 발에 달려 있다는 뜻이지요. 사회과학에서는 이를 입장이라 합니다. 계급도 말하자면 처지입니다. 당파성과 계급적 이해관계도 같은 맥락에서 이해할 수 있는 것입니다.

어쨌든 개인에게 있어서 그 자리(位)가 갖는 의미는 운명적이라 할 수 있습니다. 자신의 자리가 아닌 곳에 처하는 경우 십중팔구 불행하게 됩니다. 제 한 몸만 불행하게 되는 것이 아니라 다른 사람도 불행에 빠트리고 나아가서는 일을 그르치게 마련입니다.

여러분은 어떤 자리가 자기에게 어울리는 자리인지 알아낼 수 있는 방법이 궁금하지요? 이건 여담입니다만 나는 사람이란 모름지기 자기보다 조금 모자라는 자리에 앉아야 한다고 생각합니다. 집터보다 집이 크면 그 터의 기氣가 건물에 눌립니다. 고층 빌딩은 지기地氣를 받지 못하는 건축 공간이라고 할 수 있습니다. 서울 땅에 건물을 너무 많이 쌓아놓았다고 생각하지 않습니까? 뉴욕이나 도쿄 역시 말할 필요가 없습니다. 터와 집의 관계뿐만 아니라 집과 사람의 관계도 그렇습니다. 집이 사람보다 크면 사람이 집에 눌립니다. 그 사람의 됨됨이보다 조금 작은 듯한 집이 좋다고 하지요.

자리도 마찬가지입니다. 나는 그 '자리'가 그 '사람'보다 크면 사람이 상하게 된다고 생각합니다. 그래서 나는 평소 '70%의 자리'를 강조합니다. 어떤 사람의 능력이 100이라면 70 정도의 능력을 요구하는 자리에 앉아야 적당하다고 생각합니다. 30 정도의 여유가 있어야 한다는 생각입니다. 30 정도의 여백이 있어야 한다는 뜻입니다. 그 여백이야말로 창조적 공간이 되고 예술적 공간이 되는 것입니다. 반대로 70 정도의 능력이 있는 사람이 100의 능력을 요구받는 자리에 앉을 경우 그 부족한 30을 무엇으로 채우겠습니까? 자기 힘으로는 채울 수 없습니다. 거짓이나 위선으로 채우거나 아첨과 함량 미달의 불량품으로 채우게 되겠지요. 결국 자기도 파괴되고 그 자리도 파탄될 수밖에 없습니다. 우리는 한 나라의 가장 중요한 자리를 잘못된 사람이 차지하고 앉아서 나라를 파국으로 치닫게 한 불행한 역사를 가지고 있습니다. 불행한 일이 아닐 수 없습니다. 그럼에도 불구하고 자기의 능력과 적성에 아랑곳없이 너나 할 것 없이 '큰 자리'나 '높은 자리'를 선호하는 세태는 참으로 어처구니없는 일입니다. '70%의 자리'가 득위得位의 비결입니다.

여담이었습니다만 자기의 능력을 키우려는 노력도 중요하지만 동양학에서는 그것보다는 먼저 자기의 자리를 찾아야 한다는 것입니다. 개체의 능력은 개체 그 속에 있지 않고 개체가 발 딛고 있는 처지와의 관계 속에서 생성된다고 하는 생각이 바로 『주역』의 사상입니다. 어떤 사물이나 어떤 사람의 길흉화복이 그 사물 자체에서 비롯되는 것이 아니라는 것이 『주역』 사상입니다. 이러한 사상이 득위得位와 실위失位의 개념에 잘 나타나 있습니다. 이것이 곧 서구의 존재론과는 다른 동양학의 관계론입니다.

위位와 응應에 대해서만 설명하려고 했습니다만 아무래도 몇 가지 개념을 더 이야기해야 할 것 같습니다. 먼저 중中의 개념에 대하여 이야기합시다. 대성괘를 구성하고 있는 여섯 개의 효 중에서 제2효와 제5효를 '중'이라 합니다. 2효와 5효는 각각 하괘와 상괘의 가운데 효입니다.

『주역』에서는 이 '가운데'를 매우 중요하게 생각합니다. 제일 위에 있거나 제일 앞에 있는 것을 선호하는 경쟁 사회의 원리와는 사뭇 다릅니다. 여러분도 강의 시간에 질문하라고 하면 묵묵부답인 경우가 많지요. "가만히 있으면 중간은 간다"는 것이지요. 중간은 무난한 자리라고 생각하기 때문일 겁니다. 산전수전을 두루 겪으신 노인들은 대체로 모나지 않고, 나서지 않고, 그저 중간만 지키기를 충고하는 경우가 많습니다. 중간과 가운데를 선호하는 정서는 매우 오래된 것이라 할 수 있습니다.

나도 물론 중간을 매우 선호하는 편입니다만 그 선호하는 이유가 무난하기 때문만은 아닙니다. 내가 중간을 선호하는 이유는 앞과 뒤에 많은 사람을 가지고 있기 때문입니다. 인간관계가 가장 풍부한 자리이기 때문입니다. 바둑 7급이 바둑 친구가 가장 많은 사람이라고 하지요. 바둑 1급은 비슷한 상대를 만나기가 쉽지 않지요. 중간은 그물코처럼 앞뒤로 많은 관계를 맺고 있는 자리입니다. 그만큼 영향을 많이 받고 영향을 많이 미치게 되는 자리이기도 합니다.

우리의 선망의 적이 되고 있는 선두先頭는 물론 스타의 자리입니다. 최고의 자리이지요. 그 자리는 모든 영광이 머리 위에 쏟아질 것같이 생각되지만 사실은 매우 힘든 자리입니다. 경쟁으로 인한 긴장이 가장 첨예하게 걸리는 곳이 선두이기 때문입니다. 그리고 선두가 전체 국면을 주도할 것이라고 생각하지만 그렇지 않습니다. 선두는 겨우 자기 한 몸 간수에 여력이 있을 수 없는 고단한 처지입니다. 그와 반대로 맨 꼴찌는 마음 편한 자리인 것만은 틀림없습니다. 아마 가장 철학적인 자리인지도 모릅니다. 기를 쓰고 달려가야 할 곳이 없는 것이 인생이라는 것이지요. 실제로 내가 무기징역 받고 감옥에서 모든 것 다 내려놓고 헌옷 입고 햇볕에 앉아 있을 때의 심사가 무척 편했던 기억도 없지 않습니다. 그러나 그곳이 비록 편안하고 한적한 달관達觀의 공간이긴 하지만 그곳은 무엇을 도모하거나 실천하기에는 너무나 후미진 공간이라고 생각됩니다. 더불어 관계 맺기가 어려운 매우 적막한 처소處所가 아닐 수 없습니다.

아무튼 『주역』에서는 중간을 매우 좋은 자리로 규정합니다. 그리고 가장 힘 있는 자리로 칩니다. 막상 가장 위에 있는 제6효인 상효는 물러난 사람에 비유합니다. 그래서 음효가 음의 자리에 양효가 양의 자리에 있는 것을 정正이라고 하면서도, 가운데 효 즉 중中이 득위했는가 득위하지 못했는가를 매우 중요하게 여깁니다. 따라서 음 2효와 양 5효는 중이면서 득위했기 때문에 이를 중정中正이라 합니다.

중정은 매우 높은 덕목으로 칩니다. 아마 여러분은 '중정'이란 현판이나 붓글씨를 많이 보았으리라고 생각합니다. 같은 중정이지만 양 5효를 더욱 중요하게 봅니다. 음 2효가 하괘를 주도하는 효임에 비하여 양 5효는 상하 괘 전체의 성격을 주도하는 효이기 때문에 그렇습니다.

이제 응應에 대해 이야기하지요. 위位가 효와 그 효가 처한 자리의 관계를 보는 것임에 비하여 응은 효와 효의 관계에 관한 것입니다. 어떤 효가 다른 효와 조화를 이루고 있는가, 그렇지 못한가를 보는 것입니다. 여섯 개의 효 중에서 1효와 4효, 2효와 5효, 3효와 6효의 음양 상응 관계를 보는 것입니다. 다시 말하자면 하괘의 1, 2, 3효와 상괘의 1, 2, 3효가 서로 음양 상응 관계, 즉 조화를 이루고 있는가를 보는 것이 응입니다.

『주역』 사상에서는 위보다 응을 더 중요한 개념으로 칩니다. 이를테면 '위'의 개념이 개체 단위의 관계론이라면 '응'의 개념은 개체와 개체가 이루어내는 관계론입니다. 이를테면 개체 간의 관계론이지요. 그런 점에서 위가 개인적 관점이라면 응은 사회적 관점이라 할 수 있습니다. 위보다는 상위개념이라고 할 수 있습니다. 그래서 "실위失位도 구쏨요 불응不應도 구쏨이다. 그러나 실위이더라도 응이면 무구無쏨이다"라고 합니다. 실위도 허물이고 불응도 허물이어서 좋을 것이 없지만 설령 어느 효가 득위를 못했더라도 응을 이루고 있다면 허물이 없다는 것이지요.

위보다 응을 더 상위의 개념으로 치는 것이 『주역』의 사상입니다. 이것은 우리가 일상생활의 도처에서 만나는 것입니다. 집이 좋은 것보다 이웃이 좋은 것이 훨씬 더 큰 복이라 하지요. 산다는 것은 곧 사람을 만나는 일이고 보면 응의 문제는 참으로 중요한 것이 아닐 수 없습니다. 직장의 개념도 바뀌어서 최근에는 직장 동료들이 좋은 곳을 좋은 직장으로 칩니다. 위가 소유의 개념이라면, 응은 덕德의 개념이라고 할 수 있습니다. 우리의 삶을 저변에서 지탱하는 인간관계와 신뢰가 바로 응의 내용이라고 할 수 있습니다.

응 이외에도 효와 효의 상응 관계를 보는 개념으로 비比가 있습니다. 이 비는 인접한 상하 두 효의 상응 관계를 보는 것입니다. 응이 하괘와 상괘 간의 상응 관계를 보는 것임에 비하여 이 비는 인접한 두 효의 음양 상응을 본다는 점에서 응에 비해 다소 그 관계의 범위가 협소하고 시간대가 짧습니다. 그러나 기본적 성격은 관계론임에 틀림없습니다.

이상에서 『주역』 독법의 몇 가지 개념을 소개했습니다만, 그나마 너무 간략한 설명이었습니다. 『주역』의 주석서註釋書에 따라서는 지나치게 관념적인 해석도 없지 않습니다. 그러한 것은 오히려 『주역』 이해에 더 장애가 됩니다. 우리의 고전 강독에서는 관계론의 재조명이라는 강의 목적의 범위 내에서 최소한의 것만을 논의하기로 하겠습니다.

그렇더라도 한 가지만 더 소개하겠습니다. 효의 명칭에 관한 것입니다. 효가 처하는 위치 즉 아래위에 있는 효와의 관계에 따라서 그 명칭이 달라진다는 것입니다. 그것을 부르는 이름마저 달라지는 것이지요. 당연히 그 성격도 달라지게 마련입니다. 음효 위에 있는 양효 즉 양재

음상양재음상陰在陽上인 경우를 거據라고 하고 그 의미는 공제控制입니다. 다스린다는 의미입니다. 음효가 양효 아래에 있는 경우는 승承이라 합니다. 즉 음재양하陰在陽下인 경우를 승이라 하고 그 의미는 순종입니다. 그리고 같은 음효라 하더라도 그것이 양효 위에 있을 때 즉 음재양상陰在陽上일 때 승乘이라 호칭하고 그 의미를 반상反常 즉 역逆으로 읽습니다.

죽간의 가죽 끈이 세 번이나 끊어지도록

지금까지 살펴본 바와 같이 『주역』의 독법은 철저하리만큼 관계론적입니다. 효와 그 효가 처한 자리(位)와의 관계, 효와 효의 관계 즉 응應과 비比, 그리고 괘와 괘의 관계 등 '관계'가 판단과 해석의 기초가 되고 있습니다. 개별적 존재의 의미는 오히려 부차적일 정도로 매우 왜소합니다. 개별적 존재의 의미와 역할은 그것이 맺고 있는 관계망 속에서 상대적으로 규정되고 사후事後에 만들어지는 것입니다.

『주역』의 이러한 관계론적 사상이 어떠한 과정을 통해 형성되었는가에 대하여 많은 논의가 있는 것도 사실입니다. 공자학파의 철학적 성과라고 설명되기도 합니다. 공자학파가 십익을 이루어놓음으로써 복서미신의 책이 비로소 철학적 내용을 갖게 되었다는 것이지요. 그러나 이 장의 서두에서 이야기했습니다만, 점占은 상相이나 명命처럼 이미 결정되어 있는 운명을 엿보려는 것이 아니라 의난疑難을 당하여 선택과 판단을 내리는 것입니다. 그렇기 때문에 『주역』이 복서卜筮라고 하더라도 단순한 미신이라고 할 수는 없습니다. 점이라고 하는 것 역시 그 본질에 있어서는 어떤 현상과 상황을 우리들의 일상적 관점과는 다른 논리로 재해석하고 조명하는 인식 체계입니다. 그것 역시 사물과 변화에 대한 판단 형식의 일종이며 그런 점에서 기본적으로 철학적 구조를 띠고 있을 수밖에 없는 것입니다. 『주역』 사상에 담겨 있는 관계론의 철학적 내용을 특정 학파의 철학적 성과라고 할 수 없는 것이지요.

『주역』은 사회 경제적으로 농경적 토대에 근거하고 있는 유한 공간有限空間 사상이며 사계四季가 분명한 곳에서 발전될 수 있는 사상이라는 주장이 더욱 설득력이 있습니다. 오랜 기간 동안의 반복적 경험의 축적과 시간 관념의 발달 위에서 성립할 수 있는 사상이기 때문입니다. 1년 내내 겨울이 지속되는 극지極地나 반대로 상하常夏의 열대 지역에서는 기대할 수 없는 사상임에 틀림없습니다. 『주역』은 변화에 관한 사상이고 변화에 대한 법칙적 인식이기 때문입니다.

『주역』의 관계론적 철학 사상이 이러한 사회 역사적 지반 위에서 형성된 것으로 보는 것이 무리가 없으리라 생각합니다. 사상이란 어느 천재의 창작인 경우는 없습니다. 어느 천재 사상가가 집대성하는 경우는 있을지 모르지만 사상이란 장구한 역사적 과정의 산물입니다.

『주역』周易은 글자 그대로 주周나라 역사 경험의 총괄이라고 할 수 있습니다. 그리고 주나라 역시 그 이전의 여러 문화 사상의 총괄이라 할 수 있습니다. 『주역』과 주나라의 문화 사상은 이후 중국 문화와 동양적 사고의 기본 틀이 되고 있음이 사실입니다. 공자는 『주역』을 열심히 읽은 것으로 유명합니다. 위편삼절韋編三絶이라 하였습니다. 죽간竹簡을 엮은 가죽 끈이 세 번이나 끊어질 정도로 많이 읽은 것으로 유명하지요.

이제 대성괘를 예시 문안으로 읽겠습니다. 그 구성이 어떤지, 그리고 괘사와 단전象傳에서는 그것을 어떻게 읽고 있는지 구체적으로 검토해보는 것이 의미가 있으리라 생각합니다.

䷊ 지천태地天泰

64개 대성괘 중에서 몇 가지만 보기로 하겠습니다. 그중 한 개의 괘는 경經과 전傳을 온전하게 다 읽어보겠습니다. 『주역』의 구성을 이해하는 데 도움이 되기 때문입니다. 그리고 나머지 괘는 핵심적인 의미만을 읽기로 하겠습니다. 『주역』의 효사爻辭, 상전象傳의 해설은 주로 왕필의 주를 참조하고 주자본朱子本의 풀이도 참조했음을 밝혀둡니다.

먼저 지천태괘를 보기로 하지요. 우선 여러분이 지천태괘를 그려보시지요. 천天(☰) 위에 지地(☷)를 올려놓은 모양이고, 괘의 이름은 태泰입니다.

이제 이 태괘의 경과 전을 모두 소개합니다. 먼저 괘사입니다. 이 괘사는 물론 경입니다.

泰 小往大來 吉亨
태괘는 작은 것이 가고 큰 것이 온다. 길하고 형통하다.

단전은 다음과 같습니다. 단象은 판단한다는 뜻이며 단전은 물론 경이 아닙니다. 전입니다.

象曰 泰 小往大來 吉亨 則是天地交 而萬物通也 上下交 而其志同也
內陽而外陰 內健而外順 內君子而外小人 君子道長 小人道消也
단에 이르기를, 태괘는 작은 것이 가고 큰 것이 오기 때문에 길하고
형통하다. 이것은 천지가 만나고 만물이 통하는 것을 의미한다. 상
하가 만나고 그 뜻이 같다. 내괘는 양이고 외괘는 음이다. 안은 강건
剛健하고 바깥은 유순柔順하다. 군자가 안에 있고 소인이 바깥에 있
다. 군자의 도는 장성長成하고 소인의 도는 소멸消滅한다.

『주역』의 풀이에서 대大는 양陽을 의미하고 소小는 음陰을 의미합니
다. 물론 그 함의는 얼마든지 달리 해석할 수 있습니다.
상전은 다음과 같습니다.

象曰 天地交泰 后以 財成天地之道 輔相天地之宜 以左右民
상에 이르기를 하늘과 땅이 화합하여 태평하다. 왕자는 이 괘를 보
고(后以) 천지의 도에 천지(사람)의 마땅(正義)함을 보태어 대성하게 하
고 인민을 (태평하게) 인도해야 한다.

태괘는 주역 64괘 중에서 가장 이상적인 괘라고 합니다. 하늘의 마
음과 땅의 마음이 화합하여 서로 교통하는 괘입니다. 땅이 위에 있고
하늘이 아래에 있는 모양은 물론 자연스럽지 않습니다. 자연의 형상과
는 역전된 모양입니다. 그러나 바로 이 점이 태화泰和의 가장 중요한 조
건입니다. 하늘의 기운은 위로 향하고 땅의 기운은 아래로 향하는 것이
기 때문에 서로 만난다는 이치입니다. 서로 다가가는 마음입니다. 다음
예시 문안인 천지비괘天地否卦는 이와 정반대의 의미입니다. 지천태괘

는 역지사지와 같은 의미입니다. 처지를 바꿔서 생각하라는 금언이 바로 이 태괘의 사상입니다. 개인의 경우에도 역지사지가 태화의 근본입니다.

경복궁에 가본 사람은 기억할 것입니다. 교태전交泰殿이 있습니다. 중전 마마가 거처하는 곳입니다. 흔히 중전이 교태嬌態를 부려 임금과 침소에 드는 곳이라고 오해합니다만, 경복궁 교태전은 바로 『주역』의 지천태괘에서 이름을 딴 것입니다. 천지교태天地交泰입니다. 천과 지가 서로 교통하여 태평하다는 뜻입니다.

이 대목에서 잠시 생각해야 할 것이 있습니다. 천지가 뒤바뀐 모양을 태화의 의미로 풀이하는 까닭이 과연 무엇인가 하는 것이 바로 그것입니다. 여러 가지로 해석되고 있습니다. 주나라는 이미 이야기했듯이 쿠데타로 건국된 나라입니다. 신하가 임금을 죽이고 세운 나라입니다. 그래서 지천태괘를 태화의 괘로 풀이하는 것은 역성혁명을 합리화하기 위한 풀이라는 것이지요. 이를테면 혁명의 괘로 풀이하는 것이라고 할 수 있습니다.

그러나 혁명은 장기적 관점에서 본다면 태화의 근본임에 틀림없습니다. 혁명은 한 사회의 억압 구조를 철폐하는 것입니다. 억압당한 역량을 해방하고 재갈 물린 목소리를 열어줍니다. 그것은 한 사회의 잠재적인 역량을 해방하는 일입니다. 그러나 혁명은 흔히 혼란과 파괴의 대명사로 통합니다. 여러분은 지천태라는 뒤집힌 형국, 즉 혁명의 의미가 어떻게 태화의 근본일 수 있을까 다소 납득하기가 어려울 것입니다. 그러나 혁명을 치르지 않은 나라가 진정한 발전을 이룩하기는 어렵습니다. 그뿐만 아니라 혁명을 치르지 않은 사회가 두고두고 엄청난 비용을 치르고 있는 예를 우리는 얼마든지 보고 있습니다. 우리 사회가 바로 그 현장이기도 하지요. 지천태괘를 이러한 혁명의 관점으로 읽는 것도 의미 있는 일이라 생각합니다.

효사를 그런 관점에서 읽어보도록 합니다. 한 개인의 일생이라는 관점에서 읽어도 좋고 전위 조직前衛組織의 건설과 개혁의 전개 과정을 상정하고 읽는 것도 좋습니다. 물론 국가의 흥망성쇠라는 일반적 의미로 읽어도 좋습니다.

初九 拔茅茹 以其彙 征吉
띠풀을 뽑듯이 함께 가야 길하다.

띠풀을 뽑듯이 떨기로 가야 길하다는 뜻입니다. 띠풀은 잔디나 고구마처럼 뿌리가 서로 연결되어 있는 풀입니다. 한 포기를 뽑으려 하면 연결되어 있는 줄기가 함께 뽑힙니다. 모든 시작은 '여럿이 함께' 해야 한다는 의미입니다. 국가의 창건이든, 회사 설립이든, 또는 전위 조직의 건설이든 많은 사람들의 중의衆意를 결집해서 시작해야 한다는 것을 의미한다고 할 수 있습니다. 어린이가 부모형제와 함께 인생을 시작하는 것도 다르지 않습니다.

象曰 拔茅征吉 志在外也
띠풀을 뽑듯이 함께 나아감이 길한 까닭은 뜻이 밖에 있음이다.

이것은 효(初九)를 부연해서 설명하는 소상小象 즉 전傳입니다. '발모정길' 拔茅征吉의 까닭은, 즉 띠풀을 뽑듯이 가야 길하다는 의미는 그 뜻하는 바가 바깥에 있기 때문이라는 것이지요. 그 뜻하는 바가 바깥에 있다는 것은 사사로운 목적으로 시작하지 않는다는 의미로 읽어야 합니다. 자기 집단의 이기주의를 벗어나서 대의와 정의를 목표로 삼아야 한다는 뜻이라 할 수 있습니다. 여럿이 함께해야 한다는 의미도 같은 뜻이라고 할 수 있습니다.

九二 包荒 用馮河 不遐遺 朋亡 得尚于中行
멀리 있는 사람도 포용하고 맨발로 황하를 건너는 사람도 포용하고, 멀리하거나 버리지 않으며 붕당이 없으면 중도를 행함에 짝을 얻으리라.

제2효인 이 효는 시간적으로 아직도 초기에 해당합니다. 따라서 그 세를 계속해서 불려 나가야 하는 단계라 할 수 있습니다. 이 제2효는 여러 가지 해석이 있습니다. 예를 들면 "여러 오랑캐 족속을 포섭해서 맨몸으로 황하를 건너간다. 먼 데 남아 있는 사람까지 버리지 않고, 친구를 잃어버리는 일이 있으면 중용의 덕행을 숭상함으로써 그를 얻는다"는 해석도 나와 있습니다.

제2효의 의미는 다음의 소상小象에서 풀이하고 있듯이 그 뜻을 널리 천명하고(光), 그 세를 확대해야 한다는 의미가 기본입니다. 따라서 오랑캐에 국한하기보다는 능력이 뛰어나지 않은 사람도 받아들이며, 황하를 맨몸으로 건너듯이 초기 단계에서 흔히 요구되는 과단성도 잃지 말아야 하고, 남아 있는 사람 즉 주변에 있는 비주류도 멀리하지 말아야 하며, 특히 붕망朋亡 즉 붕당朋黨이 없어야(亡) 한다, 곧 항상 중용의 정도를 행하기를 게을리 해서는 안 된다는 뜻으로 풀이하는 것이 무리가 없다고 생각됩니다.

象曰 包荒 得尙于中行 以光大也

거친 것을 포용하고 중도를 행함에 짝을 얻음으로써 광대하게 한다.

제2효를 풀이하는 소상입니다. '이광대야' 以光大也의 의미는 그것으로써 빛내고 크게 한다는 뜻입니다. 즉 그렇게 함으로써 목적을 널리 알리고 조직을 확대한다는 의미로 읽을 수 있습니다.

九三 无平不陂 无往不復 艱貞无咎 勿恤其孚 于食有福

평탄하기만 하고 기울지 않는 평지는 없으며 지나가기만 하고 되돌아오지 않는 과거는 없다. 어렵지만 마음을 곧게 가지고 그 믿음을 근심하지 마라. 식복이 있으리라.

제3효는 하괘의 상효입니다. 한 단계가 끝나는 시점입니다. '무평불피无平不陂 무왕불복无往不復'은 어려움은 계속해서 나타나는 것이다, 한 번 겪었다고 해서 끝나는 것이 아니라는 의미입니다. 어느 한 단계를 마무리하는 시점에는 그에 따른 어려움이 반드시 있는 법입니다. 따라서 그럴수록 마음을 곧게 가지고 최초의 뜻, 즉 믿음(孚)을 회의하지 말 것을 당부하고 있는 것이라 할 수 있습니다.

象曰 无往不復 天地際也

되돌아오지 않는 과거는 없다. 이것은 천지의 법칙(際)이다.

'제'際는 만남의 의미입니다. 천은 양, 지는 음입니다. 따라서 '천지제야' 天地際也라는 의미는 음양의 만남으로 이루어지는 천지의 법칙이라고 할 수 있습니다. 천지의 법칙, 즉 천지의 운행 법칙이라는 의미로 풀이해도 좋다고 생각합니다. 춘하추동이 반복됩니다. 인간의 화복도 대체로 다시 반복됩니다. 그런 의미로 읽어도 좋다고 생각합니다.

六四 翩翩 不富以其隣 不戒以孚

왕필의 주에는 다음과 같이 해석하고 있습니다.

휠휠 날듯이 부유해지지 않아도 이웃과 (부를) 함께하여 경계하지 않아도 믿는다.

왕필은 '翩翩 不富以其隣'을 '翩翩不富 以其隣'으로 끊어서 읽고 있음을 알 수 있습니다. 우리가 주목해야 할 것은 이 제4효가 상괘의 첫 효라는 점입니다. 그리고 5효와 6효의 효사에서 읽을 수 있듯이 흥망성쇠의 사이클이 하향으로 기울기 시작하는 시점이라는 사실입니다. 따라서 '편편' 翩翩은 세력이 분산되고 세가 약화되는 것으로 읽어야 한다고 생각합니다. 즉 "새들이 흩어지듯 그 세가 약화되는 것은 그 부를 이웃과 함께하지 않았기 때문이며 믿음으로써 경계하지 않았기 때문이다"로 읽어서, 그 세가 약화되는 이유를 짚어보는 내용으로 이해하는 것이 좋다고 생각합니다. 그동안 상향 곡선을 그려온 과정에서 즉 세력이 장성되어온 과정에서 그 성과를 공정하게 나누지 않았고 최초의 공명정대했던 뜻, 즉 '지재외'志在外가 퇴색하고 있다는 지적이라고 생각됩니다. 우리들의 주변에서 흔히 보는 현상입니다.

象曰 翩翩不富 皆失實也 不戒以孚 中心願也

소상은 "편편불부翩翩不富는 실질을 모두 잃음이요 불계이부不戒以孚
는 중심으로 원함이다"라고 풀이합니다. 여기서 '편편불부'를 붙여서
읽고 있다는 사실과 '불계이부'를 긍정적인 의미로 풀이하고 있음을 알
수 있습니다. 즉 '불계이부'는 구태여 경계하지 않아도 믿는다는 뜻으
로 풀이합니다. 그러나 '편편불부'를 왕필 주에서처럼 "훨훨 날듯이 부
유해지지 않아도"라고 읽는다면 그것이 '개실실야'皆失實也 즉 모두 잃
는다는 뜻과는 상치되지 않을 수 없습니다.

六五 帝乙歸妹 以祉元吉
제을이 누이를 시집보냈다. 복되고 크게 길하리라.

제5효는 임금의 자리입니다. 괘 전체를 두량斗量하는 자리입니다.
양효의 자리에 음효가 있어서 비록 득위는 못했지만 음효의 공능功能인
유순함과 겸손함이 있어서 크게 길할 것이라고 풀이하고 있습니다.

象曰 以祉元吉 中以行願也

크게 길할 것이라 함은 중中 즉 제5효가 행원行願 곧 소원을 이루는
것으로 풀이합니다.

上六 城復于隍 勿用師 自邑告命 貞吝

제6효인 상효는 전 과정의 종결을 보여주고 있습니다. 성城이란 글자 그대로 흙(土)을 쌓은(成) 것입니다. 평지의 흙을 파서 쌓으면 성이 되고 흙을 파낸 자리는 황隍이 됩니다. 그 구덩이에 물을 채워서 해자를 만들지요. 이제 그 쌓은 흙이 황으로 돌아갔다는 것은 성이 무너졌다는 것을 의미합니다. 군대를 움직이지 마라, 즉 전쟁을 일으키지 마라는 의미입니다. '자읍고명'自邑告命은 자기의 마을에서만 명을 받든다, 즉 왕명이 널리 미치지 못한다는 의미입니다. '정린' 貞吝은 바른 일도 비난받는다는 뜻입니다. 한 나라의 마지막을 보는 느낌이 듭니다. 아마 대부분의 역사가 그렇고 일생이 그렇고 모든 과정이 그렇다고 생각합니다.

象曰 城復于隍 其命亂也
성이 무너진다는 것은 그 명령이 통하지 않음이다.

이상으로 지천태의 경과 전을 모두 읽었습니다. 한 개인의 일생 또는 전위 조직이나 국가의 흥망성쇠라는 관점에서 읽었습니다. 또 역지사지와 천지개벽이라는 혁명적 의미로 읽기도 했습니다. 띠풀을 뽑듯이 함께 간다는 것은 정치적 목적을 공유하는 광범한 민주적 지반 위에 서야 한다는 것으로 이해할 수도 있습니다. 그리고 초기 단계의 실천은 철저히 대중노선을 취해야 한다는 내용으로 읽을 수 있으며 조직의 내포內包를 어떻게 공고히 하고 외연外延을 어떻게 확대할 것인가 하는 문제의식과 관련된 내용으로 읽을 수 있는 여지는 충분하다고 생각합니다. 동료를 경계하지 않고 진실로 결속해야 하고 이해관계로 결속하기보다는 초기의 이념적 목표를 잃지 않는 것도 중요하다는 지적 등이 그렇다고 할 수 있습니다. 그리고 초기 단계의 어려움을 극복한 이후에 다음 단계에서 나타날 수 있는 관료주의와 보수적 경향에 대한 경계도 없지 않다고 생각합니다.

䷋ 천지비天地否

천지비괘는 좋지 않은 괘의 예로 듭니다. 지천태괘와는 그 모양이 반대입니다. 지地(☷) 위에 천天(☰)을 올려놓은 모양입니다.

하늘이 위에 있고 땅이 아래에 있는 형상입니다. 가장 자연스러운 모양입니다. 그런데 이 괘를 비괘否卦라 이름 하고 그 뜻을 "막힌 것"으로 풀이합니다. 비색否塞, 즉 소통되지 않고 막혀 있는 상태로 풀이합니다. 천지폐색天地閉塞의 괘입니다. 하늘의 기운은 올라가고 땅의 기운은 내려가기 때문에 천지가 서로 만나지 못한다는 것입니다. 하늘은 저 혼자 높고 땅은 하늘과 아무 상관없이 저 혼자 아래로 향한다는 것이지요. 그래서 천지가 불교不交하고 만물이 불통不通하는 상황이라는 것이지요. 천지비괘는 그 요지만 살펴보기로 하겠습니다. 효사를 읽지 않겠습니다. 괘사는 아래와 같습니다.

> 否之匪人 不利君子貞 大往小來
> 비否는 인人이 아니다. 군자가 올바름을 펴기에는 이롭지 않다. 큰 것이 가고 작은 것이 온다.

'비인'匪人이라고 하는 뜻은 천과 지가 서로 불교不交한다는 것을 의

미합니다. 인人의 의미에는 글자의 모양처럼 서로 기대고 돕는다는 뜻
이 있습니다. 비괘의 경우 그렇지 못하기 때문에 비인, 즉 사람이 아니
라고 한 것이지요. '대왕소래'大往小來의 의미 역시 위에서 이야기한 바
와 같이 대는 양이고 소는 음입니다.

이 괘를 해석하는 단彖 역시 지천태괘와 같은 논리입니다. 그 내용
은 다음과 같습니다.

象曰 否之匪人 不利君子貞 大往小來 則是天地不交 而萬物不通也
上下不交 而天下无邦也 內陰而外陽 內柔而外剛 內小人而外君子
小人道長 君子道消也
비否는 인人이 아니다. 군자가 올바름을 펴기에는 이롭지 못하다. 큰
것을 잃고 작은 것을 얻을 것이다. 천과 지는 서로 만나지 못하고 만
물은 서로 통하지 못한다. 상하의 마음이 서로 화합되지 못한다. 천
하에 나라가 없는 형국이다. 내괘內卦가 음陰이고 외괘外卦가 양陽이
다. 이것은 내심은 유약하면서 겉으로는 강강剛強함을 가장하는 것
이다. 권력의 핵심은 소인들 차지가 되고 군자는 변두리로 밀려난
다. 그리하여 소인의 도는 장성하고 군자의 도는 소멸한다.

무방无邦, 즉 나라가 없다는 뜻은 나라를 공동체로 이해할 경우 약육
강식의 패권적 질서가 판을 친다는 의미로 해석해도 좋습니다. 또는 나
라가 망하게 된다는 뜻으로 읽어도 상관없습니다. 어느 경우든 불교不交,
불통不通이야말로 정의 실현이나 공동체 건설에 결정적인 장애라고 보는
것이지요.

천지비괘의 대상大象은 다음과 같습니다.

象曰 天地不交 否 君子以 儉德辟難 不可榮以祿

천지는 서로 교통하지 못하고 막혀 있다. 군자는 이러한 상황에서 자신의 유덕有德함을 숨김으로써 난을 피해야 한다. 그리고 관록官祿을 영광으로 생각하여 벼슬에 나아가서는 안 된다.

천지비괘는 한마디로 폐색閉塞의 상황을 보여줍니다. 식민지 상황은 물론이고 해방 후의 현대사를 통하여 줄곧 이러한 상황을 경험했지요. 이러한 폐색의 상황에서는 지혜를 숨기고 어리석음(愚)을 가장하여 권이회지卷而懷之하는 것이 뜻 있는 사람들의 처세였습니다. 나아가기(進)보다는 물러나(退) 강호江湖에 묻히는 것이 난세를 살아온 사람들의 처세였습니다. 이러한 처세를 비판하는 목소리도 없지 않습니다. 우직하게 직언하고 참여해야 한다는 것이지요. 어쨌든 결과적으로 역사의 소용돌이마다 수많은 사람들이 희생당했습니다. 그것도 가장 합리적이고 선진적인 사고를 가진 사람들이 희생당했지요. 그나마 살아남은 사람들은 초야에 묻히는 것이지요. 인적 자원의 재생산 구조가 복원되기 위해서는 삼대三代가 필요하다는 주장도 없지 않습니다. 제도권 전체가 그 사람들보다 못한 사람들로 채워진 것이 지금의 현실이라는 것이지요.

지천태괘와 천지비괘에서 공통적인 것은, 어느 것이나 다 같이 교交와 통通이라는 관점에서 해석하고 판단하고 있다는 사실입니다. 이 교와 통이 곧 '관계'입니다. 이것이 『주역』에서 우리가 확인하는 관계론이라고 할 수 있습니다. 관계란 다른 것을 향하여 열려 있는 상태이며 다른 것과 소통되고 있는 상태에 다름 아닌 것이지요. 그것이 태泰인 까닭, 그것이 비否인 까닭이 오로지 열려 있는가 그리고 소통하고 있는가의 여부에 의하여 판단되고 있는 것이지요.

그런데 여기서 또 한 가지 간과해서는 안 되는 점이 있습니다. 지천태괘가 가장 좋은 괘이고 반대로 천지비괘는 가장 좋지 않은 괘인 것은 위에서 본 대로입니다. 그러나 태괘와 비괘의 내용을 검토하면 아래 그림과 같습니다. 즉 태괘의 전반부는 매우 순조롭고 상승적인 반면에 후반부는 쇠락 국면을 나타내고 있습니다. 이에 비하여 비괘는 전반부가 간난艱難의 국면임에 비하여 후반부가 오히려 순조롭고 상승 국면을 보여줍니다. 그것을 그림으로 표현하면 이렇습니다. 태괘의 후반과 비괘의 전반이 같은 성격임을 알 수 있습니다.

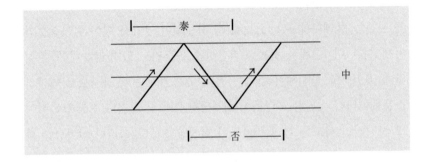

태괘는 선길후흉先吉後凶임에 비하여 비괘는 선흉후길先凶後吉이라 할 수 있습니다. 그런데 일반적으로 동양적 사고에서는 선흉후길이 선호됩니다. 고진감래苦盡甘來가 그러한 것이라 할 수 있습니다. 따라서 태괘가 흉하고 비괘가 길하다는 길흉 도치의 독법도 가능한 것이지요. 『주역』은 이처럼 어떤 괘를 그 괘만으로 규정하는 법이 없고 또 어떤 괘를 불변의 성격으로 규정하는 법도 없습니다. 한마디로 존재론적 관점을 허용하지 않습니다. 대성괘 역시 다른 대성괘와의 관계에 의하여 재해석되는 중첩적 구조를 보여준다고 할 수 있습니다.

䷖ 산지박山地剝

산지박괘의 상괘는 산山(☶, 艮)이고 하괘는 지地(☷, 坤)입니다.

박剝은 빼앗긴다는 뜻입니다. 박괘는 괘사와 상구上九의 효사만 읽어보도록 하겠습니다. 이 괘가 나타내는 상황과 그것에 대한 독법을 이해하는 것으로 그치려고 합니다. 괘사는 다음과 같습니다.

剝 不利有攸往

박괘는 이로울 것이 없다. 잃게 된다.

박괘는 64괘 가운데에서 가장 어려운 상황을 나타내고 있는 괘입니다. 초효부터 5효에 이르기까지 모두 음효입니다. 음적양박陰積陽剝의 형상입니다. 양을 선善, 음을 악惡으로 보면 악이 득세하고 있는 말세적 상황이라고 할 수 있습니다. 세상이 온통 악으로 넘치고 단 한 개의 양효만 남아 있는 상태입니다. 그러나 그 한 개의 양효마저 언제 음효로 전락할지 알 수 없는 절체절명의 상황입니다. 붕괴 직전의 상황입니다. 그래서 박괘를 다섯 마리의 고기가 꿰미에 매달려 있는 고단한 형국으로 설명하기도 합니다.

산이 위에 있고 땅이 아래에 있는 형상은 지극히 자연스러운 형상이지만 천지비괘와 마찬가지로 막힌 괘로 읽고 있습니다. 이 책에 효사를 전부 싣지는 않았습니다만 초효에서 5효까지의 효사는 상床이 그 다리부터 삭아서 무너지는 과정을 단계적으로 보여주고 있습니다.

이 박괘는 가장 어려운 상황을 표현하는 절망의 괘입니다. 그러나 그 절망이 곧 희망의 기회임을 이야기하고 있습니다. 상구上九의 효사가 바로 그 점을 이야기하고 있습니다.

上九 碩果不食 君子得輿 小人剝廬
象曰 君子得輿 民所載也 小人剝廬 終不可用也
씨 과실은 먹지 않는다. 군자는 가마를 얻고 소인은 거처를 앗긴다.
군자는 가마를 얻고 백성의 추대를 받게 되고, 소인은 거처를 앗기
고 종내 쓰일 데가 없어진다.

상구의 양효는 관어貫魚의 꿰미 또는 '씨 과실' 혹은 최후의 이상으
로 읽습니다. '석과불식'碩果不食은 내가 좋아하는 글입니다. 붓글씨로
쓰기도 했습니다. 왕필 주에서는 이 석과불식을 "씨 과실은 먹히지 않
는다"로 풀이하고 있습니다. "독전불락獨全不落 고과지우석故果至于碩 이
불견식而不見食", 즉 떨어지지 않고 홀로 남아 씨 과실로 영글고 먹히지
않는다고 풀이합니다. '먹지 않는다' 보다는 '먹히지 않는다'(不見食),
'사라지지 않는다'는 의미로 읽는 것이 옳다고 생각합니다.
   이 괘의 상황은 흔히 늦가을에 가지 끝에 남아 있는 감(紅柿)을 연상
하게 합니다. 까마귀밥으로 남겨두는 크고 잘생긴 감을 기억할 수 있습
니다. 비단 감뿐만 아니라 모든 과일은 가장 크고 아름다운 것을 먹지
않고 씨 과실로 남기지요. 산지박 다음 괘가 지뢰복괘地雷復卦입니다.
다음과 같은 모양입니다.
   ☷☳ 지뢰복地雷復
   땅 밑에 우레가 묻혀 있는 형상입니다. 씨가 땅에 묻혀 있는 형상입
니다. 잠재력(雷)이 땅 밑에 묻혀 있는 형상이라고 할 수 있습니다. 복復
은 돌아온다는 뜻입니다. 광복절光復節의 복復입니다. "일양복래一陽復來

일양생一陽生 붕래무구朋來无咎 반복기도反復其道 춘래春來"가 괘사입니다. 친구가 찾아오고 다시 봄이 시작된다는 뜻입니다. 천지비괘를 설명하면서 대성괘 역시 다른 대성괘와의 관계에 의하여 재해석되는 중첩적 구조를 보여준다고 했습니다만 산지박괘는 그 다음 괘인 이 지뢰복괘와 함께 읽음으로써 절망의 괘가 희망의 괘로 바뀌고 있습니다.

산지박괘에서는 상구가 최후의 양심, 최후의 이상을 의미하고 있습니다. 그리고 개인의 경우뿐만 아니라 한 사회, 한 시대의 양심과 이상은 결코 사라지는 법이 없다는 메시지를 선언하고 있습니다. 아무리 절망적인 상황이라 하더라도 희망은 있는 법이지요. 그런 점에서 박괘는 64괘 중 가장 어려운 상황을 상징하는 괘이지만 동시에 희망의 언어로 읽을 수 있다는 변증법을 이야기하기도 합니다.

이 박괘는 흔히 혼돈 세상에서 사상적 순결성과 지조의 의미를 되새기는 뜻으로 풀이되기도 하고 일반적으로는 어려운 때일수록 현명한 판단과 의지가 요구된다는 윤리적 차원에서 읽습니다. 가빈사양처家貧思良妻, 세란식충신世亂識忠臣, 질풍지경초疾風知勁草 등이 그러한 풀이입니다. 가정이 어려울 때 좋은 아내가 생각나고, 세상이 어지러울 때 충신을 분별할 수 있으며, 세찬 바람이 불면 어떤 풀이 곧은 풀인지 알 수 있다는 것이지요.

그러나 박괘에서 우리가 읽어내야 하는 것이 있습니다. 바로 희망 만들기입니다. 희망을 만들어내는 방법에 관한 것입니다. 비록 박괘의 상전과 단전에서 직접적으로 언급하고 있는 것은 아니라 하더라도 희망을 만들어가는 방법에 관하여 생각해야 한다고 생각합니다. 희망은 고난의 언어이며 가능성에 관한 이야기입니다. 고난의 한복판에서 고난 이후의 가능성을 경작하는 방법이 과연 어떤 것이어야 하는가에 대해 생각하지 않을 수 없습니다.

박괘는 늦가을에 잎이 모두 져버린 감나무 끝에 빨간 감 한 개가 남아 있는 그림으로 표현할 수 있습니다. 이 그림에서 가장 먼저 주목해야 하는 것은 모든 잎사귀를 떨어버리고 있는 나목裸木입니다. 역경에 처했을 때 우리가 제일 먼저 해야 하는 일이 잎사귀를 떨고 나목으로 서는 일입니다. 그리고 앙상하게 드러난 가지를 직시하는 일이라고 생각합니다. 거품을 걷어내고 화려한 의상을 벗었을 때 드러나는 '구조'를 직시해야 한다는 것이지요.

사실 많은 사람들이 소위 'IMF 사태' 때 내심 이것이 기회라고 생각했습니다. IMF 사태는 우리의 취약한 경제구조를 직시할 수 있는 기회라고 생각했지요. 식량 자급률이 27%에 못 미치는 반면 철광석, 원면, 섬유, 에너지 등은 거의 100%를 수입하는 구조입니다. 경제의 거품을 걷어내고 취약한 구조의 개혁을 단행할 수 있는 기회라고 생각했습니다. 물론 그 이전 소위 문민정부 출범 때에도 그러한 기회가 있었다고 생각합니다. 1만 불 소득이라는 과거 군사정권 시절의 거품과 허위의식을 청산하고 4, 5천 불에서 다시 시작하는 용단이 필요했지요. 그러나 그때나 IMF 때나 미봉책으로 그치고 말았습니다. 근본적인 이유는 물론 우리가 주체적 결정권을 갖지 못하는 종속성에 그 원인이 있다는 것을 부정할 수 없습니다. 세계 경제구조의 중하위권에 편입되어 있다는 사실이 근본적인 원인이라고 생각합니다만, 모든 책임을 그쪽으로 돌리는 것도 문제가 있지요. 그러한 인식 능력과 의지력이 처음부터 없었던 것이 더 근본적인 이유인지도 모릅니다.

어쨌든 희망은 현실을 직시하는 일에서부터 키워내는 것임을 박괘는 이야기하고 있습니다. 가을 나무가 낙엽을 떨어뜨리고 나목으로 추풍 속에 서듯이 우리 시대의 모든 허위의식을 떨어내고 우리의 실상을 대면하는 것에서부터 희망을 만들어가야 한다는 뜻으로 읽어야 한다고 생각합니다. '엽락이분본'葉落而糞本, 잎은 떨어져 뿌리의 거름이 됩니다. 우리 사회의 뿌리를 튼튼히 해야 하는 것이지요. 그것은 우리 사회의 경제적 자립성, 정치적 주체성을 바로 세우는 일이라고 생각합니다.

䷿ 화수미제火水未濟

화수미제괘는 64괘의 제일 마지막 괘입니다. 마지막 괘라는 사실이 매우 중요한 의미를 갖습니다. 먼저 화수미제괘는 물(☵) 위에 불(☲)이 있는 모양입니다.

화수미제괘의 경우도 괘사와 단전, 상전만 읽어보도록 하겠습니다. 먼저 괘사를 읽어보지요.

未濟亨 小狐汔濟 濡其尾 无攸利
미제괘는 형통하다. 어린 여우가 강을 거의 다 건넜을 즈음 그 꼬리를 적신다. 이로울 바가 없다.

강을 거의 다 건넜다는 것은 일의 마지막 단계를 의미합니다. 그리고 꼬리를 적신다는 것은 물론 논란의 여지가 없지 않습니다만 작은 실수를 저지른다는 것으로 이해할 수 있습니다. 효사에 머리를 적신다(濡其首: 上九)는 표현이 있는데 이것은 분명 꼬리를 적시는 것에 비하여 더 큰 실수를 나타내고 있습니다. 단전을 읽어보도록 하겠습니다.

象曰 未濟亨 柔得中也 小狐汔濟 未出中也
濡其尾 无攸利 不續終也 雖不當位 剛柔應也

미제괘가 형통하다고 하는 까닭은 음효가 중中(제5효)에 있기 때문이
다. 어린 여우가 강을 거의 다 건넜다 함은 아직 강 가운데로부터 나
오지 못하였음을 의미한다. 그 꼬리를 적시고 이로울 바가 없다고
한 까닭은 끝마칠 수 없기 때문이다. 비록 모든 효가 득위하지 못하
였으나 음양 상응을 이루고 있다.

미제괘에서 중요하게 지적할 수 있는 것이 몇 가지가 있습니다. 첫
째 제5효가 음효라는 사실을 이 괘가 형통하다는 근거로 삼고 있다는
사실입니다. 제5효는 양효의 자리입니다. 그리고 괘의 전체적 성격을
좌우하는 결정적인 자리입니다. 그래서 중中이라 합니다. 대체로 군주
의 자리에 비유하기도 합니다. 이 중의 자리에 음효가 있는 것을 높게
평가한다는 사실입니다. 미제괘의 경우뿐만이 아니라 많은 경우에, 중
에 음효가 오는 경우를 길형吉亨으로 판단하고 있습니다.

이러한 단전의 해석에 근거하여 동양 사상에서는 지地와 음陰의 가
치가 매우 긍정적으로 평가되고 있다는 주장이 있기도 합니다. 우리가
일상적으로 사용하는 말 중에 음과 양을 합하여 지칭할 때 양음이라 하
지 않고 반드시 음양이라 하여 음을 앞에 세우는 것도 그러한 예의 한
가지라 할 수 있습니다. 동양 사상은 기본적으로 땅의 사상이며 모성의
문화라는 것이지요. 빈부라 하여 빈을 앞세우는 것도 같은 이치입니다.

다음으로 주목해야 하는 것은 '꼬리를 적시고', '이로울 바가 없으

며', 또 그렇기 때문에 '끝마치지 못한다'는 일련의 사실입니다. 나는
이 사실이 너무나 당연한 서술이라고 생각합니다. 우리의 모든 행동은
실수와 실수의 연속으로 이루어져 있지요. 그러한 실수가 있기에 그 실
수를 거울삼아 다시 시작하는 것이지요. 끝날 수 없는 것입니다. 나는
세상에 무엇 하나 끝나는 것이라고는 없다고 생각합니다. 바람이든 강
물이든 생명이든 밤낮이든 무엇 하나 끝나는 것이 있을 리 없습니다.
마칠 수가 없는 것이지요. 세상에 완성이란 것이 있을 리가 없는 것이
지요. 그래서 64개의 괘 중에서 제일 마지막에 이 미완성의 괘를 배치
하지 않았을까 생각합니다.

그리고 비록 (모든 효가) 마땅한 위치를 얻지 못하였으나 강유剛柔,
즉 음양이 서로 상응하고 있다는 것으로 끝맺고 있는 것도 매우 의미심
장하다고 봅니다. 위位와 응應을 설명하면서 비록 실위失位이더라도 응
이면 무구無咎, 즉 허물이 없다고 했습니다. 위位가 개체 단위의 관계론
이라면 응은 개체 간의 관계론으로 보다 상위의 관계론이라 할 수 있다
고 하였지요. 실패한 사람이 다시 시작할 수 있는 가능성은 인간관계에
있다는 것이지요. 응, 즉 인간관계를 디딤돌로 하여 재기하는 것이지
요. 작은 실수가 있고, 끝남이 없고, 다시 시작할 수 있는 가능성을 담
지하고 있는 상태 등등을 우리는 이 단전에서 읽을 수 있습니다. 상전
은 다음과 같습니다.

象曰 火在水上 未濟 君子以 愼辨物居方
불이 물 위에 있는 형상이다. 다 타지 못한다. 군자는 이 괘를 보고
사물을 신중하게 분별하고 그 거처할 곳을 정해야 한다.

이상에서 본 것이 미제괘의 괘사와 단전, 상전입니다. 나는 이 괘에서 가장 의미심장한 것은 미제괘가 왜 『주역』 64괘의 마지막 괘인가 하는 것이라고 생각합니다. 처음 『주역』을 읽었을 때는 미제괘가 꼭 나를 두고 이야기하는 것 같았지요. 마지막 단계에 작은 실수를 하는 경우가 많았거든요. 끝판이라고 방심하다가, 아니면 얼른 마무리하려고 서두르다가 그만 실수하는 경우가 많았지요. 그래서 미제괘를 읽고 난 후로는 어떤 일의 마지막 단계가 되면 속도를 늦추고 평소보다 긴장도를 높여서 조심하는 습관을 가지려고 했지요. 그러나 미완성 괘가 『주역』의 마지막 괘라는 사실의 의미는 그런 것이 아니라고 생각하게 되었습니다.

최후의 괘가 완성 괘가 아니라 미완성 괘로 되어 있다는 사실은 대단히 깊은 뜻을 담고 있다고 생각합니다. "모든 변화와 모든 운동의 완성이란 무엇인가?"를 생각하게 합니다. 그리고 자연과 역사와 삶의 궁극적 완성이란 무엇이며 그러한 완성태完成態가 과연 존재하는가를 생각하게 합니다. 태백산 줄기를 흘러내린 물이 남한강과 북한강으로 나뉘어 흐르다가 다시 만나 굽이굽이 흐르는 한강은 무엇을 완성하기 위하여 서해로 흘러드는지, 남산 위의 저 소나무는 무엇을 완성하려고 바람 서리 견디며 서 있는지 다시 한 번 생각하게 합니다.

그리고 실패로 끝나는 미완성과 실패가 없는 완성 중에서 어느 것이 더 보편적 상황인가를 생각하게 됩니다. 실패가 있는 미완성은 반성이며, 새로운 출발이며, 가능성이며, 꿈이라고 할 수 있습니다. 미완성이 보편적 상황이라면 완성이나 달성이란 개념은 관념적으로 구성된 것에 지나지 않습니다. 완성이나 목표가 관념적인 것이라면 남는 것은 결국 과정이며 과정의 연속일 뿐입니다.

우리는 바로 이 지점에서 오늘날 만연한 '속도'의 개념을 반성하지 않으면 안 됩니다. 속도와 효율성, 이것은 자연의 원리가 아닙니다. 한 마디로 자본의 논리일 뿐입니다. 그래서 나는 도로의 속성을 반성하고 '길의 마음'으로 돌아가야 한다고 생각합니다. 도로는 고속일수록 좋습니다. 오로지 목표에 도달하는 수단으로서만 의미를 가지는 것이 도로의 개념입니다. 짧을수록 좋고, 궁극적으로는 제로(0)가 되면 자기 목적성에 최적 상태가 되는 것이지요. 이것은 모순입니다. '길'은 도로와 다릅니다. 길은 길 그 자체로서 의미가 있습니다. 길은 코스모스를 만나는 곳이기도 하고 친구와 함께 나란히 걷는 동반의 공간이기도 합니다. 일터이기도 하고, 자기 발견의 계기이기도 하고, 자기를 남기는 역사의 현장이기도 합니다.

내가 붓글씨로 즐겨 쓰는 구절을 소개하지요.

"목표의 올바름을 선善이라 하고 목표에 이르는 과정의 올바름을 미美라 합니다. 목표와 과정이 함께 올바른 때를 일컬어 진선진미盡善盡美라 합니다."

목표와 과정은 서로 통일되어 있는 것이라고 생각합니다. 진선盡善하지 않으면 진미盡美할 수 없고 진미하지 않고 진선할 수 없는 법입니다. 목적과 수단은 통일되어 있습니다. 목적은 높은 단계의 수단이며 수단은 낮은 단계의 목적입니다.

나는 이 미제괘에서 우리들의 삶과 사회의 메커니즘을 다시 생각합니다. 무엇 때문에 그토록 바쁘게 살지 않으면 안 되는지를 생각합니다. 그리고 노동이 노동의 생산물로부터 소외될 뿐 아니라 생산 과정에서 소외되어 있는 현실을 생각합니다. 목표와 과정이 하나로 통일되어 있다면 우리는 생산물의 분배에 주목하기보다는 생산 과정 그 자체를 인간적인 것으로 바꾸는 과제에 대해서도 생각해야 한다고 믿습니다.

화수미제괘에서 너무 많은 이야기를 이끌어냈습니다. 『주역』 강의
가 아니더라도 여러분과 공유하고 싶은 이야기였습니다.

절제와 겸손은 관계론의 최고 형태

『주역』 사상을 계사전에서는 단 세 마디로 요약하고 있습니다. "역
易 궁즉변窮則變 변즉통變則通 통즉구通則久"가 그것입니다. "역이란 궁
하면 변하고 변하면 통하고 통하면 오래간다"는 진리를 담고 있다고 할
수 있습니다. 궁하다는 것은 사물의 변화가 궁극에 이른 상태, 즉 양적
변화와 양적 축적이 극에 달한 상태라고 할 수 있습니다. 그러한 상태
에서는 질적 변화가 일어난다는 의미입니다. 그리고 질적 변화는 새로
운 지평을 연다는 것이지요. 그것이 통通의 의미입니다. 그렇게 열린 상
황은 답보하지 않고 부단히 새로워진다(維新)는 것이지요. 그런 의미에
서 구久라고 할 수 있습니다.

계사전에서 요약하고 있는 『주역』 사상은 한마디로 '변화'입니다.
변화를 읽음으로써 고난을 피하려는 피고취락避苦取樂의 현실적 목적을
가지고 있습니다만, 『주역』에는 사물의 변화를 해명하려는 철학적 구
도가 있으며 그것이 사물과 사건과 사태에 대한 일종의 범주적範疇的
(kategorie) 인식이라고 하였습니다. 그래서 64괘를 칸트의 판단 형식判
斷形式과 같은 철학적 범주라고 했습니다. 그리고 범주적 판단 형식은
근본에 있어서 객관적 세계의 반영이라는 점에서 아리스토텔레스의 진
술 형식陳述形式이나 최상위의 유개념類概念과 통하는 내용이라 할 수 있

습니다. 이 부분에 대해서는 이 장의 전반부에서 잠시 이야기했다고 기억합니다만 요컨대 『주역』은 세계에 대한 철학적 인식 구도를 가지고 있다는 것이지요.

『주역』에서는 위에서 본 것과 같은 철학적 구도 이외에 매우 현실적이고 윤리적인 사상이 일관되고 있습니다. 그것은 다름 아닌 절제節制 사상입니다. 일례로 건위천괘乾爲天卦의 상구 효사에 '항룡유회' 亢龍有悔라는 구절이 있습니다. 즉 하늘 끝까지 날아오른 용은 후회한다는 경계 警戒입니다. 초로 만들어진 날개를 달고 있는 이카루스가 너무 높이 날아오르자 태양열에 녹아서 추락하는 것과 같습니다. 앞에서 『주역』은 변화의 철학이라고 했습니다. 변화를 사전에 읽어냄으로써 대응할 수 있고, 또 변화 그 자체를 조직함으로써 적극적으로 대처할 수도 있는 것입니다. 절제란 바로 이 변화의 조직, 구성과 관련이 있는 것입니다. 절제와 겸손이란 자기가 구성하고 조직한 관계망의 상대성에 주목하는 것이라 할 수 있습니다. 로마법이 로마 이외에는 통하지 않는 것을 잊지 않는 것과 같습니다.

논의를 불필요하게 확대하는 감이 없지 않습니다만 우리의 삶이란 기본적으로 우리가 조직한 '관계망'에 지나지 않습니다. 선택된 여러 부분이 자기를 중심으로 하여 조직된 것에 지나지 않습니다. 그런 점에서 과학 이론도 다르지 않습니다. 객관세계의 극히 일부분을 선별적으로 추출하여 구성한 세계에 불과합니다. 우리의 삶은 천지인을 망라한다고 하지만 궁극적으로는 자기 중심의 주관적 공간에 지나지 않습니다. 우리의 삶은 매트릭스의 세계에 갇혀 있는 것이나 크게 다르지 않은 것이라 할 수 있습니다.

그런 점에서『주역』의 범주는 그것이 판단 형식이든 아니면 객관적 존재에 대한 진술 형식이든 그것이 망라하는 세계는 결과적으로 왜소한 것이 아닐 수 없습니다. 절제와 겸손이란 바로 이러한 제한성으로부터 도출되는 당연한 결론이라고 해야 합니다.『주역』독법에 있어서 가장 중요한 것은 이 절제와 겸손이란 것이 곧 관계론의 대단히 높은 차원을 보여주고 있다는 사실입니다. 여러 가지 사정을 배려하는 겸손함 그것이 바로 관계론의 최고 형태라는 것이지요.

이것으로『주역』을 마칩니다. 대성괘 몇 개를 그것도 일부만 읽어보는 것으로『주역』을 이해한다는 것은 불가능한 일입니다. 공자의 위편삼절韋編三絶이란『주역』을 두고 일컫은 말입니다. 책을 묶은 가죽 끈이세 번씩이나 끊어질 정도로 많이 읽었다는 책이 바로 이『주역』입니다. 그만큼 공자가 심혈을 기울여『주역』을 읽었다는 뜻이지요. 물론 당시의 책은 죽간竹簡이기 때문에 가죽 끈이 쉽게 끊어질 수 있다는 주장이 있을 수도 있습니다. 그러나 종이를 묶었건 대나무 쪽을 묶었건 가죽 끈이 세 번씩이나 끊어진다는 것은 여간 드문 일이 아닐 수 없습니다.

『주역』강의를 마치면서 시 한 구절을 소개합니다. 나로서는『주역』사상과 매우 밀접한 관련이 있는 시라고 생각합니다만, 여러분은 별로 관련이 없다고 생각할지도 모르겠습니다.

서산대사西山大師가 묘향산 원적암圓寂庵에 있을 때 자신의 영정影幀에 쓴 시입니다.

八十年前渠是我
八十年後我是渠

80년 전에는 저것이 나더니
80년 후에는 내가 저것이로구나.

4

『논어』, 인간관계론의 보고

『논어』論語

고전과 역사의 독법에 있어서 가장 중요한 것은 시제時制라는 사실입니다. 공자의 사상이 서주西周 시대 지배 계층의 이해관계를 대변하고 있다 하더라도 그것을 오늘의 시점에서 규정하여 비민주적인 것으로 폄하할 수 없다는 사실입니다. 과거의 담론을 현대의 가치 의식으로 재단하는 것만큼 폭력적인 것도 없지요. 공자의 인간 이해를 1789년 프랑스혁명 이후의 인권 사상을 기준으로 평가하는 것이 과연 온당한 것인지 묻지 않을 수 없는 것이지요. 우리의 고전 독법은 그 시제를 혼동하지 않음으로써 인人에 대한 담론이든 민民에 대한 담론이든 그것을 보편적 개념으로 이해하고자 하는 것이지요. 그러한 관점이 고전의 담론을 오늘의 현장으로 생환시키는 것이기 때문입니다.

춘추전국시대

『논어』는 여러분이 잘 알고 있는 공자어록孔子語錄입니다. 『노자』에는 노자老子라는 인간이 보이지 않지만 『논어』에는 공자의 인간적 면모가 도처에 드러나 있습니다. 그것이 『노자』와 『논어』의 가장 큰 차이라고 할 수 있습니다. 『논어』에는 공자뿐만 아니라 공자의 여러 제자들의 모습도 생생하게 담겨 있습니다. 매우 친근하게 읽을 수 있는 책입니다. 공자 당시에 『논어』라는 책이 존재했을 리가 없습니다. 후대에 제자들에 의해 학단學團 차원의 사업으로 편찬된 것이라 할 수 있습니다. 그렇기 때문에 공자 당시의 정황에 접근하는 것이 어렵다는 견해도 없지 않습니다. 공자의 시대는 기원전 500년 춘추전국시대입니다. 5천 년 중국 역사에서 꼭 중간으로, 중국 사상의 황금기인 소위 백화제방百花齊放의 시대입니다.

이 시기는 사회에 관한 근본적 담론이 가장 활발하게 개진된 시기라 할 수 있습니다. 따라서 이 시기의 사회 경제사적 성격을 이해하고 『논어』를 읽는 것이 순서라고 생각합니다. 사회 경제사적 의미에서 춘추시대와 전국시대를 구별할 필요는 없습니다. 크게 보아 춘추전국시대는 다음과 같은 몇 가지 특징을 가지고 있다고 할 수 있습니다.

첫째, 춘추전국시대는 철기鐵器의 발명으로 특징지어지는 기원전 5세기 제2의 '농업혁명기'에 해당됩니다. 이 시기는 철기시대 특유의 광범하고도 혁명적인 변화를 보여주고 있습니다.

우경牛耕으로 황무지가 개간되고 심경深耕으로 단위면적당 생산량이 급증하는 등 토지 생산력이 높아지면서 토지에 대한 관념이 변화합니다.

농업생산력의 증대는 수공업, 상업의 발달로 이어집니다. 여불위呂不韋 같은 대상인이 등장하는 시기이기도 합니다. 전쟁 방식도 변했습니다. 네다섯 마리의 말이 끄는 전차를 타고 청동 창칼로 무장한 귀족들이 싸우는 차전車戰이 평민 병사의 보병전步兵戰 중심으로 변화했습니다. 부국강병에 의한 패권 경쟁이 국가 경영의 목표가 되고 침략과 병합이 자행됩니다. 지금까지의 모든 사회적 가치가 붕괴되고 오직 부국강병이란 하나의 가치로 획일화되는 시기입니다. 신자유주의와 무한 경쟁으로 질주하는 현대 자본주의의 패권주의적 경쟁과 다르지 않습니다.

둘째, 춘추전국시대는 사회 경제적 토대의 변화와 함께 구舊사회질서가 붕괴되는 사회 변동기입니다. 천자天子를 정점으로 하는 제후諸侯(특정국 제후가 공公)—대부大夫(상위 대부가 경卿)—사士(가신家臣)—서인庶人이라고 하는 사회의 위계질서가 재편되는 시기입니다.

위계질서의 재편은 먼저 제후와 대부의 강성强盛으로 나타납니다.

천자의 토지 소유권이 제후와 대부에게 넘어가는, 토지 소유권의 하이下移 현상이 광범하게 일어납니다. 이러한 변화는 주 왕실의 물적 토대의 약화로 이어집니다. 서주西周의 마지막 임금인 유왕幽王이 왕비 포사褒姒의 웃음을 보기 위해 거짓 봉화를 올려 제후들을 불렀는데 첫번째와 두번째 거짓 봉화에는 각지의 제후들이 군대를 이끌고 달려왔지만 막상 서방의 만족蠻族이 침범해왔을 때 올린 세번째 봉화에는 군대를 이끌고 온 제후가 아무도 없었다는 설화가 있습니다. 주 왕실의 위급함을 돕기 위해서 달려온 제후 군대가 없었다는 것은 그것이 설화의 형식을 빌리고 있지만 실은 제후와 대부가 그 세력이 강성해지고 중앙 정부로부터 독립하고 있다는 것을 반증하는 것이라 할 수 있습니다. 주 왕실은 직할지의 병력과 재원에 의존할 수밖에 없게 됩니다. 낙읍洛邑의 주 왕실은 지도력을 잃고 제후와 대부가 독립하여 나라를 세우는 것이지요. 이렇게 등장한 수십 개의 도시국가가 춘추시대에는 12제후국으로, 다시 전국시대에는 7국으로, 드디어 진秦나라로 통일되는 과정을 밟게 됩니다. 춘추전국시대는 주대周代의 종법宗法 질서가 진한秦漢의 중앙집권적 관료 국가로 전환되는 사회 재편기입니다.

셋째, 춘추전국시대는 제자백가諸子百家의 백화제방의 시기입니다. 주 왕실이 무너지면서 왕실 관학을 담당하던 관료들이 민간으로 분산되어 지식인(士君子) 계층을 형성하게 됩니다. 이 계층은 민간인 신분으로 강학講學 활동을 하거나 학파의 출현을 주도하게 됩니다. 공자학파 역시 춘추 말엽에 활동하던 여러 민간 학파 중의 한 갈래로 분류됩니다. 춘추전국시대는 위에서 이야기한 바와 같이 급격한 사회 경제적 변동기에 부국강병이라는 국가적 정책 목표 아래 군사력, 경제력, 사회 조직에 이르기까지 국력을 극대화하기 위한 모든 노력이 경쟁적으로 경주되는 시기입니다. 패권 경쟁을 위한 정치 기구의 확충과 전문적 지식에 대한 요구가 커짐에 따라 정신노동의 상품화가 이루어지는 시기입니다. 이른바 제자백가의 시대이고 백화제방의 시대입니다. 공자의 사설私設 학숙學塾은 이러한 수요에 부응한 관리 소개소의 성격을 갖는 것이라고 할 수 있습니다.

춘추전국시대의 사회 경제적 특징에 대하여 간단히 살펴보았습니다. 사회 경제적 배경은 사상사의 이해에 있어서 대단히 중요합니다. 왜냐하면 어떠한 사상도 사회 경제적 토대의 변화와 무관할 수 없기 때문입니다. 물론 공자와『논어』를 논하기 위해서는 비단 춘추전국시대의 사회 경제적 배경만으로 충분할 리가 없습니다.

중국 역사에 있어서 최대의 이데올로기로 군림해온 사상이 바로 유가 사상이고 그 중심이 공자이고『논어』입니다. 2천 년 동안 쌓아온 공자상孔子像은 이미 실증적 분석의 대상이 아닙니다. 곡부에 있는 대성전大成殿의 장대하고 화려한 풍경은 공자 당시의 풍경이 아님은 물론입니다. 공자를 빙자하려는 역대 제왕들이 공자를 금으로 칠갑해놓았습니다. 진짜 공자를 만나기가 불가능하다는 생각을 금치 못합니다.

이와는 반대로『논어』와 공자에 대한 부정적이고 비판적인 연구물도 엄청나게 쌓여 있습니다. 극단적으로 상반된 시각이 혼재되어 있는 것이 사실입니다. 이 점이 우리의 독법을 대단히 어렵게 합니다.『논어』의 시대를 정전제井田制를 주장하는 노예주 계급의 복례復禮 노선과 사유제를 주장하는 소인 계급의 변혁 노선이 충돌하는 시기로 파악하고, 공자를 노예주 계급을 변호하는 복고주의자로 규정합니다. 그뿐만 아니라『논어』에 나타나 있는 인人과 민民의 어법을 면밀히 조사하여 인을 노예주 계급, 민을 노예 계급으로 규정하고 공자의 사상은 시종 인

계급人階級 내부의 담론을 벗어나지 않는 것으로 비판하고 있습니다.

한편 공자 사상을 정반대의 관점에서 조명하기도 합니다. 인人과 인仁의 의미는 물론이며 군자君子와 소인小人의 개념도 그것을 계급적 틀에 가두지 않고 윤리적 개념 나아가 인류의 보편적 가치로 해석함으로써 공자 사상을 만세의 목탁으로 격상시켜놓기도 합니다. 그뿐 아니라 사군자士君子라는 제3의 주체를 역사 무대의 전면에 세움으로써 지배와 피지배라는 2항 대립의 물리적 대립 구도를 3항의 견제 구도로 지양시켰다는 것이지요. 이처럼 공자와 『논어』의 시대를 둘러싼 논의가 우리들의 독법을 대단히 어렵게 하는 것이 사실입니다.

그러나 우리가 이 지점에서 합의해야 하는 것은 고전과 역사의 독법에 있어서 가장 중요한 것은 시제時制라는 사실입니다. 공자의 사상이 서주西周 시대 지배 계층의 이해관계를 대변하고 있다 하더라도 그것을 오늘의 시점에서 규정하여 비민주적인 것으로 폄하할 수 없다는 사실입니다. 과거의 담론을 현대의 가치 의식으로 재단하는 것만큼 폭력적인 것도 없지요. 공자의 인간 이해를 1789년 프랑스혁명 이후의 인권 사상을 기준으로 평가하는 것이 과연 온당한 것인지 묻지 않을 수 없는 것이지요. 아리스토텔레스의 노예관을 이유로 들어 그를 반인권적이고 비민주적인 사상가로 매도할 수 없는 것이나 마찬가지입니다. 그러므로 우리의 고전 독법은 그 시제를 혼동하지 않음으로써 인人에 대한 담론이든 민民에 대한 담론이든 그것을 보편적 개념으로 이해하고자 하는 것이지요. 그러한 관점이 고전의 담론을 오늘의 현장으로 생환시키는 것이기 때문입니다. 이제 예시 문안을 읽어가면서 필요한 대목에서 다시 논의하기로 하지요.

배움과 벗

學而時習之不亦說乎 有朋自遠方來不亦樂乎
人不知而不慍不亦君子乎   ―「學而」

배우고 때때로 익히니 어찌 기쁘지 않으랴. 먼 곳에서 벗이 찾아오
니 어찌 즐겁지 않으랴. 사람들이 알아주지 않아도 노여워하지 않으
니 어찌 군자가 아니겠는가.

여러분도 알고 있는 「학이」편學而篇에 있는 『논어』의 첫 구절입니다.
여러 가지 번역이 있습니다만 전체적으로 크게 다르지 않습니다. 자구
字句 해석에 관한 몇 가지 차이점에 대해 이야기하기 전에 먼저 이 구절
에 담겨 있는 사회적 의미를 읽어야 합니다. 춘추전국시대가 종래의 종
법 사회가 무너지고 새로운 질서가 확립되기 이전의 과도기였다는 이
야기를 했지요? 그것과 관련된 내용이 우선 눈에 띕니다. '학습'이 그
것입니다.

　학습은 그 자체가 기쁨일 수도 있지만 대체로 사회적 신분 상승을
위한 것입니다. 여러분도 다르지 않습니다. 당시의 학습이 적어도 수능
시험을 위한 것이 아님은 분명하지만 우리가 간과하지 않아야 하는 것
은 노예제 사회에서는 학습이 의미가 없다는 사실입니다. 수기修己는
물론이며 치인治人도 학습의 대상이 아닙니다. 엄격한 위계질서 속에서
학습이 갖는 의미는 거의 없습니다. 학습에 대한 언급이 『논어』 첫 구
절에 등장한다는 것은 그 자체가 사회 변동기임을 짐작케 하는 것입니
다. 여기서는 물론 "기쁘지 않으랴"라고 공자 자신의 개인적 심경의 일
단을 표현하는 지극히 사적인 형식으로 개진되고 있습니다만, 학습에

대한 언급은 사회 재편기와 무관하지 않다는 것이지요.

비슷한 예가 다음 구절에도 있습니다. '붕' 朋의 개념입니다. 붕은 친우親友를 의미합니다. 그리고 친우라는 것은 수평적 인간관계입니다. 계급사회에는 없는 개념입니다. 같은 계급 내에서는 물론 존재할 수 있습니다만 멀리서 벗이 온다는 것은 새로운 인간관계가 사회적 현상으로 나타나고 있는 것이라고 해야 합니다. 그리고 그러한 신분제를 뛰어넘은 교우交友에 의미를 두는 것에 주목해야 합니다. 붕은 수평적 인간관계이며 또 뜻을 같이하거나 적어도 공감대가 있는 인간관계를 의미합니다. 공자의 학숙에는, 초기에는 천사賤士의 자제가 찾아왔으며 후기에는 중사中士의 자제도 입학했다는 기록이 있습니다. 이로 미루어보더라도 붕의 개념이 등장한다는 것 역시 사회 재편기와 무관하지 않은 것이라고 할 수 있습니다.

그리고 남들이 알아주지 않아도 노엽지 않다는 마지막 구절의 의미입니다. 공자는 식읍食邑을 봉토로 받는 대부가 되기를 원했지만 결국 그러한 신분으로 상승하지 못하고 녹祿을 받는 사士, 즉 피고용자에 머물 수밖에 없었습니다. 은퇴하여 결국 사설 학원 원장으로 일생을 끝마치게 됩니다. "남들이 알아주지 않아도 노엽지 않으니 어찌 군자라 하지 않겠는가"라는 1인칭 서술은 물론 공자 자신의 달관의 일단을 피력하는 것일 수 있습니다. 공자의 이러한 술회가 공자학단의 역사적 책무에 관한 소명 의식을 천명한 것이라고 하기는 어렵지만 최소한 그러한 달관이 사회적 의미로 읽힐 수 있는 어떤 '새로운 가치'에 대한 언급임에는 틀림이 없습니다.

다음으로 지적하고 싶은 것이 '습' 習에 관한 것입니다. 중요한 것은 이 '습'을 복습復習의 의미로 이해해서는 안 된다는 것입니다. '습'의 뜻은 그 글자의 모양이 나타내고 있듯이 '실천'實踐의 의미입니다. 부리가 하얀(白) 어린 새가 날갯짓(羽)을 하는 모양입니다. 복습의 의미가 아니라 실천의 의미로 읽어야 합니다. 배운 것, 자기가 옳다고 공감하는 것을 실천할 때 기쁜 것이지요. 『논어』에는 이곳 이외에도 '습'을 실천의 의미로 읽어야 할 곳이 더러 있습니다. 같은 「학이」편에 다음과 같은 구절이 있습니다. 이 구절도 매우 잘 알려진 것입니다.

曾子曰 吾日三省吾身 爲人謀而 不忠乎
與朋友交而 不信乎 傳不習乎

증자가 말하기를, 자기는 매일 세 가지(또는 여러 번)를 반성한다는 내용입니다. 다른 사람을 위하여 일하되 그것이 진심이었는가를 반성하고, 벗과 사귐에 있어서 불신 받을 일이 있지나 않았는지 반성한다는 것이지요. 그리고 마지막 구절에 '전불습호'傳不習乎가 나옵니다만 이 경우 여러 해석이 가능합니다. 성현의 말씀(傳)을 복습하지 않는다는 의미로 읽을 수도 있고, 잘 알지 못하는 것(不習)을 가르친다(傳)는 뜻으로 읽을 수도 있습니다. 그러나 나는 이 구절을 "전傳하기만 하고 행하지 않고(不習) 있지는 않은가?"로 해석하는 것이 옳다고 생각합니다. 언言 행行이 따르지 않는 사람이 당시에도 하나의 사회적 유형으로 있었다고 할 수 있습니다. 노장老莊이나 한비자韓非子의 책에는 도처에 공리공담空理空談을 일삼는 부류들에 대한 비판이 있습니다. 따라서 이 경우의 습은 실천의 의미로 읽어야 하는 이유가 더욱 분명하다고 생각합니다.

어쨌든 '학이시습지'學而時習之의 습은 실천의 의미로 읽는 것이 좋다고 생각합니다. 따라서 시時의 의미도 '때때로'가 아니라 여러 조건이 성숙한 '적절한 시기' 의 의미로 읽어야 합니다. 그 실천의 시점이 적절한 때임을 의미한다고 할 수 있습니다. 시時는 often이 아니라 timely 의 의미입니다.

우리가 『논어』에서 읽어야 하는 것은 이처럼 사회 변동기에 광범하게 제기되는 인간관계에 대한 담론입니다. 앞으로 여러 가지 문안을 통해 다시 확인되겠지만 『논어』는 인간관계론의 보고라 할 수 있습니다. 이 자리에서 인간관계에 관하여 깊이 논의할 수는 없습니다만 사회의 본질이 바로 인간관계라는 사실만은 여러분과 합의해두고 싶은 것이지요.

여러분도 각자 사회에 대하여 다양한 개념을 가지고 있으리라고 생각합니다. 개인의 집합으로 사회를 이해하기도 하고, 하나의 유기체 또는 건축적 구조로 규정하기도 하고 생산관계, 정치 제도, 문화기제, 소통 구조 등 여러 가지 개념으로 사회를 이해하고 있다고 생각합니다. 그러나 사회에 대한 이 모든 개념은 제도와 인간으로 요약할 수 있습니다. 그리고 바로 이 제도와 인간이라는 두 개의 범주가 인간관계라는 하나의 개념으로 통합될 수 있는 것이지요. 그런 점에서 사회는 인간관계의 지속적 질서라 할 수 있으며, 이 인간관계의 사회적 존재 형태가 사회 구성체의 본질을 규정한다고 할 수 있습니다. 노예제 사회, 봉건제 사회, 자본주의 사회가 바로 인간관계에 의해서 규정되는 것이지요.

사회 변화 역시 그것의 핵심은 바로 인간관계의 변화입니다. 인간관계의 변화야말로 사회 변화의 최초의, 그리고 최후의 준거입니다. 『논어』에서 우리가 귀중하게 읽어야 하는 것이 바로 이 인간관계에 관한 담론입니다.

어느 기자로부터 감명 깊게 읽은 책을 소개해달라는 질문을 받고

『자본론』資本論과『논어』를 이야기했던 기억이 있습니다. 그 기자가 매우 의아해했어요. 이 두 책이 너무 이질적인 책이라는 것이지요. 그러나 생각해보면 이 두 책은 다 같이 사회 관계를 중심에 놓고 있다는 점에서 오히려 동질적인 책이라 할 수 있습니다. 계급 관계는 생산관계이기 이전에 인간관계입니다. 자본 제도의 핵심은 위계적인 노동 분업에 있습니다. 다시 말하자면 생산자에 대한 지배 체제가 자본 제도의 핵심이라는 것이지요. 이러한 이론은 물론 변혁 이론의 일환으로 제기된 것이지만 생산자에 대한 지배 권력이 자본주의 사회의 자본가에 의하여 행해지든, 사회주의 사회의 당 관료에 의해 행해지든 본질에 있어서는 다르지 않다는 사실이지요. 그리고 제도의 핵심 개념이 바로 인간관계라는 사실이지요.

그런 점에서 인간관계에 관한 담론을 중심으로 사회적 관점을 정리하는 것은 매우 중요한 문제 제기라고 생각합니다. 그것이야말로 사회 변혁의 문제를 장기적이고 본질적인 재편 과정으로 접근하는 것입니다. 이러한 태도야말로 정치 혁명 또는 경제 혁명이나 제도 혁명 같은 단기적이고 선형적線型的인 방법론을 반성하고 불가역적不可逆的 구조 변혁의 과제를 진정으로 고민하는 것이라고 생각하기 때문입니다.

옛것과 새로운 것

溫故而知新 可以爲師矣　　　—「爲政」

이 구절은 널리 원용되고 있는 구절입니다. "옛것을 익혀서 새로운 것을 안다"는 뜻입니다. 이 구절을 다시 읽어보자는 까닭은 먼저 과거와 현재의 관계를 재조명하려는 것이지요. 우리는 흔히 과거란 흘러가 버린 것으로 치부합니다. 그리고 과거는 추억의 시작이라고 여깁니다.

그러나 생각하면 과거에 대한 우리의 관념만큼 잘못된 것은 없습니다. 영원히 지나가고 다시 오지 않는 과거는 없습니다. 몇천 년의 시간을 건너뛰어 지상에 그 모습을 드러내는 고분古墳의 주인공은 차치하더라도 우리는 까맣게 잊었던 과거의 아픔 때문에 다시 고통받기도 하고, 반대로 작은 등불처럼 우리의 마음에 자리 잡고 있는 옛 친구를 10년이 훨씬 지난 후에나 깨닫게 되기도 합니다. 시간에 대한 우리의 관념은 매우 허약하고 잘못된 것이지요. 다음 글은 『진보평론』에 기고한 「강물과 시간」이라는 글의 일부입니다.

흔히 시간이란 유수流水처럼 흘러가는 것이라고 생각한다. 그러나 시간은 유수처럼 흘러가는 것이 아니다. 시간이 유수처럼 흘러가는, 그야말로 물과 같다는 생각은 두 가지 점에서 잘못된 것이다.

첫째로 시간을 객관적 실재實在로 인식한다는 점이 그렇다. 시간이란 실재가 아니라 실재의 존재 형식일 따름이다. 아프리카 사람들은 자기의 나이를 200살, 300살이라고 대답한다. 나무가 변하지 않고 사막이 변하지 않고 하늘마저 변하지 않는 아프리카의 대지에서 시간은 흐르지 않는다. 나이에 대한 그들의 무지는 당연한 것이다. 해가 뜨고 지는 것마저도 변화가 아니라 반복이다. 아프리카의 오지에 1년을 365개의 숫자로 나눈 캘린더는 없다. 시간은 실재의 변화가 걸치는 옷에 지나지 않기 때문이다.

둘째로 시간은 미래로부터 흘러와서 현재를 거쳐 과거로 흘러간다고 생각한다는 점이다. 미래로부터 시간이 다가온다는 생각은 필요한 것이기는 하지만 매우 비현실적이고도 위험한 것이다. 이러한 생각은 마치 미래에서 자란 나무를 현재의 땅에 이식移植하려는 생각만큼이나 도착된 것이다. 시간을 굳이 흘러가는 물이라고 생각하고 그 물질적 실재성을 인정한다고 하더라도 정작 강물이 흘러가는 방향은 반대라고 생각할 필요가 있다. 과거로부터 흘러와서 현재를 거쳐 미래로 향하는 것이라고 생각해야 한다. 왜냐하면 시간이라는 형식에 담기는 실재의 변화가 그러하기 때문이다.

새천년 담론의 와중에서 나는 시간의 실재성과 방향성에 대한 잘못된 인식이 현재 나타나고 있는 몇 가지 오류들과 무관하지 않음을 지적하고자 한다. 우선 대부분의 새천년 담론이 이끌어내는 결론이 그렇다. 새천년 담론은 다가오는 변화를 능동적으로 수용할 준비를 해야 한다는 사회적 합의를 결론으로 이끌어낸다. 이러한 미래 담론의 기본 구도는 두 가지 점에서 오류를 낳는다.

첫째, 미래의 어떤 실체가 현재를 향하여 다가오는 구도이다. 그리고 둘째, 그 미래는 현재와는 아무 상관없는 그야말로 새로운 것이라는 인식이 그것이다.

이러한 구도는 시간에 대한 우리의 도착된 관념과 무관하지 않다. 시간에 대한 도착된 관념은 결국 사회 변화에 대한 도착된 의식을 만들어낸다는 점에 문제가 있는 것이다. 물질의 존재 형식인 시간이 실체로 등장하고, 그 실체는 현재와 상관없는 전혀 새로운 것이며, 그것도 미래로부터 다가온다는 사실은 참으로 엄청난 허구이다.

그럼에도 불구하고 이러한 허구가 밀레니엄 담론을 지배하는 기본 틀이 되고 있다. 밀레니엄 담론뿐만 아니라 우리 사회의 변화 읽기와 변화에 대한 대응 방식의 기본 틀이 되고 있다.

위에서 인용한 글은 주로 '미래'에 대한 잘못된 관념에 초점을 맞춘 글이라 할 수 있습니다. 그러나 과거의 경우도 같은 논리로 이해할 수 있습니다. 결론적으로 이야기하자면 과거 현재 미래가 각각 단절된 형태로 따로 존재하는 것이 아니라는 것입니다. 과거 현재 미래라는 개념은 사유思惟의 차원에서 재구성한 것에 지나지 않는다는 점을 잊어서는 안 됩니다. 시간을 과거 현재 미래로 구분하는 것은 결코 객관적 실체에 의한 구분일 수가 없습니다. 과거 현재 미래는 하나의 통일체입니다. 우리가 『논어』의 이 구절에서 읽어야 하는 것이 바로 그러한 통일적 이해라고 생각합니다.

『주역』 지천태괘地天泰卦의 효사爻辭에서 '무왕불복' 無往不復이란 구절을 읽었습니다. 지나간 것은 반드시 돌아온다는 뜻이었지요. 20세기를 보내면서 새로운 세기에 대한 숱한 소망과 전망이 제시되었지만 우리는 지금 20세기의 오만과 패권주의가 조금도 변함이 없는 참담한 현실을 목전에 보고 있습니다. 지금이 과연 21세기인가를 회의하고 있는 것이지요. 요컨대 과거란 지나간 것이 아닙니다. 과거와 현재와 미래는 편의를 위한 관념적 재구성에 지나지 않는 것입니다.

우리가 지금 마주하고 있는 '온고이지신' 溫故而知新이란 구절은 어디까지나 진보적 관점에서 읽어야 한다고 생각합니다. 과거와 미래를 하나의 통일체로 인식하고 온고溫故함으로써 새로운 미래(新)를 지향(知)할 수 있다는 의미로 읽어야 할 것입니다. 이 구절은 대체로 온고 쪽에 무게를 두어 옛것을 강조하는 전거典據로 삼아왔습니다. 그러나 이 구절은 온고보다는 지신에 무게를 두어 고故를 딛고 신新으로 나아가는 뜻으로 읽어야 할 것입니다. 더구나 온溫의 의미를 온존溫存의 뜻으로 한정할 수는 없습니다. 때로는 단절이 온이 될 수도 있기 때문입니다.

옛것 속에는 새로운 것을 위한 가능성이 있는가 하면 반대로 변화를 가로막는 완고한 장애도 함께 있는 것입니다. 이것은 역사가 가르치는 것입니다. 그러므로 지신의 방법으로서의 온은 생환生還과 척결剔抉이라는 두 가지 의미로 읽어야 한다고 생각됩니다.

'가이위사의' 可以爲師矣는 "스승이라 할 수 있다"고 해석하는 것이 무난합니다. 스승이란 단지 정보만 전달하는 사람이 아니지요. 더구나 과거지사過去之事를 전하는 것만으로 스승이 될 수는 없지요. 스승이란 비판적 창조자여야 하는 것이지요.

그릇이 되지 말아야

君子不器   ―「爲政」

이 구절의 의미는 대단히 분명합니다. 여러 주註에서 부연 설명하고 있듯이 그릇이란 각기 그 용도가 정해져서 서로 통용될 수 없는 것(器者 各適其用 而不能相通)입니다. 어떤 그릇은 밥그릇으로도 쓰고 국그릇으로도 쓴다고 우길 수 있습니다만, 여기서 그릇(器)의 의미는 특정한 기능의 소유자란 뜻입니다. 군자는 그릇이어서는 안 된다는 것이 이 구절의 의미입니다. 군자의 품성에 관한 것이며 유가 사상이 제시하는 이상적인 인간상이기도 합니다. 또 이 구절은 막스 베버가 프로테스탄트 윤리와 자본주의를 논하면서 바로 이 『논어』 구를 부정적으로 읽음으로써 널리 알려진 구절이기도 합니다. 베버의 경우 기器는 한마디로 전문성입니다. 베버가 강조하는 직업윤리이기도 합니다. 바로 이 전문성에 대한 거부가 동양 사회의 비합리성으로 통한다는 것이 베버의 논리입니다. '군자불기'君子不器를 전문성과 직업적 윤리의 거부로 이해했습니다. 분업을 거부하였고, 뷰로크라시(官僚性)를 거부하였고, 이윤 추구를 위한 경제학적 훈련(training in economics for the pursuit of profit)을 거부하였다고 이해했습니다. 그것이 바로 동양 사회가 비합리적이며 근대사회 형성에서 낙후될 수밖에 없는 원인이라는 결론을 이끌어내고 있습니다.

우리는 막스 베버의 논리가 자본주의를 최고의 가치로 전제하고 그것을 합리화시키는 논리임을 모르지 않습니다. 그리고 자본주의의 역사를 조금이라도 읽은 사람이면 자본주의 경제체제가 베버의 프로테스탄티즘을 동력으로 하고 있는 것이 아님을 잘 알고 있습니다. 그렇기 때문에 이러한 논의를 재론할 필요는 없다고 생각합니다. 우리의 논의는 자본주의 경제체제를 뛰어넘고 그것의 대안적 모색에 초점이 모아져야 한다고 생각하지요. 바로 그 점과 관련하여 이 구절을 재조명하고 싶은 것이지요.

오늘날도 전문성을 강조하기는 막스 베버와 다르지 않습니다. 전문성은 바로 효율성 논리이며 경쟁 논리입니다. 그러나 우리가 일반적으로 알고 있는 것과는 달리 효율과 경쟁을 강조하는 자본가는 전문성을 추구하지 않습니다. 전문화를 거부하는 것이야말로 성공한 자본가들의 공통적인 특징이라는 것이지요. 자본가는 어느 한 분야에 스스로 옥죄이기를 철저하게 거부해왔던 것이지요. 오늘날의 대자본이 벌이고 있는 사업 영역을 점검해보는 것으로 충분합니다. 크게는 산업자본과 금융자본으로 작게는 다각적 경영, 문어발 확장이 그런 것이지요.

전문화는 있었지만 그것은 언제나 아래층에서 하는 일이었습니다. 마차를 전문적으로 모는 사람, 수레바퀴를 전문적으로 만드는 사람, 배의 노를 전문적으로 젓는 사람 등 전문성은 대체로 노예 신분에게 요구되는 직업윤리였습니다. 귀족은 전문가가 아니었습니다. 육예六藝를 두루 익혀야 하는 것입니다. 예禮·악樂·사射·어御·서書·수數를 모두 익혀야 했지요. 동서양을 막론하고 귀족들은 시도 읊고 말도 타고 활도 쏘고 창칼도 다루었습니다. 문사철文史哲 시서화詩書畵를 두루 익혀야 했습니다. 고전, 역사, 철학이라는 이성理性뿐만 아니라 시서화와 같은 감성感性에 이르기까지 두루 함양했던 것이지요. 오늘날 요구되고 있는 전문성은 오로지 노동생산성과 관련된 자본의 논리입니다. 결코 인간적 논리가 못 되는 것이지요.

공자의 전기前期 유가 사상에 대해서 비판적인 사람들은 '군자불기' 역시 노예주 귀족들의 사상이라는 점을 부각시키고 있습니다. 한 개의 기器나 '부분적이고 하찮은 기예'(末葉小道)는 소인들의 것이라는 점을 들어 비판하고 있는 것이지요. '군자불기'가 이처럼 비록 군자학君子學으로 거론된 것이라 하더라도 중요한 것은 이러한 담론을 통하여 오늘날의 전문성 담론을 비판적으로 드러낼 수 있다는 것이지요. 우리 사회의 여러 분야에서 강조되고 있는 전문성 담론이 바로 2천 년 전의 노예 계급의 그것으로 회귀하는 것임을 반증하고 있다는 사실이 중요합니다. 따라서 『논어』의 이 구절을 신자유주의적 자본 논리의 비인간적 성격을 드러내는 구절로 읽는 것이 바로 오늘의 독법이라고 생각하는 것이지요.

부끄러움을 아는 사회

子曰 道之以政 齊之以刑 民免而無恥
道之以德 齊之以禮, 有恥且格   —「爲政」

이 글은 덕치주의德治主義의 선언이라고 할 수 있습니다. 행정명령으로 백성을 이끌어가려고 하거나 형벌로써 질서를 바로 세우려 한다면 백성들은 그러한 규제를 간섭과 외압으로 인식하고 진심으로 따르지 않는다는 것이지요. 될 수 있으면 처벌받지 않으려고 할 뿐이라는 것이지요. 그뿐만 아니라 부정을 저지르거나 처벌을 받더라도 그것을 부끄러워하지 않는다는 것이지요. 이와 반대로 덕德으로 이끌고 예禮로 질서를 세우면 부끄러움도 알고 질서도 바로 서게 된다는 것입니다.

「위정」편의 이 구절은 법가적法家的 방법보다는 유가적 방법의 우월성을 주장하는 것이라 할 수 있습니다. 법은 최소한의 도덕입니다. 따라서 법에서 적극적 가치를 구하기는 어렵습니다. 그런 점에서 덕치주의는 법치주의에 비해 보다 근본적인 관점, 즉 인간의 삶과 그 삶의 내용을 바라보는 관점이 있다고 할 수 있습니다.

그러나 여러분도 잘 알다시피 춘추전국시대는 법가에 의해서 통일됩니다. 춘추전국시대 같은 총체적 난국에서는 단호한 법가적 강제력이 사회의 최소한의 질서를 유지하기 위해 불가피했다고 할 수 있습니다. 덕치德治가 평화로운 시대 즉 치세治世의 학學이라고 한다면 행정명령과 형벌에 의한 규제를 중심에 두는 법치法治는 난세亂世의 학이라고 할 수 있습니다. 그런데 여기서 우리가 주목하려는 것은 법가와 유가의 차이가 아닙니다. 나는 여러분이 이 구절을 두 가지 관점에서 읽어야 한다고 생각합니다.

첫째는 형刑과 예禮를 인간관계라는 관점에서 조명해보는 것입니다. 법가 강의 때 다시 설명되리라고 생각합니다만, 사회의 지배 계층은 예로 다스리고 피지배 계층은 형으로 다스리는 것이 주나라 이래의 사법司法 원칙이었습니다. 형불상대부刑不上大夫 예불하서인禮不下庶人이지요. 형은 위로 대부에게 적용되지 않으며 예는 아래로 서인에게까지 적용되지 않는다는 것이 원칙이었습니다. 물론 예의 의미도 매우 다양합니다만 여기서는 형과 예의 차이를 전제하고 논의를 진행하지요.

예와 형의 가장 큰 차이는 그것이 인간관계에 미치는 영향의 차이에 있다고 할 수 있습니다. 형은 최소한의 사회적 질서를 유지하는 것이 목적입니다. 그에 비하여 예는 인간관계를 인간적인 것으로 만듦으로써 사회적 질서를 세우려는 우회적 접근이라고 할 수 있습니다. 다시 말하자면 인간관계 그 자체를 가장 중요한 가치로 보는 입장이지요. 사회적 질서는 이 인간관계를 인간적인 것으로 만들기 위한 하나의 조건으로서 의미를 갖는 것이라고 할 수 있습니다.

물론 사회의 기본적 질서가 붕괴된 상황에서 인간관계의 아름다움이란 한낱 환상에 불과한 것이지요. 그런 의미에서 형벌에 의한 사회질서의 확립이 더욱 시급한 당면 과제라고도 할 수 있습니다. 그러나 법과 예는 그 접근 방법에 있어 분명 차이가 있습니다. 그리고 그 차이를 인간관계의 개념으로 재조명해보는 것이 중요하다고 생각합니다. 정치란 바로 그 사회가 가지고 있는 잠재력을 극대화하는 것입니다. 이러한 관점에서 볼 때, 형은 인간관계의 잠재적 가능성을 가두는 것이며 반대로 예는 인간관계를 열어놓음으로써 그것이 최대한으로 발휘될 수 있는 가능성을 키우는 구조라는 점을 주목해야 한다고 생각합니다.

조금 전에 춘추전국시대를 법가가 통일했다고 했습니다. 그런데 통일 제국인 진秦나라가 단명으로 끝납니다. 이러한 사실을 들어 법가의 한계를 지적하는 것이 통설입니다. 그러나 이것은 잘못된 견해라 할 수 있습니다. 진한秦漢은 하나의 과정으로 이해해야 합니다. 진秦의 시기는 통일과 건국의 과정이며 한漢의 시기는 이를 계승하여 통일 제국을 다스려 나가는 수성守城의 시기라고 보아야 마땅합니다. 따라서 법치와 덕치의 비교는 그 시대의 상황에 따라서 평가가 달라져야 한다고 생각합니다.

둘째로, 부끄러움(恥)에 관한 것입니다. 덕德으로 이끌고 예禮로 질서를 세우면 부끄러움도 알고 질서도 바로 서게 되지만, 정형政刑으로 다스리면 형벌을 면하려고만 할 뿐이며 설사 법을 어기더라도 부끄러움이 없게 된다는 것입니다. 마치 우리나라의 현실을 이야기하는 것 같습니다.

우스운 이야기입니다만 교통순경이 교통법규 위반 차량 네다섯 대 중에서 한두 대만 딱지를 끊자 적발된 차량 운전자가 당연히 항의를 하였지요. 저 애도 위반이라는 것이지요. 교통순경의 답변이 압권이지요. "어부가 바닷고기 다 잡을 수 있나요?" 처벌받는 사람은 법을 어긴 사람이 아니라 다만 운이 나쁜 사람인 것이지요.

사카구치 안고坂口安吾의 『타락론』墮落論에 의하면 사회적 위기의 지표로 '집단적 타락 증후군'이라는 개념이 있습니다. 집단적 타락 증후군도 여러 가지 내용이 있습니다만, 우선 이 교통법규 위반 사례와 같이 모든 사람이 범죄자라는 사회적 분위기가 그중의 하나입니다. 적발된 사람만 재수 없는 사람이 되는 그러한 상황입니다. 또 한 가지는 유명인의 부정이나 추락에 대하여 안타까워하는 마음 대신에 고소함을 느끼는 단계가 있다는 것이지요. 부정에 대하여 분노를 느끼거나 추락에 대하여 연민을 느끼기보다는 한마디로 고소하다는 것이지요. 타인의 부정과 추락에 대하여, 그것도 사회 유명인의 그것에 대하여 오히려 쾌감을 느끼는 단계가 집단적 타락 증후군이라는 것이지요. 타인의 부정이 오히려 자신의 부정을 합리화할 수 있는 계기가 된다는 것이지요.

문제는 이러한 상황에서는 부정의 연쇄를 끊을 수 있는 전략적 지점을 찾기 어렵다는 것이라고 할 수 있습니다. 사회의 본질에 대하여 수많은 논의가 있습니다만 나는 사회의 본질은 부끄러움이라고 생각합니다. 그리고 부끄러움은 인간관계의 지속성에서 온다고 생각합니다. 일회적인 인간관계에서는 그 다음을 고려할 필요가 없습니다. 부끄러워할 필요가 없는 것이지요. 부끄러움을 느끼지 않는 사회란 지속적인 인간관계가 존재하지 않는 사회라고 할 수 있습니다. 엄밀한 의미에서 사회성 자체가 붕괴된 상태라고 해야 하는 것이지요.

바탕이 아름다움입니다

子夏問曰 巧笑倩兮 美目盼兮 素以爲絢兮 何謂也
子曰 繪事後素 曰 禮後乎
子曰 起予者 商也 始可與言詩已矣   ―「八佾」
자하가 (『시경』 위풍衛風 「석인」碩人 구절의 뜻을 공자에게) 질문했다.

"'아리따운 웃음과 예쁜 보조개, 아름다운 눈과 검은 눈동자, 소素가
곧 아름다움이로다' 이것이 무슨 뜻입니까?"
공자가 대답했다. "그림은 소素를 한 다음에 그리는 법이지 않은가."
자하가 말했다. "예를 갖춘 다음입니까?"
공자가 말했다. "네가(商) 나를 깨우치는구나! 더불어 시를 논할 수
있겠구나."

이 대화의 핵심은 이를테면 미美의 형식과 내용에 관한 담론이라고
할 수 있습니다. 미소와 보조개와 검은 눈동자 같은 미의 외적인 형식
보다는 인간적인 바탕이 참된 아름다움이라는 선언입니다.

이 글에서 여러분과 함께 이야기하고 싶은 것은 미의 내용을 이루고
있는 소素에 관한 것입니다. 여기서 소의 의미는 인간적 품성을 뜻합니
다. 그런데 품성이란 바로 인간관계에서 나타나는 것입니다. 인간관계
를 통해 도야되는 것이며 인간관계 속에서 발현되는 것입니다. 인간의
아름다움에 있어서 조형성造形性과 품성에 관한 논의는 매우 유익한 것
이라고 생각합니다. 설사 조형성이 미의 중요한 구성 부분이라고 승인
하는 경우에도 그 조형성에 대한 평가 기준이 문제가 됩니다. 그 시대
의 조형미는 그 시대 특유의 미감美感을 바탕으로 하기 때문이지요. 여
러분의 스타와 우리 세대의 스타가 조형성에 있어 차이가 있는 까닭이
그런 것이지요. 얼굴 생김새가 미인이기 때문에 호감을 갖게 되는 경우
도 있지만 그 사람의 사상이 인간적인 매력이 되는 사람도 분명히 있습
니다. 바로 이것이 우리가 미인론의 일환으로서 이야기하고자 하는 소
素와 예禮와 인간관계에 관한 논의입니다.

대체로 미인은, 더욱 정확하게 말하자면 자신이 미인이라고 생각하

는 사람은 보통 사람과는 다소 다른 생각과 행동을 보입니다. 흔히 '공주병'이라고 하는 증세들이 그런 것이지요. 미인은 대체로 자신에 대한 칭찬을 미리 예상하고 있습니다. 언제나 칭찬받을 준비가 되어 있는 '준비된 사람'입니다. 이것은 매우 중요한 것입니다. 예상했던 칭찬이 끝내 없는 경우에 무척 서운한 것은 물론이지만 반면에 예상대로 칭찬을 받는 경우에도 그 칭찬은 당연한 것으로 생각하게 되지요. 특별히 감사할 필요가 없지요. 이것은 사실 그렇게 중요한 것은 아닙니다. 그것은 어떻게 보면 자기 개인이 책임짐으로써 끝나는 느낌의 문제라고 할 수 있기 때문이지요.

그러나 자기의 미모에 대한 평가를 기준으로 하여 사람을 분류하고 그러한 평가가 사람과의 관계 건설에 초기부터 영향을 준다면 그것은 결코 작은 문제가 아니지요. 더욱이 정작 중요한 것은 여러 사람이 함께 일하는 경우에 나타납니다. 미인은 대체로 적극적으로 참여함으로써 그 일익을 담당하려는 자세가 부족합니다. 소위 꽃으로 '존재'하려는 경향이 우세합니다. 미인이라는 자의식이 없는 사람이 열심히 일함으로써 자기를 실현하려고 하는 것에 비해 매우 큰 차이를 보이는 것이지요. 존재론과 관계론의 차이입니다.

현대는 미의 기준이나 소위 미모가 획일적이지 않은 것이 특징이기도 합니다. 그렇기 때문에 자신이 미인이라고 자신 있게 이야기할 수 있는 사람도 드물고 반대로 스스로 미인이 아니라는 자의식을 가진 사람도 상대적으로 매우 적어졌습니다. 미인의 사회적 의미가 상대적으로 작아졌다고 할 수 있기 때문에 반미인론을 펼칠 필요가 없을지도 모릅니다. 그러나 다른 한편으로 우리는 미를 상품화하는 문화 속에서 생활하고 있는 것도 사실입니다. 그렇기 때문에 미인의 문제가 사회적으로 과장되기도 합니다. 특히 심각한 것은, 상품미학에 이르면 미의 내용은 의미가 없어지고 형식만 남게 됩니다. 디자인과 패션이 미의 본령이 되고 그 상품이 가지고 있는 유용성은 주목되지 않습니다.

미美는 글자 그대로 양羊 자와 대大 자의 회의會意입니다. 양이 큰 것이 아름다움이라는 것입니다. 고대인들의 생활에 있어서 양은 생활의 모든 것입니다. 생활의 물질적 총체라고 할 수 있습니다. 그 고기는 먹고, 그 털과 가죽은 입고 신고, 그 기름은 연료로 사용하고, 그 뼈는 도구로 사용합니다. 한마디로 양은 물질적 토대 그 자체입니다. 그러한 양이 무럭무럭 크는 것을 바라볼 때의 심정이 바로 아름다움입니다. 그 흐뭇한 마음, 안도의 마음이 바로 미의 본질이라 할 수 있습니다.

여기서 부언해두고 싶은 것이 있습니다. '아름다움'이란 우리말의 뜻은 '알 만하다'는 숙지성熟知性을 의미한다는 사실입니다. '모름다움'의 반대가 아름다움입니다. 오래되고, 잘 아는 것이 아름답다는 뜻입니다. 그러나 오늘날은 새로운 것, 잘 모르는 것이 아름다움이 되고 있습니다. 새로운 것이 아니면 결코 아름답지 않은 것이 오늘의 미의식입니다. 이것은 전에도 이야기했습니다만 소위 상품미학의 특징입니다. 오로지 팔기 위해서 만드는 것이 상품이고 팔리기만 하면 되는 것이 상품입니다. 따라서 광고 카피가 약속하는 그 상품의 유용성이 소비 단계에서 허구로 드러납니다. 바로 이 허구가 드러나는 지점에서 디자인이 바뀌는 것이지요. 그리고 디자인의 부단한 변화로서의 패션이 시작되는 것이지요. 결국 변화 그 자체에 탐닉하는 것이 상품미학의 핵심이 되는 것이지요. 아름다움이 미의 본령이 아니라 모름다움이 미의 본령이 되어버리는 거꾸로 된 의식이 자리 잡는 것이지요. 이것은 비단 상품미학의 문제만은 아닙니다. 주변부의 종속 문화가 갖는 특징이기도 합니다. 중심부로부터 문화가 이식되는 주변부의 특징이라는 점에서 이것은 단순한 미의 문제가 아님은 물론입니다.

우리가 미의 문제를 재조명해야 하는 이유가 단지 미인론에 있는 것이 아님을 알 수 있는 것이지요. 그런 점에서 미의 본령을 그 외적 형식으로부터 인간관계의 문제로 되돌려놓는 이 『논어』의 대화는 매우 뜻 깊은 것이 아닐 수 없습니다.

공존과 평화

子曰 君子和而不同 小人同而不和   —「子路」

가장 일반적인 해석은 다음과 같습니다.

"군자는 화목하되 부화뇌동하지 아니하며 소인은 동일함에도 불구하고 화목하지 못한다."

이러한 일반적인 해석에서 먼저 지적해야 하는 것은 화와 동을 대비의 개념으로 해석하지 않고 있다는 사실입니다. 동양학에서는 어떤 개념을 설명하는 경우 그 개념 자체를 상술詳述하거나 비유를 들어 설명하기보다는 그와 대비되는 개념을 나란히 놓음으로써 그 뜻이 드러나게 하는 방식을 선호합니다. 한시漢詩의 대련對聯이 그렇습니다. 이러한 대비는 언어의 한계를 뛰어넘는 방법이기도 합니다.

일반적 의미에서 개념은 차이를 규정하는 것에 의하여 성립됩니다. 소위 독특獨特의 의미는 그 독특한 의미를 읽는 것과 동시에 그와 다른 것을 함께 읽기 때문에 그것이 독특할 수 있는 것입니다. 어떤 대상에 대한 인식은 근본적으로 다른 것과의 차이에 대한 인식입니다. 정체성 (identity) 역시 결과적으로는 타자他者와의 차이를 부각시킴으로써 비로소 드러나는 것입니다. 데리다J. Derrida의 표현에 의하면 관계 맺기와 차이 짓기, 즉 디페랑스différance(差延)의 과정이라 할 수 있습니다. 소쉬르F. Saussure의 언어학이 그 전형을 보여주고 있습니다. 일반적으로 차이란 두 실체 간에 나타나는 것입니다. 그 차이를 형성하는 두 개의 독립 항목을 암시하고 있는 것이지요. 그러나 소쉬르에 의하면 언어의 경우에는 이러한 독립 항목이 전제되지 않는 것이지요. 모든 것에 대한 차이를 선언하고 있는 것이 언어입니다. 언어는 차이가 본질이 되는 역설을 낳게 되는 것이지요. 동양적 표현 방식에 있어서의 대비의 방식은 이러한 언어와 개념의 한계를 우회하고 뛰어넘는 탁월한 발견이라고 할 수 있습니다.

세계는 통-체적統體的이기 때문에 차이를 부각시키는 방법, 즉 개념적 방법으로 세계에 접근하는 것은 그것이 인식 과정의 불가피한 방법상의 문제라 하더라도 결과적으로 세계에 대한 인식을 그르칠 수도 있습니다. 이항 대립적 차이이건 또는 모든 것과의 차이화를 통한 개념 구성이든 상관없이 차이 짓기 방식은 결과적으로 부분에 매몰되게 함으로써 전체의 모습을 못 보게 하지요. 대비 방식은 이러한 차이화에 대한 경계이며 분分과 석析의 방식에 대한 반성이라는 측면도 부정할 수 없습니다. 이러한 문화적 전통에서 근대성과 다른 일면을 발견한다는 것은 매우 의미 있는 일이라고 생각됩니다. 그러나 인간의 인식이란 어차피 부분적일 수밖에 없습니다. 세계에 대한 일차적 인식으로서의 이른바 감성적 인식은 부분적 인식일 수밖에 없습니다. 전체로부터 유리될 수밖에 없는 것임을 부인하지 못합니다.

그런데 여기서 우리가 다시 한 번 주의해야 하는 것은 바로 다음과 같은 것입니다. 이 분리된 대상을 더욱 정치精緻하게 개념화하는 방식은 전체와의 거리를 더욱 확대할 뿐이라는 사실입니다. 그러한 심화 과정에서 대상 그 자체가 관념화된다는 사실이지요. 이에 비하여 대비의 방식은 분리된 대상을 다시 관계망 속에 위치시킴으로써 대상 그 자체의 관념화를 어느 정도 저지하는 측면이 있습니다. 동양학에서 대체로 대비의 방식을 선호하는 까닭은 동양학 그 자체가 관계론적 구조를 띠고 있기 때문이라고 생각합니다.

『논어』의 이 화이부동和而不同에 대한 일반적인 해석에서는 화和와 동同을 대비로 보지 않습니다. 화를 화목하고 서로 잘 어울리는 의미로 해석하고 동을 부화뇌동附和雷同과 동일同一의 의미로 해석합니다. 어느 경우든 화와 동이 대對를 이루지 못합니다. 그리고 동의 의미도 첫 구와 다음 구에서의 의미가 각각 다르게 사용되고 있습니다. 첫 구에서는 부화뇌동 즉 자신의 분명한 입장이 없다는 의미로 사용되고, 다음 구에서는 동일함 즉 차이가 없는 상태를 의미합니다. 이것은 동을 시종 윤리적 수준에서 해석하는 것이며 그런 의미라면 새롭게 재조명할 가치도 없다고 할 수 있습니다.

『논어』의 이 화동론和同論은 근대사회 즉 자본주의 사회의 본질을 가장 명료하게 드러내는 담론이라고 생각합니다. 화는 다양성을 인정하는 것을 의미합니다. 관용과 공존의 논리입니다. 반면에 동은 다양성을 인정하지 않고 획일적인 가치만을 용납하는 것을 의미합니다. 지배와 흡수합병의 논리입니다. 그런 의미에서 화와 동은 철저하게 대를 이루고 있습니다.

따라서 '군자화이부동' 君子和而不同의 의미는 군자는 자기와 타자의 차이를 인정한다는 것입니다. 타자를 지배하거나 자기와 동일한 것으로 흡수하려 하지 않는다는 의미로 읽어야 합니다. 반대로 '소인동이불화' 小人同而不和의 의미는 소인은 타자를 용납하지 않으며 지배하고 흡수하여 동화한다는 의미로 읽어야 옳다고 생각합니다. 화의 논리는 다양성을 인정하는 관용의 논리이면서 나아가 공존과 평화의 원리입니다. 그에 비하여 동의 논리는 지배, 흡수, 합병의 논리입니다. 동의 논리 아래에서는 단지 양적 발전만이 가능합니다. 질적 발전은 다양한 가치가 공존하는 화의 논리에 의해서만 가능한 것이라 할 수 있습니다.

따라서 위 구절은 다음과 같이 읽는 것이 옳다고 생각합니다.

군자는 다양성을 인정하고 지배하려고 하지 않으며, 소인은 지배하려고 하며 공존하지 못한다.

나는 이 강의의 서론 부분에서 중국이 추구하는 21세기의 구성 원리에 대하여 언급한 적이 있습니다. 사회주의와 자본주의를 지양한 새로운 문명을 가장 앞서서 실험하고 있는 현장이 바로 중국이라고 주장하는 중국의 자부심에 관하여 이야기했습니다. 자본주의를 소화하고 있는 대륙적 소화력에 대하여 이야기했다고 생각합니다. 중국의 역사를 돌이켜보면 그러한 강력한 시스템이 작동해왔던 것이 사실이라고 할 수 있습니다. 불교가 중국에 유입되면 불학佛學이 되고, 마르크시즘도 중국에 유입되면 마오이즘이 되는 강력한 대륙적 시스템을 가지고 있다는 것이지요. 현대 중국은 자본주의를 소화하고 있는 중이며 동시에 자본주의와 사회주의를 지양한 새로운 구성 원리를 준비하고 있는 현장이라는 것이지요.

　유럽 근대사는 존재론적 논리가 관철되는 강철의 역사였다는 사실에 대해서는 이미 여러 차례 이야기했습니다. 근대사의 정점에서 세계화와 신자유주의라는 패권적 구조를 적나라하게 드러내고 있는 것이 현대 자본주의입니다. 이러한 자본주의 논리가 바로 존재론의 논리이며 지배, 흡수, 합병이라는 동同의 논리입니다. 종교와 언어까지도 동일할 것을 요구합니다. 우리나라는 그러한 식민지 역사를 경험했지요. 그러므로 동의 논리를 극복하는 것은 곧 자본주의를 극복하는 것과 무관할 수 없는 것이지요. 그런 의미에서 사회주의와 자본주의를 지양하고자 하는 중국적 의지에 대해서는 일단 그 역사적 의의를 인정할 수 있습니다.

　그러나 문제는 중국이 만들어내고자 하는 새로운 문명이 근본에 있어서 또 하나의 동同일 수도 있다는 것이지요. 중국의 중화주의中華主義는 철저히 문화적인 것이며 결코 패권적이지 않다는 주장도 있습니다. 설령 그러한 주장을 인정한다 하더라도 문화주의란 군사적 강제나 정치적, 경제적 강제를 배제한다는 의미일 수는 있지만 그것이 곧 다른 문화, 다른 가치, 그리고 다른 삶의 방식에 대한 관용과 공존을 존중한다는 의미는 아니지요. 근본에 있어서 얼마든지 또 하나의 동이 될 수 있다는 것이지요.

　"극좌極左와 극우極右는 통한다"는 말이 있습니다. 좀처럼 이해가 가지 않는 말입니다. 그러나 동서양을 막론하고 역사적 격동기에 도처에서 확인되는 사실이기도 합니다. 나는 극좌와 극우가 다 같이 동同의 논리에 기반하고 있다고 생각합니다. 제국주의적 패권주의라는 극우 논리와 프롤레타리아 독재라는 극좌 논리는 둘 다 강철의 논리이며 존재론적 구조이며 결국 동의 논리라고 할 수 있습니다. 바로 그러한 점에서 극좌와 극우는 그 근본적인 구성 원리에 있어서 상통할 수 있는 구조입니다. 새로운 문명은 이 동의 논리와 결별하는 것에서 출발해야 한다고 믿습니다.

화和의 논리는 자기와 다른 가치를 존중합니다. 타자를 흡수하고 지배함으로써 자기를 강화하려는 존재론적 의지를 갖지 않습니다. 타자란 없으며 모든 타자와 대상은 사실 관념적으로 구성된 것일 뿐입니다. 문명과 문명, 국가와 국가 간의 모든 차이를 존중해야 합니다. 이러한 차이와 다양성이 존중됨으로써 비로소 공존과 평화가 가능하며 나아가 진정한 문화의 질적 발전이 가능한 것입니다. 가장 민족적인 것이 가장 세계적이라는 명제가 바로 이러한 논리라고 생각하지요.

우리는 이러한 화동 담론이 우리의 통일론에서도 대단히 중요한 의미를 갖는다고 생각합니다. 남과 북은 자본주의와 사회주의라는 서로 다른 체제로 대립하고 있고 또 지금까지 흡수합병이든 적화통일이든 기본적으로 동同의 논리에 따른 통일론을 벗어나지 못하고 있는 것이 사실입니다. 이러한 우리의 통일론을 동의 논리가 아닌 화의 논리로 바꾼다는 것은 대단히 중요한 의미를 갖는 일입니다. 화의 논리는 무엇보다 먼저 공존과 평화의 논리로 통일 과정을 이끌어가는 것을 의미합니다. 공존과 평화 정착은 통일 과정에서 요구되는 전 과제의 90%를 차지할 만큼 결정적인 문제입니다. 공존과 평화 정착이 일단 이루어지면 그 이후부터는 대체로 시간의 문제로 귀착됩니다.

화의 원리는 통일 과정의 출발점이면서 궁극적으로는 종착점이라고 할 수 있을 것입니다. 그리고 이것은 단지 우리의 통일 과정에 있어서의 문제뿐만이 아니라 자본주의와 사회주의를 비롯하여 세계의 다양한 문화와 가치, 삶의 방식을 존중하고 평화적으로 공존하는 구도를 모색하는 것이기도 합니다. 그런 점에서 이 화의 원리는 새로운 문명을 모색하는 세계사적 과제라고 생각합니다. 따라서 이 화의 원리로 우리의 통일 과정을 이끌어가는 노력은 통일이라는 민족적 과제로부터 세계사적 과제로 나아가는 것이기도 할 것입니다.

돌이켜보면 우리나라는 중국과 같은 대륙적 소화력을 갖추고 있지 않은 것이 사실입니다. 불교, 유학, 마르크시즘, 자본주의 등 어느 경우든 더욱 교조화되는 경향을 보여왔다고 할 수 있습니다. 그만큼 동의 논리에 대한 비판적 관점과 화의 논리에 대한 성찰이 필요하다고 할 수 있습니다. 이 문제는 물론 보다 종합적이고 심도 있는 연구가 뒷받침되어야 한다고 믿습니다. 화동 담론을 고담준론으로 이끌어가고 말았습니다만 『논어』의 이 구절을 일상적 의미로 읽더라도 마찬가지라고 생각합니다. 도대체 자기 흉내를 내는 사람을 존경하는 사람은 없는 법이지요.

낯선 거리의 임자 없는 시체가 되지 마라

子曰 德不孤 必有隣   ―「里仁」

덕德은 외롭지 않다, 반드시 이웃이 있다, 또는 이웃이 생긴다는 뜻입니다. 잘 알려져 있는 글이고 별로 어렵지 않은 글입니다. 『백범일지』白凡逸志에는 백범 선생이 『상서』相書의 한 구절인 상호불여신호相好不如身好 신호불여심호身好不如心好에 관해 이야기하는 부분이 있습니다. 물론 이 글의 뜻은 얼굴 좋은 것이 몸 좋은 것만 못하고 몸 좋은 것이 마음 좋은 것만 못하다는 것으로 미모美貌보다는 건강健康이 더 중요하고 건강보다는 마음이 더 중요하다는 뜻입니다. 백범 자신이 스스로를 미남美男이라고 생각하지 않았던가 보다고 이 글을 해석하는 사람도 있습니다. 사실 건강(身好)은 실생활에 있어서 미모보다 훨씬 더 중요합니다. 더구나 백범처럼 풍찬노숙風餐露宿하지 않을 수 없었던 독립운동가로서는 더욱 그러하였으리라고 짐작됩니다. 정작 백범은 얼굴 좋은 사람(好相人)보다는 마음 좋은 사람(好心人)이 되어야겠다고 결심하고 있습니다. 밖을 가꾸는 외적 수양에는 무관심하고 마음을 닦는 내적 수양에 힘써서 사람 구실을 하겠다고 다짐하고 있습니다. 신체가 건강한 것보다는 마음 좋은 것이 더 중요하다는 것이지요. 루쉰魯迅이 의사 되기를 포기하고 문학으로 진로를 바꾼 이유가 그렇습니다. 일본 유학 시절에 루쉰은 건장한 중국 청년이 러시아의 첩자라는 혐의를 받고 일본인들에게 뭇매를 맞는 광경을 목격하게 됩니다. 러일전쟁 당시의 일이었습니다. 건장하지만 우매한 조국 청년의 모습에서 엄청난 충격을 받고 의사의 길을 포기하였지요. 우매한 대중의 각성이 더욱 시급한 중국의 과제라고 결론을 내리게 됩니다. 그리고 그의 삶이 보여주는 바와 같이 "무쇠 방에 갇혀 죽어가면서도 그것을 모르고 있는" 중국인의 각성을 위하여 치열한 일생을 살아갑니다.

루쉰의 경우는 심心의 의미를 각성과 의식의 의미로 이해할 수 있습니다만 심호心好를 각성이나 의식의 의미로 읽지 않고 '마음씨' 또는 '인간성'의 의미로 읽어도 좋다고 생각합니다. 건강보다는 마음씨가 더 중요하다는 뜻으로 받아들일 수 있습니다. 미모의 기준을 외적인 형식미에 둘 경우 사흘이 안 간다는 말이 있습니다. '변화 그 자체'에 몰두하는 오늘의 상품미학에서 형식미는 더욱 덧없는 것이지요. 백범을 넘어서 그리고 루쉰을 넘어서서 이 '마음'의 문제를 생각해보아야 합니다. 마음(心) 좋다는 것은 마음이 착하다는 뜻입니다. 착하다는 것은 다른 사람을 배려할 줄 안다는 뜻입니다. 배려한다는 것은 그 사람과 자기가 맺고 있는 관계를 소중히 여기는 것입니다. 착하다는 것은 이처럼 관계에 대한 배려를 감성적 차원에서 완성해놓고 있다는 의미라고 할 수 있습니다. 머리로 이해하거나 좌우명으로 걸어놓고 있는 것이 아니라 가슴속에 자리 잡고 있으며 무의식 속에 녹아들어 있는 그러한 수준이라고 할 수 있습니다.

나는 이 '신호불여심호'에 한 구절을 더 추가하고 싶습니다. '심호불여덕호' 心好不如德好가 그것입니다. "마음 좋은 것이 덕德 좋은 것만 못하다"는 뜻입니다. 덕의 의미는 『논어』의 이 구절에 나와 있는 그대로입니다. '이웃'(隣)입니다. 이웃이란 그가 맺고 있는 인간관계입니다. 심心이 개인으로서의 인간성과 품성의 의미라면 덕은 사람과 사람이 맺는 관계에 무게를 두는 것이라 할 수 있습니다. 물론 마음이 좋으면 그 사람의 인간관계도 좋아지고 넓어지겠지요. 그리고 심호는 착하다는 뜻이고 착하다는 것은 자기가 맺고 있는 인간관계를 소중히 하는 뜻이라고 했지요. 그러나 우리는 심과 덕을 일정하게 구분할 수 있습니다. 이 경우 덕은 당연히 인간관계에 무게를 두는 사회적 개념이라 할 수 있습니다.

"덕은 외롭지 않다, 반드시 이웃이 있게 마련이다." 이 구절은 사람의 삶이 어떠해야 하는가를 분명하게 보여주는 구절입니다. 옛말에 쉰 살까지 성실하게 살아온 사람은 노후를 걱정하지 않아도 된다고 합니다. 그때까지 그가 맺어온 인간관계가 안전망이 되어 그의 노후를 책임진다는 것이지요. 이것은 삶의 내용 자체를 인간적이고 덕성스럽게 영위함으로써 문제를 해결하는 방식입니다. 말하자면 복지 문제를 삶의 문제로 포용해 나가는 것이라고 할 수 있습니다. 「위령공」편衛靈公篇에 '군자모도불모식' 君子謀道不謀食 그리고 '군자우도불우빈' 君子憂道不憂貧 이라는 구절이 있습니다. 군자는 도道를 추구할 따름이며 결코 식食이 나 빈貧을 걱정하지 않는다는 것이지요. 그러나 이것은 청빈淸貧의 예찬 이 아니라 이웃에 대한 이야기이며 나아가 '사람과의 사업'에 대한 이 야기로 읽어야 한다고 생각합니다.

변혁기의 수많은 실천가들이 한결같이 경구驚句로 삼았던 금언이 있 습니다. "낯선 거리의 임자 없는 시체가 되지 마라"는 것이었어요. 운 동론에서도 마찬가지입니다. 민중과의 접촉 국면을 확대하는 것, 그 과 정을 민주적으로 이끌어가는 것 그리고 주민과의 정치 목적에 대한 합 의를 모든 실천의 바탕으로 삼는 것, 이러한 것들이 모두 덕불고德不孤 필유린必有隣의 원리에 다름 아니라고 생각합니다. 그것은 인간관계로 서의 덕이 사업 수행에 뛰어난 방법론으로서 검증되었다는 의미가 아 니라, 그 자체가 삶이며 가치이기 때문에 귀중한 것임을 잊지 말아야 한 다는 의미입니다.

신뢰를 얻지 못하면 나라가 서지 못한다

子貢問政 子曰 足食 足兵 民信之矣
子貢曰 必不得已而去 於斯三者何先 曰 去兵
子貢曰 必不得已而去 於斯二者何先 曰 去食
自古皆有死 民無信不立   ─「顔淵」

자공이 정치에 관하여 질문하였다. 공자가 말하기를, "정치란 경제 (足食), 군사(足兵) 그리고 백성들의 신뢰(民信之)이다." 자공이 묻기를, "만약 이 세 가지 중에서 하나를 버려야 한다면 어느 것을 먼저 버려야 하겠습니까?" "군사를 버려라"(去兵). "만약 (나머지) 두 가지 중에서 하나를 버리지 않을 수 없다면 어느 것을 버려야 하겠습니까?" "경제를 버려라(去食). 예부터 백성이 죽는 일을 겪지 않은 나라가 없었지만 백성들의 신뢰를 얻지 못하면 나라가 설 수 없는 것이다."

이 구절은 정치란 백성들의 신뢰를 얻는 것이며 백성들의 신뢰가 경제나 국방보다 더 중요하다는 것을 천명한 구절입니다. 자공子貢은 호상豪商으로, 공자의 주유周遊에 동참하지 못함을 반성하여 공자 사후 6년을 수묘守墓한 제자입니다. 그리고 공자 사후에 자신의 재산을 들여 공자 교단을 발전시키는 결정적 역할을 합니다. 그리하여 공자는 자공과 함께 부활했다고 하지요.

공자가 국가 경영에 있어서 신信을 가장 중요한 것으로 천명한 까닭은 물론 그 기능적 측면을 고려해서였다고 할 수 있습니다. 당시에는 국경 개념이 없었기 때문에 신뢰를 얻으면 백성들은 얼마든지 유입될 수 있었지요. 그리고 백성이 곧 식食이고 병兵이었습니다. 백성으로부터 경제도 나오고 백성으로부터 병력兵力도 나오는 법이지요.

이처럼 백성들의 신뢰는 부국강병의 결정적 요체인 것이 사실입니다. 그러나 『논어』의 이 대화의 핵심은, 정치란 무엇인가라는 보다 근본적인 물음에 있다고 생각합니다. 진秦나라 재상으로 신상필벌信賞必罰이라는 엄격한 법가적 개혁의 선구자로 알려진 상앙商鞅에게는 '이목지신'移木之信이란 유명한 일화가 있지요. 상앙은 진나라 재상으로 부임하면서 나라의 기강이 서지 않는 원인은 바로 나라에 대한 백성들의 불신에 있다고 판단했습니다. 그래서 대궐 남문 앞에 나무를 세우고 방문榜文을 붙였지요. "이 나무를 옮기는 사람에게는 백금百金을 하사한다." 옮기는 사람이 아무도 없었습니다. 그래서 상금을 천금千金으로 인상하였지요. 그래도 옮기는 자가 없었어요. 그래서 다시 상금을 만금萬金으로 인상했습니다. 어떤 사람이 상금을 기대하지도 않고 밑질 것도 없으니까 장난삼아 옮겼습니다. 그랬더니 방문에 적힌 대로 만금을 하사하였습니다. 그 이후로 나라의 정책이 백성들의 신뢰를 받게 되고 진나라가 부국강병에 성공하는 것으로 되어 있습니다. 물론 지어낸 이야기입니다만 '무신불립'無信不立, 신뢰가 없으면 나라가 설 수 없다는 것을 이야기하는 일화입니다.

개인의 경우도 마찬가지입니다. 개인의 능력은 그가 맺고 있는 인간관계에 있으며 이 인간관계는 신뢰에 의하여 지탱되는 것이지요. 신信은 그 글자의 구성에서 보듯이 '인人+언言'의 회의會意로서 그 말을 신뢰함을 뜻한다고 할 수 있습니다. 함부로 말하지 않는 까닭은 그것을 지키지 못할까 두려워서라고 합니다. 신信이 사람과 사람 사이의 약속이라고 풀이되고 있지만 언言은 원래 신神에게 고하는 자기 맹세이므로 신信이란 곧 신神에 대한 맹세로 보기도 합니다. 사람들 간의 믿음이라는 뜻은 후에 파생되었다고 보지요. 그만큼 신信의 의미는 엄격한 것이지요.

여기서 우리는 정政의 의미에 대하여 조금 더 이야기해야 합니다. 정政은 정正입니다. 그리고 정正이란 뿌리를 바르게 하는 것입니다. 정치란, 우리나라 제도 정치권의 현실처럼 정권 창출을 위한 것이 아니지요. 정치를 피를 흘리지 않는 전쟁으로 규정하기도 하고, 정치란 계급 지배의 방법이라고 주장하기도 합니다. 그러나 여기서 우리가 반드시 논의해두어야 하는 것이 있습니다. 바로 정正에 대한 올바른 이해입니다. 정正은 정整이며 정整은 정근整根입니다. 뿌리를 바르게 하여 나무가 잘 자라게 하는 것입니다. 이것이 정치의 근원적 의미라고 생각합니다. 다시 말하자면 정치란 그 사회의 잠재적 역량을 극대화하는 것이라는 사실입니다. 잠재력을 극대화한다는 것은 바로 인간적 잠재력을 극대화하는 것입니다. 그리고 인간적 잠재력의 극대화는 '인간성의 최대한의 실현'이 그 내용이라 할 수 있습니다. 인간적 잠재력과 인간성이 바로 인간관계의 소산인 것은 다시 부연할 필요가 없지요.

우리가 잊지 말아야 하는 것은 정치란 신뢰이며 신뢰를 중심으로 한 역량의 결집이라는 사실입니다.

참된 지知는 사람을 아는 것

樊遲問仁 子曰 愛人 問知 子曰 知人　　　—「顏淵」
번지가 인仁에 관하여 질문하였다. 공자가 대답하기를, "인이란 애인愛人이다." 이어서 지知에 대해 질문하였다. 공자가 대답하기를, "지知란 지인知人이다."

『논어』에서 인仁에 대한 공자의 답변은 여러 가지입니다. 묻는 사람에 따라 각각 다른 대답을 하고 있습니다. 안연顔淵에게는 인이란 자기(私心)를 극복하고 예禮로 돌아가는 것(克己復禮)이라고 답변하였고 중궁仲弓에게는 자기가 원치 않는 것을 남에게 하지 않는 것(己所不欲勿施於人)이라고 대답하는가 하면, 사마우司馬牛에게는 인이란 말을 더듬는 것(其言也訒)이라고 대답하기도 합니다. 이처럼 인의 의미는 특정한 의미로 한정하기 어렵습니다. 그때그때의 상황에 따라 적절한 대답을 하고 있는 경우도 있으며 또 질문하는 사람에 따라서 그에게 맞는 답변을 공자는 하고 있기 때문입니다. 인仁을 애인愛人 즉 남을 생각하는 것이라고 하는 경우도 마찬가지입니다. 번지樊遲는 공자가 타고 다니는 수레를 모는 마부입니다. 늘 공자를 가까이 모시는 사람입니다. 물론 제자입니다. 번지에게 인의 의미를 애인으로 이해시키려고 한 어떤 특별한 이유가 있었는지에 대해서는 자료가 없습니다.

우리가 주목해야 하는 것은 위의 여러 가지 답변에 공통되는 점이 타인과의 관계라는 사실입니다. 극기복례克己復禮는 공公(禮)과 사私(己)의 관계를 이야기하는 것이며, '기소불욕己所不欲 물시어인勿施於人'은 나(己)와 남(人)의 관계를 이야기하는 것입니다. 사마우에게 이야기한 인이란 "말을 더듬는 것이다"(其言也訒)라고 하는 경우는 더욱 철저합니다. 인이란 말을 더듬는 것이라고 한 까닭은 "자기가 한 말을 실천하기가 어려우니 어찌 말을 더듬지 않겠는가"(爲之難 言之得無訒乎) 하는 것입니다. 자기가 한 말은 다른 사람과의 약속이라는 뜻입니다. 이 역시 나와 타인의 관계에 대한 것이라고 할 수 있습니다.

지知에 관한 공자의 답변은 그 언표言表에 나타난 의미와 앞뒤의 문맥으로 보면 비교적 간단한 의미라고 할 수 있습니다. 이 구절에 이어지는 대화는 곧은 사람으로서 굽은 사람을 바르게 만드는 일의 중요성에 대하여 이야기하고 있습니다. 제왕齊王 건建은 보통 사람의 세 배나 되는 재주가 있었지만 현자賢者를 알아보지 못하였기 때문에 진秦의 포로가 되었다고 지인知人을 설명하고 있습니다. 지知란 사람을 알아보는 것, 즉 인재를 판단하는 능력을 의미한다고 할 수 있습니다.

그러나 "지知란 지인이다"라는 단호한 선언이 실용적 의미로 왜소화되어서는 안 된다고 생각합니다. 『논어』 전체의 구상에서 보더라도 그럴 뿐만 아니라 인仁과 지知, 애인愛人과 지인知人은 『논어』의 근본 담론이기 때문입니다. 더구나 지인이란 타인에 대한 이해일 뿐 아니라 인간에 대한 이해이기 때문입니다. 인간에게 있어서 가장 중요한 것은 바로 '인간'입니다. 그러한 인간을 아는 것이 지知라는 대단히 근본적인 담론을 공자는 제기하고 있는 것이지요.

우리의 삶에 있어서 인간과 관련이 없는 지식이 과연 존재하는가? 없습니다. 자연과학적 지식도 궁극적으로는 인간적 당파성에 기초해 있는 것이지요. 모든 지식은 사람과 관계되지 않은 것이 없는 법입니다. 여기까지는 특별한 이론異論이 있을 수 없습니다. 문제는 타인에 대한 이해입니다. 여러분도 어떤 사람을 어떻게 이해할 것인가에 대하여 고민한 적이 있으리라고 생각합니다. 그 사람의 어떤 측면에 주목할 것인가를 고민하기도 하고 그 사람에 관한 파일을 구하거나 그 사람에 대한 다른 사람들의 견해를 구하기도 합니다.

그러나 가장 중요한 것은 내가 알려고 하는 그 사람이 나를 알고 있어야 한다는 사실입니다. 내가 그를 알기 위해서는 그가 나를 알고 있어야 한다는 것이지요. 자연의 대상물과는 달리 내가 바라보는 대상이 나를 바라보고 있어야 하는 것이지요. 다시 말하자면 서로 관계가 있어야 합니다. 쌍방향으로 열려 있어야 합니다. 나와 관계가 있어야 하고 나를 사랑하고 있어야 하는 것이지요. 사랑하지 않는 사람에게는 자기를 보여주지 않는 법이지요. 하물며 자기의 알몸을 보여줄 리가 없지요. 지知와 애愛는 함께 이야기될 수밖에 없습니다. 우리는 사랑하지 않는 것도 알 수 있다는 생각을 버려야 합니다. 애정 없는 타자와 관계없는 대상에 대하여 알 수 있다는 환상을 버려야 합니다.

그리고 더욱 중요한 것은 인간에 대한 이해가 진정한 의미의 지知라는 사실입니다. 오히려 인식의 혼란을 가져오는 엄청난 정보의 야적野積은 단지 인식의 혼란에 그치지 않고 인간에 대한 이해와 애정을 거추장스러운 것으로 폄하하게 할 뿐입니다. 더구나 자본주의 사회는 모든 사람이 '팔기 위해서' 진력하고 있는 사회입니다. 모든 것을 파는 사회이며 팔리지 않는 것은 가차없이 폐기되고 오로지 팔리는 것에만 몰두하는 사회입니다. 상품 가치와 자본 논리가 지배하는 사회입니다. 이러한 체제에서 추구하는 지식은 인간에 대한 이해와는 한 점의 인연도 없습니다. 지知는 지인知人이라는 의미를 칼같이 읽는다면 인간에 대한 이해가 없는 사회는 무지無知한 사회입니다. 무지막지無知莫知한 사회일 뿐입니다.

정직한 방법으로 얻은 부귀

子曰 富與貴 是人之所欲也 不以其道得之 不處也
貧與賤 是人之所惡也 不以其道得之 不去也　　　―「里仁」

이 구절을 함께 읽자고 하는 이유는 여러분이 이미 알고 있으리라고 믿습니다. 부귀와 빈천의 가치중립성에 대한 환상을 지적하자는 것이지요.

이 구절의 해석에 다소의 이견이 있습니다. 가장 널리 통용되는 해석은 다음과 같습니다.

부귀는 사람들이 바라는 것이지만 정당한 방법으로 얻은 것이 아니면 그것을 누리지 않으며, 빈천은 사람들이 싫어하는 것이지만 정당한 방법이 아니면 그것으로부터 벗어나지 않는다.

여기서 해석상의 이견이 있는 부분은 '불이기도득지' 不以其道得之입니다. "그 도로써 얻지 않은 것"이란 뜻입니다. 부정한 방법으로 얻은 것을 의미합니다. 이 경우 부정한 방법으로 얻은 부귀는 쉽게 이해가 가지만 빈천의 경우는 쉽게 이해가 가지 않습니다. 정당한 방법으로 얻은 것이 아닌 빈천이 과연 어떤 것인가? 쉽게 이해가 가지 않지요. 특히 도로써 얻은 빈천이란 무엇을 의미하는가? 더욱 막연합니다. 그래서 다산茶山은 이 경우의 득得을 탈피의 의미로 해석합니다. 정당한 방법으로 벗어날 수 없는 한 벗어나지 않는다는 뜻으로 해석하고 대부분의 해석이 이를 따릅니다.

그러나 생각해보면 그 도로써 얻은 빈천도 있다고 생각합니다. 예를 들면 꼭 빈천은 아니라 하더라도 처음부터 부귀와 상관없는 삶을 선택하는 경우도 얼마든지 있을 수 있습니다. 이 경우는 "그 도로써 얻은 빈천"이라 할 수 있습니다. 그리고 이와 반대로 부귀를 얻기 위해 부정한 방법에 의존했다가 빈천하게 되는 경우가 이를테면 여기서 이야기하는 그 도로써 얻지 않은 빈천이라고 이해할 수 있습니다. 그러한 빈천은 불거不去해야 하는 것이지요. 책임져야 한다는 의미로 읽을 수 있습니다. 이렇게 읽고 싶은 이유는 빈천을 무조건 탈피해야 하는 것으로 전제하고 해석하는 것이 옳지 않다고 생각하기 때문입니다. 빈천도 얼마든지 도로써 얻을 수 있는 어떤 가치라는 것을 선언하고 싶은 것이지요.

어느 경우든 우리가 이 글에서 읽어야 하는 것은 부귀와 빈천에 대한 반성입니다. 부의 형성 과정이 정당한 것인가, 그 사람의 출세가 그 능력에 따른 정직한 것인가에 대한 사회적 물음은 어느 시대에나 있는 질문입니다. 그러나 오늘날의 보편적인 시각은 오로지 그 결과만을 두고 평가가 이루어지고 있다고 해도 과언이 아닙니다. 빈천의 경우도 그 것을 당자의 책임으로 돌리는 것이 세태입니다. 게으르다거나 낭비적이라거나 하는 시각이 그렇습니다.

우리에게 필요한 것은 부귀와 빈천의 역사를 주목하는 일입니다. 그 것이 있게 되기까지의 과정을 간과하지 않는 일입니다. 몇몇 드러난 사람의 경우를 제외하고는 우리는 그가 누리고 있는 부귀의 형성 과정에 대해 전혀 무지합니다. 특히 서울에서는 그렇습니다. 그러나 고향에 내려가면 그곳에서는 그 역사가 선명하게 보입니다. 조선조 말에서부터 일제강점기, 해방 후, 자유당·공화당·신한국당 집권 시기를 거치면서 그와 그의 가계家系가 어떻게 살아왔는가 하는 역사가 줄줄이 구전口傳되고 있습니다. 지금의 부귀와 빈천이 있기까지의 전 과정이 소상하게 드러나고 있습니다. 줄곧 고향에서 살고 있는 친구들을 만나면 주로 나누는 대화가 그런 것이기도 합니다.

문제는 이러한 과정과 역사가 드러나지 않는 사회에서 우리가 살고 있다는 사실입니다. 과거 청산은커녕 과거가 은폐되고 있는 역사를 우리가 살고 있기도 하지요. 그 과정과 역사는 완벽하게 망각되고 오로지 그 결과만을 바라보게 하는 사회를 살고 있지요.

개인의 경우뿐만이 아니라 국가의 경우도 마찬가지라고 생각합니다. 이것은 자본주의의 발전 과정이 여실하게 보여주고 있습니다. 근대 사회의 역사가 보여주는 것은 한마디로 침략과 수탈의 역사입니다. 엄청난 집단적 학살로 점철된 20세기를 청산하고 평화의 세기를 갈망하던 우리들의 소망이 21세기의 벽두부터 여지없이 무너지고 있는 것이 오늘의 현실이기도 합니다. 자본주의의 부귀에 대하여 그 과정과 그 도道에 대하여 우리는 너무나 무지합니다. 우리가 선진 자본주의를 국가적 목표로 하여 매진하고 있는 한 자본주의의 그 어두운 역사는 드러날 수가 없는 것이지요. 모든 침략과 수탈까지도 합리화되고 미화되고 선망의 대상이 되기 때문이지요.

이러한 역사의식과 이러한 사회의식이 청산되지 않는 한 한 개인의 부귀와 빈천의 온당한 의미를 읽어내기란 매우 어렵습니다. 보학譜學이라는 문화 전통을 복원해야 한다고 주장하는 분이 계십니다. 그래야 자손을 위해서라도 부정한 방법으로 부귀를 도모하지 않는다는 것이지요. 그것이 보학으로 될 일이 아님은 물론입니다. 사회의 관계망과 역사의 관계망, 즉 시공時空을 관통하는 관계망이 선명하게 드러나는 구조를 만들어내고 그러한 망網을 뜨개질하는 것이 근본적 과제가 아닐 수 없습니다. 그러나 이러한 모든 일들은 우리들의 천민 의식賤民意識에 대한 반성이 선행되지 않는 한 한 걸음도 나아갈 수 없음은 물론입니다.

이론과 실천의 통일

子曰 學而不思則罔 思而不學則殆 　　—「爲政」

"학學하되 사思하지 않으면 어둡고, 사思하되 학學하지 않으면 위태롭다." 이 정도의 번역으로는 그 뜻을 짐작하기가 어렵지요. 짐작하기가 어려운 까닭은 학學과 사思의 뜻이 불분명하기 때문입니다. 앞에서 화이부동을 설명하면서 대비에 대하여 이야기했습니다. 이 구절도 완벽한 대비 형식의 진술입니다. 따라서 학과 사를 대對로 읽는 것이 핵심입니다.

일반적으로 학은 배움(learning)이나 이론적 탐구라는 의미로 통용됩니다. 그런데 사를 생각(thought) 또는 사색思索으로 읽을 경우 학과 사가 대를 이루지 못합니다. 다 같이 정신 영역에 관한 것을 의미하기 때문이지요. 사는 생각이나 사색의 의미가 아니라 실천의 의미로 읽어야 합니다. 그것이 무리라고 한다면 경험적 사고로 읽어야 한다고 생각합니다. 글자의 구성도 '전田+심心'입니다. 밭의 마음입니다. 밭의 마음이 곧 사思입니다. 밭이란 노동하는 곳입니다. 실천의 현장입니다.

이러한 풀이에 대하여 전문 연구자의 반론이 있습니다. 사思의 전田은 어린아이의 두개골에 있는 봉합 부분 즉 숨구멍을 의미한다는 설명입니다. 따라서 두뇌와 마음 심心을 합한 것이 사思라는 것입니다. 총聰 자의 오른쪽 글자가 바로 사思의 원 글자에 해당한다는 대단히 자상한 전거를 제시해주고 있습니다.

물론 전문 연구자가 아닌 나로서는 확인하기 어렵습니다. 그러나 학과 사의 대비가 이 구절의 핵심적 진술 구조라고 생각하지요. 그리고 인간의 사고가 두뇌에서 이루어진다는 것이 밝혀진 것은 적어도 일본의 경우 메이지유신 이후라는 사실입니다. 그때까지는 사고가 가슴에서 이루어지는 것으로 알았던 것이지요. 그래서 가슴에 두 손을 얹고 생각하라고 했던 것입니다.

내가 이야기하고 싶은 요지는 적어도 사가 관념적 사고의 의미는 아니라는 것이지요. 학이 보편적 사고라면 사는 분명 자신의 경험을 중심으로 하는 과거의 실천이나 그 기억 또는 주관적 관점을 뜻하는 것이라고 읽어야 옳다고 생각하는 것이지요.

더구나 내게는 이 '학이불사즉망' 學而不思則罔에 관한 추억이 있습니다. 할아버님께서 언젠가 어린 손자인 나를 앉혀놓고 이 구절을 설명하셨습니다. 한 시간쯤 책을 읽고 나서는 반드시 30분 정도는 생각을 해야 된다는 것이었습니다. 책을 덮고 읽은 것을 다시 생각하면서 머릿속에서 정리해야 한다는 것이었습니다. 그래야 어둡지(罔) 않게 된다는 것이 할아버님의 해석이었습니다. 돌이켜보면 그동안 할아버님의 그런 말씀이 생각나서 자주 그렇게 하기도 했습니다. 읽은 것을 다시 생각하면 내용의 핵심을 간추려보게 되기도 하고 또 글 전체의 구성을 이해하게 되기도 하였습니다.

그런데 내가 감옥에 앉아 책을 읽으면서 깨닫게 됩니다. 책을 읽어도 도대체 머리에 남는 것이 없었어요. 심지어 어떤 책을 30~40페이지쯤 읽고 나서야 그 책은 전에 읽은 것이란 걸 알게 됩니다. 감옥에서 책 읽는 것이란 그저 무릎 위에 책 한 권 달랑 올려놓고 읽는 것입니다. 독서는 독서 이후와 완벽하게 단절된 그저 독서일 뿐입니다. 실천과 유리된 관념의 소요逍遙일 뿐입니다. 책을 덮고 읽은 것을 다시 생각하고 정리해봐도 마찬가지였습니다. 책을 읽는 것(學)이나 책을 덮고 생각하는 것(思)은 같은 것을 반복하는 의미 이상일 수가 없었습니다. 나는 할아버님의 해석이 잘못이었다는 것을 깨닫게 됩니다. 그래서 위에서 이야기했듯이 사思를 경험과 실천의 의미로 읽는 것이 옳다고 생각합니다. 더구나 분명한 것은 학과 사를 대對로 읽어야 한다는 사실입니다.

경험과 실천의 가장 결정적인 특징은 현장성現場性입니다. 그리고 모든 현장은 구체적이고 조건적이며 우연적입니다. 한마디로 특수한 것입니다. 따라서 경험지經驗知는 보편적인 것이 아닙니다. 학學이 보편적인 것(generalism)임에 비하여 사思는 특수한 것(specialism)입니다. 따라서 '학이불사즉망'의 의미는 현실적 조건이 사상捨象된 보편주의적 이론은 현실에 어둡다는 의미입니다. 반대로 '사이불학즉태'思而不學則殆는 특수한 경험적 지식을 보편화하는 것은 위험하다는 뜻이 됩니다. 학교 연구실에서 학문에만 몰두하는 교수가 현실에 어두운 것이 사실입니다. 반대로 자기 경험을 유일한 잣대로 삼거나 보편적인 것으로 전제하고 일을 처리하면 위험한 것이지요. 일반적으로 자신의 경험에서 이론을 이끌어내는 사람들, 즉 대부분의 현장 활동가들은 대단히 완고합니다. 자기 경험만을 고집합니다. 생산직 기술자들도 마찬가지입니다. 장인匠人적인 자존심으로 자기 방식을 고집합니다. 경험적 지식은 매우 완고합니다. 따라서 경험주의를 주관주의라고 합니다. 『감옥으로부터의 사색』에 이 문제와 관련된 내용이 있습니다.

자기의 경험적 사실을 곧 보편적 진리로 믿는 완강한 고집에서 나는 오히려 그 정수精髓의 형태는 아니라 하더라도 신의와 주체성의 일면을 발견합니다. …… 경험이 비록 일면적이고 주관적이라는 한계를 갖는 것이긴 하나, 아직도 가치중립이라는 '인텔리의 안경'을 채 벗어버리지 못하고 있는 나는, 경험을 인식의 기초로 삼고 있는 사람들의 공고한 신념이 부러우며, 경험이라는 대지에 튼튼히 발 딛고 있는 그 생각의 '확실함'을 배우고 싶습니다. …… 경험 고집은 주체적 실천의 가장 믿음직한 원동력이 되기 때문입니다. 몸소 겪었다는 사실이 안겨주는 확실함과 애착은 어떠한 경우에도 쉬이 포기할 수 없는 저마다의 '진실'이 되기 때문입니다.

그러나 그렇다고 하더라도 우리는 주관주의를 경계해야 합니다. 세상이란 참으로 다양한 내용을 가지고 있습니다. 대동大同은 멀고 소이小異는 가깝지요. 자기의 처지에 눈이 달려 있기 때문에 누구나 자신의 시각과 이해관계에 매몰되기 쉽지요. 따라서 사회적 관점을 갖기 위해서는 학學과 사思를 적절히 배합하는 자세를 키워가야 합니다.

공자가 이 구절에서 이야기하려고 한 것이 바로 그러한 것입니다. 이론과 실천의 통일입니다. 현실적 조건에 대한 고려가 있어야 함은 물론이며 동시에 특수한 경험에 매몰되지 않는 이론적 사고의 필요성에 대해서도 이야기하고 있는 것입니다. 우연과 필연의 변증법적 통일에 관한 인식이기도 합니다. 「학이」편에 '학즉불고' 學則不固란 구절이 바로 이것을 설명하고 있습니다. 배우면 완고하지 않게 된다는 것이지요. 학學이 협소한 경험의 울타리를 벗어나게 해주기 때문이라는 것이지요. 학이란 하나의 사물이나 하나의 현상이 맺고 있는 관계성을 깨닫는 것입니다. 자기 경험에 갇혀서 그것이 맺고 있는 관계성을 읽지 못할 때 완고해지는 것입니다.

크게 생각하면 공부란 것이 바로 관계성에 대한 자각과 성찰이라고 할 수 있습니다. 앞에서도 이야기했습니다만 작은 것은 큰 것이 단지 작게 나타난 것일 뿐임을 깨닫는 것이 학이고 배움이고 교육이지요. 우리는 그 작은 것의 시공적 관계성을 깨달아야 하는 것이지요. 빙산의 몸체를 깨달아야 하고 그 이전과 그 이후의 전 과정 속에 그것을 놓을 수 있어야 하는 것이지요. 온고溫故와 지신知新을 아울러야 하는 것이지요. 남이 나를 알아주지 않는 것을 탓하는 것이 이를테면 존재론적 사고라고 한다면, 관계론적 사고는 내가 남을 알지 못하는 것을 근심하는 것(不患人之不知己 患不知人也)이라 할 것입니다.

지금까지는 학學이 객관주의적이고 사思가 주관주의적이라고 설명했습니다만 반드시 그러한 것은 아니라고 생각합니다. 오히려 반대 측면도 있다고 생각합니다. 학이 주관적이고 사가 객관적인 경우도 얼마든지 있습니다. 이 이야기는 매우 사소한 일화입니다만 우리 집에 전기 공사를 할 때의 일입니다. 나도 전기 수리공을 도우면서 한나절을 같이 일한 적이 있었어요. 그때의 그 전기 수리공과 주고받은 대화 내용입니다. 집에 책이 많은 걸 보고 그 수리공이 내게 학교 선생이냐고 물었어요. 그렇다고 대답했더니 그의 말인즉 선생은 참 좋겠다고 부러워했어요. 그런데 그가 부러워하는 이유가 무척 철학적이었습니다. 그가 부럽다고 하는 이유는 선생에게는 방학이 있다거나 칠판에 쓰는 것이 전기 배선 작업보다 힘이 덜 든다는 것이 아니었어요. "책상에서는 한 가지이지만 실제로 일해보면 열 가지도 넘는다"는 것이 그 이유였어요. 교실보다는 현실이 훨씬 더 복잡하다는 것이지요.

그가 주장하는 바는 요컨대 이론은 주관적이고 실천은 결코 주관적일 수가 없다는 것이었습니다. 관념적일 수 없다는 것이지요. 그가 이야기한 것은 어쩌면 단순하다, 복잡하다는 정도의 일상적 대화였습니다만 곰곰이 생각해보면 그 내용은 매우 철학적인 것이지요. 그는 마치 확인 사살하듯이 못 박았어요.

"머리는 하나지만 손은 손가락이 열 개나 되잖아요."

내가 반론을 폈지요.

"머리는 하나지만 머리에는 머리카락이 얼마나 많은데요?"

그의 대답은 칼로 자르듯 명쾌했습니다.

"머리카락이요? 그건 아무 소용없어요. 모양이지요. 귀찮기만 하지요."

그렇습니다. 생각하면 머리카락이란 이런저런 모양을 내면서 결국 '자기'自己를 디자인하고 합리화하는 것에 지나지 않는지도 모릅니다. 그 수리공도 모자를 쓰고 있었어요.

어리석음이 앎의 최고 형태입니다

子曰 甯武子 邦有道則知 邦無道則愚
其知可及也 其愚不可及也   —「公冶長」

이 구절을 소개하는 것은 어리석음(愚)의 의미를 함께 생각해보기 위해서입니다.

영무자甯武子는 위衛나라의 대부라고 알려진 사람입니다. 특별한 의미가 있는 것은 아닙니다. 공자는 영무자를 예로 들어 지혜로움(知)과 어리석음(愚)에 대해서 이야기하고 있습니다. 우리는 앞에서 지知에 대해 논의했습니다. 그 경우의 지 즉 지인知人의 지知는 인식의 의미라고 할

수 있습니다만 이곳에서 사용되고 있는 '방유도즉지' 邦有道則知의 지는
우愚와 대비되는 지혜라는 의미입니다. 슬기로움이라 할 수 있습니다.

영무자는 나라에 도道가 있으면 지혜로웠고 나라에 도가 없으면 어
리석었다. 그 지혜로움은 (많은 사람들이) 따를 수 있지만 그 어리
석음은 (감히) 따를 수 없다.

여기서 방유도邦有道는 정치가 올바른 나라, 방무도邦無道는 정치가
올바르지 못한 나라라고 할 수 있습니다. 그리고 가급可及은 따를 수 있
다, 불가급不可及은 따를 수 없다는 뜻입니다. 여기서 불가급이란 의미
는 배우기 어렵다, 실천하기 어렵다는 뜻입니다. 지知보다는 우愚가 어
렵다는 것이지요. 사람이란 지혜롭기보다는 어리석기가 어렵습니다.
지혜를 드러내기보다는 그것을 숨기고 어리석은 척하기가 더 어렵다는
뜻입니다. 이 예시 문안 이외에도 『논어』에는 유도有道와 무도無道에 어
떻게 대응할 것인가에 관하여 여러 가지로 언급하고 있습니다.

위태로운 나라에는 들어가지 않고 어지러운 나라에는 살지 않는다.
(危邦不入 亂邦不居)
천하에 도가 있으면 자신을 드러내고 천하에 도가 없으면 숨는다.
(天下有道則見 無道則隱)
나라에 도가 있으면 빈천이 수치요, 나라에 도가 없으면 부귀가 수
치이다. (邦有道 貧且賤焉恥也 邦無道 富且貴焉恥也)   ―「태백」泰伯

사어는 나라에 도가 있을 때도 곧기가 화살 같았고 나라에 도가 없

을 때도 곧기가 화살 같았다. (史魚 邦有道 如矢 邦無道 如矢)

거백옥은 나라에 도가 있으면 벼슬에 나아가고 나라에 도가 없으면 자신의 재능을 말아서 품에 감추었다. (遽伯玉 邦有道則仕 邦無道 則可卷而懷之) ―「위령공」衛靈公

이상에서 예시한 구절을 보면 대체로 나라에 도가 없으면 벼슬하지 않고, 슬기를 드러내지 않으며, 재능을 감추고 물러나 몸을 숨기는 방식으로 대응합니다. 사어史魚의 경우는 예외적으로 도道의 유무를 불문하고 대쪽같이 처세한 것을 칭찬하고 있습니다. 영무자의 경우에도 주자주朱子註에는, 무자武子는 위나라 대부로서 이름이 유兪이며 문공文公과 성공成公 때에 벼슬하였는데 성공이 도가 없어 나라를 잃음에 이르자 그 마음을 다하고 힘을 다하여 어렵고 험한 것을 마다하지 않았다고 쓰고 있습니다. 이 경우 사어史魚의 시矢와 직直은 우愚로 읽어야 합니다. 어느 경우든 지知보다는 우愚를 어려운 덕목으로 치고 있습니다. 그리고 우리가 간과하지 말아야 하는 것은 이 경우의 우는 그 속에 대지大知를 품고 있는 우입니다. 다만 겉으로 드러내지 않음으로써 어리석은 척하는 것입니다.

우리는 지知와 우愚에 대하여 보다 열린 생각을 가져야 한다고 생각합니다. 방금 우가 그냥 우가 아니라 대지를 품고 있는 우라고 했습니다만, 사실 진정한 지란 무지無知를 깨달을 때 진정한 지가 된다는 사실입니다. 자기의 지가 어느 수준에 있는 것인가를 아는 지知가 참된 지라는 것이지요. 그렇기 때문에 우야말로 지의 최고 형태라는 것이지요.

여기서 『나무야 나무야』에 있는 일절을 소개하고 마칩니다.

세상 사람은 현명한 사람과 어리석은 사람으로 분류할 수 있다고 당신이 먼저 말했습니다. 현명한 사람은 자기를 세상에 잘 맞추는 사람인 반면에 어리석은 사람은 그야말로 어리석게도 세상을 자기에게 맞추려고 하는 사람이라고 했습니다. 그러나 역설적이게도 세상은 이런 어리석은 사람들의 우직함으로 인하여 조금씩 나은 것으로 변화해간다는 사실을 잊지 말아야 한다고 생각합니다.

세상에 영합하는 사람들만 있다면 세상이 바뀔 수 있는 가능성은 없는 법이지요. 그나마 조금씩 바뀌어 나가는 것은 세상을 우리에게 맞추려는 우직한 노력 때문입니다.

모든 사람들이 모든 것을 알고 있습니다

子曰 孟之反 不伐 奔而殿 將入門
策其馬曰 非敢後也 馬不進也　　　—「雍也」

맹지반은 자랑하지 않는다. 퇴각할 때는 (가장 위험한) 후미後尾를 맡았다. 그러나 막상 성문에 들어올 때는 (화살을 뽑아) 말에 채찍질하면서 "내가 감히 후미를 맡으려고 하지 않았는데 말이 나아가지 않아서 뒤처졌다"고 하였다.

애공哀公 11년에 실제로 있었던 일이라고 합니다. 주자주에서는 맹지반의 이러한 겸손과 사양의 마음을 평하여 윗사람이 되고자 하는 마음이 없으면 욕심이 날로 사라지고(人欲日消) 지혜가 날로 밝아진다(天理日明)고 하였습니다. 맹지반이 후비後備를 맡은 공을 숨긴 까닭은 전쟁에서 패하여 돌아왔기 때문이라고 하지만 개선 행진의 경우에는 후비를 맡을 필요가 아예 없는 것이지요. 중요한 것은 원주原註에서 지적하고 있듯이 공을 숨기고 겸손할 수 있기 위해서는 욕심이 없어야 한다는 것이지요. 욕심이 없어야 겸손할 수 있으며 욕심이 없어야 지혜가 밝아질 수 있는 것이지요.

제갈공명諸葛孔明의 명석한 판단은 무사無私에서 오는 것이라 할 수 있습니다. 천하를 도모하려는 사사로운 욕심이 없었음은 물론, '윗사람이 되려고 하는 욕심' 마저도 없었지요. 이처럼 무사하기 때문에 공평할 수 있고 공평하기 때문에 이치가 밝아질(天理明) 수 있는 법입니다. 우리가 이해관계 집단의 주장을 신뢰하지 않는 것은 그 주장과 논리가 결국은 사사로운 것이기 때문이지요. 어쨌든 자기의 공을 숨기고 자신을 낮추는 겸손함이 이 장의 핵심입니다. 그리고 이러한 겸손함을 뒷받침하는 것이 무욕無欲과 무사無私라는 점을 밝히고 있습니다.

그러나 무욕과 무사에서 우리의 논의를 끝낸다면 그것은 너무나 상투적인 윤리학에 갇히는 것이지요. 중요한 것은 무욕과 무사를 설파하는 것보다 "모든 사람들은 모든 것을 알고 있다"는 사실을 잊지 않는 일이라고 생각합니다. 공과功過를 불문하고 아무리 교묘한 방법으로 그것을 치장하더라도 결국은 다른 사람들이 모두 알게 된다는 사실을 잊지 않는 것이 핵심입니다.

대부분의 경우에 다른 사람이 자기보다 명석합니다. 이 말에 대하여 아마 선뜻 납득하기가 어려울지도 모릅니다. 그러나 타자의 시각이 정곡을 찌르는 법입니다. 예를 들어보지요. 강의를 할 때 교단에 서 있는 내가 주의해야 하는 것은 여러분이 매우 유리한 위치에 앉아 있다는 사실을 잊지 않는 일입니다. 나도 학생 때에는 교단 아래에서 선생님들의 강의를 들었지요. 그때 느낀 것입니다만 학생이란 위치 즉 교단 아래에 턱 괴고 앉아 있는 바로 그 자리는 선생의 일거수일투족이 너무나 잘 보이는 자리입니다. 강의 내용을 이해하고 못하고를 떠나서 강의 내용에 대한 선생 자신의 이해 정도가 너무나 훤하게 들여다보이는 자리입니다. 마치 맨홀에서 작업하는 사람이 지나가는 사람들의 치부를 볼 수 있는 위치에 있는 것과 다름이 없습니다. 모든 타인은 그러한 위치에 있습니다. 그러기에 집단적 타자인 대중은 모든 것을 알고 있다고 하는 것이지요. 그래서 대중은 현명하다고 하는 것이지요. 대중은 결코 속일 수 없습니다. 손바닥으로 해를 가리기는 어렵습니다. 우리가 명심해야 하는 것은 "모든 사람은 모든 것을 알고 있다"는 사실입니다. 겸허해야 되는 이유입니다.

교도소는 거짓말이 많은 곳입니다만 동시에 거짓말이 오래 지속될 수 없는 곳입니다. 같은 감방에서 오랫동안 함께 생활하기 때문에 거짓말이 언젠가는 탄로가 나게 마련입니다. 일단 거짓말을 하면 그 거짓말을 기억해두어야 합니다. 그 거짓말과 상충되는 말을 피해야 하기 때문이지요. 그리고 그 거짓말을 했을 때 누구누구가 그 자리에 있었는지를 기억해둬야 합니다. 거짓말이 탄로 나지 않기 위해서는 거짓말과 거짓말이 행해진 환경을 동시에 기억해둬야 합니다. 그러나 그것이 불가능해집니다. 왜냐하면 발 없는 말이 천리를 가듯이 거짓말에 노출되는 사람의 수가 기하급수로 늘어납니다. 도대체 감당이 불감당이지요. 아무리 기억력이 뛰어난 사람이라 하더라도 감당할 수 없는 상황이 만들어지는 것이지요.

여기에 비하여 오늘날의 우리 사회는 거짓말의 수명이 상당히 긴 사회라고 할 수 있습니다. 겸손할 필요가 없는 사회라고 할 수 있습니다. 우리 사회의 실상을 다시 한 번 생각하게 합니다.

마을의 좋은 사람들이 좋아하는 사람

子貢問曰 鄕人皆好之 何如 子曰未可也
鄕人皆惡之 何如 子曰 未可也
不如鄕人之善者好之 其不善者惡之   ―「子路」

자공이 질문하였다.
"마을 사람 모두가 좋아하는 사람은 어떻습니까?"
공자가 대답하였다.
"좋은 사람이라고 할 수 없다."
"(그렇다면) 마을 사람 모두가 미워하는 사람은 어떻습니까?"
공자가 대답하였다.
"(그 역시) 좋은 사람이라고 할 수 없다. 마을의 좋은 사람이 좋아하고 마을의 좋지 않은 사람들이 미워하는 사람만 같지 못하다."

이 대화에 대하여 『감옥으로부터의 사색』에 쓴 내용을 소개하지요. 내가 감옥에서 그 글을 쓸 때 심경이 매우 착잡했습니다. 감옥은 세상의 기준으로 볼 때 '마을의 좋지 않은 사람들'이 많이 모여 있는 곳이라 할 수 있지요. 그리고 나는 비교적 감옥의 많은 사람과 좋은 관계를 유지하고 지내는 편이었어요. 그래서 이 구절이 더 심각하게 읽혔는지도 모릅니다. 『감옥으로부터의 사색』에 쓴 내용은 다음과 같습니다.

주자朱子의 주석에는 마을의 선한 사람들이 좋아하고 마을의 불선한 사람들 또한 미워하지 않는 사람은 그의 행行에 필시 구합苟合(迎合)이 있으며, 반대로 마을의 불선한 사람들이 미워하고 마을의 선한 사람들 또한 좋아하지 않는 사람은 그의 행行에 실實이 없다 하였습니다.

구합은 정견 없이 남을 추수追隨함이며, 무실無實은 선자善者의 편이든 불선자의 편이든 자기의 입장을 갖지 못함에서 연유하는 것이라 할 수 있습니다. 정견이 없는 입장이 있을 수 없고 그 역逆도 또한 참이고 보면, 『논어』의 이 다이얼로그(dialogue)가 우리에게 유별난 의미를 갖는 까닭은, 타협과 기회주의에 대한 신랄한 비판이면서 더욱 중요하게는 파당성派黨性(parteilichkeit)에 대한 조명과 지지라는 사실 때문이라고 생각합니다.

불편부당不偏不黨이나 중립을 흔히 높은 덕목으로 치기도 하지만 바깥 사회와 같은 복잡한 정치적 장치 속에서가 아니라 지극히 단순화된 징역 모델에서는 좋은 사람과 나쁜 사람이 싸울 때의 '중립'이란 실은 중립이 아니라 기회주의보다 더욱 교묘한 편당偏黨임을 쉽게 알 수 있습니다.

마찬가지로 '마을의 모든 사람들'로부터 호감을 얻으려는 심리적 충동도, 실은 반대편의 비판을 두려워하는 '심약함'이 아니면, 아무에게나 영합하려는 '화냥끼'가 아니면, 소년들이 갖는 한낱 '감상적 이상주의'에 불과한 것이라 해야 합니다. 이것은 입장과 정견이 분명한, 실實한 사랑의 교감이 없습니다. 사랑은 분별이기 때문에 맹목적이지 않으며, 사랑은 희생이기 때문에 무한할 수도 없습니다.

징역을 살 만큼 살아본 사람의 경우가 아마 가장 철저하리라고 생각되는데

'마을의 모든 사람'에 대한 허망한 사랑을 가지고 있거나 기대하는 사람은 아무도 없습니다. 이것은 '증오에 대하여 알 만큼 알고 있기' 때문이라 믿습니다. 증오는 그것이 증오하는 경우든 증오를 받는 경우든 실로 견디기 어려운 고통과 불행이 수반되게 마련이지만, 증오는 '있는 모순'을 유화宥和하거나 은폐함이 없기 때문에 피차의 입장과 차이를 선명히 드러내줍니다. 그러므로 우리는 증오의 안받침이 없는 사랑의 이야기를 신뢰하지 않습니다. 왜냐하면 증오는 '사랑의 방법'이기 때문입니다.

나도 오랜만에 읽어보는 셈입니다. 『논어』의 이 대화가 양극단을 좋지 않다고 하는 것만은 분명합니다. 만인으로부터 호감을 받는 경우와 만인으로부터 미움을 받는 경우 둘 다 좋지 않다는 것이지요. 양극단은 실제로는 없는 것입니다. 위선僞善 또는 위악僞惡인 경우에만 상정될 수 있는 상황입니다. 사회란 이웃을 내 몸같이 사랑하는 구조도 아니며 동시에 만인에 대한 만인의 투쟁 상태가 아님은 물론입니다. 대립과 모순이 있으며 사랑과 증오가 함께 존재하는 세계일 수밖에 없습니다. 이러한 실상을 최소한 미화하거나 은폐해서는 안 된다는 것이지요. 다음 글은 『맹자』「진심 하」편盡心下篇에 있는 구절입니다.

"내가 향원鄕愿을 싫어하는 것은 사이비似而非를 증오하기 때문이다. 자주색(紫)을 싫어하는 것은 빨강색(朱)을 어지럽히기 때문이다."

향원은 마을 사람들 모두가 좋아하는 사람을 뜻합니다. 감옥에서 많은 사람들과 좋은 관계를 맺으려고 했던 나로서는 이 구절에서 여러 가지 생각을 하지 않을 수 없었습니다. 그러나 내가 분명하게 이야기할 수 있는 것은 감옥을 하나의 마을로 치자면 그 마을에는 나쁜 사람보다는 좋은 사람이 더 많다는 사실입니다. 좋은 사람과 나쁜 사람이라는 기준이 물론 문제이긴 합니다만 내가 이야기하고 싶은 것은 어느 곳에나 다수로서의 민중은 존재하는 법이며 다수는 항상 선량하다는 사실입니다.

『논어』는 앞에서도 이야기했습니다만 인간관계에 관한 담론의 보고입니다. 춘추전국시대는 고대국가가 출현하는 시기이며 따라서 당시의 백가百家들은 당연히 사회론에 있어서 쟁명爭鳴을 하였지요. 『논어』는 그러한 담론 중에서 사회의 본질을 인간관계에 두고 있다는 특징을 가지고 있습니다. 그것이 붕朋이건 예禮건 인仁이건 사회는 사람과 사람이 맺는 관계가 근본이라는 덕치德治의 논리입니다. 바로 이 점이 다른 사상에 비하여 『논어』가 갖는 진보성의 근거로 평가되기도 합니다.

그러나 다른 한편으로 이러한 논리는 계급 관점이 결여되고 있다는 점에서 비판의 표적이 되기도 합니다. 그뿐만 아니라 군자와 소인은 계급적 개념이며 『논어』는 오히려 주나라 봉건제 아래의 노예적 질서를 옹호하고 있는 사상이라고 비판받게 됩니다. 그러한 비판과 관련하여 마을의 선한 사람과 불선한 사람(鄕人之善者 其不善者)이라는 관점은 비록 오늘날의 계급적 관점은 아니라 하더라도 사회적 관점의 일환으로 평가하기도 합니다.

그러나 이 부분에 대해서는 이 장을 시작하면서 이야기했습니다. 과거의 사상을 비판할 경우 우리가 가장 조심스럽게 접근해야 하는 것이 바로 비판의 시제時制입니다. 고대 사상을 오늘의 시제에서 평가할 수 없는 것이지요. 그것이 당시의 사회적 조건에서 어떠한 의미로 진술된 것인가를 기준으로 삼아야 합니다. 모든 사상은 역사적 산물입니다. 특정한 역사적 조건 속에서 태어나고 묻히는 것이지요. 당시의 가치, 당시의 언어로 읽는 것은 해석학의 기본입니다. 공자에게 계급 관점이 없다든가 또는 인仁이나 덕德 같은 『논어』의 기본적 가치가 노예주 귀족인 인 계급人階級 내부의 협소한 가치라는 비판은 비판의 시제에 있어서 문제가 있는 것이지요.

어쨌든 우리는 『논어』가 인간관계론을 중심에 두고 있다는 것, 그리고 인간관계론은 특정한 시대의 사회 질서를 뛰어넘는 관점이라는 사실에 주목하고자 합니다. 그리고 『논어』에 대한 접근 경로도 그런 쪽으로 한정하려고 합니다. 그렇더라도 『논어』에 관한 예시 문안을 더 많이 다루어야 합니다만 그러지 못합니다. 몇 가지만 더 이야기하면서 마무리하기로 하겠습니다.

광고 카피의 약속

「옹야」편雍也篇에 있는 다음 구절은 내용과 형식의 변증법적 통일에 관한 논의라 할 수 있습니다. 그러나 나는 여러분이 이 구절을 상품미학에 대한 반성으로 읽어주기를 바랍니다.

子曰 質勝文則野 文勝質則史 文質彬彬然後 君子　　　—「雍也」
바탕이 문채文彩보다 승勝하면 거칠고 문채가 바탕보다 승하면 사치스럽다. 형식과 내용이 고루 어울린 후라야 군자이다.

승勝하다는 표현은 물론 지금은 쓰지 않지요. 그러나 과거에는 매우 일상적으로 사용되던 말이었습니다. 이 구절에서 '승하다'는 말은 여러분의 언어로는 '튄다'로 해석해도 되겠네요. 내용이 형식에 비하여 튀면 거칠고, 형식이 내용에 비해 튀면 사치스럽다는 의미입니다. 행行과 언言, 사람과 의상衣裳 등 여러 가지 경우에 우리는 이러한 대비를 하고 있습니다. 지키지도 못할 주장을 늘어놓는 사람이 있는가 하면 반대로 말없이 어떤 일을 이루어놓는 사람도 있습니다. 그 사람보다 못한 옷을 입고, 그 사람보다 작은 집에 살고 있는 사람도 있습니다.

여기서 문文은 형식을 의미하고 질質은 내용을 의미합니다. 핵심은 내용과 형식의 통일에 관한 것입니다. 내용이 형식을 잃어버리면 거칠게 되고 형식이 내용을 담고 있지 못하면 공동화될 수밖에 없습니다. 이러한 시각으로 우리의 삶과 우리 시대의 문화를 반성할 필요가 있습니다. 예를 들어 광고 카피의 문장과 표현이 도달하고 있는 그 형식에 있어서의 완성도에 대하여는 누구나 감탄하고 있는 일이지만 광고 내용을 그대로 신뢰하는 소비자는 없습니다. 그런 경우 사史하다(사치스럽다)고 하는 것이지요. 반대로 사회운동 단체의 성명서처럼 도덕성과 정당성에 대한 자부심이 지나쳐서 주장을 전개하는 형식이 다듬어지지 않은 경우도 허다합니다. 그 언어를 적절히 절제함으로써 훨씬 더 진한 감동을 줄 수 있음에도 불구하고 그 격을 떨어트려놓아 아쉬움을 금치 못하게 하는 경우가 많지요. 질이 승하여 야野한(거친) 경우라 할 수 있습니다.

다른 이야기 같습니다만, 이 구절은 붓글씨 서체와도 관련이 없지 않습니다. 서예書藝에 있어서의 내용과 형식의 문제입니다. 지금 내가 쓰고 있는 글씨체를 민체民體다, 연대체連帶體다, 어깨동무체다, 심지어 유배체流配體라고도 합니다만 나로서는 매우 고민한 글씨체입니다.

나는 한글의 글씨체는 물론 오랫동안 궁체宮體와 고체古體를 바탕으로 하여 썼지요. 고체도 마찬가지입니다만 특히 궁체의 경우 더욱 그 특징이 쉽게 눈에 띕니다. 궁체는 궁중에서 궁녀들이 쓰던 글씨체에서 유래합니다. 여러분도 느낄 수 있을 정도로 귀족적 형식미가 추구되고 있습니다. 정연整然하고 하체下體가 연약하면서 전체적으로 정적靜的인 형태를 보이고 있습니다. 이러한 미학美學을 가지고 있는 궁체와 고체는 시조時調나 별곡別曲, 성경구聖經句 같은 글을 쓸 때는 그 내용과 형식이 잘 어울립니다.

그러나 내가 자주 썼던 민요나 민중시를 그러한 형식에 담았을 때는 내용과 형식이 전혀 어울리지 못하였지요. 판소리 춘향가라든가 신동엽, 신경림, 박노해 등 민중적 정서를 담기에는 어딘가 어울리지 않는 글씨체였습니다. 마치 된장찌개를 유리그릇에 담아놓은 것같이 내용과 형식이 불화不和를 빚지요. 이러한 반성이 계기가 되어 글씨를 쓸 때는 항상 이 구절을 생각하게 되지요. 글씨에 시간을 내기가 어려워서 지지부진 답보하고 있습니다만 고민의 대부분이 내용과 형식의 조화에서 비롯되고 있다고 할 수 있습니다.

조금 전에도 이야기했듯이 여러분은 이 구절에서 상품미학의 허구성을 읽는 것이 필요합니다. 신세대의 감수성이 상품미학에 깊이 포섭되어 있기 때문입니다. 신세대뿐만 아니라 상품미학은 현대사회의 문화적 본질입니다. 상품미학이란 상품의 표현형식입니다. 상품이 잘 팔릴 수 있도록 디자인된 형식미입니다. 경제학 교과서에서는 상품을 사용가치와 교환가치의 통일물로 설명하고 이를 상품의 이중성이라고 부릅니다. 그러나 상품은 교환가치가 본질입니다. 사용가치는 교환가치에 종속되는 것이지요. 상품은 한마디로 말해서 팔리기만 하면 그만입니다. 사용가치는 교환가치를 구성하는 하나의 요소에 불과합니다. 상품미학은 광고 카피처럼 문文, 즉 형식이 승勝할 수밖에 없는 것이지요. 우리의 감성이 상품미학에 포섭된다는 것은 의상과 언어가 지배하는 문화적 상황으로 전락한다는 것이지요.

형식미가 지배하는 상황에서 끝나는 것이 아닙니다. 형식미의 끊임없는 변화에 열중하게 되고 급기야는 변화 그 자체에 탐닉하게 되는 것이 상품 사회의 문화적 상황입니다. 상품의 구매 행위는 소비 이전에 일어납니다. 상품의 브랜드, 디자인, 컬러, 포장 등 외관 즉 형식에 의하여 결정됩니다. 광고 카피 역시 소비자가 상품이나 상품의 소비보다 먼저 만나는 약속입니다. 광고는 그 상품에 담겨 있는 사용가치에 대하여 약속합니다. 이 약속은 소비 단계에서 그 허위가 드러납니다. 이 약속이 배반당하는 지점, 즉 그 형식의 허위성이 드러나는 지점이 패션이 시작되는 지점이라는 사실은 여러분이 더 잘 알고 있습니다.

물론 이러한 주장에 대하여 반론이 없지 않습니다. 반품과 AS 제도가 마련되어 있다는 것이지요. 그러나 그것은 하자에 대한 보상입니다. 광고 카피의 허구성을 뒤집는 것이 못 됩니다. 더구나 사용가치를 먼저 만나게 하는 장치가 아님은 물론입니다. 즉 상품 자체의 성격을 바꿀 수 있는 것이 아님은 물론이며 더구나 상품 생산 구조 자체에 대하여 하등의 영향도 줄 수 없는 것이지요. 결국 형식만으로 구매를 결정하게 하는 시스템의 보정적 기능에 불과한 것이지요. 반품과 AS 자체가 또 하나의 상품으로 등장하여 허구적인 약속 구조를 만들어내고 있다는 사실이 오히려 역설적이지요. 결국 많은 사람들이 그 배신의 경험 때문에 상품을 불신하고 나아가 증오하는 것이 현실입니다.

바로 그러한 이유로 패션의 속도가 더욱 빨라집니다. 그러다가 한 바퀴 돌아서 다시 오기도 하지요. 어쨌든 패션은 결국 '변화 그 자체'가 됩니다. 상품 문화와 상품미학의 본질이 여기에 있는 것이지요. 새로운 것에 대한 가치, 그리고 변화의 신선함이라는 메시지는 실상 환상이고 착각이라고 해야 합니다. 우리가 상품 사회에서 도달할 수 있는 미학과 예술성의 본질이 이러한 것이지요. 상품을 자본주의 경제체제의 세포라고 합니다. 세포의 본질이 사회체제에 그대로 전이되고 구조화되는 것이지요. 형식을 먼저 대면하고 내용은 결국 만나지 못하는 구조 속에 놓여 있는 것이지요.

우리가 맺고 있는 인간관계도 이러합니다. 속사람을 만나지 못하고 그저 거죽만을 스치면서 살아가는 삶이라 할 수 있습니다. 모든 사람들이 표면만을 상대하면서 살아가지요. 나는 자본주의 사회의 인간관계를 '당구공과 당구공의 만남'이라고 표현하기도 합니다. 짧은 만남 그리고 한 점에서의 만남입니다. 만남이라고 하기 어려운 만남입니다. 부딪침입니다.

위나라 대부인 극자성棘子成이 말하기를, "군자는 본바탕이면 그만이지 무엇 때문에 문식文飾을 할 것이랴"(君子 質而已矣 何以文爲) 하였습니다. 당시에도 오늘날과 비슷한 상황이었던가 봅니다. 상당히 과격한 주장을 펼쳤습니다. 그러자 자공이 반론했습니다. "애석하구나! 문文이 질質이고 질이 곧 문이다. (만일 무늬가 없다면) 표범의 털 뽑은 가죽이 개와 양의 털 뽑은 가죽과 무엇이 다르랴"(文猶質也 質猶文也 虎豹之鞹 猶犬羊之鞹)고 하였습니다. '곽'鞹은 털을 뽑은 가죽을 말합니다. 자공의 반론은 내용과 형식은 분리될 수 없다는 주장입니다. 춤과 춤추는 사람을 어떻게 따로 떼어놓을 수 있느냐는 것이지요. 물론 분리는 불가능하다고 하지만 빈빈彬彬하기가(고루 조화되기가) 어려운 것도 사실입니다. 형식도 경시할 수 없다는 의미입니다. 물론 틀린 말은 아닙니다. 형식이 먼저 만들어진 다음에 내용을 채우게 되는 경우도 없지 않습니다. 때에 따라서는 형식이 내용을 결정하는 경우마저 없지 않습니다.

주자는 "극자성이 당시의 폐단을 바로잡으려고 다소 과격한 논리를 편 것이 사실이지만 그 잃음이 지나치고, 자공이 또 극자성의 폐단을 바로잡으려 하나 근본과 지엽, 무거움과 가벼움을 구별하지 못하였으니 잃음이 또한 크다"고 주를 달고 있습니다. 그리고 문文이 이기는 것이 질質을 멸滅함에 이르면 근본이 망할 것이니 사史한 것보다 차라리 야野한 것이 낫다고 개진하고 있습니다.

여러분은 어떻습니까? 사史와 야野 중에서 하나를 택한다면?

학습과 놀이와 노동의 통일

子曰 知之者 不如好之者 好之者 不如樂之者   ─「雍也」
아는 것은 좋아하는 것만 못하고 좋아하는 것은 즐기는 것만 못하다.

잘 알려진 구절입니다. 여기서 우리가 생각해야 하는 것은 지知, 호好, 낙樂의 차이입니다. 글자 그대로 지는 아는 것, 호는 좋아하는 것, 낙은 즐거워하는 것입니다. 『감옥으로부터의 사색』에도 언급되어 있는 구절입니다. 지란 진리의 존재를 파악한 상태이고, 호가 그 진리를 아직 자기 것으로 삼지 못한 상태임에 비하여 낙은 그것을 완전히 터득하고 자기 것으로 삼아서 생활화하고 있는 경지로 풀이할 수 있다고 했습니다. 그리고 이상적인 교육은 놀이와 학습과 노동이 하나로 통일된 생활의 어떤 멋진 덩어리(일감)를 안겨주는 것이라고 하였습니다. 즐거운 마음으로 무엇을 궁리해가며 만들어내는 과정이 바로 그러한 것인데 즐거움은 놀이이고 궁리는 학습이며 만들어내는 행위는 노동이 되는 것이지요.

그러나 중요한 것은 지, 호, 낙의 차이를 규정하는 일이 아닙니다. 그 각각을 하나의 통합적 체계 속에서 깨닫는 일이 중요합니다. 지를 대상에 대한 인식이라고 한다면 호는 대상과 주체 간의 관계에 관한 이해입니다. 그에 비하여 낙은 대상과 주체가 혼연히 일체화된 상태를 의미한다고 할 수 있습니다. 지가 분석적인 것이라면 호는 주관적인 것입니다. 그리고 낙은 주체와 대상이 원융圓融된 상태를 의미한다고 할 수 있습니다. 따라서 낙은 어떤 판단 형식이라기보다는 질서 그 자체를 의미한다고 할 수 있습니다. 주체와 대상, 전체와 부분이 혼연한 일체를 이룬 어떤 질서와 장場을 의미한다고 할 수 있습니다. 지는 역지사지하지 않고도 이해할 수 있다고 생각하는 것이며, 호는 대상을 타자라는 비대칭적 구조 속에 가두는 것이 아닐 수 없습니다. 지와 호를 지양한 곳에 낙이 있다고 생각하지요. 우리가 진행하고 있는 고전 강독의 관점에서 이를 규정한다면 "낙은 관계의 최고 형태"인 셈입니다. 그 낙의 경지에 이르러 비로소 어떤 터득이 가능한 것이지요.

세계 인식이 정보 형태의 파편적 분석지分析知에 머물거나 이데올로기적 가치판단에서 자유롭지 못하다면 낙의 경지로 나아갈 수 없다는 것이지요.

지에서 호로, 호에서 낙으로, 세계와의 관계를 높여 나가는 일이 중요하다는 것을 깨달아야 하는 것이지요.

산과 강은 오래된 친구입니다

子曰 知者樂水 仁者樂山 知者動 仁者靜 知者樂 仁者壽   ─「雍也」

이 구절도 위 구절의 연장선상에서 이해할 수 있습니다.

지자知者는 물을 좋아하고 인자仁者는 산을 좋아한다. 지자는 동적動
的이고 인자는 정적靜的이다. 지자는 즐겁게 살고 인자는 오래 산다.

오늘날에는 굳이 지자와 인자를 구분하지 않습니다. 지자와 인자를
상대적 개념으로 구분하지 않습니다. 물론 옳은 관점이라고 생각합니
다. 지자와 인자라는 특징이 각각 별개의 사람에게 외화되어 있다기보
다는 한 사람의 내면에 복합적으로 혼재하고 있다는 점에서도 굳이 대
비할 필요가 없을지 모릅니다. 그러나 지자와 인자 그리고 물과 산이라
는 개념은 우리들의 인간 이해에 대단히 깊이 있는 관점을 제공해주는
것도 사실입니다.

지자는 눈빛도 총명하고 사물에 대한 지식이 풍부하며 특히 사물의
변화에 대하여 정확한 판단력을 갖고 있는 사람이라는 생각이 듭니다.
인자는 일단 앉아 있는 사람으로 형상화됩니다. 지자가 서 있거나 바쁘
게 뛰어다니는 사람임에 비하여 인자는 한곳에 앉아서 지긋이 눈 감고

있을 듯합니다. 수고롭지 않은 나날을 보낼 것 같은 인상이지요. 이러한 비유가 너무 문학적인 설명입니까? 인자는 한마디로 세상의 무궁한 관계 망을 깨달은 사람이라고 할 수 있습니다. 이에 비하여 지자는 개별적인 사물들 간의 관계를 올바르게 이해하고 있는 사람이라 할 수 있습니다.

나는 이 구절을 읽으면서 엉뚱하게도 지자의 모습과 함께 알튀세르 Louis Althusser를 떠올리게 됩니다. 특히 그의 상호결정론(over-determination)을 떠올리게 됩니다. 사물과 사물의 관계에 있어서 일방적이고 결정론적인 인과관계를 지양하고자 하는 그의 정치한 논리를 생각하게 됩니다. 반면에 인자는 오히려 노장적老莊的이기까지 합니다. 개별적 관계나 수많은 그물코에 대한 언급이 아니라 세계를 망라하는 그물, 즉 천망天網의 이미지로 다가옵니다. "하늘을 망라하는 그물은 성글기 그지 없지만 하나도 놓치는 법이 없다"(天網恢恢 疎而不漏). 인자는 최대한의 관계성을 자각하고 있는 사람이라고 할 수 있습니다.

공자의 모습

공자와 『논어』에 대한 해석은 대단히 많고 각각 다양한 시각으로 이루어지고 있습니다. 그만큼 공자와 『논어』가 차지하는 비중이 크다고 할 수 있습니다. 『사기』의 기록에 의하면, 공자는 조실부早失父의 천사賤士 출신으로 회계를 담당하는 위리委吏, 목축을 담당하는 승전乘田 등 말 직에서 시작하여 50세에 형벌을 관장하는 사구司寇에 이르렀습니다. 사구로 있을 당시 자기의 경쟁자이며 개혁가인 대부 소정묘少正卯를 직권으로 죽였고 전田의 크기에 따라 징세하는 전부제田賦制에 반대하는 등 왕권주의자였다는 점에서 비판의 대상이 됩니다. 그러나 공자에 대한 단편적인 사실로써 공자를 규정하는 것은 전체를 보지 못하는 우愚를 범할 수도 있습니다. 당시의 상황을 정확하게 파악하지 못한 상황에서는 온당한 해석이 불가능하기 때문이지요. 그렇다고 그에 관한 전문적인 해설을 소개하기는 어렵습니다. 내가 전문 연구자도 아닐 뿐만 아니라 우리의 고전 독법이 또한 그렇지 않기 때문입니다. 다만 공자의 인간적인 면모에 대한 몇 가지 이야기를 소개하는 것으로 마치려고 합니다.

공자는 스스로 비천한 출신이라고 이야기하고 있습니다. 이를 두고 공자의 초기 입지를 국國이 아닌 야野로 규정하기도 합니다. 유가儒家의 발상 공간이 국과 국 사이의 야에 있었다는 것이지요. 야라는 공간은 국법 질서가 미치지 못하는 곳일 뿐만 아니라 국의 질서에 저항하는, 상대적으로 진보적이고 자유주의적인 사람들의 근거지이기도 했다는 것이지요. 이 근거지에서 소유小儒를 극복하고 인문 질서를 세우고 대유大儒의 길, 즉 군자君子의 도道를 지향했던 것이 공자와 공자학파라는 것이지요. 보수와 진보, 억압과 자유라는 두 개의 대립축 사이에 공자학파의 사상적 본령이 있다는 주장이 설득력이 있다고 하겠습니다. 공자의 이러한 재야성在野性이 공자의 인간과 사상을 원천적으로 규정하고 있다고 할 수 있습니다.

흔히 『논어』가 갖는 최대의 매력은 그 속에 공자의 인간적 풍모가 풍부하게 담겨 있다는 점이라고 합니다. 제자백가諸子百家의 자子는 학자를 뜻하고 가家는 학파를 뜻합니다만, 그 수많은 제자諸子 중에서 공자만큼 인간적 이미지를 남기고 있는 사람은 없습니다. 그러나 유감스러운 것은 『논어』라는 책이 만들어지는 과정에서 공자의 이미지가 미화되었다는 것이지요. 충분히 납득이 가는 주장입니다. 곽말약郭沫若 같은 대학자도 동의하는 것이지요. 공자의 인간적 면모를 정확하게 알기 위해서는 그의 묘비명이나 예찬문禮讚文을 읽을 것이 아니라 그의 반대자의 견해를 통하여 보는 것이 더 정확하다고 하지요.

나는 물론 공자의 인간적 면모가 중요하다고는 생각하지 않습니다. 공자 사상은 하나의 사회사상으로서의 의미를 갖는 것이기 때문입니다. 그리고 『논어』는 공자 개인의 사상도 아니라고 생각하지요. 『마오어록』이 마오쩌둥 개인의 어록이 아니라 중국공산당의 집단적 사상이듯이 『논어』라는 책은 공자 사후에 공문孔門의 제자들이 상당한 기간에 걸쳐서 공동으로 집필한 것이 분명하기 때문입니다. 그렇더라도 공자의 면모에 관한 글 중에서 몇 가지를 소개하지요. 여러분이 평가해서 읽기 바랍니다.

외모外貌를 성盛하게 꾸며 세상을 미혹시키고 음악音樂을 만들어 우민을 음란淫亂하게 하고 오르내림의 예禮를 번잡하게 하며 …… 음音도 율律로 만들었다. 명名을 세워 일을 게을리 하니 직職을 지키게 할 수 없으며, 상례喪禮를 중시하여 슬픔을 따르니 백성에게 사랑을 베풀게 할 수 없으며, 거만倨慢하여 스스로를 따르는 자이며 남의 나라에 들어가 상하上下를 이간離間하고 어지럽힌다.

전성자田成子 상常이 임금을 죽이고 나라를 훔쳤으나 공자는 그의 예물을 받았다.　　―『장자』莊子

우리나라에 번역된 나카지마 아츠지中島敦의 『역사 속에서 걸어 나온 사람들』(원제: 『李陵─山月記』)에는 공자의 인간적 면모가 잘 묘사되고 있습니다. 물론 소설 형식이기 때문이기도 하지만 제자인 자로와의 관계를 통하여 그리고 자로의 시각을 통하여 묘사되는 공자의 인간적 면모가 매우 사실적인 필치로 묘사되고 있습니다. 공자를 골려주기 위해서 돼지와 수탉을 들고 소란을 피우며 찾아온 자로와의 첫 대면에서부터 자로가 죽임을 당하고 소금 절임이 되고 난 후 공자는 모든 젓갈을 내다 버리고 상에 올리지 않았다는 후일담에 이르기까지, 자로와 공자가 이루어내는 사제 관계는 그대로 인간관계의 아름다운 절정을 보여줍니다.

유가 사상도 다른 사상과 마찬가지로 시대에 따라서 매우 다양한 스펙트럼을 보여주고 있습니다. 그러한 다양한 내용에도 불구하고 유가를 유가이게끔 하는 지점을 확인하지 않으면 안 됩니다. 흔히 우리가 사농공상士農工商이라고 할 때 사士가 가장 상위의 계급이라고 착각합니다. 그러나 사농공상은 사민四民에 속하는 피지배계급입니다. 춘추전국시대는 공경대부公卿大夫 즉 제후와 대부를 지배계급으로 하고 사농공상을 피지배계급으로 하는 사회체제였습니다. 이러한 구도에서 사士 계급에 속하는 유가는 군자사君子士든 소인사小人士든 사 계급임에 틀림없다고 할 수 있습니다. 따라서 유가의 위상을 사의 사회적 역할과 관련시켜 이해하는 것은 대단히 의미 있는 일이라고 할 수 있습니다.

바로 이 점과 관련하여 유가의 사상적 특징을 제3의 계급 사상 또는 중도 사상 또는 중화주의中和主義로 규정하는 데 무리가 없다고 생각합니다. 지배 피지배의 이항 대립적 구도를 사인士人 계급이 개입하는 3각 구도로 바꾸고자 한 것이 바로 유가학파의 사상적 위상이라고 할 수 있습니다. 그러나 중도주의는 기본적으로 지배계급의 정치 논리입니다. 그런 점에서 공자와 유가학파가 복례復禮 복고復古주의자라고 비판되기도 하는 것이지요.

원래 주나라의 정치 구조는 천자를 정점으로 한 제후국 연방제입니다. 제1의 제후인 천자를 정점으로 하는 이러한 연방제적 구도가 주나라의 종법 제도입니다. 천자는 제후들에게 중립적이어야 하고 제후는 대부들에게 중립적이어야 합니다. 이것이 그러한 사회체제의 정치론이었습니다. 중립적이지 않으면 그러한 질서가 유지되기 어려운 것이지요. 그런 의미에서 나라 이름을 중국이라고 하는 것이지요. 중中은 상하통야上下通也의 뜻입니다. 그것이 정치 질서입니다. 유가 사상은 이러한 중도 사상을 계급적으로 확장한 것이라 할 수 있습니다. 사士는 농공상農工商 같은 육체 노동을 하는 계급은 아니지만 공실公室이나 제후, 대부에게 고용되어 녹봉을 받는 무산계급無産階級입니다.

유가학파의 역사적 사명이 만세의 목탁이라고 하는 것은 이러한 양자 대결 구도라는 오래된 사회적 갈등 구조에서 중도적 입장과 제3의 주체가 가질 수 있는 역할이 반드시 존재한다는 사실과 무관하지 않다고 할 수 있습니다. 비록 그것이 주나라의 연방제적 성격을 계승하는 것이라고 하더라도 그렇다고 할 수 있습니다.

여러 차례 이야기했습니다만 『논어』는 인간관계론의 보고寶庫입니다. 춘추전국시대에 백가百家들이 벌였던 토론(爭鳴)은 고대국가 건설이라는 사회학 중심의 담론이었습니다. 굳이 『논어』의 독자적 영역이라면 숱한 사회학적 담론 중에서 사회의 본질을 인간관계에 두고 있는 것이라고 할 수 있습니다. 『논어』의 제일 첫 장에 나타나는 친구(朋)의 이야기는 공자 사상의 핵심을 상징적으로 표현하고 있는 것이 아닐 수 없습니다. 내가 있는 성공회대학교를 찾아오는 분들을 환영하는 인사에서 내가 자주 인용하는 글입니다.

有朋自遠方來 不亦樂乎
먼 곳에서 벗이 찾아오니 어찌 즐겁지 않으랴.

사실 성공회대학교는 먼 곳에 있는 학교거든요. 물론 서울의 변두리라는 점에서 그렇습니다만 우리 학교가 지향하는 교육 이념에서 본다면 더 멀리 떨어진 학교이지요. 우리 사회의 주류 담론에서 한참 밀려나 있는 비주류 담론 공간인 셈이지요. 그런 점까지 생각하면 참으로 먼 곳이 아닐 수 없습니다. 이렇게 멀리 떨어져 있는 학교를 찾아온 분들이 어찌 진정한 벗이 아닐 수 있으며 그것이 어찌 즐거운 일이 아닐 수 있겠느냐는 뜻이지요.

5

맹자의 의義

『맹자』孟子

弓術에 있어서 중요한 것은 활 쏘는 사람의 자세입니다. 두 발을 딛는 자세와 어깨와 팔의 각도가 가장 중요한 것이라고 합니다. 과녁과 자세의 정진正眞 여부가 중中, 부중不中을 결정하는 것이기 때문입니다. 부중했을 경우 그 원인을 자기 자신에게서 찾는 반구제기反求諸己의 태도는 매우 중요합니다. 그것은 무엇보다 삶의 자세와 철학에 관련된 것이기 때문에 그렇습니다. 일상생활의 크고 작은 실패에 직면하여 그 실패의 원인을 내부에서 찾는가 아니면 외부에서 찾는가의 차이는 대단히 큽니다. 이것은 모든 운동의 원인을 외부에서 찾는가 아니면 내부에서 찾는가 하는 세계관의 차이로 나타나기도 합니다. 세계는 끊임없는 운동의 실체이며, 그 운동의 원인이 내부에 있다는 것은 세계에 대한 철학적 인식 문제입니다.

어찌 이利를 말씀하십니까

맹자孟子의 생몰 연대는 여러 가지 설이 있습니다. 일반적으로 공자 사후 약 100년경인 기원전 372년에 태어났다고 하며, 향년 74세에서 84세, 94세, 97세 등 여러 설이 많으나 사전史傳에 확실한 기록이 없습니다. 대체로 공자 사후 약 100년 뒤에 산동성 남부 추鄒에서 출생했으며 이름은 가軻로 알려져 있습니다. 공자가 춘추시대 사람이라면 맹자는 전국시대 사람입니다.

춘추시대의 군주는 지배 영역도 협소하고 전통의 규제에서 자유롭지 못했습니다. 특히 군주 권력이 귀족 세력들의 제어를 받는 제한 군주制限君主였습니다. 이에 비하여 전국시대의 군주는 강력한 권력을 행사하는 절대 군주絕對君主였습니다. 춘추시대에 비하여 국가 간의 경쟁이 더욱 치열해졌음은 말할 것도 없습니다.

전국시대는 수많은 나라가 결국 전국칠웅戰國七雄으로 압축되고 드디어 진秦나라에 의해 천하가 통일되는 과정을 밟습니다. 음모와 하극상이 다반사였으며 배신과 야합이 그치지 않은 난세의 전형이었습니다. 군주는 사방에서 정치 이론에 통달한 학자를 초빙하여 국가 경영에 관한 고견高見을 듣는 것이 상례화되어 조정은 일종의 사교장이었습니다. 맹자도 그중의 한 사람이지만 제자백가는 이러한 시대적 상황을 배경으로 등장한 학자들의 총칭입니다.

맹자를 이해함에 있어서는 물론 다른 모든 사상가의 이해에도 마찬가지라고 생각합니다만 특히 이러한 시대적 특성이 중요한 의미를 갖습니다. 맹자가 공자를 잇고 있는 사상가임에 틀림없습니다만 우리의 강의에서는 공자 시대의 유가儒家 사상이 맹자 시대에 와서 그 중심이 어떻게 이동했는가에 초점을 맞추도록 하겠습니다.

많은 연구자들의 일치된 견해는 공자의 인仁이 맹자에 의해서 의義의 개념으로 계승되고 있는 것으로 평가되고 있습니다. 중심 사상이 인에서 의로 이동했다는 것이지요. 인과 의의 차이에 대해서 물론 논의해야 하겠지만 한마디로 의는 인의 사회화라 할 수 있을 것입니다. 이제 그러한 관점을 가지고 예시 문안을 읽어보도록 하겠습니다. 『맹자』의 제1장에서 맹자가 가장 먼저 꺼내는 말이 바로 의義입니다.

孟子見梁惠王 王曰 叟不遠千里而來 亦將有以利吾國乎
孟子對曰 王 何必曰利 亦有仁義而已矣　　―「梁惠王 上」

맹자가 양혜왕을 만나뵈었을 때 왕이 말했다. "선생께서 천리길을 멀다 않고 찾아주셨으니 장차 이 나라를 이롭게 할 방도를 가져오셨겠지요?"

맹자가 대답했다. "왕께서는 어찌 이利를 말씀하십니까? 오직 인仁

과 의義가 있을 따름입니다."

물론 이 대목에서 맹자는 인과 의를 함께 말하고 있습니다만 의에 무게를 두고 있는 사상가입니다. 인과 의의 차이가 곧 공자와 맹자의 차이라고 할 수 있습니다. 한마디로 인이 개인적 관점에서 규정한 인간관계의 원리라면 의는 사회적 관계로서의 인간관계를 의미한다고 할 수 있습니다. 인에 비하여 사회성이 많이 담긴 개념이라고 할 수 있겠지요. 앞으로 예문을 통하여 이 부분을 재론하도록 하지요.

원문이 장문이어서 생략했습니다만, 맹자는 계속해서 자기의 주장을 설파합니다. 요지는 다음과 같습니다.

만약 왕께서 어떻게 하면 내 나라에 이익이 될까? 하는 것만을 생각하시면, 대부大夫들도 마찬가지로 어떻게 해야 내 영지領地에 이익이 될까? 하는 것만을 생각할 것이고, 사인士人이나 서민庶民들까지도 어떻게 하면 나에게 이익이 될까? 하는 것만을 생각할 것입니다. 위아래가 서로 다투어 이利를 추구하게 되면 나라가 위태로워질 것입니다.

맹자의 글은 매우 논리적인 것으로 정평이 나 있습니다. 『논어』가 선어禪語와 같은 함축적인 글임에 비하여 『맹자』는 주장과 논리가 정연한 논설문입니다. 서당에서는 『맹자』로써 문리文理를 틔운다고 합니다. 그만큼 한문의 문학적 모범이라고 평가되고 있습니다. 우선 이 첫 장의 내용을 끝까지 읽어보도록 하지요.

만승萬乘의 천자를 시해하는 자는 필시 천승千乘의 제후일 것이고, 천승의 제후를 시해하는 자는 필시 백승百乘의 대부 중에서 나올 것입니다. 일만一萬의 십분의 일인 일천一千을 가졌거나, 일천의 십분의 일인 일백一百을 가졌다고 하더라도 결코 적게 가졌다고는 말하지 못할 것입니다. 그러나 만약 의義를 경시하고 이利를 중시한다면 남의 것을 모두 빼앗지 않고서는 만족할 수 없을 것입니다. 어진(仁) 자로서 자기의 부모를 저버린 자가 없고, 의義로운 자로서 그 임금을 무시한 자가 없습니다. 왕께서는 오직 인과 의를 말씀하실 일이지 어찌 이利를 말씀하십니까?

맹자와 이 대화를 나눈 임금은 위魏나라의 혜왕惠王입니다. 당시 수도를 안읍安邑에서 대량大梁으로 옮겼기 때문에 흔히 양왕梁王 또는 양혜왕이라 했다고 전합니다. 주자주朱子註에서는 양혜왕은 위나라 제후앵罃으로서 대량에 도읍하고 왕을 참칭僭稱하여 예를 갖추고 폐백을 후히 하며 여러 어진 사람을 초청했는데 맹자도 응했다고 하였습니다. 어떤 연고로 양혜왕과 대면하게 되었는지 알 수 없지만 맹자의 태도는 의연하기 그지없습니다.

내가 잘 아는 동문의 한 사람으로 최고 수준의 『맹자』 역주서譯註書를 출간한 분이 있습니다. 그분은 맹자에 대하여 최고의 헌사를 하고 있습니다. 맹자는 학자와 사상가로서뿐만 아니라 문장가와 문학가로서도 최고의 경지에 도달하고 있다는 것이지요. 어떠한 고전도 『맹자』만큼 힘차고, 유려하고, 논리 정연하고, 심오한 뜻을 지니고, 현재에도 그 내용이 여전히 타당하며, 사람의 정신을 분발시키는 문장들로 가득한 것은 찾아보기 어렵다고 극찬하고 있습니다. 나로서도 충분히 수긍이

가는 주장입니다. 사실 『맹자』는 그의 주장과 같이 "문구의 생략과 중복이 절묘하고, 흐름이 경쾌하고 민첩하며, 비유가 풍부하고, …… 어떠한 상대도 설복시킬 정도로 논리가 정연하다"고 할 수 있습니다. 특히 의문, 감탄, 부정구否定句 등 문장의 형식도 다양하고 자유자재하여 한문의 문법과 예문의 교범이 되고 있는 것이 바로 『맹자』입니다.

오늘날 우리가 일상적으로 사용하고 있는 많은 숙어들의 출전이 바로 이 『맹자』입니다. 연목구어緣木求魚, 오십보소백보五十步笑百步, 농단壟斷, 호연지기浩然之氣, 인자무적仁者無敵, 항산항심恒産恒心 등 이루 다 예거하기가 어려울 정도입니다. 그리고 맹자는 조금 전에 이야기한 바와 같이 공자 사후 100년경에 활동한 사상가로서 맹자 당시에는 유가의 사회적 지위가 크게 쇠미하여 오히려 묵자墨子와 양자楊子 사상이 크게 위세를 떨치고 있는 상황이었습니다. 맹자는 당시 세상에 크게 떨치고 있던 다른 사상과의 논쟁을 통하여 자신의 사상을 전개해 나갑니다. 따라서 『맹자』에는 농가農家, 병가兵家, 종횡가縱橫家 등 당시의 다른 많은 사상이 소개되고, 또 비판되고 있기 때문에 제자백가의 사상을 가장 폭넓게 접할 수 있는 책이기도 합니다. 따라서 단 한 권의 고전을 택하려고 하는 경우 바로 이러한 이유 때문에 단연 『맹자』가 천거된다고 할 수 있습니다.

『맹자』 제1장으로 다시 돌아가서 이야기하지요. 양혜왕은 맹자로부터 원하는 대답을 듣지 못하고 만 셈이지요. 맹자의 사상과 정책은 결국 당시 패권을 추구하던 군주들에게 채용되지 못했습니다. 맹자 사상이 공자의 인仁을 사회화했다고 하지만 당장의 부국강병을 국가적 목표로 하고 있던 군주들에게 '사회적 정의正義'는 너무나 우원迂遠한 사상이었다고 할 수 있습니다. 사활적 경쟁에 내몰리고 있던 군주들에게 정의 문제는 부차적인 것이 아닐 수 없었습니다. 양혜왕이 말했던 이利란 오로지 '부국강병의 류類'였던 것이지요(王所謂利 蓋富國强兵之類). 오늘날로 말하자면 의義란 국제 경쟁력을 제고할 수 있는 정책 제안이 아니었던 것이라고 할 수 있습니다.

여럿이 함께하는 즐거움

孟子見梁惠王 王立於沼上 顧鴻鴈麋鹿 曰賢者亦樂此乎
孟子對曰 賢者而後樂此 不賢者雖有此 不樂也
詩云 經始靈臺 經之營之 庶民攻之 不日成之
經始勿亟 庶民子來 王在靈囿 麀鹿攸伏
麀鹿濯濯 白鳥鶴鶴 王在靈沼 於牣魚躍
文王以民力爲臺爲沼 而民歡樂之 謂其臺曰靈臺 謂其沼曰靈沼
樂其有麋鹿魚鼈 古之人與民偕樂 故能樂也
湯誓曰 時日害喪 予及女偕亡 民欲與之偕亡
雖有臺池鳥獸 豈能獨樂哉   ―「梁惠王 上」

『맹자』는 문장이 길어서 일일이 해석하는 방식보다는 전체의 의미를 중심으로 강의하도록 하겠습니다.

위의 예시문은 1장에 이어지는 글로서 여민락장與民樂章으로 불립니다. 여민락與民樂은 백성들과 함께 즐긴다는 뜻입니다. 맹자의 민본民本

사상이 표명되어 있는 장입니다. 물론 맹자의 민본 사상은 「진심 하」盡心下에 분명하게 개진되고 있습니다. 잠시 그 내용을 먼저 읽어보지요.

(한 국가에 있어서) 가장 귀한 것은 백성이다. 그 다음이 사직社稷이며 임금이 가장 가벼운 존재이다. 그러므로 많은 사람들의 마음을 얻게 되면 천자가 되고 천자의 마음에 들게 되면 제후가 되고 제후의 마음에 들게 되면 대부가 되는 것이다. 제후가 (무도하여) 사직을 위태롭게 하면 그를 몰아내고 현군賢君을 세운다. 그리고 좋은 제물祭物로 정해진 시기에 제사를 올렸는데도 한발旱魃이나 홍수의 재해가 발생한다면 사직단社稷壇과 담을 헐어버리고 다시 세운다.

임금을 바꿀 수 있다는 맹자의 논리는 이를테면 민民에 의한 혁명의 논리입니다. 맹자의 민본 사상의 핵심입니다. 임금과 사직을 두는 목적이 백성들의 평안을 위해서라는 것입니다. 임금을 몰아내고 현인을 새 임금으로 세울 수 있음은 물론이고 사직단도 헐어버릴 수 있다는 것이지요. 사직단은, 비유한다면 로마교황청입니다. 그로부터 임금의 권력이 나오는, 당시 최고의 종교적 권위입니다. 그러한 권위와 성역마저도 가차 없이 헐어버릴 수 있다는 것이 맹자의 민본 사상입니다.

「진심 하」에 표명된 민본 사상이 정치권력의 구조에 관한 것이라면 우리가 지금 읽고 있는 이 여민락 사상은 그러한 권력구조에 더하여 문화적 민본주의, 정서적 민본 사상이라고 할 수 있습니다. 그런 점에서 민본 사상의 보다 발전된 내용이라 할 수 있는 것이지요. 그리고 맹자 사상의 핵심을 의義라고 할 경우 그 의義의 내용을 구성하는 것이 바로 이 여민락이라고 할 수 있습니다. 여민락장의 예시문을 함께 읽어보기로 하겠습니다.

맹자가 양혜왕을 찾아뵈었을 때, 왕은 연못가에 서서 고니와 사슴 등 갖가지 새들과 짐승들을 바라보면서 말했다.
"현자賢者들도 이런 것들을 즐깁니까?"
맹자가 대답했다.
"현자라야만 이런 것들을 즐길 수 있습니다. 현자가 아니면 비록 이런 것들을 가지고 있다 하더라도 즐길 수 없습니다. 『시경』詩經(대아大雅「영대」靈臺)에 다음과 같은 시가 있습니다.

영대를 지으려고 땅을 재고 푯말을 세우니
백성들이 달려와 열심히 일해서 며칠이 지나지 않아 완성되었네.
왕께서 서두르지 말라고 하셨지만 백성들은 부모의 일처럼 더 열심이었네.
왕께서 동산을 거니시니, 암사슴들은 살지고 윤이 나고 백조는 털이 희디 희어라.
왕께서 못가에 이르시니 아! 연못에 가득한 물고기들 뛰어오르네.

문왕文王은 백성들의 노역으로 대를 세우고 못을 팠지만 그럼에도 불구하고 백성들은 모두 그것을 크게 기뻐하고 즐거워했으며 그 대를 영대靈臺, 그 못을 영소靈沼라 부르면서 그곳에 사슴과 물고기와 자라들이 살고 있음을 즐거워했습니다. 이처럼 옛사람들은 그 백성들과 즐거움을 함께했기 때문에 제대로 즐길 수 있었습니다. (그러나 하夏나라의 폭군 걸왕桀王의 경우에는 이와 반대입니다.) 『서경』書經「탕서」湯誓에는 (백성들이 걸왕을 저주하는) 노래가 있습니다.

저놈의 해 언제나 없어지려나

내 차라리 저놈의 해와 함께 죽어버렸으면

만약 백성들이 그와 함께 죽어 없어지기를 바랄 지경이라면 아무리
훌륭한 대와 못, 아름다운 새와 짐승들이 있다고 한들 어찌 혼자서
그것을 즐길 수 있겠습니까?'

이것이 맹자의 유명한 여민동락與民同樂 사상입니다. 주자가 주를 달
아서 강조하고 있듯이 "현자라야 즐길 수 있다"(賢者而後樂此)고 한 대목
이 이 장의 핵심입니다. 현자는 여민동락하는 사람이라는 뜻입니다. 그
리고 진정한 즐거움이란 여럿이 함께 즐거워하는 것이라는 말입니다.

이 점이 오늘날 대부분의 사람들이 추구하는 즐거움(樂)과 차이를
보인다고 할 수 있습니다. 오늘날 행복의 조건 즉 낙樂의 조건은 기본적
으로 독락獨樂이라고 할 수 있습니다. 다른 사람의 불행에 대하여 무심
한 것은 그렇다 하더라도 오늘날의 일반적 정서는 가능하면 다른 사람
과 닮는 것을 피하고 다른 사람들과의 차별성에 가치를 두려고 하지요.
그리고 가장 결정적인 것은 개인적 정서의 만족을 낙의 기준으로 삼고
있다는 것이지요. 다른 사람들과의 공감이 얼마나 한 개인을 행복하게
하는가에 대해서는 무지합니다. 공감이 감동의 절정은 못 된다고 하더
라도 동류同類라는 안도감과 동감同感이라는 편안함은 그 정서의 구원久
遠함에 있어서 순간의 감동보다는 훨씬 오래가는 것이지요. 마치 잉걸
불처럼 서로가 서로를 상승시켜주는 것이지요. 유행流行이 바로 동류와
동감의 현실적 표현이라고 주장하기도 합니다만 그것은 전혀 다른 종
류의 정서입니다. 이를테면 소외의 다른 측면이라고 할 수 있지요. 독

락의 정서는 오히려 개별 상품이 추구하는 디자인의 차별성과 무관하지 않다고 해야 합니다.

이 문제를 여기서 길게 다루기는 어렵습니다. 어쨌든 오늘날 낙의 보편적 형식은 독락입니다. 여민락과 같이 여러 사람이 함께 나눌 때의 편안함이나 연대 의식은 결코 즐거운 것이 못 되지요. 그것이 즐거움 즉 낙이 되기에는 너무나 평범한 것이지요. 평상심平常心이나 낮은 목소리가 주목받을 수 없는 것 역시 오늘 우리의 삶이고 우리들의 정서라 할 수 있습니다.

맹자는 『서경』「탕서」편을 인용하여 걸왕을 독락의 예로 들고 있습니다. 걸왕은 일찍이 "내가 천하를 얻은 것은 하늘에 해가 있는 것과 같으니 저 해가 없어져야 내가 망할 것이다"라고 했습니다. 백성들이 그 말을 풍자하여 "저놈의 해와 함께 죽어버렸으면" 하고 노래한 것이지요. '탕서'湯誓는 탕왕의 서약이란 뜻으로 포악한 하나라의 걸왕을 치기 위하여 출진하기에 앞서 선언한 맹세문입니다. 백성들의 민심을 꿰뚫고 있는 것이지요.

『맹자』의 문장은 길어서 원문을 많이 다룰 수가 없습니다. 그러나 『맹자』는 한문학의 교범이라고 할 정도로 매우 논리적이고 설득력이 있습니다. 『맹자』의 내용만이라도 가능하면 많이 소개하려고 합니다. 여민락장에 이어서 '오십보소백보'五十步笑百步의 원전이 되고 있는 다음 장을 읽어보기로 하지요.

양혜왕은 자신의 치적治績을 자랑했습니다. 흉년이 들면 사람들을 다른 곳으로 옮겨서 일하게 하고 곡식을 풀어 구휼救恤하는 등 백성들을 보살폈는데도, 그렇지 않은 이웃 나라의 백성들 수가 줄지도 않고 자기 나라의 백성이 늘지도 않는 까닭을 맹자에게 물었지요.

맹자의 대답은 다음과 같습니다.

"왕께서 전쟁을 좋아하시니 전쟁을 예로 들어 설명해보겠습니다. 전쟁을 할 때, 진격을 알리는 북소리가 울리고 칼날이 부딪치면 갑옷을 벗어던지고 무기를 끌면서 달아나는 자가 나오게 마련입니다. 백 보를 달아나 멈춘 자도 있고, 오십 보를 달아나서 멈춘 자도 있습니다. 그런데 오십 보 달아난 자가 백 보 달아난 자를 보고 겁쟁이라 비웃는다면 어떻습니까?"

왕이 대답했습니다.

"안 되지요. 백 보는 아니지만 그 역시 달아나기는 마찬가지지요."

맹자가 말했습니다.

"왕께서 그러한 이치를 아신다면 왕의 백성들이 이웃 나라 백성들보다 더 많아지기를 바라서는 안 됩니다. (전쟁으로 인하여) 농사철을 놓치지 않으면 곡식은 먹고도 남음이 있으며, 촘촘한 그물로 치어稚魚까지 잡아버리지 않는다면 물고기는 먹고도 남을 만큼 많아질 것입니다. (봄여름같이) 초목이 자라는 시기에 벌목을 삼가면 목재는 쓰고도 남음이 있을 것입니다. 곡식과 물고기와 목재가 여유 있으면 백성들은 산 사람을 봉양하고 죽은 사람을 장사 지내기에 아무런 유감이 없을 것입니다. 산 사람을 봉양하고 죽은 사람을 장사 지내는 데 유감이 없게 하는 것 이것이 곧 왕도 정치王道政治의 시작입니다. 다섯 묘畝 넓이의 집 안에 뽕나무를 심어 누에를 친다면 쉰 살이 넘은 노인들이 따뜻한 비단옷을 입을 수 있습니다. 닭, 돼지, 개 등의 가축을 기르게 하여 (새끼나 새끼 밴 어미를 잡아먹지 못하게 하여) 그 때를 잃지 않게 한다면 일흔이 넘은 노인들이 고기를 먹을 수 있습니다. 한 집마다 논밭 백 묘씩 나누어주고 (전쟁 등으로) 농사철을 빼앗지 않는다면 한 가족 몇 식구가 굶는 일은 없을 것입니다.

그런 후에 마을마다 학교를 세워 교육을 엄격히 하고 효도와 공경의 도리로써 백성을 가르치고 이끌어준다면 (젊은 사람들이 물건을 대신 들어주기 때문에) 반백이 된 노인들이 물건을 등에 지거나 머리에 이고 다니는 일은 없게 될 것입니다. 노인들이 따뜻한 비단옷을 입고 고기를 먹으며, 일반 백성들이 굶주리지 않고 추위에 떨지 않게 하고서도 천하의 왕이 될 수 없었던 자는 지금까지 없었습니다. (그러나 지금은 어떻습니까?) 풍년이 들어 곡식이 흔한 해에는 개와 돼지가 사람들의 양식을 먹고 있는데도 나라에서는 이를 거두어 저장할 줄 모르고, 흉년에 굶어죽은 시체가 길거리에 뒹굴고 있어도 곡식 창고를 열어 백성들을 구휼할 줄 모릅니다. 사람들이 죽어가는 것을 보고서도 '이것은 내 탓이 아니라 흉년 탓이다'라고 합니다. 이렇게 말하는 것은, 사람을 칼로 찔러 죽이고 '이는 내가 죽인 것이 아니라 이 칼이 죽인 것이다'라고 말하는 것과 무엇이 다르겠습니까?

만약 왕께서 죄를 흉년 탓으로 돌리지 않으신다면 천하의 모든 백성들은 왕에게로 귀의해올 것입니다."

여기까지만 읽어보도록 하지요. 어떻습니까? 우선 맹자의 논리 전개 방식과 그 비유의 적절함이 어떻습니까? 문장의 간결함, 흐름의 유려함, 대비의 명쾌함, 그리고 한문 특유의 농축미濃縮美가 서로 어울려 이루어내는 격조를 나로서는 생생하게 살려낼 방법이 없습니다.

차마 남에게 모질게 하지 못하는 마음

다음 장은 맹자의 성선설性善說이 나타나 있는 글입니다. 인간의 본성은 선량하다는 것이 이른바 맹자의 성선설입니다. 그런데 이 글에서 눈에 띄는 것은 성선설을 입증하는 근거가 매우 허약하다는 사실입니다. 그리고 또 한 가지 우리가 이 글에서 이끌어내야 하는 것은 본성론本性論에 대한 비판적 관점입니다. 본성을 전제하고 그 본성으로부터 사회 이론을 이끌어내려고 하는 논리에 대한 반성입니다. 구조론構造論, 본질론本質論, 원죄론原罪論 등이 공통으로 가지고 있는 그 기계론적機械論的 구조의 단순성에 대한 반성이라고 할 수 있습니다.

인간을 그 본성으로 규정하는 이론, 그리고 그러한 본성에 근거한 인간 이해를 근거로 구축하는 사회학에 대하여 아마 여러분도 매우 회의적이리라고 생각합니다. 그럼에도 불구하고 오늘날 우리는 서슴없이 인간을 이기적 존재로 그 본성에서 규정하고 있습니다. 신자유주의적 이데올로기에 철저하게 포섭되어 있는 것입니다. 맹자의 성선설을 읽기 전에 이러한 점을 염두에 두고 읽는 것이 필요합니다.

예문을 함께 보겠습니다. 예문에서 확인할 수 있습니다만 이 장은 인간 본성보다는 본성의 확충에 무게가 실려 있다고 할 수 있습니다. 예문이 좀 길지만 모두 읽어보도록 하겠습니다.

孟子曰 人皆有不忍人之心
先王有不忍人之心 斯有不忍人之政矣
以不忍人之心 行不忍人之政 治天下可運之掌上
所以謂人皆有不忍人之心者

今人乍見孺子將入於井 皆有怵惕惻隱之心

非所以內交於孺子之父母也

非所以要譽於鄉黨朋友也

非惡其聲而然也

由是觀之

無惻隱之心 非人也 無羞惡之心 非人也

無辭讓之心 非人也 無是非之心 非人也

惻隱之心 仁之端也 羞惡之心 義之端也

辭讓之心 禮之端也 是非之心 智之端也

人之有是四端也 猶其有四體也

有是四端而自謂不能者 自賊者也

謂其君不能者 賊其君者也

凡有四端於我者 知皆擴而充之矣 若火之始然 泉之始達

苟能充之 足以保四海 苟不充之 不足以事父母　　　　—「公孫丑 上」

맹자가 말했습니다.

사람은 모두 남에게 차마 모질게 하지 못하는 마음을 가지고 있다.
선왕들은 이러한 마음을 가지고 있었기 때문에 차마 남에게 모질게
하지 못하는 정치를 하였던 것이다. 이처럼 차마 남에게 모질게 하
지 못하는 마음을 가지고 차마 남에게 모질게 하지 못하는 정치를
한다면 천하를 다스리는 일은 마치 손바닥 위의 물건을 움직이는 것
처럼 쉬울 것이다.

사람이 모두 남에게 차마 모질게 하지 못하는 마음을 가지고 있다고
말하는 이유는 다음과 같다. 가령 지금 어떤 사람이 어린아이가 우
물에 빠지려고 하는 것을 보았다면 깜짝 놀라고 측은한 마음이 생길

것이다. (이러한 마음이 생기는 것은) 그 어린아이의 부모와 사귀려고 하기 때문이 아니며 마을 사람이나 친구들로부터 칭찬을 듣기 위해서도 아니며, (반대로 어린아이를 구해주지 않았다는) 비난을 싫어해서도 아니다.

이로써 미루어볼진대 측은해 하는 마음이 없다면 사람이 아니며, 부끄러워하는 마음이 없으면 사람이 아니며, 사양하는 마음이 없으면 사람이 아니며, 옳고 그름을 가리는 마음이 없다면 사람이 아니다. 측은해 하는 마음은 인仁의 싹이고, 부끄러워하는 마음은 의義의 싹이며, 사양하는 마음은 예禮의 싹이고, 시비를 가리는 마음은 지智의 싹이다. 사람에게 이 네 가지 싹이 있음은 마치 사람에게 사지四肢가 있는 것과 같다.

이 네 가지 싹을 가지고 있으면서도 자기는 선善을 행할 수 없다고 생각하는 사람은 자기 자신의 선한 본성을 해치는 자이고, 자기 임금은 선을 행할 수 없다고 생각하는 사람은 자기 임금을 해치는 자이다. 이 네 가지 싹을 가지고 있는 사람 누구나 그것을 키우고 확충시켜 나갈 줄 안다면 마치 막 타오르기 시작한 불꽃이나 막 솟아나기 시작한 샘물처럼 될 것이다(크게 뻗어나갈 것이다). 그 싹을 확충시켜 나갈 수 있다면 그는 천하라도 능히 지킬 수 있고 그것을 확충시켜 나가지 않는다면 자기 부모조차도 제대로 모실 수 없게 될 것이다.

잘 아는 바와 같이 이 장은 맹자의 성선설性善說이 표명된 구절입니다. 성선설의 요지는 모든 사람은 '불인인지심'不忍人之心을 가지고 있다는 것이고, 이것을 입증하는 것으로 우물에 빠지는 어린아이의 예를 들고 있습니다. 단 하나의 예를 들어 성선설을 주장한다는 것이 다소 무리라고 할 수 있습니다. 이 장의 구성을 자세히 검토해보면 모든 사람이 불인인지심을 가지고 있다는 결론적인 선언을 먼저 하고 선왕의 어진 정치가 바로 이러한 성선性善에서 비롯되었다는 예를 들고 있습니다. 그러나 선왕의 선한 정치가 성선설의 증거가 될 수는 없습니다. 선왕 중에는 포악한 정치를 한 왕이 얼마든지 있기 때문이지요.

그리고 모든 사람이 '측은지심'惻隱之心을 가지고 있다는 것을 주장한 다음 그 근거에 대하여 이야기하기보다는 이러한 측은지심이 사회적으로 학습된 것이 아닌 본성이라는 것을 이야기하고 있습니다. 어린아이의 부모와 사귀기 위해서가 아니다, 마을 사람들의 칭찬과 비난 때문이 아니다 등 사회적으로 습득된 것이 아니라 타고난 본성임을 강조하고 있습니다.

그 부분은 일단 수긍할 수 있다고 합시다. 그러나 어린아이와 측은지심을 근거로 하여 사단四端으로 나아갑니다. 측은지심으로부터 인의예지仁義禮智의 사단을 모두 이끌어낸다는 것은 분명 논리의 비약입니다. 우물의 어린아이 이야기로써 이끌어낼 수 있는 것은 측은지심 하나라고 생각합니다. 여러분은 어떻습니까? 인仁을 뺀 나머지 즉 의義, 예禮, 지智라는 세 가지의 단은 우물의 어린아이와는 직접적 연관이 없습니다. 이렇게 논리적인 비약과 무리를 남겨둔 채 서둘러서 인의예지의 마음이 없으면 사람이 아니라는 매우 선언적 주장을 반복적으로 강조합니다. 그리고 이 장의 목적이라고 생각되는 '사단의 확충'으로 넘어갑니다.

결론적으로 말해서 이 장에서 맹자가 가장 역점을 두고 있는 부분은 인의예지의 사단과 이 사단의 확충입니다. 따라서 우리가 알 수 있는 것은 맹자의 성선설은 다분히 윤리적 개념이라는 사실입니다. 다시 말하자면 매우 이데올로기적인 개념이라는 것이지요.

맹자의 성선설은 공자의 천명론天命論을 계승한 것으로 평가되고 있습니다. 천명을 본성으로 받아들이는 구조입니다. 『중용』에도 '천명지위성'天命之謂性이라 나와 있지요. 맹자는 공자의 천명론과 예론禮論을 계승하되 천명을 인간의 본성으로 내재화하여 극기克己에 의한 본성의 회복에서 예禮를 구합니다. 천명→본성→사회적 질서(禮)라는 체계를 만들어놓고 있습니다. 이러한 관점에서 본다면 공자의 천명은 맹자의 천성으로 이어지고 다시 송대宋代의 신유학新儒學에 이르러서는 천성이 곧 천리天理라는 주자朱子 성리학性理學으로 계승됩니다. 송대의 객관적 관념론에 대하여는 『대학』, 『중용』 편에서 다시 이야기하도록 하지요.

여하튼 맹자의 성선설은 사회 원리인 예禮가 (그것이 봉건적 사회 원리이든, 고대 노예제 사회의 원리이든) 인간 본성에 순응하는 천리天理라는 것을 밝히려 하고 있는 것입니다. 주관적 윤리인 인仁보다는 객관적 구조를 갖춘 것이라 할 수 있습니다. 이 객관적 구조가 기존의 제도와 체제에 대한 비판을 봉쇄하는 보다 효과적인 이론으로 기능하는 것이지요. 결론적으로 맹자의 성선설은 '불인인지심'을 확충하는 체계이며 이 불인인지심의 확충이 곧 본성의 사회화라고 할 수 있습니다. '공자의 사회화가 곧 맹자'라는 논리가 확인되는 셈입니다.

이 장과 관련해서 여러분에게 논의의 과제로 남겨두고 싶은 한두 가지 대목이 있습니다. 우선 사단四端을 가지고 있는 것은 마치 사지四肢가 있는 것과 같다는 대목(人之有是四端也 猶其有四體也)입니다. 이것은 윤리적 차원의 선언이기는 하지만 "만민萬民은 평등하다"는 주장과 통합니다. 매우 중요한 맹자 사상의 하나입니다. 어떤 점에서는 윤리적 차원의 성선설보다 더 중요한 맹자의 사회사상이라고 할 수 있습니다. 그

외에도 사실 나는 사회 원리로서는 측은지심惻隱之心보다는 수오지심羞惡之心이 더 근본적인 개념이라고 생각합니다. 측은지심은 인간 이해와 관련된 정서라 할 수 있고 수오지심 즉 부끄러움은 인간관계 즉 사회 문화와 관련된 것이라고 생각합니다. 이 문제에 관해서는 다음 곡속장穀觫章에서 이야기하기로 하겠습니다.

화살 만드는 사람과 갑옷 만드는 사람

孟子曰 矢人豈不仁於函人哉
矢人惟恐不傷人 函人惟恐傷人
巫匠亦然 故術不可不愼也
孔子曰 里仁爲美 擇不處仁焉得智
夫仁天地尊爵也 人之安宅也 莫之禦而不仁 是不智也
不仁 不智 無禮 無義 人役也
人役而恥爲役 由弓人而恥爲弓 矢人而恥爲矢也
如恥之 莫如爲仁
仁者如射 射者正己而後發 發而不中 不怨勝己者
反求諸己而已矣   ―「公孫丑 上」

이 장에서는 성선설을 다른 각도에서 읽을 수 있습니다. 성선설의 의미를 온당하게 평가할 수 있는 구절입니다. 첫 구절에서 모든 사람은 선하다는 그의 성선설이 표명되고 있습니다. 그리고 화살 만드는 사람이라고 하여 어찌 그가 갑옷 만드는 사람보다 불인不仁하겠느냐(矢人豈不仁於函人哉)며 화살 만드는 사람과 갑옷 만드는 사람이 그 인仁에 있어서 같다는 것을 선언하고 있습니다. 그러나 그 다음 구절에서는 사람의 소위所爲, 즉 하는 일에 따라서 그 마음이 달라진다는 것을 이야기하고 있습니다. 사회적 입장에 따라 그 생각과 정서가 달라진다는 것이지요. 인간 본성의 사회적 존재 양식에 관한 것입니다. 그 사람의 성선性善이란 어떤 경우에나 변함이 없는 것이 아니라 그가 하는 일(術)에 따라 달리 변할 수도 있다는 것을 뜻합니다. 그렇다면 엄밀한 의미에서 본성이라고 할 수가 없는 것이지요. 공자의 '성상근性相近 습상원習相遠'과 같은 의미입니다. 본성은 서로 차이가 없지만 습관에 따라 차츰 멀어진다고 하고 있습니다.

맹자는 그의 저술에서 공자를 29회나 인용하여 기본적으로 공자 사상을 계승하고 있습니다. 그러나 맹자가 공자의 인仁을 사회화했다고 하는 까닭은, 공자의 인이 인간관계의 개념이고 인간관계가 결과적으로 사회적 내용을 갖는 것임에 틀림없지만 인은 의에 비해 사회적 성격이 약한 개념이라고 할 수밖에 없기 때문이지요. 이 장의 내용이 그 점을 분명하게 지적해주고 있다고 할 수 있습니다.

여기서 언급되고 있는 맹자의 술術(직업, 기술, 생업)은 공자의 습習(습관)과 분명한 차이가 있습니다. 습보다는 술이 사회적 성격이 강하다고 할 수 있습니다. 습이 개인의 일상생활에서 나타나는 것이라고 한다면 술은 개인이 처하고 있는 사회적 조건이며 개인이 맺고 있는 사회관계라 할 수 있습니다. 예문을 읽으면서 좀 더 이야기하기로 하겠습니다.

맹자가 말하였다. "화살 만드는 사람이라고 하여 어찌 갑옷 만드는 사람보다 불인(不仁)하다고 할 수 있겠느냐만 화살 만드는 사람은 (자기가 만든 화살이) 사람을 상하게 하지 못할까 봐 걱정하고, 갑옷 만드는 사람은 (자기가 만든 갑옷이 화살에 뚫려서) 사람이 상할까 봐 걱정한다. 무당(巫堂)과 장인(匠人)도 역시 그러하다(무당은 당시 의사였기 때문에 사람의 병이 낫지 않을까 걱정하고, 장인은 관(棺) 만드는 사람이기 때문에 사람이 죽지 않아서 관이 팔리지 않을까 걱정한다). 그러므로 기술(職業)의 선택은 신중하지 않으면 안 된다."

공자께서 말씀하셨다. "인(仁)에 거(居)하는 것이 아름답다. 스스로 택해서 인에 거하지 않는다면 어찌 그것을 지혜롭다 할 수 있겠는가?"

여기까지가 이 구절의 핵심입니다. 맹자의 성선설과 맹자의 사회적 관점을 비교할 수 있는 내용입니다. 공자의 '이인위미'里仁爲美를 인용하여 어진(仁) 사람이 되기 위해서는 어진 일을 하는 것이 좋다고 하는 것이지요. 이인里仁이란 인仁에 거居하는 것이라고 직역했습니다만 인仁을 삶 속에서 실천한다는 의미입니다. 맹자의 성선설이 인간의 본질을 구명하는 개념이 아니라 사회적 실천과 관련된 것이라는 점을 앞에서 이야기했는데 이 구절에서 우리가 발견하는 것은, 맹자는 그 사람의 사상은 물론이고 그 사람의 본성도 사회적 입장에 따라서 재구성되는 것으로 이해하고 있다는 사실입니다. 본성을 어떤 순수한 본질로 이해하는 것은 관념적인 것이 아닐 수 없지요. 선善이라는 개념 자체가 이미 사회성을 띠고 있는 것이지요.

이 장은 본성으로서의 성선性善의 문제도 처지와 입장이라는 사회적 관점으로 이해해야 한다는 의미로 읽는 것이 필요합니다. 사회적 입장을 여기서는 기술이나 직업을 예로 들어서 이야기하고 있습니다만 우리는 그것을 사회적 실천의 문제로 이해할 수도 있으리라고 봅니다.

이어지는 구절들은 위의 내용을 강조하는 것으로 새로운 내용은 없다고 하겠습니다.

인仁이란 하늘이 내려준 벼슬이며, 사람의 편안한 거처이다. 아무도 막는 사람이 없음에도 불구하고 인을 행하지 않는다면 그것은 지혜롭지 못한 것이다. 인을 행하지 않고, 지혜롭지 못하며, 무례하고, 의롭지 못한 사람은 남의 부림을 받는다. 남의 부림을 받으면서 남의 부림을 받는 것을 부끄럽게 여기는 것은 마치 활 만드는 사람이 활 만드는 일을 부끄럽게 여기는 것과 같고, 화살 만드는 사람이 화살 만드는 일을 부끄럽게 여기는 것과 다름이 없다. 만약 그것을 부끄럽게 여긴다면 열심히 인을 행하는 것만 못하다. 인이라는 것은 활 쏘는 것과 같다. 활을 쏠 때는 자세를 바르게 한 후에 쏘는 법이다. 화살이 과녁에 맞지 않으면 자기를 이긴 자를 원망할 것이 아니라 (과녁에 맞지 않은 까닭을) 도리어 자기 자신에게서 찾는다.

인仁의 실천을 강조하는 내용입니다. 대체로 위에서 주장한 내용을 다시 한 번 강조하는 것입니다. 그런데 나는 이 구절에서 특히 활 쏘는 예를 들어 자기 반성을 이야기하는 맹자 특유의 비유가 매우 공감이 갑니다. 아마 어릴 때 활터에서 활 쏘는 광경을 자주 보았기 때문이기도 하리라고 생각합니다. 활터가 우리들의 놀이터와 가깝기도 하였고 활 쏘는 사람 중에 친구의 부친도 있었으며 또 우리 집에서 인사를 드린 분도 있어서 가까이에서 보고 듣고 하였지요. 곱게 차려입은 여자도 있었습니다. 지금도 기억에 남아 있습니다만 그 일을 맡은 사람이 없었을 때는 우리들이 고전기告傳旗를 흔들어서 과녁에 살이 꽂히는 위치와 화살이 날아간 방향을 알려주는 신호를 보내기도 하고, 화살을 주워서 갖다주기도 했습니다.

궁술弓術에 있어서 중요한 것은 이 글에서 지적하고 있듯이 활 쏘는 사람의 자세입니다. 두 발을 딛는 자세와 어깨와 팔의 각도가 가장 중요한 것이라고 합니다. 그리고 흉허복실胸虛腹實이라 하여 가슴은 비우고 배는 든든히 힘을 채워야 하는 것이지요. 더 중요한 것은 활을 쏘는 동작 전체에 일관된 질서가 있어야 한다는 것이지요. 동작과 동작 사이에는 순서와 절차가 있으며 그 하나하나의 동작이 끊어지지 않고 서로 휴지休止 없이 정靜과 동動으로 유연하게 연결되어야 합니다. 전체적으로 종횡십자縱橫十字를 이루면서 자연스러워야 한다는 것입니다. 궁도弓道에서 이러한 것들을 엄격하게 요구하는 것은 궁도란 것이 살을 과녁에 적중시키는 단순한 궁술이 아니기 때문이기도 하지만, 결국은 그 과정과 자세의 정진正眞 여부가 중中, 부중不中을 결정하는 것이기 때문입니다.

부중했을 경우 그 원인을 자기 자신에게서 찾는 반구제기反求諸己의 태도는 매우 중요합니다. 그것은 무엇보다 삶의 자세와 철학에 관련된 것이기 때문에 그렇습니다.

일상생활의 크고 작은 실패에 직면하여 그 실패의 원인을 내부에서 찾는가 아니면 외부에서 찾는가의 차이는 대단히 큽니다. 이것은 모든 운동의 원인을 외부에서 찾는가 아니면 내부에서 찾는가 하는 세계관의 차이로 나타나기도 합니다. 세계는 끊임없는 운동의 실체이며, 그 운동의 원인이 내부에 있다는 것은 세계에 대한 철학적 인식 문제입니다. 반대로 원인을 외부에서 찾는 것은 결국 초월적 존재를 필요로 합니다.

마찬가지 논리로 초월적 존재를 만든 어떤 존재를 또다시 외부에서 찾아야 하는 것이지요.

그리고 삶의 자세와 관련해서도 매우 중요한 의미를 갖는 것입니다. 우리는 대체로 자기의 작은 실수도 그 원인을 바깥에서 찾으려고 합니다. 바깥이란 남이기도 합니다. 내가 붓글씨를 쓰다가 전화벨 소리 때문에 글씨를 틀려버린 경우가 있었습니다. 그런 경우마저도 돌이켜보면 원인은 전화벨 소리가 아니라 자기 내부에 있었음을 깨닫게 되지요. IMF 사태는 어떻습니까? 국제 금융자본의 작전과 담합을 부인할 수 없지만 그 이전에 우리는 우리의 내부에서 근본적인 원인을 찾아야 한다고 생각합니다. 그러한 작전에 무방비로 노출되어 있는 우리의 허약한 경제적 구조에 대해 반성해야 하는 것이지요. 식량, 에너지, 기술, 원료, 시장 등 자립적 기반이 없는 취약한 구조에서 원인을 찾는 것이 필요합니다. 3공의 군사정권과 산업화 시대까지 거슬러 올라가야 하는 것이지요. 해방 전후의 권력구조와 경제구조의 창출 과정까지 거슬러 올라가야 하는 것이지요. 당연히 일제의 식민지 경제구조에까지 거슬러 올라가야 합니다.

반구제기反求諸己의 자세란 IMF 사태에서 우리의 종속적이고 비자립적인 구조를 먼저 보는 것이지요. 물론 친인소연親因疎緣을 다 아울러야 합니다. 그러나 가까운 인因을 미루어놓고 먼 연緣을 먼저 보는 것은 사태를 그릇되게 보는 것이지요. 사활적 공세를 전개하고 있는 신자유주의적 패권주의와 그러한 세계 경제체제의 중하위권에 편입되어 있는 우리의 경제적 위상을 아울러 보아야 하겠지만, 반구제기는 우리를, 나를, 내부를 먼저 보아야 한다는 것을 의미합니다. 모든 운동의 원인은 내부에 있기 때문입니다. 그리고 더욱 중요한 것은 개인이든 국가든, 자기반성自己反省이 자기 합리화나 자위自慰보다는 차원이 높은 생명 운동이 되기 때문입니다.

소를 양으로 바꾸는 까닭

다음 구절은 곡속장觳觫章의 일절입니다. 원문을 다 싣기에는 너무 길어서 앞뒤를 자르고 가운데만 살려서 실었습니다. 앞뒤로 잘린 부분에 관한 이야기를 먼저 하지요.

제선왕齊宣王이 맹자에게 춘추전국시대의 패자覇者인 제齊나라 환공桓公과 진晉나라 문공文公에 관해서 물었습니다. 선왕의 이 물음에 대하여 맹자는 매우 부정적으로 대답합니다. 무력으로 패자가 되었던 제환공과 진문공에 대하여 공자의 제자들 중 누구도 이야기한 사람이 없으며, 맹자 자신도 들어본 일이 없다고 잘라 말합니다. 그리고 패도覇道가 아닌 왕도王道에 관하여 이야기합니다. 왕도란 백성들의 생활을 안정시키기 위해 노력함으로써 천하를 통일하는 것이며 이러한 왕도로 통일하는 것은 누구도 막을 수 없다고 설파합니다.

그러자 선왕이 자기와 같은 사람도 백성들의 생활을 안정시킬 수 있겠느냐고 묻습니다. 그 물음에 대하여 맹자는 자신 있게 "가"可라고 대답합니다. 선왕이 그 까닭을 묻자 맹자가 다음과 같이 이야기합니다. 예문을 같이 읽어보도록 하지요.

臣聞之胡齕曰 王坐於堂上 有牽牛而過堂下者 王見之曰 牛何之
對曰 將以釁鍾 王曰 舍之 吾不忍其觳觫若 無罪而就死地
對曰 然則廢釁鍾與 曰 何可廢也 以羊易之
不識有諸　　　　　―「梁惠王 上」

신은 호흘胡齕이라는 신하가 한 말을 들은 적이 있습니다. 언젠가 왕
께서 대전大殿에 앉아 계실 때 어떤 사람이 대전 아래로 소를 끌고
지나갔는데 왕께서 그것을 보시고 "그 소를 어디로 끌고 가느냐?"
고 물으시자 그 사람은 "흔종釁鍾에 쓰려고 합니다"라고 대답했습니
다. 그러자 왕께서 "그 소를 놓아주어라. 부들부들 떨면서 죄 없이
도살장으로 끌려가는 모습을 나는 차마 보지 못하겠다" 하셨습니
다. 그러자 그 사람이 대답했습니다. "그러면 흔종 의식을 폐지할까
요?" 그러자 왕께서는 "흔종을 어찌 폐지할 수 있겠느냐. 소 대신 양
으로 바꾸어라"고 하셨다는데 그런 일이 정말로 있었는지 모르겠습
니다.

맹자가 제선왕에게 왕도를 실천할 자질이 있는지 판단하기 위해서
한 질문입니다. 먼저 제선왕의 신하인 호흘한테서 전해 들은 이야기를
확인하는 것이지요. 부들부들 떨면서 사지로 끌려가는 소를 차마 볼 수
없어서 양으로 바꾸라고 한 일이 있었는지 확인하는 것입니다. 다시 말
하자면 '불인인지심'不忍人之心이 제선왕에게 있는지를 확인하려는 것
입니다. 이러한 맹자의 질문에 대한 선왕의 답변과 맹자의 이야기는 다
음과 같습니다.

선왕: 그런 일이 있었습니다.

맹자: 그런 마음씨라면 충분히 천하의 왕이 될 수 있습니다. 백성들은 왕이 인색해서 소를 양으로 바꾸라고 했다고 생각하고 있습니다만, 신은 왕께서 부들부들 떨면서 사지로 끌려가는 소를 차마 볼 수 없어서 그렇게 하신 것을 알고 있었습니다.

선왕: 그렇습니다. 그렇게 생각한 백성도 있을 것입니다만, 제齊나라가 아무리 작은 나라라고 하더라도 내가 어찌 소 한 마리가 아까워서 그렇게 하였겠습니까? 죄 없이 부들부들 떨면서 사지로 끌려가는 소를 차마 볼 수가 없어서 그랬던 것입니다.

맹자: 백성들이 왕을 인색하다고 하더라도 언짢게 여기지 마십시오. 작은 것으로 큰 것을 바꾸라고(以小易大) 하셨으니 그렇게 생각한 것이지요. 어찌 왕의 깊은 뜻을 알 수 있겠습니까? 그런데 죄 없이 사지로 끌려가는 것을 측은하게 여기셨다면 (소나 양이 다를 바가 없는데) 어째서 소와 양을 차별할 수 있습니까(牛羊何擇焉)?

왕이 웃으면서 말했다: 정말 무슨 마음으로 그랬는지 모르겠습니다. 나는 재물이 아까워서 그런 것은 아닌데 소를 양으로 바꾸라고 했으니 백성들이 나를 인색하다고 생각하는 것도 당연하겠군요.

맹자: 상관없습니다. 그것이 곧 인仁의 실천입니다. 소는 보았으나 양은 보지 못했기 때문입니다. 군자가 금수禽獸를 대함에 있어서 그 살아 있는 것을 보고 나서는 그 죽는 모습을 차마 보지 못하고, 그 비명 소리를 듣고 나서는 차마 그 고기를 먹지 못합니다. 군자가 푸줏간을 멀리하는 까닭이 이 때문입니다.

여기까지만 읽도록 하겠습니다. 맹자가 이야기하고자 하는 핵심적인 것은 무엇입니까? 이것은 매우 중요한 문제입니다. 그것은 동물에 대한 측은함이 아닙니다. 본문에서 밝히고 있듯이 측은함으로 말하자면 소나 양이 다를 바가 없습니다. 소를 양으로 바꾼 까닭은 소는 보았고 양은 보지 못했기 때문이라는 것입니다. 가장 핵심적인 것은 '본다'는 사실입니다. 본다는 것은 '만난다'는 것입니다. 보고(見), 만나고(友), 서로 안다(知)는 것입니다. 즉 '관계'를 의미합니다.

우리가 이 대목에서 이야기해야 하는 것은 동물에 관한 이야기가 아닙니다. 우리 사회의 실상에 관한 이야기입니다. 우리 사회의 인간관계에 관한 이야기입니다. 한마디로 오늘날의 우리 사회는 만남이 없는 사회라 할 수 있습니다. 우리들의 주변에서 '차마 있을 수 없는 일'이 버젓이 자행되는 이유가 바로 이 '만남의 부재不在'에서 비롯되는 것입니다. 만남이 없는 사회에 '불인인지심'이 있을 리 없는 것이지요.

식품에 유해 색소를 넣을 수 있는 것은 생산자가 소비자를 만나지 않기 때문이지요. 식품뿐만이 아닙니다. 우리가 살고 있는 사회는 얼굴 없는 생산과 얼굴 없는 소비로 이루어진 구조입니다. 전에 이야기했듯이 당구공과 당구공의 만남처럼 한 점에서, 그것도 순간에 끝나는 만남이지요. 엄격히 말해서 만남이 아니지요. 관계가 없는 것이지요. 관계 없기 때문에 서로를 배려할 필요가 없는 것이지요. 2차대전 이후 전쟁이 더욱 잔혹해진 까닭이 바로 보지 않은 상태에서 대량 살상이 가능한 첨단 무기 때문이라고 하지요.

징역살이를 10여 년쯤 하게 되면 얼굴만 봐도 죄명과 형기刑期를 정확하게 맞히게 됩니다. 그뿐만 아니라 그 사람의 걸음걸이만 보아도 성격이나 학력, 직업까지 맞힐 수 있게 됩니다. 감옥의 인간관계는 바깥 사회의 인간관계와는 판이합니다. 하루 24시간, 1년 365일을 몇 년 동안 같은 감방에서 지내다 보면 그 사람의 역사를 알게 됩니다. 이러한 경험이 사람에 대한 판단을 매우 정확하게 만들어준다고 볼 수 있습니다.

출소하고 난 이후에 사회에서 내가 그런 사람 보는 능력을 자주 사용하는 곳이 바로 지하철입니다. 저는 꼭 앉아야겠다고 마음먹으면 반드시 앉을 수 있습니다. 누가 어디서 내릴 건지 정확히 짚어낼 수 있습니다. 물론 승객이 너무 많지 않아서 앉아 있는 사람을 내가 선택할 수 있어야 되는 것은 물론입니다. 여러분도 연습하면 가능합니다. 예를 들어 이대역에서 내릴 사람과 서울역에서 내릴 사람은 구별이 어렵지 않지요? 그런 쉬운 문제부터 시작해서 꾸준히 경험을 쌓아가면 그리 어려운 일이 아닙니다. 창밖을 자주 내다본다고 해서 곧 내릴 사람이라 기대해서도 안 되고, 반대로 눈 감고 있다고 해서 종점까지 가는 사람이라고 포기해서도 안 되지요. 매우 종합적인 판단력을 길러야 합니다. 사람의 인상, 옷차림, 소지품, 그리고 각 전철역의 사회 문화적 특성은 물론이고 현재 시간에 이동하고 있는 사람들의 이유에 대해서까지 생각해야 하는 것이지요.

나는 자리에 앉으려고 하면 언제든지 앉을 수 있지만 대개의 경우 앉으려고 하지는 않습니다. 그런데 그날은 1호선 인천 가는 전철이었어요. 영등포역에서 승차했는데 몹시 피곤하기도 하고 두 시간 강의를 앞두고 있어서 전철 속에서 잠시 눈을 붙여야겠다고 생각하고 신도림역에서 내릴 사람을 골라 그 앞에 섰습니다. 정확하게 신도림역에서 그 사람이 일어나더군요. 그래서 막 앉으려고 하는 순간에 문제가 생겼어요. 그 사람 옆에 앉아 있던 젊은 여자가 재빨리 그 자리로 옮겨 앉고 자기 자리에는 자기 앞에 서 있던 친구를 앉히는 거였어요. 거기까지는 예상치 못했던 거지요. 나는 엇비슷이 두 사람 걸치기를 하는 법이 없습니다. 단 한 사람의 정면에 서서 그 좌석에 대한 확실한 연고권을 주변에 선언해두었던 나로서는 참으로 난감했습니다. 내 주변에는 나와 경쟁 상대가 될 만한 나이 든 사람도 없었거든요. 태무심으로 있다가 낭패를 당한 것이지요.

두 사람은 나란히 앉아서 다정하게 이야기를 계속하고 있었어요. 그 앞에 선 채로 나는 매우 착잡한 생각에 잠기지 않을 수 없었지요. 그때 떠오른 것이 이 곡속장이었습니다. 이런 일이 일어난 이유는 결론적으로 말해서 그 여자와 내가 만난 적도 없고 다시 만날 일도 없기 때문입니다. 지하철은 평균 20분 정도를 승차한다고 합니다. 승객들은 평균 열 정거장 이내에 서로 헤어지는 우연하고도 일시적인 군집群集일 뿐입니다. 나는 사회의 본질은 인간관계의 지속성이라고 생각합니다. 맹자가 사단四端의 하나로 수오지심羞惡之心, 즉 치恥를 들었습니다만 나는 이 부끄러움은 관계가 지속적일 때 형성되는 감정이라고 생각합니다. 20분을 초과하지 않는 일시적 군집에서는 형성될 수 없는 정서입니다. 다시 볼 사람들이 아니기 때문에 피차 배려하지 않습니다. 소매치기나 폭행 사건이 발생하더라도 잠시만 지나고 나면 그것은 나와는 아무 관계가 없는 일이 되는 것이지요.

이러한 무관심과 냉담함을 도시 문화의 속성으로 설명하는 사람도 있습니다. 많은 사람이 밀집해 있는 도시라는 과밀 공간의 문제라는 것이지요. 그러나 이것은 그러한 과밀 공간으로는 설명할 수 없는 보다 근본적인 문제로부터 야기되는 것입니다. 한마디로 자본주의 사회의 속성으로부터 야기되는 것이라고 할 수 있습니다. 도시 문화 역시 자본주의가 만든 것입니다. 도시는 자본주의의 역사적 존재 형식인 셈이지요.

인류 5천 년 역사에서 고대 노예제 사회와 자본주의 사회가 도시 형태입니다. 그러나 인간관계가 비인간화되는 정도에 있어서 자본주의 사회는 노예제 사회와 비교할 수 없을 정도로 냉혹합니다. 물론 노예제도란 그 자체가 억압적 제도임이 사실이지만, 관계 그 자체가 소멸된 구조는 아니지요. 더구나 그리스-로마의 경우, 일부 광산 노예나 갤리선 노예 등이 담당했던 노동은 오히려 특수한 경우이며, 오늘날의 경찰·행정·교육 등을 노예 계급이 담당했지요. 우리나라의 경우에도 가내노비家內奴婢는 물론이고 외거노비外居奴婢도 매우 인간적인 관계를 맺고 있었습니다. 이에 비하여 자본주의 체제에 있어서의 인간관계는 외견상으로 볼 때 자유롭고 평등한 관계입니다. 그리고 매우 광범하게 열려 있는 관계입니다. 그러나 문제는 그것이 인간적인 관계가 아니라는 데 있는 것이지요.

자본주의 사회는 상품 사회商品社會입니다. 상품 사회는 그 사회의 사회적 관계(social relations)가 상품과 상품의 교환으로 구성되어 있는 사회입니다. 당연히 인간관계가 상품 교환이라는 틀에 담기는 것이지요. 다시 말하자면 사람은 교환가치로 표현되고, 인간관계는 상품 교환의 형식으로 존재할 수밖에 없게 되는 제도입니다.

물론 자본주의 사회라 하더라도 전체적인 사회 구성에 있어서 전 자본주의前資本主義 부문도 온존하고 있으며 비자본주의非資本主義 부문도 존재합니다. 이러한 부문에 주목하고 이 부문을 진지陣地로 만들어 나가야 한다는 주장도 없지 않습니다. 그러나 그러한 실천적 과제와 자본주의 사회에 대한 인식 자체는 별개의 문제입니다. 전 자본주의, 비자본주의 부문이 공존하고 있음에도 불구하고, 자본주의 사회란 사회의 일반적 부문에 있어서의 인간관계가 일회적인 화폐 관계로 획일화되어 있는 사회입니다. 일회적 화폐 관계가 전면화되고 있는 인간관계는 사실상 인간관계가 황폐화된 상태이며, 인간관계가 소멸된 상태가 아닐 수 없습니다. 서로 보지 못하고, 만나지 못하고, 알지 못하기 때문이지요. 모든 사람이 타자화되어 있는 상태이며 '불인인지심'이 원천적으로 불가능한 구조이기 때문이지요. 지하철에서 있었던 작은 사건은 사소한 에피소드에 불과한 것이지만 그것은 자본주의 사회의 인간관계를 상징적으로 나타내는 것이라 할 수 있습니다.

지하철 이야기를 하나 더 하지요. 모스크바 지하철에서는 젊은이들이 노인을 깍듯이 예우합니다. 노인이 타면 얼른 일어나 자리로 안내하고, 노인들은 그것을 당연한 것으로 받아들입니다. 어쩌다 미처 노인을 발견하지 못하고 있다가는 그 자리에서 꾸중을 듣는다고 합니다. 의아해 하는 나에게 들려준 대답은 의외로 간단했습니다. "이 지하철을 저 노인들이 만들지 않았느냐!"는 것이었어요. 그것도 충격이었습니다. 그래서 한국에 돌아와서 한 젊은이한테 물어보았지요. 물론 잘 아는 젊은이였지요. 이 지하철을 만든 이가 바로 저 노인들인데 왜 자리를 양보하지 않느냐고 물었지요. 그랬더니 그들의 답변 또한 의외로 간단한 것이었어요. "자기가 월급 받으려고 만들었지 우리를 위해서 만든 것은 아니잖아요." 참으로 충격적인 대답이었습니다. 도대체 이러한 차이는 어디서 오는 걸까요? 모스크바의 지하철이건 서울의 지하철이건 젊은이들이 만들지는 않았지요. 노인들이 만든 것이 사실입니다. 똑같은 사실관계를 두고 모스크바의 젊은이와 서울의 젊은이가 판이한 대답을 하는 까닭은 도대체 어디서 오는 것일까요? 똑같은 사실관계가 전혀 다른 의미로 읽히는 까닭에 대해 생각하지 않을 수 없는 것이지요.

신도림역의 지하철 좌석 이야기는 동시대의 횡적인 인간관계의 실상을 드러낸 것이라고 할 수 있는 반면에, 모스크바의 젊은이와는 판이한 우리나라 젊은이의 대답은 인간관계가 세대 간에 어떻게 단절되고 있는가를 보여주는 예화라고 할 수 있습니다. 이것은 세대 간의 관계가 그만큼 무너졌다는 것을 의미합니다. 자본주의 사회의 인간관계는 종횡으로 단절되어 있습니다.

　나는 우리 사회의 가장 절망적인 것이 바로 인간관계의 황폐화라고 생각합니다. 사회라는 것은 그 뼈대가 인간관계입니다. 그 인간관계의 지속적 질서가 바로 사회의 본질이지요.
　지속성이 있어야 만남이 있고, 만남이 일회적이지 않고 지속적일 때 부끄러움(恥)이라는 문화가 정착되는 것입니다. 지속적 관계가 전제될 때 비로소 서로 양보하게 되고 스스로 삼가게 되는 것이지요. 한마디로 남에게 모질게 할 수가 없는 것이지요. 지속적인 인간관계가 없는 상태에서는 어떠한 사회적 가치도 세울 수 없다고 생각합니다. 곡속장을 통하여 반성해야 하는 것은 바로 이와 같은 우리의 현실입니다. 맹자는 제선왕이 소를 양으로 바꾸라고 한 사실을 통해 제선왕에게서 보민保民의 덕德을 보았던 것입니다.

바다를 본 사람은 물을 이야기하기 어려워한다

　『맹자』는 7편 261장 3만 4,685자에 달하는 대저大著입니다. 그 내용도 제자백가의 사상을 두루 다루고 있습니다. 그러나 한정된 우리의 고전 강독 강의로는 더 이상 다룰 수가 없습니다. 아쉽지만 내가 개인적으로 좋아하는 몇 가지 구절을 소개하고 『맹자』를 마무리하는 것으로 하겠습니다.

다음 장에는 맹자의 인간적인 면모가 잘 나타나 있습니다. 『맹자』의 대부분은 치세治世에 관한 도도한 논설임에 비하여 이 장은 매우 성찰적이면서 엄정함을 느끼게 합니다. 먼저 본문을 함께 읽도록 하겠습니다.

孟子曰 孔子登東山而小魯 登太山而小天下
故觀於海者 難爲水 遊於聖人之門者 難爲言
觀水有術 必觀其瀾 日月有明 容光必照焉
流水之爲物也 不盈科不行
君子之志於道也 不成章不達   ―「盡心 上」

전체의 뜻은 다음과 같습니다.

맹자가 말하기를, 공자께서 동산에 오르시어 노魯나라가 작다고 하시고 태산太山에 오르시어 천하가 작다고 하셨다. 바다를 본 적이 있는 사람은 물(水)을 말하기 어려워하고, 성인聖人의 문하에서 공부한 사람은 언言에 대하여 말하기 어려워하는 법이다. 물을 관찰할 때는 반드시 그 물결을 바라보아야 한다(깊은 물은 높은 물결을, 얕은 물은 낮은 물결을 일으키는 법이다). 일월日月의 밝은 빛은 작은 틈새도 남김없이 비추는 법이며, 흐르는 물은 웅덩이를 채우지 않고는 앞으로 나아가지 않는 법이다. 군자는 도에 뜻을 둔 이상 경지에 이르지 않는 한 벼슬에 나아가지 않는 법이다.

이 장의 전체 기조는 아까 말한 것처럼 성찰적이면서도 엄정합니다. 동산東山과 태산太山에 대해서는 별다른 주석이 없습니다. 상징적 의미로 쓰이고 있다고 할 수 있습니다. 동산과 태산의 예를 들어 맹자가 이야기하고자 하는 것은 학문을 닦고 품성을 기르는 일의 가없음(無涯)에 관한 것입니다.

'난위수' 難爲水와 '난위언' 難爲言의 해석에 있어서는 이견이 없지 않습니다. 대부분은 물이기 어렵다, 물이라 여기기 어렵다고 해석합니다. 물론 문법적으로 무리가 없고 그 뜻도 좋습니다. 대해大海를 본 사람은 웬만한 물은 바다에 비할 바가 못 되고 따라서 물이라고 하기가 어렵다고 해석할 수 있습니다. 그러나 이 경우 바다를 본 사람의 이미지가 상당히 오만하게 느껴집니다.

이 글에서의 '바다'는 큰 깨달음을 뜻한다고 할 수 있습니다. 그러한 것을 깨달은 사람은 아무리 사소한 것이라도 함부로 이야기하기가 어려운 법이지요. 더구나 작은 것을 업신여긴다는 것은 깨달은 사람이 취할 태도가 못 되지요. '난위언'도 마찬가지입니다. 이 경우 언言은 단순한 말의 의미가 아니라 학문의 의미로 읽어야 합니다. 성인의 문하에서 공부하여 학문이 무엇인지를 깨달은 사람은 모든 언에 대하여 지극히 겸손한 태도를 가져야 마땅하리라고 생각합니다. 바다를 본 사람이나 성인의 문하에서 공부한 사람은 웬만한 물이나 이론에 대하여 그것을 물이나 이론으로 쳐주기 어렵다고 하는 해석은, 틀린 것이라고 할 수는 없지만 맹자의 뜻을 제대로 전하지 못하고 있는 것이라고 할 수 있습니다. 오히려 노자老子의 '지자불박知者不博 박자부지博者不知'와 통하는 의미로 읽어야 할 것입니다.

'관어해자 난위수' 觀於海者難爲水는 내가 좋아하는 구절로, 서예전에

출품한 적이 있습니다. 그때의 일입니다만 도록을 만드는 과정에서 누군가가 내가 달아놓은 설명문(caption)을 교정했습니다. 어떻게 바꾸었는가 하면 "바다를 본 사람에게는 물을 말하기 어렵다"로 바꾸어놓았어요. 깜짝 놀라서 다시 바로 잡았습니다만 바다를 본 사람에게는 물에 대하여 거짓말을 하기가 어렵다는 뜻으로 해석을 하였던 것이지요. 세태의 일면을 보는 듯했습니다.

일월이 모든 틈새를 다 비춘다는 것은 한 점 숨김이 없어야 한다는 것이지요. '불영과불행'不盈科不行도 우리가 특히 명심해야 할 좌우명이라고 할 수 있습니다. 과科는 학과學科라고 할 때의 그 과입니다. 원래 의미는 '구덩이'입니다. 물이 흐르다 구덩이를 만나면 그 구덩이를 다 채운 다음에 앞으로 나아가는 법이지요. 건너뛰는 법이 없습니다. 건너뛸 수도 없는 것이지요. 첩경捷徑에 연연하지 말고 우직하게 정도正道를 고집하라는 뜻입니다. 무슨 문제가 발생하고 나면 그제야 "기본을 바로 세워야 한다"고 주장하기도 하고 "원칙에 충실하라"고 주문하기도 합니다. 그동안 건너뛰었다는 뜻이지요.

'불성장부달'不成章不達 역시 '불영과불행'과 같은 의미입니다. 장章은 수많은 무늬(文)들로 이루어진 한 폭의 비단과 같은 것입니다. 전체를 아우르는 어떤 경지를 의미합니다. 그러한 경지에 이르지 않았으면 치인治人의 장場으로 나아가면 안 되는 것이지요. 치인은 저 혼자만의 문제가 아니기 때문입니다.

스스로를 모욕한 후에야 남이 모욕하는 법

맹자는 공자를 잇고 있다는 일반적 통설과 달리 맹자는 공자에 대한 최대의 이단이라는 상반된 견해도 있습니다. 물론 맹자는 공자의 직접적인 가르침을 받을 수 있었던 제자가 아님은 물론입니다. 맹자는 자사子思의 문인에게서 학문을 배운 것으로 사마천의 『사기』에 기록되어 있습니다. 그런데 이 자사 역시 공자의 가르침을 받은 제자가 아니지요. 자사는 증자曾子의 문인으로 되어 있지만, 막상 증자는 공자 최만년最晚年에 입학한 제자로 공자보다 46세 연하여서 공자로부터 직접 가르침을 받을 수 있는 위치에 있지 못하였음이 지적됩니다. 더구나 증자의 아버지인 증석曾晳은 『논어』에 매우 부당하게 삽입되어 있는데 필시 후대에 조작된 것으로 드러나고 있습니다. 맹자가 무리하게 공자와 연결되고 있다는 것이지요.

우리의 강의에서 이런 문제를 본격적으로 다루기에는 나도 여러분도 양쪽 모두가 적합하지도 않고 또 필요하지도 않다고 생각됩니다. 다만 이러한 맹자에 대한 상반된 견해는 공자와 맹자의 시대적 차이에서 상당 부분 이해될 수 있다고 생각합니다.

맹자 당시에 진秦에서는 법가인 상앙商鞅을 등용하여 부국강병책을 실시하였고, 초楚와 위魏에서는 오기吳起를 등용하여 전쟁으로 적국의 땅을 빼앗았으며, 제齊의 위왕威王과 선왕宣王은 병가兵家인 손자孫子와 전기田忌를 등용하는 등, 당시는 합종연횡의 치열한 각축전을 벌이면서 오로지 전쟁을 능사로 여기는 그야말로 전국시대였습니다. 이러한 시대적 상황은 비록 맹자가 공자와 마찬가지로 요순堯舜과 하夏·은殷·주周 3대 성왕들의 덕치德治를 주장한다고 하더라도 그 강조점에 있어서 필연적으로 차별화되지 않을 수 없었다고 할 수 있습니다.

그러나 맹자는 공자와 마찬가지로 기본적으로 엄격한 수기修己를 강조하고 있습니다. 이와 관련된 이야기를 하나 소개하지요. 「등문공」편 騰文公篇에서 맹자는 왕량王良의 비타협적인 자부심을 높이 평가하고 있습니다. 진晉의 대부인 조간자趙簡子가 천하제일의 마부인 왕량으로 하여금 총신寵臣인 해奚의 사냥을 위하여 마차를 몰게 했습니다. 하루 종일 한 마리도 맞히지 못하고 돌아온 해가 왕량을 일컬어 천하의 형편없는 마부라고 했습니다. 그 소리를 들은 왕량이 다시 한 번 마차를 몰게해달라고 간청하여 마차를 몰았습니다. 그러자 이번에는 해가 하루아침에 열 마리를 쏘아 맞히었습니다. 그러자 해는 왕량을 일컬어 천하제일의 마부라고 칭찬했습니다. 조간자가 총신 해를 위하여 앞으로도 마차를 몰겠느냐고 왕량에게 묻자 왕량은 단호히 거절합니다. 사냥의 법도대로 마차를 몰았더니 하루 종일 한 마리도 잡지 못하다가 법도를 어기고 궤우詭遇하게 하였더니 하루아침에 열 마리를 잡고서 좋아하는 사람을 위해서는 아무리 그가 권세가라 하더라도 마차를 몰지 못하겠다는 것이었습니다. 궤우란 것은 아마 짐승을 옆에서 쏘게 해주는(橫而射之) 것으로, 부정한 방법으로 사냥하는 것(不正而與禽遇)을 의미하는가 봅니다. 맹자는 왕량의 그 법도를 잃지 않으려는(不失其馳) 자세를 높이 평가하고 있습니다. 원칙과 정도를 강조하고 있는 것이지요.

맹자에 관하여 여러분이 가장 잘 알고 있는 이야기가 맹모삼천지교 孟母三遷之教일 것입니다. 출처는 유향劉向의 『열녀전』烈女傳 「모의」편母儀篇에 있는 이야기입니다. 아들의 교육을 위하여 세 번이나 이사를 했다는 고사입니다. 그 고사의 진짜 주인공이 맹모孟母가 아닐 수도 있습니다. 교훈적 의미를 강조하기 위하여 맹모로 만들었지 않았나 짐작됩니다. 당사자가 맹모였다면 대단한 현모賢母는 아니었다고 할 수밖에 없습니다. 맹모는 아들이 주변에서 본 대로 흉내를 내자 아들의 교육을 위하여 이사를 갑니다. 처음에 아마 시장이었던가요? 그리고 묘지 부근으로, 마지막으로 서당 옆으로 이사한 것으로 되어 있습니다. 어쨌든 세 번씩이나 이사한 다음에야 깨닫다니 현명한 어머니라 하기 어렵지요.

나는 맹모보다는 한석봉韓石峰의 어머니가 더 훌륭하다고 생각합니다. 왜냐하면 자식을 지도하는 방법이 다릅니다. 맹모처럼 공부하기에 좋은 환경을 만들어주는 것도 물론 중요하지만 그보다는 자신이 몸소 모범을 보여줌으로써 자식이 그것을 본받게 했던 것이지요. 가난한 떡장수였던 한석봉의 어머니는 불을 끈 캄캄한 방에서 아들과 서로 겨루게 됩니다. 어머니는 떡을 썰고 석봉은 글씨를 쓰지요. 그리고 다시 불을 켜고 확인합니다. 어머니가 썬 떡은 가지런하지만 석봉의 글씨는 비뚤어지고 크기도 제각각이었습니다. 석봉은 어머님의 솜씨에 비교해볼 때 자기의 글씨가 아직 멀었다는 것을 충격적으로 깨닫는 것이지요.

물론 이 게임은 공정한 게임은 아닙니다. 나도 붓글씨를 쓰기 때문에 알 수 있습니다만, 캄캄한 어둠 속에서 떡은 손으로 만져보면서 썰 수가 있지만 글씨는 만져보고 쓸 수가 없지요. 그렇긴 하지만 석봉의 어머님은 매우 훌륭한 교육 방법을 제시하고 있습니다. 자기는 하지 않고 시키기만 하는 부모는 말할 것도 없고 환경만을 만들어주는 맹모에 비해서도 훨씬 뛰어난 어머니라고 생각합니다. 부모가 직접 자신의 일면을 자식에게 보여주는 것은 그 교육적 효과는 차치하고라도 참된 스승의 모습이 아닐 수 없기 때문입니다.

『맹자』의 극히 일부분만을 여러분과 함께 읽었습니다만 맹자의 사회주의社會主義와 민본주의民本主義는 오늘의 사회적 현실을 조명해주고 있습니다. 맹자는 그 사상이 우원迂遠하였기 때문에 당시의 패자들에게 수용되지 않은 것이 아니라 오히려 급진적이었기 때문에 수용되지 않았다고 할 수 있습니다. 특히 맹자의 민본 사상은 패권을 추구하는 당시의 군주들로서는 상상도 할 수 없을 정도로 진보적인 사상이었습니다. 아마 제선왕이었지요? 신하가 임금을 시해하는 일이 있을 수 있느냐는 질문에 대하여 맹자는 참으로 명쾌하고도 단호하게 답변하여 군주들의 간담을 서늘하게 하고 있습니다.

"인仁을 짓밟는 자를 적賊이라 하고, 의義를 짓밟는 자를 잔殘이라 합니다. 잔적殘賊한 자는 일개 사내(一夫)에 불과할 뿐입니다. 주周의 무왕武王이 일개 사내일 뿐인 주紂를 죽였다는 말은 들었으나 임금을 시해했다는 말은 듣지 못했습니다."

단호하고 준열한 태도가 아닐 수 없습니다. 그뿐 아니라 맹자는 자기를 돌이켜보고 그 품성을 곧게 간추리기에 조금도 흐트러짐이 없었습니다. 끝으로 『맹자』 「이루 상」離婁上의 일절을 소개하는 것으로 이 장을 마치기로 하겠습니다.

어린아이들이 부르는 노래로 "창랑의 물이 맑으면 갓끈을 씻고, 창랑의 물이 흐리면 발을 씻으리"라는 노래가 있다. 공자께서 이 노래를 들으시고 "자네들 저 노래를 들어보게. 물이 맑을 때는 갓끈을 씻지만 물이 흐리면 발을 씻게 되는 것이다. 물 스스로가 그렇게 만든 것이다"라고 하셨다. (이와 마찬가지로) 사람도 모름지기 스스로를 모욕한 연후에 남이 자기를 모욕하는 법이며, 한 집안의 경우도 반드시 스스로를 파멸한 연후에 남들이 파멸시키는 법이며, 한 나라도 반드시 스스로를 짓밟은 연후에 다른 나라가 짓밟는 것이다. 『서경』 「태갑」편太甲篇에 "하늘이 내린 재앙은 피할 수 있지만, 스스로 불러들인 재앙은 피할 길이 없구나"라고 한 것은 바로 이를 두고 한 말이다."

6

노자의 도와 자연

『노자』老子

진정한 연대란 다름 아닌 '노자의 물'입니다. 하방 연대下放連帶입니다. 낮은 곳으로 지향하는 연대입니다. 노동·교육·농민·환경·의료·시민 등 각 부문 운동이 각자의 존재성을 키우려는 존재론적 의지 대신에 보다 약하고 뒤처진 부문과 연대해 나가는 하방 연대 방식이 역량의 진정한 결집 방법이라고 생각하지요. 중소 기업, 하청 기업, 비정규직, 여성, 해고자, 농민, 빈민 등 노자의 물처럼 낮은 곳을 지향하는 연대여야 하는 것이지요. 하방 연대에는 보다 진보적인 역량이 덜 진보적인 역량과 연대하는 것도 포함됩니다. 덜 진보적인 역량은 더 내놓을 것이 없기 때문입니다. 연대 문제에 대해서는 앞으로 더 많은 논의가 필요합니다만 이러한 연대 담론에 있어서 노자의 생환은 매우 중요한 의미를 갖는 것이라고 믿습니다.

도道는 자연을 본받습니다

중국 사상은 지배 담론인 유가 사상과 비판 담론인 노장老莊 사상이 두 개의 축을 이루고 있다고 할 수 있습니다. 어느 사회든 지배 담론과 비판 담론이 일정한 길항拮抗 구도를 가지고 있음은 물론입니다. 유가와 노장이라는 두 축은 중국 사상사의 오래된 심층 구조라고 할 수 있으며 『노자』老子는 그 두 개의 축 가운데 하나를 차지하고 있는 사상입니다. 앞으로 예시문을 통하여 확인되리라고 생각하지만 동양 사상의 정체성은 『논어』論語보다는 오히려 『노자』에서 더 분명하게 드러나고 있다고 할 수 있습니다.

유가 사상은 서구 사상과 마찬가지로 '진'進의 사상입니다. 인문 세계의 창조와 지속적 성장이 진의 내용이 됩니다. 인문주의, 인간주의, 인간중심주의라 할 수 있지요. 그에 비하여 노자 사상의 핵심은 나아가는 것(進)이 아니라 되돌아가는 것(歸)입니다. 근본으로 돌아가야 한다는 것이지요. 노자가 가리키는 근본은 자연自然입니다. 노자의 귀歸는 바로 자연으로 돌아가는 것을 의미합니다. 자연이란 문명에 대한 야만의 개념이 아님은 물론이고 산천과 같은 대상으로서의 자연을 의미하는 것도 아닙니다. 노자의 자연은 천지인天地人의 근원적 질서를 의미하는 가장 큰 범주의 개념입니다.

바로 이러한 성격 때문에 제자백가의 사상은 노자를 한 편으로 하고 여타의 모든 학파를 다른 한 편으로 하는 두 개의 그룹으로 분류할 수 있다고 합니다. 제자백가의 사상은 물론 여러 층위의 스펙트럼을 보여주고 있습니다만, 그러나 대체로 사회에 대한 적극적인 개입과 정책적 대응을 본령으로 하고 있습니다. 이에 비하여 노자는 다른 학파들의 주장과는 달리 일체의 인위적 규제를 반대합니다. 인위적 제도나 규제는 당시의 혼란을 바로잡을 수 있는 방책이 되지 못하며 도리어 혼란과 불의를 가중시킬 뿐이라는 기본적 입장을 분명하게 천명하고 있습니다.

제도와 문화에 대한 비판에 있어서뿐만 아니라 생성과 변화 발전에 대한 철학적 성찰로부터 언어와 인식의 문제에 이르기까지 노자는 철저하리만큼 근본주의적 관점을 견지하고 있습니다. 근본주의적이라는 의미는 인간과 문화와 자연에 대한 종래의 통념을 깨트리고 전혀 새로운 접근을 시도하는 것이라고 할 수 있습니다. 이를테면 "인법지人法地 지법천地法天 천법도天法道 도법자연道法自然"(25장)의 논리가 그것이지요. 여기서 법法은 본받는다는 뜻입니다. "사람은 땅을 본받고, 땅은 하늘을 본받고, 하늘은 도를 본받는다. 그리고 도는 자연을 본받는다"는 체계입니다. 원점에서 다시 시작하는 것이지요.

『노자』의 체계에 있어서는 자연의 생성 변화가 곧 도道의 내용입니다. 인위적 규제는 이러한 질서를 거역하는 것에 지나지 않습니다. 말을 불로 지지고, 말굽을 깎고, 낙인을 찍고, 고삐로 조이고, 나란히 세워 달리게 하고, 마구간에 묶어두는 것과 같은 것으로 보는 것이지요. 인의예지仁義禮智와 같은 도덕적 가치는 인위적 재앙으로 보는 것이지요. 자연을 카오스로 인식하는 여타 제자백가들과는 반대로 자연을 최고의 질서 즉 코스모스로 인식합니다. 그런 점에서 『노자』는 근본적으로 반문화적反文化的 체계라고 할 수 있습니다. 건축 의지建築意志에 대한 비판입니다. 계몽주의든 합리주의든, 기존의 인위적 구조를 이루고 있는 일체의 건축적 의지를 해체해야 한다는 해체론이며 바로 이 점이 노자의 현대적 의미라고 할 수 있습니다.

춘추전국시대는 결국 법가法家 사상에 의하여 통일이 이루어집니다. 여러분도 잘 아는 바와 같이 진시황秦始皇이 천하를 통일했습니다. 진秦이 천하를 통일한 이후에 사상계의 통일도 당연히 뒤따르게 됩니다. 분서갱유焚書坑儒도 그러한 사상 통일의 일환입니다. 유묵儒墨 논쟁이나, 유법儒法 논쟁은 일단락됩니다.

그러나 통일의 주역인 법가 사상은 난세亂世를 평정하는 과정에서는 대단한 역동성을 발휘했지만 치세治世의 통치 이데올로기로서는 여러 가지 면에서 적합하지 못하게 됩니다. 전쟁을 치르는 것과 같은 단기전에서는, 법가적 정책이 그 역량을 결집하고 일사불란한 지휘 체계를 가동하는 데 탁월한 성과를 이루어낼 수 있었습니다. 그러나 한 국가의 진정한 부국강병을 만들어내는 데는 적합하지 못하게 됩니다. 진정한 부국강병이란 그 사회가 가지고 있는 여러 부문의 자생력自生力을 길러내고 꽃피움으로써 이루어지는 것이지요. 이러한 장기적인 재생산성을 법가에게 기대하기 어려운 것이었지요.

그리고 또 한편으로 당시의 현학顯學이었던 묵가墨家 역시 진한秦漢의 중앙집권적 통일국가가 성립되고 그 체제가 정비되면서 묵자 사상의 핵심인 평등 이념이 그 사회적 지반을 상실하게 됨으로써 자연히 사상계에서 사라지게 됩니다. 한漢 이후 유교가 관학官學으로 자리 잡음에 따라 제자백가의 사상은 이제 유가 사상에 흡수되는 과정을 겪게 됩니다. 그리하여 유가 사상이 지배층의 통치 이념으로 자리 잡게 됩니다.

유가 사상은 법가에 비하여 비폭력적 지배 방식을 취하고 피지배층의 동의를 이끌어내는 매우 유화적宥和的인 정치 과정을 정착시켜 나가게 됩니다. 그러나 권력은 본질에 있어서 폭력적 지배임에는 변함이 없습니다. 진한 이후의 제도 폭력이 지배하는 역사적 조건에서 피지배 계층을 중심으로 하여 저항적 지반이 광범하게 형성된 것은 역사의 필연적 과정이라고 할 수 있습니다. 일체의 인위적 규제를 재앙으로 규정하고, 자연이라는 근본적 질서를 회복할 것과 진정한 인간의 자유를 주창하는 노자의 반문화反文化 사상이 지배 사상에 대한 비판 담론으로 자리 잡게 됩니다. 비판 담론뿐만 아니라 나아가 저항 담론과 대안 담론으로서 그 지반을 넓혀가게 됩니다. 바로 이 점과 관련하여 우리는 『노자』를 읽는 독법讀法, 다시 말하자면 『노자』의 현대적 의미를 조명해야 합니다.

자본주의 역사는 자본 축적의 역사이고 자본 축적은 모순의 누적 과정입니다. 현대 자본주의는 이 누적된 모순으로 말미암아 축적 과정 그 자체의 작동이 불가능하게 되는 전반적 위기의 단계라 할 수 있습니다. 이러한 모순과 위기는 패권 국가들의 집단적 담합과 폭력적 개입에 의하여 그것이 억제된 상태일 뿐입니다. 세계화와 신자유주의로 대표되는 물리적 억압과 간섭이 그것입니다. 다른 한편으로 문화와 의식구조에 있어서 엄청난 허구와 비인간적 논리가 구축됩니다. 이러한 허위의식은 물리적 강제를 은폐하고 유화宥和하기 위한 것임은 물론입니다. 바로 이 점에 있어서 현대 자본주의는 그 어떤 체제보다도 강력한 헤게모니를 행사하고 있습니다. 고도의 대중 조작(記號操作) 체계를 장악하고 이성의 포섭뿐만 아니라 감성의 포섭까지 완성해놓고 있습니다. 엄청난 건축을 완성해두고 있는 것이지요. 바로 이러한 맥락에서 해체주의자로서의 노자가 생환生還되어야 하는 것이지요. 노자의 언어와 담론이 현대 자본주의의 모순 구조를 조명해내고 자본주의 문화의 허구와 총체적 낭비 체제를 선명하게 드러낼 수 있을 때 비로소 노자가 생환될 수 있음은 물론입니다.

노자가 보이지 않는 『노자』

『사기』에 노자는 성명이 이이李耳, 자字는 백양伯陽, 시호諡號는 담聃이라고 기록되어 있습니다. "초楚나라 고현苦縣 여향厲鄕 곡인리曲仁里 사람으로 주 왕실의 장서실藏書室을 관리하는 수장리守藏吏를 지냈다. 공자가 찾아와 예禮에 대하여 물은 적이 있는데 노자는 훌륭한 상인이라면 물건을 깊이 숨겨두고 아무것도 없는 듯 하듯이 군자는 큰 덕이 있더라도 용모는 어리석게 보이는 법이라고 하면서 교기驕氣, 다욕多欲, 태색態色, 음지淫志를 버리라고 충고하였다"고 『사기』에 기록되어 있습니다. 노자의 충고는 공자의 인격을 매우 부정적으로 묘사하고 있습니다.

훌륭한 상인이라면 물건을 깊이 숨겨두고 아무것도 없는 듯이 하는 법이라는 충고는 공자에게 아는 체하지 말라는 뜻이라고밖에 이해할 수 없지요. 공자는 교만한 사람이며, 탐욕적인 사람이며, 그리고 표리부동한 사람으로 묘사되고 있습니다. 궁금한 것은 공자의 인격이 아니라 오히려 사마천이 이러한 기록을 남긴 이유입니다. 지금까지 남아 있는 노자에 관한 기록은 이처럼 대단히 한산합니다. 그뿐만 아니라 『논어』에서 공자孔子의 인간적 면모를 볼 수 있는 것과 달리, 『노자』에는 노자老子의 모습이 보이지 않습니다. 노자를 생환한다는 의미가 그 인간의 생환이 아님은 물론이지만 우리의 『노자』 독법이 그만큼 어려울 수밖에 없습니다.

노자의 생존 연대는 『사기』에서조차도 확실한 근거를 대지 못하고 있습니다만 학자들은 대체로 맹자孟子 뒤, 한비자韓非子 앞이라고 주장합니다. 그리 중요한 이야기는 아닙니다만, 『노자』 제1장이 바로 유가에 대한 총체적 비판이며 그것도 명교名敎를 분명히 하고 난 이후의 유가를 대상으로 하고 있다는 것이지요. 그래서 맹자 이후로 보는 것입니다. 그리고 한비자 이전이라는 것은 『한비자』에 『노자』를 해설한 「유로」喩老, 「해로」解老 두 편이 있기 때문입니다.

『노자』는 81장 5,200여 자에 이릅니다. 상편上篇은 도道로 시작하고, 하편下篇은 덕德으로 시작하기 때문에 『도덕경』이라 불리게 됩니다. 주周나라가 쇠망하자 노자는 주나라를 떠납니다. 이때 관윤關尹이라는 사람이 노자를 알아보고 글을 청하자 노자가 이 『도덕경』 5천 언을 지어줌으로써 후세에 남게 되었다고 전합니다. 그러나 불언不言의 가르침을 설파한 노자가 언言을 책으로 남겼다는 것은 있을 수 없다는 것이지요. 백낙천白樂天의 시 「노자」가 그런 내용입니다.

말하는 자는 알지 못하고 아는 자는 말하지 않는 법
이 말을 나는 노군老君에게 들었노라.
만약 노군이 지자知者라면 무슨 까닭으로 스스로 5천 자를 지었나.

지금까지의 연구에 의하면 『노자』는 노자 개인의 저작이 아님은 물론이며, 어느 한 사람의 저작이 아니라는 것이 통설입니다. 운자韻字를 붙인 구句도 있고 그렇지 않은 것도 있어서 한 사람의 필체가 아니라고 추측합니다. 그러나 주요 부분은 한 사람이 정리한 것으로 봅니다. 금본今本 『노자』는 왕필王弼(226~249)이 주석한 왕본王本을 지칭합니다. 1973년 마왕퇴馬王堆 고분古墳의 백서帛書 『노자』가 발굴되고, 1993년 호북성 곽점촌郭店村에서 죽간본竹簡本이 발견되었지만, 『노자』라는 책이 어떻게 만들어졌는지, 그리고 몇 종류의 『노자』가 있었는지에 대해서도 여러 가지 설이 있을 뿐이며 정확한 기록은 없습니다. 대체로 기원전 350~기원전 200년경의 집단 창작으로 알려져 있습니다.

『노자』 주석은 3천여 가家가 주註를 달았다고 전해지고 있습니다. 그 이름이 전해지고 있는 것만 1천여 개나 되며, 현재 346종의 주석註釋이 전해지고 있습니다. 이 주석 중 최고最古의 것이 하상공河上公의 주와 왕필의 주입니다. 하상공은 한대漢代 사람으로 『노자』를 주로 도교적道敎的 관점에서 주하였으며, 왕필의 주는 위진魏晉 시기의 것으로서 현학玄學의 일환으로 쓰인 것입니다. 왕필이 16~18세의 나이에 썼다고 알려진 노자주老子註는 글자의 수가 1만 1,890자로 누가 누구를 주했는지 알 수 없다는 이야기가 나올 정도이지요. 왕필은 『노자』를 주석한 목적이 숭본식말崇本息末에 있음을 밝히고 있습니다. 즉 본本을 높이고 말末을 종식시키기 위함이라고 하고 있습니다. 왕필이 말하는 본이란 자연을 의미하며, 말이란 유법儒法의 인위적 규제를 의미하는 것이지요. 왕필은 23세 때 『주역』을 주석하여 노역老易을 회통會通하려는 의도를 가지고 있었던 것으로 알려져 있습니다.

왕필의 노자주가 지금까지 『노자』해석의 기본이 되고 있습니다. 왕필은 『노자』와 『주역』을 회통하고 있는데, 왕필의 시대적 상황이 노자의 그것과 닮았다는 데에서 그 이유를 찾기도 합니다. 왕필이 주를 달았던 시기는 우리가 잘 알고 있는 『삼국지』三國志의 시대입니다. 조조曹操, 유비劉備, 제갈공명諸葛孔明이 역사 무대를 누비던 시기이지요. 한말漢末 북방이 전란에 휩싸이자 왕필 일가는 동문인 형주자사荊州刺史 유표劉表를 찾아가 의탁하게 됩니다. 형주는 유표 사후에 조조에게 귀속되는 지역입니다. 그리고 조조가 군림하다가 조조 사후에 사마의司馬懿의 정변으로 위魏가 멸망하고 다시 진晉의 건국으로 이어지는 급격한 변화가 바로 이 형주를 중심으로 전개됩니다. 물론 당시는 대제국인 한漢의 피폐와 붕괴 그리고 대규모 농민반란으로 이어지는 그야말로 삼국지 시대입니다.

이 시대는 또 하나의 춘추전국시대라고 할 수 있습니다. 하극상과 혼란의 시대였지요. 한대漢代의 명교적名教的 질서가 무너지고, 영원불변한 강상적綱常的 질서가 흔들리는 시기입니다. 절대적이고 영원한 천도天道가 부정되는 시기입니다. 천도와 대일통大一統의 관념이 부정되고, 개방적이고 능동적인 사고로 변화하는 격동기라고 할 수 있습니다. 따라서 한대의 명교 체제名教體制와는 다른 새로운 질서를 모색하는 것이 시대사조로 자리 잡았던 것이지요. 바로 이러한 변화된 시대적 상황에서 왕필은 당시의 현학顯學이던 법法·명名·유儒·묵墨·잡가雜家 등은 모두가 근본을 버리고 말단을 추구하는, 그 어미를 버리고 자식을 취하는 기모용자棄母用子의 사상이라는 비판적 입장을 취하게 됩니다. 이것이 춘추전국시대의 노자의 입장과 흡사하다고 할 수 있습니다.

왕필은 노자와 마찬가지로 근본적 사유, 즉 철학적 문제의식에 충실했던 것이지요. 결론적으로 왕필은 거대하고 복잡한 명교 체제와 번망繁妄한 한대漢代 경학經學에 대한 반성을 통하여 근본적인 것을 추구함으로써 욕망의 소종래所從來와 명교의 소이연所以然을 밝히는 참된 도道를 추구했던 것이지요. 그것이 곧 무無를 근본으로 하는 이무위본以無爲本의 철학 체계라 할 수 있습니다. 이것이 왕필 철학의 기본입니다. 앞서 이야기한 숭본식말이 바로 그것입니다. 그리고 이것이 곧 간단한 것으로 복잡한 것을 정리한다(以簡御繁)는 것이지요. 무無를 본本으로 삼고 유有를 말末로 삼는 귀무론貴無論이 『노자』 독법의 기본이 되고 있습니다. 왕필의 노자주가 『노자』를 가장 정확하게 읽고 있다고 하는 이유가 바로 여기에 있습니다.

이처럼 왕필의 시대와 그의 철학적 입장이 『노자』에 대한 가장 올바른 독해를 가능하게 하고 있다는 것이지요. 왕필의 『노자』가 금본今本 『노자』이며 왕필의 노자주가 『노자』 해석의 기본이 되고 있는 이유입니다. 왕필은 『노자』를 주註했다기보다는 『노자』를 편집했다고 해야 합니다. 여러 가지로 전승되어오던 『노자』 텍스트를 자신의 입장과 관점에서 정리하고 편집하여 금본 『노자』를 만들어냈다는 것이지요. 물론 왕필본의 『노자』가 사실은 백본帛本 『노자』나 죽간본 『노자』와는 다른 경로를 통하여 전승된 또 하나의 『노자』 텍스트일 가능성도 배제할 수 없는 것이지요.

『노자』는 산문散文이라기보다는 운문韻文입니다. 5천여 자에 불과한 매우 함축적인 글이며 서술 내용 역시 담현談玄입니다. 더욱이 노자 사상은 상식과 기존의 고정관념을 근본적으로 반성하게 하는 고도의 철학적 주제입니다. 그 위에 간결한 수사법은 여타 철학적 논술에 비하여 월등한 경지를 보여주고 있습니다. 그렇기 때문에 『노자』의 독법은 방금 이야기한 바와 같이 최대한의 상상력을 동원해야 합니다. 앞으로 예시 문안을 읽으면서 다시 이야기하기로 하지요.

『노자』는 무위無爲와 관조觀照라는 동양적 사유의 근저를 이루고 있는 사상일 뿐 아니라 과학, 문화, 예술 등에 이르기까지 많은 영향을 미치고 있는 사상이라 할 수 있습니다. 19세기에 서구에 소개된 이후 현재 약 60여 종의 번역본이 있으며 현대 서구 사상에도 매우 깊은 영향을 미치고 있습니다. 어쨌든 나로서는 『노자』 강의가 질주하고 있는 현대 자본주의에 대한 반성의 계기가 되기를 바랍니다.

도라고 부를 수 있는 도는 참된 도가 아닙니다

道可道 非常道 名可名 非常名
無名天地之始 有名萬物之母
故常無欲以觀其妙 常有欲以觀其徼
此兩者同出而異名
同謂之玄 玄之又玄 衆妙之門　　　—제1장

『노자』 제1장입니다. 널리 알려진 만큼 해석상의 논란도 적지 않은 장입니다. 여러 가지 번역을 서로 비교해보는 것도 좋다고 생각합니다만 오히려 더 혼란스러울 것 같아서 일반적으로 통용되는 번역을 중심으로 설명하면서 부분적으로 다른 번역을 소개하는 방식으로 진행하겠습니다.

> 도道라고 부를 수 있는 도는 참된 도가 아니며, 이름 붙일 수 있는 이름은 참된 이름이 아니다. 무無는 천지의 시작을 일컫는 것이고, 유有는 만물의 어미를 일컫는 것이다. 그러므로 무로서는 항상 그 신묘함을 보아야 하고, 유로서는 그 드러난 것을 보아야 한다. 이 둘은 하나에서 나왔으되 이름이 다르다. 다 같이 현玄이라고 부르니 현묘하고 현묘하여 모든 신묘함의 문이 된다.

이 장의 의미를 이해하기 위해서는 우선 여기에 나오는 개념을 분명히 해야 합니다. 상常, 욕欲, 묘妙, 요徼 등의 의미를 분명하게 한 다음 전체 문맥에서 어떤 의미로 읽을 것인가를 결정해야 합니다. 그보다 더 중요한 것은 이 장이 전체적으로 무엇을 이야기하는 것인가를 파악하는 일입니다. 여러분이 이 장의 중심 개념이 무엇인지 한번 찾아보기 바랍니다. 여러 번 읽으면 감이 옵니다. 도道? 명名? 아닙니다. 도와 명은 이 장의 핵심적인 개념을 설명하기 위한 예로 든 것일 뿐입니다. 핵심적인 개념은 무無와 유有입니다. 그리고 더욱더 중요한 것은 무와 유는 같은 것의 두 측면이라는 선언입니다. 제1장의 핵심 개념은 무와 유이고 그것이 같은 것이라는 선언이지요. 그러므로 '無 名天地之始 有 名萬物之母'로 띄어쓰기를 해야 옳다고 생각하지요. "무無는 천지지시天地之始를 이름 함이며 유有는 만물지모萬物之母를 이름 함이다"가 올바른 번역이라고 할 수 있습니다.

무명無名 유명有名으로 붙여서 '이름이 없는 경우'와 '이름이 있는 경우'로 나누어 해석하기도 합니다. 그리고 무명을 '이름을 붙이기 전'으로 해석하고 유명을 '이름을 붙인 후'로 해석하기도 합니다만 어느 경우든 다 같이 첫 글자인 도와 명에 집착하여 무와 유를 명을 수식하는 형용사로 격하시키고 있는 것이지요.

노자 철학에 있어서 무無는 '제로'(0)를 의미하는 것이 아닙니다. 인간의 인식을 초월한다는 의미의 무입니다. 그런 점에서 무의 의미는 무명無名과 다르지 않습니다. 유명有名의 경우도 마찬가지입니다. 이름이 붙는다는 것은 인간의 인식 안으로 들어온다는 것이지요. 식물의 경우도 잡초가 가장 자유로운 식물이라는 것이지요. 이름이 붙여진 경우는 인간의 지배 밑으로 들어왔다는 것을 의미하기 때문이지요. 그런 점에서 무와 무명은 같은 범주에 속합니다. 유와 유명도 마찬가지입니다. 그러므로 우리는 무명을 붙여서 읽거나 무명을 이름 붙이기 전으로 해석하더라도 크게 다르지 않다고 할 수 있습니다. 섣부른 절충도 피해야겠지만 지나치게 차이에 주목하는 것도 옳은 태도는 못 됩니다. 논의의 핵심을 놓치기 쉽기 때문이지요.

그러나 무명과 유명은 떼어서 읽는 것이 옳다고 생각합니다. 무명 유명으로 붙여서 읽는다면 제1장 마지막 구절인 '차양자동此兩者同 출이이명出而異名'에서 양자兩者란 '무명'과 '유명'이 됩니다. 그럼에도 불구하고 그 이름이 다르다는 것은 모순이라고 할 수 있지요. 이름이 없는 것과 이름이 있는 것, 이 양자가 서로 '이름이 다르다'는 것은 논리적으로 모순이 아닐 수 없지요.

그리고 똑같은 문제가 '고상무욕이관기묘故常無欲以觀其妙 상유욕이

관기요常有欲以觀其徼'에서도 나타납니다. 이 구절도 무와 유를 중심으로 읽어야 한다고 생각합니다. 따라서 이 구절은 "무는 항상(常: always) ~을 하여야(欲: will) 하고, 유는 항상 ~을 하여야 한다"라는 구조입니다.

무욕無欲 유욕有欲과 같이 붙여 읽어서 무욕으로서는 묘妙를 보고, 유욕으로서는 요徼를 본다고 해석하는 경우 욕欲을 의지나 입장의 의미로 읽는다면 사람의 관점에 따라서 묘를 보기도 하고 요를 보기도 하는 것이 됩니다. 이것은 현학玄學의 차원이 못 되지요. 그리고 또 한 가지 무욕을 가치판단이 없거나 입장이 없는 관점으로 이해하는 경우에도 문제는 없지 않습니다. 무엇보다 가치판단이나 입장이 배제된 그러한 관점이 있을 수 있는가 하는 의문을 갖게 되고 그러한 관점이 있다면 무욕과 유욕의 구분 자체가 무의미해지는 것이지요. 그리고 무욕無欲을 무욕無慾으로 주를 달고 있는 해석도 있습니다. 우주의 근본적 사유를 논하는 이 장의 의미를 욕망이라는 윤리적 문제로 격하시키는 해석입니다. 천지와 만물 그리고 묘와 요에 관한 사유가 이 장의 본령입니다. 이름 붙일 수 없는 근원적 도를 욕망의 절제라는 윤리적 차원으로 격하시키는 셈이 되는 것이지요.

그리고 무無를 무명無名으로, 유有를 유명有名으로 해석하고 있는 경우입니다. 이름을 붙이기 전에는 묘함을 보아야 하고, 이름을 붙인 후에는 요徼, 즉 실상계實相界를 파악할 수 있다고 해석하고 있습니다. '무無로써 보는 것'과 '이름 붙이기 전에(無名) 보는 것'은 그 사유의 내용에 있어서 다르지 않다고 할 수 있습니다. 묘함이란 볼 수 있는 것이 아니기도 합니다. 따라서 무명은 인식의 주체가 아닌 인식 대상을 의미한다고 보아야 합니다. 무명이 관觀의 주어가 되기는 어렵지요. 무와 무명은 그 내용에 있어서 크게 다르지 않다고 하더라도 분명히 차이가 있습니다. 강조점을 어디에 두는가에 따라 달라질 수밖에 없는 것이지요.

몇 가지 다른 번역을 소개하면서 설명했습니다만 해석에 있어서 가장 경계해야 하는 것이 바로 자구字句에 매달리는 것이라고 하지요. 제가 어렸을 적에 할아버님께 들은 우스운 이야기가 있습니다. '사공명주생중달' 死孔明走生仲達의 해석이 그것입니다. 이 글은 죽은 공명이 살아 있는 중달(司馬懿)을 달아나게 했다는 뜻이지요. 여러분도 아마 『삼국지』의 이 대목을 알고 있을 것입니다.

제갈공명과 사마중달이 오장원에서 대치하고 있을 때의 이야기입니다. 제갈공명이 식소사번食少事煩해서 건강이 극도로 나쁘다는 사실을 알고 있는 사마중달은 제갈공명이 죽기만을 기다리며 접전을 피하고 있었습니다. 그러던 어느 날 별을 관측하던 태사관으로부터 장수성將帥星이 떨어졌다는 보고를 받은 사마중달은 제갈공명이 드디어 죽었다고 믿고 공격을 개시합니다. 그런데 자기가 죽으면 사마중달이 공격해올 것을 예견한 제갈공명은 만일 사마중달이 쳐들어오거든 자신의 등신 인형等身人形을 만들어 수레에 싣고 나가라는 유언을 남겼지요. 학창의를 입고 손에는 학우선을 들고 수레 위에 단정히 앉아 있는 제갈공명을 본 사마중달은 공명의 계략에 속은 것이라 여기고 혼비백산해서 달아난 이야기입니다. 죽은 공명이 살아 있는 중달을 쫓은 고사입니다.

그런데 이 글을 전혀 다르게 해석한 사람이 있었다는 것이지요. "죽은 공명이(死孔明) 뛰어가면서(走) 사마중달(仲達)을 낳았다(生)"고 해석했다는 것이지요. 문법적으로는 조금도 틀리지 않은 해석입니다. 그러나 이 글을 옳게 해석하기 위해서는 공명이 남자라는 것 그래서 아기를 낳을 수 없다는 것을 알고 있어야 합니다. 더구나 죽은 남자가 아기를 낳

다니 이치에 닿지 않습니다. 그리고 뛰어가면서 아기를 낳는다는 것도 생각하기 어려운 일이지요. 또 사마중달에 대해서도 알아야 합니다. 그가 제갈공명의 아들이 아니라는 것도 알아야 합니다. 이처럼 상식에 어긋나지 않아야 하고 또 역사적인 지식(?)이 있어야 올바른 해석이 가능한 것이지요. 내가 하고자 하는 이야기는 자구에 매달리면 안 된다는 것이지요.

전체의 의미 맥락에 영향을 줄 정도가 아니라면 자구 해석에 있어서의 차이는 서로 용인하는 것이 좋다고 생각합니다. 더구나 노자 사상은 그 함축적인 수사로 말미암아 얼마든지 다른 표현과 해석이 가능하기 때문입니다. 혹시나 다른 사람의 번역을 시비하지 않았나 마음에 걸립니다. 더구나 노자에 대한 관점이 얼마든지 다를 수 있고 그렇다면 당연히 장절章節에 대한 해석도 얼마든지 달라질 수 있기 때문입니다.

우리가 『노자』 제1장을 읽으면서 명심해야 할 일이 있습니다. 그것은 묘妙와 요徼, 시始와 모母, 그리고 무無와 유有를 대치시키고 있는 『노자』의 서술 방식은 결코 그것들 간의 차별성을 드러내기 위한 것이 아니라는 사실을 잊지 않는 일입니다. 그것을 통일적으로 설명하기 위한 서술 방식입니다. 무와 유는 둘 다 같은 것인데 이름만 다르다는 것을 이야기하고 있습니다. 더욱 정확히 말하면 무릇 차이란 이름이 있고 없고의 차이에 지나지 않는다는 것이지요. 제1장은 다음과 같은 두 가지의 범주로 대별하여 설명하고 있는 구도입니다.

도道 —— 무無 —— 천지지시天地之始 —— 묘妙 ┐
                                                     └ 현玄
명名 —— 유有 —— 만물지모萬物之母 —— 요徼 ┘

그리고 이 두 범주는 같은 것이며, 다 같이 현玄이며 이름만 다르다는 것을 이야기하고 있습니다. 다음 구절인 '차양자동此兩者同 출이이명出而異名'도 다음과 같이 띄어쓰기를 달리할 수 있습니다. '此兩者 同 出而異名'으로 띄어 쓰면 "이 양자는 같으나, 다르게(異) 보이는(出) 것은 그 이름뿐이다"라는 의미가 되고, '此兩者同 出而 異名'으로 띄어 쓰면 "이 양자는 같으나 (사람의 앎으로) 나와(出), 이름만 달리(異名)했을 뿐이다"라는 의미가 됩니다. 어느 것을 취하든 상관없다고 생각합니다.

마지막으로 '동위지현同謂之玄 현지우현玄之又玄'입니다. "(도 이전과 이후는) 검기는 마찬가지여서 이것도 검고 저것도 검다" 또는 "그 같은 것(同)을 일컬어 현묘하다고 한다. 현묘하고도 현묘하다"로 해석됩니다. 뜻은 대동소이합니다. 물론 이 경우 현玄은 묘妙보다는 더 근원적인 의미로 사용되고 있습니다. 도道의 본체라고 할 수 있습니다. 무와 유가 그로부터 연유하는 것이 바로 현玄입니다. 굳이 현이라고 쓰는 이유에 대해서 이렇게 설명하고 있습니다. 도의 본체를 무라고 한다면 무의 의미를 유에 대한 상대적 개념으로 생각하게 된다는 것이지요. 도의 본체는 유와 대립하는 상대적인 무가 아니라 절대적인 '무'라는 것을 분명히 하기 위하여 '현'을 사용하고 있다는 것이지요.

'현'은 물론 여러분이 알고 있듯이 '검을 현玄'입니다. 검은색이기는 하지만 단순한 검은색이 아니라 검은색과 붉은색을 혼합한 색이 바로 현이라는 것이지요. 검은색은 무를, 붉은색은 유를 의미하는 것이지요. 그렇기 때문에 무와 유를 합한 근원적인 무를 표현하기에 마침 적합한 글자가 현이라는 것입니다. 그리고 현에는 '현묘불가식'玄妙不可識의 의미, 즉 설명이 불가능하다는 의미가 담겨 있으므로 도를 설명하는 말로 가장 적합한 글자라는 것이지요. 대단히 많은 주석과 여러 가지 번역이 있는 장이기 때문에 설명이 너무 번쇄하게 되었습니다. 이제 정리하는 의미에서 제1장의 의미를 풀어서 이야기해보지요.

　도道란 어떤 사물의 이름이 아니라 법칙을 의미하는 것입니다. 노자의 도는 윤리적인 강상綱常의 도가 아님은 물론입니다. 뿐만 아니라 그것은 최대한의 법칙성 즉 우주와 자연의 근본적인 운동 법칙을 의미합니다. 그러므로 일반적 의미의 도라는 것은 노자가 의미하는 참된 의미의 법칙, 즉 불변의 법칙을 의미하는 것이 못 됨은 물론입니다. 노자의 도는 인간의 개념적 사고라는 그릇으로는 담을 수 없는 것이지요. 우리의 사유를 뛰어넘는 것이지요.

　명名의 경우도 도의 경우와 마찬가지입니다. 우리의 언어로 붙인 이름이 참된 이름일 수 없다는 것이지요. 이름이란 원래 약속에 지나지 않는 것입니다. 그 이름이란 그 실체를 옳게 드러내지는 못합니다. 개미에게 물어보면 '개미'라는 이름은 자기 이름이 아니지요. 더구나 '개미'라는 이름은, 개미라고 지칭되는 그 곤충(?)의 참된 모습을 드러내지 못합니다. 곤충이란 이름도 마찬가지임은 물론입니다. 비상명非常名일 수밖에 없지요. 사람들이 붙인 표지標識일 따름이지요. 사람들끼리의 약속, 즉 기호인 셈이지요. 한마디로 언어의 한계를 선언하고 있습니다. 도를 도라고 이름 붙인 것은 '박은 참'(寫眞)이라는 것이지요. '참도'(眞道)는 아니라는 것이지요. 언어의 한계를 뛰어넘은 곳에 노자의 세계가 있는 것이지요. 개념이라는 그릇은 작은 것이지요. 그릇으로 바닷물을 뜨면 그것은 이미 바다가 아닙니다.

　우리가 제1장에서 읽어야 하는 것이 이와 같습니다. 도의 세계는 언어를 초월하는 세계임은 물론이며, 인간의 사유를 초월하는 것이 아닐 수 없습니다. 따라서 제1장에서 노자는 개념적 사유, 즉 이름을 붙이는 것은 부분에 대한 인식이며 가시적으로 드러나는 현상에 대한 인식일 뿐임을 지적하고 있습니다. 그 드러난 현상의 배후에 무無가 있음을 선언하고 있습니다. 그리고 가장 중요한 것은 무와 유는 동체同體이며 통일체라는 것을 선언하고 있다는 사실입니다.

이처럼 노자의 도道와 명名은 서양의 사유와는 정반대의 지점에 위치하고 있습니다. 모든 사유는 개념적 사유라는 것이 서양의 논리지요. 개념이 없으면 사유가 불가능한 것이지요. 이것을 노자류老子類로 표현한다면 '도비도道非道 비상도非常道 명비명名非名 비상명非常名'이 되는 것이지요. "도라고 이름 붙일 수 없는 도는 참된 도가 아니며 이름 붙일 수 없는 이름은 참된 이름이 아니다." 이것이 서양의 사유입니다. 개념이 없으면 존재 자체가 없습니다. 칸트의 인식론에 의하면 모든 현상은 인식 주체인 인간의 선험적 인식 구조에 의하여 구성될 뿐이지요. 바로 이 점에 있어서 노자의 도와 명에 관한 제1장의 선언은 대단히 중요한 의미를 가진다고 할 수 있습니다. 하이데거는 언어는 존재의 집이라고 하지만 노자의 경우 이것은 폭력적 선언이 아닐 수 없습니다. 언어는 존재가 거주할 진정한 집이 못 되는 것이지요.

『노자』의 제1장은 무無와 유有가 하나의 통일체를 이루고 있다는 관계론關係論의 선언입니다. 무와 유는 그것에 접근하는 접근로에 따라서 구분될 수 있는 개념상의 차이일 뿐입니다. 따라서 노자의 무無는 '제로'가 아니라는 것이지요. 이 점을 유의해야 합니다. 인식의 대상이 아니라 인식을 초월하고 있다는 의미에서 무입니다. 우리의 인식에 있어서 무라는 것이지요. 도는 천지 만물의 생성과 변화 그 자체를 의미하며 그런 의미에서 근원적 법칙성입니다. 인간의 인식이 그것을 담아낼 수 없지요. 도리어 인간의 인식이 그것의 일부를 구성하고 있는 것이 노자의 철학적 체계입니다. 도가 작용하여 만물이 생성 변화 발전하는 것 그것이 유有입니다. 형이상학적 체體는 무이지만 형이하학적 용用은 유라는 것이지요. '도무수유'道無水有가 바로 그것입니다. 도는 없고 물은 있다는 것인데 그것은 무형인 도체道體가 유형인 도용道用으로 나타나고 있다는 것을 의미합니다. 노자 철학을 물의 철학이라고 하는 까닭은 보이는 것 중에서 도에 가장 가까운 것이 물이기 때문에 물의 비유로써 도를 설명하는 경우가 많기 때문이지요.

결론적으로 무의 세계든 유의 세계든 그것은 같은 것이며, 현묘한 세계입니다. 유의 세계가 가시적이기 때문에 현묘하지 않다고 생각할지도 모르지만 그것은 무의 작용이며, 현상 형태이며, 그것의 통일체이기 때문에 현묘하지 않을 수 없습니다. 그 아이는 단순할지 모르지만 그 어머니 때문에 복잡한 경우와 같은 것이지요.

『노자』와 노자를 소개하는 데 너무 많은 시간을 들였고 또 제1장을 설명하는 데도 너무 많은 시간을 들였습니다. 이제부터는 될 수 있는 한 간단히 설명하기로 하겠습니다. 번역상의 차이가 있는 경우에도 결정적인 것이 아닌 한 언급하지 않도록 하겠습니다.

인위人爲는 거짓(僞)입니다

天下皆知美之爲美 斯惡已
皆知善之爲善 斯不善已
故有無相生 難易相成 長短相較 高下相傾 音聲相和 前後相隨
是以聖人 處無爲之事 行不言之敎
萬物作焉而不辭
生而不有 爲而不恃 功成而弗居
夫唯弗居 是以不去   —제2장

이 장은 상대주의의 선언이며, 이 장의 핵심 개념은 무위無爲입니다.
상대주의를 선언하는 것이기 때문에 당연히 무위가 핵심적인 주제가
됩니다. 굳이 하나를 고집할 근거가 없는 것이지요. 이것과 저것은 상
대적일 뿐이기 때문입니다. 미美와 오惡, 선善과 불선不善의 구별이 절대
적이지 않음을 선언합니다.

널리 알려진 미美를 미라고 알고 있지만 그것은 사실 혐오스러운 것
이다.
널리 알려진 선善을 선이라고 알고 있지만 그것은 선하지 않은 것
이다.

이 구절에 대해서도 다른 해석이 가능합니다만 다시 한 번 노자의
기본 사상을 확인할 필요가 있습니다. 그것은 다름 아닌 무위의 사상과
상대주의 사상입니다. 무위란 작위作爲를 배제하는 것입니다. 다시 말

해서 자연을 거스르지 않는 것입니다. 자연스러운 흐름에 개입하거나 자연적인 질서를 깨트리지 않는 것입니다. 그리고 상대주의는 가치판단의 상대성을 지적하는 것입니다. 인간의 판단이 차이를 만들어낸다는 것입니다. 그것이 작위이고 그것이 차이를 만들어낸다는 것이지요. 이것은 제1장 유와 무의 통일적 인식에서 이미 표명되고 있는 것임을 알 수 있습니다.

제2장에서는 위에서 본 것처럼 먼저 미와 선의 개념이 상대적인 것임을 분명히 합니다. 아름답다고 알고 있는 것이 아름답지 않은 것(싫은 것)이기도 하고, 선이라고 알고 있는 것이 불선이기도 하다는 선언을 합니다. 그리고 미와 선의 상대성에 이어서 유무有無, 난이難易, 장단長短, 고하高下 등의 상대성에 대하여 개진하고 있습니다. 노자의 사상 체계에 있어서 대립적인 것은 없습니다. 상호 전화轉化될 수 없는 고정 불변한 것은 없습니다. 세상 만물은 상대적인 것이며 상호 전화하는 것입니다. 존재론적 체계가 아니라 관계론적인 체계입니다.

앞에서도 이야기했듯이 이러한 상대주의적 사유에 있어서 개입적 의미의 작위는 불필요하고 불가능한 것이 됩니다. 여기서는 물론이며, 『노자』 텍스트에서 대부분의 위爲는 인위人爲, 작위作爲의 의미로 읽어야 합니다. 인간의 개입이라는 의미로 읽어야 합니다. 그리고 노자 사상의 기조는 대체로 유가儒家에 대한 비판적 관점에 서 있습니다. 인의예지란 인위적인 것이며 그 인위적인 것이 세상을 어지럽힌다는 것이지요. 예악禮樂, 명분名分, 문물文物 등에 대한 반성과 반문화적 관점이 『노자』 전편을 일관하고 있습니다.

자연이야말로 최고最高, 최선最善, 최미最美의 모델이라는 것이 노자의 인식입니다. 천하 사람들이 알고 있는 미美와 선善이란 사실은 인위적인 것이라는 인식이지요. 자연스러움을 외면한 인위적인 미나 선은 진정한 미나 선이 아니라는 것이지요. 여기서 주목할 필요가 있는 것은 미美와 오惡를 반대 개념으로 대비하고 있다는 사실입니다. 그뿐 아니라 선善의 반대 개념도 악惡이 아니라 불선不善으로 대치하고 있다는 사실입니다. 아름다움은 가까이하고 싶은 가치로 규정하고 아름다움의 반대는 꺼리는 것, 혐오스러운 것으로 규정합니다. 대단히 합리적인 생각이지요. 선의 개념도 마찬가지입니다. 선도 미와 마찬가지로 그 의미가 시대에 갇혀 있고 사회적으로 갇혀 있지요. 초역사적이고 절대적인 미와 선이란 있을 수 없다는 것이지요.

미와 선은 지역이나 시대에 갇혀 있는 사회적 개념입니다. 미와 선의 그러한 특성을 한마디로 인위적이라고 규정하고 있는 것이지요. 그러한 기존의 인위적인 미와 인위적인 선에 길들여진 우리의 관념을 반성하자는 것이 이 장의 핵심입니다. 엄밀히 이야기하자면 제2장은 유가적 인식론과 실천론에 대한 반성입니다. 인식의 상투성을 반성하고, 나아가 실천 방식에 있어서도 그러한 인위적 작풍을 청산해야 한다는 것이 노자의 생각입니다. 그렇기 때문에 제2장의 핵심 개념은 인식과 실천의 반성입니다.

그리고 한 가지 덧붙이고 싶은 것은 인위人爲란 것이 곧 거짓이기도 하다는 사실입니다. 거짓이란 글자는 여러분도 잘 알고 있듯이 '위'僞입니다. '위'僞는 인人+위爲입니다. 거짓(僞)의 근본적인 의미는 '인위'입니다. 인간의 개입입니다. 크게 보면 인간의 개입 그 자체가 거짓입니다. 자연을 속이는 것이지요. 개미라는 이름을 붙이고 곤충으로 분류하는 것이지요. 그 인식에 있어서 자연을 왜곡하여 거짓 인식을 갖게 하는 것입니다. 산을 깎고 물을 막아 도시를 건설하는 것이지요. 그 실천에 있어서 자연의 운동 법칙을 거스르는 것입니다. 그런 의미에서 인위와 작위 그 자체가 바로 거짓(僞)인 것입니다. 자연에 대한 거짓인 셈이지요.

그 다음 구절도 마찬가지입니다. 인위적인 잣대가 개입됨으로써 차이가 생기는 것입니다. 우선 그 내용을 검토하기로 하지요.

有無相生 難易相成 長短相較 高下相傾 音聲相和 前後相隨

이 구절에서는 간단히 말해서 유무有無, 난이難易 등의 구분 자체를 부정합니다. 유有와 무無가 상대적인 것이고 구별할 수 없는 것임은 제1장에서 이미 살펴보았습니다. 어려움과 수월함, 깊과 짧음, 노래와 소리, 앞과 뒤 등도 마찬가지입니다. 그것들 간의 차이는 결코 절대적인 것이 못 됩니다. 상대적인 것입니다. 이것을 구분하는 것이 인위적인 개입이며 불필요한 '차이의 생산'이라는 것이지요. 차이의 생산이 곧 자연의 분열이며, 자연의 훼손이며 그것이 곧 인위라는 것이지요. 이러한 차별적 인식이 특히 '어려움', '없음', '짧음', '낮음' 등의 의미를 부당하게 폄하한다는 점을 지적하고 있는 것이지요. 있는 그대로의 상태, 즉 자연의 본성을 우위에 두어야 한다는 것이지요. 인위적인 구분이 초래할 수 있는 혼란을 경계하는 것이라고 할 수 있습니다.

인식에 있어서의 잘못된 인위적 관념을 분명하게 드러냄으로써 실천에 있어서의 올바른 방법을 제시할 수 있는 것이지요. 성인聖人 이하의 구절이 이것을 설명하고 있습니다. 성인은 마땅히 무위無爲하고 무언無言할 것을 요구합니다. 이 경우의 성인은 지도적 위치에 있는 사람을 의미합니다. 정치인이라고 해도 좋습니다만 노자는 유가를 겨냥하고 있습니다.

　성인은 무위의 방식으로 일하고 무언으로 가르쳐야 한다.
　만물은 (스스로) 자라나는 법이며 간섭할 필요가 없다.
　생육했더라도 자기 것으로 소유해서는 안 되며
　자기가 했더라도 뽐내지 않으며
　공功을 세웠더라도 그 공로를 차지하지 않아야 한다.
　무릇 공로를 차지하지 않음으로 해서 그 공이 사라지지 않는다.

　참고로 이와 똑같은 문장이 제10장에도 있습니다.
　"생지축지生之畜之 생이불유生而不有 위이불시爲而不恃 장이부재長而不宰 시위현덕是謂玄德"이 그것입니다.
　여기서 '생지축지'는 낳고 기른다는 뜻으로 그 다음의 '생이불유'와 짝을 이루고 있으며, '위이불시'는 '장이부재'(윗사람이 되더라도 지배하지 않는다)와 짝을 이루고 있습니다.
　가장 중요한 것은 이러한 방식, 즉 성인이 마땅히 본받아야 하는 이러한 작풍이 곧 현덕玄德이라는 것입니다. 여러분은 현덕이라고 하면 『삼국지』의 주인공 유현덕을 연상할 수 있을 것입니다. 현덕의 이미지가 이와 유사합니다. 철저히 자기의 주도하에 이끌고 가는 조조의 방식과는 다르지요. 제갈공명이나 관우, 장비 등 여러 장수들이 저마다의 능력을 잘 발휘할 수 있도록 눈에 띄지 않게(玄) 일하는(德) 스타일이지요.

　결론적으로 『노자』 제2장은 인식론이며 실천론입니다. 그 인식에 있어서 분별지分別智를 반성하고 고정관념을 버려야 한다는 것이지요.
아마 선악의 구분처럼 천박한 인식은 없다고 합니다. OX식의 이분법적
사고도 저급한 것이기는 마찬가지입니다. 이러한 기존의 저급한 인식
을 반성하자는 것이지요. 유무有無, 난이難易, 고저高低, 장단長短은 비교
할 것이 아니지요. 스스로 그렇게 존재하는 것이며 그런 의미에서 자연
스러운 것입니다. 굳이 비교되더라도 그것은 어디까지나 상대적인 것
이지요. 더구나 윤리적 판단의 대상이 될 수는 없는 것이지요. 우리들
이 가지고 있는 미의식마저도 기존의 인위적 틀 속에 갇혀 있다는 것이
지요.

노자는 이 장에서, 먼저 잘못된 인식을 반성한 다음 올바른 방식으
로 실천하기를 요구하는 것이지요. 말없이 실천하고, 자랑하지 말고, 개
입하지 말고, 유유하고 자연스럽게 실천해야 한다는 것이 노자 실천론
의 요지입니다. 그렇게 할 때만이 그 성과가 오래 지속될 수 있다는 것
이지요. 춘추전국시대를 지배하는 협소한 인식을 반성하고 조급한 실
천을 지양하자는 것이지요. 열린 마음과 유장悠長한 걸음걸이로 대응할
것을 주문하고 있는 것이지요.

뼈를 튼튼히 해야

不尙賢 使民不爭
不貴難得之貨 使民不爲盜
不見可欲 使民心不亂

是以聖人之治 虛其心 實其腹 弱其志 强其骨

常使民無知無欲 使夫智者不敢爲也

爲無爲 則無不治　　　—제3장

현명함을 숭상하지 않음으로서 백성들로 하여금 다투지 않게 해야
하고, 구하기 어려운 물건을 귀하게 여기지 않음으로서 백성들이 도
적질하지 않게 해야 하며, 욕망을 자극하는 것을 보여주지 않음으로
써 백성들의 마음을 어지럽히는 일이 없도록 해야 한다.

그러므로 성인의 정치는 그 마음을 비우게 하고 그 배를 채우게 하
며, 그 뜻을 약하게 하고 그 뼈를 튼튼하게 해야 한다. 언제나 백성
들로 하여금 무지무욕無知無欲하게 하고, (스스로) 지혜롭다고 하는
자들로 하여금 감히 무엇을 벌이지 못하게 해야 한다.

무위無爲의 방식으로 정치를 하면 혼란이 있을 리 없다.

번역이 자연스럽지 못하지만 전체의 뜻은 짐작되리라 생각합니다.
한마디로 노자의 정치론이라 할 만합니다. 노자가 지향하는 정치적 목
표는 매우 순박하고 자연스러운 질서입니다. 우선 현賢을 숭상하지 않
도록 해야 한다고 주장합니다. 현에 대한 비판적 인식이 참으로 노자답
다고 하겠습니다. 현이란 무엇입니까? 지혜라고 해도 좋고 지식이라고
해도 좋습니다만 우리가 습득하려고 하는 지식이나 지혜란 한마디로
자연에 대한 2차적인 해석입니다. 자연에 대한 부분적 지식이거나 그
부분적 지식을 재구성한 언어와 논리들입니다. 당연히 자연으로부터
일정하게 괴리된 것이 아닐 수 없지요. 이러한 것을 숭상하지 말아야
한다는 것이지요. 노자는 오직 농부만이 일찍 도를 따르게 된다고 합니
다(夫唯嗇 是以早服: 제59장). 자연과 가장 가까운 자리에 있기 때문이지요.

그리고 구하기 어려운 물건(貨)을 귀하게 여기지 않도록 해야 한다고 합니다. 화貨의 의미에 대해 생각해야 합니다. 화는 자기가 만든 농산물이 아니라 공산품工産品이라고 해야 합니다. 당시의 공산품은 직접적 생산품이 아니고, 또 1차적인 필수품도 아니었다고 해야 합니다. 화貨란 경제학적으로 이야기한다면 상품입니다. 그 사용가치보다는 교환가치가 속성인 물건이 화입니다. 현賢이 2차적인 재구성이듯이 화도 자연산이나 농산물이 아니라 2차 생산품인 공산품입니다.

노자의 이러한 주장은 마치 오늘날의 현실을 비판하는 것으로 들립니다. 구하기 어려운 화貨를 귀하게 여기지 않도록 해야 한다고 했습니다만 오늘날은 농산물에 비해 공산품의 가격이 훨씬 비쌉니다. 사람이 만든 것보다 기계가 만든 것이 훨씬 더 비쌉니다. 네팔에서 느낀 것입니다만 수입 전자 제품은 네팔 사람들로서는 감히 엄두를 낼 수 없는 고가인 반면에, 엄청난 수고가 담겨 있는 수공예품은 그 값이 거저나 다름없었습니다. 볕바른 좌판에 놓여 있는 수공예품 앞에 앉아서 너무나 낮은 가격에 당사자가 아닌 내가 마음 아파했던 기억이 있습니다. 외환제도나 시장가격이란 고도의 수탈 메커니즘이 아닐 수 없습니다. 노자가 물론 오늘날의 외환 제도나 가격 메커니즘을 전제로 이야기한 것일리는 없지만 화貨의 가격이 등귀하면 어떤 결과가 일어날 것인가에 대해서는 분명한 이해를 가지고 있었다고 해야 할 것입니다.

그 다음에 언급되는 심心과 복腹, 지志와 골骨의 대비에서도 이러한 관점이 분명하게 나타나고 있습니다. 복과 골을 강하게 해야 한다는 것이지요. 심과 지는 비우고 낮추어야 하며 복과 골은 채우고 튼튼하게 해야 한다는 것입니다. 노자가 대비시키고 있는 심지와 복골이라는 두 그룹의 차이가 무엇입니까. 위에서 보았던 것과 마찬가지로 복골 쪽이

훨씬 더 자연스러운 것이지요. 심지가 타율신경계인 데 비하여 복골은
자율신경계이기도 합니다. '불견가욕'不見可欲의 욕이 이를테면 심지
그룹이라고 할 수 있습니다.

정치경제학 개념으로 이야기하자면 상부구조보다는 하부구조를 튼
튼히 해야 한다는 것이 노자의 정치학입니다. 한 사회의 물적 토대를
튼튼히 하는 것, 이것이 정치의 근간임은 물론입니다. IMF 사태 때 우
리 사회의 허약한 토대가 분명하게 드러났습니다. 경제학 강의가 아니
기 때문에 길게 이야기할 수 없습니다만 IMF 사태는 한마디로 자립적
토대가 허약하기 때문에 겪은 환란이었지요. 복과 골이 튼튼하지 못하
기 때문에 일어난 사태였다고 해야 합니다. 그러나 절망적인 것은 IMF
극복 방식이 복과 골의 강화를 외면하고 임시 미봉책으로 일관되었다는
사실입니다. IMF 사태 이후에 자주 듣고 있는 구조 개혁이나 구조 조정
은 엄밀한 의미에서 구조에 관한 것이 아니지요. 토대의 개혁이 아닌 미
봉적인 것이 아닐 수 없습니다. 그런 미봉책으로는 같은 돌에 두 번 세
번 넘어지지 않을 수 없는 것이지요.

노자는 백성들이 무지무욕無知無欲하게 해야 한다고 하고 있습니다.
그러나 무지무욕은 자본주의 경제 체제하에서는 불가능합니다. 사실
나는 경제학을 전공으로 하고 있습니다만 지금도 도무지 납득할 수 없
는 것이 '소비가 미덕'이라는 자본주의 경제학의 공리입니다. 절약이
미덕이 아니고 소비가 미덕이라니. 끝없는 확대 재생산과 대량 소비의
악순환이 자본 운동의 본질입니다. 자본주의 경제의 속성입니다.

자본주의 경제는 당연히 욕망 그 자체를 양산해내는 체제입니다. 욕
망을 자극하고 갈증을 키우는 시스템이 바로 자본주의 체제입니다. 수
많은 화貨를 생산하고 그 화에 대한 욕구를 극대화합니다. CF 광고나

쇼윈도 앞에서 무심하기가 어렵습니다. 순간순간 구매 욕구를 억제해야 하는, 흡사 전쟁을 치르는 심정이 됩니다. 모든 사람이 부단한 갈증에 목마른 상태 그것이 바로 자본주의 사회, 상품 생산 사회에 살고 있는 사람들의 보편적 정서라고 해야 합니다.

지식이라고 해서 예외는 아닙니다. 지식은 소유의 대상이 아니라 접속만 하면 되는 것이라고 합니다. 나는 그것이 지식 상품의 CF라고 생각합니다. 지식도 상품입니다. 상품으로 생산되고 상품으로 유통됩니다. 상품의 운동 원리를 따르지 않을 수 없습니다. 소비가 미덕이 되고 부단히 새로운 상품이 생산됩니다. 그리고 대량 생산, 대량 소비의 형태로 진행됩니다. 상품 이외의 소통 방식이 존재하지 않는 것이지요. 상품 형태를 취하지 않는 것은 존재할 수가 없는 것이지요. 시장이 허용하지 않는 것은 설자리가 없는 것이지요. 모든 것이 상품화된 거대한 시장에서 살아가는 것이 우리의 삶입니다. 언어도 상품이 됩니다. 지식의 도구인 언어 그 자체가 가장 이윤 폭이 큰 첨단 상품이 되고 있습니다. '지식을 위한 지식'도 생산되고 유통됩니다. 도무지 무욕無欲할 수도 없고 무지無知할 수도 없는 것이 우리의 현실입니다. 이러한 자본주의의 구조와 현실을 깨닫는 것 그것이 『노자』의 현대적 재조명이라고 생각하지요.

노자는 또 지자智者들로 하여금 함부로 무엇을 벌이지 못하게 해야 한다고 합니다. 지자들이 벌이는 일이 바람직한 것이 아니기 때문입니다. 노자가 매우 부정적으로 보는 일들을 지자가 저지르고 있는 것이지요. 현賢을 숭상하고, 난득지화難得之貨를 귀하게 여기게 하고, 욕망 그 자체를 생산해내고, 심지心志를 날카롭게 하는 등 작위적인 일을 벌이는 사람들이 지자들이지요. 자본주의 체제하의 지자들은 특히 그러할 수밖에 없습니다. 한마디로 자연의 질서를 어지럽히는 것이지요. 노자는 바로 이러한 일련의 작위를 경계하는 것입니다.

무리하게 하려는 자는 실패하게 마련이며 잡으려 하는 자는 잃어버린다는 것이 노자의 철학입니다. 자연의 법칙을 존중하는 무위無爲의 방식으로 실천해야 한다는 것입니다. 옷처럼 만물을 감싸 기르면서도 주인 노릇을 하지 않는다는 것이지요(衣養萬物而不爲主: 제34장). 그렇게 할 때에 비로소 혼란이 없어진다는 것입니다(爲無爲 則無不治). 나아가 천하는 무사無事로써 얻을 수 있으며(以無事取天下: 제57장), 감히 천하를 앞지르지 않음으로써 천하를 다스린다(不敢爲天下先 故能成器長: 제67장)고 합니다. 이 장의 지자智者는 오늘날 정치 지도자에 해당한다고 할 수 있습니다. 무언가를 쟁취하려는 사람이며, 무언가를 하겠다고 공약하는 사람이지요. 자기가 아니면 안 된다고 나서는 사람이라고 할 수 있습니다. 비노자적非老子的 성향의 사람들이라고 할 수 있습니다.

내가 서예를 사사받은 정향靜香 선생님은 해방 후 지금까지 단 한 번도 투표하신 적이 없다고 실토하신 적이 있습니다. 투표하시지 않은 이유가 매우 특이합니다. 자기가 아니면 안 된다고 나서는 사람들이기 때문에 찍어줄 마음이 없다는 것이었어요. 삼고초려三顧草廬를 하더라도 선뜻 나서지 않아야 옳다는 것이지요. 하물며 자기가 하겠다고 나서서 남을 낮추어 말하고 자기를 높여서 말하는 사람을 찍어줄 생각이 없다는 것이 이유였습니다. 지역의 어른이시고 자연히 사람들의 이목이 있기 때문에 투표일에는 투표소를 한 바퀴 휘익 돌고 오신다는 것이었어요. 아마 노자에게 선거권이 있다고 하더라도 투표하러 가지 않으리라 생각됩니다. 노자의 정치학이 이와 같습니다.

노자 정치학의 압권이 바로 '생선 굽는' 이야기입니다. "큰 나라를 다스리는 일은 작은 생선 굽듯이 해야 한다"(治大國若烹小鮮: 제60장)는 것이지요. 생선을 구울 때 생선이 익을 때까지 기다리지 못하고 이리저리 뒤집다가 부스러뜨리는 것이 우리들의 고질입니다. 생선의 비유는 일상생활의 비근한 예를 들어서 친근하면서도 정곡을 찌르는 표현이 아닐 수 없습니다. 오늘날 우리가 사는 모습이나 소위 국가와 사회를 경영하는 방식을 반성할 수 있는 정문일침頂門一鍼의 화두가 아닐 수 없습니다.

유가에서는 이 제3장을 들어 노자 사상은 우민 사상愚民思想이며 도피 사상逃避思想이라고 비판합니다. 무지無知, 무욕無欲 그리고 무위無爲를 그 내용으로 하고 있기 때문입니다. 그러나 먼저 전체의 의미를 읽고 전체적 연관 속에서 부분을 읽어야 옳다고 생각합니다. 자구와 부분을 도려내어 확대하는 것은 처음부터 부정적인 결론을 이끌어내려는 것이지요. 미운 사람을 험담하는 경우에 그렇게 하지요. 부분의 집합이 전체가 아니기 때문에 부분의 확대는 전체의 본질을 그르치기 쉽습니다.

『노자』 독법의 기본은 무위입니다. 여러 차례 이야기했습니다만 무위는 무행無行을 의미하는 것이 아닙니다. 그리고 무위는 그 자체가 목적이나 가치가 아니라 방법론입니다. 실천의 방식입니다. 그것이 목표로 하는 것은 궁극적으로 '난세의 극복'(無不治)입니다. 혼란(不治)이 없는(無) 세상을 만드는 것입니다. 따라서 이 장은 은둔隱遁과 피세避世를 피력한 것이 아니라 세계에 대한 적극 의지의 표명이라고 할 수 있습니다. 개세改世의 사상이라는 것이지요. 다만 그 방식이 유원하고 근본을 경영하는 것이란 점이 다를 뿐입니다.

물은 낮은 곳으로 흘러서 바다가 됩니다

上善若水 水善利萬物而不爭
處衆人之所惡 故幾於道
居善地 心善淵 與善仁 言善信 正善治 事善能 動善時
夫唯不爭 故無尤　　─제8장

노자 철학을 한마디로 '물의 철학'이라고 합니다. 앞에서도 이야기 했습니다만 도무수유道無水有라고 했지요. 도는 보이지 않고 눈에 보이는 것 가운데 가장 도에 가까운 것이 바로 물이라는 것이지요. 물로써 도를 설명하는 방식을 취하고 있습니다. 이 장은 매우 유명한 장입니다. 특히 '상선약수'上善若水는 인구에 회자되는 명구입니다. "최고의 선은 물과 같다." 이 경우 최고의 선은 현덕玄德이며 도道입니다. 물은 물론 현덕이 아닐 뿐 아니라 도 그 자체도 아니지만 그것을 가장 잘 표현하고 있는 것이지요. 노자가 물을 최고의 선과 같다고 하는 까닭은 크게 나누어 세 가지입니다.

첫째는 만물을 이롭게 한다는 것입니다. 물이 만물을 이롭게 한다는 것에 대해서는 더 설명할 필요가 없습니다. 우로雨露가 되어 만물을 생육하는 것이 바로 물입니다. 생명의 근원입니다.

둘째는 다투지 않는다는 것입니다. 다투지 않는다는 것에 대해서는 좀 설명이 필요합니다. 다투지 않는다는 것을 매우 소극적인 의미로 읽어서는 안 됩니다. 다투어야 마땅한 일을 두고도 외면하거나 회피하는 도피주의나 투항주의投降主義로 이해해서는 안 됩니다. 다투지 않는다는 것은 가장 과학적이고 합리적인 방식으로 실천한다는 뜻입니다. 다

튼다는 것은 어쨌든 무리가 있다는 뜻입니다. 목표 설정에 무리가 있거나 아니면 그 경로의 선택이나 진행 방식에 무리가 있는 경우에 다투게 됩니다. 주체적 역량이 미흡하거나 객관적 조건이 미성숙한 상태에서 과도한 목표를 추구하는 경우에는 그 진행 과정이 순조롭지 못하고 당연히 다투는 형식이 됩니다. 무리無理를 감행하지 않을 수 없는 법이지요. 쟁爭이란 그런 점에서 위爲의 다른 표현이고 작위作爲의 필연적 결과입니다. 물 흐르듯이 자연스럽게 하는 일이 못 되는 것을 노자는 '쟁'이라고 하고 있습니다. 『손자병법』에 '전국위상全國爲上 파국차지破國次之'라는 구절이 있습니다. 나라를 깨트려서 이기는 것(破國)은 최선이 못된다고 하고 있습니다. 전국全國, 즉 나라를 온전히 하여 취하는 것이 최상이라는 뜻입니다. 다투지 않는다는 것은 작위하지 않는다는 것을 의미한다고 할 수 있습니다.

『노자』 마지막 장인 제81장의 마지막 구가 '천지도天地道 이이불해利而不害 성인지도聖人之道 위이부쟁爲而不爭'입니다. "천지의 도는 이로울지언정 해롭지 않고, 성인의 도는 일하되 다투는 법이 없다"고 하고 있습니다. 물은 결코 다투는 법이 없습니다. 산이 가로막으면 멀리 돌아서 갑니다. 바위를 만나면 몸을 나누어 비켜갑니다. 곡류曲流하기도 하고 할수割水하기도 하는 것이지요. 가파른 계곡을 만나 숨 가쁘게 달리기도 하고 아스라한 절벽을 만나면 용사처럼 뛰어내리기도 합니다. 깊은 분지를 만나면 그 큰 공간을 차곡차곡 남김없이 채운 다음 뒷물을 기다려 비로소 나아갑니다. 너른 평지를 만나면 거울 같은 수평을 이루어 유유히 하늘을 담고 구름을 보내기도 합니다.

셋째는 사람들이 싫어하는 곳에 처한다는 것입니다. 가장 낮은 곳에 처한다는 것이지요. 이 경우 낮다는 것은 반드시 그 위치가 낮다는 의미가 아닙니다. 비천한 곳, 소외된 곳, 억압받는 곳 등 여러 가지 의미로 읽을 수 있습니다. 물론 물은 낮은 곳으로 흐릅니다. 나는 이 구절이 노자 정치학의 가장 큰 특징이라고 생각합니다. 그 속에서 대단히 풍부한 민초들의 정치학을 발견할 수 있기 때문입니다.

물론 노자 사상이 민초들의 정치적 해방을 위한 것이라고 단언할 수는 없습니다.

그뿐만 아니라 『노자』는 지식인 내부의 비판 담론이며, 근본에 있어서 고도의 제왕학帝王學이라는 주장도 있습니다. 『한서』漢書 「예문지」藝文志에 도가道家의 무리는 대개 사관史官에서 나왔으며 이는 인군人君이 나라를 다스리는 술수術數를 기술한다는 기록이 있습니다. 소위 '무위의 통치'는 군주의 비밀 정치론이라는 것이지요.

앞에서 읽은 제3장에 대해서도 다르게 해석하기도 합니다. 백성을 무지무욕하게 한다는 것은 곧 우민화이며, 백성들의 마음을 비우고 배를 채우게 한다는 것은 배만 부르게 하고 머리는 비게 한다는 것이지요. 의지를 약하게 만들고 뼈를 튼튼하게 한다는 것은 비판 의식을 제거하고 힘든 노동에 견딜 수 있도록 육체만 튼튼하게 한다는 것이지요.

이와 같은 부정적 평가의 부분적 타당성을 인정한다 하더라도 그러한 비판은 결과적으로 『노자』를 철학의 차원으로부터 정치적 이데올로기의 수준으로 격하시키는 것이 아닐 수 없습니다. 『노자』는 중국 사상사에서 최고의 철학적 담론임에 틀림없습니다. 백 보를 양보하여 『노자』를 정치사상이나 이데올로기라고 하더라도, 『노자』의 정치학은 철저한 비판 담론이란 점에서 민초들의 입장과 정서에 닿아 있는 것이라고 해야 합니다.

춘추전국시대는 무한 경쟁의 시대입니다. 부국강병의 방법론을 두고 수많은 이론이 속출하게 됩니다. 직접 일하지 않고 패자覇者에게 기생하여 지식을 팔고, 그것을 발판으로 하여 사사로운 이해를 도모하는 지식인 계층이 사회적으로 확대됩니다. 이러한 상황에 대하여 노자는 패권 경쟁을 반대하고 그에 기생하는 지식인들을 신랄하게 비판합니다. 그러면서도 노자는 자신의 주장을 사회학과 정치학의 차원을 넘어 철학적 논리로 승화시킵니다. '도가도道可道 비상도非常道 명가명名可名 비상명非常名'이라는 최고의 철학적 체계를 완성합니다. 여기에 시대를 초월하고 있는 『노자』의 역사적 의미가 있는 것이라 할 수 있습니다. 노자는 자신의 철학적 논리로 패권 경쟁을 둘러싼 일체의 행위를 반자연의 무도無道한 작위로 단정하고 있는 것입니다.

『노자』가 군주학이 될 수 없는 가장 근본적 이유가 이와 같습니다. 패권 경쟁의 무도한 작위를 철저하게 반대하는 것 그것이 민초들의 정치학인 셈이지요. 뿐만 아니라 반전反戰 중명重命 사상을 설파하고 약한 자가 이긴다는 희망을 선포하고 있는 노자의 비판 담론은 전쟁의 최대 희생자인 민초들의 삶과 투쟁에 뛰어난 실천적 의미를 부여하는 사상이며 전술이라고 할 수 있습니다.

춘추전국시대라는 천하 대란을 당하여 모든 억압과 착취는 결국 가장 약한 민초들의 부담으로 전가됩니다. 그것은 오늘날도 마찬가지입니다. 생명과 재산을 잃고, 가족들이 뿔뿔이 흩어지는 이산의 고통은 결국 민초들의 몫입니다. 이러한 민초들에 대한 관심과 애정은 『노자』 곳곳에 피력되어 있습니다. 백성들이 굶주리는 것은 지배자들이 세금을 많이 걷어 먹기 때문이라는 것이 노자의 인식입니다(제75장).

물이 사람들이 싫어하는 곳에 처한다는 것은 가장 낮은 곳에 처한다는 뜻이며, 또 가장 약한 존재임을 뜻합니다. 가장 약하지만 무한한 가능성을 가지고 있는 것이 바로 물입니다. 민초가 그렇습니다. 천하에 물보다 약한 것이 없지만 강한 것을 공격하기에 이보다 나은 것은 없으며 이를 대신할 다른 것이 없다고 선언하고 있습니다(天下莫柔弱於水 而攻堅强者莫之能勝 以其無以易之: 제78장). 이 78장에서 우리가 생각해야 하는 것은 물이 강한 것을 이길 수 있는 이유입니다. 유약柔弱이 사직社稷의 주인이 되고 천하의 왕이 되는 까닭, 연약한 것이 강한 것을 이기고 부드러운 것이 단단한 것을 이기는 이유를 읽어내야 합니다. 왜 그러한 힘이 약한 것에 있는가 하는 이유입니다. 이것이 우리들의 몫입니다.

약한 것이 강한 것을 이기는 이유는 무엇보다 먼저 약한 사람이 그 수에 있어서 다수라는 사실에 있습니다. 강자의 힘은 어디서 나오는 것인가, 그것은 그가 지배하는 약한 사람들로부터 오는 것입니다. 강자의 힘은 그 개인에게 있는 것이 아니라 그 자리(地位)에서 나오는 것이고 그 힘은 원래 약자의 것이지요. 여기서 우리가 간과해서는 안 되는 것은 강자가 지배하는 구도에 있어서 약자의 수가 항상 다수라는 사실입니다. 강자가 다수일 수 없다는 사실 이것이 핵심입니다.

약한 사람들이 다수라는 사실은 두 가지 점에서 결정적 의미가 있습니다.

첫째, 다수 그 자체가 곧 힘이라는 사실입니다. 다수이기 때문에 끊임없이 도전할 수 있는 것입니다. 쉬지 않고 흐를 수가 있는 것입니다. 강한 것을 공격하기에 물보다 나은 것이 없는 까닭은 물은 쉬지 않고 흐르기 때문이라는 것이지요. 낙수落水가 댓돌을 뚫는 이치가 바로 그렇습니다. 쉬지 않고 떨어지기 때문입니다. 그럴 수 있기 위해서는 일단 다수여야 합니다. 양적으로 우세해야 합니다.

둘째, 다수는 곧 정의正義라는 사실입니다. 이것이 곧 민주주의 원리입니다. 불벌중책不罰衆責, 많은 사람이 범한 잘못은 벌할 수 없다는 것이지요. 예를 들어 많은 사람이 지킬 수 없는 신호는 신호 위반자를 처벌하기보다는 신호등을 철거해야 하는 것이지요. 물론 소수의 선동가에 의해서 다수의 의견이 왜곡되기도 합니다. 그리고 언론 권력에 의해서 여론이 조작되기도 합니다. 그러나 이것은 진정한 의미의 다수라고 할 수 없음은 물론입니다. 약한 사람이 이길 수 있는 이유는 바로 다수이기 때문이며 다수가 바로 현실이며 정의라는 것이지요.

세상에서 가장 낮은 물이 '바다'입니다. 바다가 세상에서 가장 낮은 물입니다. 낮기 때문에 바다는 모든 물을 다 '받아들입니다'. 그래서 그 이름이 '바다'입니다. 세상의 모든 물을 다 받아들일 수 있는 것은 가장 낮은 곳에 있기 때문이지요. 큰 강이든 작은 실개천이든 가리지 않고 다 받아들임으로써 그 큼을 이룩하는 것이지요. 제66장에 이런 구절이 있습니다. '강해소이능위백곡왕자江海所以能爲百谷王者 이기선하지以其善下之'. 바다(江海)가 모든 강(百谷)의 으뜸이 될 수 있는 까닭은 자신을 더 낮추기 때문이라는 것이지요. 이 구절의 선善은 well이 아니라 more로 읽는 것이 옳다고 생각합니다. 『노자』가 민초의 전략 전술이며 정치학이라고 하는 이유가 이와 같습니다.

노자의 물은 민초들의 정치학이면서 동시에 우리 사회의 실천적 과제라고 할 수 있습니다. 우리 사회의 변혁 역량은 대단히 취약합니다. 절대적인 역량에 있어서 취약하고 더구나 부문별로 또는 정파 단위로 분산되어 있는 것이 우리의 현실입니다. 그뿐만 아니라 이처럼 분산된 부문별 역량들의 결합 수준 또한 대단히 저급하기 때문입니다. 연대야말로 당면의 실천적 과제인 것이지요.

그리고 진정한 연대란 다름 아닌 '노자의 물'입니다. 하방 연대下方

連帶입니다. 낮은 곳으로 지향하는 연대입니다. 노동·교육·농민·환경·의료·시민 등 각 부문 운동이 각자의 존재성을 키우려는 존재론적 의지 대신에 보다 약하고 뒤처진 부문과 연대해 나가는 하방 연대 방식이 역량의 진정한 결집 방법이라고 생각하지요. 중소 기업, 하청 기업, 비정규직, 여성, 해고자, 농민, 빈민 등 노자의 물처럼 낮은 곳을 지향하는 연대여야 하는 것이지요. 하방 연대에는 보다 진보적인 역량이 덜 진보적인 역량과 연대하는 것도 포함됩니다. 덜 진보적인 역량은 더 내놓을 것이 없기 때문입니다. 연대 문제에 대해서는 앞으로 더 많은 논의가 필요합니다만 이러한 연대 담론에 있어서 노자의 생환은 매우 중요한 의미를 갖는 것이라고 믿습니다.

계속해서 다음 구절을 읽어보도록 합시다.

居善地 心善淵 與善仁 言善信 正善治 事善能 動善時
夫唯不爭 故無尤

이 구절도 여러 가지로 해석되고 있습니다. 우선 문법적으로 선善을 형용사로 해석하기도 하고 또는 부사로 해석하기도 합니다. 그리고 지地·연淵·인仁·신信·치治·능能·시時를 동사로 해석하기도 합니다. 어느 경우든 문법적으로는 하자가 없습니다. 그러나 고전 독법의 요체는 일관성입니다. 전체의 의미 맥락에 따라서 읽어야 하고 현대적 의미를 재조명하는 관점에서 읽는 일입니다. 따라서 이 구절은 민초들의 정치학으로 읽어야 옳다고 생각하지요. 구체적으로는 연대와 전위 조직의 과학적 실천 방법에 관한 강령적 의미로 읽을 수도 있다고 생각하지요. 이 문장의 주어는 물론 물입니다.

'거선지'居善地는 현실에 토대를 둔다는 의미입니다. 민중들과의 정치적 목표를 공유하는 현실 노선과 대중노선을 토대로 해야 한다는 뜻으로 읽을 수 있습니다. '심선연'心善淵은 마음을 비운다(虛靜)는 의미입니다. 사사로운 목표를 경계하는 것입니다. '여선인'與善仁의 여와 인은 인간관계를 의미합니다. 동지적 애정으로 결속해야 한다는 의미로 읽을 수 있습니다. '언선신'言善信은 그 주장(言)이 신뢰받을 수 있어야 한다는 것을 의미합니다. '정선치'正善治의 정正은 정政입니다. 바로잡는 것, 즉 개혁과 변혁입니다. 그 방법이 치治해야 한다는 것이지요. 다시 말하자면 평화로워야 한다는 의미입니다. 영도 방식이 예술적이어야 한다는 의미로 읽을 수 있습니다. 정政의 방법이 예술적이어야 한다는 의미는 강제나 독선에 의한 것이 아니라 최대의 자발성과 창조성을 이끌어낸다는 의미입니다. '사선능'事善能은 전문적인 능력으로 일을 처리해야 한다는 것이며, '동선시'動善時는 그 때가 무르익었을 때에 움직이는 것을 의미합니다. 주체적 역량과 객관적 조건이 성숙되었을 때 움직이는 것입니다.

이상에서 제시한 실천 방법을 한마디로 요약한다면 과학적 방법이라고 할 수 있습니다. 과학적 방법이란 싸우지 않는 것(不爭)이며 따라서 오류가 없는 것(無尤)입니다. 이어지는 구절이 바로 이러한 의미를 담고 있습니다. '유부쟁唯不爭 고무우故無尤', "오직 다투지 않음으로써 허물이 없다."

빔이 쓰임이 됩니다

三十輻共一轂 當其無 有車之用
埏埴以爲器 當其無 有器之用
鑿戶牖以爲室 當其無 有室之用
故有之以爲利 無之以爲用   —제11장

서른 개의 바퀴살이 모이는 바퀴통은 그 속이 '비어 있음'(無)으로
해서 수레로서의 쓰임이 생긴다. 진흙을 이겨서 그릇을 만드는데 그
'비어 있음'(無)으로 해서 그릇으로서의 쓰임이 생긴다. 문과 창문을
내어 방을 만드는데 그 '비어 있음'(無)으로 해서 방으로서의 쓰임이
생긴다. 따라서 유有가 이로운 것은 무無가 용用이 되기 때문이다.

해석상의 논란이 약간 있지만 핵심적인 것은 역시 노자 철학의 주제
인 무無와 유有의 관계입니다. 수레의 곡轂은 바퀴살이 모이는 통(hub)
입니다. 이 곡에 축軸을 끼웁니다. 곡에 축을 끼움으로써 수레가 된다는
것을 이해하는 것은 어렵지 않습니다. 이 곡이 비어 있어야 축을 끼울
수 있는 것도 그렇습니다. 마찬가지로 그릇의 속이 비어 있기 때문에
그릇으로서의 쓰임이 생기고, 방의 빈 공간이 방으로서의 쓰임이 된다
는 것 또한 너무나 자명한 사실입니다.

그러나 노자의 관점은 그런 자명한 사실을 이야기하자는 데 있는 것
이 아닙니다. 그 자명한 사실의 배후를 드러내는 데 있다고 할 수 있습
니다. 이 점이 중요한 것입니다. 누구나 수레를 타고, 그릇을 사용하고,
방에서 생활하지만 그것은 수레나 그릇이나 방의 있음(有)에만 눈을 앗
기어 막상 그 있음의 배후(無)를 간과하고 있는 것이지요. 숨어 있는 구

조를 드러내는 것이지요. 즉 유有의 배후로서의 무無를 드러내는 것이 노자의 철학이고 이 장의 의미입니다. 현상을 있게 하는 본질을 가리키는 것이라 할 수 있습니다. 현상과 본질의 관계에 대하여 이야기하는 것이지요. 여러분이 찻잔 한 개를 고를 때 무엇을 보고 고르지요? 모양이나 질감, 색상, 무늬 등을 보고 고릅니다. 말하자면 유有를 보고 고르는 셈이지요.

나는 이 장이 우리가 목격하는 모든 현상의 숨겨진 구조를 주목해야 한다는 메시지로서 읽히기를 바랍니다. 한 개의 상품의 있음(有) 즉 그 효용에 주목하기보다는 그것을 만들어내는 노동을 생각하는 화두로 읽어야 한다고 생각합니다. 누군가의 기쁨이 누군가의 아픔의 대가라면 그 기쁨만을 취할 수 있는 권리는 아무에게도 없는 것이지요.

『노자』를 상품과 노동의 화두로 읽는 것이 『노자』를 매우 얕게 읽는 것이라는 비난을 받을 수 있습니다. 현학玄學을 경제학의 수준으로 격하시키고 있다는 것이지요. 그러나 자본주의적 가치란 소유와 소비라는 유有의 세계입니다. 그리고 이러한 유有의 시스템이 어떻게 작동하고 어떻게 유지되는가, 이 유의 세계가 어떠한 것을 축적하고 어떠한 것을 파괴하고 있는가를 주목하는 실천적 관점이 바로 『노자』의 현대적 독법이어야 한다고 생각합니다.

이 장으로부터 무소유無所有의 철학을 이끌어내는 사람도 없지 않습니다. 그러나 무소유의 예찬은 자칫 사회의 억압 구조를 은폐할 수도 있다고 생각합니다. 해진 장삼 한 벌과 볼펜 두 자루만 남기고 입적하신 노스님의 모습은 무소유에 대한 무언의 설법입니다. 욕망의 바다에서 소유의 탑을 쌓고 있는 중생들에게 무소유의 설법은 매우 중요한 각성의 계기가 되리라고 생각합니다. 그러나 보통 사람들은 소유 없이 살아갈 수가 없는 것이 현실입니다. 노스님의 무소유는 사찰 종단의 거대한 소유 구조 위에서 가능한 것이지요. 그 자체가 역설입니다. 무소유가 가능한 것은 소유가 용用이 되기 때문이지요. 노자의 역설입니다. 나는 무소유와 무의 가치를 예찬하기보다는 차라리 우리 사회가 숨기고 있는 보이지 않는 무, 숨겨진 억압 구조를 드러내는 관점에서 이 장을 읽어주기를 바랍니다.

여러분과 나누고 싶은 이야기가 하나 더 있습니다. 지금 몇 년째 화두처럼 걸어놓고 있는 나의 '데미안'에 관한 이야기입니다. 내가 닮고 싶은 인간상이지요. 나의 가까운 선배 중에 매우 조용한 분이 한 분 있습니다. 노자가 이야기하는 없는 듯이 존재하는 분입니다. 모임에서도 발언하는 일조차 거의 없습니다. 그래서 모임이 끝난 후에 누구 한 사람 그분이 참석했는지 참석하지 않았는지 도무지 기억하지 못하는 그런 분입니다. 그러나 이상한 점은 그분이 참석하지 않았을 경우에는 모든 사람들이 분명하게 그가 참석치 않았다는 사실을 기억한다는 것입니다. 참으로 신통할 정도입니다. 참석했을 경우에는 눈에 띄지 않고, 결석했을 경우에는 그 자리가 큼직하게 텅 비어버리는 그런 분입니다. 아마 눈에 띄지 않는 자리에서 이것저것 꼭 필요한 일들을 거두거나 거들었기 때문이라고 짐작됩니다. 없는 듯이 있는 분의 이야기입니다. 노자의 무無를 연상케 하는 품성이 아닐 수 없습니다. "모든 살아 있는 생명들의 숨결을 위하여 한 줄기 바람이 되리라." 무와 유가 절묘하게 융화되고 있는 것이 바람이라고 생각하지요.

우리들이 추구하는 가치와 우리들이 일하는 방식에 대한 반성의 의미로 이 장을 읽을 수 없는지 다시 한 번 생각하기 바랍니다.

스스로를 신뢰하도록

太上 不知有之 其次 親而譽之 其次 畏之 其次 侮之

信不足焉 有不信焉

悠兮 其貴言 功成事遂 百姓皆謂 我自然　　　—제17장

　이 장 역시 노자의 정치론입니다. 바람직한 군주에 관한 설명입니다. 가장 이상적인 정치 즉 태상太上의 정치는 백성들이 임금이 있다는 사실을 모르는 것입니다. 임금이 백성들의 삶에 간여하지 않는 상태입니다. '제력帝力 하유어아재何有於我哉', "임금의 권력이 나와 무슨 관계가 있는가" 할 정도로 백성들에게는 없는 것이나 마찬가지인 경우입니다. 최고의 정치는 무치無治라는 것이지요. 그 다음이 백성들이 친애하고 칭송하는 임금입니다. 덕치德治라고 할 수 있습니다. 물론 임금이 백성들을 자상하게 보살피기 때문에 백성들이 친애하고 칭송하겠지만 이러한 임금은 없는 듯이 존재하는 임금만 못하다는 것이지요. 그 다음이 두려운 임금입니다. 권력을 행사하고 형벌로 다스리는 패권 정치를 의미한다고 할 수 있습니다. 그리고 두려운 임금보다 못한 임금이 바로 백성들이 업신여기는 임금입니다. 멸시의 대상이 되는 임금이지요.

　이렇게 이상적인 정치, 바람직한 군주를 등급화한 다음 '신부족언信不足焉 유불신언有不信焉'이란 구절이 이어집니다. 언焉이라는 결어사로 마무리하여 매우 단정적인 선언을 합니다. 백성들을 믿지 못하기 때문에 그래서 백성들로부터 불신을 받는다는 것이지요. 요컨대 지도자의 가장 중요한 품성은 백성, 즉 민중을 신뢰하는 것입니다. 신뢰함으로써 신뢰받는 일입니다. 백성들을 믿고 간섭하지 않는 것이 훌륭한 지도자

라는 것입니다. 그것이 태상의 정치이며, 이를테면 무치입니다. 무치가
가능하기 위해서 임금은 백성을 신뢰하고 백성은 임금을 신뢰하는 관
계가 성립되어야 하는 것입니다. 이러한 상호 신뢰를 구축하기 위해 필
요한 것이 바로 다음 구절인 '유혜悠兮 기귀언其貴言 공성사수功成事遂 백
성개위百姓皆謂 아자연我自然' 입니다.

유혜悠兮는 강조하는 어법입니다. 그 진리성의 변함없음을 이야기
합니다. '기귀언 공성사수' 에 대해서는 두 가지 해석이 가능합니다. 귀
언은 물론 말을 아끼는 것입니다. 공성사수, 즉 일이 성취되더라도 말
을 아껴야 한다는 것이지요. 자기가 이룩한 일을 생색내지 않는 것(爲而
不辭)입니다. 그리고 또 한 가지 해석은 귀언은 불언이나 무언이기보다
는 오히려 불간섭을 의미한다고 할 수 있습니다. 간섭하지 않은 상태에
서 일이 성취되는 것이 중요하고, 더욱 중요한 것은 다음 구절인 '백성
개위 아자연' 입니다. 백성들이 스스로에 대한 신뢰를 갖도록 하는 것입
니다. 임금을 믿는 것보다는 자기 자신을 믿는 것이 진정한 믿음인 것
이지요. 무언과 불간섭은 노자 철학의 전제입니다. 이 장에서 이야기하
는 것은 대단히 근본적인 것입니다. 공功을 세우고 일을 성취했더라도
그 공로를 차지하지 않아야 하는 것(功成而弗居: 제2장)은 물론이며 그 공
로를 이야기해서도 안 되는 것이지요. 공功을 이루었으면 물러나는 것
이 하늘의 도(功遂身退 天之道: 제9장)라는 것이지요. 그리하여 '백성개위
아자연' , 즉 모든 성취는 백성들이 스스로 그렇게 한 것이라고 믿게끔
해야 한다는 것입니다.

이 장에서 우리가 좀 더 논의해야 하는 것이 몇 가지 있습니다. 우선
신뢰의 문제입니다. 정치가는 진심으로 백성들을 신뢰해야 한다는 사
실입니다. 모든 정치적 목표는 백성들이 결정해야 한다는 것입니다. 백

성들에게 그러한 지혜와 능력이 있다는 사실을 믿는 것이지요. 백성들의 생각은 수많은 사람들이 오랜 세월 동안 집단적인 시행착오를 겪고 나서 도달한 결론입니다. 충분한 임상학적 과정을 거친 가장 합리적이고 과학적인 결론인 셈이지요.

그럼에도 불구하고 우리는 백성들에게 과연 독자적인 판단 능력이 있는가에 대하여 의문을 가지고 있습니다. 일반적으로 계몽주의의 세례를 받고 있는 지식인의 경우가 더 회의적입니다. 그리고 자본주의 체제가 가동시키고 있는 막강한 우민화愚民化 메커니즘은 더욱 회의적이게 합니다. CF 광고는 물론이며 문화와 예술, 교육에 이르기까지 압도적으로 군림하고 있는 막강한 권력을 생각한다면 절망적이지 않을 수 없습니다. 그럼에도 불구하고 신뢰해야 한다고 생각합니다.

대학교 1, 2학년은 고3 터널을 빠져나온 직후의 짧은 반동기反動期이기도 하지만 그 세대는 대중문화와 상품미학에 상당히 깊이 포섭되어 있다고 할 수 있습니다. 그런데 3, 4학년이 되면 분명히 달라져 있습니다. 나는 해마다 신입생 몇 사람을 정해서 그 변화를 유심히 지켜보고 있습니다. 분명히 변화합니다. 변화하는 이유는 "생활이 그대를 가르치기" 때문입니다. 삶의 골목에서 이러저러한 충돌을 통해서 현실의 벽을 몸으로 터득해가기 때문이지요. 더구나 집단적으로 터득해갑니다. 그래서 나는 믿어야 한다고 생각합니다. 이 강의도 하나의 골목이기를 바라지요. 여러분이 걸어가는 여러 골목 중의 하나이기를 바라는 것이지요. 그리고 언젠가 여러분이 자신의 사상을 정돈하는 작은 계기로서 추체험追體驗되기 바라는 것이지요.

다음으로는 자연自然에 관해서입니다. 노자의 자연은 'Nature'가 아닙니다. 서구적 개념의 자연은 문명 이전의 야만 상태를 의미하기도 하고, 광물이나 목재를 얻는 자원의 의미이기도 합니다. 어느 경우나 자연은 우리의 외부에 존재하는 대상으로서의 의미를 갖습니다. 노자의 자연은 그러한 의미가 아닙니다. 굳이 영어로 표현하자면 'self-so' 정도가 가장 가까운 표현이라고 할 수 있습니다. 자연은 그 자체로서 완성된 것이며 다른 외부를 가지지 않은 존재입니다. 독립적 존재입니다. 그 이전도 그 이후도 상정할 수 없는 그야말로 항상적 존재입니다. 최후의 존재이면서 동시에 최초의 존재입니다. 한마디로 최대한의 개념이며 가장 안정적인 질서가 바로 노자의 자연입니다.

북한강과 남한강이 만나서 굽이굽이 흘러가고 있는 한강을 생각해 봅시다. 한강의 그러한 모양은 수많은 세월을 겪어오면서 그렇게 만들어진 것이지요. 마찬가지로 북한산의 모양 역시 수천만 년의 풍상을 겪으면서 그렇게 만들어진 것이지요. 수많은 임상 실험을 거친 가장 안정된(stable) 시스템이라고 할 수 있습니다. 이러한 자연의 질서를 파괴하는 것이 얼마나 엄청난 재난을 가져오는가에 대해서는 재론의 여지가 없습니다. 에이즈만 하더라도 원래 에이즈 바이러스는 침팬지에게 안정적으로 서식하던 바이러스라고 합니다. 그것이 환경의 변화로 말미암아 인간에게 옮겨오면서 결정적인 질병으로 나타나는 것이라고 하지요.

미생물의 세계뿐만이 아닙니다. 생태계의 질서가 엄청난 규모로, 그리고 엄청난 속도로 파괴되고 있는 것이 바로 현대 사회입니다. 자연의 질서에 대한 거대한 간섭인 것이지요. 치산치수治山治水에서와 마찬가지로 백성들의 삶에 대해서도 개입하지 않는 것이 최고의 정치라는 것이지요. 백성들의 삶은 한강이나 북한산과 마찬가지로 역사적으로 수많은 세월을 겪어온 것입니다. 장구한 역사를 겪어온 가장 자연스러운 가치와 질서가 그 속에 담겨 있는 것이지요. 그래서 그것을 존중해야 하고 그것을 믿어야 하는 것이 정치라는 것입니다. 백성들이 저절로 그렇게 되었다고 믿을 수 있어야 하는 것이지요. 이것이 노자의 도道이고 노자의 자연自然이라고 할 수 있습니다.

서툰 글씨가 명필입니다

大成若缺 其用不弊
大盈若沖 其用不窮
大直若屈 大巧若拙 大辯若訥
靜勝躁 寒勝熱 淸靜爲天下正　　　　—제45장

가장 완전한 것은 마치 이지러진 것 같다. 그래서 사용하더라도 해지지 않는다.
가득 찬 것은 마치 비어 있는 듯하다. 그래서 퍼내더라도 다함이 없다.
가장 곧은 것은 마치 굽은 듯하고, 가장 뛰어난 기교는 마치 서툰 듯하며, 가장 잘하는 말은 마치 더듬는 듯하다.
고요함은 조급함을 이기고, 추위는 더위를 이기는 법이다. 맑고 고요함이 천하의 올바름이다.

이 장의 핵심적인 개념은 '대' 大입니다. 대성大成·대영大盈·대직大直·대교大巧·대변大辯에서 알 수 있듯이 대는 최고의 개념입니다. 최고 수준, 최고 형태를 의미합니다. 성成·영盈·직直·교巧·변辯의 최고 형태는 그것의 반대물로 전화하고 있습니다. 곧 결缺·충沖·굴屈·졸拙·눌

訥이 그것입니다. 변증법적 구조입니다. 질적 전환에 대한 담론입니다. 노자는 이러한 변증법적 논리를 통하여 사물에 대한 열린 관점을 제시합니다. 상투적이고 획일적인 형식을 뛰어넘고 있습니다. 이것은 인위를 배격하고 무위를 주장하는 노자의 당연한 논리입니다. 결론적으로 대大의 기준, 즉 최고最高의 기준은 '자연'입니다. 자연스러움이 최고의 형식이 되고 있습니다. 인위적인 형식에 대해서는 원초적 거부감을 가지고 있는 것이 바로 노자입니다.

'대성약결'大成若缺과 '대영약충'大盈若沖은 같은 내용이라고 할 수 있습니다. 돈이 많은 사람은 겉으로는 별로 없는 듯이 차리고 사는 경우가 허다합니다. 헙수룩하게 차려입어도 개의치 않지요. 많이 아는 사람도 겉으로는 어리석게 보이기도 하지요. 의상의 경우에 대성大成의 경지, 즉 최고의 완성도는 잘 모르기는 하지만 아마 정장 차림은 아닐 것이라고 생각합니다. 매우 자유롭고 헐렁한 코디네이션일 수 있다고 생각합니다. 왕필은 "사물에 맞춰서 채우되 아끼거나 자랑하지 않으므로 비어 있는 듯하다"고 주를 달아놓았습니다. 『장자』莊子에서도 언급되고 있듯이 부어도 차지 않고 떠내어도 다하지 않는다(注焉而不滿 酌焉而不竭)는 것은 어떤 획일적 형식이 없기 때문입니다. 정해진 형식이 없는 경우에는 닳거나(弊), 다함(窮)이 있을 수 없는 것이지요.

'대직약굴'大直若屈에 대해서 왕필은 "곧음이란 한 가지가 아니다"라고 하고 있습니다. 대직大直을 대절大節 즉 비타협적인 절개와 지조의 의미로 이해하는 경우에도 그렇습니다. 가장 중요한 원칙 문제에 있어서 타협하지 않는 사람은 사소한 일에 있어서는 구태여 고집을 부리지 않습니다. 가장 중요한 원칙을 지키지 못하는 사람일수록 작은 일에 매달리고 그 곧음을 겉으로 드러내게 마련이지요. 어떤 분야든 최고 단계는 특정한 형식에 얽매이지 않으며, 좁은 틀을 시원하게 벗어나 있게 마련이지요.

'대교약졸' 大巧若拙에 대해서는 내가 자신 있게 이야기할 수 있습니다. 아마 서예에서만큼 졸拙이 높이 평가되는 분야도 없으리라고 생각합니다. 서예에 있어서 최고의 경지는 교巧가 아니라 졸입니다. 추사가 세상을 떠나기 3일 전에 쓴 봉은사의 현판 '판전' 板殿이란 글씨는 그 서툴고 어수룩한 필체로 하여 최고의 경지로 치는 것이지요. 서예에 있어서 최고의 경지는 환동還童이라고 합니다. 어린이로 돌아가는 것이지요. 일체의 교와 형식을 뛰어넘는 것이지요. 법法까지도 미련 없이 버리는 경지입니다.

'대변약눌' 大辯若訥은 "최고의 웅변은 더듬는 듯하다"는 뜻입니다. 언言은 항상 부족한 그릇입니다. 언어로는 그 뜻을 온전히 담아내기가 어렵습니다. 명가명名可名 비상명非常名이 아닐 수 없습니다. 언이 부족한 표현 수단인 것은 이해가 가지만 어째서 눌변訥辯이 대변大辯일 수 있느냐에 대해서는 의문을 가질 수 있다고 생각합니다. 여러분도 나와 비슷한 경험을 가지고 있으리라고 짐작합니다만, 예를 들어 '맷돌'이라는 단어를 놓고 생각해봅시다. 여러분은 맷돌이란 단어에서 무엇을 연상합니까? 아니 어디에 있는 맷돌을 머리에 떠올리고 있습니까? 생활사박물관이나 청진동 빈대떡집에 있는 맷돌을 연상하는 것이 고작이라고 생각합니다. 그곳에서밖에 보지 못했기 때문입니다. 그러나 나는 외갓집 장독대 옆에 있던 맷돌을 떠올리고 있습니다. 언어는 소통의 수단입니다. 소통은 화자와 청자 간에 이루어지는 것이지요. 따라서 맷돌이라는 단어는 그 단어가 연상시키는 경험 세계의 소통 없이는 결코 전달되지 못하는 것입니다. 화자의 연상 세계와 청자의 그것이 서로 어긋나는 경우 정확한 의미의 소통은 차질을 빚게 됩니다.

말을 더듬고 느리게 이야기하는 경우에는 이러한 불일치를 조정할 시간적 여유가 생기는 것이지요. 화자가 청산유수로 이야기를 전개해 가면 청자가 따라오지 못하게 되지요. 느리게 이야기해야 하는 이유 중의 하나라 할 수 있습니다. 그러나 기본적으로는 언어란 불충분한 표현 수단이라는 점을 잊지 않는 것이지요. 언어는 무엇을 지시하는 것일 뿐입니다. 그렇기 때문에 언어가 지시하는 대상을 찾아내고 그 대상에 대한 청자와 화자의 합의가 도출되어야 하는 것이지요. 될 수 있으면 언어를 적게, 그리고 느리게 사용하는 것이 필요하지요.

언젠가 라이브 콘서트에서 느낀 것입니다. 노래 중간 중간에 가수가 엮어 나가는 이야기가 청중을 사로잡고 있었어요. 가수가 이야기를 전개하는 방식이 압권이었습니다. 배경음악을 깔고 낮은 조명 속에서 이따금씩 말을 더듬는 것이었어요. 적당한 단어가 생각나지 않아서 그것을 찾느라고 가끔씩 말이 끊기는 것이었어요. 말이 끊길 때마다, 나도 그랬지만, 청중들이 그 가수를 걱정해서 각자가 적당한 단어 한 개씩을 머릿속으로 찾아보는 것 같았어요. 그런데 뜸을 들이던 가수가 찾아낸 단어가 우리가 생각해낸 것보다 한 수 위었어요. 그 순간 청중은 언어 감각에 있어서 가수보다 한 수 아래라는 사실을 인정하게 되는 것이었어요. 가수에게 패배하는 것이지요. 처음에는 적당한 단어를 찾지 못해서 더듬는다고 생각했습니다만 그런데 그것이 아니었습니다. 그 말더듬음은 청중을 지배해가는 방식이었습니다. 그야말로 대변大辯이었습니다. 물론 이 이야기는 눌변訥辯이 청자의 연상 세계를 확장해준다는 것을 이야기하려는 것이지요.

마지막으로 고요함이 조급함을 이기고 추위가 더위를 이긴다는 것,

그리고 고요한 것이 천하의 올바름이라는 것은 역시 노자 사상의 당연한 진술입니다. 왕필본에는 '조승한躁勝寒 정승열靜勝熱'로 되어 있습니다만 전체적인 의미 맥락을 존중하여 최근에는 많은 학자들이 예시문처럼 '정 승조靜勝躁 한승열寒勝熱'로 바꾸어 읽고 있습니다. 여기서는 후자를 따랐 습니다. 천하의 올바름이란 바로 자연의 질서를 의미하는 것입니다. 마 찬가지로 고요함이란 작위가 배제된 상태를 의미함은 물론입니다.

진보란 단순화입니다

小國寡民 使有什伯之器而不用 使民重死而不遠徙
雖有舟輿 無所乘之 雖有甲兵 無所陳之
使民復結繩而用之 甘其食 美其服 安其居 樂其俗
隣國相望 鷄犬之聲相聞 民至老死 不相往來   ─제80장

나라는 작고 백성은 적다. 많은 기계가 있지만 사용하지 않으며, 백 성들로 하여금 생명을 소중히 여기게 하고 멀리 옮겨다니지 않도록 한다. 배와 수레가 있지만 그것을 탈 일이 없고, 무기가 있지만 그것 을 벌여놓을 필요가 없다. 백성들은 결승문자를 사용하던 문명 이전 의 소박한 생활을 영위하며, 그 음식을 달게 여기고, 그 의복을 아름 답게 여기며, 거처를 편안하게 여기며 풍속을 즐거워한다. 이웃 나 라가 서로 바라볼 정도이고 닭 울음소리와 개 짖는 소리가 서로 들 릴 정도로 가까워도 백성들은 늙어 죽을 때까지 내왕하지 않는다.

노자의 이상국가론理想國家論입니다. 규모가 작은 국가, soft-technology, 반전 평화, 삶의 단순화 등이 그 내용이라고 할 수 있습니다. '복결승'復結繩은 결승문자를 사용하던 문명 이전으로 돌아가자는 뜻입니다만 반드시 복고적 주장이라고 단정할 수는 없습니다. 간디는 "진보란 단순화이다"(Progress is Simplification)라고 했습니다.

『노자』 강독을 마치기로 하겠습니다. 예시 문안의 양이 부족하기도 하고 또 내용이 매우 어렵기도 했습니다. 강의를 듣고 나니까 『노자』가 더 어려워졌다고 하는 사람도 있을 것 같습니다. 그러나 『노자』에는 인간 노자에 대한 묘사가 단 한 줄도 없습니다. 『노자』 강의를 끝내면서 만약 여러분이 인간 노자의 풍모를 상상할 수 있다면 대단한 성공이라고 생각합니다. 그리고 여러분의 친구 중에서 노자 비슷한 사람을 찾아낼 수 있다면 그 또한 대단한 성공이라고 생각합니다. 어쩌면 그것이 노자에 대한 최고의 이해일 수도 있다고 생각되기 때문입니다.

『노자』 강독을 끝내자니 미진한 것이 너무 많습니다. 노자 사상을 몇 마디 말로 정리하기는 어렵습니다만 그것의 핵심은 동動보다는 정靜을, 만滿보다는 허虛를, 교巧보다는 졸拙을, 웅雄보다는 자雌를, 그리고 진進보다는 귀歸를 더 높은 가치로 보는 데 있습니다. 노자 사상은 마치 수학에서 '0'의 발견이 갖는 의미와 공헌을 중국 사상에 기여했다고 평가합니다. 노자 사상은 장자莊子, 열자列子 등에 의하여 직접적으로 계승되었지만 더욱 중요한 것은 유가 측에서도 『노자』를 계속 읽고 해석했다는 사실입니다. 결과적으로 노자 사상은 중국 사상을 풍부하게 발전시키는 데 매우 큰 공헌을 하게 됩니다.

노자 사상은 상당 부분이 법가 사상으로 계승되기도 합니다. '상선

약수'를 설명하면서 언급했습니다만, 진시황의 분서갱유도 사실은 노자를 계승한 것이라고 평가됩니다. 『노자』는 도교의 기본 교리로 경전화되기도 하고, 불교 사상의 정착과 송대宋代 성리학性理學의 본체론本體論과 인식론認識論에 상당한 영향을 미쳤음은 물론입니다. 그 이외에도 문학, 회화, 예도藝道, 무도舞蹈, 그리고 무위無爲의 관조적 삶의 철학에 이르기까지 수많은 분야에 걸쳐 깊이와 다채多彩를 더했다고 평가됩니다. 한비자韓非子의 통어술統御術, 병가兵家의 허실 전법虛實戰法도 노자의 영향에서 발전했음은 물론입니다.

노자의 철학은 귀본歸本의 철학입니다. 본本은 도道이며 자연입니다. 그런 점에서 노자의 철학을 유가 사상에 대한 비판 담론으로 규정하는 것은 노자를 왜소하게 읽는 것이라 할 수 있습니다. 노자 철학이야말로 동양 사상의 정수를 담고 있다고 해야 할 것입니다. 사람은 땅을 본받고 땅은 하늘을 본받고 하늘은 도를 본받고 도는 자연을 본받는다(人法地 地法天 天法道 道法自然: 제25장)는 것이 노자의 철학이기 때문입니다.

7

장자의 소요

『장자』莊子

고기는 이를테면 하나의 현상입니다. 반면에 그물은 모든 현상의 저변에 있는 구조를 의미한다고 할 수 있습니다. 고기가 하나의 사물이라면 그물은 세상의 모든 사물을 망라하고 있는 천망天網인 것이지요. 고기는 잊어버리든 잃어버리든 상관이 없습니다. 중요한 것은 그물입니다. 모든 사물과, 모든 사건과, 모든 시대가 그 위에서 생성 변화 발전하는 거대한 관계망을 잊지 않는 일이 무엇보다 중요한 것이지요. 한 마리의 제비를 보고 천하의 봄을 깨달을 수 있게 하는 것이 바로 관계망이지요. 중요한 것은 한 마리의 제비가 아니라 천하의 봄이지요. 남는 것은 경기의 승패가 아니라 동료들의 우정이라고 생각합니다. 남는 것은 그물입니다. 그리고 그물에 관한 생각이 철학이라고 할 수 있기 때문입니다.

우물 안 개구리에게는 바다를 이야기할 수 없다

『장자』莊子는 6만 5천여 자나 되는 대단히 방대한 책입니다. 『사기』에는 10만 자라고 기록하고 있습니다. 어디서부터 이야기해야 할지 망연합니다만 장자에 대해서는 여러분이 잘 아는 이야기부터 시작하는 것이 좋을 것 같습니다.

"우물 안 개구리(井底蛙)에게는 바다를 이야기할 수 없다. 한곳에 매여 살기 때문이다. 메뚜기에게는 얼음을 이야기할 수 없다. 한 철에 매여 살기 때문이다." 이것은 『장자』외편外篇 「추수」秋水에 나오는 이야기입니다. 이 대목이 바로 '우물 안 개구리'의 출전입니다. 이 우물 안 개구리의 비유는 장자 사상을 가장 상징적으로 표현하고 있는 것이라고 할 수 있습니다. 우물 안 개구리는 장자가 당시의 제자백가들을 일컫는 비유입니다. 교조敎條에 묶인(束於敎) 굽은 선비(曲士)들이 바로 우물 안 개구리와 같기 때문에 그들에게는 도道를 이야기할 수 없다고 일갈―喝합니다.

물론 당시의 제자백가도 적극적인 실천을 통하여 당대 사회의 문제를 해결하고자 했습니다. 공동체의 문제 즉 사회적 과제를 해결하는 것을 목표로 하였음은 물론입니다. 그러나 장자는 문제의식에 있어서 제자백가들과 분명한 차이점을 보이고 있습니다. 장자가 추구하는 문제는 더 근원적인 문제였습니다. 제도 개혁만으로는 불가능하다는 인식이 전제되어 있습니다.

근본적인 문제는 공동체 구성원 개개인의 '자유와 해방'에 있다는 것이 장자의 주장입니다. 이른바 장자의 자유주의 철학입니다. 개인을 지도, 감독, 보호하려는 일체의 행정적 또는 이념적 규제를 '인위적 재앙'으로 파악하였습니다. 춘추전국시대는 거대한 사상적 혼란기였습니다. 사이비 사상가와 철학자들이 횡행하는 이른바 백화제방百花齊放의 시대였습니다. 그러나 그들의 사상은 그 시대를 조망할 수 있는 것이 못 되었음은 물론이고 겨우 패권 경쟁을 위한 정책 대안의 수준을 벗어나지 못하는 것이어서, 결과적으로 우물을 벗어나지 못한 개구리에 지나지 않으며 여름을 넘기지 못하는 메뚜기에 불과하다는 것이 장자의 생각입니다.

문제는 우리의 『장자』 독법입니다. 2천 년을 격한 오늘의 현실 속에서 『장자』를 어떤 의미로 읽어야 할 것인가 하는 것이 우리의 과제입니다. 결론을 먼저 이야기한다면 혹시 나 자신도 우물 속에 있는 것은 아닌가를 반성하는 것이 바로 우리의 과제입니다. 과도기는 언제나 백화제방의 시대입니다. 오늘날도 예외는 아닙니다. 수많은 담론의 와중에서 우리가 골몰하고 있는 것이 결국은 패권 경쟁의 수준을 벗어나지 못하는 것이 아닌가 하는 반성이 『장자』 독법의 핵심적 과제라고 생각하지요. 『장자』 원문을 읽기 전에 장자 사상의 대강을 먼저 살펴보도록 하겠습니다.

장자 사상이 가장 잘 나타나고 있는 것이 『장자』 제1편 「소요유」逍遙遊입니다. '소요유'는 글자 그대로 아무 거리낌 없이 자유롭게 거닌다는 뜻입니다. 소요逍遙는 보행步行과는 달리 목적지가 없습니다. 소요 그 자체가 목적입니다. 하릴없이 거니는 것이지요. 그런 점에서 소요는 보행보다는 오히려 무도舞蹈에 가까운 것이라고 할 수 있습니다. 춤이란 어디에 도달하기 위한 동작이 아니기 때문이지요. 동작 그 자체가 목적입니다.

장자의 소요유는 '궁극적인 자유', 또는 '자유의 절대적 경지'를 보여주기 위한 개념입니다. 인간의 삶 위에 군림할 수 있는 어떠한 가치도 존재할 수 없다는 것이 소요유의 의미이고 나아가 장자 사상의 핵심입니다. 사회적 규범 밖에서 자유를 추구하던 일민逸民들의 경물중생輕物重生, 즉 개인주의적인 생명 존중론이 양주학파楊朱學派에서 크게 고조되었는데 이 양주학파의 사상을 철학적으로 발전시킨 것이 『장자』라고 합니다. 철학적으로 발전시켰다는 것은 생명의 물리적 보존이나 생물학적 보존뿐만이 아니라, '정신의 자유'라는 보다 높은 차원으로 승화시켰다는 뜻입니다. 무한한 소요유의 추구를 표방함으로써 인간의 삶을 한 단계 더 높은 차원으로 승화시키는 것이야말로 문제의 근원적 해결이라는 것이 장자의 주장입니다. 이 부분이 바로 장자의 철학과 사회학의 접점이라고 할 수 있습니다.

그러나 지금까지 우리나라에서는 『장자』를 읽는 독법이 대체로 '소요유'와 '자유'의 측면에 과도하게 치우쳐 있음을 부인할 수 없습니다.

그러한 경향은 우리 현대사에 드리워진 어두운 과거에서 비롯된 것이라고 할 수 있습니다. 우리 현대사에는 기인열전畸人列傳에 들 수 있는 사람이 적지 않습니다. 여러분에게 익숙한 이름도 많이 있을 것입니다. 나로서는 그분들에 대한 나름의 이해와 공감을 느끼기 때문에 이 자리에서 거명하기 어렵습니다만 기상천외의 기행奇行이나 주사酒邪까지도 그의 호연지기浩然之氣로 치부되거나 불우한 예술가란 이름으로 면죄부가 주어지는 경우도 허다합니다. 일제하에서부터 해방 전후의 격동기와 한국전쟁 그리고 폭압적인 군사 정권에 이르기까지 우리 현대사에 드리워진 절망의 그림자는 실로 엄청난 무게가 아닐 수 없습니다. 그 절망의 짙은 그림자 속에서 『장자』는 많은 사람들에게 일탈의 논리로, 패배의 미학으로 읽혀졌음이 사실입니다.

그러나 그런 일탈과 농세弄世라는 패배주의자들의 개인주의적 대응과는 달리 역사의 엄혹한 현장에서 산산이 부서져간 사람들의 이야기를 우리는 또 알고 있습니다. 특히 나의 경우에는 그런 사람들과 감옥에서 함께 살기도 했고 그런 사람들에 대한 수많은 이야기를 듣기도 했습니다. 그러나 그런 사람들의 이야기는 오랫동안 해금될 수 없었을 뿐만 아니라 일반인들이 수용하기에도 부담이 아닐 수 없었습니다. 역사 현장으로부터 거리를 둘 수밖에 없었던 많은 사람들에게 그런 사람들의 이야기는 심리적으로도 부담이 아닐 수 없습니다. 그에 비하면 패배의 미학이 훨씬 더 친근하게 수용될 수 있었던 것이지요.

아마 이러한 현대사의 어두운 그림자 때문에 우리의 『장자』 독법이 부정의 철학으로 기울지 않았을까 하는 것이 나의 개인적인 생각입니다. 그러나 장자의 소요유가 단지 소요를 위한 것이 아님은 물론입니다. 소요유는 장자의 고차원의 사회 철학이기도 하다는 점을 잊어서는 안 됩니다. 그런 점에서 『장자』를 부정의 철학으로만 읽는 것은 올바른 독법이 아니라고 할 수 있습니다.

우리에게 잘 알려진 '예미도중'曳尾塗中의 일화는 장자의 그러한 면모를 알려주는 이야기입니다. 장자가 낚시를 하고 있을 때, 초楚의 위왕威王이 대부 두 사람을 보내어 재상을 삼으려는 뜻을 전했습니다. 장자는 낚싯대를 드리운 채 돌아보지도 않고 웃으며 사신에게 말했습니다.

"내가 듣기로 초나라에는 신령스런 거북이 있는데 죽은 지 이미 3천 년이나 되었다 합니다. 임금은 그것을 비단으로 싸고 상자에 넣어 묘당廟堂에 보관한다 합니다. 당신이 그 거북의 입장이라면, 죽어서 뼈만 남기어 존귀하게 되고 싶겠소, 아니면 살아서 진흙 속에 꼬리를 끌고 다니고 싶겠소?" 하여 돌려보냈다는 일화입니다.

"살아서 진흙 속에서 꼬리를 끌며 살겠다"(寧生曳尾塗中)는 것이 바로 장자입니다. 부정적이기는커녕 대단히 낙천적인 세계관을 펼쳐 보이고 있는 것이지요.

호루라기를 부는 장자

장자에게 끼친 노자의 영향에 대해서는 상반된 견해가 있습니다. 노자의 영향이 절대적이라는 견해와, 『장자』와 『노자』는 각각 달리 발전되었고 다른 경로를 통해 계승되어왔다는 견해가 그것입니다. 한 걸음 더 나아가 『노자』보다는 오히려 『장자』를 노장 철학의 주류로 봐야 한다는 주장도 없지 않습니다. 『장자』에는 『노자』를 직접 인용한 부분이 없다는 것이지요.

『노자』와 『장자』가 다른 경로를 통해 발전되어왔다는 주장은 특히 그 서술 형식이 판이하다는 점을 근거로 들고 있습니다. 『노자』의 서술 방식은 여러분도 이미 알고 있습니다. 사설辭說을 최소한으로 하는 엄숙주의가 기조를 이루고 있습니다. 내용에 있어서도 최소한의 선언적 명제命題에 국한되고 있습니다. 이에 비하여 『장자』는 만연체를 기조로 하면서 허황하기 짝이 없는 가공과 전설 그리고 해학과 풍자로 가득 차 있습니다. 두 책의 제1장이 그러한 차이를 단적으로 보여주고 있습니다.

『노자』의 제1장은 '도가도道可道 비상도非常道 명가명名可名 비상명非常名'입니다. 이에 비하여 『장자』의 첫 구절은 "북쪽 깊은 바다(北冥)에 물고기가 한 마리 살았는데, 그 이름을 곤鯤이라 하였다. 그 크기가 몇천 리인지 알 수가 없다. 이 물고기가 변하여 새가 되었는데 이름을 붕鵬이라 한다……"로 시작됩니다.

이 첫 구절의 차이가 사실 노장老莊의 차이를 상징적으로 표현하고 있습니다. 노자는 도道의 존재성을 전제합니다. 도를 모든 유有의 근원적 존재로 상정하고 이 도로 돌아갈 것(歸)을 주장하고 있습니다. 이에 비하여 장자는 도를 무궁한 생성 변화 그 자체로 파악하고 그 도와 함께 소요할 것을 주장하는 것이지요. 『노자』를 우리는 민초들의 정치학으로 이해하고 그러한 관점에서 읽었습니다만 『노자』에는 그러한 사회성과 정치성이 분명하게 있는 것이지요. 『장자』에는 이러한 차원의 정치학이 없는 것이 사실입니다. 『장자』의 정치학은 오히려 다른 차원에서 모색되고 있다고 해야 할 것입니다. 절대적 자유와 소요를 장자의 정치적 선언으로 이해할 수도 있습니다. 그리고 패권 경쟁을 반대하고 궁극적 진리를 설파하고 있다는 점에서 『장자』와 『노자』는 크게 다르지 않습니다.

그러나 장자는 노자의 상대주의 철학 사상에 주목하고 이를 계승하고 있지만 이를 심화해가는 과정에서 노자로부터 결정적으로 멀어져갔다고 할 수 있습니다. 개인주의적인 세계, 즉 '정신의 자유'로 옮겨갔다는 것이지요. 그것을 도피라고 할 수는 없지만 어떻든 노자의 관념화인 것만은 분명하다고 할 수 있습니다.

루쉰魯迅의 『호루라기를 부는 장자』가 바로 장자의 그러한 면을 신랄하게 비판하고 있습니다. 『호루라기를 부는 장자』는 『장자』 「지락」至樂에서 소재를 취하여 장자의 상대주의 철학을 풍자한 희곡 형식의 작품입니다. 그 내용을 자세히 소개할 수는 없습니다만 요지는 다음과 같습니다.

500년 전에 친척을 찾아가다가 도중에 옷을 모두 빼앗기고 피살된 한 시골 사람이 다시 부활하여 장자와 대화를 나눕니다. 간절하게 옷을 원하는 그 사람에게 장자는 그의 고답적인 철학을 펼칩니다.

"옷이란 있을 수도 있고 없을 수도 있는 법. 옷이 있다면 그 역시 옳지만 옷이 없어도 그 역시 옳은 것입니다. 새는 날개가 있고, 짐승은 털이 있습니다. 그러나 오이와 가지는 맨몸뚱입니다. 이를 일러 '저 역시 옳기도 하고 그르기도 하며, 이 역시 옳기도 하고 그르기도 하다'는 것입니다."

이야기의 전개는 위급해진 장자가 급히 호루라기를 꺼내어 미친 듯이 불어서 순경을 부릅니다. 현장에 도착한 순경은 옷이 없는 그 사람의 딱한 사정을 목격하고 장자가 옷을 하나 벗어 그 사람이 치부만이라도 가리고 친척을 찾아갈 수 있게 하자고 제안합니다. 그러나 장자는 그러한 순경의 제안을 끝내 뿌리치고 순경의 도움을 받아 궁지를 벗어납니다.

이 이야기는 작품의 전편을 '발가벗겨진' 분위기로 이끌고 가면서 그 사람의 절실한 현실인 '옷'과 장자의 고답적인 사상인 '무시비관'無是非觀을 극적으로 대비시킴으로써 장자 철학의 관념성을 드러냅니다. 이 작품의 정점은 장자가 미친 듯이 호루라기를 불어 순경을 부르고 순경의 도움으로 위기를 모면하는 대목입니다. 장자가 호루라기를 불다니 여러분도 상상이 가지 않지요? 그러나 우리는 바로 그 점에서 루쉰의 대가적 면모를 읽을 수 있었습니다. 첫째는 장자와 호루라기라는 극적 대비를 통하여 장자의 허구성을 선명하게 드러내는 것이 그 하나입니다. 그리고 또 하나는 장자의 무시비無是非란 결국 통치자에게 유리한 논리임을 보여주는 것이지요. 호루라기는 권력을 상징하고 있기 때문이지요.

이처럼 장자 사상이 권력에 봉사한다는 부정적 평가가 있는 것이 사실이지만 그것은 결과적으로 그렇게 원용되었을 뿐이며 『장자』는 권력 그 자체를 부정하는 근본주의적 사상으로 평가됩니다. 이러한 긍정적 평가가 장자에 대한 일반적 평가라 할 수 있습니다. 특히 유묵儒墨의 천명天命 사상이나 천지론天志論에 대한 장자의 비판은 높이 평가되고 있습니다. 장자 사상은 반체제적인 부정 철학否定哲學에 그치는 것이 아니라 궁극적으로 체제 그 자체를 부정하는 체제 부정의 해방론이라는 평가가 그러하다고 할 수 있습니다.

그러나 장자의 해방은 어디까지나 관념적 해방이며 주관적인 해방임은 부정할 수 없습니다. 장자 철학은 기본적으로 『노자』의 '상대주의'에서 입론立論하고 있습니다. 『노자』의 상대주의적 측면을 한층 심화하여 공간적, 시간적으로 확장해갑니다. 그러나 그러한 과정에서 사상적 영역이 새롭게 확장된 것은 인정된다 하더라도 결과적으로 노자의 사회성과 실천성이 탈색될 수밖에 없는 것 또한 사실이라고 해야 할 것입니다.

높이 나는 새가 먼 곳을 바라봅니다

그러나 『장자』는 그 전편에 흐르는 유유자적하고 광활한 관점을 높이 사야 한다고 생각합니다. 모든 이론과 사상뿐만 아니라 모든 현실적 존재도 그것은 드높은 차원에서 조감되어야 할 대상입니다. 조감자 자신을 포함하여 세상의 모든 존재는 우물 속의 개구리가 아닐 수 없습니다. 세상의 모든 존재가 부분이고 찰나라는 것을 드러내는 근본주의적 관점이 장자 사상의 본령입니다. 바로 이 점에 『장자』에 대한 올바른 독법이 있다고 할 수 있습니다.

여기에 비하면 『논어』와 『맹자』의 세계는 지극히 상식적인 세계입니다. 이 상식의 세계란 본질에 있어서 기존의 논리를 승인하는 구도에 지나지 않습니다. 결국 그것은 답습의 논리이며, 기득권의 논리가 아닐 수 없습니다. 상당 부분 복고적이기까지 하지요. 장자는 이 상식적 세계와 세속적 가치를 일갈—喝하고 일소—笑하고 초월하고 있습니다. 장자의 이러한 초월적 시각은 대단히 귀중한 것입니다.

내편內篇 「소요유」에서 초월에 대해 설명하고 있습니다. 이 초월이 바로 장자 사상의 핵심이라고 할 수 있는 '절대 자유'의 경지에 관한 것입니다. 장자는 초월의 경지를 네 가지 단계로 설정하고 있습니다.

첫째 단계는 극히 현실적인 상식인常識人이며 메추라기와 같이 국량局量이 좁은 사람을 말합니다. 둘째 단계는 송영자宋榮子 같은 사람을 예로 들고 있습니다. 송영자는 송나라 사상가로서 반전 평화주의자이며 특히 칭찬이나 모욕에 개의치 않고 초연했다고 알려져 있는 사람입니다. 그러나 아직도 칭찬받으려는 사람을 못마땅하게 여긴다는 점에서 초월하지 못한 단계에 있습니다. 세번째 단계로는 열자列子와 같은 사람입니다. 바람을 타고 자유롭게 비행하다가 15일이면 돌아왔는데 그것은 보름마다 불어오는 바람을 기다려야 하기 때문이었습니다. 이처럼 열자도 자유롭기는 하지만 아직도 바람이라는 외적 조건에 의지하고 있는 상태라는 것이지요. '유유소대자'猶有所待者, 즉 아직도 의지하는 바가 있다는 것이지요. 넷째 단계가 장자가 절대 자유의 단계로 상정하고 있는, 도와 함께 노니는 소요유의 단계입니다. 소요유의 단계에 이른 사람을 성인聖人·신인神人·지인至人이라 칭하고 있습니다. 신인·지인은 『장자』에서 처음으로 등장하는 개념입니다. 한마디로 흔적을 남기지 않는 사람입니다. 무기無己·무공無功·무명無名의 경지에 있는 사람입니다. 이 단계가 장자의 이른바 '절대 자유'의 경지입니다.

장자의 세계에서 최고의 경지는 도를 터득하여 이를 실천하는 노자의 경지가 아닙니다. 오히려 도와 일체가 되어 자유자재로 소요하는 경지를 의미합니다. 아무것에도 기대지 않고(無待), 무엇에도 거리낌 없는(無碍) 경지가 장자의 절대 자유의 경지라 할 수 있습니다.

마르크스 이론의 가장 큰 공헌은 자본주의 체제를 과도적인 것으로 규정하는 역사적 관점이라고 합니다. 자본주의 체제란 이전의 다른 모든 체제와 마찬가지로 역사적으로 존재하다가 사라질 과도적인 체제라는 사실을 이론적으로 규명한 것이지요. 프랜시스 후쿠야마의 『역사의 종말』(The End of History and the last Man)에서 '종말'이란 그 어감과는 반대로 최고 단계를 의미합니다. 궁극적 귀착점을 의미합니다. 자본주의가 최후의 체제라는 것이지요. 역사의 방황이 끝나는 지점이지요. 뿐만 아니라 인간을 이기적 존재로 규정하여 자본주의 체제는 인간 본성에 부합하는 가장 자연스러운 체제로 규정되고 있습니다. 이것이 바로 신자유주의新自由主義입니다.

이러한 이데올로기적 환경 속에서 우리에게 필요한 것은 보다 높은 관점에서 그것을 조감하는 일이 아닐 수 없습니다. 세계 자본주의 질서의 중하위권에 편입되어 있으며, 자본주의적 가치에 매몰되어 있는 우리의 현실과 우리의 인식을 조감하는 일이 무엇보다 우선되어야 할 과제이지요. 모든 투쟁은 사상 투쟁으로 시작됩니다. 그리고 최종적으로는 사상 투쟁으로 끝나는 것이 역사의 교훈입니다. 우리들이 갇혀 있는 '우물'을 깨닫는 것이 모든 실천의 출발점이 되어야 합니다.

『장자』가 우리 시대에 갖는 의미가 바로 여기에 있다고 생각합니다. 어떤 대안이나 새로운 방향을 제시하는 것은 아니지만 『장자』가 우리들에게 펼쳐 보이는 드넓은 스케일과 드높은 관점은 매우 중요한 의미를 갖습니다. 그러한 스케일과 관점은 바로 깨달음으로 이어지고, 깨달음은 그 자체로서 귀중한 창조적 공간이 되는 것이기 때문입니다. 높이 나는 새가 멀리 바라보는 것이지요.

『사기』「노장신한 열전」老莊申韓列傳에 장자에 관한 기록이 있습니다. 몽蒙(하남성 상구현商丘縣 동북부) 출신으로 이름은 주周이며, 양혜왕梁惠王·제선왕齊宣王·맹자와 동시대인으로서 박학하였고, 근본은 『노자』

에 있다고 기록되어 있습니다. 몽이란 곳은 장자 당시에는 송宋이라는 작은 나라에 속했습니다. 송나라에 대해서는 앞선 『논어』 강의에서 이야기했지요. 은殷나라 유민들의 나라입니다. 송나라는 옛날부터 사전지지四戰之地라고 불릴 정도로 사방으로 적을 맞아 싸우지 않을 수 없었고 수많은 전화戰禍를 입었던 불행한 나라였습니다. 전국시대를 통하여 이 지역만큼 전란의 도가니에 휩싸인 곳도 달리 없다고 할 정도였습니다. 약소국의 비애와 고통, 기아飢餓와 유망流亡 등 이 지역의 백성들이 겪은 모진 역사가 바로 장자 사상의 묘판苗板이라고 할 수 있습니다. 장자가 칠원리漆園吏였다는 기록이 있지만 그것이 무엇을 의미하는지는 분명치 않습니다.

장자는 약소국의 가혹한 현실에서 자신의 사상을 키워낸 사람임에 틀림없습니다. 부자유와 억압의 극한 상황에서 그의 사상 세계를 구성하기 시작한 것이지요. 그렇기에 그가 생각한 1차적 가치는 '생명生命 그 자체'라고 할 수 있습니다. '생명 없는 질서'보다는 '생명 있는 무질서'를 존중하는 것이지요. 이러한 문제의식에서 출발하여 반反생명적인, 반자연적인 그리고 반인간적인 모든 구축적(construct) 질서를 해체 (deconstruct)하려는 것이 장자 사상의 출발이라고 할 수 있습니다. 그리고 그것은 일차적으로 정신의 자유입니다. '우물'에서 벗어나는 것입니다.

장자는 제자백가들과 치열한 논쟁을 통하여 자신의 사상을 전개한 것으로 알려졌는데 그 논리가 상대의 허점을 예리하게 찔러 사람들이 그와의 논쟁을 기피할 정도였다고 하였습니다. 유유자적한 장자 사상으로서는 쉽게 상상할 수 없는 킬러의 이미지가 아닐 수 없습니다. 주로 '공자의 무리' 즉 유가儒家와 묵가墨家를 비판하는 내용이 많기 때문이기도 하지만 문장이 교묘하고 세상과 인정을 추찰推察함이 뛰어나 당시의 석학들도 그 예봉을 꺾지 못했다고 전할 만큼 그의 수사학과 논리는 뛰어난 것이었습니다.

현재 우리가 읽는 『장자』는 4세기 서진西晉 때의 곽상郭象이 그때까지 전해오던 여러 『장자』본들을 정리하여 6만 5천여 자 33편으로 편집하고 주를 단 것입니다. 그 이전에 아마 다른 『장자』라는 서책이 있었다고 추측됩니다. 금본今本 『장자』는 내편 7편, 외편 15편, 잡편雜篇 11편 모두 33편으로 묶여 있는데, 내편이 가장 오래된 것으로 장자 사상의 정수입니다. 「소요유」逍遙遊, 「제물론」齊物論, 「양생주」養生主 등 일곱 편입니다. 이 일곱 편은 장자 자신의 저술로 추정하기도 하지만 단정할 수는 없습니다. 외편과 잡편은 내편에 대한 해석으로 후인들에 의한 2차 저작이라는 것이 거의 정설입니다.

이것과 저것 저것과 이것

物無非彼 物無非是 自彼則不見 自知則知之
故曰 彼出於是 是亦因彼 彼是方生之說也
雖然 方生方死 方死方生 方可方不可 方不可方可
因是因非 因非因是
是以聖人不由 而照之於天 亦因是也　　　　—「齊物論」

사물은 어느 것이나 저것 아닌 것이 없고 동시에 이것 아닌 것이 없다. (그럼에도 불구하고 우리는) 상대적 관점(自彼)에 서면 보지 못하고 주관적 관점(自知)에서만 본다. 그래서 저것은 이것에서 나오고 이것은 저것으로부터 말미암는다고 하여 이것을 (혜시惠施는) '저것 과 이것의 모순 이론'이라고 하는 것이다. 생生과 사死, 사와 생 그 리고 가可와 불가不可, 불가와 가는 (서로가 서로의 존재 조건이 되 는) 모순 관계에 있다. 가가 있기에 불가가 있고 불가가 있기에 가 가 있는 법이다. 그러기에 성인은 특정한 입장에 서지 않고(不由) 하 늘에 비추어 본다고 하는 것도 역시 이 때문이다(亦因是也).

본문은 이어집니다만 여기까지만 소개합니다. 이어지는 내용은 혜 시惠施를 인용하고 있습니다. 현실의 상대주의적 한계를 깨달아 사물의 한 면만을 보지 말고 하늘에 비추어 보고, 도의 중심(道樞)에서 보기를 요구하고 있습니다. 이상에서 풀이한 내용은 몇 군데 일반적 해석과 다 소 달리한 부분이 없지 않습니다만 상세하게 설명하지 않겠습니다. 그 대신 풀이에 덧붙여 원문을 괄호에 넣어두었습니다. 관심이 있는 사람 은 다른 번역서와 비교해보기 바랍니다. 번역은 어디까지나 문법이나 용례에 있어서 크게 어긋나지 않는다면 장자가 전하고자 하는 주제에 충실해야 한다고 생각하지요. 번역상의 차이가 있는 부분은 원문을 괄 호에 넣은 자피自彼, 자지自知 그리고 방方에 대한 해석과 불유不由, 역인 시야亦因是也 부분입니다. 여러분이 비교해보기 바랍니다.
이 예시문은 장자의 상대주의 철학이 압축적으로 표현되고 있는 부 분입니다. 「제물론」에 있는 '기분야성야其分也成也 기성야훼야其成也毁也 범물무성여훼凡物無成與毁 복통위일復通爲一 유달자지통위일唯達者知通爲 一'과 같은 내용입니다.

마음으로 소를 대할 뿐입니다

庖丁釋刀對曰 臣之所好者 道也 進乎技矣 始臣之解牛之時 所見無
非牛者 三年之後 未嘗見全牛也 方今之時 臣以神遇 而不以目視 官
知止而神欲行 依乎天理 批大郤 導大窾 因其固然 技經肯綮之未嘗
而況大軱乎　　　－「養生主」

첫번째 예시문이 지나치게 어려운 내용이어서 좀 쉬운 것을 골랐습
니다. 위의 예시문은 앞뒤 부분을 생략했습니다. 그 부분을 먼저 이야
기하고 전체 문맥 속에서 본문을 읽도록 하겠습니다.

'포정해우'庖丁解牛란 "포정이 소를 잡다"라는 뜻으로, 유명한 예화
입니다. 백정이 소를 잡는 이야기이지만 바로 그 비천하고 비근한 예로
써 도道를 설명합니다. 장자 특유의 풍자와 해학이 잘 나타나는 구절입
니다.

"포정이 문혜군文惠君(양梁나라 혜왕惠王)을 위하여 소를 잡는데 그 손
을 놀리는 것이나, 어깨로 받치는 것이나, 발로 딛는 것이나, 무릎을 굽
히는 모양이나, 쓱쓱 칼질하는 품이 음률에 맞지 않음이 없었다. 동작
하나하나가 상림桑林의 춤에 맞고 경수經首의 장단에도 맞았다."

상림의 춤은 은나라 탕왕湯王이 상림이라는 곳에서 기우제를 지낼
때 춘 춤이며, 경수의 장단이란 요堯임금 때의 음악이라고 전해지는 함
지곡咸池曲의 한 악장이라고 합니다. 어쨌든 최고의 춤과 최고의 음악을
의미합니다. 그처럼 자연스러운 동작에 탄복하고 조금도 힘들이지 않
는 솜씨에 문혜군은 감탄합니다.

"참으로 훌륭하구나. 기술이 어찌 이런 경지에까지 이를 수 있단 말

인가!"

위의 예시문은 이 대목에 이어지는 부분입니다. 우선 그 내용을 읽어보도록 하지요.

포정이 칼을 놓고 대답했다.

"제가 귀하게 여기는 것은 (기술이 아니라) 도道입니다. 기술을 넘어선 것입니다. 제가 처음 소를 잡을 때는 눈에 보이는 것이 온통 소뿐이었습니다. 3년이 지나자 소의 전체 모습은 눈에 띄지 않게 되었지요. 지금은 마음으로 소를 대할 뿐 눈으로 보는 법은 없습니다. 감각은 멈추고 마음이 가는 대로 움직입니다. 천리天理에 의지하여 큰 틈새에 칼을 찔러넣고 빈 결을 따라 칼을 움직입니다. 소의 몸 구조를 그대로 따라갈 뿐입니다. 아직 한 번도 인대를 벤 적이 없습니다. 하물며 큰 뼈야 말할 나위가 없습니다."

포정이 이어서 이야기합니다. "훌륭한 포정은 1년에 한 번 칼을 바꾸는데 그것은 살을 베기 때문이며 보통의 포정은 한 달에 한 번 칼을 바꾸는데 그것은 뼈에 칼이 부딪히기 때문입니다. 지금 저의 칼은 19년 동안이나 사용하였고 잡은 소가 수천 마리에 이릅니다만 칼날이 날카롭기가 방금 숫돌에 간 것 같습니다. 저 뼈에는 틈이 있고 이 칼에는 두께가 없습니다. 두께가 없는 것으로 틈이 있는 데다 넣으므로 넓고 넓어 칼날을 휘둘러도 반드시 여유가 있습니다. 그러기에 19년이나 사용했지만 방금 숫돌에 간 것 같습니다. 그러나 막상 뼈와 심줄이 엉긴 곳에 이르러서는 저도 조심하여 눈길을 멈추고 천천히 움직이며 칼 놀리는 것도 매우 미묘해집니다. 그러다가 쩍 갈라지면서 마치 흙덩이가 땅에 떨어지듯 고기가 와르르 헤집니다."

문혜군은 포정의 말을 듣고 "양생의 도를 터득했구나" 하고 감탄합니다.

'포정해우'의 이야기는 術술에 관한 것이 아니라 道도에 관한 이야기임은 물론입니다. 장자 사상의 뛰어난 문학적 표현으로 평가됩니다. 자연의 이치를 이해하는 단계가 아니라 그것을 체득하고 있는 경지를 이야기하고 있습니다. 『논어』의 '지지자知之者 불여호지자不如好之者 호지자好之者 불여락지자不如樂之者'와 통하는 경지라 할 수 있지요.

학의 다리가 길다고 자르지 마라

是故 鳧脛雖短 續之則憂 鶴脛雖長 斷之則悲
故性長非所斷 性短非所續
無所去憂 意仁義其非人情乎 彼仁人何其多憂也   —「騈拇」

'학의 다리가 길다고 자르지 마라'로 제목을 붙인 『장자』 번역서가 있었습니다. 바로 이 「변무」騈拇에서 따온 것입니다. 먼저 예시문을 읽어보도록 하겠습니다.

그렇기 때문에 오리의 다리가 비록 짧다고 하더라도 늘여주면 우환이 되고, 학의 다리가 비록 길다고 하더라도 자르면 아픔이 된다. 그러므로 본래 긴 것은 잘라서는 안 되며 본래 짧은 것은 늘여서도 안 된다. 그런다고 해서 우환이 없어질 까닭이 없다. 생각건대 인의仁義가 사람의 본성일 리 있겠는가! 저 인仁을 갖춘 자들이 얼마나 근심이 많겠는가.

길다고 그것을 여분으로 여기지 않고 짧다고 그것을 부족하다고 여기지 않는 것, 이것이 자연이며 도의 세계입니다. 엄지발가락과 둘째발가락이 붙은 것을 가르면 울고, 육손을 물어뜯어 자르면 소리치는 것(騈於拇者 決之則泣 枝於手者 齕之則啼)이 당연하다는 것입니다. 이 대목에서 장자가 주장하는 것은 인의仁義는 사람의 천성이 아니라는 것이지요. 천天이 무엇이며 인人이 무엇인가에 대하여 장자는 간단명료하게 답하고 있습니다. 하백河伯의 질문과 북해약北海若의 대답 형식으로 이야기하고 있습니다.

何謂天 何謂人 北海若曰 牛馬四足 是謂天 落馬首 穿牛鼻 是謂人
―「秋水」
소와 말의 발이 네 개 있는 것 이것이 천天이요, 말머리에 고삐를 씌우고 소의 코를 뚫는 것 이것이 인人이다.

원문은 소개하지 않습니다만 이어지는 이야기는 다음과 같습니다.
"그러므로 인위人爲로써 자연自然을 멸하지 말며, 고의故意로써 천성天性을 멸하지 말며, 명리名利로써 천성의 덕德을 잃지 말라. 이를 삼가 지켜 잃지 않는 것을 일러 천진天眞으로 돌아가는 것이라 한다."
장자의 천과 인이 이와 같습니다. 지금까지의 예시문에서 여러분이 느낄 수 있었으리라고 생각하지만 『장자』는 수많은 이야기를 어떠한 형식에도 구애받음이 없이 그야말로 거리낌 없이 풀어내고 있습니다. 중요한 것은 바로 이러한 자유로운 서술 형식과 전개 방식입니다. 이러한 형식은 장자 사상과 가장 잘 조화되고 있다는 사실입니다. 소요와 자유와 자연을 본령으로 하는 장자의 사상을 담을 수 있는 가장 적합한 형식이라는 사실입니다. 그런 점에서 『장자』는 대단히 높은 문학적 성공을 거두고 있다고 할 수 있습니다. 다음 문장에서 그 문학성을 주목해보기 바랍니다.

> 노魯나라 교외에서 갈매기를 잡아 묘당廟堂에 모시고 구소九霄의 음악과 태뢰太牢의 요리로 대접했더니 3일 만에 죽었다. 백락伯樂이 말을 잘 다루고, 도공陶工이 점토를 잘 다루고, 목수가 나무를 잘 다룬다고 한다. 말을 불로 지지고, 말굽을 깎고, 낙인을 찍고, 고삐로 조이고, 나란히 세워 달리게 하고, 마구간에 묶어두니 열에 둘 셋이 죽었다. 점토와 나무의 본성이 어찌 원圓과 곱자와 먹줄에 맞고자 하겠는가.

위 구절에서 우리는 인위적인 규제와 형식을 거부하는 장자 사상의 핵심을 읽을 수 있습니다. 한마디로 인人을 거부하고 천天과 합일해야 한다는 것이 장자 사상의 핵심입니다.

"죽음을 슬퍼하는 것은 자연을 피하려는 둔천遁天의 형벌이다. 천인합일의 도를 얻음으로써 천제天帝의 속박(縣解)으로부터 벗어나는 것만 못하다."

아내가 죽었을 때 장자는 술독을 안고 노래했다는 일화가 수긍이 갑니다. 인간의 상대적인 행복은 본성의 자유로운 발휘로써 얻을 수 있지만 절대적인 행복은 사물의 본질을 통찰함으로써 가능하다는 것이지요. 절대적 행복과 절대적 자유는 사물의 필연성을 이해하여 그 영향으로부터 벗어남으로써 추구할 수밖에 없다는 것이지요. 그러나 장자에게 있어서 가장 중요한 것은 사물의 필연성을 깨닫는 것이 아니라 즉 도道의 깨달음이 아니라 그것과의 합일合一입니다. 이것이 바로 장자의 이리화정以理化情입니다. 도의 이치를 머리로 이해하는 것이 아니라 도와 합일하여 소요할 수 있어야 한다는 것이지요. 도를 깨닫는 것은 이론적 차원의 문제가 아니지요. 정서적 공감이 뒷받침되지 않으면 안 된다는 것이지요. 머리가 아니라 가슴으로 느끼는 경지에 이르러야 한다는 것이지요. 머리로 이해하는 것은 엄밀한 의미에서 완전한 이해가 못 된다고 해야 합니다. 정서적 공감이 없다면 그것은 아직 자기 것으로 만들지 못한 상태입니다. 장자의 이리화정은 가슴으로 느끼는 단계를 의미하는 것이라 할 수 있습니다. 사실은 머리보다는 가슴이 먼저 알고 있습니다. 교실과 책과 시험으로 채워진 학교 시절을 끝내고, 싱싱한 삶의 실체들과 부딪치며 살아가기 시작하면 이 말이 절실하게 가슴에 와 닿으리라고 생각합니다.

부끄러워 기계를 사용하지 않을 뿐

爲圃者忿然作色而笑曰
吾聞之吾師 有機械者 必有機事 有機事者 必有機心
機心存於胸中 則純白不備 純白不備 則神生不定

神生不定者 道之所不載也 吾非不知 羞而不爲也　　　―「天地」

　자공子貢이 초楚나라를 유람하다 진晉나라로 가는 길에 한수漢水 남쪽을 지나게 되었습니다. 한 노인이 우물에서 물을 길어 밭에 내고 있었는데 힘은 많이 드나 효과가 별로 없었습니다. 딱하게 여긴 자공이 용두레(槹)라는 기계를 소개합니다. 노력은 적게 들고 효과는 큰(用力甚寡 而見功多) 기계를 소개하자 그 노인은 분연히 낯빛을 붉히고 이야기합니다. 위 예시문은 노인이 자공에게 하는 말입니다.

　내가 이 구절을 소개하는 이유는 기계에 대하여 함께 생각하는 화두로 삼고 싶기 때문입니다. 이 글의 내용이 잘 설명해주고 있습니다. 본문을 풀어서 읽는 것으로 충분하다고 생각합니다.

　밭일을 하던 노인은 불끈 낯빛을 붉혔다가 곧 웃음을 띠고 말했다. "내가 스승에게 들은 것이지만 기계라는 것은 반드시 기계로서의 기능(機事)이 있게 마련이네. 기계의 기능이 있는 한 반드시 효율을 생각하게 되고(機心), 효율을 생각하는 마음이 자리 잡으면 본성을 보전할 수 없게 된다네(純白不備). 본성을 보전하지 못하게 되면 생명이 자리를 잃고(神生不定) 생명이 자리를 잃으면 도道가 깃들지 못하는 법이네. 내가 (기계를) 알지 못해서가 아니라 부끄러이 여겨서 기계를 사용하지 않을 뿐이네."

　그 다음 이야기도 매우 신랄합니다. 부끄러워 고개를 숙이고 대답을 못하고 있는 자공에게 댁은 뭐 하는 사람이냐고 노인이 묻습니다. 자공이 공구孔丘의 제자라고 대답하자 노인은 공자를 신랄하게 욕합니다.

그자는 많이 아는 체하고, 성인을 자처하고, 백성들을 속이고, 홀로 거문고를 타면서 슬픈 듯이 노래하며, 천하에 명성을 팔고 다니는 자가 아닌가! 자네도 그런 생각을 버리고 심신의 속박에서 벗어나야 비로소 도에 가까이 다가갈 수가 있겠네. 제 몸 하나도 간수하지 못하는 주제에 어느 여가에 천하를 다스린단 말인가? 내가 하는 일을 어리석다 하지 말고 그만 가보시게. (子非夫博學以擬聖 於于以蓋衆 獨弦哀歌 以賣名聲於天下者乎 汝方將忘汝神氣 墮汝形骸 而庶幾乎 而身之不能治 而何暇治天下乎 子往矣 无乏吾事)

이 예시문에서 이야기하려고 하는 장자의 속뜻에 관해서는 더 설명이 필요하지 않습니다. 생산성, 경쟁력, 효율성이라는 신화 속에 살고 있는 우리들에게 장자의 이러한 태도는 어쩌면 시대착오적인 이야기로 여겨질지도 모릅니다. 그러나 동양적 가치는 '인성人性의 고양'입니다. 더 많은 생산과 더 많은 소비가 아닙니다. 도의 깨달음과 도의 체득 그리고 합일입니다. 물론 현대의 동양에서는 이미 이러한 가치와 정서를 찾아볼 수 없습니다. 동양의 근대화란 곧 서구화를 의미하는 것이기 때문입니다. 그러나 이러한 근대성에 대한 반성과 성찰이 요구되고 있다는 사실이 또한 현대의 특징입니다. 기계에 대한 장자의 주장은 근대성에 대한 반성적 의미로 읽을 수 있다고 생각합니다.

장자의 체계에 있어서 기계가 부정적으로 평가되는 것은, 기계는 그 속성인 기사機事와 기심機心으로 인하여 인간을 소외시키기 때문입니다. 기계의 발명과 산업화 그리고 이 과정에서 발생되는 노동 문제, 노동자 문제, 노동 계급 문제 등은 장자가 경험하지 못한 것이 사실입니다. 나아가 공황이나 실업 문제에 대해서도 경험이 없었을 것입니다.

그러나 장자는 매우 중요한 문제를 미리 꿰뚫어보고 있습니다. 기계로 말미암아 인간이 비인간화된다는 사실이 그것입니다.

이 문제를 다시 한 번 짚어보지요. 장자의 논거는 오늘날의 논의와 는 그 장을 달리 합니다. 기계로 말미암아 노동이 종속적 지위로 전락 하고, 노동과 노동자에 대한 경멸적 문화가 자리 잡는 그러한 일련의 반 노동 과정을 지적하는 것이 아니지요. 좀 더 근원적인 문제를 꿰뚫어보 고 있습니다. 일과 놀이와 학습이 통일된 형태가 가장 바람직한 것임은 재론의 여지가 없습니다. 기계는 바로 이 통일성을 깨트리는 것이지요. 노동은 그 자체가 삶입니다. 삶의 지출支出이 노동이지요. '지출'이란 단어를 사용하자니 좀 이상합니다. 삶의 '실현'이라고 하지요. 지출보 다는 실현이 더 적절한 어휘라 할 수 있습니다. 노동이 삶 그 자체, 삶 의 실현임에도 불구하고 기계로 말미암아 노동이 다른 목적의 수단으 로 전락되는 것이지요. 노동을 그 본연의 지위로부터 끌어내리는 일을 기계가 하지요.

1810년대에 일어난 러다이트 운동(Luddite Movement)을 여러분은 알 고 있을 것입니다. 영국에서 일어난 기계 파괴 운동입니다. 기계로 말 미암아 일터를 잃은 노동자들이 기계 파괴에 나섰던 것이지요. 기계가 사람을 쫓아냈기 때문이었어요. 기계로 인한 실업, 즉 상대적 과잉인구 를 문제로 파악한 것이지요. 이러한 러다이트 운동에 대하여 내린 평가 는 기계와 기계의 자본주의적 채용을 구별하지 못한 데서 일어난 잘못 된 운동이라는 것이 비판의 요지였습니다. 기계가 사람을 추방한 것이 아니라 기계의 채용 방식에 문제가 있다는 결론입니다. 기계의 효율성 은 생산력의 발전에 필요한 것으로 승인됩니다. 다만 그것이 자본의 논리로 채용되었기 때문에 결과적으로 상대적 과잉인구를 만들어냈다는 것이지요. 기계의 효율성이 노동 시간의 단축과 노동 경감으로 이어지지 않고 노동자의 해고 즉 실업으로 이어지는 것이 문제라는 것이지요. 물론 틀린 논의가 아닙니다.

그러나 장자와 함께 이 문제를 다시 한 번 생각해봅시다. 자본주의적 채용 형식이 아니라면 기계 자체로서는 문제가 없다고 할 수 있습니까? 한마디로 기계가 인간을 소외시키지 않는다고 할 수 있습니까? 기계는 그 효율성으로 말미암아 사람들로 하여금 더 많은 여가를 가지게 하고 그 생산성으로 말미암아 사람들로 하여금 더 많은 소비를 할 수 있게 합니다. 그로 인한 실업 문제가 없다고 하더라도 여가와 소비의 증대가 인간성의 실현일 수 있는가 하는 의문이 곧 장자의 문제의식입니다.

장자가 제기하는 것은 경제학에서 다루는 문제보다는 훨씬 더 근원적인 것입니다. 도道의 문제입니다. 도에서 멀어지기 때문에 그 편리성을 충분히 알고 있지만 채용하지 않는다는 것이지요. 순백한 생명을 안정시키기 위하여 용두레를 사용하지 않는 것이지요. 순백한 생명이 안정되려면 자연과의 조화가 필요한 것은 물론입니다. 우리의 삶은 도와 함께 소요하는 것이어야 하지요. 장자의 체계에 있어서 노동은 삶이며, 삶은 그 자체가 예술이 되어야 하고, 도가 되어야 하고, 도와 함께 소요하는 것이어야 합니다.

이건 좀 다른 이야기입니다만 여러분은 사람과 기계 중에서 어느 것이 더 '주관적'이라고 생각합니까? 아마 여러분은 주관적인 것은 사람이고 기계는 철저하게 객관적이라고 생각하고 있을 것입니다. 그러나 나는 정반대라고 생각합니다. 내가 기계를 못마땅하게 여기는 이유는 그것이 철저하게 주관적이라는 사실 때문입니다. 한 포기 풀이 자라는 것을 보더라도 그 풀은 햇빛과 물과 토양과 잘 어울리며 살아갑니다. 추운 겨울에는 깜깜한 땅속에서 뿌리로만 견디며 봄을 기다릴 줄 압니다. 그러나 기계는 죽었다 깨어나도 이런 일을 못합니다. 남이야 어떻든 철저하게 자기 식대로 합니다. 다른 사람을 생각하거나 주변 조건에 대한 최소한의 배려도 없습니다. 나한테 먹을 가는 기계가 있습니다. 먹 가는 데 시간이 너무 많이 들기 때문에 더러는 이 기계를 사용하는 경우가 없지 않은데 가끔씩 고소를 금치 못합니다. 이 기계는 자기 식대로만 움직입니다. 물이 없는데도 개의치 않고 계속 갈고 있습니다. 이 기계가 먹물의 농담濃淡을 알맞게 해주기를 기대한다는 것은 상상할 수도 없습니다.

최근 여론조사 전화가 부쩍 많이 걸려옵니다. 그런데 참으로 황당한 것은 기계와 기계가 서로 응답하고 있는 것이었어요. 옆에서 보자니 가관이었어요. 이미 녹음된 질문이 질문을 하고 답변하는 쪽도 응답기가 돌아가는 것이지요. 기계와 기계가 서로 상대방을 고려하는 법 없이 일방적으로 이야기하고 있는 황당한 상황이 벌어지고 있었어요.

장자의 시대가 아니더라도 오늘날 우리에게는 기계와 효율성에 대한 반성이 필요하다고 생각합니다. 이러한 반성이 효율성 논의에 그치지 않고 근대 문명에 대한 반성으로 이어질 수 있어야 한다고 생각합니다. 기계보다는 사람을 소중하게 생각하고, 효율성보다는 깨달음을 소중하게 여기는 문화를 복원해가야 한다고 생각합니다. 그러나 절망적인 것은 우리의 현실이 그러한 반성을 원천적으로 봉쇄하고 있다는 사실입니다. 장자가 우려했던 당시의 현실도 마찬가지였습니다.

세 사람 중에 한 사람이 길을 모른다면 목적지에 도달할 수 있다. 길을 모르는 사람이 적기 때문이다. 그러나 두 사람이 길을 모른다면 고생만 하고 목적지에 도달하지 못한다. 길을 모르는 사람이 많기 때문이다. 그런데 지금은 온 천하가 길을 모르는 상태이다. 우리에게 지향하는 목표가 있다고 하더라도 그것을 달성할 수 없다면 이 얼마나 슬픈 일인가. (三人行而一人惑 所適者猶可致也 惑者少也 二人惑則勞而不至 惑者勝也 而今也以天下惑 予雖有祈嚮 不可得也 不亦悲乎:「天地」)

아기가 자기를 닮았을까 두려워하다

厲之人 夜半生其子

遽取火而視之 汲汲然 唯恐其似己也 　　　―「天地」

불치병자가 밤중에 아기를 낳고 급히 불을 들어 살펴보았다. 급히 서두른 까닭은 아기가 자기를 닮았을까 두려워서였다.

이 구절은 방금 예를 든 '삼인행이일인혹三人行而一人惑……'에 이어서 나오는 구절입니다만, 언뜻 보기에는 잘못 끼어들지 않았나 싶을 정도로 문맥상으로는 어긋나는 내용입니다. 물론 하늘의 뜻을 따르라는 의미로 연결시킬 수도 있지만 그렇게 읽기에는 다소 무리가 따릅니다. 불치병자의 자식이 불치병자인 것은 하늘의 뜻이기 때문에 그것을 당연하게 여기고 하늘의 뜻에 거역하지 말라는 내용으로 읽을 수는 없지요. 저는 한참 만에야 이 구절의 진의를 알아냈어요. 다름 아닌 각성覺

醒입니다. 엄정한 자기 성찰입니다. 천하가 길을 모르고 있다는 것이지요. 자기가 불치병자라는 사실을 냉정하게 깨닫고 자식만이라도 자기의 전철을 밟지 않기를 간절히 바라는 심정이 참담할 정도로 가슴을 적십니다. 엄중한 자기 성찰과 냉철한 문명 비판의 메시지를 담고 있는 것이지요.

내가 이 구절을 좋아하는 까닭은 문명론도 문명론이지만 자기반성을 이보다 더 절절하게 표현한 구절을 보지 못했기 때문입니다. 누구보다도 '선생'들이 읽어야 할 구절이라고 생각합니다. 어쨌든 선생들은 결과적으로 자기를 배우라고 주장하는 사람이지요. 자신을 비판적으로 인식하거나 자기의 일그러진 모습을 정확하게 인식하기가 어려운 처지에 있기 때문이지요. 자기를 기준으로 남에게 잣대를 갖다 대는 한 자기반성은 불가능합니다. 자신의 미혹迷惑을 반성할 여지가 원천적으로 없어지는 것이지요. 한 사회, 한 시대의 경우도 마찬가지입니다. 그 사회, 그 시대의 일그러진 모습을 정확히 직시하고 그것을 답습할까 봐 부단히 두려워해야 하는 것이지요. 사회 발전은 그러한 경로를 거치는 것이지요.

자기의 문화, 자기의 생산물, 자기의 언어, 자기의 신神을 강요하는 제국帝國과 패권霸權의 논리가 반성되지 않는 한 참다운 문명의 발전은 요원할 수밖에 없습니다.

책은 옛사람의 찌꺼기입니다

齊桓公讀書於堂上 輪扁斲輪於堂下

釋椎鑿而上 問桓公曰 敢問公之所讀者 何言邪

公曰 聖人之言也

曰 聖人在乎 公曰 已死矣

曰 君之所讀者 古人之糟魄已夫

桓公曰 寡人讀書 輪人安得議乎 有說則可 無說則死

輪扁曰 臣也 以臣之事觀之 斲輪徐則甘而不固 疾則苦而不入

不徐不疾 得之於手 而應於心 口不能言

有數存焉於其間 臣不能以喩臣之子 臣之子亦不能受之於臣

是以行年七十而老斲輪 古之人 與其不可傳也 死矣

然則 君之所讀者 古人之糟魄已夫   ―「天道」

제齊나라 환공桓公이 당상堂上에서 책을 읽고 있었다. 목수 윤편輪扁
이 당하堂下에서 수레바퀴를 깎고 있다가 망치와 끌을 놓고 당상을
쳐다보며 환공에게 물었다.

"감히 한 말씀 여쭙겠습니다만 전하께서 읽고 계시는 책은 무슨 말
(을 쓴 책)입니까?"

환공이 대답하였다. "성인聖人의 말씀이다."

"그 성인이 지금 살아 계십니까?"

"벌써 돌아가신 분이다."

"그렇다면 전하께서 읽고 계신 책은 옛사람의 찌꺼기군요."

환공이 말했다.

"내가 책을 읽고 있는데 목수 따위가 감히 시비를 건단 말이냐. 합

당한 설명을 한다면 괜찮겠지만 그렇지 못하다면 죽음을 면치 못할 것이다."

윤편이 말했다.

"신은 신의 일(목수 일)로 미루어 말씀드리는 것입니다만, 수레바퀴를 깎을 때 많이 깎으면 (축軸 즉 굴대가) 헐거워서 튼튼하지 못하고 덜 깎으면 빡빡하여 (굴대가) 들어가지 않습니다. 더도 덜도 아닌 정확한 깎음은 손짐작으로 터득하고 마음으로 느낄 뿐 입으로 말할 수 없습니다. (물론 더 깎고 덜 깎는) 그 중간에 정확한 치수가 있기는 있을 것입니다만, 신이 제 자식에게 그것을 말로 깨우쳐줄 수가 없고 제 자식 역시 신으로부터 그것을 전수 받을 수가 없습니다. 그래서 일흔 살 노인임에도 불구하고 손수 수레를 깎고 있습니다. 옛사람도 그와 마찬가지로 (가장 핵심적인 것은) 전하지 못하고(글로 남기지 못하고) 세상을 떠났을 것입니다. 그렇기 때문에 전하께서 읽고 계시는 것은 옛사람들의 찌꺼기일 뿐이라고 하는 깃입니다."

위의 예시문을 읽으면 연극 무대의 한 장면을 보는 것 같습니다. 당상에 환공이 앉아서 책을 읽고 당하의 마당에는 백발의 늙은 목수가 수레바퀴를 깎고 있는 장면입니다. 그리고 두 사람의 대사가 시작되는 그런 연극 무대 같은 그림이 떠오릅니다. 눈앞에 펼쳐 보이듯이 자기의 주장을 매우 쉽고 설득력 있게 이야기하는 장자의 역량이 돋보입니다. 사실은 우리 강의도 이처럼 쉽고 비근한 예로 설명할 수 있어야 하지 않나 하고 반성하게 하는 예시문입니다. 내용에 관해서는 더 설명이 필요하지 않다고 생각합니다. 책의 한계에 관해서 이보다 더 명쾌한 비판이 있을 수 없습니다.

앞에서 소개한 본문은 「천도」天道 13절의 일부입니다만 그 앞부분에서 '책'의 한계에 대하여 명쾌하게 지적하고 있습니다. 그 부분만 소개하기로 하지요. 요지는 다음과 같습니다.

세상에서 도道를 얻기 위하여 책을 소중히 여기지만 책은 말에 불과하다. 말이 소중한 것은 뜻을 담고 있기 때문이며 뜻이 소중한 것은 가리키는 바가 있기 때문이다. 그러나 말은 그 뜻이 가리키는 바를 전할 수가 없다. 도대체 눈으로 보아서 알 수 있는 것은 형形과 색色이요 귀로 들어서 알 수 있는 것은 명名과 성聲일 뿐이다.

쓸모없는 나무와 울지 못하는 거위

昨日山中之木 以不材得終其年
今主人之鴈 以不材死 先生將何處
莊周笑曰 周將處夫材與不材之間
材與不材之間 似之而非也 故未免乎累　　 —「山木」

이 예시문도 일부만 취한 것입니다. 장자가 제자들과 산길을 가다가 잎과 가지가 무성한 큰 나무를 보았습니다. 그 나무를 베지 않고 있는 나무꾼에게 그 까닭을 묻자 나무꾼은 '쓸모가 없기 때문'이라고 하였습니다. 장자가 말하기를 이 나무는 쓸모가 없기(不材) 때문에 천수天壽를 다할 수 있었다고 했습니다.

장자 일행이 산에서 내려와 친구 집에 묵었는데 주인은 매우 반기며 심부름하는 아이에게 거위를 잡으라고 했습니다. 심부름하는 아이가 주인에게 물었습니다. 한 놈은 잘 울고, 한 놈은 울지 못하는데 어느 놈을 잡을까요 하자 주인은 울지 못하는 놈을 잡으라고 했습니다. 다음날 제자들이 장자에게 물었습니다.

"어제 산의 나무는 쓸모가 없어서 천수를 다할 수 있었는데, 오늘 이 집의 거위는 쓸모가 없어서 죽었습니다. 선생께서는 장차 어디에 서겠습니까?"
장자가 웃으면서 대답하였다.
"나는 쓸모 있음과 쓸모없음의 중간에 처하겠다. 쓸모 있음과 쓸모없음의 중간이란 도道와 비슷하면서도 실은 참된 도가 아니기 때문에 화를 면하기는 어려운 것이다."

쓸모가 있으면 천수를 다하지 못한다고 하지만, 쓸모가 없으면 취직이 안 되지 않느냐고 반문할 수도 있습니다. 대체로 여러분의 고민이 이와 무관하지 않습니다. 대학의 고민도 마찬가지입니다. 대학이 취업을 준비하는 곳이 아니라고 하지만 그렇다고 졸업 후의 취업을 외면할 수도 없는 것이 현실입니다. 재材와 부재不材에 대한 현실적 고민이 없을 수 없습니다. 그러나 장자가 제기한 재와 부재의 논의는 이러한 이야기가 아닙니다. 장자가 중간에 서겠다고 한 것은 중간 지점인 절충의 자리에 서겠다는 의미는 아니라고 생각합니다. 그 중간도 사실은 도와 비슷하지만 도가 아니기 때문에 화를 면치 못한다는 것이 장자의 결론입니다.

장자 사상은 사실 재, 부재의 차원을 초월하고 있습니다. 재는 무엇인가의 쓸모입니다. 그리고 쓸모라는 것은 다른 어떤 것의 하위개념입니다. 다른 것을 만드는 데 유용한가 유용하지 않은가 하는 수준의 것이지요. 오늘날은 상품 생산에 유용한가 그리고 그것이 팔리는 상품인가 팔리지 않는 상품인가가 절대적 기준이 되고 있음은 물론입니다. 그렇기 때문에 중간이란 대단히 애매한 표현입니다만 절충의 자리가 아니라 오히려 양쪽 모두를 부정하는 것이라고 생각합니다. 마음을 만물의 근원인 도道에 노닐게 함으로써 만물을 부리되 만물에 얽매이지 않아야 화를 입지 않는다는 것이 장자의 주장입니다. 이 경우 우리에게 남는 것은 도를 어떻게 이해해야 할 것인가 하는 것입니다. 일반적으로 도를 닦는다는 것이 우리와는 아무 상관없는 일로 치부되고 있습니다. 절간의 선방에 앉아 있는 스님들의 일이라고 치부하지요. 그러나 이 문제는 매우 중요합니다. 현실적으로는 재, 부재의 고민과 직결되어 있는 문제입니다.

장자의 논리에 따르면 도道는 재와 부재를 조감하고 그것을 넘어서는 것이어야 합니다. 그렇기 때문에 장자의 도는 일차적으로 당시의 주류 담론이던 부국강병 논리를 반성하고 뛰어넘는 곳에서 찾아야 한다고 생각합니다. 부국강병의 구체적 사업에 쓸모가 있는가 없는가 하는 차원을 초월해야 하는 것입니다. 마찬가지로 오늘날의 도는 상품 생산에 유용한가 아닌가 하는 차원을 뛰어넘는 곳에서 찾아야 한다고 생각합니다. 자본주의적 가치 나아가 근대사회를 지배하고 있는 문명론에 대한 비판적 관점을 정립하는 것이라고 생각합니다. 우리 사회를 지배하는 이데올로기의 본질을 통찰하는 것이어야 하고 우리들에게 요구하는 능력과 경쟁력이란 과연 무엇인가를 조감할 수 있는 것이어야 합니다. 그러한 각성이 도의 내용이 되어야 한다고 생각합니다.

그럼에도 불구하고 여러분으로서는 여전히 재, 부재의 중간이 무엇을 의미하는지 그리고 장자의 도란 무엇인지 잘 이해가 가지 않으리라고 생각합니다. 나도 마찬가지입니다. 장자는 위의 예시문 마지막 구절에서 "나는 쓸모 있음과 쓸모없음의 중간에 처하겠다"고 하며 빙그레 웃었다고 되어 있습니다. 중간의 의미가 무엇인지, 또 그 웃음의 진의眞意가 무엇인지 짐작해볼 수 있는 이야기가 제4편 「인간세」人間世에 있습니다. 그 내용만 간추려 소개하겠습니다. 장자의 진의는 여러분들이 짐작해보기 바랍니다.

목수 장석匠石이 제나라로 가다가 사당 앞에 있는 큰 도토리나무를 보았다. 그 크기는 수천 마리의 소를 덮을 만하였고, 그 둘레는 백 아름이나 되었으며, 그 높이는 산을 위에서 내려다볼 만하였다. …… 구경꾼들이 장터를 이루었지만 장석은 거들떠보지도 않고 지나가버렸다. 그의 제자가 장석에게 달려가 말했다.

"제가 도끼를 들고 선생님을 따라다닌 이래로 이처럼 훌륭한 재목은 본 적이 없습니다. 그런데도 선생님께서는 거들떠보지도 않으시니 어찌된 일입니까?"

장석이 말했다.

"그런 말 말아라. 쓸데없는 나무다. 그것으로 배를 만들면 가라앉고, 관을 만들면 빨리 썩어버리고, 그릇을 만들면 쉬이 깨져버리고, 문짝을 만들면 나무진이 흘러내리고, 기둥을 만들면 곧 좀이 먹는다. 그것은 재목이 못 될 나무야. 쓸모가 없어서 그토록 오래 살고 있는 것이야."

장석이 집에 돌아와 잠을 자는데 그 큰 나무가 꿈에 나타나 말했다. "그대는 나를 어디에다 견주려는 것인가? 그대는 나를 좋은 재목에 견주려는 것인가? 아니면 돌배, 배, 귤, 유자 등 과일나무에 견주려는 것인가? 과일나무는 과일이 열리면 따게 되고, 딸 적에는 욕을 당하게 된다. 큰 가지는 꺾이고 작은 가지는 찢어진다. 이들은 자기의 재능으로 말미암아 고통을 당하는 것이지. 그래서 천수를 누리지 못하고 일찍 죽는 것이다. 스스로 화를 자초한 것이나 다름없는 것이다. 세상 만물이 이와 같지 않은 것이 없다. 나는 쓸모없기를 바란지가 오래다. 몇 번이고 죽을 고비를 넘기고 이제야 뜻대로 되어 쓸모없음이 나의 큰 쓸모가 된 것이다. 만약 내가 쓸모가 있었다면 어찌 이렇게 커질 수 있었겠는가? 그대와 나는 다 같이 하찮은 물건에 지나지 않는다. 어찌하여 서로를 하찮은 것이라고 헐뜯을 수 있겠는가? 그대처럼 죽을 날이 멀지 않은 쓸모없는 사람이 어찌 쓸모없는 나무를 알 수가 있겠는가?"

빈 배

方舟而濟於河 有虛船 來觸舟 雖有惼心之人不怒
有一人在其上 則呼張歙之 一呼而不聞 再呼而不聞
於是三呼邪 則必以惡聲隨之
向也不怒而今也怒 向也虛而今也實
人能虛己以遊世 其孰能害之　　　 —「山木」

「산목」에서 예문을 하나 더 골랐습니다. 축자逐字 해석은 하지 않겠습니다. 전체의 뜻을 중심으로 읽어보기로 하지요.

배로 강을 건널 때 빈 배가 떠내려와서 자기 배에 부딪치면 비록 성급한 사람이라 하더라도 화를 내지 않는다. 그러나 그 배에 사람이 타고 있었다면 비키라고 소리친다. 한 번 소리쳐 듣지 못하면 두 번 소리치고 두 번 소리쳐서 듣지 못하면 세 번 소리친다. 세번째는 욕설이 나오게 마련이다. 아까는 화내지 않고 지금은 화내는 까닭은 아까는 빈 배였고 지금은 사람이 타고 있기 때문이다. 사람이 모두 자기를 비우고 인생의 강을 흘러간다면 누가 그를 해칠 수 있겠는가?

빈 배로 흘러간다는 것이 바로 소요유입니다. 빈 배는 목적지가 있을 리 없습니다. 어디에 도달하기 위한 보행步行이 아닙니다. 삶이란 삶 그 자체로서 최고의 것입니다. 삶이 어떤 다른 목적의 수단일 수는 없는 것이지요. 이 점에서 장자는 자유의지를 극대화하고 있습니다. 그것이 관념적이라거나, 사회적 의미가 박약하다거나, 실천적 의미가 제거되어 있다는 비판은 『장자』를 잘못 읽거나 좁게 읽는 것이 아닐 수 없습니다.

부국강병이라는 전국시대의 패권 논리가 장자에게 있어서 어떤 것이었던가를 우리는 상상해야 합니다. 도道란 무엇인가, 패권이 인간이 지향해야 할 궁극적 가치인가를 장자는 반문하고 있는 것입니다. 장자가 이처럼 근원적 물음을 제기하고 나아가 최대한의 자유 개념을 천명한 까닭은 수많은 민초들의 희생을 강요하는 패권 경쟁에 대하여 누구보다도 비판적이었기 때문입니다. 장자의 이러한 근본주의적 비판 정신이 바로 오늘 우리의 현실에 요구된다는 것이지요.

빈 배의 예는 너무 비현실적입니까? 자기를 비운다는 표현을 자주 접하기도 하지만 빈 배라 하더라도 내가 타고 있으면 빈 배가 될 수 없지 않는가 하고 생각하지요? 바로 이 점과 관련하여 장자의 '나비 꿈'은 매우 함축적인 의미가 있습니다. 같이 읽어보도록 하겠습니다. 장자의 '나비 꿈'은 우리가 화두로 삼고 있는 관계론의 전형을 보여주고 있습니다. '나비 꿈'은 제2편 「제물론」의 제일 마지막 장입니다. '제물론'이라는 편명篇名에 대해서는 조금 뒤에 함께 그 의미를 새겨보기로 하겠습니다만, 제물齊物이란 결론적으로 이야기하자면 모든 물物이 관계되고(齊) 있다는 의미라고 할 수 있습니다. 그렇기 때문에 빈 배라고 할 경우 "나는 어느 배에 타고 있는가?" 하는 의문이 불필요한 것이지요. '나비 꿈'은 바로 이러한 의문에 대한 답변이 된다고 생각합니다.

나비 꿈

昔者 莊周夢爲胡蝶

栩栩然胡蝶也 自喩適志與 不知周也

俄然覺 則蘧蘧然周也

不知周之夢爲胡蝶與 胡蝶之夢爲周與

周與胡蝶 則必有分矣 此之謂物化　　　 ―「齊物論」

어느 날 장주莊周가 나비가 된 꿈을 꾸었다. 훨훨 날아다니는 나비가 되어 유유자적 재미있게 지내면서도 자신이 장주임을 알지 못했다.

문득 깨어보니 다시 장주가 되었다. (조금 전에는) 장주가 나비가 된 꿈을 꾸었고 (꿈에서 깬 지금은) 나비가 장주가 된 꿈을 꾸고 있는지 알 수가 없다. 장주와 나비 사이에 무슨 구분이 있기는 있을 것이다. 이를 일컬어 물화物化라 한다.

장자를 몽접주인夢蝶主人이라고 부르는 것이 바로 이 '나비 꿈' 때문입니다. 장자 사상을 대표하는 것이라 할 수 있습니다. 그러나 막상 그것의 핵심적인 의미를 놓치고 있는 경우가 많습니다. '나비 꿈'은 인생의 허무함이나 무상함을 이야기하는 일장춘몽의 이야기가 아닙니다. 장자의 '나비 꿈'은 두 개의 사실과 두 개의 꿈이 서로 중첩되어 있는 매우 함축적인 이야기입니다. 첫째는 장자가 꾸는 꿈이며 둘째는 나비가 꾸는 꿈입니다. 이 두 개의 꿈은 나비와 장자의 실재實在가 서로 침투하고 있을 수 있다는 사실을 선언하는 것입니다. 위에서 이야기했듯이 이것은 9만 리 장공長空을 날고 있는 붕새의 눈으로 보면 장주와 나비는 하나라는 것이지요. 장주와 나비만이 그런 것이 아니라 우리가 인식하는 개별적 사물은 미미하기 짝이 없는 것이지요. 커다란 전체의 미미한 조각에 불과한 것이지요. 개별적 사물과 그 개별적 상相을 하나로 아우르는 깨달음이 바로 '제물론' 齊物論입니다. '나비 꿈'이 들어 있는 제2편 「제물론」에 대하여는 그 '제물론'이란 편명을 두고 여러 가지 해석이 있습니다.

첫째, 사물(物)을 고르게 하는(齊) 것에 관한 이론(論)이라고 풀이할 수 있습니다.

둘째, 물物과 논論을 고르게 한다(齊)는 의미로 풀이할 수도 있습니다.

셋째, 물物에 대한 여러 가지 이론理論, 즉 '물론' 物論을 통일한다(齊)

는 의미로도 풀이할 수 있습니다.

나는 편명에 대한 이 세 가지의 의미를 모두 수용하는 태도가 가장 합당하다고 생각합니다. 제齊란 '고르게 한다', '하나로 한다', '가지런히 한다', '같다'는 의미입니다. 따라서 제齊는 하나의 체계 속으로 망라한다는 의미라 할 수 있습니다. 세상의 시비와 진위를 상대적인 것으로 보고 그것을 넘어서고 망라하는 것이 제齊의 의미입니다. 우리의 인식이란 분별상分別相에 매달리고 있는 분별지分別智라는 사실을 깨닫고, 모든 사물은 서로가 서로에게 스며들어 있다는 것을 깨닫는 것이라고 할 수 있습니다. 모든 사물은 서로가 서로의 존재 조건이 되고 있다는 사실을 깨닫는 것이지요. 이것은 모순과 통일에 관한 것이며 앞서 읽은 방생지설方生之說에서 이야기한 모순론이라고 할 수 있습니다. 이것이 바로 우리의 고전 독법인 관계론이라고 할 수 있습니다.

이와 관련해서 우리가 절대로 간과해서는 안 될 이야기가 이 구절의 끝에 나옵니다.

"장주와 나비 사이에 무슨 구분이 있기는 있을 것이다. 이를 일컬어 물화物化라 한다"는 부분입니다. 이 부분에 대해서는 이론異論이 많습니다. 장자 사상의 핵심적인 부분이기 때문에, 그리고 우리의 일관된 주제인 관계론의 문제이기 때문에 그냥 지나칠 수 없는 대목입니다.

꽃과 나비가 비록 제물齊物의 관계에 있다고 하지만 현실적으로는 꽃은 꽃이고 나비는 나비입니다. 장주는 장주이고 나비는 나비입니다. 이 사실을 장자는 물화, 즉 변화의 개념으로 설명하고 있습니다. 모순과 통일을 운동의 형태로 이해하는 것입니다. 정태적靜態的 제물론이 아니라 동태적動態的 제물론이라 할 수 있습니다. 모든 물物, 즉 사물은 운동합니다. 정지도 운동의 한 형태입니다. 모든 사물은 변화 발전하는 동태적 형식으로 존재합니다. 그렇기 때문에 모든 사물은 원인이며 동시에 결과입니다. 직접적이든 간접적이든 인과관계를 맺고 있는 것이지요. 직접적 원인을 인因이라 하고 간접적 원인을 연緣이라 한다면, 즉 친인소연親因疎緣이라 한다면 모든 사물은 시간과 공간을 매개로 인연을 맺고 있는 것이지요. 불교의 연기설緣起說이 모든 존재의 정체성整體性을 부정하는 해체적 체계를 가지고 있으면서도 동시에 모든 존재를 꽃으로 보는 화엄華嚴의 세계를 가지고 있는 것과 같다고 할 수 있습니다.

불교의 연기설에 있어서 인因과 과果는 불일불이不一不二의 관계에 있습니다. "하나가 아니면서도 둘이 아닌" 즉 서로 다르면서도 둘이 아니며 또 서로 다르면서도 하나인 관계에 있습니다. 이것이 장자의 제물과 물화의 관계라고 이해할 수 있습니다. 모든 존재는 인과 과의 관계에 있으며 동시에 과와 인의 관계에 놓여 있습니다. 여러분은 배우는 제자의 입장에 있으면서도 또 가르치는 스승의 입장에 서 있기도 합니다. 모든 사람은 스승이면서 동시에 제자로 살아가는 것과 같습니다. 모든 사물은 이이일異而一의 관계, 즉 "다르면서도 같은" 모순과 통일의 관계에 있는 것이지요. 상호 침투(interpenetrate)하는 것이지요. 장자의 '나비 꿈'은 바로 이러한 세계를 보여주는 것이라고 할 수 있습니다.

내가 아는 분 중에 별을 보러 다니는 사람이 있습니다. 그 모임의 이름이 '별 부스러기 회'입니다. 이름이 참 좋다고 생각합니다. 모든 존재는 별의 부스러기라는 것이지요. 달이든 별이든 북극성이든 은하계든 그리고 돌멩이 한 개, 풀 한 포기에 이르기까지 별의 부스러기가 아닌 것이 없습니다. 대폭발 이론을 전제하지 않더라도 나는 우리 자신을 포함한 이 우주의 모든 물物은 별의 부스러기라는 것이 마음에 듭니다.

그 이름에서 매우 무한한 관계성을 느낍니다. 우리가 지금 이야기하고 있는 불이성不二性의 세계입니다.

지금도 재미있게 떠오르는 이야기가 있습니다. 그 '별 부스러기 회'의 나이 많은 분들이 회의 이름을 따로 만들어 '성진회'星塵會로 하였다고 했어요. 기성세대는 이름이 한자로 되어야, 권위는 아니라 하더라도 상당한 실체감을 느끼는가 보다고 했어요. 그런 낡은 정서를 우습다고 했지요. 나도 마찬가지였습니다. 성진회라는 어감에서 느껴지는 실체감이 사실은 불이성의 세계관과 배치되는 것이기도 하고 또 그 정서에 있어서도 동떨어진 것이기도 하지요.

그런데 사실은 나는 말은 안 했지만 속으로 '별 부스러기 회'보다는 '별똥회'가 낫다고 생각했지요. 아마 농촌 정서가 없는 젊은 사람들은 똥에 대한 거부감이 있는가 보다고 생각했지요. 물론 '별 부스러기 회'의 정서도 이해는 가지요. 이를테면 별똥회라고 했을 경우 자칫 혜성 관찰만을 목적으로 하는 것 같은 오해를 받을 수도 있고, 부스러기라는 말에서 느낄 수 있는 달관의 정서가 사라지는 듯한 느낌도 들었을 것입니다. 본론에서 빗나간 이야기였습니다만 크게 보면 관계없는 이야기는 아니라고 생각합니다.

다음 예시문은 이 '나비 꿈'과 반드시 함께 읽어야 하는 것입니다. 유명한 '혼돈칠규'渾沌七竅입니다.

혼돈과 일곱 구멍

南海之帝爲儵 北海之帝爲忽 中央之帝爲渾沌
儵與忽 時相與遇於渾沌之地 渾沌待之甚善 儵與忽謀報渾沌之德
曰 人皆有七竅 以視聽食息 此獨無有 嘗試鑿之
曰鑿一竅 七日而渾沌死   —「應帝王」

남해 임금은 숙, 북해 임금은 홀, 중앙의 임금은 혼돈이었다.
숙과 홀이 자주 혼돈의 땅에서 만났는데 혼돈은 그들을 잘 대접했다.
숙과 홀은 혼돈의 은덕을 갚을 방도를 의논했다.
"사람에게는 누구나 모두 일곱 개의 구멍이 있어 보고, 듣고, 먹고,
숨 쉬는데, 오직 혼돈에게만 구멍이 없으니, 시험 삼아 구멍을 뚫어
줍시다."
날마다 구멍 한 개씩 뚫어주었는데 칠 일 만에 혼돈은 죽어버렸다.

여기서 구멍을 뚫는 행위가 바로 통체적인 전체를 분分하고 별別하
는 것을 의미합니다. 나누고 가르는 것이지요. 그리하여 그 전체적 연
관이 소멸되고 남는 것은 분별지分別智와 분별상分別相이며, 개아個我로
서의 존재들입니다. 혼돈은 이러한 분석과 분별 이전의 통체적 세계를
의미하고 있음은 물론입니다. 혼돈이 죽어버린다는 것은 이러한 진정
한 세계상이 사라진다는 것을 의미하는 것이지요.

참다운 지식

雖然有患 夫知有所待而後當 其所待者 特未定也
庸詎知吾所謂天之非人乎 所謂人之非天乎　　　―「大宗師」

　위의 예시문은 생략하기가 마음에 걸려서 늦게라도 소개하는 것이
좋을 듯합니다. 지식에 관한 것입니다. 여러분과 직접적으로 관련이 있
는 내용이기 때문에 간단하게나마 함께 읽으려고 합니다.

　　지식이란 의거하는 표준이 있은 연후에 그 정당성이 검증되는 법인
　　데 (문제는) 그 의거해야 하는 표준이 아직 확정되지 않았다는 사실
　　이다. 내가 자연이라고 하는 것이 인위적인 것은 아닌지 그리고 내
　　가 인위적이라고 하는 것이 사실은 자연이 아닌지 어떻게 알 수 있
　　겠는가.

　장자는 물론 이 구절에서 하늘이 하는 일과 사람이 하는 일을 나누
고, 결국 하늘에 비추어보아야 한다(照之於天)는 결론을 이끌어내고 있습
니다. 이러한 장자의 결론은 물론 새삼스러울 것이 없습니다. 그러나
내가 여러분과 이 구절을 읽으려고 하는 까닭은 이 구절에서 '지식'에
대한 몇 가지 논의를 이끌어낼 수 있기 때문입니다. 장자의 의도와는
상관없이 우리가 논의해야 할 문제입니다.
　첫째는 '조지어천' 照之於天의 입장에 관한 것입니다. 장자의 체계에
서는 진인眞人의 입장입니다만 이것은 객관적 입장을 의미합니다. 지식
에 있어서 과연 객관적 입장이 있는가의 문제입니다. 바로 이 점이 장

자가 관념론자로 비판되는 근거이기도 합니다. 따라서 우리는 이것을 가치 중립성과 지식의 당파성 문제로 논의해야 하는 것이지요.

그리고 둘째는 '소대 이후 당'所待而後當 즉 지식의 진리성은 소대所待 이후에 검증된다는 것이지요. 이 경우 소대를 어떻게 이해할 것인가가 관건입니다. 소대는 다음 구절에서 반복됩니다. '소대자所待者 특미정特未定'이 그것입니다. 소대가 아직 미정이라는 것입니다. 특特은 '다만' 또는 '아직'이란 의미로 읽습니다. 소대는 글자 그대로 '기다려야 할 어떤 것'입니다.

따라서 '지 유소대 이후 당'知有所待而後當이란 의미는 지식이란 어떤 것을 기다린 연후에 그 진리성 여부가 판명된다는 뜻입니다. 그렇다면 어떤 것을 기다려야 하는가를 생각해야 합니다. 그러므로 우리는 "지식이란 무엇인가?"에 대하여 생각하지 않을 수 없습니다. 지식이란 한마디로 어떤 대상을 표현하는 명名입니다. 그 명의 실체가 되고 있는 실實과 비교하여 명실名實이 부합할 때에 지식은 합당合當한 것이 됩니다. 그러므로 소대자所待者는 실實을 가리킵니다. 그리고 '소대자 특미정'이란 이 실實이 아직 정해지지 않고 있다는 것입니다. 대상 그 자체가 변화한다는 것이지요. 변증법에서 이론은 실천에 의하여 그 진리성이 검증된다고 합니다. 그러나 실천의 조건이 변화하고, 실천의 주체가 변화하는 경우 검증은 매우 복잡한 것이 됩니다.

장자는 물론 이러한 논의를 고려하고 있지 않습니다. 그러나 이 문제는 가볍게 넘길 수 있는 것이 아닙니다. 이 강의에서 논의하기는 어렵습니다만 지식과 진리성에 관한 논의에서 가장 중요한 것은 '변화'입니다. 변화를 담아내는 구조를 만드는 일입니다. 사회 변동기에는 이러한 요구가 더욱 절실해진다는 사실을 명심해야 할 것입니다. 최대한

의 변화를 포용할 수 있는 구조에 못지않게 필요한 것이 있습니다. 그 것이 곧 장자의 천天이라고 생각합니다. 장자의 천은 진리가 수많은 진 리들로 해체되는 것을 막아주고 진리가 재材, 부재不材의 차원으로 격하 되지 않도록 해주는 최후의 보루가 되기 때문입니다.

"그러나 어느 것이 인人이며, 어느 것이 천天인지 어떻게 알겠는가."

이것은 장자의 고민이기도 하고 우리의 고민이기도 할 것입니다.

너무 딱딱한 이야기로 끝내는 것 같습니다. 지식론이 아닌 장자의 지혜론(?) 하나를 소개하겠습니다.

"지혜란 무엇인가?"

"상자를 열고, 주머니를 뒤지고, 궤를 여는 도둑을 막기 위하여 사람 들은 끈으로 단단히 묶고 자물쇠를 채운다. 그러나 큰 도적은 궤를 훔 칠 때 통째로 둘러메고 가거나 주머니째 들고 가면서 끈이나 자물쇠가 튼튼하지 않을까 걱정한다. 세속의 지혜란 이처럼 큰 도적을 위해 재물 을 모아주는 것이다."

오늘날의 지식이 하는 일이란 대체로 이런 역할에 지나지 않지요. 정권을 유지하게 하거나, 돈을 벌게 하거나, 나쁜 짓을 하고도 그것을 그럴듯하게 꾸미는 일을 대행하는 일이지요.

도척盜跖은 도둑의 대명사라 할 수 있는데, 실은 공자 당시의 노나라 현인 유하계柳下季의 동생으로 무리 9천을 거느리고 여러 나라를 침략 한 대도大盜였습니다.

장자가 도척에게 "도적질에도 도가 있습니까?" 하고 질문합니다.

도척의 대답은 다음과 같습니다.

감추어진 것을 알아내는 것이 성聖입니다.

남보다 먼저 들어가는 것이 용勇입니다.

늦게 나오는 것이 의義이며,

도둑질해도 되는가 안 되는가를 판단하는 것이 지知입니다.

도둑질한 물건을 고르게 나누는 것이 인仁입니다.

『장자』에는 노자의 죽음과 장자 아내의 죽음 그리고 장자 자신의 죽음에 관한 일화가 실려 있습니다. 물론 사실이라기보다는 장자 사상을 상징적으로 제시하기 위한 것이라고 할 수 있습니다. 요지만 간단히 소개하지요.

노자가 죽었을 때 진일秦佚이 조상弔喪을 하는데 세 번 곡하고는 그냥 나와버렸습니다.

이를 본 진일의 제자가 물었습니다.

"그분은 선생님의 친구가 아니십니까?"

"그렇다네."

"그렇다면 조상을 그렇게 해서 되겠습니까?"

"나도 처음에는 그가 훌륭한 사람이라고 여겼는데 이제 보니 그렇지가 않네. 늙은이는 자식을 잃은 듯 곡을 하고, 젊은이는 어머니를 잃은 듯 곡을 하고 있구먼. 그가 사람의 정을 이렇듯 모은 까닭은 비록 그가 칭찬을 해달라고 요구는 아니하였을망정 그렇게 작용하였기 때문이며, 비록 곡을 해달라고 요구는 아니하였을망정 그렇게 하도록 작용했기 때문일세. 이것은 천도天道에 벗어나고 자연의 정을 배반하는 것이며 타고난 본분을 망각하는 것일세. 예부터 이러한 것을 둔천遁天(천을 피함)의 형벌이라고 한다네. 자연에 순응하면 슬픔이든 기쁨이든 스며

들지 못하네. 옛날에는 이를 천제天帝의 현해縣解(속박으로부터 벗어남)라
하였네. 손으로 땔나무를 계속 밀어넣으면 불길이 꺼질 줄을 모르는 법
이라네."

장자가 바야흐로 죽음을 앞두고 있을 때, 제자들이 장례를 후히 치
르고 싶다고 했습니다.

장자가 그 말을 듣고 말했습니다.

"나는 하늘과 땅을 널(棺)로 삼고, 해와 달을 한 쌍의 옥玉으로 알며,
별을 구슬로 삼고, 세상 만물을 내게 주는 선물이라 생각하고 있네. 이
처럼 내 장례를 위하여 갖추어지지 않은 것이 없는데 무엇을 또 더한단
말이냐?'

제자들이 말했습니다.

"까마귀나 솔개가 선생님의 시신을 파먹을까 봐 염려됩니다."

장자가 대답했습니다.

"땅 위에 있으면 까마귀나 솔개의 밥이 될 것이고, 땅속에 있으면 땅
강아지와 개미의 밥이 될 것이다. (장례를 후히 지내는 것은) 한쪽 것을
빼앗아 다른 쪽에다 주어 편을 드는 것일 뿐이다. 인지人知라는 불공평
한 측도로 사물을 공평하게 하려고 한들 그것은 결코 진정한 공평이 될
수 없는 것이다."

이상으로 『노자』와 『장자』를 끝내자니 어쩐지 너무 소홀하게 대접
했다는 생각을 금치 못합니다. 나는 여러분이 개인적으로 계속 공부하
기를 물론 바랍니다. 그리고 특히 『노자』와 『장자』의 차이에 주목하기
보다는 그것을 하나로 묶어서 이해하는 태도를 갖기 바랍니다. 진秦나

라와 한漢나라를 묶어서 하나의 사회 변동 과정으로 이해하듯이, 『노자』와 『장자』도 하나로 통합하여 서로가 서로를 도와서 완성하게끔 읽는 것이 좋다고 생각합니다. 새삼스레 『노자』와 『장자』가 어떻게 서로 보완될 수 있는가에 대해서는 이야기하지 않겠습니다. 여러분의 과제로 남겨두겠습니다.

고기는 잊더라도 그물은 남겨야

끝으로 잡편 「외물」外物의 끝 구절을 소개하고 마치기로 하지요.

이 구절은 여러분도 잘 아는 '득어망전得魚忘筌 득토망제得兎忘蹄'의 출전입니다. "물고기를 잡고 나면 통발을 잊어버리고 토끼를 잡고 나면 덫을 잊어버린다"는 뜻이지요.

筌者所以在魚 得魚而忘筌
蹄者所以在兎 得兎而忘蹄
言者所以在意 得意而忘言
吾安得夫忘言之人 而與之言哉

전筌은 물고기를 잡는 통발인데, 물고기를 잡고 나면 통발은 잊어버리게 마련이고,

제蹄는 토끼를 잡는 올무인데, 토끼를 잡고 나면 그것을 잊어버리고 만다.

말은 뜻을 전하는 것인데, 뜻을 얻으면 말을 잊어버리는 것이다.

나도 이렇듯 그 말을 잊어버리는 사람을 만나 그와 더불어 이야기하고 싶구나!

『노자』나 『장자』의 원전들을 기억하지 못하더라도 '노장' 老莊 사상의 핵심은 무엇인가, 그리고 노장 사상의 현대적 의미는 무엇인가를 이해했다면 성공이라고 생각하자는 것입니다. 그래서 '득어망전'으로 끝내려는 것이지요. '득어망전'으로 끝내는 또 하나의 이유가 있습니다. 관계론의 관점에서 부언해두고 싶은 이야기가 있기 때문입니다.

'득어망전'의 전筌은 통발을 의미합니다. 여러분은 아마 통발을 보지 못했을 것입니다. 그러기도 하려니와 이 통발(筌)을 그물(網)로 바꾸어서 이야기하려고 합니다. 전筌을 망網으로 대치하려는 이유는 관계망 關係網을 이야기하려고 하기 때문입니다. 노자가 이야기한 천망(天網恢恢 疎而不漏)이나 제석천帝釋天에 있다는 인드라망網과 관련시켜 이야기하기가 수월하기 때문입니다. '득어망전' 得魚忘筌이든 '득어망망' 得魚忘網이든 고기를 잡고 나면 그 고기를 잡는 데 소용되었던 기구를 잊어버린다는 것이지요. 그러나 나는 그 반대로 고기는 잊어버리고 망을 얻어야 한다고 생각합니다. '망어득망' 忘魚得網이어야 한다고 생각합니다.

고기는 이를테면 하나의 현상입니다. 반면에 그물은 모든 현상의 저변에 있는 구조를 의미한다고 할 수 있습니다. 고기가 하나의 사물이라면 그물은 세상의 모든 사물을 망라하고 있는 천망天網인 것이지요. 고기는 잊어버리든 잃어버리든 상관이 없습니다. 중요한 것은 그물입니다. 모든 사물과, 모든 사건과, 모든 사태가 그 위에서 생성 변화 발전하는 거대한 관계망을 잊지 않는 일이 무엇보다 중요한 것이지요. 한마리의 제비를 보고 천하의 봄을 깨달을 수 있게 하는 것이 바로 관계망이지요. 중요한 것은 한 마리의 제비가 아니라 천하의 봄이지요. 남는 것은 경기의 승패가 아니라 동료들의 우정이라고 생각합니다. 남는 것은 그물입니다. 그리고 그물에 관한 생각이 철학이라고 할 수 있기 때문입니다.

묵자의 겸애와 반전 평화

8

『묵자』墨子

묵가는 중국 사상사에서 이론과 실천을 겸비한 최초의 좌파 조직이라고 할 수 있습니다. 전국시대의 패권적 질서와 지배 계층의 사상에 대하여 강력한 비판 세력으로 등장하여 기층 민중의 이상을 처음으로 제시하였습니다. 투철한 신념과 지칠 줄 모르는 열정으로 대중 속에서 설교하고 검소한 모범을 보였으며, 서민들의 절대적 지지를 받았습니다. 묵자가 죽은 후에도 200여 년 동안 여전히 세력을 떨쳤지만 그 후 2천 년이라는 긴 망각의 시대를 겪지 않을 수 없었습니다. 묵가는 좌파 사상과 좌파 운동이 그 이후 장구한 역사 속에서 겪어 나갈 파란만장한 드라마를 역사의 초기에 미리 보여준 역설적인 선구자였다고 할 수 있습니다.

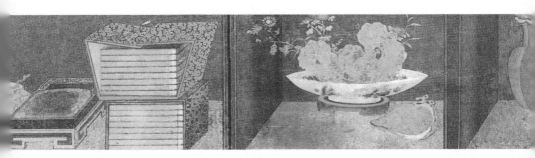

여러 시내가 몸을 섞어 강이 됩니다

고전 강독은 처음 공자와 노자를 중심으로 했습니다. 『논어』와 『노자』가 동양 사상을 대표한다고 할 수 있기 때문이었습니다. 그러나 강의가 거듭되면서 본의 아니게 조금씩 범위가 넓어졌습니다. 학파 간의 차이점에 대한 질문도 나오고 또 때에 따라서는 서로 대비해서 설명하는 것이 편리한 경우도 있었습니다. 그러다 『순자』荀子, 『한비자』韓非子, 『묵자』墨子에 대해서도 언급하게 되고 더 나아가서 불교佛敎와 신유학新儒學의 기본적 성격에 대해서도 다루게 되었습니다. 처음에는 예시하는 정도였다가 나중에는 따로 장을 내어 다루게 되었습니다. 따로 장을 내어 다룬다고 하지만 범위가 늘어나는 만큼 각 장에 할애할 수 있는 시간은 더 줄어들기 때문에 결국 개요만 소개하는 정도에 그칠 수밖에 없었습니다. 이 점이 매우 곤혹스러웠습니다. 표면만 스치고 지나가는 세태를 비판하면서 정작 우리의 강의도 그렇지 않느냐는 것이지요. 새삼스럽게 이런 이야기를 꺼내는 까닭은, 곤혹스럽기는 지금도 마찬가지이기 때문입니다. 지금부터 진행하는 강의에 대해서는 여러분이 그런 점을 미리 양해해야 합니다. 강의 내용을 좁혀서 한 학파로부터 한 개의 주제만 읽어내자는 것이지요. 그것 또한 무리입니다만 양해해주시기 바랍니다.

지금부터 함께 읽으려고 하는 『묵자』, 『순자』, 『한비자』 등은 비주류 사상이라 할 수 있습니다. 묵가墨家는 유가儒家와 함께 당시에는 현학顯學이었다고 합니다. 나중에 비주류로 물러났습니다만 당시에는 가장 강력한 주류 학파였다고 할 수 있습니다. 『순자』 역시 유가라는 점에서 주류라고 할 수도 있습니다. 『한비자』는 법가 사상을 집대성한, 법가를 대표하는 사상입니다. 천하 통일을 주도한 사상이란 점에서 법가를 비주류라고 하기에 다소 문제가 있습니다. 그러나 『묵자』, 『순자』, 『한비자』가 중국 사상의 전체 흐름에서 차지하는 위상은 비주류에 속한다고 해야 합니다.

주류 사상, 비주류 사상이라는 구분과 관련하여 잠시 사상 일반의 사회적 위상에 대해 생각해볼 필요가 있습니다. 사상은 자각적 체계를 갖추고 있는 것으로 정의됩니다. 자각적이라는 의미는 개인을 그 사상의 담당자로 하고 있다는 의미입니다. 그러나 이 경우의 개인은 엄밀한 의미에서 자연인으로서의 개인을 의미하는 것이 아니기 때문에 사상의 담당자로서의 개인에 대하여 특별한 의미를 부여해야 할 이유는 없습니다. 자각적 체계로서의 사상과 그 사상의 담당자로서의 개인은 그 자체로서 독립적인 의미를 갖는 것이기보다는 사상의 사회적 존재 양식의 일환으로 이해해야 한다고 생각합니다. 개인으로서의 묵자와 순자, 한비자에 대하여 특별한 의미 부여를 하지 않아도 된다는 뜻이지요. 사상은 개인에 앞서서 반드시 '사상적 과제'가 먼저 존재합니다. '누구의' 사상이기에 앞서 반드시 '무엇'에 관한 사상이게 마련입니다.

사상이란 일정한 사회적 조건에서 생성되는 것이지만 그 사회적 조건이 변화하면 사상도 사상사思想史의 장場으로 물러납니다. 그러나 그럼에도 불구하고 우리가 사상을 사회 역사 속에 해소시킬 수 없는 이유가 방금 이야기한 그 자각적 체계 때문입니다. 자각적 체계 때문에 사상 자체로서의 독자성을 승인하지 않을 수 없다는 것이지요. 그러나 이러한 의미의 독자성은 역시 제한적 의미로 이해하는 태도가 옳다고 생각합니다. 사상이란 독자성에 앞서 시대성을 공유하고 있기 때문입니다. 어떠한 경우든 시대가 사상을 낳는다는 사실에는 변함이 없음은 물론입니다.

따라서 학파 간의 차이는 그 시대의 과제를 인식하는 관점의 차이에 불과한 것이라고 할 수 있습니다. 그리고 각 학파 간의 차별화가 진행되기도 하지만 동시에 각 학파 간의 침투가 진행되는 것이 사상사의 일반적 발전 과정입니다. 여러 시내가 몸을 섞어 강이 되듯이 서로 영향을 주고받으며 상호 침투합니다. 전체적으로는 하나의 과제를 대상으로 삼고 있으며 각 학파가 전개하는 논리적 정합성은 당대 사회가 공유하고 있는 지적 수준에 의존할 수밖에 없는 것이지요. 그런 점에서 학파 간의 차이는 접근로와 강조점이 조금씩 다를 뿐이라고 해야 할 것입니다. 주류 사상이든 비주류 사상이든 결국 전체를 구성하는 부분에 지나지 않는다는 사실을 미리 합의해두려고 하는 것이지요.

여러분은 지금부터 다루게 되는 『묵자』, 『순자』, 『한비자』 등에 대해서는 그 차이에 주목하기보다는 그 강조점에 유의하기 바랍니다. 그런 의미에서 각 학파마다 한 개씩의 주제만 찾아내자고 한 것이기도 합니다.

묵자의 검은 얼굴

　제자백가 중에서 공자 다음으로 그 인간적 면모가 뚜렷하게 부각되고 있는 사람이 아마 묵자墨子(BC. 479~381)일 것입니다. 공자의 인간적 면모가 뚜렷한 까닭은 『논어』가 공자의 대화집이기 때문입니다. 제자들과 나눈 풍부한 대화가 그 속에 있기 때문입니다. 노자, 장자는 물론이고 맹자나 순자의 경우도 그 인간적 이미지가 공자에 미치지 못합니다. 그에 비하여 묵자의 이미지는 대단히 분명합니다. 『묵자』가 대화집이 아님에도 불구하고 인간적 면모가 분명하게 보이는 까닭은 묵자는 사상과 실천에 있어서는 물론이며 그 이외에도 여러 가지 면에서 차별성을 보여주고 있기 때문입니다.

　첫째로 하층민의 이미지입니다. '묵'墨이란 우리말로 먹입니다만, 묵자墨子의 묵墨은 죄인의 이마에 먹으로 자자刺字하는 묵형墨刑을 의미한다는 것입니다. 그래서 묵가墨家란 형벌을 받은 죄인들의 집단을 의미한다는 것이지요. 그것이 설령 형벌과 죄인을 의미하는 것이 아니라 단지 검은색을 의미한다고 하더라도 검은색은 노역奴役과 노동주의를 상징한다는 것입니다. 검은 노동복을 입고 전쟁을 반대하고 허례虛禮와 허식虛飾을 배격하며 근로와 절용節用을 주장하는 하층민이나 공인工人들의 집단이 묵가라는 것입니다.

　묵자는 성姓이 적翟이라는 설이 있습니다. 그럼에도 불구하고 그의 이름을 묵적墨翟이라고 한 것은 묵형을 받았다는 사실을 표명하는 뜻에서 그것을 성으로 사용했다는 것이지요. 과거에는 흔히 있는 일이었다고 합니다. 그러나 그것을 이름으로 삼는다는 것은 심상한 것이 아니지요. 나도 오랫동안 수형 생활을 했기 때문에 그런 정서를 조금은 알 수 있습니다만 묵적처럼 형벌을 받았다는 사실을 이름으로 삼아 공공연히 밝힌다는 것은 그 형벌이 부당하다는 것을 드러내고 또 형벌을 두려워하지 않는다는 것을 공언하는 것이지요. 오히려 그것을 자랑으로 여긴다는 것입니다. 반체제적 성격을 분명히 선언하는 것이라고 할 수 있습니다.

따라서 묵은 성씨라기보다 학파의 집단적인 이름이라는 주장이 좀 더 설득력이 있습니다. 이러한 것은 묵자 당시의 사회적 상황을 단적으로 보여주는 것이기도 합니다. 백성이 국가의 권위를 두려워하지 않을 때 참으로 두려워해야 할 사태가 일어난다는 것이지요(民不畏威 則大威至: 『노자』). 당시는 혁명의 시대였다고 할 수 있습니다. 이러한 혁명적 상황에서 묵가는 통치 권력의 정당성에 정면으로 도전하는 좌파 조직의 좌파 사상이었으며 묵적이란 이름은 그것을 공공연히 밝히고 있는 것이라 할 수 있습니다.

그리고 묵墨은 목수의 연장 가운데 하나인 먹줄(繩)의 의미로 읽기도 합니다. 먹줄은 목수들이 직선을 긋기 위해 쓰는 연장입니다. 그래서 법도의 상징이 되기도 하고 엄격한 규율을 의미하기도 합니다. 또 『묵자』에는 묵자가 방성 기구防城機具(적의 공격으로부터 성을 방어하는 기구)를 만들고 수레의 빗장을 제작했다는 기록도 있기 때문에, 묵자를 공인이나 하층 계급 출신으로 보는 견해도 있습니다. 묵자 자신은 그러한 계층 출신이 아니라 하더라도 묵자의 사상이 하층의 노동 계급을 대변하고 있는 것만은 분명하다는 것이지요. 검은색은 이처럼 묵자의 면모를 구체화해줍니다.

둘째로는 근검 절용하며 실천궁행實踐躬行하는 모습입니다. 검소한 실천가의 모습입니다. 이러한 모습은 오히려 묵가를 비판하는 글 속에서 쉽게 발견되고 있는데 모든 비판자들의 견해가 이 점에 있어서만은 일치하고 있습니다. 맹자에 따르면 "묵가는 보편적 사랑(兼愛)을 주장하여 정수리에서 무릎까지 다 닳아 없어진다 하더라도 천하를 이롭게 하는 일이라면 그것을 행동에 옮기는 사람들"이라고 표현하고 있습니다. 유가가 주공周公을 모델로 했다면 묵가의 모델은 하나라의 우禹임금입니다. 우임금은 황하의 치수를 담당하여 장딴지와 정강이의 털이 다 닳아 없어지도록 신명을 바쳐 일했던 사람입니다. 자기 집 앞을 세 번이나 그냥 지나간 것으로 유명한 임금입니다.

묵가의 검소하고 실천적인 모습은 '묵돌부득검'墨突不得黔이라는 말에 잘 나타나 있습니다. 묵자의 집은 아궁이에 불을 지피지 못할 정도로 가난했기 때문에 굴뚝에 검댕이 없다는 것이었어요. 자신들의 이상적 모델을 유가 모델보다 더 윗대인 우임금에까지 소급하여 설정함으로써 학파의 권위를 높이려 했다는 견해도 없지 않습니다만, 묵가가 유가와는 그 사회적 기반을 달리한 것만은 분명합니다. 묵자는 일찍이 유학에 입문했으나 비유非儒를 천명하게 되었다고 합니다. 유가란 예를 번잡하게 하여 귀족들에게 기생하는 무리라는 것이 묵자의 유가관儒家觀입니다. 우임금의 실천궁행을 모델로 삼은 것은 유가가 모델로 삼고 있는 주周나라의 계급 사회가 아닌 하夏나라의 공동체 사회를 목표로 하고 있다는 의미이기도 합니다.

묵자는 제자들에게 우임금을 배울 것을 주장하여, 거칠고 남루한 의복도 고맙게 생각하며 나막신이나 짚신에 만족하며 밤낮으로 쉬지 않고 몸소 실천하는 것을 근본 도리로 삼도록 가르쳤습니다. 우임금의 길을 따르지 않는 자는 묵가가 될 수 없음을 천명하고 있습니다. 묵가 집단이 이처럼 헌신적 실천을 강조하는 사람들로 이루어졌기 때문에 몸에 살이 붙을 겨를이 없어 누구나 깡말랐고 살갗 또한 먹빛처럼 검었다는 것이지요. 그래서 묵墨이란 별명이 붙었다고도 했습니다. 『장자』에서도 묵가를 평하여 "살아서는 죽도록 일만 하고 죽어서도 후한 장례 대신 박장薄葬(간소한 장례)에 만족해야 했으니, 그 길은 너무나 각박했다"고 하고 있습니다.

이처럼 묵자는 다른 학파의 사람들과는 분명하게 구별되는 매우 강한 인상을 남기고 있는 사람입니다. 기층 민중의 이해관계를 대변하며 검소한 삶을 영위하고 신명을 다하여 실천궁행하는 모습이 묵가의 이미지입니다.

2천 년 만에 복권된 『묵자』

『묵자』는 다른 책보다 난해한 것으로 알려져 있습니다. 그러나 묵자의 인간적 면모가 잘 나타나 있고, 또 그 사상적 기반이 분명하게 천명되어 있기 때문에 오히려 난해하지 않은 면도 없지 않습니다. 앞으로 예시문을 함께 읽어가는 동안에 묵자의 이미지가 더욱 분명해지고 다른 학파와의 차이도 부각되리라 생각합니다.

묵자에 관한 『사기』의 기록은 단 24자입니다. "묵적은 송宋나라 대부로서 성城을 방위防衛하는 기술이 뛰어났으며 절용을 주장하였다. 공자와 동시대 또는 후세의 사람이다"라는 기록이 전부입니다. 현재의 통설은 묵자는 은殷나라 유민遺民들의 나라인 송 출신으로 주周 시대의 계급 사회로 복귀하는 것을 반대하고 우禹 시대의 공동체 사회를 지향하며, 일생 동안 검은 옷을 입고 반전反戰, 평화, 평등 사상을 주장하고 실천한 기층 민중 출신의 좌파 사상가로 평가되고 있습니다.

『묵자』는 묵자가 직접 쓴 것이 아니라 『논어』와 마찬가지로 후대의 제자들이 스승의 언행을 모아 편찬한 것입니다. 원래는 71편이었다고 합니다만(반고班固의 『한서』漢書 「예문지」藝文志), 현재는 53편이 전해지고 있습니다. 제자백가들의 책 중에서 『묵자』가 가장 난해한 것으로 알려진 까닭은 대쪽(竹簡)이 망실되고 뒤바뀐 채 오랫동안 정리되지 않은 상태로 남아 있었기 때문입니다. 그러므로 체계를 세워서 읽을 수가 없었을 뿐만 아니라, 그나마 오랫동안 도가道家의 경전인 『도장』道藏에 끼어 있었습니다. 청대淸代에 와서야 필원畢沅(1730~1797)에 의해 『묵자주』墨子注 16권으로 따로 출간됩니다. 그제야 처음으로 『묵자』가 세상에 알려지게 된 셈입니다. 그 뒤 1894년 손이양孫詒讓의 『묵자한고』墨子閒詁 15권이 출간됨으로써 비로소 뜻을 통해 읽을 수 있게 되었을 정도로 오랫동안 잊혔던 책입니다. 민국 초기에 량치차오梁啓超, 후스胡適 등과 같은 비교적 진보적인 학자들이 주를 달고 분류함으로써 오늘날의 『묵자』로 정리될 수 있었습니다. 2천 년 만의 복권이라고 합니다.

그리고 『묵자』가 난해할 수밖에 없는 또 한 가지 이유는 문장이 간결하고, 쓸데없는 설명 즉 일체의 논변이 없기 때문입니다. 『묵자』의 이러한 면을 풍자한 예화가 『한비자』에 나옵니다. 진秦나라 임금이 딸을 진晉나라 공자公子에게 출가시켰습니다. 그 딸을 시집보낼 때 70명의 첩을 아름다운 비단옷을 입혀 딸려 보냈습니다. 그것이 화근이 되었습니다. 공자는 그 첩들을 사랑하고 그 딸은 거들떠보지 않았다는 것이지요. 이 이야기는 논변이 많으면 그 핵심을 놓친다는 것을 비유로 말하는 것이지요. 묵자가 이러한 이유로 일체의 논변을 삼갔는지는 알 수 없지만 결과적으로는 간결한 문장과 농축된 의미를 읽어내기가 그만큼 더 어려워진 셈이지요.

현재 전하는 『묵자』는 위에서 이야기한 바와 같이 모두 53편입니다. 이 53편이 5부 15권으로 분류되고 있습니다. 묵자의 중심 사상은 제2부를 구성하고 있는 제2권에서 제9권까지의 24편에 개진되고 있다고 할 수 있습니다. 묵자의 10대 사상으로 알려진 그의 주장이 이 부분에 실려 있습니다. 우리가 묵자 사상을 고루 개괄할 수 없기 때문에 그 편명을 통해서 내용을 짐작해보기로 하지요. 상현尙賢, 상동尙同, 겸애兼愛, 비공非攻, 절용節用, 절장節葬, 천지天志, 명귀明鬼, 비악非樂, 비명非命, 비유非儒 등 11편입니다. 각 편이 대개 상중하로 구성되어 있어서 모두 24편입니다. 마지막의 두 편을 제외하고 모든 편이 자묵자왈子墨子曰로 시작되고 있어서 묵자의 제자들이 기록했다는 것이 통설입니다.

『묵자』에는 그 외에도 묵자의 가르침을 요약한 부분, 논리학과 자연과학, 묵자의 언행, 방어 전술 교본 등이 실려 있습니다.

우리나라에서도 『묵자』는 읽히지 않았습니다. 중국에서와 마찬가지로 『묵자』는 사문斯文의 난적亂賊이었습니다. 『묵자』 전편이 번역된 것도 불과 몇 년 전의 일입니다. 번역자가 가까운 지인知人입니다. 비전공인 나로서는 묵자 연구자를 가까운 지인으로 두고 있다는 사실이 큰 도움이 되었습니다. 그 후의 연구 업적들도 제때에 읽어볼 수 있는 기회가 많았기 때문이지요.

공자와 묵자는 다 같이 춘추전국시대의 사회적 상황을 '사회적 위기'로 파악했습니다. 무도無道하고, 불인不仁하고, 불의不義한, 이기적이고 파멸적인 시대로 규정하고 있습니다. 공자와 묵자는 현실 인식에 있어서 차이가 없다고 할 수 있지만 묵자는 보다 구체적으로 언급하고 있습니다. 백성들은 세 가지의 고통을 받고 있는 바, 주린 자는 먹을 것이 없고, 추운 자는 입을 것이 없고, 일하는 자는 쉴 틈이 없다(有三患 飢者不食 寒者不衣 勞者不息)고 했습니다. 이러한 현실 인식을 보더라도 묵자가 기층 민중의 고통에 주목하고 있음을 알 수 있습니다.

이러한 현실 인식에 근거하여 묵자는 겸애兼愛라는 보편적 박애주의와 교리交利라는 상생相生 이론을 선언합니다. 그리고 이러한 이론을 지침으로 하여 연대連帶라는 실천적 방식을 통하여 사회 문제를 해결하고자 했습니다. 그리고 당면의 실천적 과제로서 반전 평화의 기치를 내걸고 헌신적으로 방어 전쟁에 참여했습니다. 묵자 사상이 매우 넓은 범위에 걸쳐 있지만 우리는 두 가지 점에 초점을 맞추기로 하겠습니다. 겸애와 반전 평화를 묵자 사상의 핵심으로 파악하고자 하는 것이지요.

묵자는 그의 사상에 있어서뿐만 아니라 그것의 실천에 있어서도 매우 훌륭한 모범을 보입니다. 실천 방법이 개인주의적이거나 개량주의적이지 않음은 물론이고, 언제나 집단적이고 조직적이며 철저한 규율로써 일사불란하게 진행되었다는 점을 들지 않을 수 없습니다. 묵가는 강고한 조직과 엄격한 규율을 가진 집단으로 널리 알려져 있습니다. 묵가는 불 속에도 뛰어들고 칼날 위에도 올라설 뿐 아니라 죽는 한이 있더라도 발길을 돌리는 법이 없었다고 합니다(皆可使赴火踏刃 死不施踵: 『淮南子』).

아마 이러한 특징 때문에 전국시대, 그리고 진秦나라 초까지만 하더라도 묵가는 유가와 함께 가장 큰 세력을 떨칠 수 있었을 것으로 짐작됩니다. 가장 큰 학파는 유가와 묵가이며(一世之顯學 儒墨也: 『韓非子』), 공자와 묵자의 제자들이 천하에 가득하다고 했습니다(孔墨之弟子徒屬 滿天

下: 『呂氏春秋』).

　『회남자』를 쓴 유안劉安(BC. 178~122) 당시까지만 하더라도 묵가가
활동했던 것으로 추측되지만 사마천司馬遷(BC. 145~86)이 『사기』를 썼던
기원전 1세기경에는 이미 자취를 감추었던 것으로 추측됩니다. 한 무제
漢武帝(BC. 140~87) 때 동중서董仲舒(BC. 179~93)의 건의로 유학儒學이 국교
가 되면서 묵가가 탄압되었고 해외로 망명한 것으로 추측합니다. 그 시
기가 대체로 기원전 100년경입니다.

　진秦, 한漢 이래 사회적 격동기가 끝나고 토지 사유를 중심으로 하는
지주 관료 중심의 신분 사회가 정착되면서 묵가는 자취를 감추게 됩니
다. 상하의 계층적 차별을 무시하는 평등주의 사상이 용납될 수 없었기
때문입니다. 특히 맹자는 이러한 겸애 사상을 비현실적이며 비인간적인
엄숙주의로 매도합니다. 무엇보다도 묵가는 그 사상의 사회적 기반이
와해되면서 함께 소멸되었다고 해야 합니다. 기층 민중들의 이해관계를
대변하고 그들을 조직하여 세습 귀족 중심의 사회를 개혁하려고 했던
최초의 좌파 사상과 좌파 운동은 결과적으로 새로운 지배 집단의 등장
과 때를 같이하여 소멸하게 됩니다. 그리고 2천 년이 지난 후인 19세기
말에 와서야 비로소 유교 사회의 붕괴와 때를 같이하여 재조명됩니다.
그래서 2천 년 만의 복권이라고 일컬어지는 것이지요. 『묵자』의 기구한
운명은 민중들의 그것만큼이나 장구한 흑암의 세월을 견뎌온 셈입니다.

　20세기 초 마르크스의 『자본론』이 중국에 소개되면서 신청년운동新
靑年運動과 함께 『묵자』에 대한 관심이 고조되었습니다. 당연한 귀결이
라고 할 수 있습니다. 그러나 중국공산당으로부터 부정적 평가를 받습
니다. 제자백가 중 가장 위대한 경험론자, 평등론자로 평가받으면서도
하느님 사상(天志論)과 비폭력 사상 때문에 유물론과 계급투쟁의 적으로

간주됩니다. 한편 우파로부터는 세습과 상속을 반대하는 그의 평등사상 때문에 여전히 배척되는 기구한 운명을 다시 반복하게 됩니다.

공자가 춘추시대 말기의 사상가라면 묵자는 전국시대 초기의 사상가라고 할 수 있습니다. 춘추전국시대는 기원전 11세기 이래의 혈연 중심의 귀족 봉건제(宗法社會)가 급격히 붕괴되고 새로운 비귀족적 지주 계층을 중심으로 하는 중앙집권적 관료제가 태동하는 시기입니다. 기원전 8세기 이래 중국의 고대사회는 청동기에서 철기시대로 이행하면서 토지 생산력이 급격히 상승하여 봉건 제후들 간에 서서히 경제적 교류와 정치적 통합이 진행됩니다. 토지의 사유화가 다투어 진행됨에 따라 지주 계층이 성립되고 또한 상인을 중심으로 하는 시장경제도 발전하게 됩니다. 이 시기의 사회적 변화에 대해서는 『논어』 편에서 이야기했습니다만 행정, 경제 및 군사적 이유로 도시가 발달하게 됩니다. 당연히 종래의 혈연 중심의 인간관계가 새로운 것으로 변화하지 않을 수 없으며 따라서 이에 대한 수많은 담론들이 제자백가를 통해 제기됩니다.

공자는 서주西周 이래의 예악禮樂에 나타난 귀족 중심의 통치 질서를 새로운 지식인(君子)의 자기 수양과 덕치德治의 이념을 통하여 회복(維新)하려고 노력했지요. 이에 반하여 묵자는 종래 귀족 지배 계층의 행동규범인 예악을 철저히 부정하고 유가의 덕치 이념 대신에 생산에 참여하는 모든 인민의 협동적 연대(兼相愛)와 경제적 상호 이익(交相利)을 통하여 사회를 새롭게 조직하려고 했습니다. 유가와는 달리 숙명론을 배격하고 인간의 실천 의지, 즉 힘(力)을 강조합니다. 실천 의지를 추동推動하기 위한 장치로서 귀鬼와 신神의 존재를 상정하고, 그리고 천자의 절대적 통치권을 주장합니다. 만민 평등의 공리주의公利主義와 현자 독재론賢者獨裁論을 표방합니다. 묵가 학설의 이러한 개혁성과 민중성은 유가 사상과 대항하면서 상당한 영향력을 발휘했습니다.

그러나 앞서 이야기한 바와 같이 이러한 과도기가 끝나고 중국 사회가 토지 사유를 중심으로 하는 지주 관료 계층의 엄격한 가부장적 신분 사회로 정착되면서 묵가학파는 사라지게 됩니다. 상하의 계층적 차별을 무시하고 평등주의를 주장하는 묵가 학설은 결국 그 학설의 사회 경제적 기반의 와해와 함께 사라지게 되었던 것이지요.

이웃을 네 몸같이 사랑하라

聖人以治天下爲事者也 必知亂之所自起 焉能治之 不知亂之所自起 則不能治 譬之 如醫之攻人之疾者然 必知疾之所自起 焉能攻之 不知疾之所自起 則弗能攻 治亂者 何獨不然　　　―「兼愛」

천하를 다스리고자 하는 사람은 반드시 혼란의 원인을 알아야 다스릴 수 있으며 그 원인을 알지 못하면 다스릴 수가 없다. 비유하자면 병의 원인을 알지 못하면 고칠 수 없는 것과 같다. 사회의 혼란을 다스리는 것 역시 어찌 이와 다르겠는가.

묵자 사상의 핵심을 담고 있는 「겸애」兼愛 상上의 첫 구절입니다. 사회적 혼란의 원인이 어디에 있는가를 묻고 있습니다. 매우 논리 정연하게 전개해갑니다. 비유도 적절합니다. 문장이 반복되기 때문에 핵심적인 구절만을 뽑아서 소개하겠습니다. 묵자는 혼란의 궁극적 원인은 서로 사랑하지 않기 때문이라는 결론을 내리고 있습니다.

天下之亂物 皆起不相愛　　一「兼愛」
사회의 혼란은 모두 서로 사랑하지 않기 때문에 일어난다.

묵자는 천하 사람들이 서로 사랑하지 않으면 결국 어떠한 사태로 전락하는지를 매우 설득력 있게 전개합니다. 국國과 국 간의 공攻, 가家와 가 간의 찬纂, 인人과 인 간의 적賊, 군신·부자·형제 간의 불충不忠·불효不孝·불화不和가 천하를 어지럽히고 있다고 진단하고 있습니다. 묵자가 규정하는 당시의 가장 큰 해악 해지대자害之大者는 다음과 같습니다.

强必執弱 富必侮貧 貴必傲賤 詐必欺愚
凡天下禍纂怨恨 其所以起者 以不相愛生也　　一「兼愛」

강자는 약자를 억누르고 부자는 가난한 사람을 능멸하고, 귀한 사람은 천한 사람에게 오만하며 간사한 자들은 어리석은 사람들을 속이는 것이며, 천하의 화와 찬탈과 원한이 생겨나는 근본적인 원인을 서로 사랑하지 않기 때문이라고 주장합니다. 사랑의 문제라면 지극히 개인적이고 심정적인 차원의 문제라 할 수 있습니다. 그러나 묵자는 이 문제를 제도적 관점에서 접근하고 있습니다. 천하의 이익을 위해서는 모든 사람들이 서로 사랑하고 모든 사람들이 서로 이롭게 되도록 법을 바꾸어야 한다는 주장이 그렇습니다.

必興天下之利 以兼相愛 交相利之法 易之　　一「兼愛」

겸애와 교리가 사회적으로 작동될 수 있는 법 즉 제도 개혁에 관한 주장으로 나타나고 있습니다.

然則兼相愛 交相利之法 將奈何哉
子墨子言 視人之國若視其國 視人之家若視其家
視人之身若視其身   —「兼愛」

그렇다면 겸상애와 교리지법이란 어떻게 하는 것인가. 묵자가 말하기를, 그것은 다른 나라를 자기 나라 보듯이 하고, 다른 가家 보기를 자기 가 보듯이 하고, 다른 사람 보기를 자기 보듯이 해야 한다.

겸애는 별애別愛의 반대 개념이라 할 수 있습니다. 겸애는 세상의 모든 사람을 차별 없이 똑같이 사랑한다는 뜻입니다. 평등주의, 박애주의입니다. 묵자는 사회적 혼란은 바로 나와 남을 구별하는 차별에서 비롯된다는 것을 역설하고 나아가 서로 이익이 되는 상리相利의 관계를 만들어 나갈 것을 주장하고 있습니다. 상리의 관계는 개인의 태도나 개인의 윤리적 차원을 넘어서는 구조와 제도의 문제임은 말할 필요가 없습니다. 제도적·법제적 내용을 갖는 것이라고 할 수 있습니다.

그러나 『묵자』에는 겸애와 교리의 제도적 장치에 대해서는 보다 진전된 논의가 없습니다. 애정愛情과 연대連帶라는 원칙적 주장에 머무르고 있다고 할 수 있습니다. 그러나 비록 법제적 논의가 뒷받침되고 있지 않다 하더라도 묵자의 이러한 입론立論이 묵자의 현대적 의미를 손상시키는 근거가 될 수는 없습니다. 애정과 연대는 근대사회의 개인주의적 인간 이해를 반성하는 귀중한 가치이기 때문입니다.

若使天下 兼相愛 愛人若愛其身 惡施不孝　　　—「兼愛」
만약 천하로 하여금 서로 겸애하게 하여 '이웃을 네 몸같이 사랑한
다면' 어찌 불효가 있을 수 있겠는가?

故天下兼相愛則治 相惡則亂
故子墨子曰 不可以不勸愛人者此也　　　—「兼愛」
그러므로 천하가 서로 겸애하면 평화롭고 서로 증오하면 혼란해진다.
묵자께서 이웃을 사랑하지 않으면 안 된다고 한 까닭이 이와 같다.

그런데 여러분은 위의 원문에서 매우 낯익은 구절을 발견할 것입니
다. '애인약애기신'愛人若愛其身이 그것입니다. "이웃을 네 몸같이 사랑
하라"는 구절이 그것입니다. '시인지신視人之身 약시기신若視其身'이란
구절도 같은 뜻입니다. 성경 구절과 완벽하게 일치하고 있음이 놀랍습
니다. 비단 이 예시 문안뿐만 아니라 묵자의 하느님 사상(天志)은 기독
교의 사상과 조금도 다르지 않습니다. 기독교의 하나님이 사랑이듯이
묵자의 하느님 역시 겸애이기 때문입니다. 묵자가 중국에서 자취를 감
춘 때가 기원전 100년경이었기 때문에 아기 예수가 태어날 때 찾아온
동방박사가 망명亡命 묵가墨家라는 주장까지 나오고 있는 것이지요. 물
론 다른 근거가 있는 것은 아닙니다.

　　성공회대 정보과학관 휴게실에 '兼治別亂' 겸치별란이란 액자가 걸려
있습니다. 내가 쓴 글씨입니다. 겸애하면 평화롭고(治) 차별하면 어지러
워진다는 뜻이며 물론 묵자의 글에서 성구成句한 것입니다. 묵자의 겸兼
은 유가의 별別에 대한 비판입니다. 이 별別이야말로 공동체적 구조를
파괴하는 가장 근본적인 해악이라는 것이지요. 나와 남의 차별에서 시

작하여 계급과 계급, 지역과 지역, 집단과 집단 간의 차별로 확대되는 것이지요. 가家와 가, 국國과 국의 쟁투가 그것입니다. 세상을 어지럽히는 가장 큰 해악이 바로 서로 차별하는 교별자交別者라고 묵자는 주장합니다. 조금 전에도 예시문을 들어 소개했듯이 "큰 나라가 약소국을 공격하고, 큰 가家가 작은 가를 어지럽히고, 강자가 약자를 겁탈하고, 다수가 소수를 힘으로 억압하고, 간사한 자가 어리석은 자를 속이고, 신분이 높은 자가 천한 사람들에게 오만하게 대하는 것 이것이 천하의 해로움이다"(大國之攻小國 大家之亂小家 强之劫弱 衆之暴寡 詐之謀愚 貴之傲賤 此天下之害也: 「兼愛」)라고 주장합니다. 오늘날의 세계 질서와 우리 사회의 현실을 이야기하고 있다는 생각을 금치 못합니다.

물에 얼굴을 비추지 마라

다음으로 묵자의 반전 평화론에 대해서 읽어보기로 하겠습니다. 묵자의 반전 평화를 읽으면 반전 평화의 문제가 참으로 오래된 숙제라는 생각이 듭니다. 반전 평화는 한반도의 가장 절박한 과제가 아닐 수 없습니다. 너무 오래된 과제이기 때문에 잊고 있을 뿐이지요. 묵자는 여러 편에 걸쳐서 대단히 많은 예화를 열거해가면서 자기의 반전 주장을 펼쳐 나가고 있습니다. 「비공」편非攻篇도 예외가 아닙니다만 일부만 소개하기로 하겠습니다. 묵자는 공격 전쟁을 반대하는 논리를 펴기 전에 먼저 당시의 일반적 관념을 비판합니다. 상투화된 사고를 반성하는 것에서부터 시작합니다. 본문을 모두 소개하지 않고 내용 중심으로 읽어보도록 하겠습니다. 묵자다운 논리 전개를 발견할 수 있습니다.

지금 여기 한 사람이 남의 과수원에 들어가 복숭아를 훔쳤다고 하자. 사람들은 그를 비난할 것이고 위정자는 그를 잡아 벌할 것이다. 왜? 남을 해치고 자기를 이롭게 했기 때문이다. 남의 개, 돼지, 닭을 훔친 사람은 그 불의함이 복숭아를 훔친 사람보다 더 심하다. 왜? 남을 해친 정도가 더 심하기 때문이다. 남을 더욱 많이 해치면 그 불인不仁도 그만큼 심하게 되고 죄도 더 무거워지는 것이다. 남의 마구간에 들어가 말이나 소를 훔친 자는 그 불의함이 개, 돼지나 닭을 훔친 자보다 더욱 심하다. 남을 해친 정도가 더욱 심하기 때문이다. 남을 해치는 정도가 크면 클수록 불인도 그만큼 심하게 되고 죄도 무거워지는 것이다. 무고한 사람을 죽이고 옷을 뺏거나 창이나 칼을 뺏는 자는 그 불의함이 말이나 소를 훔친 자보다 더 심하다. 이러한 것에 대해서는 천하의 군자들이 모두 그것의 옳지 못함을 알고 그것을 비난하고 그것을 불의라고 부른다.

그러나 열 명, 백 명을 살인하는 것이 아니라, 수만 명을 살인하는 전쟁에 대해서는 비난할 줄 모르고 그것을 칭송하고 기록하여 후세에 남기고 있다는 것이지요. 묵자는 바로 이것을 개탄합니다. 나중에 언급하겠습니다만 묵자는 그 집단적 허위의식에 대하여 「소염」편所染篇에서 국가도 물드는 것이라는 논리로 비판합니다.

至殺人也 罪益厚於竊其桃李 殺一人謂之不義
今至大爲攻國 則弗知非 從而譽之謂之義

此可謂知義與不義之別乎　　―「非攻」

사람을 죽이는 것은 복숭아를 훔치는 것보다 죄가 더 무겁다. (그래서) 한 사람을 죽이면 그것을 불의라고 한다. 그러나 지금 크게 나라를 공격하면 그 그릇됨을 알지 못하고 그것을 칭송하면서 의로움이라고 한다. 이러고서도 의와 불의의 분별을 안다고 할 수 있겠는가?

그 시대를 지배하고 있는 거대한 관념 체계에 대하여 고발하고 있는 것입니다. 전국시대는 이름 그대로 하루도 전쟁이 그치지 않는 시대였습니다. 묵자는 전쟁의 모든 희생을 최종적으로 짊어질 수밖에 없는 기층 민중의 대변자답게 전쟁에 대해서는 이유 여하를 막론하고 그것을 정면에서 반대합니다. 전쟁은 수천수만의 사람을 살인하는 행위이며, 수많은 사람의 생업을 빼앗고, 불행의 구렁으로 떨어트리는 최대의 죄악입니다. 단 한 줌의 의로움도 있을 수 없는 것이 전쟁입니다. 따라서 비공非攻, 즉 침략 전쟁을 반대하는 것이야말로 가장 인간적인 사상이지요. 그런 점에서 반전 평화론이야말로 전국시대 최고의 사상이며 최상의 윤리가 아닐 수 없습니다. 오늘날 우리의 통일 문제에 있어서도 마찬가지입니다만 전쟁 방식에 의한 정의의 실현이 공공연히 선언되고 있는 것이 현실입니다. 그러나 전쟁을 용인하는 한 그것이 어떠한 논리로 치장하고 있더라도 그것은 기만이라고 해야 할 것입니다. 나쁜 평화가 없듯이 좋은 전쟁 또한 있을 수 없기 때문입니다.

今萬乘之國 虛數於千 不勝而入 廣衍數於萬 不勝而辟 然則土地者
所有餘也 王民者所不足也 今盡王民之死 嚴上下之患 以爭虛城 則

是棄所不足 而重所有餘也 爲政若此 非國之務者也   —「非攻」

이제 만승의 나라가 수천의 빈 성을 빼앗았다면 그 수천 개의 성 모두에 입성하기 어렵고, 수만 리에 달하는 넓은 땅을 빼앗았다면 그넓은 땅을 모두 다스리기가 어렵다. 이처럼 땅은 남아돌고 백성은 부족하다. 이제 백성들의 생명을 바치고 모든 사람들을 도탄에 빠트리면서 하는 일이 고작 빈 성을 뺏는 것이라면 이것이야말로 부족한 것을 버리고 남아도는 것을 소중하게 여기는 것이다. 정치가 이러한 것이라면 그것은 국가가 할 일이 아닌 것이다.

묵자의 반전론은 매우 정연한 논리를 가지고 전개됩니다. 그렇기 때문에 대단한 설득력을 발휘합니다. 묵자는 공전攻戰(공격 전쟁)을 예찬하는 자를 반박합니다. 공전이 비록 불의不義하지만 이익이 된다는 논리에 대해서도 반박합니다. 제齊나라와 진晉나라가 처음에는 작은 제후국이었으나 전쟁을 통하여 영토가 확장되고 백성이 많은 강대국으로 발전하였다는 사실을 들어 공전을 예찬하는 논리가 있지만 묵자는 단호하게 이는 잘못된 것이라고 논박합니다. "만 명에게 약을 써서 서너 명만 효험을 보았다면 그는 양의良醫가 아니다. 그리고 그것은 약이 아니다. 그러한 약을 부모님께 드리겠는가?" 라고 반문하고 있습니다. 요컨대 몇 개의 전승국을 바라볼 것이 아니라 수많은 패전 국가의 비극과 파괴를 간과하지 말아야 한다는 것이지요. 전쟁은 인명과 재산의 엄청난 파괴에 다름 아닌 것이지요. 묵자는 전쟁의 파괴적 측면에 대하여 매우 자세하게 예시하고 있습니다.

전쟁은 수년, 빨라야 수개월이 걸린다. 임금은 나랏일을 돌볼 수 없고 관리는 자기의 소임을 다할 수 없다. 겨울과 여름에는 군사를 일으킬 수 없고 꼭 농사철인 봄과 가을에 (전쟁을) 벌인다. 농부들은 씨 뿌리고 거둘 겨를이 없게 된다. 이렇게 되면 국가는 백성을 잃고 백성은 할 일을 잃는 것이다. 화살·깃발·장막·수레·창칼이 부서지고, 소와 말이 죽으며, 진격 시와 퇴각 시에 수많은 사상자를 내게 된다. 죽은 귀신들은 가족까지 잃게 되고 죽어서도 제사를 받을 수 없어 원귀가 되어 온 산천을 떠돈다. 전쟁에 드는 비용을 치국治國에 사용한다면 그 공은 몇 배가 될 것이다.

묵자에게 있어서 전쟁은 국가가 근본을 잃게 되는 것이며 백성들이 그 생업을 바꾸어야 하는 일입니다(國家失本 而百姓易務也). 천하에 엄청난 해악을 끼치는 일입니다(天下之害厚矣). 전쟁의 폐단이 이러함에도 불구하고 임금이나 대신들이 그런 짓을 즐겨 행한다면 이것은 천하의 만백성을 해치고 죽이는 것을 즐기는 것과 다름없다는 것이 묵자의 비공의 논리입니다(王公大人樂而行之 則此樂賊滅天下之萬民也).

묵자는 다만 전쟁의 피해를 들어 그 부당함을 비판하는 논리에 머무르지 않습니다. 공격 전쟁 그 자체가 결국은 패망의 원인이 된다는 것을 역설합니다.

"옛날 일은 들어서 알고 지금 일은 눈으로 보아서 알 수 있는 바와 같이 공격 전쟁으로 망한 자는 그 수를 헤아릴 수 없다."(尚者以耳之所聞 近者以目之所見 以攻戰亡者 不可勝數:「非攻」)

그중에서도 특히 힘만 믿고 자만하던 오왕吳王 부차夫差의 사례와 연전연승으로 오만해져 공격을 그칠 줄 몰랐던 진晉의 지백智伯이 결국은 약소국의 연합 전선에 무참히 패망하였던 사례를 자세하게 설명합니다. 그리고 다음과 같은 대단히 감동적인 결론을 이끌어냅니다.

> 그래서 묵자께서 말씀하기를, "옛말에 이르기를 '군자는 물을 거울로 삼지 않고 사람을 거울로 삼는다'고 했다. 물을 거울로 삼으면 얼굴을 볼 수 있을 뿐이지만 사람을 거울로 삼으면 길흉을 알 수 있는 것이다. 오늘날 공격 전쟁이 이롭다고 하는 사람들은 어찌하여 지백과 부차의 일을 거울로 삼지 않는가? (사람을 거울로 삼으면) 전쟁이야말로 흉물임을 일찌감치 깨달을 수 있을 것이다." (是故 子墨子曰 古者有語曰 君子不鏡於水 而鏡於人 鏡於水 見面之容 鏡於人 則知吉與凶 今以攻戰 爲利 則蓋嘗鑒之於智伯之事乎 此其爲不吉而凶 旣可得而之矣: 「非攻」)

마치 묵자가 오늘의 세계를 눈앞에 두고 하는 말 같습니다. 군사적 패권주의가 당장은 부강의 방책일 수 있지만 그것이 곧 패망의 길임을 깨달아야 한다는 묵자의 준엄한 반전 선언이 살아 있는 언어로 다가옴을 느끼지 않을 수 없습니다.

"거울에 비추지 마라"는 묵자의 금언은 비단 반전의 메시지로만이 아니라 인간적 가치가 실종된 물신주의적 문화와 의식을 반성하는 귀중한 금언으로 읽어야 할 것입니다.

수염을 그을리고 옷섶을 태워야?

우리들의 전쟁에 대한 생각은 어떤가에 대하여 생각해보아야 합니다. 묵자의 반전 평화론은 우리의 생각이 얼마나 잘못 물들어 있는가를 돌이켜보는 계기가 됩니다. 자본주의의 발전 과정이 곧 제齊나라와 진晉나라가 추구했던 부국강병의 과정을 반복한 것이 사실이지요. 전쟁으로 인한 엄청난 파괴와 처참한 죽음이 역설적으로 자본주의를 살리는 자본 축적의 돌파구가 되어왔다는 것을 부인할 수 없습니다. 1929년의 세계공황으로부터 탈출할 수 있었던 것은 케인스의 처방 때문이 아니라 2차 대전이라는 전시경제戰時經濟 덕분이었다는 것이지요. 2차 대전의 엄청난 파괴가 최대의 은인恩人이었다는 것이 학계의 통설입니다. 마치 소비가 미덕이듯이 전쟁이 미덕이 되고 있는 것이 자본주의 체제입니다. 자본주의 발전 과정은 제국주의적 팽창 과정이었으며, 자본주의 체제의 모순을 해소하는 방식이 냉전冷戰이든 열전熱戰이든 항상 전쟁에 의존해왔다는 사실을 부정할 수 없습니다. 대체로 10년 주기로 경제공황이 반복되어왔으며 대규모 전쟁 역시 10년을 주기로 일어나고 있다는 사실은 현대의 전쟁사戰爭史가 입증하고 있습니다. 『묵자』의 「비공」편은 전쟁 일반에 대한 잘못된 의식뿐만 아니라, 한 걸음 더 나아가 우리 시대에 만연하고 있는 자본주의에 대한 우리들의 허위의식을 반성케 한다는 점에서 대단한 현재성을 갖는 것이 아닐 수 없습니다.

묵자는 「비공」편의 결론으로 대국이 소국을 공격하면 힘을 합해 구해야 한다고 주장합니다. 그리고 궁극적으로는 국가들이 서로 교상리交相利의 국제 관계를 맺어야 한다는 것입니다. 그러한 평화 구조야말로 전쟁을 막고, 신의와 명성을 얻고, 천하에 엄청난 이익을 만드는 것임을 강조합니다. 전쟁의 가능성을 원천적으로 차단하는 구조, 그것이 바로 국가 간의 교상리 구조라는 것입니다. 이처럼 묵자는 단지 반전 평화를 주장하는 선에서 그치지 않고 평화 구조를 제도화하는 문제에 이르기까지 논의를 진전시키고 있습니다. 다른 사상가들과 구별되는 묵자 특유의 경지가 있다고 할 수 있습니다.

평유란馮友蘭은 묵가 사상이 하층 계급과 무사武士 계층의 직업적 윤리를 이론화한 것이라고 주장합니다. 묵가는 무사 출신의 훈련된 군사적 집단이고, 묵자는 초대 거자鉅子이며, 거자는 생살권生殺權이라는 군권軍權을 가지고 있다는 점을 근거로 들고 있습니다. 물론 묵가에는 엄격한 조직 규율이 있었던 것이 사실입니다. 그 말(言)은 믿을 수 있고, 그 행동은 반드시 결과가 있으며, 한번 승낙하면 반드시 성실하게 이행하고, 자신의 몸을 돌보지 않고 사람들의 어려움을 덜기 위해 뛰어드는 것이 묵가의 조직 규율입니다(其言必信 其行必果 其諾必誠 不愛其軀 赴士之厄困).

묵가에게는 무사 집단의 윤리 또는 유협遊俠의 의리가 계승되고 있는 점이 없지 않습니다. 그러나 가장 중요한 점에서 묵가는 이들과 구별됩니다. 공격 전쟁 즉 공전攻戰을 철저하게 반대한다는 점이 그렇습니다. 「공수」편公輸篇에는 다음과 같은 유명한 이야기가 실려 있습니다. 공수반公輸盤이라는 명장名匠이 초왕楚王에게 초빙되어 운제雲梯라는 공성 기구攻城機具(성을 공격하는 기구)를 제작했습니다. 초나라는 그것을 이용하여 송宋을 공격하려고 했습니다. 이 소문을 들은 묵자가 제나라를 출발하여 열흘 낮 열흘 밤을 달려가서 초나라로 하여금 전쟁을 단념하게 합니다.

이 「공수」편에는 묵자와 공수반과 초왕이 논전을 벌이는 광경이 소설적 구도로 묘사되어 있습니다. 반전 논리도 돋보이지만 전쟁을 막기 위한 묵자의 성실한 태도가 더욱 감동적입니다. 묵자가 반전 논리로 초나라의 침략 의도를 저지할 수 없게 되자 초나라의 공격이 반드시 실패

할 수밖에 없음을 단언합니다. 결국 묵자와 공수반의 도상 전쟁圖上戰爭이 연출됩니다. 일종의 모의 전쟁입니다. 허리띠를 끌러 성을 만들고 나무 조각으로 기계를 만들었습니다. 공수반이 공성 방법을 바꾸어 아홉 번이나 성을 공격했지만 성공하지 못했습니다. 그러나 묵자는 아직도 방어술에 여유가 있었습니다. 공방攻防 시범에서 공수반은 패배를 인정했습니다. 그러면서 하는 말이 아주 의미심장합니다.

"내게는 선생을 이기는 방법이 있으나 이 자리에서 밝힐 수는 없습니다"라고 했습니다.

초왕이 그 까닭을 물었습니다. 그 물음에 대한 답변은 공수반이 아니라 묵자가 했습니다.

"공수반의 말은 나를 이 자리에서 죽이면 송나라를 공격할 수 있다는 뜻입니다. 그러나 저의 제자들은 금활리禽滑釐 이하 300명이 이미 저의 방성 기구를 가지고 송나라의 성 위에서 초나라 군대를 기다리고 있습니다. 비록 저를 죽인다 하더라도 이길 수 없습니다."

그렇게 하여 묵자는 기어코 초나라의 송나라 침략을 저지했습니다. 이 이야기는 널리 알려진 것입니다만 정말 중요한 이야기는 그 뒤에 이어집니다. 묵자가 돌아가는 길에 송나라를 지나게 되었습니다. 마침 비가 내려서 묵자는 마을 여각閭閣 아래로 들어가 비를 피하려고 했습니다. 그러나 문지기는 묵자를 들이지 않았습니다. 송나라를 위하여 열흘 밤낮을 달려가 초나라의 침략을 저지했음에도 불구하고 그것을 알지 못하고 그를 박대했습니다. 「공수」편 마지막에 첨부되어 있는 다음 구절이 그것입니다.

止楚攻宋 止楚攻鄭 阻齊罰魯

墨子過宋天雨 庇其閭中 守閭者不內也
故曰 治於神者 衆人不知其功 爭於明者 衆人知之　　　—「公輸」

초나라가 송나라를 공격하려는 것을 저지하였고, 초나라가 정나라를 공격하려는 것을 저지하였으며, 제나라가 노나라를 공격하려는 것을 막았다. 묵자가 송나라를 지날 때 비가 내려서 마을 여각에서 비를 피하려 하였다. 그러나 문지기가 그를 들이지 않았다. 조용히 일을 처리하는 사람의 공로는 알아주지 않고 드러내놓고 싸우는 사람은 알아준다.

미리 아궁이를 고치고 굴뚝을 세워 화재를 예방한 사람의 공로는 알아주지 않고, 수염을 그을리고 옷섶을 태우면서 요란하게 불을 끈 사람은 그 공을 칭찬하는 것이 세상의 인심인 셈이지요. 개선장군에 대한 환호가 그러한 것입니다.

실이 물드는 것을 보고 슬퍼하다

나는 오래 격리되어 있었기 때문에 묵자의 표현을 따른다면 '덜 물들었다'고 생각했던 것이 사실입니다. 그러나 참으로 부끄러운 경험을 멀리 우크라이나에서 하게 됩니다. 키예프에는 전승 기념탑이 있습니다. 2차 대전의 승리를 기념하는 탑입니다. 나는 그 탑을 보면서도 그것이 전승 기념탑인 것을 알지 못했습니다. 나의 뇌리에 전승 기념탑은 미 해병대 병사들이 점령한 고지에 성조기를 세우는 이미지가 각인되어 있었던 것이지요. 키예프의 전승 기념탑은 언덕 위에 팔 벌리고 서 있는 모상母像이었습니다. 내가 의아해 하자 안내자가 설명했습니다. 전쟁에서 승리했다는 것은 전쟁터에서 아들이 죽지 않고 돌아온다는 것을 뜻하는 것이며, 돌아오는 아들을 맞으러 언덕에 서 있는 어머니의 상像이야말로 그 어떠한 것보다도 전승의 의미를 절절하게 보여주는 것이 아니겠느냐고 했어요. 참으로 부끄러웠습니다. 전쟁과 승리에 대한 나의 생각이 얼마나 천박한 것인가가 여지없이 드러난 것이지요.

묵자가 반전 평화론을 전개하면서 부딪친 가장 힘든 장애가 당시 만연하고 있던 사회적 관념이었습니다. 부국강병의 가장 확실한 방법은 전쟁이라는 패권 시대의 관념이 최대의 장애였음은 말할 필요도 없습니다. 전쟁이란 국위를 선양하고 백성들의 신임을 얻을 수 있는 가장 확실한 방법이며, 전쟁이란 비록 의로운 것이 아니라고 하더라도 대단히 이로운 것이라는 지배 계층의 사고가 피지배 계층의 의식에까지 깊숙이 침투되고 있다는 사실입니다. 더구나 전쟁이 일상화되어 있는 사회의 전쟁 불감증까지 감안한다면 묵자의 고충이 어떠했는가를 짐작하고도 남음이 있습니다. 이러한 묵자의 고민이 잘 나타나 있는 것이 소염론所染論입니다.

> 子墨子見染絲者 而歎曰 染於蒼則蒼 染於黃則黃
> 所入者變 其色亦變
> 五入必而已則 爲五色矣 故染不可不愼也
> 非獨染絲然也 國亦有染　　　—「所染」

『천자문』에 '묵비사염'墨悲絲染이란 글이 있습니다. 묵자가 실이 물드는 것을 보고 탄식했다는 뜻입니다. 바로 이 구절이 '묵비사염'의 원전입니다. 바로 묵자의 소염론입니다.

묵자가 실이 물드는 것을 보고 탄식하여 말했다. 파란 물감에 물들이면 파랗게 되고 노란 물감에 물들이면 노랗게 된다. 넣는 물감이 변하면 그 색도 변한다. 다섯 가지 물감을 넣으면 다섯 가지 색깔이 된다. 그러므로 물드는 것은 주의하지 않으면 안 된다. 비단 실만 물드는 것이 아니라 나라도 물드는 것이다.

"나라도 물드는 것이다." 이것이 아마 묵자가 가장 절실하게 고민했던 문제였으리라고 생각됩니다. 인간의 행동은 욕구로부터 나오며 욕구는 후천적으로 물들여지는 것(所染)이라고 주장합니다. 백지와 같은 마음이 '마땅하게 물들여져야'(染當) 도리에 맞는 행동을 하게 된다는 것입니다. 묵자는 임금과 제후가 훌륭한 정치를 하기 위해서는 먼저 훌륭한 신하들로부터 올바르게 물들어야 한다고 주장합니다. 허유許由와 백양伯陽에게 물들어 어진 정치를 한 순舜임금과 관중管仲과 포숙아鮑叔 牙에게 물든 제환공齊桓公을 선정善政의 예로 들고, 반대로 간신 추치推 哆에게 잘못 물든 하夏나라의 걸왕桀王과 장유삭長柳朔과 왕성王胜에게 잘못 물든 범길야范吉射를 폭정의 예로 들고 있습니다.

개인뿐만 아니라 국가도 물든다는 것은 곧 묵자의 사회 문화론이 됩니다. 물건을 많이 소비하는 것이 고귀하다고 생각하는 것이나, 전쟁으로 많은 사람을 죽이는 것을 의롭다고 생각하는 것 역시 나라가 그렇게 물들었기 때문이라는 것입니다. 개술국에서는 맏아들을 낳으면 잡아먹으면서 태어날 동생들에게 좋은 일이라 하고, 할아버지가 죽으면 할머니를 져다 버리면서 귀신의 아내와 함께 살 수 없다고 한다든가, 또 담인국에서와 같이 부모가 죽으면 시체의 살을 발라내고 뼈만 묻어야 효자라고 하는 풍습도 나라 전체가 잘못 물든 예라 할 수 있다는 것이지요.

소염론은 묵자의 학습론과 문화론의 기초라 할 수 있습니다. 만약 묵자가 오늘의 우리 사회를 방문한다면 여전히 탄식할 것이라고 생각합니다. 특히 젊은 사람들이 물들어 있는 모습을 보고 크게 탄식할 것이라고 생각합니다.

「겸애」와 「비공」을 중심으로 『묵자』를 읽었습니다. 그러나 생각하면 반드시 읽어야 할 편들이 더 있습니다. 그중의 하나가 「절용」편입니다. 절용은 물건을 아껴 쓰는 검소함입니다. 절용은 밖에서 땅을 빼앗아 나라의 부富를 늘리는 대신 쓸데없는 비용을 줄여서 두 배로 늘리는 것입니다. 재물의 사용에 낭비가 없게 하고, 또 그렇게 함으로써 백성을 수고롭게 하는 일이 없도록 하는 것입니다. 이것이 묵자의 사과론(「辭過」)입니다. 과소비를 없애는 것이지요. 반전론의 대안이라 할 만합니다.

옛날의 성왕은 궁실을 지을 때 단지 생활의 편의를 고려했을 뿐 결코 보고 즐기기 위하여 짓는 일이 없었다. 그러므로 궁실을 짓는 법은 이롭지 않은 것에는 비용과 노력을 들이지 않는 것이다. (聖王作爲宮室 便於生 不以爲觀樂也 故爲宮室之法曰 凡費財勞力不加利者 不爲也:「辭過」)

쓸데없는 비용을 없애는 것은 성왕의 도이며 천하의 큰 이익이다. (去無用之費 聖王之道 天下之大利也:「節用」)

묵자가 무용無用한 것으로 예시하는 것 중에는 창칼을 비롯하여 궁궐·옷·음식·수레·배·장례·음악 등이 있습니다. 그런 점에서 묵자의 절용은 비공의 근거일 뿐만 아니라 비악非樂, 절장節葬의 근거가 되기도 합니다. 순자는 묵자를 비판하여 "실용에 눈이 가려 문화를 모른다"(墨子蔽於用 而不知文), 즉 문화라는 소비가 생산을 증대시킨다는 반론을 폈던 것이지요.

"절용이 미덕이다" "아니다", 오늘날도 논란의 여지가 없지 않습니다. 과소비를 삼가야 한다는 캠페인을 벌이다가 다시 경기 활성화를 위해 소비를 늘려야 한다는 반대의 목소리에 가려지기도 합니다. 자본주의 체제하의 생산과 소비 수준은 한마디로 사람들의 삶을 기준으로 하여 그 규모가 결정되는 것이 아닙니다. 사람들의 필요에 의해서 결정되는 것이 아닙니다. 자본 축적 논리에 의해서 결정됩니다. 나는 사실 거리마다 즐비한 그 많은 음식점이 불황을 겪지 않으려면 얼마나 많은 사람들이 외식을 해야 할지 걱정됩니다. 마찬가지로 10개의 월드컵 경기장을 계속 채우려면 얼마나 많은 경기를 벌여야 할지, 얼마나 많은 사람들이 입장해야 할지 걱정이 앞서지 않을 수 없습니다.

중요한 것은 어느 경우든 사람들의 소용所用은 기준이 되지 않는다는 사실입니다. 현재의 생산 규모를 유지하려고 하는 정도라면 차라리 큰 문제는 아니지요. 새로운 상품이나 새로운 소재, 새로운 기술, 새로운 문화가 끊임없이 등장합니다. 부단히 그 규모를 확대해가지 않을 수 없는 구조입니다. 그것은 사람의 소용을 위한 것이기보다는 최대한의 이윤을 얻기 위한 자본 운동의 일환일 뿐입니다.

묵자의 절용이 과연 문화를 모르는 것인지, 아니면 자본주의 문화 그 자체가 과연 인간적인 것인지 생각해볼 필요가 있습니다. 소용없는 물건의 생산에 대해서도 무척 관대합니다. 그런 것을 만드는 사람들도 먹고살아야 하지 않느냐 하는 일견 인간적인 논리로 합리화하는 것이 우리들의 상식입니다. 먹고사는 문제가 중요한 것임은 말할 필요도 없습니다. 그러나 먹고사는 구조를 어떻게 짜는 것이 옳은가에 대해서도 생각해야 하는 것이지요. 기업의 논리, 경쟁의 논리, 효율성의 논리에 의해서 생산 규모와 소비 수준이 설정되어서는 안 되는 것이지요. 진보는 단순화라는 간디의 명제를 다시 한 번 상기할 필요가 있습니다. 묵자의 「절용」편은 소염론所染論, 사과론辭過論과 함께 과잉 생산과 대량 소비로 귀착될 수밖에 없는 현대 자본주의의 거대한 낭비 구조를 조명하는 유력한 관점이라 할 수 있습니다. 더욱 중요한 것은 이러한 낭비 구조와 함께 거대한 소염所染 구조도 함께 주목해야 하는 것임은 말할 필요가 없습니다.

묵가를 설명하면서 반드시 언급해야 하는 것이 두 가지 있습니다. 첫째는 묵자 사상의 철학적 방법론에 관한 것이고 둘째는 묵가의 조직과 실천에 관한 것입니다.

먼저 묵자 사상의 철학적 방법론이라고 할 수 있는 '삼표'三表의 원문을 읽어보지요. 삼표란 세 가지 표준이란 의미입니다. 판단에는 표준이 있어야 한다는 것입니다. 표준이 없는 것은 마치 녹로轆轤 위에서 동서東西를 헤아리려는 것과 다를 바가 없다는 것이지요. 어떤 것이 이로운 것인지 어떤 것이 해로운 것인지, 그리고 어떤 것이 옳고 어떤 것이 그른 것인지를 판단하기 위해서는 반드시 표준이 있어야 한다는 것입니다. 삼표론三表論은 이를테면 인식과 판단의 준거에 관한 논의입니다.

묵가가 제자백가 중에서 현학의 지위를 차지할 수 있었던 것도 이러한 논리적 정합성을 갖추고 있었기 때문이라고 할 수 있습니다.『묵자』에는 윤리적 차원의 주장에 그치지 않고 그를 뒷받침하는 논리적 구조와 철학적 사유가 있습니다.

우리의 사유는 사실판단(知)의 기초 위에서 가치판단(意)을 행하는 것이라고 합니다. 따라서 사실판단의 기초가 되는 지각과 경험이 없으면 그 주장이 망상에 빠지게 되고, 또 다른 한편으로 가치판단이 없는 지각과 경험만으로는 사실을 일컬을 수가 없다고 주장합니다. 사실판단과 가치판단, 즉 지知와 의意가 통일되어야 한다는 것이지요. 그러므로 항상 판단의 표준을 세우지 않으면 가치판단이 불가능하다는 것이 묵자의 주장이며 삼표가 바로 판단의 세 가지 표준입니다.

> 何謂三表 …… 有本之者 有原之者 有用之者
> 於何本之 上本於古者聖王之事
> 於何原之 下原察百姓耳目之實
> 於何用之 發以爲刑政 觀其中國家百姓人民之利
> 此所謂言有三表也   ―「非命 上」

무엇을 삼표라고 하는가. …… 본本, 원原, 용用이 그것이다. 어디에다 본本할 것인가? 위로 옛 성왕聖王의 일에 뿌리를 두어야 한다. 어디에다 원原할 것인가? 아래로 백성들의 이목(현실)을 살펴야 한다. 어디에다 용用할 것인가? 나라의 법과 행정이 시행(發)되어 그것이 국가, 백성, 인민의 이익에 합치하는가를 검토하는 것이다. 이 세 가지를 소위 판단(言)의 세 가지 표준이라고 한다.

묵자의 삼표는 첫째는 역사적 경험이며, 둘째는 현실성이며, 셋째는 민주성입니다. 그리고 세번째의 표준인 용用, 즉 국가·백성·인민의 이익에 대하여 묵자는 다음과 같이 밝히고 있습니다. 부富·상象·안安·치治가 그것입니다. 부富는 특별한 설명이 필요하지 않습니다만 묵자의 경우 물질적 풍요만을 의미하는 것이 아님은 물론입니다. 상象은 인구를 늘리는 것입니다. 안安은 삶의 안정성입니다. 그리고 치治는 평화입니다. 어느 것이나 묵자 사상이 담겨 있지 않은 것이 없습니다. 그가 주장하고 있는 겸애兼愛·비공非攻·절용節用·사과辭過의 내용과 다르지 않습니다. 한마디로 묵자에게 있어서 판단의 표준은 묵자의 사회 정치적 입장을 의미합니다. 묵자의 입장은 기층 민중의 이익입니다. 그리고 기층 민중의 이익은 전쟁을 반대하고 서로 사랑하고 나누는 것(交利)입니다.

이처럼 묵자 사상의 근본은 사람과 사람의 관계를 인간적인 것으로 만들어 나가는 것입니다. 그리고 절용·절장節葬·사과 등 근검절약할 것을 주장하여 자연의 질서와 사회적 구조를 함께 온전히 해야 한다는 것을 강조하고 있습니다. 묵자 사상은 인간관계 그리고 인간과 자연과의 관계성을 철학적 토대로 하고 있다고 할 수 있습니다. 따라서 철학적 입장에 있어서 어느 학파의 사상보다도 관계론에 철저합니다. 이러한 철학적 입장이 겸애와 교리라는 사회적 가치로 구현되고 다시 이 겸애와 교리가 당대의 사회적 조건에서 반전 평화, 절용이라는 실천적 과제와 통합되고 있다고 할 수 있습니다.

이와 반대로 공전攻戰과 별애別愛는 존재론적 논리입니다. 자기의 존재를 배타적으로 강화하려는 강철의 논리입니다. 전쟁과 병합은 기본적으로 존재론적 논리에 근거하고 있다는 것, 그리고 이러한 존재론적 구성 원리가 청산되지 않는 한 사회적 혼란은 종식될 수 없다는 것을 묵자는 철저하게 인식하고 있습니다. 자기의 국國만을 생각하고, 자기의

가家만을 생각하고, 자기의 몸(身)만을 생각하는 것이 존재론적 논리입니다. 이러한 존재론적 논리가 청산되지 않는 한 사회는 무도無道한 것이 될 수밖에 없는 것이지요. 국과 국이, 가와 가가, 사람과 사람이 평화로운 관계를 만들어내고 나아가 서로 돕는 관계를 만들어내는 것이 묵자의 근본적 과제입니다. 이처럼 묵자의 도는 근본에 있어서 관계론입니다. 묵자는 결코 일방적인 사랑이나 희생을 설교하지 않습니다. 사람과 사람이 맺고 있는 상호 관계를 강조하고 서로가 서로에게 이익이 되는 것이 관계의 본질이라고 주장합니다. 겸애와 함께 교리를 주장하는 것이 바로 그렇습니다. 관계의 본질을 상생相生으로 규정하고 있는 것이지요.

이러한 논리의 연장선상에서 묵자는 겸애와 교리를 하늘의 뜻이라고 합니다. 묵자의 천지론天志論입니다. 그러나 묵자의 천天은 인격천人格天이나 절대적 천이 아니라는 것이 많은 연구자들의 결론입니다. 묵자의 천지론은 사람들로 하여금 겸애의 도를 실행하게 하기 위한 장치라는 것입니다. 묵자의 하느님은 어떠한 경우에도 현세와 인간세계를 벗어나지 않고 있는 것이 그렇습니다. 묵자의 천지론이 전체 체계에 있어서 그러한 역할을 떠맡고 있는 것도 사실입니다. 그러나 묵자는 바로 이 삼표론에서 천天이 단순한 기능적 천이 아님을 천명합니다. 위에서 이야기했듯이 천은 도道와 마찬가지로 진리 그 자체입니다. 따라서 겸상애兼相愛와 교상리交相利가 하늘의 뜻이라는 주장은 그것이 세계의 본질적 구조라는 선언이기도 합니다.

묵자의 이러한 사상이 바로 천지天志가 표준이 되어야 한다는 주장으로 나타납니다. 하느님 이외의 어떤 것도 표준이 될 수 없다는 것입니다. 우리가 여기서 간과하지 말아야 하는 것이 묵자의 비명 사상非命

思想입니다. 이 삼표론 역시 「비명」편非命篇에 있습니다. 비명이란 하늘이 정한 운명과 숙명을 부정하는 것입니다. 화복禍福은 인간이 자초하는 것이며 결코 하늘의 뜻이 아니라는 것입니다. 묵자는 은나라와 하나라의 시詩를 인용하여 "천명天命이란 폭군이 만들어낸 것이다"(命者暴王作之)라고 말하고 있습니다. 폭군이 자의적인 횡포를 합리화하기 위해서 만들어낸 것이 천명이라는 것입니다. 따라서 묵자의 천天은 인격천이라기보다는 오히려 노자의 도와 같은 진리라고 할 수 있습니다. 하늘의 뜻이 상애상리相愛相利라는 것이 그렇습니다. 서로 사랑하고 서로 돕는 것이 곧 하늘의 뜻이라는 형식으로 그의 사상을 개진하고 있는 것이지요.

이러한 논리의 연장선상에서 묵자는 하늘 이외의 모든 존재, 즉 부모, 학자, 군주는 법이 될 수 없다(父母學者君 三者莫可以爲法: 「法儀」)고 합니다. 부모는 자기 자식을 남의 자식보다 더 사랑하며, 학자는 하느님보다 지혜로울 수 없을 뿐만 아니라 학자의 지식은 살아 있는 것이 아니라 과거의 죽은 관념에 불과하고 그나마 독선적이고 배타적이어서 평등한 사랑을 배반한다는 것입니다. 그리고 군주란 인민의 의義를 하느님의 뜻과 화동일치和同一致시키는 역할을 담당하는 수단일 뿐 그 자신이 표준이 될 수 없다는 것이 묵자의 주장입니다.

여러분은 묵자의 사상 체계가 매우 정교하게 구성되어 있다는 사실을 깨달을 수 있으리라고 생각합니다. 그리고 『묵자』의 모든 내용은 묵자의 사회적 입장과 튼튼하게 연결되어 있다는 것을 깨달을 수 있으리라고 생각합니다. 묵자의 하느님 사상까지도 전체 체계의 일환으로 배치되어 있다고 할 수 있습니다. 민국民國 초기의 사회운동 과정에서 이러한 묵자의 천지론을 종교적이라고 단정한 좌파의 비판은 결과적으로 매우 교조적인 해석이었다고 할 수밖에 없는 것이지요.

　마지막으로 묵가의 조직과 실천의 엄정함을 이야기하고 있는 몇 가지 일화를 소개하기로 하겠습니다. 『여씨춘추』에 있는 기록입니다. "기원전 381년 양성군陽城君의 부탁을 받고 초나라의 공격에 대항했으나 패하였다. 거자鉅子 맹승孟勝 이하 183명이 성城 위에 누워 자살했다." 묵가는 집단 자살이라는 매우 비장한 최후를 맞이한 것으로 전해집니다. 조직의 책임자인 거자가 생사여탈권을 가질 정도로 묵가는 조직 규율이 엄격하기로 소문이 나 있습니다. 묵자가 초대 거자였음은 물론입니다.

　거자인 맹승은 초나라 양성군의 부탁으로 나라의 수비를 맡고 있었습니다. 패옥佩玉을 둘로 나누어 신표信標로 삼을 정도로 두 사람은 신의가 두터웠습니다. 기원전 381년 초나라의 왕이 죽고 내란이 일어나는 과정에서 양성군은 왕실에 도전했다가 패하여 달아납니다. 초 왕실은 양성군의 봉지封地를 몰수하기 위해 군사를 보냈습니다. 『여씨춘추』의 기록은 이때의 이야기입니다. 수비를 맡고 있던 맹승은 제자들에게 말합니다. 왕실의 공격을 막을 힘도 없고 그렇다고 신의를 저버릴 수도 없다, 죽음으로써 신의를 지킬 수밖에 다른 도리가 없다고 최후의 선언을 합니다. 이러한 맹승의 결연한 태도에 대하여 제자들이 불가함을 간합니다. 자결이 양성군에게 이롭다면 죽는 것이 마땅할 것이지만 그것이 양성군에게 조금도 이로울 것이 없을 뿐 아니라 더구나 그것은 세상에서 묵자의 명맥을 끊는 일이기 때문에 불가하다는 것이었습니다. 이러한 제자들의 반론에 대하여 맹승이 펼치는 논리가 묵가의 진면목을 분명하게 드러냅니다.

　"양성군과 나는 스승과 제자이기 이전에 벗이었고, 벗이기 이전에 신하였다. 우리가 죽기를 마다한다면 앞으로 세상 사람들이 엄격한 스승을 구할 때 묵자학파는 반드시 제외될 것이며, 좋은 벗을 구할 때도 묵자학파는 제외될 것이며, 좋은 신하를 구할 때도 반드시 묵자학파가 제외될 것이다. 우리가 죽음을 택하는 것은 묵자학파의 대의大義를 실천하고 그 업業을 계승하기 위한 것이다."

엄정하고 결연한 태도입니다. 맹승은 송나라에 가 있는 전양자田襄子에게 거자鉅子를 넘기고 성 위에 나란히 누워 자결했습니다. 그를 따라 함께 자결한 제자가 183명이었다고 전해지고 있습니다.

그 이외에도 묵가의 엄격한 규율에 대하여 전해오는 이야기가 많습니다. 묵자 다음의 거자인 복돈腹敦에 관한 이야기입니다. 복돈의 아들이 사람을 죽였습니다. 진秦의 혜왕惠王이 복돈에게 은혜를 베풉니다. "선생은 나이도 많고 또 다른 아들이 없으시니 과인이 이미 형리에게 아들을 처형하지 말도록 조처를 취해두었습니다. 선생께서는 이런 제 뜻을 따르시기 바랍니다." 그러나 복돈의 대답은 참으로 뜻밖이었습니다. "살인자는 사형에 처하고 남을 해친 자는 형벌을 받는 것이 묵가의 법입니다. 이는 사람을 죽이거나 해치지 않도록 하기 위함입니다. 무릇 사람을 죽이거나 해치는 행위를 금하는 것은 천하의 대의입니다. 왕께서 비록 제 자식을 사면하셔서 처형하지 않도록 하셨더라도 저로서는 묵자의 법을 따르지 않을 수 없습니다." 복돈은 혜왕의 사면을 받아들이지 않고 자식을 처형했습니다.

묵가에 대해서 가장 신랄한 비판을 가한 사람은 맹자라고 할 수 있습니다. 맹자는 물론 『맹자』 편에서 이야기한 것과 같이 묵가만을 비판의 대상으로 삼은 것은 아닙니다다만 주로 묵가를 비판하는 과정에서 자기 이론의 정체성을 확립해갑니다. 맹자는 묵가의 고결한 가치인 엄격성과 비타협성 그 자체를 비판합니다. 그리고 겸애라는 이상주의적 가치에 대해서도 그것이 인지상정에 어긋나는 것임을 비판합니다.

『맹자』에 맹자와 제자 도응桃應의 대화가 있습니다. 도응이 질문하였습니다. 순舜이 천자로 있고 고요皐陶가 사법관으로 있는데 천자의 부친인 고수瞽瞍가 살인을 했다면 어떻게 해야 합니까 하고 질문했습니다. 하필 순임금과 그 아버지 고수를 예로 든 것은 부자간의 사이가 나쁘기로 유명했기 때문입니다. 이 질문에 대한 맹자의 답변이 매우 중요한 의미를 갖습니다. 고수는 당연히 법에 따라 체포되어야 하고, 살인자를 사형에 처하는 것은 선왕의 법이기 때문에 순임금도 그것을 막을 수 없다는 것이 맹자의 답변입니다. 그러면 순임금은 어떻게 해야 하는가 하는 질문에 대한 맹자의 대답이 압권입니다. 이 답변이 유가와 묵가의 차이를 확연하게 드러내는 대목이기 때문입니다.

"순은 임금 자리를 헌신짝처럼 버리고 몰래 부친을 업고 도망가 멀리 바닷가에 숨어 살면서 부친을 봉양하고 천하를 잊고 즐거운 마음으로 여생을 보내면 되는 것이다."

이것이 맹자의 대답입니다. 임금의 사면에도 아랑곳하지 않고 아들을 처단한 묵가의 입장에서 본다면 이러한 방식은 효孝라는 이름으로 별애別愛를 두호斗護하는 것이 아닐 수 없습니다.

『논어』에도 유가와 묵가의 차이를 보여주는 대목이 있습니다. 섭공葉公과 공자의 대화입니다. 섭공이 공자에게 말했습니다. "우리 고을에 대쪽같이 곧은 사람으로 직궁直躬이 있습니다. 그 아비가 양을 훔치자 그가 그 사실을 관청에 고발했습니다." 공자가 말했습니다. "우리 고을의 곧은 사람은 그와 다릅니다. (비록 그런 일이 있더라도) 아비는 자식을 위해, 그리고 자식은 아비를 위해 감추어줍니다. 곧음은 그 가운데 있습니다."

위의 예는 물론 묵가의 비타협적인 면모에 관한 것임은 물론입니다. 묵가의 사상 체계는 별애하지 않을 수 없는 사회적 구조, 그리고 겸애가 발현될 수 있는 구조에 대한 논의까지 망라하고 있습니다. 끝으로 묵자에 대한 『장자』의 평가를 소개합니다.

실천 행위는 과도하였으며 절제는 지나치게 엄정하였다. 「비악」非樂과 「절용」을 저술하였다. 사람이 태어나도 찬가를 부르지 않으며 죽어도 상복을 입지 않았다. 묵자는 만인의 사랑과 만인들 간의 이익을 말하고 서로의 투쟁을 반대했으니 그는 실로 분노하지 말 것을 설파한 것이다. 노래하고 싶을 때 노래하지 말고, 울고 싶을 때 울지 말고, 즐거울 때 즐거워하지 말아야 한다면 이런 묵가의 절제는 과연 인간의 본성과 맞는 것인가? 묵가의 원칙은 너무나 각박하다. 세상을 다스리는 왕도王道와는 너무나 거리가 멀다. 묵자와 금활리禽滑釐의 뜻은 좋지만 실천은 잘못된 것이다. 스스로 고행을 자초하여 종아리에 살이 없고 정강이에 터럭이 없는 것으로 서로 경쟁을 벌이게 할 뿐이다. 사회를 어지럽히기에는 최상이요 다스리기에는 최하이다. 묵자는 천하에 참으로 좋은 인물이다. 이런 사람을 얻으려 해도 얻을 수 없다. 자기의 생활이 아무리 마른 나무처럼 되어도 자기의 주장을 버리지 않으니 이는 정말 구세救世의 재사才士라 하겠다.

묵가는 중국 사상사에서 이론과 실천을 겸비한 최초의 좌파 조직이라고 할 수 있습니다. 전국시대의 패권적 질서와 지배 계층의 사상에 대하여 강력한 비판 세력으로 등장하여 기층 민중의 이상을 처음으로 제시하였습니다. 투철한 신념과 지칠 줄 모르는 열정으로 대중 속에서 설교하고 검소한 모범을 보였으며, 서민들의 절대적 지지를 받았습니다. 묵자가 죽은 후에도 200여 년 동안 여전히 세력을 떨쳤지만 그 후 2천 년이라는 긴 망각의 시대를 겪지 않을 수 없었습니다. 묵가는 좌파 사상과 좌파 운동이 그 이후 장구한 역사 속에서 겪어 나갈 파란만장한 드라마를 역사의 초기에 미리 보여준 역설적인 선구자였다고 할 수 있습니다.

9

순자, 유가와 법가 사이

『순자』荀子

…자의 천天은 물리적 천입니다. 순자의 하늘은 그냥 하늘일 뿐입니다. 인간 세상은 하…과 아무런 상관이 없음을 선언하고 있습니다. 유가의 정통적 천인 도덕천道德天을 거…하고 있는 것이지요. 순자는 종교적인 천, 인격적인 천을 거부하고 있습니다. 이것은 …론 순자의 탁론卓論입니다. 그러나 당시로서는 유가의 정통에서 벗어난 것이지요. 정…유가와 결정적 차이를 보이는 부분이 바로 순자의 천론이고, 순자가 이단인 이유가 …로 천론에 있다고 할 수 있습니다. 천天과 인人은 서로 감응하지 않는 별개의 존재입…다(天人二分). 천은 자연이며 음양일 뿐입니다. 천은 천명天命, 천성天性, 천리天理가 …수 없다는 것이 순자의 주장입니다.

하늘은 하늘일 뿐

『순자』荀子에 대해서도 지금까지 살펴본 다른 제자백가의 경우와 마찬가지로 당대 사회에 대한 순자荀子의 문제의식을 먼저 점검해보는 것이 필요합니다. 그리고 그러한 문제의식이 오늘의 사회적 과제와 관련하여 어떠한 의미가 있는가에 대해 생각해야 할 것입니다. 그러한 접근이 『순자』를 재조명하는 일이라고 생각합니다.

순자는 대학자로 알려져 있습니다. 직하학파稷下學派의 제주祭主였다고 합니다. 직하학파는 제齊나라 수도 임치臨淄에 있는 학자 단지團地를 근거지로 하는 최고의 권위를 가진 학파였습니다. 제나라 수도 임치는 폭 4km 전장 20km에 달하는 대단히 큰 성이었으며 모두 13개의 성문이 있었는데 서문西門을 직문稷門이라고 했습니다. 이 직문 부근에 학자 단지가 조성되었던 것이지요. 잘 알려진 『관자』管子가 바로 이 직하학파의 선집選集입니다. 이 직하학파의 제주란 물론 제사의 책임자이지만 학문적으로 최고의 권위를 인정받는 직책입니다. 제나라에서도 그를 매우 존중한 것으로 알려져 있습니다.

그런데도 순자에 관해서는 그의 친필로 추정되는 『순자』 32편 이외에 별로 알려진 것이 없습니다. 『사기』에도 짤막하게 기록되어 있습니다. 순자의 생몰 연대도 정확하지 않습니다만 전국시대 말기인 기원전 313~238년이 통설입니다. 이름이 황況, 자는 경卿 또는 손경孫卿이라고도 하며, 제나라의 직하학궁稷下學宮에서 오랫동안 학문 연구와 강의에 종사하여 제주를 세 번씩이나 역임했으나 후에 모함을 받아 초나라로 가서 난릉령蘭陵令을 지냈으며 그곳에서 여생을 마쳤다는 것이 전부입니다. 그의 학문적 권위나 유학사에서 차지하는 비중에 비하여 남아 있는 자료는 매우 소략합니다. 그가 유가의 이단異端이었기 때문이라는 것이 통설입니다.

우리의 관심은 당연히 그 이단의 내용이 어떤 것인가에 쏠리지 않을 수 없습니다. 그것을 통해서 순자 사상의 특징에 대해 좀 더 구체적으로 접근할 수 있기 때문입니다. 그리고 정통 유가의 성격을 다른 시각에서 조명해볼 수도 있으리라고 생각하는 것이지요.

일반적으로 유학儒學은 객관파客觀派와 주관파主觀派로 나누어집니다. 사회질서와 제도를 강조하는 순자 계통이 객관파로 분류되고, 반대로 개인의 행위를 천리天理에 합치시키고자 하는, 다시 말하자면 도덕적 측면을 강조하는 맹자 계통이 주관파로 분류됩니다. 이러한 차이는 후에 기학파氣學派와 이학파理學派로 나누어지기도 합니다.

순자는 예禮에 의한 통치를 주장합니다. 바로 이 점에서 덕德에 의한 통치를 주장하는 주관파와 분명한 차이를 보입니다. 주관파에서도 공자의 극기복례克己復禮를 계승하여 예를 중요시합니다. 그러나 순자의 예는 공자의 예와는 달리 선왕先王의 주례周禮가 아니라 금왕今王의 제도와 법을 의미합니다. 대체로 안정기에는 예가 개인의 수양과 도덕규범으로 해석되고 사회 변혁기에는 사회질서와 제도의 의미로 해석되는 경향이 있습니다. 전국 말기가 급격한 변혁기였음은 물론입니다. 순자의 예는 법의 의미였다고 할 수 있습니다. 순자를 법가法家의 시조로 보는 견해가 여기서 나오는 것이지요. 전국 말기의 상황에서는 순자의 주장이 패자覇者들의 관심을 더 많이 끌었을 것으로 짐작할 수 있습니다. 법가 이론을 집대성한 한비자와 진시황을 도와 천하를 통일한 진나라의 재상 이사李斯가 순자 문하에서 수학한 제자들이지요.

순자의 사상 영역도 물론 광범위합니다만 우리가 주목하려고 하는 것은 그의 법제法制 사상입니다. 그리고 성악설性惡說 등 그것과 관련된 것에 한정하기로 하겠습니다.

순자가 유가학파로부터 배척당한 가장 큰 이유는 아마 그의 천론天論에 있다고 생각합니다. 순자의 천天은 물리적 천입니다. 순자의 하늘은 그냥 하늘일 뿐입니다. 인간 세상은 하늘과 아무런 상관이 없음을 선언하고 있습니다. 유가의 정통적 천인 도덕천道德天을 거부하고 있는 것이지요. 순자는 종교적인 천, 인격적인 천을 거부하고 있습니다. 이것은 물론 순자의 탁론卓論입니다. 그러나 당시로서는 유가의 정통에서 벗어난 것이지요. 정통 유가와 결정적 차이를 보이는 부분이 바로 순자의 천론이고, 순자가 이단인 이유가 바로 천론에 있다고 할 수 있습니다.

천天과 인人은 서로 감응하지 않는 별개의 존재입니다(天人二分). 천은 자연이며 음양일 뿐입니다. 천은 천명天命, 천성天性, 천리天理가 될 수 없다는 것이 순자의 주장입니다.

星隊木鳴 國人皆恐 曰 是何也 曰 無何也 是天地之變 陰陽之化 物
之罕至者也 怪之可也 而畏之非也　　　―「天論」

별이 떨어지고 나무가 울면 사람들이 모두 두려워하여 이 무슨 일인
가 한다. 아무것도 아니다. 이것은 천지와 음양의 변화이며 드물게
나타나는 사물의 변화일 뿐이다. 괴상하다고 할 수는 있지만 두려울
것은 없다.

원문의 '성대'星隊는 성추星墜(별이 떨어지다)로 해석합니다. '목명'木
鳴은 폭풍이 몰아쳐서 나무가 넘어지고 찢어지는 것을 뜻합니다. 요컨
대 천재지변이란 자연의 변화일 뿐이라는 것이 순자의 천론입니다. 천
이란 방금 이야기했듯이 물리적 천일 뿐입니다. 부연 설명하는 것보다
『순자』의 원문을 몇 가지 더 소개하는 편이 나으리라고 생각합니다.

天行有常 不爲堯存 不爲桀亡 應之以治則吉 應之以亂則凶 彊本而
節用 則天不能貧 養備而動時 則天不能病 修道而不貳 則天不能禍
　　　―「天論」

하늘에는 변함없는 자연의 법칙이 있다. 요순 같은 성군聖君을 위하
여 존재하는 것도 아니며, 반대로 걸주桀紂와 같은 폭군暴君 때문에
없어지는 것도 아니다. 바르게 응하면 이롭고 어지럽게 응하면 흉할
뿐이다. 농사를 부지런히 하고 아껴 쓰면 하늘이 가난하게 할 수 없
고, 기르고 비축하고 때맞추어 움직이면 하늘이 병들게 할 수 없으
며, 도를 닦고 마음이 흐트러지지 않으면 하늘이 재앙을 내릴 수 없

는 것이다.

天不爲人之惡寒也輟冬 地不爲人之惡遼遠也輟廣 君子不爲小人匈
匈也而輟行 天有常道矣 地有常數矣 君子有常體矣 　　　 —「天論」

하늘은 사람이 추위를 싫어한다고 하여 겨울을 거두어가는 법이 없
으며, 땅은 사람이 먼 길을 싫어한다고 하여 그 넓이를 줄이는 법이
없다. 군자는 소인이 떠든다고 하여 할 일을 그만두는 법이 없다. 하
늘에는 변함없는 법칙이 있으며, 땅에는 변함없는 규격이 있으며,
군자에게는 변함없는 도리가 있는 것이다.

위 두 문장에서 순자의 천은 하등의 의지가 없는 물리적 천이라는
것이 명확하게 나타나 있습니다. 다만 끝에 수도修道와 군자君子의 이야
기를 덧붙이고 있는 것이 눈에 띕니다. 순자가 유가儒家임을 벗어나지
못하는 부분이라고 할 수 있습니다. 여하튼 순자는 유가의 천天을 거부
했기 때문에 이단으로 배척당했다고 할 수 있습니다. 이러한 물리적 천
관天觀에 의거하여 순자는 인간의 적극 의지를 주장합니다. 그러한 주
장이 다음의 문장에 잘 나타나 있습니다.

인간의 능동적 참여

大天而思之 孰與物畜而制之 從天而頌之 孰與制天命而用之
—「天論」

하늘이 위대하다고 사모하는 것과, 물자를 비축하여 그것을 잘 마름질하는 것 중에서 어느 것이 더 나은가? 하늘에 순종하여 그것을 칭송하는 것과 천명을 마름질하여 그것을 이용하는 것 중에서 어느 것이 더 나은가?

순자는 인간의 능동적 참여를 천명합니다. 천天이 해결해주지 않기 때문입니다. 순자의 천론은 당시 생산력의 발전, 그리고 천문학의 발달과 무관하지 않다는 주장이 있습니다. 개인의 사상이란 크게 보아 사회적 성과라는 사실에는 변함이 없는 것이지요.

天有其時 地有其財 人有其治 夫是之謂能參
舍其所以參 而願其所參 則惑矣　　—「天論」

하늘에는 사시四時의 운행이 있고, 땅에는 자원이 있으며, 사람에게는 다스림이 있다. 이 다스림을 능참能參이라고 한다. 사람이 (천지와 동등한 자격으로 나란히) 참여할 수 있는 소지를 버리고(舍), 천지와 동등한 자격을 가질 수 있기를 바란다는 것은 환상(惑)이다.

중요한 것은 인간의 실천적 노력이라는 것이지요. 순자의 '능참'은 '실천론'이라 할 수 있습니다. 자연의 법칙을 이해하고 이를 제어하여 활용할 것을 강조합니다. '자연은 만물을 만들었지만 다스리는 것은 인간'이기 때문입니다. 순자의 인본주의적 관점입니다. 이것은 유가학파의 공통된 입장으로서 문화사관文化史觀, 발전사관發展史觀으로 나타나는 것이지요. 하늘만을 하늘같이 바라보거나 하늘을 칭송하는 숙명론(聽天由命)을 벗어던지고 스스로 운명의 창조자가 되어야 한다는 것이지요. 운명이란 인간의 실천적 노력으로 얼마든지 극복할 수 있는 것(人定勝天)이 바로 순자의 사상 체계입니다. 능참, 즉 주체적 능동성을 발휘하여 인문 세계를 창조할 수 있다는 것입니다. 바로 이 인문 세계의 창조와 관련하여 순자는 결국 유가를 벗어나지 않습니다. 천론天論, 능참론能參論, 중민론重民論 등 적극적인 내용에도 불구하고 결국 유가적 결론에 귀착하고 있습니다. 그래서 순자는 입장 차이만 있을 뿐이라는 것이지요. 세습 귀족이 아닌 신흥 관료 지주를 대변한다는 사회적 입장에서만 차이를 보일 뿐이라는 것이지요. 그뿐만 아니라 순자 사상은 실제에 있어서 공자나 맹자에 비하여 훨씬 더 현실적이었으며 당시 패자霸者들의 요구에 부응하고 있다는 것입니다.

바로 이러한 점에서 노장老莊의 입장과는 근본을 달리하고 있는 것이지요. 인간의 적극 의지와 능동적 실천에 근거하여 인문 세계를 창조하고자 하는 것이 그의 궁극적 목표입니다. 그런 점에서 자연의 질서와 도道로 돌아갈(歸) 것을 설파했던 노장과는 반대 방향을 지향하고 있는 것이지요. 순자는 결국 원시 유가原始儒家의 한 사람임에 틀림없는 것이지요. 순자의 체계에서 하늘을 칭송하지 않는 것도 중요하지만 하늘을 원망하지 않는 것도 중요합니다. 사람의 도리 여하에 따라서 그렇게 된 것이기 때문입니다. 따라서 순자의 체계에 있어서 지인至人이란 장자의 경우와 달리 천도天道와 인도人道의 구별을 분명하게 인식하고 있는(明於天人之分) 사람입니다.

순자가 비록 하늘을 물리적 천으로 규정하고 있지만 결코 하늘을 단순화하거나 그 존재를 격하시키고 있지는 않습니다. 사람들은 하늘의 신비스러운 작용을 알 수가 없다는 것이 그렇습니다. 사람들이 아는 것은 다만 이루어져 눈에 보이는 것에 불과하며 그 보이지 않는 무궁한 세계는 알 수 없다는 것(皆知其所以成 莫知其無形)을 인정하고 있습니다. 하늘이 하는 일 즉 천공天功은 알 길이 없는 것이며, 성인은 하늘을 알려고 하지 않는다는 것이지요. 범부凡夫들이나 하늘을 알려고 무리하게 지혜를 짜낸다는 것이지요.

이러한 순자의 주장에서 우리는 한 개인의 사상이나 한 학파의 사상이 다른 것과 어떻게 구별되고 동시에 어떻게 침투되고 있는가를 다시 한 번 확인하게 됩니다. 순자에게 있어서 하늘을 안다(知天)는 것은 하늘의 무한함을 인정하는 것입니다. 대교大巧 즉 뛰어난 장인匠人은 손대지 않고 남겨두는 데서 그 진가를 발휘하며, 뛰어난 지자(大智)는 생각을 남겨두는 데 그 진가가 있다는 것입니다. '남겨두는 것'은 천의 법칙을 모두 알 수 없기 때문에 그 이상의 것을 구하지 않는 태도입니다. 그런 의미에서 지천知天은 지기知己와 통하는 것입니다. 이러한 면이 순자를 그 이단적 내용에도 불구하고 역시 유가로 분류하는 이유라고 생각합니다.

앞에서도 말했습니다만 그렇기 때문에 학파는 결국 관점과 강조점의 차이에 불과한 것이라고 해야 하는 것이지요. 따라서 여러분은 '천론' 天論과 '천명론' 天命論의 차이를 읽을 수 있어야 합니다. 순자가 천명론에서 명命을 제거함으로써 인人을 제자리에 놓고 있다는 것을 읽을 수 있어야 하는 것이지요.

여기서 조금 부연해두어야 할 사항이 있습니다. 소위 유가의 정통에 관한 것입니다. 유가의 정통은 도통道統 계보가 만들어지면서 확정됩니다. 오늘날 대단한 권위로 군림하고 있는 유가의 도통 계보는 당말唐末의 한유韓愈, 이고李翺 등 유학자들이 불교와 노장 사상을 비판하고 유학을 유신維新하려는 노력에서 시작되어 송대의 주자朱子에 이르러 완성됩니다. 도통이란 말도 주자가 장구章句한 『중용』 서문에 처음으로 등장합니다. 이렇게 완성된 도통 계보에서 순자가 제외되었던 것이지요. 순자가 유가의 이단으로 규정되는 것은 바로 이 도통 계보에 없기 때문입니다.

유가의 도통은 이를테면 학문적 전승 계보입니다. 족보 같은 것이라 해도 무방할 것입니다. 제가 어릴 적에 할아버님으로부터 뜻도 모르고 자주 듣던 '요순우탕문무주공'堯舜禹湯文武周公이 알고 보니 바로 도통 계보였어요. 우당탕탕이라고 장난삼아 흉내 내었던 것입니다만, 이 요순우탕문무주공이 공자孔子―안자顔子―증자曾子―자사子思―맹자孟子로 이어집니다. 그리고 맹자 이후로는 1천 년을 건너뛰어 주렴계周濂溪―정명도程明道―정이천程伊川―주희朱熹로 이어집니다.

그런데 이 도통 계보는 사제지간의 직접적인 전수를 기준으로 하지 않았음은 물론입니다. 불교의 도통 계보는 직접 의발衣鉢을 전수하는 것으로 이루어집니다. 유가의 도통 계보가 불교의 전통에서 영향을 받았다는 주장도 있습니다. 물론 충분히 있을 수 있는 이야기라고 할 수 있습니다. 그러나 불교와 달리 직접적인 학문의 전수가 아니라면 문제는 도통의 기준을 무엇으로 했는가가 중요합니다. 이것이 처음에는 분명치 않았지만 그것을 완성한 주희에 이르면 분명하게 드러납니다. 한마디로 이학理學의 성립 과정을 기준으로 일원화하고 있습니다.

주희의 성리학은 기본적으로 이학입니다. 주희는 사서四書의 주석도 이학의 입장에서 일관―貫하고 있습니다. 그런데 이 이理는 매우 복잡한 철학적 주제이지만 쉽게 이야기한다면 바로 천天입니다. 말하자면 이理는 천리天理입니다. 모든 사물에 반드시 내재되어 있으며, 세상을 관통하고 있는 최고의 원리이자 규범이 이理입니다. 이것이 바로 천이며 천리입니다. 순자가 이 천을 부정하고 있다는 것이 도통 계보에서 밀려난 결정적 이유라고 해야 합니다. 우리가 여기서 다시 한 번 확인해야 되는 것은 순자의 천론天論이 갖는 의미가 그만큼 결정적이라는 것이지요.

성악설의 이해와 오해

순자가 천론에 이어서 교육론을 전개하는 것은 너무나 당연한 논리적 수순입니다. 명命을 제거하고 그 자리에 교教를 배치하는 것입니다. 지금부터 함께 읽으려고 하는 성악설性惡說의 위치가 바로 이곳입니다. 천명을 전제하고 성선性善을 전제하는 맹자의 체계에서는 그 선한 본성으로 돌아가고(復), 그 선한 가능성(善端)을 확충(擴而充之)함으로써 충분합니다. 그러나 그러한 선성善性과 선단善端을 하늘로부터 이끌어낼 수 없는 순자로서는 당연히 능참能参이라는 적극적 참여가 요구되며, 교육이라는 외적 기능이 요구될 수밖에 없는 것입니다. 바로 이러한 논리 속에 순자의 소위 성악설이 위치하고 있다고 할 수 있습니다.

순자는 인간의 본성이 악하다고 주장한 사람으로 알려져 있습니다. 그러나 성악설을 그렇게 받아들인다는 것은 매우 피상적이고 도식적인 이해가 아닐 수 없습니다. 성性은 선악 이전의 개념입니다. 선과 악은 사회적 개념입니다. 따라서 성과 선악을 조합하는 개념 구성은 모순이 아닐 수 없습니다. 더구나 천과 천명을 부정한 순자의 사상 체계에 있어서 본성이라는 개념이 설 자리는 처음부터 없습니다. 결론적으로 이야기한다면 성악설은 인성론이 아니라 순자의 사회학적 개념이라는 것입니다. 그의 교육론과 예론禮論, 제도론制度論을 전개하기 위한 근거로 구성된 개념이라는 사실입니다. 전국시대의 사회적 혼란의 제거를 실천적 과제로 삼았던 순자가 그의 주장을 개진하는 과정에서 천론에 대한 비판과 함께 성선설의 관념성을 비판하는 것이 바로 성악설이라고 할 수 있습니다. 『순자』「성악」편性惡篇을 읽어보기로 하지요.

人之性惡 其善者僞也 今人之性 生而有好利焉 順是 故爭奪生 而辭讓亡焉 生而有疾惡焉 順是 故殘賊生 而忠信亡焉 生而有耳目之欲 有好聲色焉 順是 故淫亂生 而禮義文理亡焉 然則 從人之性 順人之情 必出於爭奪 合於犯分亂理 而歸於暴   —「性惡」

사람의 본성은 악한 것이다. 선이란 인위적인 것이다. 사람의 본성이란 태어나면서부터 이익을 추구하게 마련이다. 이러한 본성을 그대로 따르면 쟁탈이 생기고 사양하는 마음이 사라진다. 사람에게는 태어나면서부터 질투하고 증오하는 마음이 있다. 이러한 본성을 그대로 따르면 남을 해치게 되고 성실과 신의가 없어진다. 사람은 태어나면서부터 감각적 욕망을 가지고 있다. 이러한 본성을 그대로 따르면 음란하게 되고 예의와 규범이 없어진다. 그렇기 때문에 본성을 따르고 감정에 맡겨버리면 반드시 싸우고 다투게 되어 규범이 무너지고 사회의 질서가 무너져서 드디어 천하가 혼란에 빠지게 된다.

위의 글에 이어서 순자는, 사람은 사법師法의 도道에 의하여 인도되어야 한다는 결론을 이끌어내고 있습니다. 이것은 순자가 성악설을 예론禮論의 근거로 삼고 있음을 보여주는 대목이라고 할 수 있습니다.

순자의 성악설과 함께 우리가 반드시 짚고 넘어가야 할 주제가 있습니다. 맹자의 성선설이든 순자의 성악설이든 우리는 본성론 자체를 반성해야 한다고 생각합니다. 인간의 본성에 대하여 선악 판단을 한다는 것 자체가 올바른 태도가 아니기 때문입니다. 그것은 사회로 자연을 재단하는, 이른바 꼬리가 개를 흔드는 격이기 때문입니다. 맹자의 성선설이 천성과 천리를 뒷받침하기 위한 개념인 것과 마찬가지로, 순자의 성악설은 그의 사회론을 전개하기 위한 개념이라고 할 수 있기 때문입니다.

인간의 본성이란 과연 있는 것인가? 있다고 하더라도 그것은 선악 판단 이전의 것입니다. 에드워드 윌슨Edward O. Wilson의 『인간의 본성에 관하여』(On Human Nature)에 의하면 본성은 선악 판단의 대상이 아님은 물론입니다. 인간의 본성이란 DNA의 운동 그 자체라는 것입니다. 이러한 윌슨의 주장이 극단적 환원주의還元主義라고 비판되고 있지만, 나는 그의 이론이 본성 문제에 있어서 훨씬 논리적이라고 생각합니다. 인간의 본성은 DNA로 환원될 수 있으며 이 DNA는 40억 년 전으로부터 어느 시점, 또는 장구한 기간에 걸쳐서 이루어진 물질이라는 것이지요. RNA와 단백질이라는 두 개의 독립적인 반생명권半生命圈에서 성립된 것으로 기막히게 성공적(?)인 화학물질로 규정합니다. 수십억 년에 달하는 지구상의 생명의 역사는 바로 이 DNA의 운동이며 그 일대기입니다. 윌슨에게 있어서 본성이란 이 화학물질의 운동 이외에 아무것도 아닙니다. 이 DNA야말로 가장 원초적인 생명이며 그런 점에서 곧 본성입니다.

이 DNA의 운동은 자기自己의 존속이 유일한 목적입니다. 개체의 존속과 개체를 넘어선 존속, 즉 생존과 유전과 번식이 유일한 운동 원리입니다. 윌슨은 아주 재미있는 예를 들고 있습니다. "닭이 먼저냐? 계란이 먼저냐?"라는 질문에 대하여 명쾌하게 결론을 내립니다. 윌슨의 체계에 있어서 이 질문에 대한 답변은 명백합니다. 단연 계란이 먼저라는 것이지요. 닭은 계란 속의 DNA가 자기의 존속을 위하여 만들어낸 생존 기계(survival machine)일 뿐입니다. 이 경우의 존속이란 개체를 넘어선 존속입니다. 유전과 번식도 존속의 개념임은 물론입니다. 닭은 DNA의 존속, 즉 유전과 번식을 위하여 만들어진 중간 매개체일 뿐입니다. 계란 속의 DNA가 자신의 존속을 보다 안전하게 하기 위해서는 많은 계란을 만들어내야 하고, 많은 계란을 만들어내기 위해서 그 중간 매개체로서 닭을 만드는 것이지요. 닭은 계란의 생존 기계일 따름입니다. 이것이 윌슨 이론의 핵심입니다.

윌슨의 이론에 의하면 DNA는 비단 닭만 만들어내는 것에 그치는 것이 아닙니다. 인간의 모든 욕망도 이 DNA의 존속을 위하여 만들어지는 것입니다. 식욕과 성욕이 이 DNA의 활동인 것은 물론입니다. 나아가 인간의 정신 활동도 일정한 수의 화학적 및 전기적 반응의 총체적 활동을 일컫는 것에 다름 아니며, 이것은 DNA의 생존을 위한 장치 이상의 것이 아니라는 것이지요. 인간의 이성은 그러한 장치의 다양한 기능 중 하나에 불과한 것입니다. 이성뿐만이 아니라 사랑의 감정, 희생, 정직, 종교, 예술 등 일체의 정신적 영역도 이 DNA로부터 연유하는 것으로 설명됩니다. 결혼 제도는 물론이며 사회를 구성하고 국가를 건설하는 모든 사회적 현상도 일단 DNA의 운동으로 환원됩니다. 사회생물학(Socio-Biology)이라는 새로운 분야가 사회과학을 통합하리라고 예상되기도 합니다.

장황하게 '윌슨'을 소개하는 까닭은 윌슨의 이론에 대한 찬반의 문제와는 별개로, 우리가 본성을 선악 판단의 대상으로 삼는다는 것이 얼마나 저급한 논의인가를 반성하자는 것이지요. 오늘날 신자유주의적 담론 환경에서 가장 빈번하게 만나는 것이 바로 인간 본성 문제입니다. 인간은 이기적 존재라는 것이지요. 시장 원리를 뒷받침하고 사익을 추구하는 자본주의 제도가 바로 '역사의 종말'이라는 주장으로 나타나고 있습니다. '종말'이라는 어감에 다소 문제가 있습니다만 종말은 최고라는 의미입니다. 자본주의를 자유민주주의로 등식화하고, 그것이 인류가 도달하였고 앞으로 도달할 수 있는 사회 제도의 최고 형태라고 주장하는 것이지요. 한마디로 자본주의 이데올로기를 인간 본성론 위에 구축하는 것이지요.

이러한 담론은 이기심을 어떻게 규정할 것인가, 개인을 어떻게 규정할 것인가 하는 대단히 철학적인 문제임에도 불구하고 서둘러 인간 본성을 이기적인 것으로 규정하고 동구 사회주의의 붕괴라는 환경에 편승하여 재빠르게 신자유주의를 합리화하는 논리를 구성하는 것이지요. 거슬러 올라가면 이기적 인간 본성론은 근대사회의 본질이라고 할 수 있습니다. 자본 논리이고, 자본의 자기 증식 논리이고, 자본 축적 논리입니다. 한마디로 존재론적 담론이지요.

『묵자』편에서 소개했습니다만 묵자는 인간 본성은 없는 것이라고 주장합니다. 백지와 같은 것입니다. 묵자는 소염론所染論에서 인간의 본성은 물드는 것이라고 하였습니다. 모든 이론이나 개념도 마찬가지입니다만 맹자의 성선설이나 순자의 성악설도 예외가 아닙니다. 귀납적으로 구성한 개념이라고 해야 할 것입니다.

여러분이 잘 아는 맬서스의 인구법칙人口法則도 똑같은 구조를 하고 있습니다. 식량은 산술급수적으로 증가하는 데 비하여 인구는 기하급수적으로 증가한다. 따라서 기아와 빈곤, 전쟁과 질병에 의한 사망은 필연적인 것이다. 그러므로 위생 환경을 개선하려고 하거나 질병을 치료하려는 고상하지만 잘못된 애정을 거두어들일 것을 맬서스는 결론으로 내리고 있지요. 빈곤과 기아는 자연법칙이며 이에 개입하는 것은 도로徒勞라는 것이지요. 맬서스의 『인구론』은 사회 개혁의 열망을 잠재우기 위한 이데올로기에 과학이라는 옷을 입히는 것이었지요. 신자유주의 이데올로기가 인간의 본성은 이기적이라는 주장을 내세우고 있는 것도 마찬가지입니다. 이데올로기를 과학과 법칙으로 디자인하는 것이라 할 수 있습니다.

순자의 성악설도 그런 점에서 같은 구조입니다. 전국시대의 사회적 혼란의 원인을 분석하고 처방하는 논리의 일환입니다. 순자의 이론 체계는 교육이라는 후천적 훈련과 예禮라는 사회적 제도에 의하여 악한 성性을 교정함으로써 사회의 혼란을 방지해야 한다는 논리입니다. 순자는 모든 사람은 인의仁義와 법도法度를 알 수 있는 지知의 바탕을 갖추고 있으며 또 그것을 행할 수 있는 능력을 갖추고 있다고 주장합니다. 선단善端을 갖추고 있다는 맹자의 주장과는 다른 것입니다. 그러나 우리가 명심해야 하는 것은 순자의 성악설은 인간에 대한 불신이나 절망을 이야기하는 것이 아니라는 사실입니다. 그리고 순자는 모든 가치 있는 문화적 소산은 인간 노력의 결정이라고 주장하는 인문 철학자임을 잊지 않는 것이 중요합니다.

예禮란 기르는 것이다

순자 사상의 논리적 전개 과정에 따라 먼저 예론禮論을 검토한 다음에 교육론教育論을 읽기로 하겠습니다. 그것이 순서라고 생각합니다. 물론 자세하게 번역하거나 설명하지 않겠습니다. 순자 사상의 체계와 전체적 구성을 이해하는 것이 중요하다고 생각하기 때문입니다.

禮起於何也 曰 人生而有欲 欲而不得 則不能無求 求而無度量分界 則不能不爭 爭則亂 亂則窮 先王惡其亂也 故制禮義以分之 以養人之欲 給人之求 使欲必不窮乎物 物必不屈於欲 兩者相持而長 是禮之所起也 故 禮者養也　　　—「禮論」

예禮의 기원은 어디에 있는가? 사람은 나면서부터 욕망을 가지고 태어난다. 욕망이 충족되지 못하면 그것을 추구하지 않을 수 없다. 그러나 욕망을 추구함에 있어서 일정한 제한이 없다면 다툼이 일어나게 된다. 다툼이 일어나면 사회는 혼란하게 되고 혼란하게 되면 사회가 막다른 상황에 처하게 된다. 옛 선왕이 이러한 혼란을 방지하기 위하여 예의를 세워서 분별을 두었다. 사람의 욕구를 기르고 그 욕구를 충족시키되, 욕망이 반드시 물질적인 것에 한정되거나 물物이 욕망을 위해서만 존재하는 일이 없도록 함으로써 양자가 균형 있게 발전하도록 해야 한다. 이것이 예의 기원이다. 그러므로 예란 기르는 것이다.

순자의 예론은 사회의 혼란을 방지하기 위한 사회 이론입니다. 첫째 예란 물物을 기르는 것(養)이며, 둘째 그 물로써 인간의 욕구를 충족시키는 것입니다. 그리하여 다툼과 혼란을 방지하는 것입니다. 다툼과 혼란을 방지하되 물질의 생산과 소비에 일정한 한계를 두어 조화를 이루어야 하고 그러기 위해서 예를 세워야 한다는 주장입니다. 이 경우의 예란 당연히 사회의 제도와 규범입니다. 제도와 규범이 분계分界를 세워서 쟁란爭亂을 안정적으로 방지한다는 것입니다. 순자의 예는 후에 법이 됩니다.

순자의 가장 큰 공헌이 바로 이 예론이라 할 수 있습니다. 예를 새롭게 정의하였기 때문입니다. 순자의 예는 공자의 주례周禮와는 상당한 차이가 있습니다. 순자의 예는 전국시대의 예이며, 이 전국시대의 예가 바로 법으로서의 예라고 할 수 있습니다. 예에 도덕적인 내용 이외에 강제라는 법적인 내용을 담고 있습니다. 이러한 순자의 예론은 전국 말기의 현실적 요구를 반영한 것이라고 할 수 있습니다. 새로이 등장한 신 지주층과 상인 계층의 이해관계와 그들의 의식을 반영한 것이라고 평가하기도 합니다만, 어쨌든 사활적인 패권 경쟁을 치르고 있는 패자들에게 왕도王道와 인정仁政은 고매하기는 하지만 너무나 우원迂遠한 것이 아닐 수 없었습니다.

전국戰國 통일의 기틀을 닦은 재상으로 유명한 상앙商鞅이 진秦나라 효공孝公을 만났을 때의 이야기입니다. 상앙이 왕도를 개진하는 동안 줄곧 졸고 있던 효공이 패도覇道에 대한 이야기를 꺼내자 언제 그랬느냐는 듯 벌떡 일어나 다가앉아 경청했다고 합니다. 우리가 『맹자』 편에서 읽었습니다만 맹자가 양혜왕을 만났을 때, 왕이 제일 먼저 주문한 것이 바로 "당신은 어떻게 이 나라를 이롭게 할 수 있겠소?"라는 것이었습니다. 인의仁義의 정치론은 이미 공자 당시부터 제후들의 관심을 얻지 못했습니다. 그들에겐 유가의 주장이 그야말로 "공자 맹자 같은 소리"

였습니다. 공자의 주유周遊가 실패로 끝날 수밖에 없었지요. 유가는 당시의 제후들에게는 왕도를 표방하는 장식적 의미 정도로 받아들여졌을지도 모릅니다. 그러나 『논어』 편에서 이야기했듯이 유가는 그들의 사상에 만세의 목탁이라는 초역사적 의미를 부여했습니다. 이 점에서 현실론으로 기울어버린 순자는 이단으로 매도될 수밖에 없는 것이었지요.

그러나 논자에 따라서는 순자의 이러한 현실론에 대해 유가의 발전이라는 긍정적 평가를 내리기도 합니다. 맹자는 개인의 자유를 강조했다는 점에서 혁신적이라고 할 수 있지만 초도덕적 가치를 지향하고 천명론이라는 종교적 편향을 보였다는 점에서는 오히려 보수적이었다고 평가됩니다. 이에 반하여 순자는 사회적 통제를 강조했다는 점에서 보수적이라고 할 수 있으나 천명을 비판하고 관념적 잔재를 떨어버렸다는 점에서는 오히려 진보적이라는 평가를 받고 있는 것이지요. 그리고 순자 사상은 실제로 유가의 예치禮治 사상으로부터 법가의 법치法治 사상으로 이행하는 과도기적 성격을 갖는 것으로 평가됩니다. 순자의 제자 중에서 한비와 이사 등과 같은 유명한 법가가 배출되었다는 것도 이러한 성격을 잘 설명해주는 것이라고 할 수 있습니다. 결과적으로 순자 사상은 현실 인식과 인간 이해에 있어서 냉정한 태도를 견지하였으며 그러한 냉정함을 바탕으로 전통적 관념으로부터 스스로를 분명하게 단절하고 있다는 것이지요.

순자의 냉정함은 그의 문장에도 그대로 나타나고 있습니다. 순자의 문장은 화려한 수사보다는 뜻의 창달暢達에 주안을 두었으며, 논설 기능을 가일층 발전시켜 논리가 정연하고 주장이 분명한 위에 전체적인 구성에도 짜임새가 있는 것으로 정평을 얻고 있습니다. 특히 「천론」天論, 「성악」性惡 두 편은 고대 논설문의 규범이 되어 이후의 논설문에 큰 영향을 끼친 것으로 평가되고 있습니다.

순자의 예론에서 가장 중요한 것은 예를 곧 법과 제도의 의미로 발전시켰다는 것입니다. 이것이 예론의 핵심이기도 합니다. 그러나 우리가 간과하지 않아야 하는 것은 순자의 인문 철학이 이 속에 있다는 사실입니다. 예란 "사람의 욕구를 기르고 그 욕구를 충족시키되, 욕망이 반드시 물질적인 것에 한정되거나 물物이 욕망을 위해서만 존재하는 일이 없도록 함으로써 양자가 균형 있게 발전하도록 해야 한다"는 대목입니다. 굳이 이 글의 뜻을 부연해서 설명할 필요는 없으리라고 생각합니다. 다만 우리가 주목해야 하는 것은 예의 내용을 물질적 욕망의 충족과 규제에 한정하는 것이 아니라는 사실입니다. 순자는 법학적·경제학적 의미만으로 예를 이해하고 있지 않다는 것이지요. 욕구가 반드시 물질적인 것에 한정되거나 물物이 욕망을 위해서만 존재하는 일이 없도록 해야 한다는 주장은 대단히 탁월한 인문 철학입니다. 순자가 단순한 법치주의자나 제도주의자가 아니라 뛰어난 인문 철학자라는 사실이 분명하게 나타나고 있는 대목이 아닐 수 없습니다. 순자가 예론과 함께 교육론을 개진하고 있는 까닭이 바로 이러한 인문 철학에서 비롯되는 것이라 할 수 있습니다.

지금까지 이야기한 바와 같이 순자의 예론의 기본적 내용은 법과 제도입니다. 그러나 이 법과 제도가 안정적으로 작동케 하기 위해서 교육이 결정적인 역할을 한다는 것을 잊지 않고 있는 것이지요. 도량度量과 분계分界가 안정적으로 작동되기 위해서는 교육에 의하여 보완되어야 한다는 것이 순자의 교육론입니다. 순자는 이미 사람은 예의와 분계를 인식할 수 있는 지知를 가지고 있을 뿐만 아니라 그것을 실천할 능력도 가지고 있다고 하는 매우 긍정적인 인간관을 피력해두고 있습니다.

나무는 먹줄을 받아 바르게 됩니다

君子曰 學不可以已 靑取之於藍 而靑於藍 氷水爲之 而寒於水
木直中繩 輮以爲輪 其曲中規 雖有槁暴 不復挺者 輮使之然也 故木
受繩則直 金就礪則利 君子 博學而日參省乎己 則知明而行無過矣
故不登高山 不知天之高也 不臨深谿 不知地之厚也 不聞先王之遺
言 不知學問之大也   ―「勸學」

처음의 '군자왈' 君子曰의 군자는 순자荀子와 같은 뜻으로 읽습니다.
"군자가 말한다"로 번역하지 않고 대체로 "나는 말한다"로 읽습니다.

나는 말한다. 학문이란 중지할 수 없는 것이다. 푸른색은 쪽에서 뽑
은 것이지만 쪽보다 더 푸르고, 얼음은 물이 (얼어서) 된 것이지만
물보다 더 차다. 먹줄을 받아 곧은 나무도 그것을 구부려서 둥근 바
퀴로 만들면 컴퍼스로 그린 듯 둥글다. 비록 땡볕에 말리더라도 다
시 펴지지 않는 까닭은 단단히 구부려놓았기 때문이다. 그러므로 나
무는 먹줄을 받으면 곧게 되고 쇠는 숫돌에 갈면 날카로워지는 것이
다. 군자는 널리 배우고 날마다 거듭 스스로를 반성하면 슬기는 밝
아지고 행실은 허물이 없어지는 것이다. 그러므로 높은 산에 올라가
지 않으면 하늘이 높은 줄 알지 못하고 깊은 골짜기에 가보지 않으
면 땅이 두꺼운 줄 알지 못하는 법이다. 마찬가지로 선비는 선왕의
가르침을 공부하지 않으면 학문의 위대함을 알 수 없는 것이다.

이 문장은 여러분에게도 매우 귀에 익은 것입니다. 『순자』「권학」편

勸學篇의 첫 구절입니다. 유명한 '청출어람'靑出於藍의 출전이기도 하지요. 학습과 교화를 강조한 교육철학의 선언입니다. 곧은 나무를 휘어서 바퀴가 되게 하는 것을 유輮라고 하는데 이것이 바로 교육입니다. 그리고 바퀴가 예전처럼 다시 펴지지 않는 것도 이 유의 효과입니다. 나무를 곧게 만드는 것도 교육이며 쇠를 날카롭게 벼리는 것도 교육의 역할입니다.

순자의 체계에 있어서 인간 사회의 문화적 소산은 사회 조직에 의하여 이루어지는 것입니다. 그 사회 조직이 바로 예禮입니다. 그리고 그 예가 곧 제도와 법입니다. 이러한 제도와 법을 준수하게 하기 위해서는 교육이 필요합니다. 방금 이야기한 것과 같이 이러한 제도와 법이 안정적으로 작동하게 하기 위해서는 교육이 필요한 것이지요. 더 푸르게 만들기도 하고, 둥글게 만들거나 곧게 만들기도 하고, 날카롭게 벼리기도 하는 것, 이것이 교육입니다.

순자가 교육론을 전개하는 것은 첫째로 인간의 본성은 선하지 않기 때문입니다. 둘째로 모든 인간은 성인이 될 수 있는 자질을 가지고 있기 때문입니다. 인간에게는 자기의 욕구 충족이 가장 중요한 동기가 된다는 성악적 측면이 순자의 교육론의 출발점이 되고 있으며, 성인이나 폭군이나 군자나 소인이나 그 본성은 같은 것이며, 세상의 모든 사람은 성인이 될 수 있는 자질을 가지고 있다는 것이 그의 인간관이 되고 있습니다(凡人之性 堯舜之與桀跖 其性一也 君子之與小人 其性一也 塗之人可以爲禹: 「性惡」).

인간에게 선단善端은 없지만 인간은 인仁·의義·법法·정正을 알 수 있는 지知와, 그것을 행할 수 있는 능력을 갖추고 있습니다. 따라서 인간의 본성은 교화될 수 있으며 또 교화되어야 한다는 것이 순자의 교육학이며 사회학입니다. 순자가 "인간의 본성은 악하다"라고 당당하게 주장하는 까닭이 이와 같은 것입니다.

다음 예시문은 순자의 교육론을 좀 더 구체적으로 읽을 수 있는 글입니다.

蓬生麻中 不扶而直 白沙在涅 與之俱黑　　一「勸學」
쑥이 삼 속에서 자라면 부축하지 않아도 곧게 되고 흰모래가 진흙 속에 있으면 함께 검어진다.

이 구절에서 우리는 맹모삼천지교孟母三遷之敎를 연상할 수 있습니다. 교육에 있어서 환경의 중요성을 이야기하는 것입니다. 그러나 『순자』의 이 구절은 일반적인 교육 환경을 이야기하는 것이 아니라 사회 제도와 규범의 중요성을 이야기하는 것입니다. 순자가 맹자에 비하여 인간에 대해 부정적인 견해를 가지고 있는 것이 사실입니다. 그러나 순자는 예禮, 즉 제도의 의미를 높게 평가함으로써 오히려 맹자에 비하여 문화의 가치를 긍정적으로 수용하고 있다고 할 수 있습니다. 이것이 순자의 인문 사상이며 발전사관이라 할 수 있습니다.

대부분의 유가가 치인治人에 앞서서 수기修己를 요구합니다. 이 경우의 치인이 순자의 체계에서는 예禮가 되는 것이지요. 그런 점에서 순자는 수기보다는 치인을 앞세우고 있다고 할 수 있습니다. 개인의 수양에 앞서 제도의 합리성과 사회적 정의에 더 큰 비중을 두고 있습니다. 인간의 도덕성은 선천적인 것도 아니며 개인의 수양의 결과물도 아니며 오로지 사회적 산물이라는 것이지요. 그런 점에서 순자는 개량주의적이기보다는 개혁주의적입니다. 훌륭한 규범과 제도가 사람을 착하게 만든다는 것이지요. 도덕성의 근원을 인간의 본성에서 찾는 맹자가 주정주의主情主義적이라고 한다면, 그것을 사회 제도에서 찾는 순자는 주지주의主知主義적이라 할 수 있습니다.

여러분에게는 순자의 이와 같은 진보적이고 신선한 관점이 매우 놀라우리라고 생각합니다. 오늘날의 논의와 비교해보더라도 그 선도鮮度가 떨어지는 점이 전혀 없습니다. 그리고 또 하나 충격인 것은 그에게 일관되고 있는 것이 인간에 대한 신뢰라는 사실입니다. 순자를 성악설의 주창자로만 알고 있던 우리들로서는 매우 당혹스러울 정도의 새로운 발견이 아닐 수 없습니다. 성선설을 주장한 맹자보다 성악설을 주장한 순자에게서 훨씬 더 깊이 있는 인간주의를 발견하는 것이지요.

순자에게 있어서 중요한 것은 인도人道와 인심人心입니다. 천도天道와 천심天心은 아무 의미가 없습니다. 순자의 도는 천지의 도(天地之道)가 아니라 사람의 도(人之所道)일 뿐입니다. 순자의 이론에는 또한 신비주의적인 요소가 없습니다. 그는 성인聖人이라면 하늘을 알려고 하지 않는다고 했습니다. 군자는 자기의 내부에 있는 것을 공경할 뿐이며, 하늘에 있는 것을 따르지 않는다고 했습니다. 우리가 주목해야 하는 것이 바로 순자의 이와 같은 인간주의와 인본주의라고 생각합니다. 그리고 다시 한 번 강조되어야 하는 것은 그러한 인간주의가 감상적으로 피력되지 않고 냉정하게 제시되고 있다는 사실입니다.

예와 악이 함께하는 까닭

순자의 예론禮論을 이야기하면서 한 가지 빠트려서는 안 되는 것이 있습니다. 악론樂論입니다. 이것은 엄밀한 의미에서 음악에 관한 것이라기보다는 예론에 대한 것이라고 할 수 있습니다. 왜냐하면 '완전한 예'란 마치 훌륭한 음악처럼 천지와 조화를 이루어야 한다는 것이 악론의 핵심 내용이기 때문입니다.

우리가 『순자』의 「악론」편樂論篇을 음악론으로만 읽는다면 순자의 음악에 대한 견해는 매우 편협한 것이 아닐 수 없습니다. 예를 들면 음악은 사람을 다스리는 데 탁월한 방법이 될 수 있다고 하는 내용이 그렇습니다. 이것은 음악을 다른 것의 수단으로 삼고 있는 것이기 때문입니다. 『순자』의 「악론」편은 음악론이 아니라 예론으로 읽어야 한다고 생각합니다. 순자가 음악을 주목하는 것은 그것이 즐겁고 감동적이기 때문이라고 밝히고 있습니다. 그리고 바로 이 점에 착안하여 즐겁고 감동적인 예禮, 나아가서 즐겁고 감동적인 법法을 전망하는 것이지요. 즐거움이 지나쳐서 그 도를 이탈하고 혼란하게 되는 것은 물론 경계해야 마땅하지만, 예는 근본에 있어서 즐거운 것이어야 한다는 주장은 참으로 이례적인 것입니다. 순자의 예는 그처럼 유연한 것입니다.

여러분은 기억할 것입니다. 순자는 예론에서 예는 기르는 것(養)이라고 했습니다. 순자의 예가 곧 법이 되는 것임은 이미 이야기했지요. 따라서 순자는 법이란 무엇을 금지하는 것이 아니라 무엇을 기르는 것이라는 생각을 가지고 있습니다. 사회의 잠재력을 길러내는 것이며, '법'이란 글자 그대로 물(水)이 잘 흘러가도록(去) 해야 한다는 것이지요. 순자의 「악론」편은 대체로 묵자의 비악론非樂論을 비판하는 형식으로 자신의 주장을 전개하고 있지만 핵심적인 내용은 '화순' 和順입니다. 분계와 법과 규범과 제도라는 각박하고 비정한 것들을 음악으로 화순시키는 것입니다. 「악론」편을 좀 더 읽어보기로 하지요.

> 무릇 음악은 사람의 감정에 파고듦이 깊고, 사람을 감화시키는 속도가 빠르다. 그러므로 선왕이 형식을 신중히 하신 것이다. 음악이 조화롭고 평온하면 백성이 화락하되 질탕한 데로 흐르지 아니하고, 음악이 엄숙하고 장중하면 백성이 정직하여 어지럽지 아니하다. (夫聲樂之入人也深 其化人也速 故先王謹爲之文 樂中平 則民和而不流 樂肅莊 則民齊而不亂)

> 음악이란 사람을 다스리는 가장 효과적인 것이다. (故樂者 治人之盛者也)

> 음악이란 천하를 고르게 하는 것이며, 화목하게 하는 것이며, 사람의 정서에 없어서는 안 되는 것이다. 그래서 선왕이 음악을 만든 것이다. (故樂者 天下之大齊也 中和之紀也 人情之所必不免也)

더 예시하지 않겠습니다만 순자가 악론을 전개한 이유를 이해하는 것이 중요합니다. 순자는 법과 제도적 통제가 가져올 폐단을 경계했던 것이지요. 나아가 사회의 질서가 타율적이고 강제적인 것이 아니라 자발적인 공감과 동의에 근거해야 한다는 점을 피력하고 있는 것이지요. 순자를 계승한 법가의 이론이 바로 이 점을 간과했다고 할 수 있습니다. 법가가 단명할 수밖에 없는 이유의 하나라고 할 수 있습니다.

이 점과 관련하여 여러분은 상기할 수 있으리라고 생각합니다. 선왕이 예의를 세워서 분별을 두는 이유는 물론 사회의 혼란을 방지하기 위함이었습니다. 그러나 정작 순자가 강조하려고 하는 것은 그러한 소극적인 사회 질서가 아닙니다. 예로써 사람의 욕구를 기르고 그 욕구를 충족시키되, 욕망이 반드시 물질적인 것에 한정되거나 물物이 욕망을 위해서만 존재하는 일이 없도록 해야 함을 천명하고 있습니다. 그렇게 함으로써 양자가 균형 있게 발전하도록 해야 하며 이것이 예의 기원이라고 천명하고 있는 것이지요. 바로 이 부분의 의미를 결코 가볍게 읽어서는 안 될 것입니다. 그렇기 때문에 한 번 더 이야기했습니다.

끝으로 순자가 열거하고 있는 난세亂世의 징조를 소개하면서 마치기로 하겠습니다. 참으로 이상한 일입니다만 하필이면 「악론」편에서 난세의 여러 가지 징조에 관하여 언급하고 있습니다. 여러분은 오늘의 우리 현실과 비교해서 읽기 바랍니다.

난세의 징조는 그 옷이 화려하고, 그 모양이 여자 같고, 그 풍속이 음란하고, 그 뜻이 이익을 좇고, 그 행실이 잡스러우며, 그 음악이 거칠다. 그 문장이 간사하고 화려하며, 양생養生에 절도가 없으며, 죽은 이를 보내는 것이 각박하고, 예의를 천하게 여기고, 용맹을 귀하게 여긴다. 가난하면 도둑질을 하고, 부자가 되면 남을 해친다. 그러나 태평 시대에는 이와 반대이다. (亂世之徵 其服組 其容婦 其俗淫 其志利 其行雜 其聲樂險 其文章匿而采 其養生無度 其送死瘠墨 賤禮義而貴勇力 貧則爲盜 富則爲賊 治世反是也)

법가와 천하 통일

『한비자』韓非子

리가 법가 사상에서 적극적 의미로 읽어야 하는 것은 개혁성과 법치주의입니다.
가의 개혁성은 구사회의 종법 구조가 이완되고 보수적 지향성이 약화됨으로써
성된 새로운 공간을 충분히 향유하였습니다. 이 새로운 공간은 일차적으로 과거
관념적 제약에서 벗어나게 해주었습니다. 미래사관과 변화사관이 그것입니다.
가의 개혁성은 이 과거의 구조가 해체되고 새로운 구조를 모색하는 과정에서 구
되는 개념입니다. 법치주의는 이러한 개혁성을 뒷받침하는 제도적 장치라고 할
있습니다. 법가의 법치주의는 먼저 성문법의 제정과 신상필벌 원칙으로 구체화
었습니다. 이것은 그 자체로서 대단한 발전입니다. 군주의 자의적 폭력에 대한
도적 규제이기 때문입니다. 또한 그것은 사회적 예측 가능성이기도 합니다.

어제의 토끼를 기다리는 어리석음

우리가 지금부터 함께 읽으려고 하는 법가法家는 춘추전국시대를 통일한 사상입니다. 법가는 부국강병이라는 시대적 과제를 가장 효과적으로 실현하고 최후의 6국을 통일했습니다. 다른 학파, 다른 사상에 비하여 그 사상의 현실 적합성이 실천적으로 검증된 학파인 셈이지요. 따라서 법가를 읽을 때 가장 중요한 점은 이러한 법가의 현실성에 초점을 맞추는 일이라고 할 수 있습니다. 현실성이란 점에 있어서 다른 학파와 어떠한 차별성을 갖는 것인가에 대하여 주목할 필요가 있습니다.

『한비자』韓非子에서 예시문을 뽑아 함께 읽어가면서 법가의 성격을 이해하고 다른 제자백가와의 차별성을 확인해가는 방식으로 진행하겠습니다. 『한비자』는 여러분도 잘 아는 바와 같이 법가 사상을 집대성한 책입니다. 먼저 「오두」편五蠹篇의 한 구절을 읽기로 하겠습니다.

宋人有耕者 田中有株 兎走觸株 折頸而死 因釋其耒而守株 冀復得
兎 兎不可復得 而身爲宋國笑 今欲以先王之政 治當世之民 皆守株
之類也   —「五蠹」

송나라 사람이 밭을 갈고 있었다. 밭 가운데 그루터기가 있었는데
토끼가 달리다가 그루터기에 부딪혀 목이 부러져 죽었다. 그 후로
그는 쟁기를 버리고 그루터기만 지키면서 다시 토끼를 얻을 수 있기
를 바랐지만 토끼는 다시 얻지 못하고 송나라 사람들의 웃음거리만
되었다. 지금 선왕先王의 정치로 오늘의 백성들을 다스리고자 하는
것은 모두가 그루터기를 지키고 있는 부류와 같다.

유가, 묵가, 도가는 다 같이 농본적農本的 질서를 이상적 모델로 상정
하고 있습니다. 그런 점에서 모두가 복고적 경향을 띠고 있습니다. 경
험하지 못한 세계에 대하여 신뢰를 갖기가 쉽지 않은 것이지요. 과거의
이상적인 시대로 돌아갈 것을 주장합니다. 바로 이 글에서 지적하고 있
듯이 선왕의 정치로 돌아갈 것을 주장합니다. 여기에 비해 법가는 시대
의 변화를 인정하고 새로운 대응 방식을 모색해갑니다. 법가의 사관을
미래사관未來史觀 또는 변화사관變化史觀이라 하는 이유입니다. 이는 당
시로서는 혁명적인 발상의 전환이라 할 수 있습니다.

송나라 농부의 우화인 '수주대토'守株待兎는 어제 일어났던 일이 오
늘도 또 일어나리라고 기대하는 어리석음을 풍자하고 있습니다. 이 우
화가 농부의 어리석음을 이야기하는 것이 아님은 물론입니다. 다른 제
자백가를 풍자하고 있는 이야기입니다. 변화하는 현실을 낡은 인식 틀
로써 이해하려고 하는 것이며, 대응 방식도 미래 지향적이지 못하고 과
거 회귀적이라는 것이지요. 시대를 보는 눈이 없다(無相時之心)는 것이지

요. 법가는 그런 점에서 다른 모든 학파와 구별되는 분명한 차별성을 갖는 학파라 할 수 있습니다. 요컨대 세상이 변화하면 도를 행하는 방법도 달라지지 않을 수 없다(世事變 而行道異也)는 것이 법가의 현실 인식입니다.

> 인민이 적고 재물에 여유가 있으면 백성들은 다투지 않는다. …… 반대로 인민이 많고 재물이 적으면 힘들게 일하여도 먹고살기가 어렵기 때문에 다투는 것이다. (人民少而財有餘 故民不爭 …… 是以人民衆而 貨財寡 事力勞而供養薄 故民爭:「五蠹」)

> 요임금과 순임금이 천하를 양보했다고 하지만 당시의 임금이란 오늘날의 노복奴僕보다 힘든 자리였다. 천자의 자리를 양위하는 것은 이를테면 노복을 면하는 것이나 마찬가지이다. 조금도 어려운 일이 아니다. 그러나 오늘날은 그렇지 않다. 현령縣令 같은 낮은 벼슬이라 하더라도 그것은 치부하는 자리가 되고, 자손 대대로 잘살 수 있는 자리이기 때문에 남에게 양보하기는커녕 한사코 그 자리를 지키려고 하는 것이다.

법가의 가장 큰 특징은 이처럼 변화를 인정하고, 변화된 현실을 받아들이는 현실성에 있다고 할 수 있습니다. 인의仁義의 정치는 변화된 현실에서는 적합하지 않은 사상이라는 것이지요. 급변하는 현실 속에서 인의의 정치를 주장하는 것은 고삐 없이 사나운 말을 몰려는 것과 다름없다는 것이 법가의 인식입니다.

유가나 묵가는, 백성을 자식처럼 사랑하고 백성은 임금을 부모와 같이 여겨야 한다고 주장한다. 사법관이 형벌을 집행하면 음악을 멈추고, 사형 집행 보고를 받고는 눈물을 흘리는 것이 선왕의 정치라고 한다. 그러나 아무리 부모가 자식을 사랑한다고 하더라도 자식은 부모를 따르지 않을 수 있는 것이다. 임금이 백성을 사랑하는 것이 부모가 자식을 사랑하는 것보다 더할 수는 없다. 눈물을 흘렸다면 그것은 임금이 자기의 인仁은 이루었다고 할 수 있을지 모르나 좋은 정치를 했다고 할 수는 없는 것이다. 해내海內의 모든 사람들이 공자의 인仁을 따르고 그 의義를 칭송했지만 제자로서 그를 따른 사람은 겨우 70명에 불과했다. 임금이 되기 위해서는 권세를 장악해야 하는 것이지 인의를 잡아서는 안 되는 것이다. 지금의 학자들은 인의를 행해야 임금이 될 수 있다고 주장하고 있는데 이것은 임금이 공자같이 되기를 바라고 백성들이 그 제자와 같이 되기를 바라는 것이나 마찬가지이다.

내용이 다소 길지만 법가 사상의 요지가 잘 나타나 있습니다. 법가의 논리에 의하면 맹자가 양혜왕을 만났을 때 의義를 말할 것이 아니라 이利를 말하는 것이 옳다는 것이지요.

법가의 이러한 변화사관은 한비자의 스승인 순자의 후왕 사상後王思想을 계승한 것입니다. 후왕後王이란 선왕先王이 아닌 금왕今王을 의미합니다. 후왕 사상은 과거 모델을 지향하는 것이 아니라 오늘의 현실을 직시하는 현실 정치론이라 할 수 있습니다.

순자는 "후왕이야말로 천하의 왕이다. 후왕을 버리고 태고太古의 왕을 말하는 것은 자기 임금을 버리고 남의 임금을 섬기는 것과 같은 것이다"라고 하였습니다. 순자의 성악설과 후왕 사상이 제자인 한비자에게 계승되었으리라고 추측하는 것은 어렵지 않습니다.

한비자는 당시의 내외 정세가 위급존망지추危急存亡之秋여서 나라의 운명을 걱정하여 숱한 시무책時務策을 국왕에게 바칩니다. 그러나 그것이 임금에게 받아들여지지 않습니다. 비단 한비자와 한韓나라만의 이야기가 아닙니다. 변화된 현실을 인식하고 새로운 사고로 발상을 전환한다는 것이 여간 어려운 일이 아닌 것이지요. 다음 예시문은 여러분도 잘 아는 화씨지벽和氏之璧에 관한 이야기입니다.

楚人和氏得玉璞楚山中 奉而獻之厲王 厲王使玉人相之 玉人曰 石也 王以和爲誑 而刖其左足 及厲王薨 武王卽位 和又奉其璞而獻之武王 武王使玉人相之 又曰石也 王又以和爲誑 而刖其右足 武王薨文王卽位 和乃抱其璞而哭於楚山之下 三日三夜 泣盡而繼之以血王聞之 使人問其故曰 天下之刖者多矣 子奚哭之悲也 和曰 吾非悲刖也 悲夫寶玉而題之以石 貞士而名之以誑 此吾所以悲也 王乃使玉人理其璞 而得寶焉 遂命曰 和氏之璧 　　　―「和氏」

초나라 사람 화씨和氏가 초산에서 옥돌을 주워 여왕厲王에게 바쳤다. 여왕이 옥인을 시켜 감정케 했더니 돌이라 하였다. 여왕은 화씨가 자기를 속였다 하여 월형을 내려 왼발을 잘랐다. 여왕이 죽고 무왕武王이 즉위하자 화씨는 무왕에게 그 돌을 또 바쳤다. 무왕이 그 돌을 옥인에게 감정케 했더니 또 돌이라 하였다. 무왕 역시 그가 자기를 속였다 하여 월형으로 오른발을 잘랐다. 무왕이 죽고 문왕文王이 즉위하자 화씨는 이제 그 옥돌을 안고 초산에서 곡을 하였다. 사흘 밤낮을 울자 눈물이 다하고 피가 흘러나왔다. 문왕이 소문을 듣고 사람을 시켜 그 까닭을 물었다. "천하에 발 잘린 사람이 많은데 당신은 어째서 그렇게 슬피 우는 것이오?" 화씨가 대답했다. "저는 발 잘린 것을 슬퍼하는 것이 아닙니다. 보옥을 돌이라 하고 곧은 선비를 거짓말쟁이라고 부르니 이것이 제가 슬퍼하는 까닭입니다." 문왕이 옥인에게 그 옥돌을 다듬게 하여 보배를 얻었다. 그리하여 마침내 그것을 화씨의 구슬이라 부르게 되었다.

이 글은 우매한 군주를 깨우치기가 그처럼 어렵다는 것을 풍자한 이야기입니다. 한비자 자신의 경험을 토로한 것이라 할 수 있습니다. 당시의 임금들이 법술法術을 듣고자 하는 마음이 구슬을 얻고자 하는 마음같이 절실한 것은 아니며, 또 올바른 도를 가진 법술가들이 월형을 당하지 않았다는 것은 왕에게 아직 옥돌을 바치지 않았기 때문이라고 단정하고 있습니다.

옥중에서 사약을 받은 한비자

한비자(BC. 280~233)는 법가 사상을 집대성한 법가의 대표입니다. 한韓나라는 지금의 호남성 서쪽에 있던 나라였는데, 한비자는 한왕韓王 안安의 서공자庶公子라고 합니다. 서공자라는 것은 모계의 신분이 낮은 출신이라는 뜻입니다. 한비자는 55편 10만 자字의 『한비자』를 남겼는데 여기에 실린 대부분의 글은 앞에서 이야기한 바와 같이 한왕에게 간하는 글들입니다. 「고분」孤憤, 「오두」五蠹, 「세림」說林, 「세난」說難, 「저설」

儲說 등 대부분의 논설은 그러한 동기에서 집필된 것이었습니다.

한비자의 글에 감탄한 것은 역설적이게도 적국인 진秦나라의 왕이었습니다. 뒤에 시황제始皇帝가 된 진왕은 한비자의 「고분」, 「오두」 같은 논문을 보고 "이 사람과 교유할 수 있다면 죽어도 한이 없겠다"고까지 감탄했다고 합니다. 당시 진왕의 막하에는 한비자와 동문수학한 이사가 있었는데 한비자를 진나라로 불러들이기 위해 진나라가 한나라를 공격할 준비를 하고 있다는 유언비어를 흘립니다. 당연히 화평의 사자로 한비자가 진나라로 왔습니다. 시황제는 한비자를 보자 크게 기뻐하여 그를 아주 진나라에 머물게 하려고 했습니다. 이사는 내심 이를 못마땅하게 여겨 시황에게 참언讒言하여 한비자를 옥에 가두게 한 후, 독약을 주어 자살하게 하였습니다. 언필칭 권모술수의 대가로 알려진 한비자가 권모술수의 희생자가 되는 또 한 번의 역설을 보여줍니다. 한비자는 이사와 순자 문하에서 함께 동문수학한 사이였습니다만, 오히려 그것 때문에 희생되고 만 것이지요. 전국시대의 적나라한 실상을 보는 듯합니다.

이사가 간지奸智에 뛰어난 변설가辯說家인 반면, 한비자는 눌변訥辯이었다고 전해집니다. 두뇌가 매우 명석하여, 학자로서는 이사가 도저히 따르지 못했다고 피력하고 있습니다. 이것은 억울하게 희생당한 한비자를 위로하려는 것일 수도 있습니다. 그러나 한비자는 그의 사상과는 반대로 매우 우직한 사람이라는 느낌을 줍니다. 한비자와 이사의 스승인 순자는 그 성정이 강퍅불손强愎不遜하고 자존심이 대단한 사람으로 부정적으로 묘사되고 있습니다. 그렇기 때문에 한비자의 인간적 면모에 대해서도 매우 부정적인 이미지를 갖기 쉽지요.

한비자는 엄정한 형벌을 주장하고 유가와 묵가의 인의仁義와 겸애兼

愛를 시대착오적인 것으로 비판하고 있습니다. 더구나 군주의 절대 권력을 옹호하고, 군주는 은밀한 술수術數를 마다하지 않아야 한다는 주장을 하고 있습니다. 동양의 마키아벨리라고 불릴 정도로 권모술수의 화신이라는 이미지를 떨쳐버리기 어려운 것도 사실입니다. 유가의 이단인 순자와 인의를 시대착오적인 것으로 매도하고 있는 한비자에 대하여 부정적 평가가 따르는 것은 어쩌면 당연한 일이 아닐 수 없다고 생각합니다. 그러나 여러분은 『한비자』를 읽어가는 동안에 그러한 선입관을 서서히 바꾸어가게 되리라고 생각합니다.

한왕이 한비자의 간언을 수용하지 않은 것과 반대로 진秦나라는 일찍부터 법가 사상가들이 포진하여 법가 방식의 부국강병책을 꾸준히 실시해왔습니다. 우리는 물론 『한비자』를 중심으로 법가를 읽고자 합니다. 그러나 어느 학파이든 그 이전의 사상이 계승되고 집대성됨으로써 학파로 성립됩니다. 법가 사상의 계보를 자세히 다룰 수는 없습니다만 선구적인 몇몇 법가 사상가는 빼놓을 수가 없습니다.

법가 사상 형성에 있어서 매우 중요한 의미를 갖는 사람으로 먼저 제齊나라의 관중管仲을 듭니다. 관중은 토지 제도를 개혁하고, 조세租稅·병역兵役·상업과 무역 등에 있어서 대폭적인 개혁을 단행합니다. 법가의 개혁적 성격을 가장 앞서서 보여준 사람이라고 할 수 있습니다. 제나라뿐만 아니라 당시의 여러 나라들이 다투어 개혁적 조치를 취했음은 물론입니다. 군제 개혁, 성문법成文法 제정, 법경法經 편찬 등 변법變法과 개혁 정책이 뒤따랐습니다. 이러한 개혁 정책은 예외 없이 중앙집권적 군주 권력을 강화하는 형태로 수렴되었습니다. 왜냐하면 이러한 개혁의 내용이란 실상 보수적인 기득권 세력을 거세하는 것이었기 때문입니다. 보수 세력의 완고한 저항을 타도하기 위해서 강력한 중앙 집권적 권력이 요구되었음은 물론이며 이러한 개혁에 의해서 비로소 중앙 권력이 강화될 수 있었던 것이기도 합니다. 그리고 법은 기본적으로 강제력입니다. 그것을 집행할 수 있는 강제력이 뒷받침되지 않는 한 법일 수 없는 것이지요. 법가가 형벌을 정책 수단으로 삼고 있는 것이 그것을 증명합니다. 법가의 정치 형태가 중앙집권적 전제군주 국가 형태를 띠게 되는 것은 필연적 귀결이라고 할 수 있습니다.

이러한 중앙집권적 체제를 가장 성공적으로 수립하고 단기간에 부국강병을 이끌어낸 나라가 바로 진秦나라였습니다. 그것을 추진한 사람은 재상인 상앙商鞅이었습니다. 당시까지만 하더라도 진나라는 반읍국가半邑國家라고 불릴 정도로 변방의 작은 약소국이었지만 상앙에 의하여 변법과 개혁이 성공합니다. 상앙의 개혁 역시 그의 독창적 창안이 아니라 전대의 선구자였던 자산子産, 이회李悝, 오기吳起 등에 의해 시도된 변법과 개혁의 경험 위에서 이루어졌음은 물론입니다. 상앙은 먼저 성문법을 제정하고 문서로 관청에 보관하여 백성들에게 공포해야 한다는 소위 법의 공개성을 주장했습니다.

나는 법가의 법치法治에 있어서 가장 중요한 것이 바로 이 공개 원칙이라고 생각합니다. 우리는 법치에 대하여 가지고 있는 막연한 생각을 분명하게 정리할 필요가 있습니다. 당시의 법치란 무엇보다 권력의 자의성恣意性을 제한하고 성문법에 근거하여 통치하는 것이었습니다. 그것이 바로 상앙이 강조한 행제야천行制也天입니다. 법제를 행함에 있어서 사사로움이 없어야 한다는 것입니다. 그런 점에서 본다면 법가의 차별성을 개혁성에서만 찾는 것은 법가의 일면만을 부각시키는 것일 수 있습니다. 법의 공개성이야말로 법가의 가장 큰 특징이라고 할 수 있습니다. 바로 이 점에서 상앙은 핵심적인 것을 놓치지 않은 뛰어난 정치가였다고 할 수 있습니다. 그리고 그는 사법 관청을 설치하고 사법 관리를 두어 존비귀천을 불문하고 법을 공정하게 적용한다는 형무등급刑無等級의 원칙을 실시했습니다. 이것은 귀족들이 누리고 있던 특권을 폐지하고 군주의 절대 권력을 뒷받침하는 것이었습니다.

다음으로 상앙은 법에 대한 신뢰와 법의 권위를 높이기 위하여 신상필벌信賞必罰과 엄벌주의嚴罰主義의 원칙을 고수했습니다. 그것은 필부필부匹夫匹婦라 하더라도 반드시 상을 내리고 고관대작이라 하더라도 반드시 벌을 내림으로써 법에 대한 신뢰를 심어주는 것이었으며, 엄벌로써 일벌백계를 삼아 불법과 법외法外를 없앤다는 원칙이었습니다. 형刑으로 형刑을 없애는 이형거형以刑去刑이 바로 그것입니다. 이러한 법가적 방식에 의해서만이 감히 법을 어길 수 없고(民不敢犯) 감히 잘못을 저지를 수 없는(民莫敢爲非) 사회, 즉 무형無刑의 사회를 이룩할 수 있는 것이라고 하였습니다.

『논어』를 읽을 때 이목지신移木之信의 일화를 이야기했습니다. 기억하리라고 생각합니다. 나무를 옮긴 사람에게 천금을 줌으로써 국가에 대한 백성들의 불신을 없앴다는 이야기를 했지요. 그 주인공이 바로 상앙입니다. 상앙에 관한 이야기를 너무 많이 했습니다만 법가 이해에 필요한 것이라고 생각합니다. 다시 『한비자』를 읽기로 하지요.

강한 나라 약한 나라

國無常强 無常弱 奉法者强 則國强 奉法者弱 則國弱　　　―「有度」

항상 강한 나라도 없고 항상 약한 나라도 없다. 법을 받드는 것이 강하면 강한 나라가 되고, 법을 받드는 것이 약하면 약한 나라가 된다.

法不阿貴 繩不撓曲 法之所加 智者弗能辭 勇者弗敢爭 刑過不避大臣 賞善不遺匹夫 故矯上之失 詰下之邪 治亂決繆 絀羨齊非 一民之軌 莫如法 屬官威民 退淫殆 止詐僞 莫如刑 刑重則不敢以貴易賤 法審則上尊而不侵 上尊而不侵則主强而守要 故先王貴之而傳之 人主釋法用私 則上下不別矣　　　―「有度」

법은 귀족을 봐주지 않는다. 먹줄이 굽지 않는 것과 같다. 법이 시행됨에 있어서 지자智者도 이유를 붙일 수 없고 용자勇者도 감히 다투지 못한다. 과오를 벌함에 있어서 대신도 피할 수 없으며, 선행을 상줌에 있어서 필부도 빠트리지 않는다. 그러므로 윗사람의 잘못을 바로잡고, 아랫사람의 속임수를 꾸짖으며, 혼란을 안정시키고 잘못을 바로잡으며, 예외를 인정하지 않고 공평하게 하여 백성들이 따라야 할 표준을 하나로 통일하는 데는 법보다 나은 것이 없다. 관리들을 독려하고 백성들을 위압하며, 음탕하고 위험한 짓을 물리치고 속임과 거짓을 방지하는 데는 형보다 나은 것이 없다. 형벌이 엄중하면 귀족이 천한 사람을 업신여기지 못하며, 법이 자세하면 임금은 존중되고 침해받는 일이 없다. 임금이 존중되고 침해받는 일이 없으면 임금의 권력이 강화되고 그 핵심을 장악하게 된다. 그러므로 옛 임금들이 이를 귀중하게 여기고 전한 것이다. 임금이 법을 버리고 사사롭게 처리하면 상하의 분별이 없어진다.

법 지상주의의 선언입니다. 법치는 먼저 귀족, 지자, 용자 등 법외자
法外者에 대한 규제로 나타납니다. 법 위에 군림하거나 법을 지키지 않
는 사회적 강자들에 대한 규제에서 시작합니다.

주周 이래로 규제 방식에는 예禮와 형刑이라는 두 가지 방식이 있었
습니다. 공경대부와 같은 귀족들은 예로 다스리고, 서민들은 형으로 다
스리는 방식이었습니다. "예는 서민들에게까지 내려가지 않고, 형은 대
부에게까지 올라가지 않는다"(禮不下庶人 刑不上大夫). 이것이 법 집행의
원칙이었습니다. 법가는 주대周代의 이러한 예와 형의 구분을 없앱니
다. 귀족을 내려 똑같이 상벌로써 다스리는 것입니다. 유가는 반대로
서민을 올려 귀족과 마찬가지로 예로써 다스리자는 주장이라 할 수 있
습니다. 법가는 유가의 이러한 방식을 현실을 외면한 백면서생白面書生
들의 주장이라고 조소하는 한편, 유가는 법가적 방식을 비열한 것이라
고 비판하는 것이지요. 어쨌든 법가는 공평무사한 법치를 주장하며 어
떠한 예외도 인정하지 않습니다.

그러나 법가의 법치 원칙은 누구를 위한 법치인가 하는 점에서 오늘
날의 민주 법제와 구별되는 것은 물론입니다. 법가의 법은 군주의 권력
을 강화하기 위한 수단으로서의 의미가 핵심입니다. 바로 이 점이 법가
비판의 출발점입니다. 그러나 오늘날 역시 군주는 아니더라도 지배 계
층이 법을 독점하고 있는 것이 현실이라고 해야 합니다. 입법과 사법을
동시에 장악하고, 금金과 권權을 동시에 장악하고 있는 현실을 부정할
수 없는 것이지요. 대부는 예로 다스리고 서민은 형으로 다스린다는 과
거의 관행이 지금도 그대로 이어지고 있다고 생각합니다.

현재 우리 사회에는 범죄와 불법 행위라는 두 개의 범죄관이 있습니다. 절도, 강도 등은 범죄 행위로 규정되고, 선거사범·경제사범·조세사범 등 상류층의 범죄는 불법 행위로 규정됩니다. 전혀 다른 두 개의 범주로 나누어져 있습니다. 소위 범죄와 불법 행위는 그것을 처리하는 방식이나 그것을 바라보는 국민들의 시각도 전혀 다릅니다. 범죄 행위에 대한 우리의 관념은 매우 가혹한 것임에 반하여, 불법 행위에 대해서는 더없이 관대합니다. 범죄 행위에 대해서는 그 인간 전체를 범죄시하여 범죄인으로 단죄하는 데 반하여, 불법 행위에 대해서는 그 사람과 그 행위를 분리하여 불법적인 행위에 대해서만 불법성을 인정하는 정도입니다. 이것은 주나라 이래의 관행이 별로 달라진 것이 없다는 것을 반증하는 역설적인 예라고 할 수 있습니다. 요컨대 법가의 법 지상주의가 인민을 위한 것이 아니라 군주를 위한 것이라는 이유만으로 그것을 폄하고 과거의 것이라고 단정하는 것은 옳은 태도라 할 수 없습니다. 그러한 태도는 우리의 현실은 물론 사회 구조에 대하여 매우 허약한 인식을 가지고 있음을 드러내는 것 이외에 아무것도 아니라는 것이지요.

나중에 설명할 기회가 있으리라고 생각되지만 군주권君主權을 강화하는 법가 이론은 나름의 논리를 바탕에 깔고 있습니다. 중앙집권적 권력구조만이 전국시대의 혼란을 해결할 수 있다는 주장이 그것이라고 할 수 있습니다. 그리고 "법의 도리는 처음에는 고생스럽지만 나중에는 오래도록 이로우며, 인仁의 도리는 처음에는 잠깐 동안 즐겁지만 뒤에 가서는 곤궁해진다"(法之爲道前苦而長利 仁之爲道偸樂而後窮)는 주장이 그렇습니다.

『한비자』「유도」편有度篇에서 천명되고 있는 이 글은 법을 가장 높은

(至上) 데에 올려놓는 법 지상주의입니다. 법이 가장 높은 것일 수 있기 위해서는 필수 요건이 있습니다. 전국시대의 법가에서도 이 점이 간과되지 않고 있는데 한비자가 주장한 법의 기본 성격을 종합해보면 첫째 법의 성문화, 둘째 전국적으로 공포된 공지법, 셋째 전국적인 법의 통일성이라는 세 가지 요건이 그것이라 할 수 있습니다. 이것은 물론 형식적 측면입니다. 그러나 형식도 매우 중요합니다. 형식주의란 형태가 일정한 그릇에 담아서 올려놓는 것입니다. 그것은 권력의 자의성을 방지하고 권력을 제도화하는 것입니다. 이러한 제도화는 군주 권력의 강화이면서 동시에 군주권의 제한이기도 합니다. 군주권의 제한이라고 하는 까닭은 법이 군주보다 높을 때 비로소 지상至上의 것이 되기 때문입니다.

이처럼 법가는 법 지상주의 사상이라고 할 수 있습니다. 이러한 법이 지상의 것이 되기 위해서는 지금까지 여러 차례 이야기했듯이 공개성, 공정성 그리고 개혁성이 갖추어져야 합니다. 이 세 가지의 내용은 법가 사상의 핵심을 이루고 있는 것으로 서로 통일되어 있는 하나의 체계라 할 수 있습니다. 따라서 복고적 사관이 아닌 변화사관에 입각하여 낡은 틀을 허물고 새로운 잠재력을 조직해내기 위해서는 이 세 가지의 내용이 동시에 추진되어야 하는 것이었으며 그만큼 단호한 권력이 요구되는 것이었습니다.

전국시대는 이러한 변화가 현실적으로 가능한 환경이었다고 할 수 있습니다. 춘추시대와 전국시대를 사회 경제적 관점에서는 시대 구분을 할 필요가 없다고 하였지만, 춘추시대와 전국시대가 정치 상황의 면에서 상당한 차이를 보이는 것 또한 사실입니다. 춘추시대 약 360년간은 중앙 정부의 권위가 무너지기는 했지만 아직도 대의명분이 남아 있는 시기입니다. 물론 보수적 거점들도 남아 있구요. 그러나 진의 통일에 이르기까지의 마지막 183년간의 전국시대는 어떠한 정신적 중심도 남아 있지 않고 오로지 약육강식의 논리가 지배하는 적나라한 시대입니다. 주周 종실宗室의 권위는 땅에 떨어지고 오로지 힘에 의한 패권의 추구만이 최고의 가치를 갖게 됩니다. 한비자의 표현처럼 대쟁지세大爭之世입니다. 춘추시대까지만 하더라도 비록 명분에 불과하지만 그래도 제후들이 인의仁義의 기치를 팽개쳐버릴 수는 없었습니다.

그러나 전국시대로 접어들면서 정도正道와 이단異端, 고도古道와 신설新說이 우후죽순처럼 각축하는 혼란의 극치를 보이게 됩니다. 빈번한 전쟁에서 패망하지 않기 위해서는 기동력 있는 기능과 구조를 갖춘 강력한 정부가 요청되게 됩니다. 정의나 명분보다는 현실적이고 구체적인 정책 대안이 요구됩니다. 치자治者는 더 이상 성인이거나 군자일 필요가 없으며 그 대신 탁월한 전문성을 지녀야만 합니다. 따라서 전국시대는 이러한 변법과 개혁에 대한 저항이 훨씬 줄어든 환경이었음은 물론입니다.

이러한 사회적 환경이 지금까지와는 다른 지식인을 요구하게 됩니다. 소위 법술지사法術之士에 대한 요구가 나타나게 되는 배경입니다. 법가의 '법'法은 오늘의 법학法學과 같은 의미가 아닙니다. 통치론, 지도자론, 조직론 등 오늘날 정치학 분야까지도 포괄하고 있는 훨씬 광범한 것이라고 할 수 있습니다. 법가는 새로운 정치 상황에 대한 새로운 대응 과정에서 형성된 학파였습니다. 천하 쟁패를 둘러싼 약육강식의 살벌한 상황에서 살아남기 위해서는 종래의 낡은 방식과 구별되는 새로운 방식을 모색하지 않을 수 없었던 것이며 그것도 광범한 변화를 요구하고 있었다고 할 수 있습니다.

임금의 두 자루 칼

明主之所導制其臣者 二柄而已矣 二柄者 刑德也
何謂刑德 曰 殺戮之謂刑 慶賞之謂德 爲人臣者畏誅罰而利慶賞
故人主自用其刑德 則群臣畏其威而歸其利矣   ―「二柄」

임금이 신하를 제어하는 방법에는 두 가지의 수단(자루)이 있을 뿐
이다. 두 가지 수단이란 형刑과 덕德이다. 형과 덕이란 무엇을 말하
는 것인가? 사람을 죽이는 것을 형이라 하고, 상을 주는 것을 덕이라
한다. 신하 된 자는 형벌을 두려워하고 상 받기를 좋아한다. 그러므
로 임금이 직접 형과 덕을 행사하게 되면 뭇 신하들은 그 위세를 두
려워하고 그 이로움에 귀의한다.

원문은 소개하지 않습니다만 위의 글은 다음과 같이 이어집니다.

그런데 세상의 간신들은 그렇지 아니하다. 자기가 미워하는 자에게
는 임금의 마음을 얻어서 즉 임금을 움직여서 죄를 덮어씌우고, 자
기가 좋아하는 자에게는 역시 임금의 마음을 얻어서 상을 준다. 상
벌이 임금으로부터 나가지 않고 신하로부터 나가면 임금을 두려워
하지 않고 신하를 두려워하는 것이다. 신하를 따르고 임금을 저버리
게 되는 것이다. 임금이 형덕을 잃은 환란이 그와 같다. …… 호랑이
가 개를 굴복시킬 수 있는 것은 발톱과 이빨이 있기 때문이다. 만약
발톱과 이빨을 개에게 내어주어 그것을 쓰게 한다면 호랑이는 반대
로 개에게 굴복당할 것이다.

체體로서의 법과 그 체의 기반 위에서 용用으로서의 술術을 활용함으로써 군주가 세勢를 확립해야 한다는 것이 한비자의 주장입니다. 법은 백성들을 다스리는 것이고, 술은 신하를 다스리는 것입니다. 법은 문서로 편찬하여 관청에 비치하고 널리 일반 백성에게 공포하는 것이며, 술은 임금의 마음속에 은밀히 숨겨두고 신하들을 통어統御하는 것입니다. 그렇기 때문에 법가를 법술지사法術之士라고 부르는 것이지요. 한비자를 법가 사상을 집대성한 사람으로 꼽는 것은 법과 술에 세를 더하여 법가 사상을 완성했기 때문입니다. 상앙의 법과 신불해申不害의 술을 종합한 한비자의 법술 사상은 이제 신도愼到의 세를 도입함으로써 절대군주제에 필요한 제왕권帝王權의 이론을 새롭게 정립했습니다. 군주에게 위세가 없으면 통치가 불가능하다는 것이 신도의 세치勢治입니다. 요堯임금이 일개 필부였다면 세 사람도 다스리지 못했을 것이며, 걸왕桀王도 군주의 위세를 누렸기 때문에 천하를 어지럽힐 수가 있었다는 것입니다. 군주는 세위勢位를 믿을 것이지 현지賢智를 믿어서는 안 된다는 것이 신도의 주장입니다. 법과 술로써 반드시 확립해야 하는 것이 군주의 세입니다.

이러한 한비자의 사상은 그것이 군주 철학이란 점에서 비판되기도 하지만, 한비자의 군주 철학은 분명한 논리를 가지고 있습니다. 그것은 강력한 중앙집권적 권력이야말로 난세를 평정하는 유일한 방법이라는 논리입니다. 춘추전국시대의 혼란이 주 왕실의 권위가 무너짐으로써 시작되었던 것과 마찬가지로, 한 국가의 혼란 역시 임금의 권위가 무너짐으로써 시작된다는 것이 한비자의 인식입니다. 임금을 정점으로 하는 정치권력을 확고히 하지 않는 한 간특한 무리들을 내쫓을 수 없으며, 칼을 차고 다니며 법을 무시하는 법외자法外者들을 제압할 수 없다는 것입니다. 혼란과 혼란으로 말미암은 인민의 고통을 해결하는 유일한 방법이 바로 강력한 중앙을 확립하는 것임을 한비자는 주장하고 있는 것입니다.

이러한 강력한 중앙 권력을 창출하기 위해서 한비자는 관료제를 주장합니다. 위의 예시문에서 보여주는 바와 같이 한비자가 상賞과 벌罰이라는 이병二柄 즉 두 자루의 칼을 놓지 말 것을 강조하는 까닭은 군주가 신하들을 효과적으로 통어하기 위해서입니다. 관료제는 군주의 1인 통치가 사실상 불가능하고 또 바람직하지도 않기 때문에 등장하는 제도입니다. 그러나 우리가 주목해야 하는 것은 관료제란 사사로운 통치 방식을 지양하는, 이를테면 제도와 조직을 통한 통치 방식이라는 사실입니다. 법가의 법치 부분이 구현된 것이라 할 수 있습니다. 한비자는 관료의 임명, 직책과 직권, 승진, 포상, 겸직兼職 등에 관한 엄격한 원칙을 제시하고 있습니다. 관료 제도가 분업화와 전문화를 통하여 효율성을 극대화할 수 있도록 매우 치밀한 지침을 제시하고 있습니다. 그리고 관료들을 통어함에 있어서 군주 개인의 감정과 편견을 배제하고 오로지 그 명名으로써 그 실實을 독책督責할 것을 주장합니다. 이른바 형명참동刑名參同의 이론입니다.

놀라운 것은 『한비자』에서 주장하고 있는 여러 개념이 이렇듯 서로 긴밀하게 통일되어 있다는 사실입니다. 바로 그 중심에 시종일관 강력한 중앙집권적 권력 형태가 자리 잡고 있음을 간과해서는 안 됩니다. 춘추전국시대가 법가에 의해 통일되고 이 과정에서 형성된 중앙집권적 전제군주 국가라는 권력 형태는 진秦을 거쳐 한漢으로 이어지고 다시 역대 왕조를 거쳐 20세기 초 신해혁명 때까지 이어짐으로써 2천 년 이상 지속되어왔다고 할 수 있습니다.

나라의 쇠망을 알려주는 일곱 가지 징표

다음 예시문은 「망징」편亡徵篇에 있는 구절입니다. 나라가 망하는 일곱 가지 징후에 대하여 이야기하고 있습니다. 오늘날의 현실과 비교하는 것도 의미 있다고 하겠습니다.

凡人主之國小而家大 權輕而臣重者 可亡也 簡法禁而務謀慮 荒封內而恃交援者 可亡也 群臣爲學 門子好辯 商賈外積 小民右仗者 可亡也 好宮室臺榭陂池 事車服器玩好 罷露百姓 煎靡貨財者 可亡也 用時日 事鬼神 信卜筮而好祭祀者 可亡也 聽以爵不待參驗 用一人爲門戶者 可亡也　　ー「亡徵」

나라는 작은데 대부의 영지는 크고, 임금의 권세는 가벼운데 신하의 세도가 심하면 나라는 망한다. 법령을 완비하지 않고 지모와 꾀로써 일을 처리하거나, 나라를 황폐한 채로 버려두고 동맹국의 도움만 믿고 있으면 망한다. 신하들이 공리공담을 좇고, 대부의 자제들이 변론을 일삼으며, 상인들이 그 재물을 다른 나라에 쌓아놓고, 백성들이 곤궁하면 나라는 망한다. 궁전과 누각과 정원을 꾸미고, 수레·의복·가구 들을 호사스럽게 하며, 백성들을 피폐하게 하고 재화를 낭비하면 나라는 망한다. 날짜를 받아 귀신을 섬기고, 점괘를 믿으며 제사를 좋아하면 나라는 망한다. 높은 벼슬자리에 있는 사람의 말만 따르고 많은 사람들의 말에 귀 기울이지 않으며 한 사람만을 요직에 앉히면 나라는 망한다.

어떻습니까? 이 「망징」편에는 오늘날 우리의 현실을 역조명할 수 있는 대목이 많습니다. 나라는 작은데 대부의 영지가 크다는 것은 공권력을 무시하는 권력 집단이 많다는 뜻입니다. 권력 집단이 어떤 분야의 어떠한 집단들인가는 여러분이 잘 알고 있습니다. 대부의 영지가 크다는 것은 국가는 채무가 많고 기업이나 개인에게는 돈이 많은 것이라 할 수 있습니다. 기업 특히 금융 부문의 채무를 공적 자금으로 갚고 있는 것도 그러한 예라고 할 수 있지요. 나라를 황폐하게 내버려두고 동맹국의 도움만 믿고 있으면 망한다는 구절은 우리나라의 비주체적이고 비자립적인 구조를 지적하는 것이 아닐 수 없습니다.

상인들이 그 재물을 다른 나라에 쌓아놓고 백성들이 곤궁하게 되면 나라가 망한다는 구절을 여러분은 어떻게 생각합니까? 세계화 시대에 역행하는 주장이라고 생각합니까? 소위 개발 독재 기간 동안 기업은 국가로부터 엄청난 특혜를 받았고 국민들은 비싸고 질이 좋지 않은 국산품을 참고 구입했습니다. 그러한 특혜와 희생으로 형성된 자본이 떠나갑니다. 한비자가 이야기하는, 재물을 다른 나라에 쌓아놓는 것이지요. 자본의 불법 유출은 물론이고 국제 경쟁력을 이유로 이루어지고 있는 해외 투자도 그런 것이 아닐 수 없습니다.

문제는 세계화 논리로 말미암아 우리에게는 실물적 관점이 없어졌다는 사실입니다. 우리나라에 투자된 외국 자본은 우리 자본이라는 논리가 그 전형입니다. 그러한 논리라면 해외에 투자된 자본은 우리 자본이 아닌 것이지요. 둘 중 하나는 포기해야 하는 것이 옳지요. 우리 자본이든 외국 자본이든 자본은 결국 우리 편이 아닌 것이지요. 실물적 관점이 중요하다는 까닭이 여기에 있는 것입니다. 앞으로 대부분의 제조업은 해외로 이전되고 제조업의 국내 기반은 공동화될 것입니다. 국제 금융자본이 국내로 유입된다고 하더라도 이 국제 금융자본이 투기 목적의 단기자본이라면 그것은 한시적일 수밖에 없습니다. 그런 점에서 한국 자본주의는 산업자본과 금융자본 모두 토대가 없어지는 것이지요. 재물을 다른 나라에 쌓는 일은 2500년 전이나 지금이나 그 경제적 의미가 다른 것일 수가 없는 것이지요.

탁과 발, 책과 현실

鄭人有且置履者 先自度其足 而置之其座 至之市 而忘操之 已得履
乃曰 吾忘持度 反歸取之 及反市罷 遂不得履 人曰 何不試之以足 曰
寧信度 無自信也   ―「外儲說左 上」

정나라에 차치리라는 사람이 있었다. 자기의 발을 본뜨고 그것(度)을 그 자리에 두었다. 시장에 갈 때 탁度을 가지고 가는 것을 잊었다. (시장의 신발 가게에 와서) 신발을 손에 들고는 탁을 가지고 오는 것을 깜박 잊었구나 하고 탁을 가지러 (집으로) 돌아갔다. 그리하여 다시 시장에 왔을 때는 장은 이미 파하고 신발은 살 수 없었다. (그 사정을 듣고) 사람들이 말했다. "어째서 발로 신어보지 않았소?" (차치리의 답변은) "탁은 믿을 수 있지만 내 발은 믿을 수 없지요."

시장에 신발 사러 간 사람이 발의 본을 뜬 탁을 가지러 다시 집으로 돌아가는 이야기입니다. 탁을 가지러 구태여 집까지 갈 필요가 없음은 말할 필요가 없지요. 탁을 가지러 집까지 가는 것도 우스운 이야기입니다만 위 예시문의 핵심은 사람들의 반문에 대한 차치리의 답변에 있습니다. 직접 신어보고 신발을 고르면 되지 않느냐는 사람들의 말에 대한 차치리의 대답이 매우 엉뚱합니다. 탁은 믿을지언정 내 발은 믿을 수 없다는 것이지요.

이 글은 기회가 있을 때마다 소개하는 구절입니다. 나로서는 나 자신을 스스로 경계하는 뜻으로 읽고 있습니다. 여러분도 차치리가 참 어리석고 우습다고 생각하지요? 내가 이 글을 처음 읽었을 때 나는 웃지 않았어요. 나는 내가 바로 탁을 가지러 집으로 가는 사람이라는 걸 곧바로 깨달았어요. 매우 충격적이었습니다. 여러분도 탁을 가지러 집으로 가는 사람이기는 마찬가지라고 생각합니다. 탁이란 책입니다. 리포트를 작성하기 위해서 여러분은 탁을 가지러 갑니다. 현실을 본뜬 탁을 가지러 도서관으로 가거나 인터넷을 뒤지는 것이지요. 현실을 보기보다는 그 현실을 본뜬 책을 더 신뢰하는 것이지요. 발을 현실이라고 한다면 여러분도 발로 신어보고 신을 사는 사람이 못 되는 것이지요.

이것은 물론 제자백가의 공리공담空理空談을 풍자하는 글입니다. 학문이나 이론의 비현실성과 관념성에 대한 비판입니다. 이는 오늘날의 학문적 풍토에 대해서도 따가운 일침이 아닐 수 없습니다. 송나라 사람 예열兒說에 관한 이야기도 같은 뜻입니다. 내용은 다음과 같습니다.

송나라 사람 예열은 대단한 능변가로서 흰 말은 말이 아니라(白馬非馬)는 변론으로 직하稷下의 변자辯者들을 꺾었다. 그러나 그가 흰 말을 타고 관문을 지날 때 말의 통행세를 물지 않을 수 없었다.

나라를 어지럽히는 다섯 가지 부류

藏書策 習談論 聚徒役 服文學而議說

世主必從而禮之 曰 敬賢士 先王之道也

夫吏之所稅 耕者也 而上之所養 學士也

耕者則重稅 學士則多賞 而索民之疾作而少言談 不可得也

立節參民 執操不侵 怨言過於耳 必隨之以劍

世主必從而禮之 以爲自好之士

夫斬首之勞不賞 而家鬪之勇尊顯

而索民之疾戰距敵而無私鬪 不可得也　　　─「顯學」

서적을 쌓아놓고 변론을 일삼으며 제자를 모아놓고 학문을 닦고 논설을 펴면, 임금은 반드시 이들을 예우하여 말하기를, 어진 선비를 존경하는 것은 선왕의 도라고 한다. 무릇 관리가 세금을 거두는 것은 농민들로부터이고, 임금이 세금으로 기르는 것은 학사學士들이다. 농민은 무거운 세금을 내고 학사는 많은 상을 받는다. (이렇게 하고서도) 백성들로 하여금 열심히 일하고 언담言談을 삼가라고 요구한다는 것은 있을 수 없는 일이다. 의리義理를 내세워 도당을 모으고 지조志操를 내세워 (조금도) 침해받지 않으려 하며 듣기 싫은 말이 귓전을 스치면 반드시 칼을 들고 따라가 해치는 무리들에 대하여, 임금은 반드시 이들을 예우하여 말하기를 명예를 중히 여기는 선비라고 한다. 무릇 (전장에서 목숨을 걸고) 적의 머리를 벤 병사는 상을 받지 못하고 사사로운 싸움을 한 자는 대접받는다. (이렇게 하고서도) 백성들로 하여금 목숨을 바쳐 전쟁터에서 적을 막고, 사사로운 싸움을 하지 말 것을 요구한다는 것은 있을 수 없는 일이다.

이 구절에서 비판의 대상이 되고 있는 것은 유가儒家와 협객俠客입니다. 유가의 비현실적 공리공담과 협객의 불법을 비판하고 있습니다. 유가의 변설은 임금의 총명을 흐리게 하고 협객의 불법적 행위는 법 질서를 어지럽게 하는 것입니다. 법가로서는 마땅히 엄금해야 할 일입니다.

한비자는 나라를 어지럽히는 다섯 가지의 부류를 '오두지류'五蠹之類라 했습니다. 참고로 소개합니다. 두蠹란 큰 벌레를 뜻합니다. 첫째가 학자입니다. 이유는 선왕의 도道를 빙자하고 인의仁義를 빙자하며, 용모와 의복을 꾸며서 변설을 그럴듯하게 하며 법을 의심하게 하고 임금의 마음을 흐리게 합니다. 둘째가 언담자言談者로서 세객說客입니다. 거짓으로 외력을 빌려 사복을 채운다는 것입니다. 셋째는 대검자帶劍者로서 위 예시문의 협객입니다. 국법을 범하기 때문입니다. 네번째는 근어자近御者로서 임금의 측근입니다. 뇌물로 축재하며 권세가들의 청만 들어주고, 수고하는 사람들의 노고는 거들떠보지도 않는다는 것입니다. 마지막 다섯번째는 상공지민商工之民을 들고 있습니다. 비뚤어진 그릇을 만들어, 즉 사치품을 만들어 농부의 이익을 앗아간다는 것이 그 이유입니다.

교사巧詐는 졸성拙誠보다 못한 법

子圉見孔子於商太宰
孔子出 子圉入 請問客 太宰曰
吾已見孔子 則視子猶蚤蝨之細者也 吾今見之於君

子圉恐孔子貴於君也 因謂太宰曰
君已見孔子 亦將視子猶蚤蝨也 太宰因弗復見也　　　―「說林 上」

자어가 상商나라 재상에게 공자를 소개했다. 공자가 (재상을 만나고) 나오자 자어가 들어가서 (재상에게) 공자를 만나본 소감을 물었다. 재상이 말하기를 "내가 공자를 보고 나니 자네가 마치 벼룩이나 이처럼 하찮게 보이네그려. 나는 공자를 임금께 소개해드리려고 하네." 자어는 공자가 임금에게 귀하게 여겨질까 두려워서 재상에게 말했다. "임금께서 공자를 보시고 나면 장차 임금께서 재상님을 벼룩이나 이처럼 여길 것입니다." 그러자 재상은 다시는 (공자를 임금께) 소개하지 않았다.

이 이야기는 인人의 장막帳幕에 관한 이야기입니다. 임금이 어진 사람을 만날 수 없도록 하는 측근들의 이해관계에 대하여 이야기하는 것입니다. 한비자는 군신 관계는 이해관계에 있어서 서로 대립적이라고 파악합니다. 신하는 어떻게 해서든지 군주를 속이고 사사로운 이익을 추구하며 무사안일을 추구하고 복지부동한다는 것이지요. 반대로 군주는 이들 신하들을 철저히 독책督責할 것을 강조하고 있습니다. 신하가 군주의 이목을 가리는 것(臣閉其主), 신하가 국가의 재정을 장악하는 것(臣制財利), 군주의 승인 없이 신하가 마음대로 명령을 내리는 것(臣擅行令), 신하가 사람들에게 사사로운 은혜를 베푸는 것(臣得行義), 신하가 파당을 조직하여 군주를 고립시키는 것(臣得樹人) 등 신하가 군주를 가리는 일이 거듭되면 군주가 고립되고 실권失權하는 것은 물론이며 급기야 국가가 찬탈당하게 된다고 경계하고 있습니다.

『한비자』에는 법가 사상에 관한 내용뿐만 아니라 세사世事와 인정人情을 꿰뚫는 많은 일화가 소개되고 있습니다. 여러분도 이러한 이야기를 읽게 되면 한비자에 대한 인식이 많이 달라질 수 있으리라고 생각합니다. 최소한 냉혹한 마키아벨리는 아니라는 심증을 갖게 될 것입니다. 한 사람의 사상가를 이해함에 있어서 그의 인간적 면모에 주목한다는 것에 대하여 부정적인 견해를 갖는 사람들이 많습니다. 그러나 나는 그 인간을 알지 못하면 그 사상을 알 수 없다고 생각합니다. 사람과 사상은 서로 분리될 수 없는 것이지요. 사상과 시대, 사상과 사회가 분리될 수 없는 것도 같습니다. 그것의 분리가 바로 관념화의 과정이고 물신화의 과정입니다. 더구나 법가 이론은 한비자의 인간적 면모를 심하게 왜곡합니다. 한비자의 인간적 면모를 읽을 수 있는 이야기 한두 가지만 소개하기로 하겠습니다.

악양樂羊이라는 위魏나라 장수가 중산국中山國을 공격했습니다. 때마침 악양의 아들이 중산국에 있었습니다. 중산국 왕이 그 아들을 인질로 삼아 공격을 멈출 것을 요구했으나 응하지 않았습니다. 중산국 왕은 드디어 그 아들을 죽여 국을 끓여 악양에게 보냈습니다. 악양은 태연히 그 국을 먹었습니다. 위나라 임금이 도사찬堵師贊에게 악양을 칭찬하여 말했습니다. "악양은 나 때문에 자식의 고기를 먹었다." 도사찬이 대답했습니다. "자기 자식의 고기를 먹는 사람이 누구인들 먹지 않겠습니까?" 악양이 중산에서 돌아오자 위나라 임금 문후文侯는 그의 공로에 대하여 상은 내렸지만 그의 마음은 의심했다고 하는 이야기입니다. 유명한 '악양식자'樂羊食子 이야기입니다.

악양식자와 반대되는 이야기도 하나 소개하겠습니다.

노魯나라 삼환三桓의 한 사람인 맹손孟孫이 사냥을 나가 사슴 새끼 한 마리를 잡았습니다. 잡은 사슴 새끼를 신하인 진서파秦西巴를 시켜 실고 돌아가게 했습니다. 그런데 어미 사슴이 따라오면서 울었습니다. 진서 파는 참을 수 없어서 새끼를 놓아주었습니다. 맹손이 돌아와서 사슴 새 끼를 찾았습니다. 진서파가 대답했습니다. "울면서 따라오는 어미를 차마 볼 수 없어서 놓아주었습니다." 맹손이 크게 노하여 그를 내쫓아버렸습니다. 석 달 뒤에 맹손은 다시 진서파를 불러 자기 아들의 스승으로 삼았습니다. 그러자 맹손의 마부가 물었습니다. "전에는 죄를 물어 내치시더니 지금 다시 그를 불러 아드님의 사부로 삼으시니 어쩐 까닭이십니까?" 맹손의 답변이 다음과 같습니다. "사슴 새끼의 아픔도 참지 못하거늘 하물며 내 아들의 아픔을 참을 수 있겠느냐?"

이 이야기에 대해서 한비자는 다음과 같이 이야기했습니다.

악양은 공로를 세웠음에도 불구하고 의심을 받고, 진서파는 죄를 지었음에도 불구하고 더욱 신임을 받았다. 교묘한 속임수는 졸렬한 진실만 못한 법이다. (巧詐不如拙誠)

교사巧詐가 졸성拙誠보다 못하다는 이 말의 뜻을 나는 세상 사람들 중에 자기보다 못한 사람은 없다는 의미로 읽고 있습니다. 아무리 교묘하게 꾸미더라도 결국 본색이 드러나게 마련입니다. 거짓으로 꾸미는 사람은 다른 사람이 자기보다 지혜롭지 못하다고 생각하는 사람인 것이지요. 나는 『한비자』의 이 한 구절만으로도 한비자는 매우 정직하고 우직한 사람이라는 믿음을 갖게 됩니다. 그 문장은 뛰어났지만 말은 더듬었다는 기록도 그것을 뒷받침해줍니다. 동문수학한 이사의 속임수에 빠져서 죽임을 당한 것만 보아도 그가 펼친 이론과는 반대로 한비자는 오히려 우직한 졸성의 사람이라고 하지 않을 수 없습니다.

「문전」편問田篇에 다음과 같은 이야기가 있습니다. 당계공堂谿公이 한비자에게 충고합니다.

"오기吳起와 상앙商鞅 두 사람은 그 언설이 옳고 그 공로 또한 대단히 컸음에도 불구하고 결국 오기는 사지가 찢겨 죽었고 상앙은 수레에 매여 찢겨져 죽었습니다. 지금 선생이 몸을 온전히 하고 이름을 보전하는 길을 버리고 위태로운 길을 걷고 있는 것이 걱정됩니다."

이 충고에 대한 한비자의 대답이 그의 인간적 면모를 엿보게 합니다. 동시에 법가 사상의 진실에 대해 다시 생각하게 합니다. 한비자의 답변은 그 요지가 다음과 같습니다.

"제가 선왕의 가르침을 버리고 (위험하게도) 법술을 세우고 법도를 만들고자 하는 까닭은 이것이 백성들을 이롭게 하고 모든 사람들을 편안하게 하는 것이기 때문입니다. 어지럽고 몽매한 임금(亂主暗上)의 박해를 꺼리지 않고 백성들의 이익을 생각하는 것이 바로 지혜로운 처신이라고 생각합니다. 제 한 몸의 화복禍福을 생각하여 백성들의 이익을 돌보지 않는 것은 탐욕스럽고 천박한 행동입니다. 선생께서 저를 사랑하여 하시는 말씀이지만 실제로 그것은 저를 크게 상하게 하는 것입니다."

그림이든 노래든 글이든 그것이 어떠한 것이든 결정적인 것은 인간의 진실이 담겨 있어야 한다고 생각합니다. 인간의 혼이 담겨 있어야 한다고 생각합니다. 한비자의 이러한 인간적 면모가 적어도 내게는 법가를 새롭게 이해하는 데 매우 큰 영향을 끼쳤다고 할 수 있습니다.

법가를 위한 변명

법가에 대한 비판으로 가장 먼저 제기되는 것이 법가는 전국시대의 군주 철학이라는 주장입니다. 애민愛民 사상이 아니라 군주의 권력을 중심에 두는 충군忠君 사상이라는 것입니다. 비민주적 사상이라는 것이지요. 그리고 이러한 비민주적 성격뿐만 아니라 현실적인 면에 있어서도 군주 권력에 과도한 무게를 두었기 때문에 시스템으로서의 관료 제도를 실패로 이끌었다는 것이지요. 관료의 역할과 임무를 최소화함으로써 본래의 의도와는 달리 결과적으로 관료제의 효율성을 살려내지 못했다는 것이지요.

다음으로는 법가의 현실성에 대한 비판입니다. 법가는 변화된 현실을 인정하고 당대의 사회적 과제에 대한 새로운 대응 방식을 발 빠르게 모색했다는 점에서 다른 학파들과 분명한 차이를 보이고 있지만, 법가가 추구한 부국강병의 방책方策에는 민부民富의 기초가 없다는 것이지요. 부강富强의 물적 토대가 허약하다는 것이지요. 이러한 한계가 비록 천하 통일이라는 현실적 과업을 달성했음에도 불구하고 법가가 추구한 현실성이 한대漢代 이후 유가의 현실성에 그 지위를 넘겨주는 역설을 낳았다는 것이지요. 결국 법가의 현실성은 단기적 현실성이었다는 것입니다.

이러한 법가 비판에 대하여 우리는 신중할 필요가 있습니다. 우리는 지금까지 여러 사상가들에 관하여 함께 읽는 동안 그 사상의 장단점을 지적하는 것을 최대한으로 자제해왔습니다. 왜냐하면 어떠한 사상이라 하더라도 그것은 전체 역사의 도도한 흐름을 구성하는 일부분에 지나지 않기 때문입니다. 앞에서 진한秦漢을 하나의 역사로 바라보는 것이 필요하다는 이야기를 했습니다. 진秦과 법가는 전국시대의 혼란을 통일하는 과정으로서, 그리고 한漢과 유가는 중앙집권적 전제군주국의 통치과정으로서 이해하는 것이 필요하다는 이야기였지요. 진과 한은 각각 창업創業과 수성守城이라는 그 역사적 임무가 다르다고 할 수 있다는 것이지요. 따라서 어떠한 사상 체계라 하더라도 그것을 전체 과정의 일환으로 이해하고 그 과정에서 차지하는 위상을 묻고, 결코 그 이상의 의미를 부여하지 않는 것이 필요하다고 생각합니다.

법가의 장단점과 한계를 지적하는 것은 물론이며, 법가의 특징을 규명하는 것이 법가의 개별화로 이어지지 않도록 하는 노력이 필요한 것이지요. 개별적 가치나 배타적 성격에 탐닉하는 것은 기본적으로 관념론적 신조입니다. 다른 것과의 연관 즉 관계론에 대한 혐오를 바탕에 깔고 있는 것이지요. 모든 사상이 갖는 한계란 실상 완성된 체계에 도달할 수 있는 조건이 역사적으로 제약되고 있기 때문에 나타나는 것이지요. 바꾸어 말하자면 절대적 진리에 이르지 못하고 언제나 상대적 진리에 머무를 수밖에 없다는 역사적 제약의 다른 표현이라고 해야 옳습니다.

법가는 물론이며 우리가 지금까지 함께 읽은 모든 사상 체계에 대해서도 똑같이 이야기할 수 있는 것입니다. 모든 사상은 다른 모든 사상과 관련되어 있으며 파란만장한 역사적 전개 과정의 일환으로 출몰하는 것이라는 인식이 필요합니다. 그리고 더욱 중요한 것은 어떠한 철학체계라 하더라도 그것이 우리의 인식을 제약해서는 안 되는 것이지요. 그런 점에서 모든 사상은 기본적으로 기존의 관념으로부터 우리를 해방시키는 것이어야 하며, 궁극적으로는 개념적 인식으로부터 우리를 해방시키는 것이어야 한다는 점을 잊지 않는 것이 필요합니다.

법가적 대응 양식 역시 당시 수많은 부국강병책의 하나였음은 물론입니다. 부국강병은 그 목표가 천하 통일이었던 것도 사실입니다. 그리고 천하 통일은 궁극적으로는 전국시대라는 대쟁지세大爭之世를 지양하는 것을 목표로 하였습니다. 이 점에 있어서는 모든 제자백가가 크게 다르지 않습니다. 다만 법가의 경우 부국강병의 구체적 모델이 전제군주를 중심으로 한 강력한 중앙집권적 관료 국가라는 것이 특징입니다. 중앙집권적 관료 국가가 전국시대의 혼란을 평정하고 혼란의 재발을 막는 데 가장 적합하다는 것이 법가의 인식입니다. 이러한 점을 고려한다면 법가 사상을 군주 철학에 한정하는 것은 옳지 않다는 것이지요. 틀린 것은 아니지만 부분을 확대하는 것이지요.

우리가 법가 사상에서 적극적 의미로 읽어야 하는 것은 개혁성과 법치주의입니다. 이것은 다른 사상에 비하여 분명한 차별성을 갖는 법가의 특징입니다. 법가의 개혁성은 구사회의 종법 구조가 이완되고 보수적 저항성이 약화됨으로써 형성된 새로운 공간을 충분히 향유하였습니다. 이 새로운 공간은 일차적으로 과거의 관념적 제약에서 벗어나게 해주었습니다. 미래사관과 변화사관이 그것입니다. 법가의 개혁성은 이과거의 구조가 해체되고 새로운 구조를 모색하는 과정에서 구성되는 개념입니다. 법치주의는 이러한 개혁성을 뒷받침하는 제도적 장치라고할 수 있습니다. 법가의 법치주의는 먼저 성문법의 제정과 신상필벌 원칙으로 구체화되었습니다. 이것은 그 자체로서 대단한 발전입니다. 군주의 자의적 폭력에 대한 제도적 규제이기 때문입니다. 또한 그것은 사회적 예측 가능성이기도 합니다.

그리고 이러한 법치주의의 가장 발전된 형태가 관료제입니다. 관료제도는 시스템에 의한 통치이기 때문입니다. 이 관료제에 대한 규제 방식으로서의 군주의 술術이 비판의 대상이 되고 있습니다. 바로 이 술치術治 때문에 법가가 권모술수의 학學이라는 부정적인 이미지를 갖게 되는 것도 사실입니다. 우리는 이 부분에서 결론을 내리는 데 신중해야 합니다. 그것은 춘추전국시대라는 시대적 성격과 관련된 것입니다. 춘추전국시대란 무도한 시대이며 혼란의 극치를 보이는 시대입니다. 임금을 죽인 것이 36번, 나라를 멸망시킨 것이 52번이었습니다. 이러한 하극상과 혼란이 재발되는 것을 방지하기 위해 법가가 선택한 방법이 바로 관료에 대한 견제입니다. 왜냐하면 당시의 관료는 언제든지 제후나 대부의 지위로 바뀔 수 있었기 때문입니다. 관료들의 이반離叛을 통제하고 견제하지 못하는 한 전기前期의 모순과 혼란이 반복되지 않을 수 없다는 인식이 깔려 있는 것입니다. 군주의 술치는 군주의 은밀하고 부정적인 권력이라기보다는 관료제라는 새로운 제도의 작동 원리로 이해해도 좋을 것입니다. 법가를 다시 읽는 우리가 결코 놓쳐서는 안 되는 것이 바로 이러한 점들이라고 할 수 있습니다. 개혁성과 법치주의 그리고 더욱 중요한 것은 이러한 원리를 제도화하려는 시도였다고 할 수 있습니다.

천하 통일과 이사

마지막으로 이사李斯에 관한 이야기를 덧붙이는 것으로 법가를 끝내려고 합니다. 이사는 한비자를 이야기하기에도 좋고 또 그가 진시황의 모신謀臣이었기 때문에 천하 통일의 성격을 이해하는 데도 도움이 될 수 있습니다.

　이사의 헌책獻策으로 한비자를 진나라로 불러들였다는 이야기를 앞에서 했지요. 한비자를 직접 만나본 진왕이 한동안 망설였다고 합니다. 아마 한비자의 언변이 매우 서툴렀기 때문일 것입니다. 이 한동안의 망설임이 한비자에게는 결정적이었습니다. 이사는 이 틈을 놓치지 않고 한비자를 죽이자는 진언을 합니다.

　"한비자는 한나라의 공자公子입니다. 그를 중하게 쓰면 진나라를 위하여 진심으로 진력하지 않을 것이며, 그를 그대로 돌려보낸다면 장래의 화근이 될 것입니다. 이 기회에 죄를 물어 없애는 것만 못합니다."

　이사의 진언에도 불구하고 한비자의 역량을 아까워한 진왕은 다시 한동안 망설이게 됩니다. 한비자를 일단 옥에 가두었습니다. 이사는 틈을 주지 않고 옥중에 독약을 보내 자살을 강요했습니다. 그것이 진왕의 뜻이 아님을 안 한비자가 진왕을 만나 해명할 수 있는 기회를 얻으려고 했지만 허락되지 않았음은 물론입니다. 한비자를 옥에 가두기는 했지만 그 직후 진왕은 마음이 변하여 한비자를 사면하려고 옥중에 사람을 보냈습니다. 그러나 그때는 이미 한비자의 목숨이 끊긴 후였습니다. 결과적으로 진왕은 신하들을 다루는 술치에 있어서 실패했다고 비판되기도 하지요.

　그러나 또 한편 생각해보면 한비자에 대한 진왕의 신뢰가 부족했던 것이 근본적인 원인이라고 해야 할 것입니다. 특히 이사를 중심으로 한 천하 통일 정책에 있어서 일사불란한 통일성과 적극성을 담보하는 데 한비자가 오히려 걸림돌이 될 수 있다고 판단했을 수도 있는 것이지요. 다만 모든 악역을 이사가 맡았을 따름이라는 것이지요. 한비자가 죽고 3년 후에 한韓이 멸망하고 한이 멸망한 10년 후에 진이 천하를 통일하게 됩니다. 전하는 이야기가 너무 극적이어서 신뢰감이 떨어지기는 합니다만 우리에게는 언제나 극적 구조에 대한 갈증이 있는 것이지요. 권모술수의 대가인 한비자가 권모술수의 희생자가 되었던 이야기도 역설적이 아닐 수 없으며, 특히 경쟁 상대를 제거하기 위하여 동문수학의 우정을 미련 없이 던져버리는 이사의 비정함을 통하여 전국시대의 사람을 다시 한 번 실감하게 됩니다.

이사는 기원전 221년, 진왕秦王 정政을 보좌하여 천하 통일의 대업을 달성하고 모든 권력을 군주에게 집중시키는 중앙집권적 관료 국가의 기틀을 만들어 나갑니다. 그때까지의 사회 구조였던 봉건적 지방분권제도를 청산합니다. 군현제郡縣制를 실시하고, 법령을 새로 개정했으며, 도량형과 문자를 통일합니다. '분서갱유'焚書坑儒를 통해 사상의 통일을 꾀했던 일도 이사의 주도하에 이루어집니다. 대부분의 대신들은 봉건제를 시행할 것을 건의했지만, 이사는 주나라의 봉건제를 폐지하고 군현제를 실시할 것을 강력하게 주장했습니다. 이사는 봉건제에 대하여 철저하게 반대합니다. 비록 왕자나 동족을 제후로 봉하더라도 대를 거듭할수록 혈연이 멀어져 결국은 이반하게 되는 것이 역사의 교훈이라는 것입니다. 전국을 36개의 군郡으로 나누어 군에는 군수郡守·군위郡尉·군감郡監을 두고, 군 아래에 현縣을 두어 현령·현위·현승縣丞을 임명하여 민정民政·군사軍事·감찰監察의 3권을 분담하게 했습니다. 치밀한 제도적 개혁입니다. 이들 지방장관들은 모두 중앙 정부의 통치자인 황제에 의하여 임면되도록 함으로써 황제의 명령은 중국 전역에 신속하게 하달되었습니다. 군현제를 통한 중앙집권 체제의 확립은 중국의 정치 제도에서 획기적인 의미를 갖게 되었습니다. 이 시기에 만들어진 국가 체제가 1911년 신해혁명 때까지 이어진다는 이야기를 했습니다.

그야말로 초안정 시스템이 아닐 수 없습니다.

　진의 통일과 이사를 이야기하면서 빠트릴 수 없는 것이 방금 언급한 분서갱유입니다. 통일 직후 강력하게 추진되는 중앙집권적 개혁 과정에서 목소리를 낼 수 없었던 사람들이 시간이 흐름에 따라 차츰 봉건제 복원을 주장하기에 이릅니다. 이러한 반동적 움직임에 대하여 강력한 대응이 필요하다는 것이 이사의 믿음이었습니다. 그대로 방치하면 걷잡을 수 없는 혼란이 일어난다는 것이었습니다.

　분서갱유는 세계에서 유례를 찾아볼 수 없는 야만적인 처사라고 비판되고 있습니다. 그러나 『사기』에 이사가 진언한 분서焚書 관련 내용을 보면, 책을 불사르되 첫째로 박사관博士官이 주관하는 서적은 제외했습니다. 그리고 의약醫藥 점복占卜 종수種樹 등 과학 기술 서적도 제외했습니다. 사관에게 명하여 진秦의 전적典籍이 아닌 것은 태우고, 민간에서 소유하고 있는 책을 거두어 태우게 해야 한다는 것이었습니다. 정작 대규모의 분서는 항우가 함양궁을 불사를 때 일어났다고 하는 견해도 없지 않습니다. 당시에는 관부官府 소유의 서적이 서적의 대부분을 차지하고 있었기 때문이지요.

　그리고 중요한 것은 분서의 규모가 아니라 분서의 이유입니다. 이사의 건의에는 다음과 같은 분서의 이유가 언급되고 있습니다. 첫째 지금의 것은 배우지 않고 옛것만 배워 당세當世를 비난하고 백성들을 미혹시킨다는 것입니다. 그리고 들어와서는 군주에게 자신을 과시하고, 나가서는 백성들을 거느리고 비방하기 때문이었습니다. 따라서 저잣거리에서 시서詩書를 이야기하거나 옛것으로 지금을 비난하는 자를 모두 멸족시킬 것을 명하고 있습니다. 봉건제를 복구하려는 구사회의 저항이 완고했음을 시사하고 있습니다. 이사에게 있어서 분서갱유는 이러한 반혁명의 싹을 자르는 것이었다고 할 수 있습니다.

그리고 갱유坑儒에 관한 것입니다만 여기에 대해서도 다른 견해가 많습니다. 우선 땅에 묻힌 사람의 숫자가 460명이라는 것입니다. 당시로서는 별로 많은 숫자가 아니라는 것이지요. 더 중요한 것은 갱유의 발단이 된 것은 불사약을 구하던 방술사方術士인 노생盧生과 후생侯生이 도망한 사건이었습니다. 진시황이 갱유의 영을 내린 이유는 그들이 "나를 비방하고 나의 부덕不德을 가중시키고 있다"는 것이었습니다. 그래서 어사御使를 시켜 요괴한 말로 백성들을 미혹케 하는 자들을 조사하게 하자 서로 고발하여 법령을 어긴 자가 460명이었는데, 이들에게 사형을 언도하고 함양에 생매장함으로써 천하에 알려 후세 사람들을 경계하였다고 되어 있습니다. 따라서 반드시 유학자였다고 주장할 수 있는 근거가 없습니다. 분서갱유라는 표현도 한漢나라 유학자들에 의하여 처음으로 사용되었다는 것이지요.

이사와 한비자의 인생을 일별하면서 갖게 되는 감회는 역사란 참으로 장대한 드라마라는 새삼스러운 깨달음입니다. 한비자는 스스로 권모술수의 희생자가 되어 비운의 생을 끝마칩니다. 마찬가지로 이사 역시 기원전 208년(2세 황제 2년) 7월 함양의 거리에서 자신이 제정한 법령에 의해 허리를 잘리는 형벌을 받고 죽게 됩니다. 진나라 최대의 공신이었던 이사는 법가적 단호함과 공평무사함을 지키지 못했기 때문에 간신 조고趙高에게 이용당하고 결국 비명에 가고 맙니다. 『사기』「이사열전」李斯列傳에서는 이사에 대하여 그 공적이 주공周公에 비견할 만함에도 불구하고 주살誅殺을 면치 못했다고 하였습니다. 그 결정적 과오는 역시 윗사람의 의중을 당자보다 먼저 헤아려 영합하기에 급급했고 스스로 공명정대한 원칙을 견지하지 못했기 때문이라고 적고 있습니다. 간신 조고의 사설邪說에 부화附和하여 적장자嫡長子인 부소扶蘇를 폐하고 서자인 호해胡亥를 옹립한 것은 정도正道를 배반한 것이 아닐 수 없습니다. 그것은 그가 표방한 법가의 공명함과 공평함을 스스로 허무는 것이었으며 그것이 바로 비극이고 아이러니가 아닐 수 없습니다.

강의를 마치며 11

불교佛教 · 신유학新儒學 · 『대학』大學 · 『중용』中庸 · 양명학陽明學

우리의 고전 독법은 관계론의 관점에서 고전의 의미를 재조명하는 담론이었습니다. 이러한 담론을 통하여 우리가 발견한 가장 중요한 것은 동양적 삶이 지향하는 궁극적인 가치는 '인성의 고양'이라는 사실이었습니다. 이 인성의 내용이 바로 인간관계이며 인성을 고양한다는 것은 인간관계를 인간적인 것으로 만들어가는 것을 의미합니다. 인성은 이웃과 함께 만들어가는 것이며 그 시대의 아픔을 주입함으로써 만들어가는 것입니다. 한마디로 좋은 사람은 좋은 사회, 좋은 역사와 함께 만들어지는 것임을 간과하지 않는 것이지요. 인성의 고양은 그런 뜻에서 '바다로 가는 여행'이라고 할 수 있는 것이지요. 바다로 가는 겸손한 여행이라 할 수 있습니다.

법가를 끝으로 고전 강독을 마칩니다. 강의 첫 부분에서 이야기했듯 이 동양고전은 5천 년 동안 쌓여온 것으로 엄청나기가 태산준령입니다. 우리의 강좌는 호미 한 자루로 그 앞에 서 있는 격입니다. 그렇기 때문 에 범위를 좁히고 우리의 주제와 관계 있는 예시문에 한정하여 읽었습 니다. 그나마 내가 섭렵한 고전의 범위를 벗어나기 어려웠습니다. 고전 강독을 끝내자니 미진한 부분이 많습니다. 특히 관계론關係論이라는 주 제에서 본다면 불교를 다루어야 마땅합니다. 불교 사상은 관계론의 보 고寶庫라 할 수 있습니다. 연기론緣起論은 그 자체가 관계론입니다. 불교 사상에 대해서는 다행히 여러 분야의 많은 연구자들이 계속해서 좋은 연구 성과를 내놓고 있습니다. 근대사회에 대한 성찰적 접근에 있어서 도 탁월한 관점을 제시하고 있습니다. 여러분이 관심만 있다면 이 부분 의 연구 성과를 어렵지 않게 접할 수 있으리라고 생각합니다.

불교에 관한 논의 이외에 또 한 가지 아쉬운 부분이 있습니다. 다름 아닌 송대宋代의 신유학新儒學에 관한 것입니다. 송대의 신유학은 1천여 년에 걸쳐서 동양적 정서와 사유 구조를 지배한 소위 주자학朱子學입니다. 더구나 이 송대 신유학의 성립은 그 자체가 당면한 사회문제에 대한 절박한 논구論究의 결과물이라고 할 수 있습니다. 수隋, 당唐 이후 광범하게 퍼진 불교 문화와 특히 선종禪宗 불교로 말미암아 야기된 사회적 이완과 무관하지 않다는 것이지요. 따라서 동양고전 강독에서는 이두 주제에 대한 논의가 빠질 수 없습니다. 불교 사상의 관계론 부분과 신유학의 사회적 관점을 다루지 않을 수 없습니다. 그러나 이것은 그 범위가 엄청난 것일 뿐 아니라 나의 역량을 넘는 것입니다. 부득이 우리의 주제와 관련되는 부분에 대해서만 그 의미를 지적하고 이론적 소재素材로서 언급하는 것으로 끝마치려고 합니다.

천지가 찬란한 꽃으로 가득 찬 세계

불교 사상의 핵심은 연기론과 깨달음(覺)입니다. 불교의 사상 영역을 연기론과 깨달음으로 한정하는 것 자체가 불교에 대한 무지의 소치라 할 수도 있지만 우리는 일단 이 부분에 한정하기로 합니다.

불교 철학의 최고봉은 화엄華嚴 사상입니다. 그런데 『화엄경』의 본래 이름이 『대방광불화엄경』大方廣佛華嚴經입니다. 범어로는 Mahavai plya-buddha-ganda-vyuha-sutra입니다. 이 명칭이 많은 것을 함축하고 있습니다. '대방광불화엄경'의 일반적으로 통용되는 의미는 대체로 다음과 같습니다. 대大는 절대적 대의 개념입니다. 시간과 공간을 초월한 개념입니다. 방광方廣은 글자 그대로 넓다는 뜻입니다. 공간적 의미로 풀이됩니다. 따라서 '대방광'大方廣은 크고 넓다는 뜻으로 불佛을 수식하는 형용사구가 됩니다. 그리고 불佛은 붓다를 의미합니다. 그러므로 대방광불이란 한량없이 크고 넓은 시간과 공간을 초월한 절대적인 붓다를 의미합니다. 『화엄경』에서는 비로자나불이 붓다입니다. 화엄이란 잡화엄식雜華嚴飾에서 나온 말로, 갖가지의 꽃으로 차린다는 뜻입니다. 경經을 수식하는 형용사구입니다. 그러므로 '대방광불화엄경'의 의미를 정리한다면 "광대무변한 우주에 편만해 계시는 붓다의 만덕萬德과 갖가지 꽃으로 장엄된 진리의 세계를 설하고 있는 경"이라고 풀이됩니다. 공식적인 풀이라 할 수 있습니다.

물론 '대방광불화엄경'의 문자적 의미가 그런 것일 수도 있습니다. 그리고 붓다를 높임으로써 붓다의 진리를 더욱 장엄하게 선포할 수도 있을 것입니다. 그러나 그렇다 하더라도 우리는 화엄이 의미하는 바를 정확하게 읽어야 한다고 생각합니다. 화엄이라는 의미에서 불교 철학의 핵심을 읽을 수 있으며 또 읽어야 하기 때문입니다. 화엄이란 꽃(華)이 엄숙하다(嚴)는 뜻입니다. '잡화엄식'이라고 해도 상관없습니다. 여러 가지 꽃으로 장식된 세계를 화엄이라 할 수도 있습니다. 그러나 왜 이 세계가 고해苦海가 아니고 꽃으로 장식된 화엄의 세계인가에 대하여 당연히 의문을 가질 수 있습니다. 이 의문에 철저해야 하는 것이지요. 물론 꽃으로 장식된 것은 세계가 아니라 부처님 말씀이라고 반론할 수 있습니다. 그럼에도 불구하고 그 말씀은 고해를 화엄 세계로 바꾸는 것입니다. 따라서 화엄은 세계에 대한 설명이어야 합니다.

왜 고해가 아닌 화엄의 세계인가? 나는 그 비밀이 바로 '대방광불'大方廣佛에 있다고 생각합니다. '대방'은 최고最高의 법칙이란 의미로 읽을 수 있습니다. 다음으로 우리는 '광'의 의미가 무엇인지를 물어야 합니다. 광의 최대 개념이 무한한 우주와 같은 넓이의 개념이라고 한다면 그것은 대단히 단순한 사고입니다. 마땅히 우리의 사고를 전혀 다른 방향으로 달리게 해야 합니다. 만약 아무리 작은 것이라 하더라도 그것이 다른 것과 연관되어 있는 것이라면 그것은 충분히 큰 것이고 충분히 넓은 것입니다. 한 포기 작은 민들레도 그것이 땅과 물과 바람과 햇빛, 그리고 갈봄 여름과 연기되어 있다면 그것은 지극히 크고 넓은 것이 아닐 수 없는 것이지요. 공간적으로 무한히 넓고 시간적으로 영원한 것이 아닐 수 없습니다.

'불'은 붓다를 의미한다기보다는 '깨닫다'의 의미로 읽어야 한다고 생각합니다. 바로 그 광대함을 깨닫는다는 뜻으로 읽는 것이지요. 바로 연기의 참된 의미를 깨닫는다는 것으로 읽어야 옳다고 생각하지요. 작은 풀 한 포기, 벌레 한 마리, 돌 한 개라도 그것이 서로 연관되어 있다면 무한히 크고 넓은 것이 아닐 수 없습니다. 불교에서 깨달음의 의미는 바로 이 연기의 구조를 깨닫는 것을 의미합니다. 붓다가 설하는 법法이 바로 이 연기의 세계를 들어 보이는 것입니다. 연꽃을 들어 보이는 것이지요.

아무리 작은 것이라고 하더라도 그것이 무한 시간과 무변無邊 공간으로 연결되어 있는 드넓은 것이라는 진리를 깨닫는 그 순간, 이 세상의 모든 사물은 저마다 찬란한 꽃이 됩니다. 아무리 보잘것없고 작은 미물微物이라도 찬란한 꽃으로 새롭게 태어납니다. 온 천지가 찬란한 꽃으로 가득 찬 세계를 상상해봅시다. 한마디로 장엄한 세계가 아닐 수 없습니다. 우리가 읽어야 하는 『대방광불화엄경』의 의미가 이러해야 한다고 생각합니다.

흔히 수천태隋天台 당화엄唐華嚴이라고 일컫는 까닭은 이러한 화엄 사상이 당나라 전 시기에 난숙하게 꽃피었기 때문입니다. 이 화엄학의 핵심이 바로 연기론입니다. 우리들이 지금까지 고전을 읽어온 기본적 관점이 바로 관계론입니다. 그런 점에서 불교 사상은 관계론의 보고입니다. 불교에서 깨닫는다는 것, 즉 각覺이란 이 연기의 망網을 깨닫는 것입니다. 우리들이 갇혀 있는 좁은 사고의 함정을 깨닫는 것입니다. 개인이 갇혀 있는 분별지分別智를 깨달아야 함은 물론이며 한 시대가 갇혀 있는 집합표상集合表象, 즉 업業을 깨닫는 일입니다.

이 깨달음의 문제는 우리가 이번 강의 처음부터 끝까지 일관되게 강조해온 주제라 할 수 있습니다. 우리의 현실과 그 현실을 뒷받침하고 있는 구조를 깨달아야 하고, 우리를 포섭하고 있는 문화적 기제를 깨달아야 하고, 우리 시대의 지배 담론이 다름 아닌 이데올로기라는 사실을 깨달아야 하는 등 이루 헤아릴 수 없을 정도로 수많은 깨달음을 다짐해오고 있는 셈입니다. 우리가 깨닫는 것, 즉 각覺에 있어서 최고 형태는 바로 "세계는 관계"라는 사실입니다. 세계의 구조에 대한 깨달음이 가장 중요한 깨달음입니다. 풀 한 포기, 벌레 한 마리마저 찬란한 꽃으로 바라보는 깨달음이 필요합니다. 우리의 눈앞에 펼쳐진 바로 이 현실을 수많은 꽃으로 가득 찬 화엄의 세계로 바라볼 수 있는 깨달음이 중요합니다.

우리의 관계론에 의하면 삼라만상은 존재가 아니라 생성(a Becoming)입니다. 칸트의 "물物 자체"(ding an sich)란 설 자리가 없습니다. 배타적이고 독립적인 물 자체라는 생각은 순전히 관념의 산물일 뿐입니다. 그러한 물은 존재하지 않습니다. 하나의 사물은 그것이 물려받고 있는 그리고 그것이 미치고 있는 영향의 합合으로서, 그것이 맺고 있는 전후방 연쇄(link-age)의 총화라 할 수 있습니다. 따라서 우리의 인식이란 사물이 맺고 있는 거대한 관계망의 극히 일부분에 갇혀 있음을 깨달아야 하는 것입니다.

수많은 사건들의 극소수만이, 그 극소수의 극히 작은 부분들만이 우리의 의식 속에 들어오는 것이지요. 이처럼 우리의 의식 속에 들어오는 것들은 우리가 그 전체를 볼 수 없는 거대한 과정 위에서 생멸하는 작은 점들에 불과함에도 불구하고 우리는 이 작은 점들에 대해 그 자체로서 하나의 독립적인 존재성을 부여합니다. 이러한 점들이 의식된 또는 의식되지 않은 다른 사건들로부터 독립적으로, 개별적으로 존재한다고 생각하는 것이지요. 그리고 어떤 것은 원인이고 어떤 것은 결과라고 판단합니다. 해체解體 철학의 논리가 바로 이러한 인식의 원천적 협소함을 지적하고 있습니다. 따라서 모든 사물의 정체성은 애초부터 의문시되지 않을 수 없습니다. 그러므로 우리에게 가장 절실한 것은 우리의 인식이 분별지라는 사실을 인정하고 이 작은 우물을 벗어나기 위한 깨달음의 긴 도정에 나서는 일이라고 할 수 있습니다.

『벽암록』碧巖錄의 제2칙에서 조주趙州 스님은 사람들(衆)에게 '지도무난至道無難 유혐간택唯嫌揀擇'이라고 하고 있습니다. "참다운 도는 어렵지 않으며 오로지 간택揀擇을 경계할 따름이다"라고 이야기합니다. 이 경우 간택이 바로 분별지입니다. 우리가 경계해야 할 것이 바로 장자가 이야기한 '우물'입니다. 우리가 개인적으로 갇혀 있는 우물에서 벗어나야 함은 물론이며, 나아가 우리 시대가 집단적으로 갇혀 있는 거대한 이데올로기 체계를 깨트려야 하는 것입니다. 묵자가 슬퍼했듯이 '국역유염' 國亦有染, 나라 전체가 물들어 있기 때문에 국가와 체제가 쌓아놓은 거대한 벽을 허물어야 하는 것이지요. 자본주의에 대한 의식의 변혁 없이 자본주의 체제의 변혁은 불가능합니다. 그렇기 때문에 모든 투쟁은 사상 투쟁에서 시작한다고 하는 것이지요. 우리가 지금 이야기하고 있는 깨달음(覺)의 의미가 바로 이러한 것입니다. 깨달음의 의미를 지극히 명상적인 것으로 해석하는 것 그 자체가 바로 이데올로기라는 사실을 잊지 않아야 합니다. 그렇기 때문에 깨달음은 고전 읽기의 시작이며 그 끝이라고 할 수 있습니다.

불교 철학의 관계론을 가장 잘 나타내는 상징적 이미지는 인드라의 그물입니다. 제석천帝釋天의 그물망(Indra's Net)에 있는 구슬의 이야기입니다. 제석천의 궁전에 걸려 있는 그물에는 그물코마다 한 개의 보석이 있습니다. 그 보석에는 다른 그물코에 붙어 있는 모든 보석이 비치고 있습니다. 모든 보석이 비치고 있는 이들 모든 영상에는 그것을 받아들이는 자신의 영상도 담겨 있습니다. 그것이 또다시 다른 보석에 비치고, 당연히 그 속에는 자신의 모습도 비치고 있습니다. 중중무진重重無盡의 영상이 다중 구조를 형성하고 있습니다. 이것이 세계의 참된 모습이라는 것이지요.

더욱 중요한 것은 이러한 세계의 구조를 변화의 과정으로 보는 것입니다. 연기緣起란 바로 그러한 것입니다. 공간적이고 정태적인 개념이 아니라 시간적이고 동태적인 개념입니다. 그래서 연기를 상생相生의 개념이라고합니다. 연緣하여(pratitya) 일어나는(samutpada) 것을 의미합니다. 이러한 연기緣起를 보는 것이 바로 법法을 보는 것이라고 합니다. 나무 두 개를 마찰하면 연기煙氣가 일어납니다. 이 경우 연기는 나무에 의존합니다. 그렇기 때문에 나무가 사라지면 연기도 사라집니다. 연기는 나무와 상의상존相依相存하는 것이며 그런 의미에서 인연으로 생겨난 것입니다. 실체론적 존재가 아니며 관계론적 생성입니다. 이것이 유명한 '이목상마'二木相摩의 비유입니다.

어떠한 존재도 인연으로 생겨나지 않은 것은 없습니다. 그러므로 어떠한 존재도 공空하지 않은 것이 없는 것이지요. 연기는 결과(果)이며 나무는 원인(因)입니다. 연기가 인연으로 생겨난 과果인 것과 마찬가지로 나무도 인연으로 생겨난 과입니다. 물과 햇볕과 흙의 상마相摩에 의하여 생겨난 것입니다. 물과 햇볕과 흙이 사라지면 나무도 사라지는 것이지요. 인과 과는 하나가 아니면서 서로 다르지 않은 것입니다. 서로 다르면서도 하나인 것입니다. 그것을 불이무이不二無異라 합니다.

현대 철학 특히 해체론에 의하면 모든 현상은 자기 해체적 본성을 갖고 있습니다. 본질은 오로지 '관계 맺기'에 불과하다고 주장합니다. 모든 현상은 이질적인 요소들의 잠정적 동거라는 것이지요. 이것이 해체론의 핵심 논점입니다. 이러한 해체론적 논의 구조와 비교해볼 때 불교 철학이야말로 존재론에 대한 가장 과격한 해체론이라고 할 수 있습니다. 그런데 이 지점에서 우리가 생각해야 할 중요한 과제가 있습니다. 모든 존재를 연기緣起로 파악하는 것이면서 동시에 모든 존재를 연기煙氣처럼 무상한 것으로 보고 있다는 사실입니다. 불교 사상은 모든 생명과 금수초목은 물론이며 흙 한 줌, 돌멩이 한 개에 이르기까지 최대의 의미를 부여하는 화엄학이면서 동시에 모든 생명의 무상함을 선언하고 있습니다. 화엄과 무상이라는 이율배반적인 모순이 불교 속에 있는 것이지요. 모든 사회적 실천과 사회적 업적에 대하여 일말의 의미 부여도 하지 않는 무정부적 해체주의로 나타날 수 있는 것이지요.

그런 점에서 불교 사상은 해체 철학의 진보성과 무책임성이라는 양면을 동시에 함의하고 있다고 할 수 있습니다. 무책임성이란 모든 존재의 구조를 해체함으로써 존재의 의미 자체를 폐기하는 것이나 마찬가지의 기능을 한다는 것이지요. 마치 언어가 어떤 지시적 개념이듯이 삼라만상이 어떤 지시적 표지標識로 공동화空洞化됨으로써 가장 철저한 관념론으로 전락하는 것이지요. 이것은 모든 것에 대한 의미 부여가 거꾸로 모든 것을 해체해버리는 거대한 역설입니다. 실제로 수隋 당唐 이래로 선종 불교가 그 지반을 널리 확장해가면서 이러한 의식의 무정부성이 사회적 문제로 나타납니다. 우리가 지금부터 그 의미를 규정하고자 하는 송대의 신유학이 바로 이러한 문제의식에서 시작되었다는 것이 통설입니다. 물론 최대한의 거대 담론 체계에 있어서 금수초목은 물론 인생사 모두가 덧없는 것이라 할 수 있습니다. 세계는 화엄의 찬란한 세계이면서 동시에 덧없는 무상의 세계임을 수긍하지 않을 수 없을 것입니다. 그러나 우리는 우리의 한계 내에서 우리의 삶을 영위하고 우리의 생각을 조직하고 우리의 시공에 참여하는 존재일 수밖에 없는 것이지요. 이러한 논의가 다음에 검토하는 신유학을 통하여 조명될 수 있다고 생각합니다.

도전과 응전

사상思想은 역사적으로 변화 발전합니다. 유학儒學도 그 시대적 과제에 대하여 무심할 수 없으며 부단히 변화해가지 않을 수 없는 것입니다. 송대宋代의 신유학新儒學 역시 이러한 변화의 일환임은 물론입니다. 이러한 일반적 설명 이외에 신유학이 등장하게 되는 몇 가지 이유가 있습니다.

송대에 이르러 신유학이 등장하게 되는 까닭은 훈고학訓詁學 일변도의 한漢나라 유학이 침체를 거듭했기 때문입니다. 한대의 유학은 경(經書)의 자구 해석에 매몰되어 있었을 뿐만 아니라 실천적 측면에서도 형식적인 예론禮論의 논의에 치중했다는 것이 통설입니다. 결과적으로 위진 남북조와 수당 시대를 거치면서 불교와 도가가 유가를 압도하게 됩니다. 유학이 당시의 지적 관심과 요구에 응하지 못했기 때문입니다.

유학자들은 이러한 상황을 타개하기 위한 개별적 대응을 꾸준히 계속해왔다고 할 수 있습니다. 당말唐末 한유韓愈의 노불老佛 비판이 그렇습니다. 한유와 마찬가지로 이고李翺 역시 불교와 도가를 비판하고 『대학』과 『중용』이라는 새로운 문헌적 근거에 주목했다는 점에서 송대 신유학의 선구로 평가받습니다. 송대에 접어들면서 경서에 대한 새로운 해석이 광범하게 진행됩니다. 그것이 남송의 주희朱熹에 이르러 집대성되는 것은 여러분이 잘 아는 바입니다. 주자는 우주론宇宙論, 인성론人性論, 공부론工夫論 등 광범한 체계를 완성하고 사서四書를 확정하여 유교의 도통道統을 확립합니다.

우리는 송대에 들어와서 나타나는 신유학의 배경에 대하여 생각을 정리해야 합니다. 물론 한대漢代의 형식적 문풍文風에 대한 반성에서 그 원인을 찾을 수도 있으며, 위진 남북조 이후 지배적인 조류가 된 불교와 도교에 대한 비판이 그 발단이라고 할 수도 있습니다. 그리고 우리는 또 다른 통일 국가의 출현과 함께 사회질서를 재건하려는 정치적 성격을 간과해서도 안 됩니다. 요遼나라에게 영토를 빼앗기고 금金나라에게 유린당하여 남송으로 물러나지 않을 수 없었던 당시의 시대적 상황을 고려하지 않고 송대의 신유학을 논의할 수는 없습니다.

그러나 주자가 곤궁이 극에 이른 어려운 생활 속에서 임종을 앞두고도 『대학』을 장구章句하고 있었을 정도로 극진했던 이유는 무엇보다도 당대 사회의 엘리트로서의 사명감이라고 할 수 있습니다. 과거의 문풍에 대한 반성이라기보다는 당면한 정치 사회적 현실에서 느끼는 위기의식이라고 할 수 있습니다.

문명의 중심을 자처한 중화사상이 역사적으로 가장 큰 충격을 받은 것은 불교의 전래와 17세기 이후 서구 사상이 도입되었을 때라고 합니다. 그것은 중국 이외에 문명이 있다는 사실에서 받은 충격이었다고 할 수 있습니다. 이민족의 지배 기간인 원사元史와 청사淸史마저도 각각 송宋과 명明을 계승하는 정통 왕조로 규정하는 것이 중국의 중화주의中華主義입니다. 나라가 망하는 것을 '망'亡이라 하지 않고 도道가 전해지지 않는 것을 '망'이라고 할 정도로 중화주의는 초민족적 세계관이며 문화주의적 세계관이었습니다.

중국이 불교에서 받은 충격은 이러한 중화주의적 입장에서 볼 때 엄청난 것입니다. 사이팔만四夷八蠻이라는 세계 인식은 중국 이외에는 문명이 존재하지 않는다는 자신감이며 오만이었습니다. 중국 이외에 다른 문명이 존재하고 있다는 사실은 중화주의적 세계관이 무너지는 충격인 것이지요. 불교 철학은 이러한 점에서 중국의 지식인들에게 세계관의 변화를 요구할 정도로 대단한 문화적 충격으로 다가왔다고 할 수 있습니다. 그뿐만 아니라 불교 사상은 현실적으로 강력한 영향력을 행사합니다. 유학을 대신하여 사회의 이념 형태를 규정하는 지배 이데올로기로 굳건한 지위를 점하게 된 것이지요. 특히 불교 사상은 개인주의적이며 반사회적인 해체 사상을 내장하고 있습니다. 신유학의 등장은 불교의 이러한 해체주의적이고 반사회적인 사상 영향으로부터 사회질서를 지키고 통일 국가를 만들어가야 하는 현실적 요구를 반영하고 있는 것이라 할 수 있습니다.

그리고 송대 신유학과 관련된 논의 중에 우리가 꼭 짚고 넘어가야 할 부분이 있습니다. 그중의 하나는 송대 신유학에 이르러 비로소 유학의 철학화가 이루어졌다는 평가입니다. 그러나 철학 즉 philosophy는 어디까지나 서양의 문화 전통에서 비롯된 특수한 문화 아이템에 지나지 않는다는 반론이 있습니다. 그리스 철학 이후 중세의 스콜라 철학을 거쳐 근대 철학에 이르기까지 소위 서양 철학은 현실과 이상, 현상과 본질 등을 구분 짓는 이분법적 구조입니다. 그것이 바로 신학적 구조라는 것이지요. 존재론적 구조이면서 동시에 신학적 구조라는 또 하나의 특수한 사유 형식에 지나지 않는 것이 철학이라는 것이지요. 따라서 철학을 인류의 보편적 문화 형식으로 이해하는 것은 또 다른 형태의 오리엔탈리즘이 됩니다. 따라서 철학이라는 지적 활동을 보편적인 것으로 추인하기보다는 그것을 문화 상대주의적 입장에서 바라볼 필요가 있다는 것이 반론의 요지입니다. 철학은 서유럽 중심의 특수한 지적 활동일 뿐이라는 것이지요. 이러한 관점에서 볼 때 송대 유학이 철학화했다는 평가는 서양 철학 고유의 범주와 개념을 송대 유학에 적용하여 바라보았을 때만 부분적으로 타당하다는 것을 잊지 않는 것이 필요합니다.

불교 사상이 중화주의를 자처하던 중국에 문화적 충격으로 나타난 것도 부정할 수 없으며 윤리 중심의 중국 사상에 결과적으로 철학적 사유를 심화하는 계기를 준 것도 사실이지만, 중요한 것은 신유학의 불교에 대한 대응은 전혀 독자적인 경로를 밟게 된다는 사실입니다. 불교 사상에 대한 신유학의 대응은 크게 불교 사상 그 자체에 대한 비판과 지방 군벌과 결합한 실천선實踐禪의 반사회성에 대한 비판을 동시에 추동해가는 과정이라 할 수 있습니다. 따라서 우리는 불교 사상으로 말미암아 야기된 사회적 문제는 선종 불교의 해체주의적 성격이나 지방 군벌과 결합한 실천선의 경우뿐만이 아니라, 통일 왕조의 이데올로기인 화엄 철학 그 자체에 이미 내포되어 있다는 점을 지적해야 할 것입니다.

송대의 유학자들에게 불교 사상은 현실의 물질성을 제거하고 사회 제도 그 자체의 존립을 부정하는 지극히 위험한 반사회적 사상이었으며 비윤리적 사상이었습니다. 가장 쉬운 예를 들어 해탈解脫이라는 관념은 그 자체가 일종의 초윤리적이고 탈사회적인 의식이 아닐 수 없습니다. 해탈에는 일체의 사회적 관점이 없습니다. 사회적 책무도 사회적 윤리도 아무 의미가 없습니다. 모든 사회적 실천과 사회적 업적에 대하여 일말의 의미 부여도 하지 않는 무정부적 해체주의가 아닐 수 없습니다. 이것은 송대 유학자들에게 위기의식으로 나타납니다. 이러한 위기의식이 주자朱子로 대표되는 송대 신유학자들로 하여금 시대적 사명감으로『중용』과『대학』을 장구하게 했다고 할 수 있습니다. 이왕 이야기가 시작된 김에 불교 사상에 관하여 좀 더 소개하도록 하지요. 신유학을 옳게 이해하기 위해서는 당시의 사회적 상황에 대한 이해가 필요하기도 합니다.

불교는 한말漢末의 혼란기에 중국에 유입됩니다. 여러분이 잘 알고 있는 오두미교五斗米敎 등이 중심이 되어 30여 년 동안 계속된 농민반란과 삼국 쟁패의 혼란기에 유입됩니다. 종교와 이성의 갈등은 사회 사상의 역사적 존재 형식이라고 할 수 있습니다. 항상 갈등을 빚게 되지요. 그러나 사회적 혼란기에는 대체로 이성보다는 종교가 그 지반을 확대해갑니다. 중국 불교의 경우도 예외는 아닙니다. 중국 불교가 이러한 혼란기를 경과하면서 열반涅槃이라든가 불성佛性 등의 사유를 내부로 이입하여 대승불교大乘佛教로 성립된다는 것이 통설입니다.

이러한 중국 불교의 성립 과정은 수, 당의 통일 과정과 일치합니다. 그리고 수천태 당화엄이라는 중국 불교의 전형을 완성합니다. 이 시기에 성립된 중국 불교는 타민족에 대한 중국 민족의 결속과 통일의 구심으로서 정치적 역할을 충실히 해냅니다. 소위 승원 철학僧園哲學이 그것입니다. 승원僧園이라는 종교적 집단에 막대한 정치적 특권을 부여하여 그곳을 이데올로기의 생산 기관으로 삼는 것이지요. 한마디로 화엄 철학은 번쇄煩瑣한 귀족 철학으로서 중앙집권적 지배 구조에 적합한 것입니다. 객관적 실재(現實)를 도외시한 정신의 변혁을 강조하며, 객관의 물질성을 제거함으로써 동시에 현실의 계급적 모순 구조를 부정하는 이데올로기적 체계를 가지고 있습니다. 화엄 불교는 통일 국가의 정치적 이데올로기로서 적합한 체계인 것이지요.

안록산安祿山과 사사명史思明 등 군벌軍閥의 난, 왕선지王仙芝와 황소黃巢의 농민반란 이후에 나타난 현상입니다만 난을 진압한 진압군이 군벌로서 각 지역을 기반으로 하여 할거割據하게 됩니다. 중앙집권적 구조가 지방 호족 중심의 봉건적 체제로 이행하는 것이지요. 중국 불교의 성격 변화도 이러한 변화와 맥락을 같이합니다. 수천태 당화엄이라는 승원 철학은 기본적으로 중앙집권적 이데올로기이며, 지방 정권의 이데올로기가 아닙니다. 그리고 지방의 봉건 정권으로서는 그러한 이데올로기의 생산이 불가능하고 불필요하게 됩니다. 봉건 정권에게는 오히려 실천선이 지지를 받게 됩니다.

선종은 역사적으로 지방분권적 봉건 구조와 결합됩니다. 중앙의 지시와 간섭을 배제하는 해체적 본성을 갖게 됩니다. 그리고 근본에 있어서 무정부주의입니다. 일체의 제도적 규제를 거부하는 성격을 갖고 있습니다. 선禪은 무교회주의無敎會主義와 상통하는 무조직無組織, 무경전無經典에 기반을 둔 각覺이요 불심佛心입니다. 선종의 이러한 성격과 구조가 그 후 사원寺院 경제의 몰락과 보시報施 체계體系의 와해, 그리고 만당晚唐의 혹심한 불교 박해에도 불구하고 끈질기게 존속하게 되는 저력이 됩니다. 이 과정에서 한편으로 선종은 민초의 철학인 도가의 전통과도 더욱 밀접하게 상호 결합하게 됩니다. 유有, 무無, 유위有爲, 무위無爲 등의 도가 개념과 습합習合하게 되고 위에서 이야기했듯이 위진 남북조 이래의 탈유가적 사회 상황을 심화하게 됩니다.

한편으로 화엄학은 그 고도의 정치精緻한 이론이 더 이상 발전을 이루지 못합니다. 이 지점에서 선禪이 되고, 이 선에 의하여 불교는 대중 종교가 됩니다. 선종 불교는 대중이 접근하기 쉽고 이해하기 쉬운 여러 층위의 내용을 벌여놓음으로써 결과적으로 대중에 대한 영향력에 있어서 막강한 권력으로 나타납니다. 더욱 중요한 것은 그 영향력이 직접적으로 행사된다는 사실입니다. 물론 이전의 화엄학이 중앙 정부의 권력을 합법화하는 이데올로기였던 것과 마찬가지로 선종 불교 역시 지방 봉건 정부의 정치적 이데올로기로서 기능하는 것에는 변함이 없습니다.

송대의 신유학은 이러한 상황 속에서 통일 국가를 재건하고 사회질서를 확립해야 하는 시대적 대응 과제의 일환으로서 등장한 것이라 해야 합니다. 종교와 이성의 갈등기에 비종교적 엘리트들이 직면했던 고뇌의 산물이었다고 할 수 있습니다. 당시의 무정부적 상황은 당대 사회의 엘리트 계층에게 있어서 시급히 개변하지 않을 수 없는 매우 불안정하고 위험한 정치 상황이 아닐 수 없었습니다.

이야기가 장황해졌습니다만 어쨌든 불교와 신유학은 도전과 응전이라는 역사의 어떤 전형을 엿보게 합니다. 역사의 매 단계에는 이러한 구도가 중층적으로 나타나는 것이며 이러한 중층적 구도를 명쾌하게 드러내는 것이 역사 이해의 본령이라고 생각합니다. 신유학의 성격에 대하여 간략하게 언급한다는 것이 다소 길어졌습니다. 지금부터는 『대학』과 『중용』에 관한 이론적 소재만을 간단하게 지적하고 끝마치기로 하겠습니다. 이론적 소재라는 것은 물론 관계론적 관점과 연관되는 부분을 의미하는 것이지요.

『대학』 독법

『대학』大學은 원래 『예기』禮記 제42편이었습니다만 주자가 그것을 따로 떼어 경經 1장, 전傳 10장으로 나누어 주석했습니다. 경은 공자의 말씀을 증자가 기술한 것이고, 전은 증자의 뜻을 그 제자가 기술한 것이라고 했습니다. 그러나 한대漢代 유가儒家의 공동 저작이라는 것이 통설입니다. 『대학』은 수기치인修己治人을 체계적으로 설명한 것으로 유가 사상 중에서 가장 깊이 있는 내용이라 평가됩니다. 다음은 『대학』 원문입니다만 자구 번역은 하지 않고 전체의 구조와 내용을 검토하기로 하겠습니다.

大學之道 在明明德 在親民 在止於至善
知止而后有定 定而后能靜 靜而后能安 安而后能慮 慮而后能得

物有本末 事有終始 知所先後 則近道矣

古之欲明明德於天下者 先治其國

欲治其國者 先齊其家 欲齊其家者 先修其身

欲修其身者 先正其心 欲正其心者 先誠其意

欲誠其意者 先致其知 致知 在格物

物格而後知至 知至而後意誠 意誠而後心正

心正而後身修 身修而後家齊 家齊而後國治 國治而後天下平

『대학』의 내용을 요약한다면 첫째 명덕을 밝히는 것(明明德), 둘째 백성을 친애하는 것(親民 혹은 新民: 백성을 새롭게 하는 것), 셋째 최고의 선에 도달하는 것(止於至善)이라 할 수 있는데, 이 세 가지를 3강령三綱領이라 합니다. 그리고 격물格物·치지致知·성의誠意·정심正心·수신修身·제가齊家·치국治國·평천하平天下가 8조목입니다.

우리는『대학』의 내용을 이해하기 전에 먼저 주자가 왜『예기』의 이 부분에 주목하고 어려운 생활 속에서도 장구하고 주를 달았는가를 생각해야 합니다. 주자 이전에도 사마광司馬光이『중용대학광의』中庸大學廣義를 지어『중용』과 함께『대학』을 따로 다루었습니다. 이처럼『대학』을 주목하게 된 배경이 중요합니다.『대학』은 일반적으로 대인大人, 즉 귀족, 위정자의 학學이라고 합니다. 그러나『대학』은 단지 지식 계층의 학이라기보다는 당대 사회가 지향해야 할 목표를 선언하고 있는 것이라 할 수 있습니다. 명덕이 있는 사회, 백성을 친애하는 사회, 최고의 선이 이루어지는 사회를 지향하는 것입니다. 개인의 해탈과는 정반대의 것입니다. 송대 지식인들의 사회관을 고스란히 담고 있습니다. 그리고 그것은 반反불교적이고 반도가적입니다. 불교의 몰沒사회적 성격에 대한 비판입니다. 『대학』의 목적은 궁극적으로 평화로운 세계의 건설입니다. 이러한 목적을 실현하는 방법이 8조목입니다. 8조목을 순서대로 정리하면 다음과 같습니다.

격물格物 → **치지**致知 → **성의**誠意 → **정심**正心 → **수신**修身 → **제가**齊家 → **치국**治國 → **평천하**平天下

　이 순서가 반드시 옳은 것인가 하는 문제는 그리 중요하지 않다고 생각합니다. 『대학』이 선언하고 있는 것은 개인個人, 가家, 국國, 천하天下(世界)는 서로 통일되어 있다는 사실입니다. 개인의 수양과 해탈도 전체 체계를 구성하는 한 부분에 지나지 않는다는 것이지요. 수양과 해탈에 가장 근접한 조목이 성의, 정심 그리고 수신이라고 할 수 있지만 그것은 전체 과정의 일부분을 구성하는 것이며 그것 자체가 궁극적인 목표가 될 수 없는 체계입니다. 나는 이것이 『대학』에서 가장 중요한 선언이라고 생각합니다. 해탈이라는 주관적 몰입을 궁극적 목표로 하는 것과는 분명한 차이가 있습니다. 주자가 『대학』을 장구하고 주를 달아서 존숭한 이유가 바로 여기에 있다고 생각합니다. 『대학』은 3강령으로 제시하고 있는 이상적인 사회상과 8조목으로 선언하고 있는 개인과 사회의 통일적 인식에 그 핵심적인 의미가 있다고 생각합니다.

　8조목 중에서 주자가 가장 의미를 둔 것은 격물과 치지라고 생각합니다. ‘치지재격물’致知在格物, 즉 “물物에 격格하여 지知에 이른다”는 뜻입니다. 지知란 인식이나 깨달음의 뜻입니다. 그리고 격에 대한 해석도 여러 가지입니다만 격은 관계를 의미합니다. 물과의 관계를 통하여 인식을 얻는다는 것이지요. 실천을 통하여 지에 이르게 된다는 뜻입니다.

물이란 우리가 있다고 생각하든 없다고 생각하든 상관없이, 다시 말해서 우리의 주관적 의지와는 상관없이 객관적으로 존재하는 것입니다. 외계外界의 독립적 대상을 의미합니다. 물질과 같은 의미입니다. 인식과 깨달음이 외계의 객관적 사물과의 관계에 의하여 이루어진다는 주장은 매우 중요합니다. 돈오頓悟와 생각의 비약을 인정하지 않는 것이지요. 선종 불교의 주관주의를 배격하는 것이라고 할 수 있습니다. 이점이 주자가 주목한 『대학』의 핵심이라 할 수 있습니다.

그러나 격물치지格物致知에 대해서는 비판적 견해가 없지 않습니다. 물物의 의미에 대해서도 그것은 기존의 봉건적 질서를 의미하는 것이며 그런 점에서 천명天命의 다른 이름이라는 것이지요. 인간이 관여할 수 없는 절대적 존재라는 것이지요. 따라서 이 경우의 지知란 사회적 실천에 의하여 얻어진 합법칙적인 인식을 의미하는 것이 아니라 이를테면 예禮와 같은 봉건적 가치를 수용하는 것에 불과하다는 것이지요.

이러한 비판에도 불구하고 격물치지는 인식 체계가 매우 논리적이며 객관적 지식에 대한 합당한 설명이란 점에서 높이 평가됩니다. 주자는 불교의 심론心論과 도가의 관념론을 비판하는 근거를 격물치지에서 찾았다고 할 수 있습니다. 제5장에서 주자는 격물치지의 의미를 한층 깊이 있게 설명하고 있습니다. 제5장은 주자가 『대학』을 재정리하면서 없어졌다고 판단되는 내용을 자신이 직접 써서 채워넣은 것입니다. 그래서 보망장補亡章이라고 불리는 장입니다. 따라서 「대학장구서」大學章句序와 함께 주자의 사상이 가장 잘 나타나 있는 것이라 할 수 있습니다.

여기서 주자는 '치지재격물'의 의미를 우리의 인식(知)은 사물의 이치를 깨닫는 데서 온다는 뜻으로 풀이합니다. 사람에게는 인식 능력(心

之靈)이 있고 사물에는 이치가 있기(有理) 때문에 앎을 이루기 위해서는 사물에게로 나아가서 그 이치를 궁구窮究해야 한다는 것입니다. 이 사물과의 관계, 즉 실천에 의한 사물과의 접촉을 인식의 제1보로 규정하고 격물을 전체 체계의 기초로 삼고 있습니다. 최상층에 있는 평천하로 나아가는 제1보가 바로 격물인 셈이지요. 바로 이 점이 주자가 『대학』을 주목하게 되는 가장 큰 이유가 아닐까 생각합니다. 그래서 나는 『대학』에서 가장 중요한 것은 격물치지를 기초로 하는 전체의 통일적 체계라고 생각합니다.

또 한 가지 중요한 것은 3강령 8조목을 통일적으로 이해하는 일입니다. 이것이 『대학』 독법의 핵심입니다. 그러나 『대학』 독법에 있어서 비판적 관점을 가진 사람들이 오히려 빠지기 쉬운 함정이 바로 여기에 있습니다. 이제 그 내용을 함께 살펴보기로 하지요.

『대학』의 3강령 8조목은 대체로 가까운 데서부터 먼 데에 이르는(自近至遠) 단계적 순차성을 의미하는 것으로 읽힙니다. 수신을 한 다음에라야 제가가 가능하고 마찬가지로 제가를 이룬 다음에 치국할 수가 있으며 치국 이후에나 평천하가 가능하다는 의미로 읽혔습니다. 일상생활에서도 흔히 확인되는 일입니다. 집안일도 잘 다스리지 못하는 위인이 사회적 발언을 한다고 핀잔하는 예를 종종 목격하기도 하지요. 수신에서 평천하에 이르는 일련의 과정을 순차적 과정으로 이해하게 되면 『대학』의 선언은 봉건적 관문주의關門主義 이상도 그 이하도 아니라는 평가를 면할 수 없게 되는 것이지요. 수신은 봉건적 질서에 편입되는 과정을 의미하는 것에 불과하며, 그러한 수신에서 시작하여 제가, 치국을 거쳐 평천하에 이르는 장구한 과정을 설정하는 것은 결과적으로 청년들의 진보적 사상을 봉쇄하는 구조에 다름 아니라는 것이지요. 물론 그렇게 읽어온 것도 사실이고 그렇게 읽을 수 있는 여지가 없지 않은 것도 사실입니다.

그러나 우리는 주자가 『대학』을 장구하고, 고주古註와는 다른 해석을 내리고, 별도로 단행單行하여 존숭한 까닭은 위에서 이야기한 바와 같이 당시의 시대적 과제와 무관하지 않음을 다시 한 번 상기할 필요가 있습니다. '치지재격물'의 의미를 매우 중요하게 제기하는 까닭을 간과해서는 안 됩니다. 사물과의 접촉 그리고 사물에 내재한 이치를 궁구하는 것이 모든 것의 기본이 되어야 한다는 것을 주자는 강조하고 있는 것이지요.

마찬가지 논리로 우리는 3강령 8조목에 대한 일반적인 비판을 재고할 필요가 있습니다. 8조목은 각 조목의 순차성을 선언한 것이라거나, 그러한 순차성은 청년들의 진보적 사상을 봉쇄하기 위한 것이라는 비판은 핵심에서 벗어난 것이지요. 물론 『대학』의 내용 전반의 성격에 비추어 그러한 개연성을 부정할 수 없는 것도 사실이며 또 지금까지 그렇게 읽혀지고 그렇게 주장되어온 것도 사실이지만 그것이 『대학』 본래의 의미가 아니라는 것이지요. 『대학』의 정신은 한마디로 8조목의 8개 각 조목이 전체적으로 통일되어 있다는 데 있으며 그 전 과정이 하나의 통일적 체계를 이루고 있다는 것을 선언하는 데 있습니다. 따라서 『대학』은 8조목 간의 순차성도 무시할 수 없지만 보다 중요하고 근본적인 것은 그 전체적인 연관성을 깨닫는 데에서 찾아야 하는 것이지요. 그렇기 때문에 『대학』은 국제 정치학적 관점에서 읽어야 한다는 주장도 나오는 것입니다. 펑유란馮友蘭의 관점이 그렇습니다. 『대학』은 평천하, 즉 세계 평화를 위한 방법론과 평화의 내용에 관한 담론이라는 것이지요.

평천하, 즉 평화로운 세계는 명덕과 친민과 지선이 실현되는 세상을 의미합니다. 인간관계가 존중되는 사회(明德), 민주적인 사회(親民), 선량한 사회(至善)를 만들기 위하여 개인의 품성이 도야되어야 함은 물론이며 개인뿐만이 아니라 가家와 국國 그리고 국가 간(天下)의 관계가 평화로워야 합니다. 뉴욕의 WTC 건물 붕괴 이후 고조되는 테러 논의를 예로 들어보지요. 세계가 평화롭기 위해서는 테러 국가가 있어서도 안 되지만, 테러를 야기하는 원인 제공자로서의 패권적 국가가 없어야 함은 물론입니다. 테러란 기본적으로 거대 폭력에 대한 저항 폭력입니다. 거대 폭력이 먼저 거론되어야 하는 것이지요. 더구나 저항 폭력을 테러로 규정하고 테러를 빙자하여 폭압적인 개입과 일방주의적 지배를 관철하려는 패권 국가의 거대 폭력이 건재하는 한 세계 평화는 요원한 것이지요.

근대 이후의 세계 질서가 침략과 수탈로 점철된 제국주의의 역사였다는 사실은 이를 단적으로 증명합니다. 개인의 해탈과 수양만으로 평화를 만들어낼 수는 없는 것입니다. 『대학』에는 노불老佛에 대한 비판적 관점이 그 저변에 확실하게 깔려 있다고 할 수 있습니다. 『대학』은 와해된 사회질서를 재건하려는 당대 인텔리들의 고뇌에 찬 선언이었다고 해야 합니다.

세계 평화는 세계를 구성하는 각 국가의 평화이며, 국가의 평화는 국國을 구성하는 각 가家의 평화에 의하여 이룩되는 것입니다. 그리고 가의 평화를 위해서는 가의 구성원인 개개인의 품성이 높아져야 합니다. 『대학』은 개인과 사회와 국가와 세계가 맺고 있는 관계에 대한 체계적인 논리입니다. 이러한 체계적 논리의 최상에 놓여 있는 것이 '명덕'입니다. 『대학』의 최고 강령은 명덕입니다. 여러분은 『논어』에서 읽은 '덕불고德不孤 필유린必有隣'을 기억할 것입니다. 덕德은 '관계'입니다. 개인과 사회, 사회와 국가, 국가와 세계가 맺고 있는 관계성의 자각과 실현이 궁극적으로는 세계 평화의 기초인 동시에 한 개인의 수양의 기초가 된다는 점을 통일적으로 선언하고 있는 것입니다. 이 자리에서 다시 언급하지 않겠습니다만 여러분은 『논어』에서 읽었던 화동 담론和同談論을 다시 한 번 상기해주기 바랍니다. 흡수 합병이라는 동同의 논리를 지양하고 다양성이 존중되는 평화와 공존의 원리로서 화和의 패러다임이 새로운 문명론文明論이라고 했지요. 『대학』에서 우리가 다시 한 번 확인하는 것이 바로 고전 독법의 화두인 관계론임은 물론입니다.

이처럼 『대학』 독법에 있어서는 송대 신유학이 어떠한 학문적 동기를 가지고 있는가, 그리고 그것이 오늘날 우리의 현실에 어떤 의미를 갖는가를 생각하는 것이 중요합니다. 나는 주자에게서 그 절정을 발견할 수 있는, 당시 지식인들의 고뇌를 충분히 이해할 수 있을 듯합니다. 사회적 관심이 매우 촌스러워진 현재의 상황, 개인의 감성을 가장 상위에 두는 문화, 단편적인 이미지에 의하여 그 전체가 채색되고 부분을 확대하는 춘화적春畵的 발상이 지배하는 오늘의 사회와 문화를 생각하면 주자의 시대가 당면했던 사회적 과제를 짐작할 수 있을 듯합니다. 개인적 수양에 아무리 정진한다 하더라도, 한 장의 조간신문에서 속상하지 않을 수 없고, 한나절의 외출에서마저 속상하지 않을 수 없는 사회가 바로 우리가 살고 있는 현대사회라면 우리는 생각을 고쳐가져야 합니다. 개인의 수양이 국國과 천하天下와 무관할 수 없다는 것을 깨닫지 않을 수 없는 것이지요. 마찬가지로 아무리 훌륭한 법과 제도를 완비하고 있다고 하더라도 그것을 운용하는 사람들의 품성이 그것을 따르지 못하는 한 우리의 삶과 사회가 바람직한 것이 되기는 어렵지요.

불교 철학이 모든 것을 꽃으로 승화시키는 뛰어난 화엄학이면서 동시에 모든 것을 덧없이 만드는 무상無常의 철학인 것과 마찬가지로, 해체주의는 자본주의에 대한 거대한 집합표상을 해체하는 통절한 깨달음의 학學이면서 동시에 개인을 탈사회화하고 단 하나의 감성적 코드에 매달리게 만드는 일탈과 도피의 장이 아닐 수 없습니다. 『대학』은 그런 점에서 소학小學밖에 없는 오늘의 학문 풍토에서 다시 한 번 주목되어야 할 인문학이라 할 수 있으며, 우리가 모색하는 새로운 문명론의 서장序章이라 할 것입니다.

『중용』 독법

『중용』 역시 예기 제31편으로 들어 있다가 따로 단행된 것입니다. 물론 주자가 장구章句한 것이지요. 장구란 장章(chapter)과 구句(paragraph)로 문장을 재분류하는 것입니다. 우리는 먼저 주자가 『대학』에 이어 『중용』을 주목한 까닭이 무엇인가를 밝혀야 합니다. 주자는 『대학』·『중용』의 장구뿐만 아니라 『논어』·『맹자』에 관한 이전의 모든 주註를 모으고 재해석하는 소위 집주集註를 하였습니다. 그것은 『사서집주』를 통하여 사회의 기틀을 새로이 만들려고 했던 것이지요. 『논어』와 『맹자』가 인仁과 의義를 기본 개념으로 하는 사회학이라는 것은 우리가 이미 읽었습니다. 『대학』은 앞서 이야기한 바와 같이 세계와 나의 통일적 담론입니다. 주자가 『중용』에 열중한 까닭도 이러한 문제의식의 연장선상에 있음은 물론입니다. 『중용』은 당시의 사회적 과제를 완벽하게 반영하고 있는 텍스트입니다. 당시를 풍미하던 해체주의적 문화와 무정부적 상황을 개변하려는 건축적 의지로 일관된 사회학적 동기이며 사명감이었다고 할 수 있습니다.

『중용』은 공자의 손자인 자사子思(伋)가 지어서 성조聖祖의 덕을 소명昭明한 것이라고 합니다(공영달孔穎達). 그리고 자사가 도道의 부전不傳을 우려하여 지었다고 합니다(주자). 물론 이러한 기록을 곧이곧대로 믿지 않는다 하더라도 그러한 언술에는 매우 중요한 의미가 담겨 있습니다. 『중용』을 장구한 이유가 바로 그와 무관하지 않기 때문입니다.

우리가 『중용』의 독법을 옳게 갖고 가기 위해서는 중용 제1장을 읽기 전에 서두에 붙여놓은 서문(「章句序」)부터 읽어볼 필요가 있습니다. 주자는 이 서序에서 『중용』을 지은 목적이 무엇인가를 먼저 묻고 자답自答하기를, 자사가 도학道學의 전통이 끊어질까 봐 지었다고 하고 있습니다. 도학의 전통이 도통道統입니다. 이 경우 도학이란 주자가 체계를 세우려고 한 사회 이론임은 물론입니다. 주자는 노불老佛에 대한 견제 심리가 대단했으며 그것이 역설적으로 도통론道統論으로 나타났다는 것이 통설입니다. 그리고 도통론은 불교 법통法統 개념인 의발衣鉢 전수의 형식을 본받았다는 것이지요. 어쨌든 이 서序에서 주자는 정자程子를 빌려서 이야기하고 있지만 유가의 사회 이론을 도통의 논리로, 즉 학문적 전통으로 뒷받침하고 있는 것이 사실입니다.

정자가 말하기를 치우치지 않는 것을 중中이라 하고, 바뀌지 않는 것을 용庸이라 한다. 중은 천하의 바른 도요, 용은 천하의 정한 이치이다. 이 편은 바로 공문孔門에서 전수한 심법이니 자사는 그것이 오래되어 어긋나게(差) 될까 봐 염려하였다. (子程子曰 不偏之謂中 不易之謂庸 中者天下之正道 庸者天下之定理 此篇 乃孔門傳授心法 子思恐其久而差也)

천하에는 바른 도가 있다는 것을 선언하고 이 바른 도는 역사적 전통에 의하여 그 진리성이 검증되고 있는 것이라는 점을 주자가 서에서 밝히고 있는 것이지요.

이 「장구서」章句序에서 제일 눈에 뜨이는 것이 '실학' 實學이라는 단어입니다. 공문孔門에서 전해지고 있는 것이 바로 실학이며 이 실학은 우주와 세상의 원리를 잘 아우르고 있으며 그 의미가 무궁하다는 것이지요(其味無窮 皆實學也). 이 실학 선언이 바로 불교의 허학虛學에 대한 유학의 정체성을 지키려는 의지의 천명임은 물론입니다. 그리고 주자가 『예기』의 이 부분을 주목하게 된 이유를 우리는 제1장에서 볼 수 있습니다.

제1장은 『중용』의 전체 구조에서 서론 부분에 해당하는 것으로서 매우 중요합니다. 『중용』 제1장은 다음과 같은 구절로 시작됩니다. 아마 여러분에게도 매우 익숙한 내용일 것이라고 생각됩니다.

天命之謂性 率性之謂道 修道之謂教
하늘이 명한 것을 성性이라 하고, 성을 따르는 것을 도道라 하고, 도를 닦는 것을 교教라 한다.

『대학』의 논리 구조와 마찬가지로 『중용』에서도 일관된 통합적 사상 체계를 뼈대로 하고 있습니다. 그것이 무엇보다도 먼저 성性과 도道와 교教의 통일입니다.

교는 도에, 도는 성에, 성은 천명天命이라고 하는 객관적 원리에 수렴되는 체계입니다. 개인은 거리낌 없는 존재가 아니라 우주의 법칙과 그것과 통일되어 있는 유교적 원리에 의하여 사회화되어야 할 존재인 것입니다. 천명, 즉 궁극적 원리인 도道의 대원大原은 하늘에서 나온 것 (出於天)이라는 동중서董仲舒의 주장을 들어 그것을 설명하고 있습니다.

대개 사람이 자기의 성性이 있는 것은 알지만 그것이 천天에서 나온 것임은 알지 못하며, 사물의 법칙이 있음은 알지만 그것이 성性에서 말미암은 것임은 알지 못한다. 성인의 가르침이 있는 것은 알지만 그것이 나의 고유한 바로 인하여 제재制裁되는 것임을 알지 못한다. (蓋人知己之有性 而不知其出於天 知事之有道 而不知其由於性 知聖人之有教 而不 知其因吾之所固有者裁之也)

『중용』이 가장 중요하게 선언하는 것이 바로 이理입니다. 성즉리性 卽理입니다. 이理는 법칙성입니다. 이 이가 성性이며 성이 천명입니다. 이 성을 충실히 따르는 것이 도道임은 물론입니다. 도는 사람으로서 마 땅히 따라야 하는 것 즉 솔率해야 하는 것이며, 솔은 노路라 하였습니다. 이 도를 따르기 위해서 해야 할 일이 바로 교教입니다. 성과 도는 비록 같은 것이기는 하지만 그 기품은 다를 수 있기 때문에 지나치고 모자라 는 차이가 없을 수 없습니다. 그렇기 때문에 성인이 사람과 물건이 마 땅히 해야 할 바를 기준으로 삼아 품절品節하여 천하의 질서로 만들어 나가는 것, 이것을 교라고 하는 것이지요.

중요한 것은 이 교의 내용이 바로 예악형정禮樂刑政으로 설명되고 있 다는 사실입니다. 예악형정은 매우 사회적인 개념입니다. 사회질서를 바로잡기 위한 구체적인 제도와 정책입니다. 주자가 『중용』에 주목하 고 장구한 이유가 이러한 것에 대한 재조명이라 할 수 있습니다. 그리 고 다시 한 번 강조하는 것이 법칙성입니다. 우리의 태도가 과하든 미치지 못하든, 우리가 그 존재를 인정하든 인정하지 않든 상관없이 객관적 법칙은 존재한다는 것이지요. 성인의 가르침이 있다는 사실은 알지만 그것이 우리들에게 원래부터 있던 바가 재단되어 나오는 것임을 알지 못하고 있다는 것이지요.

따라서 주자가 『중용』을 통하여 제기하려고 하는 가장 절실한 주제는 바로 도道의 큰 근원이란 하늘에서 명한 것이라는 사실입니다. 인간으로서는 그것을 따르고 그것을 실천하는 것이 당연한 도리라는 것이지요. 그리고 그 인간적 도리의 구체적 덕목은 예악형정에 의하여 만들어지는 사회적 가치라는 것이지요.

이어지는 다음 구절들은 성性, 도道, 교敎를 강조하는 것에 지나지 않습니다. 성은 잠시도 떠날 수 없는 것이며 보이지 않는 곳에서도 작용하는 것이기 때문에 혼자 있을 때에도 삼가야 한다는 것이지요. 천명의 보편성 즉 이理의 법칙성을 강조하는 내용으로 채워져 있습니다.

이 법칙성이 다음에 나오는 중中입니다. 중은 미발未發의 상태(喜怒哀樂之未發 謂之中)이지만 근본을 점占하고 있는 본체론적 개념입니다. 그리고 그것이 발發하여 중절中節을 이룰 때 그것을 화和라고 하고 있습니다(發而皆中節 謂之和). 성性과 도道가 중中의 개념이며, 교敎는 절도에 맞게 노력하는 화和를 의미합니다. 사회적 질서 즉 예악형정에 어긋나지 않고 절도가 맞는 경우를 화라고 하는 것이지요. 화가 비록 봉건적 질서와 합치하는 상태를 의미한다고 하더라도 주자는 확실하게 사회적 관점에 서 있습니다. 용庸의 의미도 마찬가지입니다. 용은 평범하고 일상적인 것, 즉 봉건 제도와 유교 도덕에 의하여 규범화된 일상을 의미합니다. 일상적인 용用과 같은 의미입니다. 따라서 '중용지도'中庸之道가 세계의 근본이며 세계의 보편적 '도리'道理라는 것은 유가의 도덕적 규범을 이(天理)로 선언하여 인간이 관여할 수 없는 절대적 원리로 올려놓는 것이지요. 그리하여 중中은 천하의 대본大本이며 화和는 천하의 달도達道가 되는 것입니다(中也者 天下之大本也 和也者 天下之達道也).

나는 여기서 '천하' 天下라는 어휘에 주목해야 된다고 생각합니다. 주자가 『중용』에서 강조하려고 한 것이 '천지' 天地라는 자연과학적 개념이 아니라 '천하' 라는 사실이 중요합니다. 천하는 사회적 개념입니다. 주자의 학문적 동기가 사회질서를 다시 세우려는 건축 의지에 있었다고 했습니다만 우리는 주자의 그러한 입장을 『중용』에서 다시 확인하게 되는 것이지요. 주자의 정신세계는 철저하리만큼 사회적 동기가 중심이 되고 있다고 할 수 있습니다.

불교 철학이 중화주의를 자처하던 중국에 문화적 충격으로 나타난 것도 부정할 수 없으며 중국의 사상사에서 결과적으로 철학적 사유를 심화하는 계기를 준 것도 사실이라고 하겠습니다. 그러나 위에서 살펴본 바와 같이 당면의 사회적 과제와 밀접하게 결부되어 있는 것이 주자의 체계입니다. 그것을 철학적 범주의 확대로 해석하는 것은 오리엔탈리즘에 더하여 그 자체로서 관념론적 함정에 빠지는 일이 아닐 수 없습니다.

중요한 것은 송대 신유학은 노불老佛의 영향으로 말미암아 해이해진 사회질서를 재건하기 위한 당대 지식인들의 지적 대응 과정의 산물이라는 사실입니다. 그리고 그것은 매우 성공적이었습니다. 이후 700년 동안 중국 사회는 물론 우리나라를 비롯한 동아시아의 사회적 모델로서 자기 정체성을 지켜가기 때문입니다. 이 시기에 확립된 구성 원리에 의하여 재건된 중국 사회는 명대明代 276년, 청대淸代 267년 동안 중국 사회를 관통하는 '초안정 시스템' 의 근간을 이루게 됩니다. 19세기 말에 이르러 서구 근대사회에 의하여 그것이 다시 한 번 도전받을 때까지 주자가 세운 도통은 확고한 사회 원리로서 굳건히 그 지위를 이어갔던 것이지요. 중국의 유학 사상은 이처럼 송대의 새로운 재편과 중흥을 거쳐 대단히 안정적인 체제를 확립했다고 할 수 있습니다. 그러나 역설적인 것은 바로 그 견고하고 안정적인 시스템으로 말미암아 새로운 대응에 실패하게 되는 것이지요. 견고한 구조는 변화에 대한 무지와 지체로 이어지고 당연히 19세기 말 근대 질서의 도전을 맞아 힘겨운 대응을 하게 되는 원인이 되는 것이지요. 우리 나라의 경우도 조선 후기 성리학의 완고한 구조로 말미암아 사회 역량의 내부 소모와 전체 과정의 지체를 겪지 않을 수 없었음은 물론입니다.

송대 신유학의 성립에 대해서는 여러 가지 이론異論이 있습니다. 송나라는 북방 이적夷狄, 즉 요遼와 금金과의 싸움에서 결국 두 임금과 3천여 명이 포로로 잡혀가는 완벽한 패배를 당하게 됩니다. 구차하게 명맥을 이어서 남송이라고 칭하지만 최소한의 자존심마저 지키기 어려운 수모를 감당하지 않을 수 없었습니다. 송대의 신유학은 이적과의 분명한 차별성을 보여줌으로써 정치 군사적 패배를 정신적으로 구원하려는 중화주의의 또 다른 표현이라는 것이 그중의 하나입니다. 이러한 역사적 상황에서 중국인들의 시선이 내부를 향하게 되었다는 데에서 신유학의 성립 동기를 찾아보려고 하는 견해도 있습니다. 일종의 자기반성이 계기가 되었다는 주장입니다. 이 점은 오히려 불교적 성찰과 상통하는 것으로 그런 점에서 불교의 영향이라고 할 수도 있다는 것이지요. 그리고 당나라 이후 과거 제도가 정착되고 관료 제도가 확립되어감에 따라 중국의 전통적 정치 이상이 성공을 거두었다는 자신감이 유학에 대한 관심으로 확대되었다는 주장도 있습니다. 그것이 어떠한 계기에서 비롯되었든 그러한 사상적 기조를 학문적으로 대성시킨 사람이 바로 주자였다는 데는 이론의 여지가 없습니다.

어쨌든 신유학은 13세기까지 중국이 경험하였던 정치 사회적 성취와 지적 유산이 학문적으로 재구성된 것이라고 할 수 있을 것입니다. 그것은 대단히 성공적인 역사 발전의 과정을 보여주는 것으로, 서구 근대 사상에 의하여 치명적인 충격을 받을 때까지 중국 사상과 중국 사회구조의 견고한 토대가 되었던 것도 사실입니다.

이학理學에 대한 심학心學의 비판

명나라 중기에 신유학에 대한 비판 이론으로서 양명학陽明學이 소위 심학心學으로 등장하게 됩니다. 양명학의 대두는 지식인 사회에 상당한 반향과 새로운 지적 전환의 가능성을 불러일으키게 됩니다. 그러나 비판 이론으로서의 심학은 신유학과 같은 강도와 파장에는 미치지 못합니다. 우리나라에서는 심학이 당쟁의 와중에서 그 입지를 상실하고 후에 강화학파로서 명맥을 유지하는 데 그칩니다. 우리는 물론 이 심론心論에서 매우 중요한 성찰적 관점을 얻을 수 있다고 생각합니다만 여러 가지 사정으로 다루지 못합니다.

주자의 이론이 성즉리性卽理임에 반하여 심론의 요지는 심즉리心卽理입니다. 신유학이 선종 불교에 대한 비판적 체계라면 양명학은 신유학에 대한 비판의 논리로 구성되어 있다고 할 수 있습니다. 주자의 체계가 독서궁리讀書窮理→지혜라는 논리임에 반하여 심론은 '양지'良知에 직접 호소하는 체계입니다. 바로 이러한 성격이 선종 불교와 마찬가지로 대중화에 성공하게 합니다. 신유학이 선비의 학문에 갇힌 것과는 달리 심론을 주장한 육상산陸象山의 강론에는 수많은 사람이 운집했던 것으로 전해지고 있습니다. 명대明代의 인구 증가와 사회의 계급적 질서가 급속하게 변화하는 과정에서 심론의 차별 철폐 사상과 평등사상이 상인 계층의 전폭적 호응을 받게 되었다는 것이 통설입니다.

그리고 심론의 가장 큰 특징이라고 할 수 있는 것은 주체성의 강조입니다. 주체성이 심心이라는 또 하나의 주관적 관념론으로 표상되고 있다고 할 수 있지만, 이 심론의 가장 큰 특징이 바로 주체성이라는 적극 의지의 표현이라고 할 수 있습니다. 육상산의 이론을 계승한 왕양명(王守仁)은 성性과 이理를 심心으로 통합해냅니다. 구체적 현실은 심으로 통일된 '인식된 세계'이며 그런 점에서 인간과 세계는 통일되어 있다는 것이지요. 따라서 왕양명의 체계는 심心=성性=이理이되 그것은 심으로 통일되는 체계라 할 수 있습니다.

"효친孝親의 마음이 없다면 효도의 이理가 있을 수 없으며, 충성의 마음이 없다면 충성의 이理가 있을 수 없다"(無孝親之心 無孝之理 無忠君之心 無忠之理)는 논리입니다. 충효의 이理가 있기 때문에 충성과 효심이 생긴다고 하는 주자의 입장과는 정반대입니다. 주자 이론의 기초가 되고 있는 추상적 '이理의 세계'가 존재할 여지가 없는 논리입니다. 따라서 심론에서는 이理의 객관적 실재성을 전제하는 주자의 사상 체계가 원천적으로 부정되지 않을 수 없습니다. 심론은 『대학』의 3강령과 8조목에 대해서도 다른 해석을 내놓고 있습니다. 이를테면 명덕이란 대인大人이 천지 만물을 일체一體로 삼는 '마음'(心)이라는 것이지요.

따라서 명명덕이란 그 '체'體를 수립하는 일이며, 친민親民이란 그

'용'用을 행하는 일이며, 지선이란 명덕과 친민의 기준이라는 것이지요. 그렇기 때문에 양명학을 심학心學이라고 하는 것이지만 3강령을 명덕 즉 '심'心 하나로 통일하고 있습니다.

8조목에 대해서도 마찬가지로 그것을 통일적으로 설명합니다. "격格이란 바로잡는 것이며 물物이란 일(事)이다"(格者正也 物者事也)라고 새롭게 해석합니다. 물物의 시비是非를 바로잡는 것은 양지良知이고, 지식을 넓히는 것은 물物을 바로잡는 데 있다고 주장합니다. 따라서 8조목 역시 '치양지'致良知로 귀일歸一됩니다. 격물이 단지 사물과의 관계를 의미한다면 그것은 솥에 쌀을 넣지 않고 밥을 지으려는 것과 같이 허황된 것이라고 비판합니다. 결과적으로 양명학에서는 '격물치지정심성의수제치평'格物致知正心誠意修齊治平이 치양지, 즉 심心으로 통일됩니다. 가장 중요한 것을 먼저 세운 다음(先立其乎大者) 성誠과 경敬으로 보존하면 그것으로 끝이라는 논리입니다. "너를 묶는 그물을 찢어라(決破羅網), 공자孔子, 육경六經도 존숭할 필요가 없다"고 양명은 선언합니다. 물론 심학은 글자 그대로 주관적 관념론이라고 할 수 있습니다.

그러나 우리가 이 심론心論에서 긍정적으로 읽어야 할 부분은 바로 '주체적 실천의 자세'라 할 수 있습니다. 인식이 실천의 결과물이라면, 그리고 그 실천이 개인적인 것이든 사회적인 것이든 목적의식적 행위라는 사실에 동의한다면 신유학에 대한 심학의 문제 제기는 매우 정당한 것이라 해야 할 것입니다. 바로 이 점에서 양명학의 심心이 선종 불교의 심과 결정적으로 구별되는 것입니다. 우리나라의 강화학파에서 바로 그러한 일면을 읽을 수 있는 것이지요. 강화학파는 무엇보다도 지행합일知行合一을 강조하였고 구한말의 현실에 무심하지 않았지요. 북만주로 떠나는 우국지사들이 떠나기 전에 강화의 계명의숙을 찾아가

참배했던 사실에서도 바로 심心에 대한 양명학적 의미 내용을 읽을 수 있는 것이지요.

신유학과 양명학의 이론적 지양 과정에서 또 한 가지 우리가 유의해야 하는 것은 이러한 과정에서 미시적 관점보다는 거시적 관점을 견지해야 한다는 사실입니다. 성즉리性卽理와 심즉리心卽理의 논리적 구조를 천착해 들어가기보다는 신유학과 신유학에 대한 심학의 문제 제기라는 일련의 논쟁적 과정을 통하여 사상사의 전개 과정을 읽는 일이지요. 그것은 사상의 일생—生이라고도 할 수 있는 사상의 생성—발전—변화 그리고 소멸의 과정을 추적하는 일입니다. 더욱 중요한 것은 바로 그러한 사상사의 전개 과정에서 사회 변화를 읽어내는 일입니다. 사상은 사회 변화를 이끌어내고, 다시 사회적 변화를 정착시키고 제도화하는 역할을 합니다. 우리가 잊지 않아야 하는 것이 바로 이 사상 고유의 전개 과정을 확인하는 일이라 할 수 있습니다.

모든 사회적 변화는 사상 투쟁에 의하여 시작되는 것이며 사회적 변화는 사상 체계의 완성으로 일단락된다는 사실을 확인하는 일입니다. 연속과 단절, 계승과 비판이라는 중층적 과정을 경과하는 것이 사상사의 가장 보편적인 형식이지만 이처럼 복잡한 전개 과정에서 우리가 주목해야 하는 것은 주체적 입장과 실천적 자세라 할 수 있습니다. 그리고 이 경우의 새로움이란 단지 이론에 있어서의 새로움이 아니라 입장과 자세에 있어서의 '새로움'이라는 사실입니다. 중요한 것은 새로운 것을 지향하는 창신創新의 자세입니다. 다시 말하자면 우리의 모든 지적 관심은 우리의 현실을 새롭게 만들어가는 실천적 과제와 연결되어야 한다는 것이지요.

그러나 이 경우 특히 주의를 요하는 것은 이러한 창신의 실천적 과정이 보다 유연하게 설정되어야 한다는 것이지요. 창신이 어려운 까닭은 그 창신의 실천 현장이 바로 우리의 현실이라는 사실 때문입니다. 그리고 그 현실은 우리의 선택 이전에 주어진 것이며 충분히 낡은 것입니다. 현실은 과거의 연장선상에 있는 것이지요. 과거가 완강하게 버티고 있는 현실을 창신의 터전으로 삼아야 한다는 사실이 유연한 대응을 요구하는 것이지요. 과거란 지나간 것이거나 지나가는 것이 아닙니다. 과거는 흘러가고 미래는 다가오는 것이 아니라, 과거와 현재, 미래는 다 같이 그 자리에서 피고 지는 꽃일 따름입니다. 마찬가지로 우리는 한 그루 느티나무처럼 그 자리를 지키고 서서 과거, 현재, 미래를 고스란히 맞이할 수밖에 없는 것입니다. 역사의 모든 실천은 무인지경無人之境에서 새집을 짓는 것일 수가 없는 것이지요.

그렇기 때문에 우리의 창신은 결과적으로 온고창신溫故創新이라는 보다 현실적인 곡선의 형태로 수정되지 않을 수 없는 것입니다. 교조와 우상을 과감히 타파하는 동시에 현실과 전통을 발견하고 계승하는 부단한 자기 성찰의 자세와 상생의 정서를 요구하는 일이 아닐 수 없는 것입니다. 나는 여러분이 동의하지 않을 수도 있다고 생각하지만 우리의 고전 강독이 바로 그러한 자세와 정서를 바탕으로 진행되었다고 생각합니다.

고전 독법에서 문명 독법으로

우리의 고전 독법은 관계론의 관점에서 고전의 의미를 재조명하는 담론이었습니다. 이러한 담론을 통하여 우리가 발견한 가장 중요한 것은 동양적 삶이 지향하는 궁극적인 가치는 '인성의 고양'이라는 사실이었습니다. 이 인성의 내용이 바로 인간관계이며 인성을 고양한다는 것은 인간관계를 인간적인 것으로 만들어가는 것을 의미합니다. 인人은 인仁으로 나아가고 인仁은 덕德으로 나아가고 덕은 치국治國으로 나아가고 치국은 평천하平天下로 나아갑니다. 그리고 천하는 도道와 합일되어 소요하는 체계입니다. 인성은 이웃과 함께 만들어가는 것이며 그 시대의 아픔을 주입함으로써 만들어가는 것입니다. 한마디로 좋은 사람은 좋은 사회, 좋은 역사와 함께 만들어지는 것임을 간과하지 않는 것이지요. 인성의 고양은 그런 뜻에서 '바다로 가는 여행'이라고 할 수 있는 것이지요. 바다로 가는 겸손한 여행이라 할 수 있습니다.

이것은 서구적 가치가 개인의 존재성을 강화하고 개인의 사회적, 물질적 존재 조건을 확대하고 해방해가는 방식을 취하고 있는 것과 구별됩니다. 서구적 가치는 인성의 고양보다는 개인의 존재 조건을 고양하는 것이며 그 존재 조건들 간의 마찰과 충돌을 합리적으로 규제하는 패러다임이라고 할 수 있기 때문입니다.

우리가 우려하는 것은 이 강의가 고전 독법을 관계론의 관점에서 재조명하는 것이었음에도 불구하고 이러한 관점이 일관되게 관철되지 못했다는 점입니다. 때로는 대단히 편의적인 관점으로 옮겨가기도 하고 실천적 과제와 유리되어 진행되기도 했다는 반성을 금치 못합니다. 바로 이러한 점과 관련하여 여러분이 해야 할 일이 있습니다. 우리의 고전 강독 강의를 다시 재조명하는 것이지요. 그러한 검토와 재조명이 끊임없이 이루어질 때 비로소 바다에 이를 수 있는 것이지요. 바다로 간다는 것은 단순한 고전 독법에 그치는 것이 아니라 문명의 독법으로 나아간다는 의미입니다. 근대성을 반성하고 새로운 문명을 모색하는 문명사적 과제와 연결된다는 의미입니다. 이 문제에 관해서는 이미 여러 차례 이야기했기 때문에 다시 부연할 필요를 느끼지 않습니다. 자본주의 체제가 양산하는 물질의 낭비와 인간의 소외, 그리고 인간관계의 황폐화를 보다 근본적인 시각으로 재조명하는 것이 당면한 문명사적 과제라고 할 수 있습니다. 우리는 우민화愚民化의 최고 수준을 보여주는 상품 문화商品文化의 실상을 직시하는 것에서 비판 정신을 키워가야 하리라고 생각합니다. 그러한 비판적 성찰이 새로운 문명에 대한 모색의 출발점이 되어야 하기 때문입니다. 그리고 특히 중요한 것은 이러한 비판적 성찰이 단지 성찰에 그치지 않고 근대사회의 존재론적인 구조에 대한 철학적 체계로 정립되지 않으면 안 된다는 사실입니다. 체계적인 철학적 사고를 바탕으로 하였을 경우에야 비로소 우리 삶의 도처에 자리 잡고 있는 감염 부위를 수시로 발견할 수 있는 유연성을 가질 수 있기 때문입니다. 이러한 유연성은 우리의 시각을 '여기의 현재'(here and now)에 유폐시키지 않고 과거, 현재 그리고 미래에 걸친 전체적 조망과 역사 인식을 갖게 하기 때문입니다. 개인, 집단, 국가 등 모든 존재들이 자신의 존재를 강력한 것으로 만들기 위하여 진력해왔던 강철鋼鐵의 역사를 조명할 수 있기 때문입니다. 동양고전의 독법에 있어서는 고전의 내용을 이해하는 것보다는 이러한 성찰적 관점을 확립하는 것이 무엇보다 중요한 것입니다. 그러한 관점을 얻었다면 마치 강을 건넌 사람이 배를 버리듯이 고전의 모든 언술言述을 버려도 상관없다고 생각합니다. 비로소 고전 장구古典章句의 국소적 의미에 갇히지 않고 그러한 관점을 유연하게 구사하여 새로운 인식을 길러내는 창신創新의 장場이 시작되는 지점에 서는 것이기 때문입니다. 그것은 오늘의 현실로 돌아오는 것이며, 동시에 내일의 미래로 나아가는 것이지요.

고전 강독을 마치면서 여러분에게 과제로 남기고 싶은 것이 있습니다. 이 창신과 관련된 것입니다. 창신 이것은 대단히 중요하고 어려운 과제임은 말할 나위가 없습니다. 창신은 재조명과는 다른 창의적 사고가 요구됩니다. 창의적 사고에 있어서 가장 중요한 것은 자유로움입니다. 갇히지 않고 얽매이지 않는 자유로움입니다. 따라서 창신의 장에서는 개념과 논리가 아닌 '가슴'의 이야기와, 이성이 아닌 감성의 이야기가 절실하게 요구됩니다. 여러분에게 과제로 남기는 시와 산문이 그중의 하나입니다.

가슴에 두 손

시와 산문을 묶어서 이야기하자니 시 정신과 산문 정신을 엄격하게 구별하는 논리도 만만치 않다는 생각이 듭니다. 그러나 여기서는 시와 산문을 특별히 구분하지 않고 감성과 정서의 영역으로 함께 이야기하도록 하겠습니다. 강의 중에 여러 차례 강조했다고 기억되지만 한 사람의 사상에 있어서 가장 중심에 있는 것은 가슴(heart)이라고 하였습니다. 중심에 있다는 의미는 사상을 결정하는 부분이라는 의미라고 할 수 있습니다. 그 사람의 생각을 결정하는 것이 머리(head)가 아니라 가슴이라는 뜻입니다. 그래서 가슴에 두 손을 얹고 조용히 반성하라고 해왔던 것이지요. 가슴을 강조하는 것은 가슴이 바로 관계론關係論의 장場이기 때문입니다. 모든 것을 아우르는 거대한 장이 다른 곳이 아닌 바로 가슴이기 때문입니다. 이성보다는 감성을, 논리보다는 관계를 우위에 두고자 한다면 우리는 이 '가슴'의 이야기에 귀 기울이지 않을 수 없습니다.

이제 강의를 마치면서 새삼스럽게도 다시 가슴의 이야기를 꺼내는 까닭은 앞으로 시와 산문을 더 많이 읽으라는 부탁을 드리기 위해서입니다. 시와 산문을 읽는 것은 바로 가슴을 따뜻하게 하고 가슴을 키우는 일이기 때문입니다. 우리의 선조들도 그것을 알고 있었기 때문에 문사철文史哲과 나란히 시서화詩書畫에 대한 교육을 병행해왔다는 이야기를 강의 초반에 나누었습니다. 이성 훈련과 감성 훈련을 병행했던 것이지요. 물론 오늘날의 시서화가 그러한 정신을 옳게 계승하고 있다고 볼 수는 없습니다만 여기서 이야기하려고 하는 것은 이를테면 시서화의 정신입니다. 가슴을 따뜻하게 하는 그 정서적 측면을 이야기하는 것이지요. 시와 산문을 읽어야 하는 이유에 대하여 몇 가지 부언해둡니다.

첫째, 사상은 감성의 차원에서 모색되어야 합니다. 사상은 이성적 논리가 아니라 감성적 정서에 담겨야 하고 인격화되어야 한다고 생각합니다. 감성과 인격은 이를테면 사상의 최고 형태이기 때문입니다. 이성적이고 논리적인 사상은 그 형식적 완성도에도 불구하고 한 개인의 육화肉化된 사상이 되지 못합니다. 마찬가지로 사회의 경우에도 그 사회의 문화적 수준은 법제적 정비 수준에 의하여 판단될 수 없는 것입니다. 오히려 사회 성원들의 일상적 생활 속에서 매일매일 실현되는 삶의 형태로 판단되어야 하는 것이라고 생각합니다.

둘째, 사상은 실천된 것만이 자기의 것입니다. 단지 주장했다고 해서 그것이 자기의 사상이 될 수 있다는 생각은 환상입니다. 말이나 글로써 주장하는 것이 그 사람의 사상이 되지 못하는 까닭은 자기의 사상이 아닌 것도 얼마든지 주장하고 말할 수 있기 때문입니다. 자기의 삶

속에서 실천된 것만이 자기의 사상이라고 할 수 있습니다. 사상의 존재 형식은 담론이 아니라 실천인 것입니다. 그리고 실천된 것은 검증된 것이기도 합니다. 그 담론의 구조가 아무리 논리적이라고 하더라도 인격으로서 육화된 것이 아니면 사상이라고 명명하기 어려운 것이지요. 그런 점에서 책임이 따르는 실천의 형태가 사상의 현실적 존재 형태라고 하는 것이지요. 사상은 지붕 위에서 던지는 종이비행기가 아니기 때문입니다.

그러므로 사상의 최고 형태는 감성의 형태로 '가슴'에 갈무리되고 있는 것이라 할 수 있습니다. 감성은 외계와의 관계에 있어서 일차적이고 즉각적인 대응이며 그런 점에서 사고思考 이전의 가장 정직한 느낌이라고 할 수 있습니다. 감성적 대응은 사명감이나 정의감 같은 이성적 대응과는 달리, 그렇게 하지 않으면 마음이 편치 않기 때문에 그렇게 할 수밖에 없는 마음의 움직임입니다.

이러한 정서와 감성을 기르는 것은 인성人性을 고양하는 가장 확실한 방법이면서 최후의 방법입니다. 말 잘하고 똑똑한 사람보다는 마음씨가 바르고 고운 사람이 참으로 좋은 사람이라고 할 수 있는 것과 같습니다. 시와 산문을 읽어야 한다는 이유가 이와 같습니다. 사상의 장場을 문사철의 장으로부터 시서화의 장으로 옮겨와야 한다는 주장은 바로 이러한 이유에서입니다. 시서화의 정신은 무엇보다 상상력을 키우는 것입니다. 상상력은 작은 것을 작은 것으로 보지 않는 것입니다. 작은 것은 큰 것이 단지 작게 나타난 것일 뿐이라는 사실을 깨닫는 것이 진정한 상상력입니다. 하나의 사물이 맺고 있는 거대한 관계망을 깨닫게 하는 것이 바로 상상력이며 그것이 바로 시서화의 정신입니다. 시서화로 대표되는 예술적 정서는 우리의 경직된 사고의 틀을 열어주고, 우리가 갇혀 있는 우물을 깨닫게 합니다.

『시경』편에서 이야기했듯이 시적 정서는 하나의 사물을 여러 각도에서 바라보게 해줍니다. 공간적으로 상하좌우의 여러 지점地點을 갖게 해줄 뿐만 아니라 시간적으로도 춘하추동의 여러 시점時點을 갖게 해줍니다. 그리하여 우리가 무엇과 어떻게 관계되고 있는가를 깨닫게 합니다. 궁극적으로는 "우리는 무엇으로 우리인가?"를 깨닫게 합니다. 시적 정서와 마찬가지로 서書와 화畵의 영역 역시 풍부한 관계론의 담론을 보여줍니다. "서書는 여如"라고 합니다. 서의 의미는 '같다'는 것이지요. 우선 글자와 그 글자가 지시하는 대상이 같다는 뜻입니다. 지시기호이기 때문에 당연한 이치라 할 수 있습니다. 특히 한자의 경우 서書가 상형에서 유래하기 때문에 더욱 그렇습니다. '새 을乙' 자는 모양이 백조입니다. 그러나 같다는 의미는 여기에 그치지 않습니다. "그 사람과 같다"는 의미가 있습니다. 이러한 의미가 오히려 서도書道의 본령이라 할 수 있습니다. 그 사람의 미적 정서, 나아가 그 사람의 사상, 그 사람의 인격이 서書에 고스란히 담긴다는 뜻이지요. 좋은 글을 쓰기 위해서는 좋은 사람이 되지 않을 수 없는 것이지요. 사람과 서의 관계론입니다.

많은 이야기를 나누지 못합니다만 그림의 경우도 그렇습니다. 그림은 우선 '그림'이라는 의미에 충직해야 한다고 생각합니다. '그림'은 '그리워함'입니다. 그리움이 있어야 그릴 수 있는 것이지요. 그린다는 것은 그림의 대상과 그리는 사람이 일체가 되는 행위입니다. 대단히 역동적인 관계성의 표현입니다. 나아가 그림은 우리 사회가 그리워하는 것, 우리 시대가 그리워하는 것이 무엇인지를 생각하게 합니다. 이처럼 시와 문 그리고 서와 화라는 정서적 영역은 우리의 독법인 관계론을 확장하고 다시 그것을 인격화할 수 있는 소중한 영역이 아닐 수 없습니다.

시와 산문을 함께 읽지 못하지만 유종원柳宗元(773~819)의 시 한 편과 산문 한 편을 소개하는 것으로 마치기로 하겠습니다. 유종원은 유우석劉禹錫 등과 함께 왕숙문王叔文의 당여黨與가 되어 혁신 정치 집단을 만든 개혁 사상가였습니다. 그러나 귀족 관료와 번진藩鎭 세력이 연합한 보수 집단의 반격으로 말미암아 개혁은 좌절되고 그는 47세의 나이로 세상을 떠납니다. 그러나 그가 남긴「봉건론」封建論,「천설」天說 등은 역사 인식에 있어서 그 진보성이 높이 평가됩니다. 당시의 유가들의 일반적 견해와는 달리 군현제가 필연적임을 역설하여 진시황의 통일을 긍정적으로 평가했으며 특히「천설」에서는 천명론天命論과 봉건적 지배 체제를 강력하게 비판했습니다.

또한 그는 당송팔대가唐宋八大家의 한 사람으로서 한유韓愈와 더불어 당대의 고문으로 돌아가자는 산문 개혁 운동을 이끌었습니다. 문장은 한유와 겨루고 시는 왕유王維, 맹호연孟浩然 다음이라는 칭송을 받을 정도로 당대 최고의 경지를 보여주고 있습니다. 여기에 소개하는 5언 절구「강설」江雪은 당대 이후 인구에 회자되는 명시로 꼽히는 작품입니다. 이 시는 몇 자 안 되는 짧은 시구에도 불구하고 마치 눈앞에 보듯 선명한 그림을 펼쳐 보이고 있습니다. 그리고 그 그림이 함의하는 메시지의 날카롭기가 칼끝 같습니다.

千山鳥飛絶 萬徑人踪滅
孤舟蓑笠翁 獨釣寒江雪

산에는 새 한 마리 날지 않고

길에는 사람의 발길 끊어졌는데

도롱이에 삿갓 쓴 늙은이

홀로

눈보라 치는 강에 낚시 드리웠다.

이 시가 보여주는 그림은 동양화에서 자주 보는 풍경 같기도 하고 도연명陶淵明의 전원田園을 떠올리게도 합니다. 그러나 나는 풍설이 휘몰아치는 강심江心에서 홀로 낚시 드리우고 앉아 있는 노인의 모습은 필시 그의 자화상이라는 느낌을 떨쳐버릴 수가 없습니다. 이 시에 관련된 시화詩話를 따로 접할 수 없어서 정확한 시작詩作 의도를 알 수 없지만 이 시에서 우리가 읽게 되는 것은 그의 고독한 고뇌입니다. 개혁 의지의 끝없는 좌절로 점철되어 있는 역사의 대하大河입니다.

다음은 유명한 「종수곽탁타전」種樹郭橐駝傳입니다. 전문全文은 너무 길기 때문에 앞부분만 소개합니다. 해석만 하도록 하겠습니다. 이 글의 함의含意는 여러분이 읽어내기 바랍니다.

郭橐駝不知何始名 病僂隆然伏行 有類橐駝者 故鄉人號曰駝

駝聞之曰 甚善 名我固當 因捨其名 亦自謂橐駝云

其鄉曰 豊樂 鄉在長安西

駝業種樹 凡長安豪家富人爲觀游 及賣果者 皆爭迎取養視

駝所種樹 或遷徙無不活且碩茂 蚤實而蕃

他植木者 雖窺伺傚慕 莫能如也

有問之對曰 橐駝非能使木壽且孶也 以能順木之天 以致其性焉爾

凡植木之性 其本欲舒 其培欲平 其土欲故 其築欲密

旣然已勿動勿慮 去不復顧

其蒔也若子 其置也若棄 則其天者全 而其性得矣

故吾不害其長而已 非有能碩而茂之也

不抑耗其實而已 非有能蚤而蕃之也

他植木者不然 根拳而土易 其培之也 若不過焉 則不及焉

苟有能反是者 則又愛之太恩 憂之太勤

旦視而暮撫 已去而復顧

而甚者爪其膚以驗其生枯 搖其本以觀其疎密

而木之性日以離矣

雖曰愛之 其實害之 雖曰憂之 其實讐之

故不我若也 吾又何能爲哉

곽탁타의 본 이름이 무언지 알지 못한다. 곱사병을 앓아 허리를 굽히고 걸어다녔기 때문에 그 모습이 낙타와 비슷한 데가 있어서 마을 사람들이 '탁타'라 불렀다. 탁타가 그 별명을 듣고 매우 좋은 이름이다, 내게 꼭 맞는 이름이라고 하면서 자기 이름을 버리고 자기도 탁타라 하였다. 그의 고향은 풍악으로 장안 서쪽에 있었다. 탁타의 직업은 나무 심는 일이었다. 무릇 장안의 모든 권력자와 부자들이 관상수觀賞樹를 돌보게 하거나, 또는 과수원을 경영하는 사람들이 과수果樹를 돌보게 하려고 다투어 그를 불러 나무를 보살피게 하였다. 탁타가 심은 나무는 옮겨 심더라도 죽는 법이 없을 뿐만 아니라 잘 자라고 열매도 일찍 맺고 많이 열었다. 다른 식목자들이 탁타의 나무 심는 법을 엿보고 그대로 흉내 내어도 탁타와 같지 않았다. 사람들이 그 까닭을 묻자 대답하기를, 나는 나무를 오래 살게 하거나 열매가 많이 열게 할 능력이 없다. 나무의 천성을 따라서 그 본성이 잘 발휘되게 할 뿐이다. 무릇 나무의 본성이란 그 뿌리는 퍼지기를 원하며, 평평하게 흙을 북돋아주기를 원하며, 원래의 흙을 원하며, 단단하게 다져주기를 원하는 것이다. 일단 그렇게 심고 난 후에는 움직이지도 말고 염려하지도 말 일이다. 가고 난 다음 다시 돌아보지 않아야 한다. 심기는 자식처럼 하고 두기는 버린 듯이 해야 한다. 그렇게 해야 나무의 천성이 온전하게 되고 그 본성을 얻게 되는 것이다.

그러므로 나는 그 성장을 방해하지 않을 뿐이며 감히 자라게 하거나 무성하게 할 수가 없다. 그 결실을 방해하지 않을 뿐이며 감히 일찍 열매 맺고 많이 열리게 할 수가 없다.

다른 식목자는 그렇지 않다. 뿌리는 접히게 하고 흙은 바꾼다. 흙 북돋우기도 지나치거나 모자라게 한다. 비록 이렇게는 하지 않는다고 하더라도 그 사랑이 지나치고 그 근심이 너무 심하여, 아침에 와서 보고는 저녁에 와서 또 만지는가 하면 갔다가는 다시 돌아와서 살핀다. 심한 사람은 손톱으로 껍질을 찍어보고 살았는지 죽었는지 조사하는가 하면 뿌리를 흔들어보고 잘 다져졌는지 아닌지 알아본다. 이렇게 하는 사이에 나무는 차츰 본성을 잃게 되는 것이다. 비록 사랑해서 하는 일이지만 그것은 나무를 해치는 일이며, 비록 나무를 염려해서 하는 일이지만 그것은 나무를 원수로 대하는 것이다.

나는 그렇게 하지 않을 뿐이다. 달리 내가 무엇을 할 수 있겠는가?